TIME TRIALS

Im Bann der Zeit

M.A. ROTHMAN

D.J. BUTLER

Übersetzt von

MICHAEL KRUG

Primordial Press

Taschenbuch ISBN: 979-8-2180273-1-5
Hardcover ISBN: 978-0-9976793-9-7

INHALT

»Möge dein Ka leben, mögest du Millionen von Jahren verbringen, du, der du Theben liebst, du sitzt mit dem Gesicht im Nordwind, deine Augen erblicken Glückseligkeit.«

– Zitat vom Lotoskelch des Tutanchamun

KAPITEL EINS

Unsere Müdigkeit wird oft nicht von Arbeit verursacht, sondern von Sorgen, Frustration und Groll.

Marty Cohen fühlte sich müde. Über das Zitat von Dale Carnegie war er gestolpert, als er recherchiert hatte, warum er unter einem so überwältigenden Gefühl von Erschöpfung litt. Koffein zeigte keine Wirkung. Nach dem Schlafen stand er müde auf. Bestand sein Problem in Sorgen, Frustration und Groll?

Er schloss die Augen, um die sterilen weißen Wände, die grauen Jalousien und die gelblichen Erlenholztüren der Klinik auszublenden.

Vielleicht. Zwar hatte er seine abgebrochene akademische Laufbahn und all die damit verbundenen Belastungen hinter sich gelassen. Allerdings hatte er sie sich stattdessen die Sorgen eines Kleinunternehmers eingehandelt. Wenngleich er den Tausch nicht bereute, empfand er einige der Beschwernisse, die damit einhergingen, als unerfreulich. Was insbesondere auf die Lohnzahlungen zutraf.

Diesen Monat würde er sie bestreiten können. Das musste er. Carlos' Vater hatte seinen Job in dem großen Kaufhaus vor New Haven verloren, und Pedros Frau würde ... wann entbinden? Bald.

Marty war verantwortlich für seine Leute.

Das leise Surren der Klimaanlage in der Klinik klang wie das unterschwellige Knurren eines unsichtbaren Tiers.

1

Der Käufer der Esszimmergarnitur sollte am nächsten Morgen vorbeikommen. Marty hatte ihm einen Preisnachlass bei vollständiger Bezahlung im Voraus angeboten, aber der Interessent hatte auf Anzahlung und Restzahlung bei Abholung bestanden. Morgen. Morgen würde Marty bezahlt werden. Dann könnte er sich um seine Leute kümmern.

Heute Abend musste er das Augenmerk seinem Erschöpfungszustand widmen.

Martys Hausarzt hatte ihn auf Anämie, Diabetes, Bluthochdruck und alle sonstigen offensichtlichen Krankheitsbilder untersucht, die als Ursache in Frage kamen. Gefunden hatte er nichts. Allerdings litt Marty mittlerweile so sehr darunter, dass er sich von seinem Arzt an diese Klinik für Schlafstudien überweisen ließ. Dort lag er nun in einem Bett, mit Drähten an verschiedenen Stellen der Kopfhaut, unter der Nase, seitlich am Hals und an der Brust.

Der zuständige Arzt kam mit einem Klemmbrett herein und lächelte. »Dr. Cohen, ich bin Dr. Ramaswamy. Ich werde Ihre Schlafaktivität im Verlauf der Nacht überwachen.«

»Nennen Sie mich ruhig Marty«, bot Marty an.

Ramaswamy lächelte. »Wer ein Anrecht auf den Titel ›Doktor‹ hat und sich dagegen verwehrt, ist meiner Erfahrung nach promoviert. Und je härter für den Abschluss gearbeitet wurde, desto eindringlicher wird in der Regel darauf bestanden, den Titel nicht zu erwähnen.«

»Na ja, nur im richtigen Kontext«, murmelte Marty.

»Mathematik?«, riet Ramaswamy. »Betriebswirtschaft? Physik?«

»Ägyptologie«, gestand Marty.

»Mumien und Gräber«, sagte Ramaswamy. »Indiana Jones.«

»Eigentlich war ich eher auf Sprachen spezialisiert«, verriet Marty. »Als ich als Kind erfahren habe, wie das ägyptische Schriftsystem funktioniert, war ich derart aus dem Häuschen, dass ich nach Hause gerannt bin und mir meine eigene Schrift ausgedacht habe. Ich habe Sachen aus meinem Zimmer in Symbole umgedeutet und dann angefangen, mein Tagebuch damit zu führen.«

»Also schon früh infiziert, was?« Ramaswamy schmunzelte. »War bei mir auch so. Nur hab ich mir vorgestellt, alle meine Actionfiguren hätten schweres Organversagen, also hab ich sie aufgeschnitten, um ihnen neue zu transplantieren.«

»Inzwischen mache ich das nicht mehr«, murmelte Marty.

»Könnte Ihr Interesse an Sprachen teilweise von Ihren Eltern herrühren?«, fragte der Arzt.

Marty schmunzelte. »Sie meinen, weil ich asiatisch aussehe, richtig? Meine Mutter ist Chinesin.«

»Hat Sie Ihnen Mandarin beigebracht?«

»Ihr Vater hat bei uns gelebt«, erwiderte Marty. »Großvater Chang. Er hat es mir beigebracht. Und ja, von meinem Vater hab ich ein wenig Hebräisch und Jiddisch gelernt.«

Der Arzt betrachtete die Monitore, kritzelte etwas auf sein Klemmbrett und wandte sich schließlich wieder Marty zu. »Ihr EEG und die anderen Signale werden klar und deutlich erfasst. Haben Sie noch irgendwelche Fragen, bevor ich das Licht ausschalte und wir anfangen?«

Marty fühlte sich ein wenig überwältigt von der schieren Menge der Maschinen. »Glauben Sie wirklich, das kann helfen herauszufinden, was meine Dauermüdigkeit verursacht?«

Der Arzt klopfte ihm auf die Schulter und lächelte. »Wir überwachen Sie, um uns einen Überblick über Ihren Schlafzyklus zu verschaffen. So können wir besser feststellen, ob Ihre Schlafmuster dazu beitragen. Und sobald wir mehr wissen, finden wir hoffentlich eine Lösung.« Er warf einen Blick über die Schulter zu dem von der Decke hängenden Fernseher. »Schlafen Sie normalerweise beim Fernsehen ein?«

»Ja.« Marty hielt die Fernbedienung hoch. »Ich kann das Gerät ausschalten, wenn ...«

»Nein, tun Sie, was Sie sonst auch tun. Das beeinträchtigt die Überwachung nicht. Noch Fragen, bevor wir loslegen?«

Marty schüttelte den Kopf.

»Falls Sie irgendwann aufwachen und auf die Toilette müssen, sagen Sie einfach Bescheid, dann hilft Ihnen jemand, die Sensoren zu entfernen und wieder anzubringen.«

Damit verließ der Arzt das Zimmer. Die Lichter wurden gedämpft, bis nur noch der Fernseher den Raum erhellte.

Eine Nachrichtenmeldung lief am unteren Bildschirmrand entlang, während ein Moderator mit großen Augen berichtete. Ein aufsehenerregendes Balkendiagramm wurde eingeblendet.

Marty regelte lauter.

»Die plötzliche Häufung relativ leichter Erdbeben weltweit gibt Seis-

mologen Rätsel auf. Das Epizentrum der globalen Aufmerksamkeit ist derzeit Israel, genauer gesagt ein Ort südlich der Hafenstadt Haifa.

Benachbarte Seismografenstationen haben ein schweres Erdbeben der Stärke 8,9 auf der Richterskala registriert. Vom Nationalen Observatorium Athen wurde eine Tsunami-Warnung ausgegeben.«

Er schaltete um und wurde von einem dunkelhaarigen Televerkäufer bestürmt, der leidenschaftlich von seinem neuen Küchengerät schwärmte.

Marty schloss die Augen.

Träge richtete er sich im Krankenhausbett auf, als sein Handy klingelte. War er eingeschlafen? Im Fernsehen liefen mittlerweile Szenen eines knallharten Krimis. Er nahm den Anruf an.

»Marty?«

Auf Anhieb erkannte er die Stimme mit dem deutschen Akzent. »Gunther.« Ihm fehlten die Worte. »Von dir hab ich ja nichts mehr gehört, seit ...« Gunther Müller war ein deutscher Archäologe, mit dem Marty bei zahlreichen Ausgrabungen zusammengearbeitet hatte.

»Seit das größte Sprachentalent seit Champollion ausgestiegen ist?«

»Ich bin nicht ausgestiegen, Gunther. Ich wurde rausgeboxt.«

»Mit Sportmetaphern hab ich's nicht so. Tut mir leid, dass ich dich so früh anrufe ... Ach herrje, bei dir ist es ja drei Uhr morgens. Entschuldige, Marty, aber du bist der Einzige, den ich deswegen anrufen durfte, und wir brauchen wirklich unbedingt deine Hilfe.«

Marty rieb sich mit den Knöcheln die Augen. »Falls du nichts getischlert brauchst, Gunther, bist du bei mir falsch.«

»Hör mir erst zu, bevor du mich abweist. Ich bin bei einer privat finanzierten Ausgrabung in der Sahara, und wir haben was Erstaunliches entdeckt. Es ist prädynastisch, daran besteht kein Zweifel, aber es ist unheimlich kryptisch. Niemand im Team kann sich einen Reim drauf machen. Der Typ, der die Rechnungen bezahlt, ist paranoid. Er traut Akademikern nicht über den Weg und will nichts davon hören, einen anderen Professor einzubeziehen.«

»Ach ja?« Marty gähnte. »Traut er ihnen nicht, weil sie dem wissenschaftlichen Nachwuchs die gesamte Arbeit aufs Auge drücken? Weil sie sich mit fetten Verwaltungsbeamten gegen das Wohl der eigenen Studenten verschwören? Weil sie sich nie zur Ruhe setzen und Platz für jüngere Professoren machen? Weil sie Funde horten und an ihre Favoriten und politische Förderer verteilen?« Er hatte all diese dreckigen Spielchen und andere mitgemacht. Deshalb hatte er die akademische Welt zugunsten ehrlicher Arbeit hinter sich gelassen, bei der Schweiß noch etwas zählte. Sein Erfolg oder Misserfolg hing nicht von den Launen anderer ab, die in der Rangordnung über ihm standen.

»Ich vermute, er hat andere Gründe als du, Akademikern zu misstrauen. Einige seiner Ideen sind ... exzentrisch. Aber er ist einverstanden, dafür zu löhnen, dass du herkommst. Egal, wie viel du verlangst.«

»Darum geht's also, Gunther?« Marty schüttelte den Kopf. »Ihr seid verzweifelt, und euer paranoider Boss braucht jemanden, der Ägyptisch lesen kann, aber weil er Universitäten nicht traut, rufst du mich an?«

»Und weil du der Beste bist«, ergänzte Gunther. *»Aber das hab ich eh schon gesagt.«*

Es war verlockend. Marty vermisste die abenteuerliche Atmosphäre und die Kameradschaft bei einer Ausgrabung. Und die Texte. Es war aufregend, Texte zu lesen, die seit Jahrtausenden niemand mehr zu Gesicht bekommen hatte. »Gunther, ich bin beschäftigt. Ich hab Mitarbeiter zu führen und auszubilden. Einer meiner Leute braucht demnächst Vaterschaftsurlaub, und ich muss für ihn einspringen. Schick mir einfach Bilder von den Texten, dann sehe ich mal, was ich tun kann.« Es musste sich um Texte handeln. Niemand würde Marty mit einer Frage über Tonwaren oder Gräber anrufen. Am wenigsten Gunther, der sich als Archäologe auf Tonscherben und Grabhügel spezialisiert hatte.

Gunther seufzte. *»Ich weiß, das klingt jetzt unvernünftig. Es ist auch unvernünftig. Aber der Geldgeber weigert sich, Fotos oder auch nur Zeichnungen von unserem Fund anfertigen zu lassen. Er ist Franzose und sehr, äh ... exzentrisch. Hab ich das schon erwähnt? Und ich kann dir sagen, er ist echt paranoid und misstrauisch. So was wie ein spleeniges Universalgenie. Ich schätze, er ist reich geboren, hat 30 Jahre lang Schulen besucht und ist dann ins Bankwesen eingestiegen, um noch reicher zu werden. Er will nicht riskieren, dass sich die Information verbreitet und der Ort hier überrannt wird. Also, er bietet dir 20.000 Euro nur fürs Herkommen. Sobald du im Flugzeug sitzt, überweist er das Geld. Es gehört dir, wenn du einfach einen Blick auf unser kleines Problem wirfst. Wenn du willst, kannst du danach gleich wieder zurückfliegen, sagt er.«*

Marty zögerte. »Meint er das ernst?«

Gunther senkte die Stimme zu einem Flüstern. *»Er ist ein fast schon lächerlich anstrengender Boss, aber seine Schecks sind gut. Marty, lass das Geld mal kurz beiseite. Ich sag dir, das ist der längste fortlaufende Text aus dem prädynastischen Ägypten, den ich je gesehen habe. Meines Wissens der längste, der überhaupt existiert. Marty, das ist genau dein Ding. Ich kann ihn nicht mal lesen und bin immer noch sprachlos darüber. Du wirst es nicht bereuen, wenn du herkommst. Weißt du was? Vielleicht kannst du die Übersetzungen sogar veröffentlichen und wirst wieder nach Yale eingeladen.«*

»Dort will ich nicht wieder hin.«

Einige Sekunden lang herrschte Schweigen in der Leitung. *»Marty, ich versteh dich, glaub mir. Du sollst nur wissen, dass dieser Bursche ein Fantast ist. Wenn er nicht bald Antworten kriegt, beendet er die Ausgrabungen vielleicht und betoniert sie zu, nur damit sonst niemand rankann. Für mich wäre das kein Weltuntergang. Aber wir haben hier ein paar Arbeiter, die der Mann angeheuert hat, die mussten davor mit Sicherheit auf den Straßen von Kairo um Bakschisch betteln. Es sind anständige Leute. Ich will mir gar nicht ausmalen, was aus ihnen wird, wenn François die Ausgrabung schließt.«*

Martys Atmung stockte, und sein Herz raste ... Lag das an seinem geheimnisvollen Leiden oder an Aufregung? »Was schätzt du, wie lange ich dort sein müsste?«

»So, wie ich dich kenne, liest du die Texte in zwanzig Minuten. Nur vermute ich stark, dass du danach bleiben wollen wirst. Bring also Sachen zum Wechseln und eine Zahnbürste mit.«

»Ich muss mich morgen früh mit einem Kunden treffen. Lass mich darüber nachdenken. Ich rufe dich zurück.«

Marty beendete das Gespräch und legte das Telefon beiseite. Er bettete den Kopf wieder aufs Kissen, schloss die Augen und versuchte, den Geist zu leeren.

Und plötzlich sah sich Marty in einer Wüste stehen, umgeben von verwitterten Steinbauten. Er hatte schon viele antike Stätten besucht, doch dieser Ort wirkte anders.

Elektrizität lag in der Luft und richtete seine Haare auf. Er spürte irgendeine Gegenwart in der Nähe, konnte sie jedoch nicht benennen. Die Bilder in dem Traum sprachen alle Sinne an. Der Wind wehte Sand über große, umgekippte Platten aus behauenem Stein.

Er hörte Stimmen rufen, konnte jedoch nicht feststellen, woher sie stammten und was sie sagten. Sie klangen leiernd wie in die Nacht gesprochene Gebete, allerdings in einer lange ausgestorbenen Sprache, die nur noch ein paar Dutzend Gelehrte frühägyptischer Geschichte beherrschten.

Während am Horizont der Vollmond aufstieg, legte der Wind zu und fegte Sandschwaden von den nahen Dünen.

Das Kribbeln verstärkte sich, als Marty von den uralten Steinen auf einen wirbelnden Staubteufel zuging, der sich am Fuß zweier Dünen gebildet hatte.

Blaue Funken blitzten in dem wachsenden Wirbel. Die Geräusche des Winds verblassten.

Trotzdem strudelte der Staubteufel weiter und wurde größer. Als er auf fast zwei Meter angewachsen war, bewegte er sich auf Marty zu, und die uralten Worte, die er im Wind gehört hatte, wurden deutlicher und mächtiger.

Sie drangen aus dem Inneren des Staubwirbels.

Worte wiederholten sich unablässig, und er spitzte die Ohren, um sie zu verstehen.

Die Luft um ihn herum vibrierte von der Kraft des sich nähernden Wirbels. Als er sich nur noch eine Armeslänge entfernt befand, hörte er eine sonore Stimme, die laut verkündete:

Komm her!

Benommen richtete sich Marty im Bett auf. Seine Atmung ging stockend, sein Herz raste.

Graues Tageslicht kämpfte sich um die Ränder der Jalousien herein.

An der Decke gingen die Leuchtstoffröhren an, und Dr. Ramaswamy betrat das Zimmer. »Sehr gut. Wir haben eine Menge interessanter Daten, unter anderem Ihre Schlafunterbrechung und wie Sie danach weitergeschlafen haben.«

Marty schüttelte den Kopf. »Wie spät ist es?«

»Fast sechs Uhr morgens. Mr. Cohen, wenn Sie möchten, können Sie noch ein wenig zu schlafen versuchen, aber ich denke, wir haben für heute Nacht genug Daten. Sie sollten in etwa zwei Wochen von uns hören, um weitere Schritte zu besprechen. Spätestens Mitte April.«

Marty konzentrierte sich auf seine Atmung und versuchte, sein rasendes Herz zu beruhigen. »Zwei Wochen. Das ist gut.« Er schaute zu dem Arzt auf. »Wenn Sie haben, was Sie brauchen, dann geh ich nach Hause.«

Marty fuhr nicht nach Hause, sondern in den Laden. Sein Geschäft befand sich in einem kastenförmigen Backsteingebäude in einem heruntergekommenen halbindustriellen Viertel von New Haven. Das vordere Drittel des Gebäudes diente als Ausstellungsraum für die wenigen Stücke, die Marty und sein Team zu Demonstrationszwecken angefertigt hatten. Ansonsten empfingen sie dort Kunden und stellten fertige Bestellungen zur Abholung bereit. Die hinteren zwei Drittel beherbergten die Werkstatt.

Marty traf um 6:30 Uhr ein. Die Sonne war inzwischen aufgegangen. Ihre Strahlen schienen durch die Bäume und über die Dächer und tünchten das geschnitzte, bemalte Schild mit der Aufschrift *Martys Maßmöbel* in dottergelbes Licht.

Die Tür stand offen. Carlos saß auf die Ellbogen gestützt hinter der Ladentheke und schmökerte in einem billigen Klatschmagazin.

»Übst du wieder Englisch?«, nahm Marty seinen Mitarbeiter auf die Schippe.

»Englisch muss ich nicht üben, du Pfosten. Ich bin aus der Bronx.«

»Richtig«, erwiderte Marty. »Genau deshalb musst du's üben.«

»Der Doktor hat dich früh rausgelassen.«

»War ja nur ein Schlaftest.«

»Heißt das, du hast nicht geschlafen?«

»Es heißt, dass ich genug geschlafen habe. Die haben Daten davon erfasst und geben mir Bescheid, was sie herausgefunden haben, sobald sie ausgewertet sind.«

Carlos deutete mit dem Daumen auf eine gebeizte, lackierte, gepolsterte Esszimmergarnitur. »Ist wunderschön geworden.«

Marty nickte. »Wir werden demnächst bezahlt.«

Er ging nach hinten in die Werkstatt. Seine Hände juckte es danach, sich zu betätigen. Da sich die Werkstatt als aufgeräumt erwies, griff er sich das Kopfteil eines Betts, an dem er arbeitete, legte es auf eine Werkbank und begann, es zu beizen.

Pedro tauchte eine halbe Stunde später auf. Er war jünger und dünner als Carlos. Das Haar trug er kurz wie ein Marine. Er machte sich sofort an die Arbeit und schnitt Holz zu.

Als Marty den Pinsel reinigte, den er benutzt hatte, schaute er zur Uhr an der Wand und legte die Stirn in Falten. Der Kunde verspätete sich bereits eine Viertelstunde zur vereinbarten Abholung. Da er wusste, dass es die meisten Menschen mit der Zeit nicht so genau nahmen, spannte er ein großes Stück Holz auf der Drehbank ein und begann mit dem Drechseln eines Beins für einen weiteren Esszimmertisch.

Um zehn Uhr trat Marty hinaus auf den bröckligen Bürgersteig und rief den Kunden an. Allerdings teilte ihm eine aufgezeichnete Stimme mit, dass es die Nummer nicht mehr gab.

Er sah auf der Quittung nach, wählte erneut und erhielt dieselbe Meldung. Heißer Zorn stieg in ihm zusammen mit der Sorge auf, wie er die Löhne bezahlen sollte.

Zähneknirschend betrachtete Marty sein Telefon. »Verdammt noch mal, Gunther.«

Er ergriff das Gerät und wählte die Nummer seines Freunds. Der Deutsche ging beim ersten Klingeln ran. *»Machst du's?«*

»20.000 Euro werden überwiesen, sobald ich im Flugzeug sitze?«

»Ja. Ich brauche nur deine Bankverbindung, dann sorge ich dafür. Also ist das ein Ja?«

»Es ist ein Ja.« Marty gab Gunther seine Bankdaten durch und trat gegen einen losen Betonbrocken. Ein streunender Hund kläffte ihn an. »Wann will er mich dort haben?«

»Sofort. Falls du's schaffst, ist ein Erste-Klasse-Ticket für einen Flug mit Air Canada ab La Guardia um 18:45 Uhr für dich reserviert.«

»Irgendwie ganz schön vermessen.«

»Ist ja sein Geld. Was soll ich ihm sagen?«

Marty schüttelte den Kopf. »Ich werde in der Maschine sein.«

»Jemand von der Mannschaft holt dich am Flughafen in Kairo ab und bringt dich zur Ausgrabung.« Gunthers Stimme überschlug sich beinah vor Begeisterung. *»Es ist zu lange her, mein Freund. Ich freu mich darauf, dich wiederzusehen.«*

Marty beendete das Gespräch und kehrte in den Laden zurück. Carlos und Pedro standen beide hinter der Ladentheke und bemühten sich, unbesorgt zu wirken.

»Irgendwas Neues?«, fragte Pedro.

»Ich hab gerade eine andere Geldquelle angezapft. Neuer Kunde. Betucht. Zahlung im Voraus.« Marty log nicht gern, aber die Sache mit Ägypten fühlte sich nach etwas an, das geheim bleiben sollte. »Ich kann euch beide bis zum Ende der Woche bezahlen. An dem Kunden von der Esszimmergarnitur bleiben wir dran. Hey, und wenn wir dafür einen anderen Käufer suchen müssen, können wir die Anzahlung behalten und kassieren doppelt.«

Bei der Erleichterung in den Gesichtern der beiden Männer wurden Martys Augen etwas feucht. Er räusperte sich, um es zu überspielen.

»Gute Arbeit«, meinte Carlos.

Marty nickte. »Ich verschwinde für ein paar Tage. Ich muss mich mit diesem neuen Kunden treffen. Ihr schmeißt inzwischen den Laden. Pedro, du solltest einfach deinen Urlaub antreten, wenn du ihn brauchst. Du musst nicht darauf warten, dass ich was unterschreibe oder so.«

»Danke, Boss«, sagte Pedro.

»Nenn mich nicht Boss.«

»Marty«, sagte Pedro. »Danke, Marty.«

Ein Blick auf die Uhr verriet ihm, dass die Zeit kaum reichen würde, um nach Hause zu hetzen, Sachen zu packen und zum Flughafen zu rasen.

Marty ließ die Schultern hängen, als ihn die innere Beklommenheit der spärlichen Energie beraubte, die er noch hatte. Zwar vertraute er Gunther, aber was, wenn die Überweisung nicht ankäme?

Sie alle brauchten das Geld *dringend*.

KAPITEL ZWEI

Marty stieg aus dem Flugzeug und betrat rissigen Asphalt. Ein Mann in einem verdreckten Salwar Kamiz winkte ihm zu und rief auf Englisch mit ausgeprägtem Akzent: »Dr. Cohen, Dr. Cohen!«

»Ich bin Marty Cohen.«

»Gott sei gepriesen.« Der Fremde näherte sich Marty mit einem breiten Lächeln. Schiefe weiße Zähne bildeten einen Kontrast zu seiner mahagonifarbenen Haut. »Mueller hat mir gesagt, dass Sie eher mehr chinesisch als jüdisch aussehen. Ich bin Abdullah.« Nachdem sie eingeschlagen hatten, übernahm Abdullah von Marty dessen Handgepäck und deutete mit dem Arm nach links. »Bitte, bitte. Mueller wartet im Flugzeug. Kommen Sie ... kommen Sie ...«

Marty eilte hinter dem Mann her und fragte ihn auf Arabisch: »Was meinen Sie damit, dass Mueller im Flugzeug wartet? Ich bin gerade erst aus einem Flieger gestiegen.« Sein gesprochenes ägyptisches Arabisch war ein wenig eingerostet und klang leicht literarisch.

Abdullah bedachte Marty mit einem überraschten Blick. »Oh, Sie sprechen so gut. Danke. Ja, ich bringe Sie zu Monsieur Garniers Flugzeug. Es bringt uns viel näher zur Ausgrabung.«

Marty verließ mit Abdullah das Hauptterminal. Sein Begleiter hob die Hand und schnippte mit den Fingern. Ein Fahrer, der etwa 15 Meter entfernt neben einem geparkten Auto stand, winkte und sprang in den

Wagen. Es war ein BMW der 7er-Baureihe mit einer orangefarbenen Warnleuchte auf dem Dach. Es handelte sich um einen als Ahlan bezeichneten Begrüßungsdienst des Flughafens, ein VIP-Service, von dem Marty zwar schon gehört, den er aber noch nie genutzt hatte.

Während er überlegte, was man wohl dafür hinblättern musste, holte er sein Handy heraus und rief die App seiner Bank auf.

Mit einem hörbaren, erleichterten Seufzen stellte Marty fest, dass die Überweisung während des Flugs eingegangen war. Dann veranlasste er mit einigen schnellen Gesten die Durchführung der Zahlungen für diese Woche auf die Konten seiner Mitarbeiter.

Das Auto hielt vor ihnen. Der Chauffeur trug einen dunklen Anzug, eine Mütze und eine verspiegelte Sonnenbrille. Er sprang heraus und öffnete die hintere Tür auf der Beifahrerseite. Abdullah reichte Martys Tasche dem Mann, der sie im Kofferraum verstaute, während Marty mit Abdullah auf der Rückbank Platz nahm.

Wenige Sekunden später fuhren sie los, und Marty drehte sich seinem Begleiter zu. »Wohin fliegen wir eigentlich?«, fragte er auf Arabisch.

Abdullah schüttelte den Kopf und legte den Finger an die Lippen. »Wir können im Flugzeug reden«, erwiderte er auf Englisch.

Von wegen Indiana Jones – Marty kam sich eher wie in einem James-Bond-Film vor. Er hatte Mühe, nicht laut aufzulachen.

Fünf Minuten später rollte der Wagen in einen umzäunten, für Privatjets reservierten Bereich des Flughafens. Dort hielt er neben einer schnittigen mittelgroßen Maschine an. Das Flugzeug wies keinerlei Verkehrskennzeichnung auf und schien für etwa ein Dutzend Passagiere ausgelegt zu sein.

Die Kabinentür des Flugzeugs stand offen und erstreckte sich als Treppe mit Handlauf zum Asphalt.

Marty stieg aus der Limousine aus. Obwohl er zunehmend neugieriger wurde, worauf er sich eingelassen hatte, spürte er drückend die allgegenwärtige Müdigkeit. Er verdrängte seine Sorgen darüber, was mit ihm nicht stimmte, und konzentrierte sich auf seine Umgebung. Das Flughafenpersonal holte gerade einen Tankschlauch von einer der Tragflächen ein, während Abdullah den Fahrer bezahlte und Martys Tasche aus dem Kofferraum nahm.

»Marty!«

Er drehte sich der Stimme zu und lächelte, als er seinen ehemaligen deutschen Professor am Kopf der Treppe erblickte. Das lichte, aber immer noch fast blonde Haar des Mannes wehte in einer steifen Brise. Gunther war nicht wirklich ein Mentor gewesen, weil Martys Interesse primär antiken Texten gegolten hatte, das von Gunther eher Ausgrabungen. Aber Gunther hatte Verbindungen hergestellt, Marty zu Ausgrabungen eingeladen und war ein Freund.

Hätte Marty mehr leitende Gelehrte wie Gunther gekannt, wäre er vielleicht noch in der akademischen Welt tätig.

»Ich hab 'ne Zahnbürste eingepackt!«, brüllte Marty, um das Röhren der Düsentriebwerke in der mittleren Ferne zu übertönen. »Wann kriege ich was zu sehen?«

Gunther bedeutete ihm, näher zu kommen und nicht zu brüllen. »Steig ins Flugzeug, dann können wir reden!«

Marty stieg flott die Treppe hinauf und wurde von einer aufgezeichneten Frauenstimme begrüßt. *»Willkommen im Gulfstream IV Business Jet. Wenn Sie sich mit der Ausstattung dieses Flugzeugs vertraut machen ...«*

»Mein Freund!« Gunther zog Marty in eine erdrückende Umarmung und lächelte, dass es breiter kaum ging. »Was ist es schön, dich zu sehen.« Er deutete auf eine Reihe einander zugewandter, gepolsterter Ledersitze. »Nimm Platz.«

Marty ließ sich nieder und stützte einen Ellbogen auf den polierten, gemaserten Holztisch zwischen ihnen, bevor er über die Schulter zurück zum vorderen Bereich des Jets spähte.

»François sagt, er hat das Geld bereits überwiesen«, meinte Gunther.

Marty nickte. »Es ist angekommen.«

Abdullah stieg mit Martys Tasche in der Hand in die Maschine. Er hielt sie hoch und verkündete in stockendem Englisch: »Ich bringe in hinteren Teil von Flugzeug.«

»Danke!«

Der Pilot, ein schlanker, blasser Mann mit braunem Haar und hoher Stirn, kam aus dem Cockpit. Nach einem kurzen Rundumblick durch die Kabine drückte er einen Knopf neben dem Eingang. Die Treppe wurde mit einem hydraulischen Geräusch eingeklappt. Innerhalb von Sekunden waren die Kabinentür versiegelt und die Maschine startklar. Der Pilot zeigte den Daumen hoch in Martys und Gunthers Richtung, bevor er wieder im Cockpit verschwand.

Fast sofort knisterten die Lautsprecher in der Kabine, und der Jet setzte sich in Bewegung. *»Wir haben die Startfreigabe erhalten.«* Der Akzent des Piloten klang mitteleuropäisch, vielleicht tschechisch oder ungarisch. *»Bitte machen Sie sich bereit und schnallen Sie sich an.«*

Während Marty und Gunther auf ihren Plätzen die Gurte anlegten, ließ sich Abdullah im hinteren Teil der Maschine nieder und konzentrierte sich auf ein Buch, das er sich auf den Schoß legte.

»Wir sind als Erste gereiht und heben von Startbahn 23 rechts ab. Unsere maximale Flughöhe wird 8.200 Meter betragen, und wir überfliegen Luxor, bevor wir auf dem internationalen Flughafen Assuan landen. Die Gesamtentfernung beträgt etwa 890 Kilometer, die Flugzeit wird ungefähr eine Stunde und 20 Minuten betragen.«

Das Flugzeug wendete, rollte auf die Startbahn und hielt an.

Die Triebwerke der Maschine wurden lauter und lauter. Dann beschleunigte sie abrupt, und Marty wurde gegen den Sicherheitsgurt gepresst.

Ausgerechnet bei seiner ersten Reise in einem Privatjet saß er beim Start in der falschen Richtung.

Bald hoben die Vorderräder vom Asphalt ab, und der Jet stieg sanft in steilem Winkel auf.

Marty schaute über den Tisch zu Gunther. »Assuan also? Wie weit ist die Ausgrabungsstätte von dort entfernt?«

»Nicht weit. Nur 20 Autominuten vom Flughafen.«

Marty runzelte die Stirn. »Nur 20 Minuten, und die Ausgrabung ist geheim?«

Gunther griff in ein Fach in der Seitenwand, holte eine Wasserflasche heraus und bot sie Marty an. »Durstig?«

Marty winkte ab.

Als das Flugzeug nach links schwenkte, trank Gunther einen ausgiebigen Schluck aus der Flasche, bevor er sie auf dem Tisch abstellte. »Angefangen hat alles vor zwei Monaten. Wir haben in der Nähe von Nabta-Playa gearbeitet.«

»Bei dem uralten Steinkreis? So oft, wie die Gegend schon durchwühlt worden ist, hätte ich nicht gedacht, dass man dort auch nur eine Glasperle finden könnte, geschweige denn irgendwas Nennenswertes.«

Gunther nickte. »Der Ort gilt als Ägyptens Antwort auf Stonehenge. Aber wir hatten Zugang zu einer neuartigen Bodenradartechnologie. Um es abzukürzen, wir haben einen Meter unter der Erde vergraben direkt beim Steinkreis von Nabta-Playa eine kleine Kiste gefunden. Und darin eine Tontafel mit einer vermutlich prädynastischen Schrift; derselben Schrift, die wir in dem schon erwähnten Tunnel entdeckt haben, der den vielleicht längsten ununterbrochenen Text aus der Zeit enthält.«

»Eine Tontafel mit einer Inschrift.« Marty schüttelte den Kopf. »Klingt eher nach Babylon, nicht nach Ägypten.«

Gunther zog eine Linie durch das Kondenswasser, das sich an seiner Wasserflasche bildete. »Die Tafel hat mir einen Schauder über den Rücken gejagt, als ich versucht habe, ihre Bedeutung zu entschlüsseln. Sie ist älter als Narmer.«

Narmer war einer der Namen des Pharaos, dem man zuschrieb, Ägypten zu einem einzigen Land geeint zu haben. Die Benennung setzte sich aus zwei Schriftzeichen zusammen, *n'r*, was »Katzenfisch« bedeutete, und *mr*, was für »Meißel« oder vielleicht »zornig« stand. Die Hieroglyphen befanden sich auf einer sehr alten Steinpalette mit dem Bild eines ägyptischen Königs – vermutlich Narmer –, der seine Feinde mit einem Streitkolben vor sich hertrieb.

»Ich kann's kaum erwarten, sie zu sehen«, murmelte Marty.

Gunther schmunzelte. »Oh, und wir alle können's kaum erwarten, dass du sie zu sehen bekommst. Aber das ist erst der Anfang. Während wir versucht haben, die Tafel zu entziffern, hat François die Untersuchung mit dem Bodenradar fortgesetzt. Fast einen Monat lang haben wir drei Radargeräte hinter Fahrzeugen hergeschleppt, um Gott weiß was zu suchen. Jeder von einer Universität finanzierten Ausgrabung wäre längst das Geld ausgegangen. Aber François hat nur jeden Morgen nach dem Aufstehen gerufen: ›Geben wir noch ein bisschen Geld aus!‹ Das war das Startsignal für die Trucks.

Und dann sind wir auf den Tunnel gestoßen. Wir sind ihm in eine Richtung gefolgt, bis das Radar die Spur verloren hat. Aber am anderen Ende haben wir eine Öffnung gefunden. Aus Sicherheitsgründen haben wir nur mitten in der Nacht gegraben. Grundgütiger, Marty, ich hab mich mit den anderen dabei abgewechselt, mit einem Gewehr Wache zu stehen, kannst du dir das vorstellen? Und als wir den Eingang endlich freigelegt hatten ...« Gunther beugte sich mit großen Augen vor. »Unberührt. Versiegelt. Makellos. Keine Anzeichen von Grabräubern, kein Verfall. Der Tunnel könnte genauso gut erst einen Tag vor unserer Ankunft verschlossen worden sein. Die Schrift an der Wand ist mit leuchtenden Farben gemalt und überhaupt nicht verblasst ... und wie gesagt, es ist dieselbe Schrift wie auf der Tafel.«

Martys Herz raste.

Das alles klang fantastisch, schier unglaublich.

Und wie ein sagenhafter Glücksfall. Schon allein, eine unversehrte Stätte zu finden, kam einem Lotteriegewinn gleich. Aber dann noch so alt und vor Texten strotzend ... Wenn Gunther recht hatte und Marty in der Lage wäre, sie zu übersetzen, könnten sie den Zeithorizont ägyptischer Schrift um mehrere Jahrhunderte nach hinten verschieben.

Marty bekam Druck auf die Ohren, als das Flugzeug den Sinkflug begann und Gunther von der Stimme des Piloten unterbrochen wurde.

»Wir befinden uns inzwischen in einer Höhe von 2.100 Metern und landen in zehn Minuten auf dem internationalen Flughafen Assuan.«

Marty schaute aus dem nächstbesten Fenster und spürte Schmetterlinge im Bauch. Gelbliches Gestein und Sand schienen unten praktisch alles zu beherrschen, so weit das Auge reichte. In dieser Höhe konnte Marty gerade noch ein bläulich-grünes Band erkennen, das sich von Süden nach Norden schlängelte: den Nil. Dieses trockene Land und dieser Fluss hatten eine der bedeutendsten Zivilisationen der Welt hervorgebracht. Allerdings war der Schleier um ihre Entstehung nach wie vor nicht gelüftet.

Die Vorstellung, dass er vielleicht als Erster einen Blick hinter den Schleier werfen könnte, zauberte ein Lächeln in Martys Gesicht.

Noch dazu würde er diesen Blick vor all den Professoren erhalten, die ihn vertrieben hatten.

Nach dem Verlassen des Flugzeugs stiegen die drei Männer in einen wartenden Geländewagen. Marty sank auf die weichen Ledersitze und musste sich zusammenreißen, um nicht laut aufzulachen. Der Gegensatz zu seinen früheren Erfahrungen mit Ausgrabungen hätte kaum größer sein können. Damals war er auf den Rückbänken 20 Jahre alter Jeeps durchgeschüttelt worden.

In der Regel herrschte bei Ausgrabungen notorische Budgetknappheit. Archäologie war kein luxuriöses Geschäft. Man flog nicht mit Tickets erster Klasse irgendwohin, erst recht nicht in Privatjets. Und Marty hatte davor nie in einem SUV der G-Klasse von Mercedes gesessen. Zu guter Letzt hatte ihm auch noch nie jemand eine Prämie in Höhe von 20.000 Euro allein dafür überwiesen, dass er sich eine Ausgrabung nur ansah. Marty behielt seine Gedanken für sich, während der Geländewagen querfeldein durch das Wüstengebiet nordwestlich des Flughafens raste.

Abdullah saß am Steuer, Gunther auf dem Beifahrersitz. Marty beugte sich vor und fragte: »Wenn die Fahrt nur 20 Minuten dauert, wie bleibt die Ausgrabungsstätte dann vor neugierigen Blicken verborgen?« Seiner Erfahrung nach lockte der Beginn einer ausländischen Ausgrabung unweigerlich Arbeitslose im Umkreis von 30 Kilometern an, die ihre Dienste als Gräber oder Führer anboten.

Lächelnd ergriff Gunther ein Gerät aus der Mittelkonsole. »Wir benutzen das hier.«

Marty betrachtete etwas, das wie ein Garagentoröffner aussah. Ein Plastikgehäuse mit einem einzigen Knopf und einer Klammer zum Befestigen an der Sonnenblende des Autos. »Und das ist was?«

»Wirst du schon sehen.«

Abdullah tippte auf eine Taste an der vorderen Konsole des Fahrzeugs. Der LCD-Bildschirm in der Mitte zeigte einen schwarzen Hintergrund mit weißen Zahlen an, die sich stetig änderten.

»Sind das GPS-Koordinaten?«

»Gelobt sei Gott«, erwiderte Abdullah auf Arabisch, als er den Wagen verlangsamte. »Monsieur Garnier will, dass die Ausgrabungsstätte nicht gefunden wird, und bisher ist es uns gelungen, sie geheim zu halten. Wir sind ...« Er warf einen Blick auf das Display und presste kurz die Lippen zusammen. »Wir sind etwa einen halben Kilometer entfernt.«

Marty betrachtete das Gelände vor ihnen. Er sah nur Sand, Felsen und gelegentlich ein Büschel Wüstengras. Er glaubte kaum, dass sie sich überhaupt auf einer Straße befanden.

Die weißen Zahlen wurden gelb, und Abdullah verlangsamte das Fahrzeug auf Schrittgeschwindigkeit. Als sich die Zahlen rot färbten, drückte Gunther auf den Knopf des vermeintlichen Garagentoröffners.

Vor ihnen tat sich von links nach rechts eine Öffnung im Boden auf. Als erkennbar wurde, dass dahinter eine Rampe unter die Erde verlief, klappte Martys Kinnlade auf. Abdullah manövrierte den SUV die Abfahrt hinunter in eine unterirdische Kammer. »Wie ...«

Abdullah schaltete den Motor ab und lächelte. »Diesen Ort hat es schon vor uns gegeben.«

Gunther stieg aus und deutete mit dem Daumen auf Abdullah. »Er meint die Kammer. Ja, wir sind durch Zufall darauf gestoßen. Wären wir in einem vulkanischen Gebiet, würde ich sagen, dass es eine Magmakammer oder so ist. Na, jedenfalls, Abdullah und Kareem, den du noch kennenlernen wirst, hat François in die Mannschaft eingebracht. Sie leisten die meiste echte Arbeit hier.« Als Gunther den Knopf des Öffners erneut drückte, hob sich die Rampe langsam auf mächtigen Hydraulikkolben. »Das hat ein niederländisches Unternehmen eingebaut. Wir haben die Leute mit verbundenen Augen und ohne Handys aus Kairo hergebracht.«

Marty sah sich in der unterirdischen Kammer um, in der er sich befand. Von einer Seite zur anderen maß sie leicht 30 Meter. Er deutete auf einen Geröllhaufen an einer der Wände. »Ist das von einem Einsturz?«

»Aber nein«, erwiderte Gunther. »Abdullah und Kareem haben im letzten Monat eine Menge Gestein bewegt. Durch die Kammer hier ist es einfach, zu graben, ohne dass oben jemand etwas davon mitbekommt.«

Beim Blick an die Decke etwa viereinhalb Meter über ihren Köpfen lief es Marty eiskalt den Rücken hinunter. Er deutete auf die zwei großen Hydraulikzylinder zum Heben und Senken der Rampe. »Was passiert, wenn die kaputt gehen?« Er grinste. »Glaubt man den Nachrichten, treten neuerdings überall auf der Welt Erdbeben auf. Hat Seismologen rund um den Globus in helle Aufregung versetzt. Manch einer schreibt das sogar der globalen Erwärmung zu.«

Gunther schmunzelte. »Du meinst, wir würden festsitzen, und in 6.000 Jahren hätte irgendjemand eine Mordsfreude daran, uns zu finden? Nein. Wir haben Leitern, und es gibt mehrere gut versteckte Lüftungsöffnungen, durch die wir uns im Notfall hinausquetschen könnten. Außerdem hat man so weit südlich im Land noch nie ein Erdbeben erlebt.«

»Dr. Cohen!«, rief ein bulliger Mann mit französischem Akzent von der anderen Seite der Kammer und eilte auf sie zu.

Als die Rampe mit Klicken vollständig einrastete, gingen flackernd weitere Lichter an. Der große Franzose kam auf Marty zu und schüttelte ihm die Hand. Er erinnerte an einen blonden Gerard Depardieu, nur etwas kantiger. »Monsieur Garnier?«

»Bitte.« Garnier schwenkte abwiegelnd die Hand. »Vornamen reichen völlig.«

»Dann nennen Sie mich Marty.«

»Marty? Nicht ... Kung Fu Cohen?«

Marty schüttelte den Kopf. »Wie ich sehe, hat Gunther mich restlos jeder Würde beraubt.«

»Im Gegenteil, er hat Loblieder auf Sie gesungen. Abgesehen davon, wer würde nicht die Disziplin eines Kampfsportlers bewundern?« Der Franzose legte Marty den Arm um die Schulter. Dabei hüllte er ihn in eine Wolke, die nach Parfüm, Moschus und pikantem Käse roch. Er führte ihn zu der Seite der Kammer, aus dem er gekommen war. »Lassen Sie mich Ihnen die Mannschaft vorstellen, dann können wir loslegen. Bestimmt wollen Sie die außerirdischen Schriftzüge sehen.«

»Außerirdische Schriftzüge?« Marty schaute zu Gunther zurück.

Der grinste verlegen und zuckte mit den Schultern.

Außerirdische. Marty seufzte und hielt sich vor Augen, dass Gunther den Franzosen als exzentrisch beschrieben hatte. Und paranoid. Kein Wunder, dass er möglichst keine Universitätsprofessoren herholen wollte. Bahnte sich für Marty etwa eine gewaltige Zeitverschwendung an?

Er holte tief Luft und stieß langsam den Atem aus. Immerhin konnte er die Wochenlöhne ausbezahlen, hielt er sich vor Augen. So hatte das Unterfangen in jedem Fall zumindest etwas Positives gehabt.

»Ich sage es François immer wieder«, ergriff Gunther das Wort. »Es gibt keinen Beweis dafür, dass diese Zeichen die Schrift einer prähistorischen ägyptischen Zivilisation sind ...«

»Prähistorisch sind sie vielleicht«, sagte François. »Aber es sind keine Höhlenmalereien von Steinzeitmenschen. Ich habe die vorgeschichtlichen Malereien in der Chauvet-Höhle gesehen, nur zehn Kilometer von meinem Geburtsort entfernt. Sie sind wunderschön und zeigen eine menschliche Entwicklungsstufe vor der uns bekannten Zivilisation, aber sie vermitteln keine besondere Botschaft. Wie dem auch sein mag, jetzt haben wir ja Dr. Cohen hier. Er wird er uns helfen zu klären, was wir gefunden haben.«

»Bitte nennen Sie mich Marty.«

»In Ordnung. Jedenfalls bekommen Sie demnächst die Tunnel mit der Schrift zu sehen. Oder vielleicht möchten Sie auch zuerst die Tafel inspizieren, ganz wie Sie wollen. Ich verstehe zwar nicht, was draufsteht, trotzdem weiß ich, was es nicht ist. Diese Schrift sind keine willkürlichen Fingermalereien, die irgendwelche Tiere der Umgebung beschreiben. Davon bin ich überzeugt. Das ist kein wilder Mythos eines Schamanen. Es ist präzise, weist eine geometrische Symbolik auf. Das ist Sprache. Eine frühe Form vielleicht, aber ich bin überzeugt davon, dass diese Schrift der Beweis für etwas jenseits der Fähigkeiten der Menschheit zu dem Zeitpunkt damals ist. Ich habe meine Hausaufgaben gemacht. In prädynastischer Zeit haben die Ägypter nicht geschrieben.«

»Sie haben *nicht viel* niedergeschrieben«, präzisierte Marty. »Nicht viel, was bisher *gefunden* wurde.«

»Und Marty ist Experte auf dem Gebiet«, fügte Gunther hinzu. »Wenn jemand die Schrift entziffern kann, dann er.«

Marty nickte und versuchte, den irrationalen Überschwang mit Vernunft zu dämpfen. »Wissen wir, wie alt diese Tunnel sind?«

Gunther räusperte sich. »Na ja, bei den Tunneln nicht. Aber in der Tafel haben wir Glückspilze organische Fasern entdeckt. Wir haben Proben davon eingeschickt und erst gestern die C14-Testergebnisse vom zweiten Labor erhalten. Sie stimmten mit den Ergebnissen der ersten Untersuchung überein. Die Tafel ist etwa 6.000 Jahre alt.«

Martys Augen wurden groß. »Und in den Tunneln ist auch ein wenig intakte Schrift? Makellos? Unberührt?«

François lachte, als sie in die nächste, von dichten Schatten beherrschte Kammer gingen. »Ein wenig? Bücher! Ganze Bücher könnte man damit füllen!«

Er klatschte laut in die Hände. Schlagartig wurde die Beleuchtung heller.

Die Kammer maß etwa sechs mal neun Meter. Die Wände säumten Feldbetten, auf denen Menschen schliefen oder gerade aufwachten. In der Mitte standen drei lange Tische. Auf zwei davon stapelten sich

Bücher und Papier. In der Kammer spürte man einen schwachen Luftzug – hatten die Holländer neben der Rampe auch eine Belüftung eingebaut?

François drehte sich Marty zu und zuckte mit den Schultern. »Hier unten haben wir uns angewöhnt, nachts zu arbeiten.« Er wandte sich wieder der Kammer zu und klatschte erneut. »Dr. Cohen ist hier.«

Der Franzose zeigte auf das Feldbett ganz links. Eine dunkelhäutige Frau mit schwarzem Haar schwang die Beine über die Kante und blinzelte sich den Schlaf aus den Augen. Sie trug ein abgewetztes *Rage Against the Machine*-T-Shirt und eine Kette mit kleinen Muscheln. »Das ist Lowanna Lancaster, unsere Anthropologin.«

»Hallo«, grüßte Lowanna, ohne sich von ihrer Pritsche zu erheben. »Sie sind der Sprachexperte?«

Ihr Akzent klang australisch.

»Ich kann die eine oder andere Sprache lesen«, bestätigte Marty. »Sie sind eine Aborigine?«

»Arrernte«, brummte sie. »Obwohl es Sie nichts angeht.«

»Stimmt«, räumte Marty ein. »Ich finde es nur interessant.«

François drehte Marty am Ellbogen herum und zeigte zum entfernten Ende des Raums. Ein großer, breitschultriger Mann sprang von seiner Pritsche auf und kam auf sie zu. Er trug einen blauen Turban, ein weißes T-Shirt und eine khakifarbene Cargohose. Während François zwar eine breite Brust, aber auch einen üppigen Wanst und dünne Beine hatte, besaß dieser Mann die Statur eines Rugbyspielers. Breite Schultern, schmale Taille. Sowohl die Arme als auch die Oberschenkel schienen drauf und dran zu sein, die Enge des Stoffs zu sprengen. Hinter einem dichten schwarzen Bart zeichnete sich ein wilder Gesichtsausdruck ab. »Dieser recht große, bedrohlich wirkende Bursche ist Surjan«, stellte François vor. »Er arbeitet für mich, seit er den Dienst bei der sogenannten Special Group der indischen Armee quittiert hat – von deren Existenz die meisten Menschen nicht mal wissen. Falls Sie sich fragen, ob er so furchterregend ist, wie er aussieht: Nein, viel furchterregender.«

Marty wusste nicht viel über militärische Belange, dennoch hatte er schon von der SG gehört. Als Student hatte er an einer Ausgrabung in der Nähe der Grenze zu Kaschmir mitgewirkt. Damals hatte die indische Regierung mehrere dieser Männer zur Bewachung der Arbeiten abgestellt. Sie hatten sich als überaus effektiv gegen Raubtiere, Plünderer und terroristische Angriffe erwiesen.

»Surjan ist für die Sicherheit zuständig.«

Der große Mann trat an Marty heran und schüttelte ihm die Hand. »Freut mich, Sie kennenzulernen. Ich kann's kaum erwarten, Sie bei der Arbeit zu erleben.« Der Ex-Soldat sprach mit einem leichten Londoner Akzent und erinnerte an Ray Winstone in der Rolle einer gebildeten Figur.

»Surjan ... Singh?«, riet Marty.

Der große Mann nickte. »Ich bin Sikh.«

Marty lächelte. »Freut mich, Sie auf meiner Seite zu wissen. Aber um ehrlich zu sein, hoffe ich, Sie nicht bei der Arbeit erleben zu müssen.«

»Falls es doch dazu kommt«, brummte Surjan, »hoffe ich, Sie packen Ihre Kampfsporterfahrung aus.«

»Gunther hat wahrscheinlich übertrieben.« Marty warf Gunther einen strengen Blick zu. Der deutsche Archäologe schaute verlegen drein, bevor er plötzlich unheimliches Interesse für einen losen Faden an seinem Ärmel entwickelte.

»Wo ist Kareem?« François runzelte die Stirn.

»Monsieur Garnier, ich bin hier.«

Marty drehte sich um und erblickte einen kleinen dunkelhäutigen jungen Mann in einem ähnlich dreckigen Salwar Kamiz wie Abdullah. Er stand am Eingang und hielt mit gerunzelter Stirn eine kaputte Spitzhacke in den Händen.

»Kareem, hast du schon wieder eine ruiniert?«, fragte François mit belustigtem Unterton. »Kareem ist Abdullahs Neffe«, murmelte der Franzose als Erklärung zu Marty. »Sonst würde ich ihm auf keinen Fall vertrauen.«

Der zierliche Mann hielt in einer Hand einen abgebrochenen Metalldorn, in der anderen den Rest der Spitzhacke. »Ich konnte nicht schlafen, also wollte ich weiter an der Barriere arbeiten. Bei Gott, was ist sie hartnäckig.«

»Barriere?« Marty schaute zwischen den beiden Männern hin und her.

Gunther zeigte auf den Tunnel. »Ich hab dir ja gesagt, dass unser Bodenradar einen Abschnitt nicht durchdringen konnte. Also sind wir dem Tunnel in die entgegengesetzte Richtung gefolgt und hier gelandet. Tja, der Tunnel mit der Schrift endet an einer Steinmauer. Einer Mauer mit Widerhall, wenn man darauf klopft. Sie klingt hohl. Nur bisher ist jeder Versuch gescheitert, die Mauer damit zu überwinden ...«

Kareem hielt die zerbrochene Spitzhacke hoch und seufzte. »Ich versuche es noch mal. Irgendwann schaffe ich es, da bin ich mir sicher.«

François klopfte Marty auf die Schulter und deutete zum Tunnel. »Ich denke, das ist ein guter Zeitpunkt, um Ihnen den Tunnel zu zeigen.«

Martys Augen weiteten sich, als er das zerbrochene Grabungswerkzeug betrachtete.

Die Nackenhaare sträubten sich ihm, als er verarbeitete, was man ihm geschildert hatte.

Ein Tunnel mit einer vermutlich über 6.000 Jahre alten Schrift.

Eine offenbar gegen Grabwerkzeug gefeite Barriere.

Und was auch immer sich dahinter befand, entzog sich einer Analyse mit dem Bodenradar.

Marty nickte. »Ich möchte den Tunnel sehen. Aber zuerst die Tafel.«

KAPITEL DREI

»Was halten Sie davon?« Lowanna zog sich einen Stuhl heran und beobachtete, wie Marty die Tafel auf den Tisch legte. »Ist es wirklich ein Beispiel für prädynastische Schrift?«

Marty schätzte die Frau auf Mitte 30, nur wenige Jahre jünger als er selbst. Der australische Akzent, die extrem dunkle Haut und das gewellte, ungekämmte Haar wiesen deutlich auf ihre Herkunft hin. Aus der Nähe erwies sie sich als atemberaubend. Ihre Haut war derart dunkel, dass ihr das davon reflektierte Licht einen beinah violetten Schimmer verlieh. Sie schaute genauso erwartungsvoll drein wie früher seine Studenten, wenn er sie zum Ende eines uralten weisen Texts in ägyptischer Originalsprache geführt hatte.

»Tut mir leid, aber Sie machen mich unheimlich neugierig«, gestand er. »Mich interessiert, wie es war, als Arrernte aufzuwachsen, und wie Sie dazu gekommen sind, Anthropologin zu werden.«

»Verstehe«, erwiderte sie. »Und mich interessiert, *ob das wirklich Beispiele für prädynastische Schrift sind.*«

Marty lachte. Also ging es ihn nichts an. Auch gut, würde er sich eben darauf konzentrieren, in die Rolle des Akademikers zurückzukehren. »Um ehrlich zu sein, finde ich das hier rätselhaft.«

»Inwiefern?«

Er berührte die Tafel mit einem behandschuhten Finger. »Ich weiß nicht, wie vertraut Sie mit ägyptischen Schriftsystemen sind ...«

»Gar nicht. Mein Schwerpunkt liegt auf der biologischen und soziologischen Entwicklung antiker Zivilisationen.«

»Also, die ägyptische Schrift besteht aus Bildern.« Marty zeigte auf einige der in den Ton geritzten Symbole. »In der Regel stehen sie nicht dafür, was sie zeigen. Es kommt zwar vor, dass beispielsweise ein Stern auch für einen Stern steht, aber normalerweise stellen die Symbole in Wirklichkeit Buchstaben dar. Manche nur einen einzelnen, wie dieser Fuß hier. Der entsprechende Laut klingt wie unser Buchstabe B.«

»Gibt es ein vollständiges Alphabet?«, fragte Lowanna.

»Die Ägypter schienen keines zu kennen. Aber jeder Konsonant konnte mit einem einzigen Symbol geschrieben werden, also in gewisser Weise ja. Andererseits stehen viele Bilder für mehrere Konsonanten.«

»Silben.«

»Nein, weil sie uns nicht die Vokale verraten. Und noch mal nein, weil sie nicht mal andeuten, dass es Vokale *gibt*. Sie zeigen nur Konsonanten. Das Symbol hier steht für die Buchstaben *m* und *r*, und dieses für *p* und *r*. Das hier zeigt drei Buchstaben an: *n, f* und *r*.«

»Woher weiß man, welches Bild welche Buchstaben ergibt?«

»Für einen Ägypter war es einfach«, erwiderte Marty. »Zumindest für einen mit der richtigen Ausbildung. Das Bild steht für die Konsonanten dessen, was es darstellt.«

»Moment ...« Lowanna runzelte die Stirn. »Also sind es doch nur Bilder von Gegenständen.«

»Nehmen wir ein Beispiel in unserer Sprache«, schlug Marty vor. »Wenn ich ein Stück Butter zeichne, an welche Konsonanten denken Sie?«

»*B, t, t, r*«

»Doppelte werden ignoriert«, erklärte Marty, »also bleibt *b, t, r*. Wenn ich demnach ein Stück Butter zeichne, könnte ich damit Butter meinen. Aber was könnten dieselben Konsonanten noch bedeuten?«

Lowanna nickte langsam. »Bitter.«

»Richtig«, bestätigte Marty. »Oder sogar Beter.«

»Woher weiß man, was zutrifft?«, fragte Lowanna.

»Gelegentlich liefern uns Zusatzzeichen Hinweise«, sagte Marty. »Oder immer wieder verwendete Zeichenmuster werden zu erkennbaren

Ausdrücken. Manchmal kann man es auch nur aus dem Kontext ableiten.«

»Faszinierend«, befand Lowanna.

»Ja, oder?« Marty grinste. »Als ich erfahren habe, wie es funktioniert, war ich noch ein Teenager. Ich fand das so interessant, dass ich mir ein eigenes Hieroglyphensystem mit Gegenständen aus meinem Zimmer ausgedacht habe. Ein Bild meiner Gitarre beispielsweise war *g, t, r*. Oder ein Stift hat für die Buchstaben *s, t, f* gestanden.«

»Nerd«, kommentierte Lowanna. »Was ist jetzt so rätselhaft an der Tafel?«

»Die ägyptische Schrift hat etwa 4.000 Jahre überdauert, soweit wir wissen«, erklärte Marty. »Die Sprache an sich ist als Koptisch erhalten geblieben, aber mit einem anderen Schriftsystem, größtenteils dem Griechischen entlehnt. Gegen Ende hin wurde das ägyptische System immer abstrakter. Für die Darstellung hat man zwar weiterhin kleine Bilder benutzt, aber ein Mund wurde nur noch eine gerade Linie oder eine Eule ein Schnörkel.«

»Also stammt diese Tafel aus der Frühzeit«, folgerte Lowanna. »Das sind nämlich eindeutig gemalte Bilder.«

»Was an sich schon interessant ist«, sagte Marty. »Denn die ältesten Belege ägyptischer Schrift finden wir nicht in Büchern, sondern auf Objekten. An Wänden, auf Särgen, auf Statuen. Eine so frühe Schrift auf einer Tafel ist also interessant. Auf den ersten Blick sieht sie ziemlich simpel aus. Einfache Syntax, schlichte Sätze, begrenztes Vokabular. Kaum Determinative. Hat den *Anschein* einer sehr frühen Schrift.«

Lowanna zuckte mit den Schultern. »Also ist sie alt. Und wieso rätselhaft?«

Marty zeigte auf die Tafel. »Laut Kohlenstoffdatierung ist sie 6.000 Jahre alt. Aber bisher gibt es nichts mit ägyptischer Schrift, das so alt ist. Wenn sich herausstellt, dass dieser Text so alt ist wie die Tafel, auf die er gemalt ist ... dann ist das nicht nur die älteste je gefundene ägyptische Schrift, sondern auch die älteste der gesamten Menschheit, die man je entdeckt hat.«

Lowanna schwieg einen Moment lang und starrte ihn mit großen Augen an. »Sie wären ein toller Lehrer.«

»Vielleicht.« Marty zuckte mit den Schultern. »Wie sich herausgestellt hat, bin ich ein ziemlich guter Holzhandwerker. Und ein passabler Kleinunternehmer.«

Sie zögerte. »Wieso haben Sie die akademische Laufbahn verlassen?«

Marty seufzte. »Die Universität hat letztlich zugegeben, dass sie mir nie eine Festanstellung gewähren würde.«

»Weil es angeblich in absehbarer Zeit keine freie Stelle dafür geben würde?« Lowanna knurrte.

»Dann haben Sie wohl Ähnliches erlebt, was?«, fragte Marty.

Sie nickte.

Er holte tief Luft. »Hinzu kommt noch, dass man für einen Kommilitonen von mir sehr wohl eine Festanstellung gefunden hat. Wie es der Zufall wollte, hatte davor sein Vater eine neue Tribüne für die Basketballarena gesponsert. Und er war politisch attraktiverer Herkunft als ein chinesisch-jüdischer Amerikaner.«

»Ich weiß nicht recht. Das klingt doch ziemlich exotisch.«

»Die falsche Art von exotisch. Bedeutet eigentlich nur, dass ich zu Weihnachten für mich selbst kochen muss.« Marty grinste. »Schlechter Scherz. Oh, und dann ist da noch die Studentin, die mit dem Fakultätsvorstand geschlafen hat. Beide haben inzwischen eine Professur.«

»Mal abgesehen von der Klüngelei, haben die beiden Ihrer Meinung nach die Stellen verdient? Waren sie so gut wie Sie?«, fragte Lowanna.

Sie legte die Hand auf seinen Unterarm.

Marty runzelte die Stirn, als er alte Verbitterung in sich aufsteigen spürte. »Waren sie nicht«, antwortete er schließlich. »Nicht mal annähernd.«

Lowanna stand an der Tunnelöffnung und beobachtete. Die Höhle bildete einen der Seiteneingänge zu dem unterirdischen Komplex, in dem das Team arbeitete. Das Ziel ihrer Beobachtung war Marty Cohen.

Der Mann bewegte sich fließend wie ein Profitänzer. Mit nacktem Oberkörper und schwitzend führte er eine komplexe Abfolge von Tritten aus der Drehung, Schlägen und tiefen Ausfallschritten aus. Wie gebannt starrte sie auf die fließenden Abläufe.

Er war fantastisch in Form. Jede Bewegung bestach durch schlichte

Präzision und Anmut. Der Spitzname *Kung Fu Cohen* passte wie die Faust aufs Auge.

Als Gunther erwähnt hatte, der Mann wäre Kampfsportler, hatte sie angenommen, er wäre einer dieser aufgeblasenen Poser. Weit gefehlt. Wie er sich bewegte, ließ keinen Zweifel daran, dass er es wirklich draufhatte. Außerdem kam er bescheiden, ruhig und unaufdringlich rüber.

Nach weiteren zwei Minuten erreichte er das Ende der Abfolge.

Laut Gunther war Marty noch zu haben. Was aber keine Rolle spielte, wenn er wirklich nur die Inschriften lesen und anschließend sofort nach Connecticut zurückfliegen würde.

Marty ging tief in die Hocke. Einen Moment lang schien er mit dem Gleichgewicht zu kämpfen, während er schwer atmend auf den felsigen Boden starrte. Dann sprang er nach einem tiefen Atemzug auf und verbeugte sich vor der leeren Kammer. Schließlich drehte er sich ihr lächelnd zu. »Wie ich sehe, sind Sie wach.«

Ihre Wangen wurden heiß, als ihr klar wurde, dass sie soeben einen halbnackten Mann dabei bespitzelt hatte, wie er ... Wie nannte man das eigentlich? Training? »Ja. Tut mir leid. Was haben Sie da gerade gemacht?«

Marty griff sich ein Handtuch von der Autorampe zur unterirdischen Ausgrabungsstätte und wischte sich Schweiß aus dem Gesicht. »Oh, nur eine Übung. Normalerweise mache ich sie morgens nach dem Aufstehen. Manchmal aber auch, wenn ich den Kopf frei bekommen muss.«

»Und? Hat es geholfen? Um den Kopf freizubekommen, meine ich.«

Mit belustigter Miene schlüpfte Marty in sein Hemd und begann, es zuzuknöpfen. »Ein wenig. Mir geht momentan viel im Kopf herum.«

»Sind Sie sicher?«, fragte François.

»Bin ich.« Marty nickte. Der Rest der Mannschaft hatte sich im Halbkreis um den Tisch versammelt. »Es ist Altägyptisch. Mein Gefühl sagt mir, dass Gunther recht hat und es prädynastisch ist. Vielleicht datiert der Text tatsächlich aus der gleichen Zeit wie die Tafel. Meiner Ansicht nach handelt es sich um den längsten der Menschheit bekannten Text in prädynastischem Ägyptisch. Mit Abstand.«

Gunther lachte gackernd. »Du wirst berühmt, mein Freund.«

»Trotzdem ist es Ägyptisch. Da ich die Sprache kenne und weiß, wie Wörter später geschrieben wurden, war's relativ einfach, die Tafel zu entziffern.« Marty schlug sein Notizbuch auf und blätterte durch die etwa 50 Seiten mit gekritzelten Anmerkungen.

»Relativ«, merkte Gunther an. »Also einfach nur für dich. Ich bin nicht schlau daraus geworden.«

Marty zuckte mit den Schultern.

»*Incroyable!* Wie Sie das in nur zwölf Stunden geschafft haben, ist mir unbegreiflich.«

»Ich hab's ja gesagt, François.« Gunther klopfte Marty auf die Schulter. »Der Mann ist ein Genie. Ist eine Schande, dass er nicht in Chicago unterrichtet.«

Marty schüttelte den Kopf. »Es ist allerdings so, dass ich nur etwa 90 Prozent entziffern konnte. Auch ein Teil davon beruht auf Vermutungen durch Wörter, die ich aus anderen afroasiatischen Sprachen kenne. Für eine solidere Übersetzung müsste ich den Text wesentlich intensiver studieren.«

»Lass auch was für deine späteren Doktoranden übrig«, sagte Gunther. »Und für mindere Gelehrte nach dir.«

Lowanna schnaubte.

François drängte Marty mit einer kurbelnden Handbewegung zum Fortfahren. »Also, was steht jetzt auf der Tafel?«

Marty blätterte in seinem Notizbuch zur letzten Seite. Er räusperte sich und spürte, wie die versammelte Mannschaft an jedem seiner Worte hing. »*Wie von unseren Vätern angewiesen, haben wir einen Kai zum Anlegen für die große Sonne gebaut. Über viele Generationen dachten die Menschen tief im Herzen, es wäre eine Verschwendung. Aber eines Nachts traf die Sonne ein.*«

»Sonne? Der große gelbe Stern am Himmel?«, fragte François dazwischen.

»Genau.«

»Ra?«, hakte Lowanna nach.

Gunther schüttelte den Kopf. »Die große Sonne. Ra wird für die Ägypter etwa ab der fünften Dynastie bedeutsam. Wenn Marty recht hat, ist dieser Text älter als Ra.«

François bedeutete Marty mit ungeduldiger Miene, fortzufahren.

»Die Sterne versammelten sich in der Sonne und wandelten dann durch das Land. Sie atmeten wie Krokodile, sie sprachen mit den Stimmen von Tieren.«

»Ich wusste es!«, stieß François aufgeregt hervor. »Damit muss ein Besuch Außerirdischer gemeint sein!«

Lächelnd biss sich Marty auf die Zunge.

»Für die alten Ägypter würde sich jemand mit einem Atemgerät wie ein schnaubendes Krokodil angehört haben«, fuhr François enthusiastisch fort.

»Keine Ahnung, wie es klingt, wenn ein Krokodil schnaubt«, brummte Surjan.

Lowanna lachte. »Ich weiß nicht recht, François. Vielleicht beschreibt die Tafel ja auch jemanden mit einem Krokodilkopf. Hatten die alten Ägypter nicht so einen Gott?«

»Sobek«, antwortete Gunther.

»Die Ägypter hatten ein Faible für Menschen mit Tierköpfen«, sagte Lowanna. »Ich kann zwar keine Hieroglyphen lesen, aber ich habe genug ägyptische Kunst gesehen, um das zu wissen.«

Marty fuhr fort. *»Sie sprachen von der Schlacht.*

Einer Schlacht, auf die sich Krieger vorbereiten müssen.

Und wenn sich die Länder vereinen, beginnt das Werk.

Möge der Sohn bereit sein, denn er wird der Auserwählte sein.«

Marty verstummte und ließ den Blick über die Umstehenden wandern. »In dem Fall steht ›Sohn‹ für einen männlichen Nachkommen. Keine Ahnung, welche Schlacht oder welcher Auserwählte gemeint sind, aber bei den vereinten Ländern muss ich sofort an Narmer denken, der Ober- und Unterägypten zusammengeschlossen hat. Vor etwa 6.000 Jahren hat die Badari-Kultur über einen Großteil dieses Gebiets geherrscht. Das war ein prähistorisches, in Oberägypten angesiedeltes Volk. Viel ist nicht bekannt, aber es war eine eigenständige, von Nachbarvölkern abgegrenzte Gesellschaft.«

Marty schaute zwischen seinem Notizbuch und der alten Tafel hin und her. *»Er – der Sohn – wird sie leiten und auf einen Pfad führen.*

Einen Pfad des Todes oder einen Pfad des Lebens.

Besiegt eure Feinde und gehet weiter.

Verliert, und ihr sterbt.

Vollendet die letzte Schlacht, und die Sonne wird zurückkehren.«
Marty betonte: »Auch hier steht ›Sonne‹ für den Himmelskörper.«

»Die Aliens«, murmelte François.

Mit gerunzelter Stirn verglich Marty seine Notizen mit der Tafel. *»Es wird stattfinden eine letzte Schlacht bei ...«* Marty schüttelte den Kopf. »Ich bin mir nicht sicher, welcher Ort gemeint ist. Könnte *Meged* sein.«

Er fuhr fort. *»Und es wird gehen für alle um Leben und Tod.*
Wir müssen uns vorbereiten.«

Ein Schauder lief Marty über den Rücken, als seine Worte von den Steinwänden der Kammer widerhallten.

»Also, das klingt wie ein düsteres Omen.« Surjans britischer Akzent durchbrach die Stille im Raum.

Marty starrte schaudernd auf die Tafel. Normalerweise hätte er sowohl über François' Außerirdische als auch über Surjans Äußerung gelacht.

Aber was, wenn sie recht hatten?

Marty hielt eine LED-Laterne hoch, ignorierte die Geräusche der Maschinen und begutachtete die präzise gemalte Schrift an den Wänden des Tunnels. Es handelte sich zweifelsfrei um dasselbe Schriftsystem wie auf der Tafel.

Er warf einen Blick in sein Notizbuch und runzelte die Stirn. Viele der Hieroglyphen konnte er immer noch nicht entziffern. Um diese Phase des ägyptischen Schriftwesens in seiner gesamten Breite zu erfassen, bräuchte er wesentlich mehr Zeit.

François trat neben Marty und klopfte ihm auf die Schulter. »Schon irgendwelche Erkenntnisse?«

Marty schüttelte den Kopf. »Ich sehe mir diesen Abschnitt des Tunnels erst seit einer halben Stunde an. Und hier ist viel, was ich noch nicht verstehe.«

»Betonung auf *noch*, mein Freund.« François schmunzelte. »Gunther hat mir gesagt, er hätte Ihnen geraten, eine Zahnbürste mitzubringen. Und falls Sie's nicht getan haben, kann Abdullah Ihnen eine in Assuan besorgen.«

»Ich kann so viel sagen, dass hier irgendein Wettbewerb oder vielleicht ein Kampf beschrieben wird.« Marty legte einen behandschuhten Finger auf einen Abschnitt der Wand. »Hier steht mehr über die andockende Sonne.« Er drehte sich François zu. »Ist die gesamte Länge des Tunnels so mit Schrift gefüllt?«

»Ja.« François grinste wie ein Kind an Heiligabend. Schulterzuckend bedeutete er Marty, ihm zu folgen, und ging tiefer in den Tunnel. »Kommen Sie, ich zeige Ihnen das Ende. Vielleicht wär's besser, am Beginn des Texts anzufangen. Außerdem will ich sehen, wie die Jungs mit den neuen Schleifern zurechtkommen.«

»Woher wissen Sie, dass an dem Ende der Anfang ist?«, fragte Marty.

»Gar nicht«, erwiderte François. »Aber liest man nicht so die Pyramidentexte? Von innen nach außen?«

Eine Vermutung also. Wenigstens nicht so absurd wie Aliens. »Und welche Schleifer?«, hakte Marty nach. Er folgte dem Geldgeber tiefer in den Tunnel und staunte über die unablässige Abfolge antiker Schrift, die jeden Quadratzentimeter der Wand vom Boden bis zur Decke überzog.

»Die üblichen Grabungswerkzeuge haben nicht funktioniert.«

Die Maschinengeräusche wurden lauter, je weiter sie den Tunnel vordrangen. Plötzlich verstummte der Lärm und wurde von einem Strom wüster Flüche auf Arabisch abgelöst.

»Klingt so, als hätten Kareem und Abdullah Schwierigkeiten.« Marty zuckte zusammen, als der Lärm wieder einsetzte. In der Ferne entdeckte er die Arbeiter in einem Funkenregen kaudernd.

Sie beschleunigten die Schritte, und François rief: »*Khalas!* Halt, ihr zwei!«

Marty lief hinter dem bulligen Banker her zum Ende des Tunnels, während der Franzose die Männer weiter in gebrochenem Arabisch aufforderte, aufzuhören.

Der Lärm endete abrupt, als die in Abdullahs Winkelschleifer eingespannte Scheibe zerbrach und Splitter davon in alle Richtungen spritzten.

»Was ist los mit euch?« François' Stimme dröhnte laut durch den Tunnel. Die beiden Arbeiter schauten sichtlich überrascht mit großen Augen auf. »Warum hat mir keiner gesagt, dass in der Wand Metall ist?«

»Wirklich?«, erwiderten beide unisono.

Während François den Männern in einer Mischung aus Französisch, Arabisch und Englisch die Leviten las, trat Marty auf die Mauer zu, die das Ende des Tunnels versiegelte.

Blanker Stein. Keine Schrift.

Er klopfte mit den Knöcheln daran. Die Textur glich dem Sandstein links und rechts davon, aber er hörte leise ein hohles Dröhnen, das auf einen leeren Raum dahinter schließen ließ.

Marty untersuchte die Ausrüstung, mit der die beiden Männer gearbeitet hatten. Er entdeckte zwei industrielle Winkelschleifer, mehrere verschlissene und kaputte Diamantscheiben und einen Satz Reserveakkus.

»Wann habt ihr zuletzt in Ägypten Stein gesehen, der solche Funken sprüht?« Mürrisch strich der Franzose mit den Fingern über den Abschnitt, an dem sie gearbeitet hatten.

Beide Männer zuckten mit den Schultern.

Marty ging in die Hocke und betrachtete den Bereich genauer. Er klatschte mit der Handfläche laut gegen die Wand und runzelte die Stirn. »Das versteh ich nicht. Selbst wenn das hier Metall wäre, müssten wir doch irgendwelche Spuren sehen.« Er leckte sich über die Fingerspitze und rieb damit über die raue Oberfläche, die Kareem bearbeitet hatte. »Da ist nicht mal ein Kratzer.«

»Hallo zusammen.« Gunthers deutscher Akzent eilte ihm voraus, bevor er aus den Schatten in den Lichtkegel der LED-Laternen trat. »Irgendwelche Fortschritte mit der Wand?«

»Kein Wort mehr, Gunther!«, blaffte François. »Ich muss nachdenken.«

François steckte den Kopf mit Kareem und Abdullah zusammen und murmelte irgendetwas über die Ausrüstung.

Mit einem schiefen Grinsen hob Marty eine der kaputten Scheiben auf, zeigte sie Gunther und deutete dann auf die makellose Oberfläche des Steins.

Gunther kauerte sich hin, schwenkte wegwerfend die Hand in Richtung der Barriere und flüsterte: »Er glaubt, dass hinter dieser dämlichen Wand irgendwas Großes ist. Ich dachte, du wärst hergekommen, um dir die eigenartigen Hieroglyphen anzusehen.«

»Na ja, ich bin gerade das erste Mal hier am Ende des Tunnels«, flüsterte Marty zurück. »Bisher hab ich mir nur flüchtig die Schrift am Eingang angesehen ...«

»Nein, das meine ich nicht.« Gunther zeigte auf eine Stelle tief unten und links von Marty. »Diese Hieroglyphen. Keine davon ist mir bekannt. Nicht ein einziges Symbol. Ich dachte, vielleicht kannst du den Code knacken.«

Martys Blick folgte Gunthers ausgestreckter Hand. Er entdeckte einen kleinen Abschnitt in Bodennähe, der eine völlig andere Schrift als die im restlichen Tunnel aufwies.

Er sank auf die Hände und Knie. Als er sich vorbeugte, sträubten sich ihm die Nackenhaare, und sein Atem stockte.

»Kennst du das?«, fragte Gunther.

Diesen Schreibstil hatte Marty seit über 20 Jahren nicht mehr gesehen. Auch niemand sonst. Weil es nicht möglich war.

Er versuchte zu sprechen und stellte fest, dass er es nicht konnte.

François löste die Aufmerksamkeit von den beiden Arbeitern. Er schaute in Martys und Gunthers Richtung. »Wovon redet ihr beide?«

Marty zeichnete die Hieroglyphen mit den Fingern nach. Ein Teddybär, eine Lampe, ein Vorhang, ein Türknauf. Ein Bild einer Gitarre. Und, unverkennbar, eine saubere gemalte Darstellung eines Stifts. Tatsächlich nicht gemalt, sondern in den Stein gemeißelt.

»Na, magischer Sprachenguru?«, drängte François.

Marty fehlten die Worte. Seine Haut kribbelte, seine Hände begannen zu zittern. »Ich kenne das.«

Er schluckte schwer und schloss die Augen. Mit einem Meditationstrick, den ihm sein Großvater beigebracht hatte, konzentrierte er sich auf seine Atmung. Sein Herzschlag raste, seine Gedanken überschlugen sich.

Vor seinem geistigen Auge sah er die in die Wand geritzten Worte – genauso von Alter gezeichnet wie die restliche Schrift an den Tunnelwänden.

Nur handelte es sich um Worte auf Englisch.

Verfasst in einer Schrift, die sich Marty selbst ausgedacht hatte.

Offensichtlich waren die ihm so vertrauten Zeichen vor Tausenden Jahren hier eingeritzt worden. Aber wie konnte das sein?

Marty hatte erst aufgehört, sein erfundenes Schriftsystem zu verwenden, als er als Archäologe zu arbeiten begonnen hatte. Da erschien ihm die Idee einfach zu albern, kindisch.

Aber dieses alberne, erfundene Schriftsystem aus seiner Jugend ...

Hier.

Wie war das möglich?

Wollte Gunther ihm einen Streich spielen? Ihm hatte er ebenso von seiner persönlichen Schrift erzählt wie Lowanna. Es war kein Geheimnis.

Nur hatte er ihnen die Symbole nicht beigebracht. Wer auch immer diese Bilder in die Wand gemeißelt hatte, wusste nicht nur *von* dem Schriftsystem aus Martys Jugend, er kannte es auch.

Tja.

Marty öffnete die Augen. Eine Gänsehaut breitete sich über seinen gesamten Körper aus, während er auf eines der Muster seiner *erfundenen* Schrift starrte.

»Also, was steht da?«, wollte François wissen.

Martys Herzschlag hatte sich einigermaßen normalisiert, auch seine Atmung hatte er wieder unter Kontrolle.

Er deutete mit dem Daumen zur blanken Wand. »Der Text bezieht sich auf die Barriere. Auf das Ende des Tunnels. Hier steht, dass sie aus sechs Feldern besteht.«

Gunther stand auf und trat an den Rand des Lichtkegels der Laterne zurück. »Interessant ...« Er zeigte auf verschiedene Abschnitte der leeren Barriere. »Das ist mir bisher nie aufgefallen. Aber jetzt, wo du's sagst ... Da sind tatsächlich leichte Farbunterschiede. Sieht fast wie ein Schachbrettmuster aus. Wie ein stark verblasstes Schachbrett.«

Marty las den Rest des Textes, schaute zu der scheinbar leeren Wand und runzelte die Stirn.

»Und?«, wandte sich François an Marty. In der Stimme des Mannes schwang ein nervöses Beben mit. »Was steht da noch?«

»Nicht wirklich viel.« Als Marty aufstand, konnte er deutlich die leichten Farbunterschiede an der Barriere erkennen, die Muster von Quadraten bildeten. Tatsächlich bestand die Wand aus sechs verschiedenen Steinplatten. »Da steht, man muss die Wand an bestimmten Stellen berühren.«

François' Augen wurden groß. Er wich von der Wand zurück und rief: »*Imshi!*« Dann schnippte er in Richtung der Arbeiter mit den Fingern. »Weg von der Wand.«

Kareem und Abdullah entfernten sich hastig davon. Nur Marty blieb davor stehen.

Ein Kribbeln raste durch seinen Körper, als er die Hand ausstreckte und die linke obere Ecke der ersten Platte der Barriere berührte. An derselben Stelle berührte er danach die zweite Platte, die dritte und so weiter bis zur letzten.

So stand es im Text geschrieben.

Marty hatte nicht die geringste Ahnung, was er damit bewirken sollte. Allmählich kam er sich albern dabei vor, die vor ewigen Zeiten verfassten Anweisungen zu befolgen.

Kaum hatte er die untere rechte Ecke der ersten Platte berührt, spürte er etwas Merkwürdiges ... ein Beben?

Er schaute zurück zu den anderen, die ihn mit großen Augen anstarrten.

Offensichtlich hatten sie nichts wahrgenommen. Vielleicht brachte das Pochen seines rasenden Herzschlags seine Sinne durcheinander.

Marty holte tief Luft und stieß sie langsam wieder aus. Mit einem Achselzucken versuchte er, die Anspannung in seinen Schultern zu lockern. Dann berührte er die rechte untere Ecke der zweiten Platte und ignorierte die Phantomvibrationen, die er unter der Fingerkuppe zu spüren vermeinte.

Er fuhr bis zur sechsten und letzten Platte fort. Dann trat er zurück, ohne zu wissen, was er gerade getan hatte.

François hingegen trat einen Schritt vor, drehte sich Marty zu und öffnete den Mund ... In dem Moment ging ein Beben durch den Tunnel.

Diesmal keine Phantomvibrationen.

Alle schnappten erschrocken nach Luft oder fluchten. Die Laternen erloschen und stürzten den Tunnel in Dunkelheit.

»Ruhe!«, zischte François in der Finsternis. »Kareem, Abdullah, seht nach den Laternen.«

Es herrschte undurchdringliche Schwärze. Man hörte, wie ein Schalter wiederholt umgelegt wurde. Dann flüsterte Abdullah mit belegter Stimme: »Die Laternen ... funktionieren nicht.«

Marty drehte sich dem Geräusch schnell nahender Schritte zu. In der

Ferne tauchte ein wild schwankendes Licht auf, und jemand rief: »Ist alles in Ordnung?«

Surjans Worte hallten laut im Tunnel wider. Zwei Gestalten eilten auf sie zu, eine davon mit einer funktionierenden Laterne.

»Habt ihr das Erdbeben gespürt?«, stieß Lowanna atemlos hervor, als sie und der ehemalige Soldat aus der Dunkelheit auftauchten. Die schwingende LED-Lampe warf tänzelnde Schatten in alle Richtungen.

»Was um alles in der Welt ...« Gunther schnappte nach Luft. »Seht euch die Wand an.«

Als Marty sich umdrehte, gefror ihm das Blut in den Adern. Die blanke Sandsteinwand leuchtete in einem fahlen, bläulich-weißen Licht.

Die sechs Steinplatten verschwanden mit einem Laut wie einem Peitschenknall. Unmittelbar darauf folgte ein heftiger, staubiger Windstoß, der Marty um ein Haar aus dem Gleichgewicht riss.

»*Mon Dieu!*«, stieß François hervor.

Marty blinzelte sich Staub aus den Augen. Alle husteten.

Marty trat vor und streckte die Hand durch die Stelle, an der sich zuvor eine undurchdringliche Barriere befunden hatte.

30 Jahre Erfahrung im Feldeinsatz. Ein Gelehrter, der sich während all dieser Jahre der Wissenschaft und der Wahrheit verschrieben hatte. Trotzdem starrte Marty ratlos in die leere Kammer, die sie erwartete.

Er hatte keine Erklärung dafür, was er gerade erlebt hatte.

Das aufgeregte Gemurmel der anderen trat in den Hintergrund, als eine laute Stimme in seinem Kopf ertönte.

»Seher, es ist so weit.«

Marty spürte, wie ihn irgendeine Energie durchströmte. Wie eine kräftige Dosis Selbstvertrauen aus dem Nichts. Die Stimme in seinem Kopf hatte Altägyptisch gesprochen.

»Bring deine Mannschaft in die Kammer der Abrechnung. Als Seher bist du der Erste. Du wirst verstehen. Du wirst anführen. Du wirst erzählen. Du wirst finden, was nötig ist.

Geh jetzt. Es ist so weit.«

Es gab eine Erklärung für alles, was Marty an diesem Tag erlebt hatte.

Er könnte den Verstand verloren haben.

Nur glaubte er das tief im Herzen nicht.

Er drehte sich den anderen zu und bedeutete ihnen, ihm in eine scheinbar leere Kammer mit einer Kuppeldecke zu folgen. Sie erwies sich als rund, mit einem Durchmesser von etwa sechs Metern. Die Wände strahlten ein schwaches, bläulich-weißes Licht ab. »Hat irgendjemand etwas gehört, kurz nachdem die Wand verschwunden ist?«

Die Gruppe starrte ihn mit großen Augen an. Alle schüttelten den Kopf, als sie ihm in die Mitte der Kammer folgten.

Dann verschwand die Welt in grellem Weiß.

Der Administrator spürte die Schwingungen im Raumgefüge, lange bevor sich der Schwarm meldete und ihn benachrichtigte.

»Wir haben eine Fehlfunktion bei der Aktivierung eines Primärtests.«

Mit dem Wissen, dass er das dünne Gewebe dieser Brane zum Zerreißen brächte, wenn er seine Gegenwart schlagartig durch die Galaxie schickte, übermittelte der Administrator seine Wünsche an den Schwarm. »Ortsbeschreibung durchgeben.«

Für den Administrator fühlte sich die Zeit, die der Schwarm zum Verarbeiten der Anfrage und Zurücksenden einer Antwort brauchte, wie eine Ewigkeit an. Aber für diejenigen innerhalb der Brane, einem dünnen membranartigen Universum, in dem der Test ausgelöst worden war, würde ein bloßer Lidschlag verstrichen sein.

»Das Ereignis ist auf einem Planeten namens Erde aufgetreten, der einen G2V-Stern namens Sonne im Orion-Arm der Galaxie Milchstraße umkreist, Teil des Virgo-Superhaufens, der selbst Teil des Laniakea-Superhaufens ist.«

Sofort erschien die Präsenz des Administrators über dem Planeten und schwebte rasant über die verschiedenen Testareale. Dabei überprüfte er, wie viel Zeit zwischen der Einrichtung der Areale durch die Schöpfer und dem Moment der Aktivierung verstrichen war. Die Aktivierung hatte sich über einem als Ägypten bekannten Ort ereignet.

In der Transportkammer befanden sich sieben Menschen.

Aber bei der Aktivierung war eine Anomalie aufgetreten. Der Administrator spürte, dass auf diesem Planeten etwas nicht stimmte. Er war instabil geworden.

»Art der Anomalie?«

»Die Zeit, die der dominanten Spezies des Planeten zum Bestehen der Prüfung zugeteilt wurde, ist praktisch abgelaufen.«

Der Administrator konzentrierte sich auf das Testareal, das die Anomalie verursacht hatte. Ein Seher war bestimmt worden.

Allerdings waren seit vielen Jahren keine Tests durchgeführt worden. Tatsächlich seit so vielen Jahren, dass die Prüfungen nicht mehr funktionierten. Die Erdbeben hatten begonnen. Der Anfang vom Ende der Menschheit.

Der Administrator atmete tief durch und traf eine Entscheidung.

Eine letzte Chance für diese Spezies.

»Ich habe die Tests angepasst, um die entstandenen Verzögerungen auszugleichen. Ich gestatte dieser letzten Gruppe von Verfechtern, um das Schicksal der Menschheit zu kämpfen.«

»Verstanden. Die Störung ist beseitigt. Test läuft.«

Marty sah sich und den Rest der Gruppe in der Mitte der Kammer stehen. Alle wie Statuen erstarrt, alle in einen weiß schimmernden Lichtstrahl getaucht.

Er hörte das dumpfe Pochen von sieben verschiedenen Herzschlägen, während die Kammer verblasste.

Die Laute setzten sich fort, als sich die Welt in reines Weiß verwandelte.

Es waberte leicht um Marty herum, als er ein Gefühl von Bewegung wahrnahm. Bewegte er sich oder jemand in seiner Nähe?

Als er den anderen etwas zurufen wollte, stellte er fest, dass er keinerlei Kontrolle über seinen Körper hatte. Tatsächlich fühlte es sich an, als hätte er gar keinen. Seine Gedanken trieben in dem Weiß um ihn herum, und er wusste nur, dass *irgendetwas* vor sich ging.

In der völlig kahlen Umgebung begann etwas, Gestalt anzunehmen.

Ein schimmerndes, goldenes Bild eines Anch erschien und schwebte in dem Weiß.

Marty streckte sich danach. Und obwohl er nicht sehen konnte, dass sich sein Arm bewegte oder seine Finger den Gegenstand berührten, spürte er, wie sengende Schmerzen seine Hand durchzuckten.

Sein Herz pochte laut, als die goldene Farbe aus dem Anch abfloss.

Ein Brennen kroch seinen Arm hoch, und lodernde Hitze breitete sich durch seinen gesamten Körper aus. Es war, als versuchte der Gegenstand, Marty in Brand zu setzen.

Und mit einem Krachen aus dem Weiß um ihn herum erschien vor seinem geistigen Auge ein wirbelnder Strudel aus Farben. Es fühlte sich an wie ein Blick durch ein Portal zu einem anderen Ort.

Unter ihm erschien ein hufeisenförmiges Felsmassiv. Die Umgebung raste mit Raketengeschwindigkeit an ihm vorbei, als er hinunter auf Augenhöhe sank.

Die Sonne ging Dutzende Male auf und unter, während sein Blick nach Osten fegte, vorbei an Dörfern, Ackerland, den Ausläufern der Wüste. In der Ferne wirbelte eine große Zahl von Menschen eine Staubwolke auf, alle zu Fuß unterwegs zur aufgehenden Sonne.

Er näherte sich einer Armee, stieg darüber hinweg auf und bekam ein Meer von Hunderten Menschen zu sehen, alle mit antikem Kriegsgerät bewaffnet – Speeren, Schleudern, Bögen, gelegentlich auch Schwertern oder Stöcken. In der Mitte der marschierenden Armee rumpelte ein Planwagen. Martys geistiges Auge flog darauf zu.

Unter die Plane, vorbei an Dienern zu einem Mann auf einem Thron.

Er schaute auf, als könnte er Marty durch das Portal sehen. Die bronzefarbene Haut des Mannes schimmerte, und er lächelte.

»Willkommen, Seher. Es ist so weit.«

Das Portal und die weiße Welt explodierten, und Martys Ohren fühlten sich auf einen Schlag wie taub an. Er fiel nach vorn und landete auf allen vieren, als ihn ein intensiver Schwindelanfall überkam. Instinktiv krallte er die Hände in Gras und klammerte sich daran fest, während sich die Welt um ihn herum drehte.

Dann hörte er gedämpft, wie jemand in der Nähe würgte. Er schlug die Augen auf.

Die Kammer war verschwunden.

Weit und breit keine Spur mehr von Felswänden.

Irgendwie ... waren sie an einen fremden Ort versetzt worden.

Als er aufschaute, stellte er fest, dass er sich mit sechs anderen Personen auf einem hohen Felsvorsprung befand.

Die Bilder des rasenden Flugs liefen vor seinem geistigen Auge ab.

Als er sich auf die Beine rappelte und die Umgebung betrachtete, wurde ihm klar, dass sie auf der hufeisenförmigen Formation gelandet waren, die er durch das Portal gesehen hatte.

Das konnte nicht real sein.

Hatte er irgendeinen uralten Schadstoff eingeatmet, der Halluzinationen hervorrief?

»Es ist so weit.« Wieder diese Worte in seinem Kopf.

»Halt die Klappe«, forderte er die körperlose Stimme auf.

Dann wandte er sich den anderen zu, die gerade aufstanden, und Marty fiel die Kinnlade runter.

KAPITEL VIER

Marty stand vor einer ockerfarbenen Wand aus Stein. Seine Augen brannten und tränten. Ziegelstein? Hatte er sich umgedreht und betrachtete nun einen Winkel des Tunnels mit freiliegenden Ziegeln?

Aber seine Augen tränten, weil um ihn herum gleißendes Tageslicht herrschte. Und über ihm erstreckte sich ein strahlend blauer Himmel.

Was war geschehen?

Seine Hand schmerzte. Unwillkürlich ließ er das Anch fallen. Bisher hatte er nicht mal mitbekommen, dass er es hatte. Mit einem dumpfen Laut landete es auf dem weichen Steinboden unter seinen Füßen.

»Was ist passiert?« François' Stimme klang entfernt.

»Seht euch das an!«, entfuhr es Gunther. Dann fügte er besorgter hinzu: »Bleibt zurück. Vorsichtig. Marty, pass auf, wo du hintrittst.«

Langsam drehte sich Marty um. Er erblickte die anderen auf einem Riff aus gelblichem Stein. Sie trugen dieselbe Kleidung wie im Tunnel. Jeder hielt ein Anch. Die meisten starrten an Marty vorbei, nur Lowanna hatte den Kopf schiefgelegt, als lauschte sie angespannt auf etwas, und Surjan glotzte auf das Anch in seinen Händen.

Marty ließ seines vorerst liegen. Er spürte von Kopf bis Fuß ein Kribbeln, als hätte er einen elektrischen Schlag abbekommen. Seine Atmung ging schwer. Mit Gunthers Warnung im Kopf drehte er sich langsam um.

Vor seinen Füßen ging es 30 Meter steil in die Tiefe. Unten endete die Felswand abrupt mit einem sandigen Hang, auf dem hohes, grünes Gras wuchs. 15 weitere Meter darunter folgte eine Steppenlandschaft. Kilometerweit entfernt querten niedrige Hügel die Savanne. Dahinter verlor sich das Gelände in Blau.

Marty entfernte sich einen kontrollierten Schritt vom Rand des Abgrunds und hob das Anch auf.

»Ich hab mal LSD eingeworfen«, gestand François. »Na schön, öfters. Aber die Trips damals waren immer interessanter als das hier. Zum Beispiel ist der Himmel einfach nur blau. Außerdem kann ich mich nicht erinnern, mir heute irgendwas reingezogen zu haben. Vielleicht war in der Kammer irgendein Halluzinogen.«

»Das ist ein Traum«, sagte Lowanna. »Ganz klar. Ich träume.«

Marty sah es ähnlich. Offensichtlich war er gestürzt und hatte sich den Kopf gestoßen, hatte im Tunnel einen schweren Sauerstoffmangel erlitten oder Wahnvorstellungen durch irgendeine Substanz im uralten Staub.

François rückte zum Rand der Klippe vor. »Wenn es ein Traum ist, könnte ich ja versuchen zu fliegen.«

Surjan kniete sich hin und drückte den langen Teil seines Anch auf einen Stein zu seinen Füßen. »Ich gehe nicht so leichtfertig mit meinem Leben um. Nicht mal im Traum.«

»Wir sollten weg von dem Abgrund.« Marty lächelte. »Da es mein Traum ist und ihr darin nur Nebendarsteller seid, habt ihr kein Mitspracherecht.«

François runzelte die Stirn. »Ich schon. Habe ich immer.«

»Weil Sie reich sind?«, fragte Lowanna.

»Das hab ich damit nicht gemeint«, entgegnete François. »Und es fühlt sich total falsch an, in einem Traum gesiezt zu werden. Ich würde sagen, wir lassen das mal alle besser.« Dann fügte er hinzu: »Ganz davon abgesehen wär's nicht allzu vermessen zu berücksichtigen, dass trotzdem ich für all die Fahrzeuge, Zelte, Werkzeuge und Lebensmittel bezahle.«

»Ja«, gestand Lowanna ihm zu. »Und wo ist das alles?«

»Eine wirklich gute Frage«, befand Gunther. »Wo ist das alles? Vor allem das Wasser.«

Marty wurde bewusst, dass er in der Hitze schwitzte. In der schier endlosen Landschaft, die sich vor ihm erstreckte, entdeckte er weit und breit keinerlei Anzeichen auf einen Fluss.

»Das ... das ist ein Traum. Oder eine Halluzination.« François räusperte sich.

»Na schön. Also, was wolltest du über das Mitspracherecht sagen?« Lowanna ließ den Blick über die Felsformation wandern, auf der sie sich befanden. Dann entfernte sie sich. »Ich glaube, ich sehe einen Weg nach unten.«

François brummelte zwar, folgte ihr aber. Auch die anderen reihten sich hinter der Anthropologin ein. Marty bildete hinter den beiden Ägyptern das Schlusslicht. Abdullah hatte den Arm um Kareems Schulter gelegt und murmelte dem jüngeren Mann beruhigend zu. Kareem zitterte. Zweimal musste Abdullah ihn vom Rand wegziehen. Der Junge schien Gefahr zu laufen, vor lauter Schlottern in den Abgrund zu kippen.

Marty hingegen hatte sich seiner Schritte noch nie so sicher gefühlt. Vielleicht lag es daran, dass er sich in seinem Traum befand. Jedenfalls bewegte er sich forsch und selbstbewusst. Der Weg nach unten fühlte sich für ihn wie eine Kata an, deren fließende Schritte er schon unzählige Male geübt hatte, beim Warten in leeren Flughafenterminals, hinter Bühnen vor Präsentationen neuer Textübersetzungen und an Bushaltestellen.

Die Felsformation kam ihm bekannt vor. War er hier schon einmal gewesen? Handelte es sich um einen berühmten Berg?

Aber das schien albern zu sein. Das Gefühl der Vertrautheit rührte daher, dass es Martys Traum war.

Obwohl sich die Erfahrung für einen Traum erschreckend lebhaft anfühlte.

»Dieser Hügel ist bewohntes Gebiet«, sagte Surjan.

Lowanna blieb stehen und drehte sich um. François nutzte die Gelegenheit, um sie zu überholen. Surjan betrachtete eine niedrige, vom Zahn der Zeit angenagte Steinreihe, offensichtliche Überreste einer alten Mauer. Sie hatten die Ruine eines Gebäudes aus Stein vor sich, das einst am Rand der gelblichen Felswand die Schlucht darunter überblickt haben musste. Marty schaute hinunter. Der Abgrund führte von der Steppe zu dem Felsmassiv herauf.

»Du denkst dasselbe wie ich«, sagte Gunther zu ihm. »Das könnte ein Wachturm gewesen sein. Um den Zugang über die Schlucht zu kontrollieren.«

»Oder eine Hirtenhütte«, erwiderte Marty. »Um eine Herde auf dem einzigen Weg herauf oder hinunter zu kontrollieren.«

»Dann werden wir wohl konkurrierende Abhandlungen veröffentlichen«, sagte Gunther.

Marty schüttelte den Kopf.

»Und was wird in der Abhandlung darüber stehen?« Surjan zeigte auf eine senkrechte Steinplatte einige Schritte von der Ruine entfernt. Rote Bilder übersäten die gelbliche Fläche. Sie zeigten zig Menschen, die auf dem Boden zu liegen schienen. Tot? Mit dem Gesicht auf dem Boden, wie sich viele alte Kulturen verbeugt hatten? Jedenfalls waren sie drei größeren menschenähnlichen Gestalten mit einer Art Hund an der Seite zugewandt. Die Köpfe der Humanoiden erinnerten ebenfalls an die von Hunden, und einer hielt einen Streitkolben emporgestreckt.

»Anubis?«, murmelte er. »Aber mit einem königlichen Streitkolben?«

»Die Ohren sind eckig«, merkte Gunther an. »Das ist Seth. Und die hundeähnliche Kreatur mit den ebenfalls eckigen Ohren und dem gegabelten Schwanz ist das Seth-Tier. Das Scha.«

»Natürlich.« Marty nickte.

»Obwohl mir nicht klar ist, warum da drei Seths sind«, fügte Gunther hinzu. »Das erscheint mir falsch.«

»Na toll, jetzt kriege ich den Kram sogar in meinen Träumen zu hören.« Surjan schüttelte den Kopf. »Ich brauche dringend einen neuen Job.«

Die Ägypter drängten sich nach vorn, und Abdullah wandte sich an François. »Wir gehen voraus. Zwar können wir die Hieroglyphen nicht lesen, aber wir können einen guten Weg finden. Wir sind an die Wüste gewöhnt.«

»Das sind keine Hieroglyphen«, argumentierte Gunther. »Es sind nur Bilder.«

»Das ist der Jebel Mudawwar«, sagte Marty.

Gunther betrachtete die Felsbilder mit zusammengekniffenen Augen. »Was?«

Alle drehten sich Marty zu und starrten ihn an.

»Nein.« Marty deutete mit ausladender Geste auf die Aussicht hinter ihm. »Dieses Massiv, auf dem wir stehen. Ich erkenne es. Ich bin schon mal hier gewesen. Das ist der Jebel Mudawwar. Eine Felsformation in ...« Abrupt verstummte er. »In Marokko.«

»Warum nicht?« François zuckte mit den Schultern. »Ist ja mein Traum, also können wir genauso gut in Marokko sein. In Marrakesch hab ich schöne Zeiten erlebt. Geh voraus, Abdullah.«

Der Araber erreichte das Ende des Felsvorsprungs und bahnte sich einen Weg den von Felsbrocken übersäten Hang hinunter in die Schlucht, die ihrerseits nach unten zur Steppe verlief.

»Nur ist es viel zu grün.« Marty unterhielt sich mit Gunther, Lowanna und Surjan, die alle nachdenklich wirkten.

»Wir haben eindeutig Frühling«, sagte Lowanna. »Seht euch die Vegetation an. Wir sind in einer Savanne, und beachtet, wie grün das Gras ist. Also muss es die Zeit der Frühlingsregenfälle sein. Oder vielleicht hat sie gerade erst geendet.«

»Marokko ist keine Savanne«, sagte Marty. »Nicht im 21. Jahrhundert.«

»Wir sind sowieso nicht in Marokko«, warf Lowanna ein. »Wir sind in Ägypten. Also ist es mein Traum.«

»Mein Traum«, widersprach Gunther.

Surjan schüttelte den Kopf und folgte den Ägyptern und François in die Schlucht hinab.

»Wir werden Wasser brauchen«, merkte Gunther an. »Sonst sind wir morgen tot. Traumtot, wenn man so will.«

»Traum hin, Traum her, ich hab Durst«, gestand Marty. »Nur hab ich abgesehen von dem ungewöhnlichen Grün in der Umgebung noch keine Anzeichen auf Wasser gesehen.«

Die Schlucht führte sie in ein breiteres Tal, das sich innerhalb des U-förmigen Felsmassivs erstreckte. Das Gras wuchs darin dicht und hoch. Während sie marschierten, verspürte Marty den unbändigen Drang, seinen inneren Lehrmeister zu entfesseln. Kurz sträubte er sich dagegen, dann jedoch beschloss er, dass es egal wäre. Immerhin befanden sie sich alle in seinem Traum.

»Die Felsformation ist auf drei Seiten sehr schwer zu erklimmen«, sagte er und zeigte hin. Die anderen blieben stehen und hörten ihm zu. Lowanna pflückte einen langen Grashalm und saugte daran, während sie die anderen Pflanzen um sie herum prüfend begutachtete. »Nach Westen hin ist sie offen. Irgendwann in der Vergangenheit, ich weiß nicht mehr, wann, wurde sie befestigt. In wenigen Minuten passieren wir die Überreste der Mauer, mit der die offene Seite der Schlucht wie eine natürliche Festung abgeriegelt war.«

Lowanna zupfte eine Pflanze aus dem Boden. Diesmal kein Gras, sondern irgendein Gemüse mit breiten grünen Blättern und einer langen, dicken, weißen Wurzel.

»Was ist das? Eine wilde Kartoffel?«, fragte Gunther.

»Irgendjemand hat über Durst geklagt«, erwiderte sie. »Und nein, ich glaube, die Pflanze ist mehr wie ein Radieschen.«

»Wir haben alle Durst«, raunte Surjan.

»Pflückt einen Grashalm«, sagte Lowanna. »Zupft ihn nicht aus dem Boden, knickt nur das obere Stück ab. Wenn man genau hinschaut, sieht es aus, als würden sie in einer kleinen Hülle stecken. Zieht man ihn da raus, legt man das weiße Mark frei.« Sie zeigte es den anderen. »Darin speichert das Gras sein Wasser.«

»Aber nicht besonders viel«, brummte François.

»Nicht besonders viel.« Sie nickte. »Allerdings wird darin auch Zucker gespeichert. Das Mark ist süß. Wenn man daran lutscht, werden die Speicheldrüsen angeregt. Das verschafft Erleichterung gegen Durst.«

Marty schnappte sich einen Halm und saugte daran. Gunther pflückte einen für sich und einen zweiten für Kareem.

»Das wird uns nicht davor bewahren zu dehydrieren«, merkte François an, der ebenfalls behutsam einen Halm von dessen Hülle löste.

»Ich hab eine Theorie über diesen wilden Rettich.« Lowanna schüttelte die Erde von der Knolle. Dann schälte sie mit dem Messer vorsichtig die Haut ab. Innen erwies sich die Knolle als feucht und breiig.

»Gute Idee«, befand François. »Die können wir in einem Topf oder so zerstampfen und das Wasser abseihen.«

Surjan entfernte sich einige Schritte von den anderen zu einem schweren Felsbrocken am Fuß eines Geröllhangs. Er setzte den Stiel seines Anch an dem Stein an und strich in langen, kräftigen Zügen darüber.

»Wir haben keinen Topf«, gab Lowanna zu bedenken. »Aber wir haben Daumen.«

Sie hatte den Rettich in den Handflächen zu einem Brei geschabt.

Mit der Masse in einer Hand legte sie den Kopf in den Nacken und setzte den Daumen am offenen Mund an. Dann drückte sie mit den Fingern zu. Die milchige Flüssigkeit aus dem Fruchtfleisch lief an ihrem Daumen entlang in ihren Mund. Nachdem sie alles an Wasser herausgequetscht hatte, warf sie die Reste des Rettichs beiseite.

Sofort begann François, das Gras nach weiteren Knollen abzusuchen.

»Warte lieber ein paar Minuten«, riet Lowanna. »Vergewissern wir uns erst, dass sich keine unerwünschte Reaktion einstellt. Hm, schmeckt irgendwie pfeffrig.«

»Warum der Selbsttest?«, fragte Marty. Obwohl er nicht wusste, ob es eine richtige Antwort darauf gab. An wem hätte sie die Flüssigkeit sonst testen sollen? An Kareem, weil er ein ungelernter Arbeiter war? An Surjan, weil die Verantwortung für die Sicherheit bei ihm lag?

»Eigentlich wollte ich ja François dazu auffordern«, sagte Lowanna. »Nur für den Fall, dass die Pflanze giftig ist. Aber dann dachte mir, es ist ja mein Traum, und ich hab Durst.«

»Das reicht, genug gewartet.« François grub einen Rettich aus. Dabei stellte er sich ungeschickter an als Lowanna. Er hinterließ ein größeres Loch im Boden und musste deutlich mehr Erde von der Knolle schütteln. Dann schälte auch er die Haut ab und schnitt sich dabei um ein Haar in den Finger. Nach zwei beharrlichen Minuten hatte er die Haut abgezogen, ein wenig Fruchtfleisch zermatscht und die herausgequetschte Flüssigkeit getrunken.

Marty zog es vor zu warten. Nur für den Fall, dass es sich doch nicht um einen Traum handelte, er sich irgendwie tatsächlich in Marokko befand und ein echtes Leben zu verlieren hatte. Er wandte sich an Surjan. »*Schärfst* du dein Anch etwa?«

Surjan nickte und zeigte es ihm. »Mein Gürtelmesser hab ich dabei, aber die Schusswaffen sind alle noch im Lager.« Irgendetwas schien ihm peinlich zu sein.

»Das Schwert auch?«, riet Marty.

Surjan nickte. »Falls jemand aus dieser marokkanischen Festung vorhat, uns auszurauben, will ich bewaffnet sein. Und ich denke, das hier kann ich als eine Art Kurzschwert verwenden.«

»Das Teil ist schwer genug, um es so, wie es ist, als Keule zu verwenden«, merkte Gunther an.

»Ich will aber ein Schwert«, erwiderte Surjan.

»Hier hat es jede Menge von diesem Rettich«, sagte François. »Schlagen wir unser Lager hier auf. Schadet wohl nicht, sich noch weiter umzusehen, aber für die Nacht kommen wir hierher zurück.«

Gunther beäugte François und Lowanna. »Fühlt ihr euch dehydriert? Anzeichen von Übelkeit? Irgendwelche Krämpfe?«

»Ich fühle mich belebt.« François klopfte sich auf die Brust.

Lowanna schnaubte. Sie begann, mit dem Messer Grashalme knapp über der Erde abzuschneiden. Unterwegs sammelte sie die Ernte in der linken Armbeuge. Bald hatte sie ein dickes Büschel beisammen.

»Hier zu lagern, ist problematisch«, sagte Marty. »Wir sind in der prallen Sonne, weit und breit kein Schatten. Wahrscheinlich haben wir heute noch ein paar Stunden Tageslicht. Ein Lager sollten wir lieber an einer Stelle aufschlagen, wo wir uns vor der Sonne schützen können.«

Lowanna ließ sich im Schneidersitz nieder und legte das Grasbüschel neben sich. Sie begann, das Gras zu flechten.

»Soll das ein Baldachin werden?«, fragte Gunther sie. »Für Schatten?«

»Könnte auch eine gute Idee sein.« Sie wirkte zerstreut und schüttelte den Kopf, als wollte sie die Gedanken ordnen. »Aber das soll tatsächlich einen Korb werden.«

»Dafür kriegst du aber von niemandem hier ein Verdienstabzeichen«, kam von François.

»Die Körbe«, erklärte Lowanna an Gunther gewandt, als hätte François nichts gesagt, »will ich verwenden, um Rettich zu transportieren. Hier gibt's einen Haufen davon, und wir wissen nicht, wann wir wieder welche finden, sobald wir von hier aufbrechen. Natürlich wäre ein Wasserschlauch viel effizienter, um nur die Flüssigkeit zu transportieren. Aber so können wir wenigstens Rettich mitnehmen.«

»Da mache ich doch glatt mit.« Gunther lächelte. »Wenn du mir beibringst, wie es geht.«

»Du wirst den Dreh schnell raushaben. Geh und hol dir Gras.«

Abdullah und Kareem schlossen sich Gunther dabei an, Gras zu sammeln, um Körbe zu flechten. Marty hatte kein Taschenmesser, stellte jedoch fest, dass er die Halme mit dem Daumen und Zeigefinger in Bodennähe durchtrennen konnte. Auch er begann zu pflücken.

»Ich habe so das Gefühl, dass Flechten nichts für mich ist.« François schaute nach Westen, vorbei an den gelblichen Felsarmen des Jebel Mudawwar. »Ich gehe diese Mauerruine suchen. Vielleicht finden wir dort Schatten.«

»Gute Idee«, meinte Marty. »Aber du solltest nicht allein gehen. Und meiner Erinnerung nach müsste sie leicht zu finden sein. Sie ist ziemlich groß.«

»Worüber machst du dir Sorgen?«, fragte François. »Räuber? Schlangen? Löwen?«

»Wohl über alles davon«, erwiderte Marty.

»Wenn ich nicht allein gehen soll, muss halt jemand mitkommen.« Damit marschierte François nach Westen los.

Marty reichte Lowanna seine Grashalme. »Kannst du hier Wache halten?«, wandte er sich an Surjan.

»Sicher«, erwiderte der Mann. »Es könnte ja Räuber in der Nähe geben. Schlangen. Löwen.«

Zwar verzog er keine Miene, aber machte er sich gerade über Martys Vorsicht lustig? Ob es in Marokko Löwen in freier Wildbahn gab, wusste Marty zwar nicht, doch bei dieser Felsformation handelte es sich eindeutig um den Jebel Mudawwar. Nur dass eine Graslandschaft die Formation umgab, verunsicherte ihn zutiefst. Bestand Marokko aus weniger Wüste, als Marty es in Erinnerung hatte? Jedenfalls konnte es wilde Löwen in der Region geben. Und Räuber.

Und Schlangen erst recht.

Das Kribbeln in seinen Gliedern hatte nachgelassen, und zum Glück setzte ihm die Müdigkeit nicht ganz so schlimm zu wie sonst. Er folgte François mit schnellen Schritten, um den Vorsprung des Franzosen zu verringern.

»Hör mal«, sagte er, als er ihn einholte. »Hast du, äh, irgendwas bemerkt? Zwischen dem Tunnel und dem Anch und der Ankunft hier, meine ich. Hast du da noch irgendwas anderes gesehen?«

François blieb stehen. »Du meinst, ob ich vor diesem Traum einen anderen hatte?«

»Ja, ich denke, das meine ich.«

»Nein, ich bin direkt aus Ägypten nach Marokko versetzt worden.« François starrte auf den Boden. »Warum? Hattest du eine Vision?«

»Ja.« Marty zuckte mit den Schultern. »Aber du hast recht, war wohl nur ein weiterer Traum. Vor diesem.«

Wieder schaute François zu Boden. »Wo sind jetzt die Ruinen der Mauer, von der du gesprochen hast? Ich sehe nur Spuren von Tieren. Von welchen stammen solche Abdrücke? Antilopen?«

Marty schaute zum Felsmassiv. »Sollte ganz in der Nähe sein. Eigentlich unübersehbar. An manchen Stellen ist die Mauer über sieben Meter hoch.«

Zusammen gingen sie weiter und hielten Ausschau danach. Sie näherten sich erst der einen, dann der anderen Felswand und suchten nach den Ruinen aus Stein der alten Festungsanlage, an die sich Marty erinnerte.

»Anscheinend irrst du dich«, sagte François. »Wir sind nicht in Marokko.«

»Vielleicht.« Marty schaute zu der markanten Felsformation über ihnen auf. »Aber ich bin mir ziemlich sicher, dass wir nicht in Ägypten sind.«

KAPITEL FÜNF

Die Abendsonne schimmerte noch gelb und warf lange Schatten, als sie zum Rest der Gruppe zurückkehrten. Unter Lowannas Anleitung hatten Gunther, Abdullah und Kareem sieben Graskörbe geflochten, jeweils mit kurzen, dicken Grasseilen an zwei Stellen des Rands, die als Griffe dienten.

»Je mehr ich von der Gegend sehe«, sagte Marty, »desto überzeugter bin ich, dass es der Jebel Mudawwar ist. Aber ...«

Sollte er der Gruppe seine Zweifel wirklich anvertrauen? Allerdings konnten sie gute Entscheidungen nur auf einer vernünftigen Datengrundlage treffen. Wofür es *alle* Daten brauchte.

»Aber hier ist entschieden zu viel Gras«, ergriff Lowanna das Wort. »Hier sollte eine Wüste sein. Eine trockene, sandige Wüste wie der Nordrand der Sahara. Wir sollten spärlich über die Landschaft verstreute Salbeibüsche, Salzsträucher und Sukkulenten sehen. Nicht dieses Meer von Gras. Das sieht eher nach einem unberührten Winkel von Kansas oder so aus.«

»Außerdem hast du gesagt, dass am Eingang zur Schlucht Ruinen sein sollten«, warf François ein. »Mächtige Steinmauern. Über sieben Meter hoch.«

»Demnach sind wir nicht in Marokko«, folgerte Surjan. »Und nicht in Ägypten.«

»In einem Traum«, sagte Abdullah. »Bei Gott, es ist ein Traum.«

Marty runzelte die Stirn. Er wusste nicht mehr, was er glauben sollte. Der vermeintliche Traum dauerte bereits entschieden zu lange an, und der mittlerweile getrocknete, zwischen seinen Schulterblättern kribbelnde Schweiß fühlte sich zu real an.

»Wasser haben wir«, sagte François. »Als Nächstes stehen Unterkunft und Verpflegung auf dem Programm.«

»Dabei können wir deine Hypothese auf die Probe stellen«, meinte Gunther. »Nicht wahr? In wenigen Stunden können wir in die Sterne schauen und unseren Aufenthaltsort mit ihrer Hilfe bestimmen.«

»Wir können den Breitengrad bestimmen«, schränkte Lowanna ein. »Nicht den Längengrad. Aber überrascht mich, dass du überhaupt daran denkst.«

Gunther verzog das Gesicht und zuckte mit den Schultern. »Ich habe es wohl nur gehofft. In Wirklichkeit bin ich ja ein Stadtkind. Aber ich weiß, dass sich einige von euch mit der Natur auskennen. Ich dachte mir, vielleicht wisst ihr mehr als ich.«

Marty durchforstete sein Gedächtnis. »Der Jebel Mudawwar liegt ungefähr auf 30 Grad nördlicher Breite. Wenn wir auf einem völlig anderen Breitengrad sind, liege ich falsch. Sonst haben wir zumindest eine brauchbare Hypothese darüber, wo wir uns befinden.«

»So Gott will, in einem Traum«, murmelte Kareem. Abdullah brachte ihn mit einem Ellbogenstoß in die Rippen zum Schweigen.

»Nur hat in deiner Hypothese«, dachte Gunther laut nach, »Marokko mehrere ziemlich feuchte Jahre hinter sich, ohne dass wir etwas davon mitbekommen haben. So feucht, dass sich die Vegetation völlig verändert hat. Abgesehen davon trügt dich deine Erinnerung an die Ruinen.«

»Und wenn wir in Marokko sind«, meldete sich Surjan zu Wort, »sollten wir nach Norden gehen. Oder vielleicht nach Westen. So kommen wir ans Meer und in ein milderes, mediterranes Klima.«

»Mir erscheint das Klima auch hier reichlich mild«, murmelte Lowanna.

Surjan runzelte die Stirn.

»Wenn wir dort sind, wo ich vermute, sollten wir nach Osten gehen«, sagte Marty.

Gunther schnaubte. »Schon richtig, Kairo liegt ungefähr auf demselben Breitengrad. Wenn wir also in Marokko sind, würden wir in östlicher Richtung direkt nach Kairo kommen. Nur wären das über 3.000 Kilometer, oder?«

Marty dachte über seine Vision nach, bevor er sie verdrängte.

»Weiß ich nicht«, sagte er. »Ja, wir könnten theoretisch zu Fuß nach Ägypten wandern. Aber darauf wollte ich nicht hinaus. Wenn das hier der Jebel Mudawwar ist, liegt etwa 15 Kilometer östlich eine Ortschaft. An einem Fluss. Normalerweise ist er unterbrochen, an manchen Stellen ausgetrocknet. Aber so grün, wie es hier ist, müsste der derzeit durchgehend Wasser führen.«

»Du weißt ja eine Menge über Marokkos Geografie«, merkte Surjan an.

Marty schmunzelte. »Schon möglich. Ich war vor Jahren mal für eine Ausgrabung in Sidschilmasa hier. Das ist eine mittelalterliche Ruine in der Nähe von Rissani – liegt beides in der Nähe einer Oase am Ziz. Wir sind ein paar Mal mit Motorrädern zum Wandern hier rausgefahren.« Er sah sich um. »Nur mussten wir eigenes Wasser mitbringen. Die Umgebung war knochentrocken.«

»Was ist mit Gras?«, fragte François. »Hattet ihr auch Marihuana dabei?«

Marty lächelte. »Ich war jung und dumm. Also werde ich das weder bestätigen noch dementieren.«

»15 Kilometer sind nicht allzu schlimm, sobald die Sonne untergegangen ist«, entschied François. »Wir gehen nach Osten.«

»Werfen wir erst einen Blick auf die Sterne«, schlug Gunther vor, schaute zu Lowanna und nickte. »Wenn wir dabei feststellen, dass wir nicht auf dem 30. Breitengrad sind, müssen wir uns einen anderen Plan überlegen.«

»In der Zwischenzeit«, meinte François, »essen wir.«

»Wir haben den Rettich«, sagte Lowanna.

»Ich bin dankbar für das Rettichwasser«, merkte François an. »Auch wenn es nach Kreide mit Pfeffer schmeckt. Aber ich hab da drüben Antilopenspuren gesehen und finde, wir sollten eine erlegen.«

»Womit denn?« Lowanna runzelte die Stirn. »Willst du sie mit einem Korb voller Rettich erschlagen?«

Surjan stand auf und steckte sein Anch unter seinen Gürtel. »Einverstanden. Wir brauchen wirklich etwas zu essen. Ich hole eine Antilope.«

Marty zog über die Selbstsicherheit, die der Sikh ausstrahlte, die Augenbrauen hoch. »Mit deinem Anch?«

»Ein Gewehr oder ein Bogen wäre mir lieber«, erwiderte Surjan. »Oder ein Speer. Da ich nichts davon habe, benutze ich mein Messer.«

»Und wenn das nicht klappt, die bloßen Hände.« Gunther lächelte. Surjan warf ihm einen mürrischen Blick zu, und der Deutsche schaute weg.

»Ich sollte mitkommen«, schlug Marty vor.

»Dann aber lieber mit etwas Abstand«, sagte Surjan. »Damit du mir das Wild nicht verschreckst.«

»Ich kann mich durchaus ruhig verhalten«, argumentierte Marty.

Surjan zuckte mit den Schultern. »Bleib in meiner Nähe, damit du wenigstens in Windrichtung unserer Beute bist.«

Marty folgte Surjan in westlicher Richtung aus der Schlucht. Je weiter sie gingen, desto aufmerksamer achtete Surjan auf den Boden. Gelegentlich blieb er stehen, bückte sich und schob das Gras beiseite, um die Erde zu betrachten. Auch die Halme selbst überprüfte er. Bis er plötzlich erstarrte. Dasselbe galt für Marty, als er dem Blick des Mannes folgte. In der Ferne graste eine Herde weißer Huftiere mit langen, eingedrehten Hörnern.

Mendesantilopen. Marty vermeinte, sich zu erinnern, dass sie in der Sahara vorkamen. Nur falls sie sich in der Sahara befanden, dann nicht in der, die er im Gedächtnis Erinnerung hatte.

Surjan winkte Marty mit den Händen nach unten, und Marty kauerte sich hin. Er sah sich um, nach wie vor zugleich ratlos und frustriert über das Fehlen der Mauer, an die er sich so gut erinnerte. Er wollte es François gegenüber nicht zugeben, aber er hatte damals einen Joint geraucht. Dabei hatte er an einer über sieben Meter hohen Mauer aus Stein gelehnt und mit drei anderen Studenten den Sonnenuntergang beobachtet.

Den Sonnenuntergang über dieser Ebene, davon war er überzeugt.

Er richtete die Aufmerksamkeit wieder auf die Antilopenherde. Surjan sah er nicht mehr. Kroch der Mann gerade auf Händen und Knien vorwärts? Oder lag er mit dem Messer zwischen den Zähnen auf dem Bauch? Der Wind, der das Gras kräuselte, wehte in Martys Richtung, die Tiere sollten ihn also nicht wittern können. Wenn sich Surjan in mehr oder weniger gerader Linie auf die Herde zubewegte, dürften sie auch ihn nicht riechen können.

Der Himmel hatte sich mit dem einsetzenden Sonnenuntergang violett verfärbt.

Wenn sich Marty tatsächlich in einem Traum befand, dann in einem, wie er ihn noch nie zuvor erlebt hatte. Aber was konnte es sonst sein? Eine Halluzination? Eine Art Simulation? Und war der Rest der Gruppe wirklich hier und erlebte alles mit ihm? Oder bildete er es sich das nur ein?

Saßen sie in Wirklichkeit alle mit geschlossenen Augen irgendwo in einem Raum, während ein Hypnotiseur ihnen einredete, sie würden hohes grünes Gras in der Sahara sehen?

Irgendetwas – wie sich der Sikh durch das hohe Gras an die Wildtiere anpirschte, die Erinnerung an den Joint oder der lächerliche Gedanke, nicht mit Sicherheit zu wissen, wo er sich befand – kam Marty derart unwahrscheinlich und ungereimt vor, dass er unwillkürlich laut auflachte.

Eine der Antilopen hob den Kopf und schaute in Martys Richtung. In dem Moment sprang Surjan mit dem Messer in der Hand aus dem Gras auf und packte das Tier am Hals. Die Antilope wollte losspringen, aber Surjan hielt sie mit eisernem Griff fest. Als sich die Antilope aufbäumte, um ihn abzuschütteln, schlang Surjan den anderen Arm um sie und schlitzte ihr mit einer fließenden Bewegung die Kehle auf. Der blutige Schnitt hob sich sogar im schwindenden Licht deutlich vom weißen Fell ab.

Die Herde geriet in Panik und preschte über die Prärie davon.

Surjan fiel ins Gras. Die verwundete Antilope stach mit den eingedrehten Hörnern nach ihm, bevor sie mit den anderen die Flucht ergriff. Surjan blieb stehen. Marty eilte zu ihm. Unterwegs beobachtete er, wie die verwundete Antilope zunehmend langsamer wurde, bevor sie verblutend zusammenbrach. Surjan lief hin und erstarrte plötzlich.

Er stand da und starrte abwechselnd auf den Körper der Antilope und seine Hände.

Marty hielt ebenfalls an. Was sah Surjan? Die Sonne hatte den Horizont erreicht. Lange Strahlen fielen über die Prärie und ließen nur die Umrisse des Sikh und seiner toten Beute erkennen. Langsam setzte sich Marty wieder in Bewegung.

Surjan murmelte etwas, als Marty zu ihm aufschloss.

»Ich bin froh, dass du hier bist, Marty. Jetzt weiß ich, dass ich vor Schlangen sicher bin.« Sein Arm blutete.

»Ich habe dich nicht vor der Antilope gerettet«, sagte Marty. »Aber zumindest kann ich die Wunde versorgen.«

Surjan nickte. Marty riss die Hälfte seines weißen Baumwollunterhemds in Streifen und verband die lange Wunde an Surjans Unterarm. Steril war die Baumwolle natürlich nicht, aber zumindest saugfähig.

»Hast du ... irgendwas gesehen?«, fragte Marty, während er arbeitete. »Nachdem du die Antilope erlegt hast?«

Surjan zögerte. »Was zum Beispiel?«

»Zum Beispiel ... Keine Ahnung. Ich hatte bloß den Eindruck, du würdest irgendwas anstarren.«

Surjan brummte. Er bückte sich, hob das Tier an und hievte es sich über die breiten Schultern. Dann drehte er sich um und lief in Richtung der anderen los.

Surjans Ausdauer beeindruckte Marty, allerdings staunte er auch über die eigene. Obwohl er an diesem Tag reichlich geklettert, marschiert und sogar gerannt war, verspürte er deutlich weniger Erschöpfung, als er erwartet hätte. Ein Beweis dafür, dass es sich doch nur um einen Traum handelte?

Als sie zu den anderen zurückkehrten, waren zwei der Körbe bereits mit Knollen gefüllt. Abdullah und Kareem hüteten ein kleines Feuer.

Surjan legte den Antilopenkadaver ab. François stieß einen anerkennenden Pfiff aus.

»Wie ich sehe, hast du das Messer benutzt«, merkte Gunther an. »Unsportlich.«

»Hier geht's nicht um Sport«, gab Surjan grollend zurück.

Lowanna stand auf und entfernte sich aus dem Lichtkegel des Feuers in die zunehmende Düsternis. Marty folgte ihr.

»Alles in Ordnung?«, erkundigte er sich.

»Mir ist plötzlich übel.« Sie biss sich auf die Unterlippe und starrte nach Westen. Am Himmel zeigten sich die ersten Sterne.

»Ich bin selbst total durcheinander«, sagte Marty. »Irgendwie ist mir auch meine Überzeugung peinlich, dass wir hier beim Jebel Mudawwar sind, obwohl ... obwohl das nicht zu stimmen scheint. Ich bin verwirrt. Trotzdem bin ich mir ziemlich sicher, dass es kein Traum ist.«

»Es ist kein Traum.« Lowanna klang verängstigt.

»Ich sehe die ersten Sterne«, sagte Marty. Er drehte sich nach rechts, schaute nach Norden. »Da ist der Große Wagen. Der ist immer am einfachsten zu finden. Man folgt einfach den beiden vorderen Sternen zum Polarstern, und schon sieht man ihn tief am Horizont.« Er hielt die rechte Hand vor sich, den kleinen Finger und den Daumen so ausgestreckt, dass sie auf Armeslänge eine Spanne von 15 Grad bildeten. »Ungefähr zwei Handbreit über dem Horizont. Wir sind eindeutig in der nördlichen Hemisphäre und in der Nähe des dreißigsten Breitengrads.«

»Du sagst das so leichtfertig«, merkte Lowanna an. »Warum fühlen sich die Worte für mich so schwer an?«

Marty seufzte. »Du bist mir wohl einen Schritt voraus. Du denkst an die Konsequenzen und spürst ihre Last. Wir könnten beim Jebel Mudawwar sein. Was bedeutet, dass irgendetwas unsagbar Seltsames passiert ist und wir ziemlich weit weg von Ägypten sind.«

Warum war er darüber nicht fassungsloser?

Weil er davor einen prädynastischen Text gelesen und seine eigenen, persönlichen Hieroglyphen in einem versiegelten, altägyptischen Tunnel entdeckt hatte?

Angesichts dieser Vorgeschichte erschien eine unerklärliche Teleportation nach Marokko gar nicht mehr so abwegig.

»Etwas Seltsames«, murmelte Lowanna. Irgendetwas lenkte sie ab.

»Du hast wahrscheinlich mehr Erfahrung in der Wildnis als ich«, versuchte Marty, sie zurück ins Gespräch zu holen.

»Weil ich als Arrernte aufgewachsen bin?«, konterte sie.

»Ich habe ›wahrscheinlich‹ gesagt«, betonte Marty. »So oder so, ich würde gern deine Meinung hören. Was machen wir jetzt?«

»Das Antilopenfleisch zubereiten.« Lowanna beugte sich vor und übergab sich ins Gras. Dann richtete sie sich auf und wischte sich den Mund ab. »Entschuldigung. Wir braten es, wenn wir können. Oder schneiden es auf und wickeln es ein. Im Idealfall würde ich es pökeln. Aber es hält sich auch so ein, zwei Tage, wenn wir es mitnehmen. Wir sollten auch das Fell nutzen. Zum Beispiel für Wasserschläuche. Dann können wir Wasser mitnehmen, wenn wir eine Oase erreichen.«

Sie beugte sich vorn, stützte die Ellbogen auf die Knie und atmete tief durch.

»In einer Oase werden andere Menschen sein«, meinte Marty.

»Und was, wenn nicht?«, konterte sie.

Marty erinnerte sich an die Ortschaft Rissani mit ihrem belebten Basar und den geweißelten Reihenhäuschen. »Na schön«, sagte er. »Sicher ist sicher. Nehmen wir uns die Zeit und basteln Wasserschläuche. Ich vermute mal, du weißt, wie das geht.«

Sie würgte erneut, es kam jedoch nichts mehr hoch. »Vielleicht kann das jemand anders übernehmen. Ich kann erklären, wie man es macht.«

»Wir sollten wohl lieber kein Rettichwasser mehr trinken«, sagte Marty.

»Daran liegt's nicht«, erwiderte sie. »Mir wird vom Gedanken an Fleisch schlecht.«

»Ist das schon immer so gewesen?«

»Nein.« Lowanna richtete sich auf und atmete tief ein.

»Bist du ... Also, das ist jetzt ein bisschen peinlich, aber wenn wir nachts durch die Prärie wandern wollen, muss ich es wissen. Bist du schwanger?«

»Auf keinen Fall.« Damit kehrte Lowanna zurück zum Feuer.

Marty verspürte Erleichterung.

Die Antilope wurde zerlegt. Die Stücke wurden auf Spieße gesteckt oder auf flache Steine gelegt und nah ans Feuer gehalten. Marty lief bei dem Duft das Wasser im Mund zusammen, Lowanna hingegen drehte den Kopf davon weg.

Kareem bearbeitete bereits das Fell der Antilope. Er hatte es im Gras ausgebreitet und schabte mit einem großen Knochen die Fleischreste und das Blut davon ab. Andere Knochen und den vollständigen Schädel des Tiers hatte er zur Seite gelegt.

Als Marty den Lichtkegel des Feuerscheins betrat, klopfte Abdullah seinem Neffen auf die Schulter und zeigte auf seine Arbeit. »Bei Gott, seht nur, was Kareem macht! Das hat er in der Fabrik meines Bruders gelernt. Die machen dort Sandalen und Taschen!«

»Er ist ein guter Arbeiter«, lobte François.

Abdullah strahlte.

»Müssen wir das Fell nicht gerben?«, fragte Marty. »Bevor wir etwas damit machen können, meine ich.«

»Wir können es auch so verwenden«, sagte Kareem. Er hielt sich die

Nase zu. »Nur stinkt es. Wasser daraus wird komisch schmecken, wenn man es als Wasserschlauch benutzt.« Er zuckte mit den Schultern, dann streckte er die Hand aus und klopfte mit seinem Schaber auf den Antilopenschädel. »Wir können ... das Fell gerben. Präparieren können wir es mit der Hirnmasse.«

Plötzlich schaute er weg und errötete.

KAPITEL SECHS

Ich glaube, die da kann uns hören.

Kannst du uns hören, Zweibeinerin?

Lowanna war nach wie vor übel.

Was nicht nur am Geruch von Blut und bratendem Fleisch lag. Oder am Anblick des Antilopenschädels und daran, dass Kareem das Gehirn des Tiers in dessen eigene Haut reiben wollte. Obwohl sie all das abstoßend fand.

Aber warum? Das hatte ihr früher nie etwas ausgemacht. Sie war keine Vegetarierin.

Allerdings waren da auch Stimmen, und davon wollte sie Marty wirklich nichts erzählen.

Sie saß am Feuer und garte Rettich, während die anderen das Fleisch brieten und sich unterhielten. Und sie hörte Stimmen aus der Dunkelheit.

Feuer! Feuer? Aber ich habe keine Blitze gesehen!

Ach, das ist eine Feier der Zweibeiner. Sie haben das Feuer mitgebracht oder gemacht. Sieh nur, sie essen gerade ein Krummhorn. Uns werden sie in Ruhe lassen.

Sie fressen uns nur, wenn sie kein größeres Fleisch haben.

Lowanna aß den Rettich, bevor er vollständig abkühlte, um sich von dem Stimmengewirr abzulenken. Dabei verbrannte sie sich die Lippen, doch der Schmerz verging schnell. Vielleicht vertrieb ihn die Freude am Essen. Auch das Brennen in ihrer Hand von der Berührung des Anch ließ nach.

Wahrscheinlich hatte Marty recht damit, wo sie sich befanden. Nur erkannte er nicht das ganze Bild.

Und das war wesentlich schlimmer, als irgendwie in Marokko gelandet zu sein. Obwohl es die Frage aufwarf, wie sie innerhalb eines Herzschlags mehr als 3.000 Kilometer von Ägypten nach Marokko zurückgelegt hatten.

Lowanna fürchtete nicht, in einem Traum zu sein. Sie fürchtete vielmehr, den Verstand verloren zu haben.

Während Marty und Surjan weg gewesen waren, hatte sie Schreie gehört. Niemand sonst hatte mit der Wimper gezuckt. Sie jedoch hatte im Wind eine Stimme gehört, die schreiend von Tod, Angst und Einsamkeit sprach.

Lowanna beobachtete, wie sich Marty um das Feuer herumbewegte. Die anderen taten es ihr gleich. Er besaß das Selbstvertrauen und die unbefangene Ausstrahlung eines natürlichen Anführers, und alle reagierten darauf, ob sie es merkten oder nicht.

François warf mit zu Schlitzen verengten Augen einen Blick zu Marty.

Die ersten Steaks wurden fertig. Marty bot ihr zurückhaltend eines an, doch sie wandte sich nur ab und versuchte zu schlafen. Sie hatte noch einen halben gerösteten Rettich, konnte vor lauter Übelkeit jedoch nicht mal daran denken, ihn zu essen. Also hielt sie ihn einfach fest, schloss die Augen und atmete tief durch.

Das vertraute Gefühl, wie sich schleichend der Schlaf anbahnte, stellte sich ein. Und damit wuchs ihre Überzeugung, dass alles, was sie in dieser Savanne erlebte, kein Traum war.

Schnapp dir das Fressen.

Sie schläft jetzt.

Lowanna spürte ein Ziehen an dem Rettich in ihrer Hand. Sie lag dem Lagerfeuer abgewandt der Dunkelheit zugedreht, als sie die Augen aufschlug. Das Licht, das über ihre Schulter fiel, erhellte nur eine Armeslänge entfernt zwei Kreaturen der Größe und Gestalt von Präriehunden. Eines der Tiere hatte die Vorderpfoten auf dem gerösteten

Rettich und die Zähne in die Knolle geschlagen. So versuchte es, ihr die mittlerweile kalte Mahlzeit zu entreißen.

Das andere hielt sich etwas im Hintergrund und beobachtete Lowanna eingehend. Als sie die Augen öffnete, ertönten Stimmen.

Die Zweibeinerin ist wach!

Lauf!

Die beiden Tiere huschten in die Dunkelheit davon. Lowanna erhob sich, musste sich durch das beunruhigende Gefühl übergeben, dass die Welt auf dem Kopf stand, und stellte danach fest, dass sie Hunger hatte. Sie knabberte an der Knolle.

Kareem schlief. Die anderen wickelten das restliche rohe Fleisch in Grashalme und verstauten es in den Körben. Abdullah wartete geduldig und behielt seinen Neffen im Auge. Über einer Schulter trug er das eingerollte Antilopenfell, über der anderen einen geflochtenen Korb voller Rettich.

»Du hast ein paar Stunden geschlafen«, sagte Marty zu Lowanna. »Wir brechen gleich nach Rissani auf.«

»Die Oase«, sagte sie.

»Eigentlich eher die Ortschaft«, präzisierte er. »Aber ja. Mit lockerer Marschgeschwindigkeit sollten wir in vier Stunden dort sein. Und falls ich mich irre, haben wir Proviant und Wasser dabei.«

Er irrte sich nicht.

Viel schlimmer. Er hatte teilweise recht.

»Darf ich deinen Korb tragen?«, bot Marty vorsichtig an. »Du bist nicht ganz auf dem Damm, und ich bin so alt und ledrig, dass für mich eine zweite Ladung Rettich keine Rolle spielt.«

Mit einem missbilligenden Laut hob sie den Korb selbst auf.

Kareem wachte gähnend auf und streckte sich, als Abdullah ihn stupste. Rasch rappelte er sich auf die Beine und lud sich gegen den Protest seines Onkels nicht nur einen Korb, sondern auch den Schädel und das Fell der Antilope auf. Dann marschierten sie los.

Sie umrundeten das Felsmassiv, um auf dessen Ostseite zu gelangen. Es war einfach, sich an den Sternen zu orientieren, doch Lowanna überließ es Marty und Surjan – jedes Mal, wenn sie in den Himmel spähte, schauderte sie, weil sich der Anblick so falsch anfühlte.

Wenigstens verschwanden unterwegs die Stimmen in der Dunkelheit. Wenn sie nicht gezielt darauf achtete, konnte Lowanna sie nicht mehr hören.

»Wir sollten jeden Moment auf eine Schotterpiste stoßen«, wiederholte Marty mehrmals.

An der südöstlichen Ecke der Felsformation hob Surjan die Hand, um die Gruppe anhalten zu lassen. Er zeichnete sich deutlich erkennbar im Licht der Sterne ab. Sobald sie ihr Feuer zugeschüttet hatten, wirkte der Himmel so dunkel, als würde es im Umkreis von tausend Kilometern keinerlei elektrisches Licht geben.

Plötzlich konnte sich Lowanna auch nicht mehr dazu durchringen, nach Osten zu schauen. Sie stand still und starrte auf ihre Füße.

Sie halten an.

Können sie uns sehen?

»Hier ist eine Spur«, rief Surjan. »Und sie führt nach Osten. Nur ...«

»Nur was?« Marty marschierte zum Beginn des Trosses und stellte sich neben den Sikh. Alle bewegten sich unterschiedlich – Abdullah mit den kräftigen, stampfenden Schritten eines Mannes, der schon viele Lasten getragen hatte, Surjan schleichend wie eine Katze. François trampelte, als wollte er mit jedem Schritt den Weg vor sich ebnen. Kareem wiederum hopste durch die Prärie wie ein Wassertropfen in einer heißen Pfanne. Marty schien beinah zu schweben, als bewegte er sich parallel zum Boden, ohne ihn zu berühren. Allein sein Gang ließ einen Kampfsportmeister erahnen – anmutig, mühelos, beinah übermenschlich. Der Korb über seiner Schulter schwebte neben ihm einher.

Marty und Surjan betrachteten den Weg. Lowanna ging nach vorn zu ihnen.

»Keine Schotterpiste«, sagte Surjan.

Durch das Grasland verlief unverkennbar ein Pfad nach Osten. Aber es handelte sich lediglich um eine vielleicht einen Meter breite, tief in den sandigen Boden gestapfte Schneise.

»Ich fass es nicht«, murmelte Marty.

»Kamel«, sagte Surjan.

»Kamel? Was meinst du damit?« Marty spähte die Schatten des Pfads entlang.

»Kamelspuren und Sandalen.« Surjan zuckte mit den Schultern. »Siehst du es nicht?«

Marty schüttelte den Kopf.

»Willst du mich auf den Arm nehmen?«, fragte Surjan.

»Ich muss euch was sagen«, meldete sich Lowanna zu Wort. »Und es ist schrecklich.«

Alle drehten sich ihr zu.

»Wie fühlst du dich?«, erkundigte sich Marty.

»Es geht nicht darum, wie ich mich fühle.« Lowanna holte tief Luft. »Ich glaube, du hast recht, Marty. Wir sind beim Jebel Mudawwar. Und ich fürchte, das hier ist kein Traum.«

Das allgemeine Raunen in der Gruppe verriet Lowanna, dass andere wohl zum selben Schluss gekommen waren.

»Wir erreichen Rissani«, beteuerte Marty. »Von dort nehmen wir einen Bus oder engagieren jemanden, der uns fährt. Anschließend fliegen wir zurück nach Ägypten. Mir ist bewusst, wie seltsam das alles ist, aber natürlich muss es eine Erklärung dafür geben. Wir kehren zur Ausgrabung zurück, dort finden wir raus, was mit uns passiert ist.«

»Oder auch nicht.« Gunther zuckte mit den Schultern. »Dann können wir unseren Enkelkindern von einem seltsamen Rätsel erzählen. Wie die Geschichten über Froschregen oder von Leuten, die Armeen am Nachthimmel marschieren gesehen haben.«

»Es gibt kein Rissani«, sagte Lowanna.

»Klar gibt's den Ort«, widersprach Marty.

Lowanna schüttelte den Kopf. »Wir sind in der Vergangenheit. Wir sind nicht nur durch den Raum gereist, sondern auch durch die Zeit. Das genaue Datum weiß ich nicht, aber ich schätze, wir sind irgendwo zwischen 2.000 und 6.000 vor Christus.« Ihr Kopf wirbelte herum. »Oder vielleicht auch viel früher.«

Alle glotzten sie an. Die Blicke fühlten sich so schwer an, dass sie ihren Korb abstellen musste.

»Das ist ein ziemlich großer Sprung.« Martys Stimme klang leise.

»Großer Sprung? Du denkst doch, wir wären in einem Wimpernschlag von Ägypten nach Marokko transportiert worden und findest nichts weiter dabei.«

Marty fuchtelte mit den Armen wie ein zappelnder Vogel. »Ja, aber ... wo sind die Beweise dafür? Zugegeben, das Gras ist schon seltsam.«

»Und der Pfad«, murmelte Surjan. »Kamele?«

»Wir finden die Schotterpiste schon noch.« Marty klang überzeugt davon.

»Und die Ruinen?«, fragte François. »Die über sieben Meter hohen Mauern, die nicht da sind?«

Marty öffnete und schloss den Mund, ohne etwas zu erwidern.

»Da ist noch was«, sagte Lowanna. »Welcher Tag ist heute?«

»Der 20. März«, kam sofort von François. »Zumindest war das der Tag in Ägypten.«

»Das Gras.« Lowanna deutete auf die dunkle Prärie um sie herum, die sich silbrig im Licht der Sterne kräuselte. »So hoch und grün wie das Gras ist, könnte es noch Frühling sein, oder? Immer noch der 20. März. Oder ein sehr nahes Datum. Vielleicht die Frühlingstagundnachtgleiche.«

»Klar«, räumte Marty ein. »Es ist eindeutig Frühling.«

»Der Zyklus der Präzession«, sagte Lowanna.

Wieder glotzten alle sie an. Niemand verstand, was sie meinte.

»Na schön, ich erklär's euch«, kündigte sie an. »Seit etwa 2.000 Jahren steht die Sonne am Tag der Frühlingstagundnachtgleiche im Sternzeichen Fische. Irgendwann um das 21. Jahrhundert nach Christus unserer Zeitrechnung geht sie zum Wassermann über. Darum geht's beim Wassermannzeitalter. Wir sind – oder *waren* – am Ende des Zeitalters der Fische und am Beginn des Zeitalters des Wassermanns. Die nächsten etwa 2.000 Jahre sollte die Sonne am Tag der Frühlingstagund-nachtgleiche im Wassermann stehen.«

»Ich glaube, ich kann dir folgen.« Marty hatte einen überaus konzentrierten Ausdruck im Gesicht. Seine Augen zeichneten sich nur als schwarze Vertiefungen ab.

»Runden wir die Zahl ab. Eigentlich dauert ja jedes Zeitalter unge-fähr 2.200 Jahre«, fuhr Lowanna fort. »Aber vereinfachen wir es auf 2.000. Vom Jahr 2.000 vor Christus bis zum Jahr Null war die Sonne zur Frühlingstagundnachtgleiche in einem anderen Sternzeichen.«

»Widder«, kam wie aus der Pistole geschossen von François.

»Wenn ich dich richtig verstehe, wandert die Sonne im Verlauf eines Jahrs durch den Tierkreis«, sagte Marty, »aber zugleich bewegt sie sich so, dass sich das Sternzeichen, in dem sie steht, jeden Monat ändert. Über Tausende von Jahren.«

»Ein vollständiger Durchlauf des gesamten Tierkreises dauert etwa 26.000 Jahre.« Lowanna fühlte sich erschöpft. »Diese langsame Bewe-gung nennt man Zyklus der Präzession.«

»Und weiter?« In Martys Stimme schwang ein düsterer Unterton mit.

»Ich habe mir den Sonnenuntergang angesehen«, sagte Lowanna. »Kaum war die Sonne weg, konnte ich den Rand von Zwilling und Krebs erkennen. Ziemlich deutlich. Was bedeutet, dass die Sonne im Stier steht. Zur Frühlingstagundnachtgleiche.«

»Wenn ich das richtig verstehe«, sagte François langsam, »bin ich demnach nicht mehr Löwe.«

Surjan und Gunther lachten leise. Abdullah und Kareem schauten verdattert drein.

»Du denkst, wir sind im Stierzeitalter«, folgerte Marty. »Also irgendwann zwischen 2.200 und 4.400 vor Christus.«

»Mehr oder weniger«, bestätigte Lowanna. »Ich bin mir nicht sicher, wie nah wir wirklich an der Tagundnachtgleiche sind. Und es sind ungefähre Zahlen. Aber ja.«

»Das heißt«, fuhr Marty fort, »am Anbeginn der schriftlichen Geschichte Ägyptens. Oder davor.«

»Ungefähr zur Zeit der Tafel?«, murmelte Gunther.

»Möglich«, räumte Lowanna ein. »Obwohl 2.000 Jahre eine lange Zeit sind. Wir könnten auch im Zeitalter des Stiers sein, und Ägypten könnte noch 1.000 Jahre in der Zukunft liegen.«

»Oder«, fügte François hinzu, »wir könnten 26.000 Jahre vor der Geburtsstunde des vereinten Ägyptens sein. Oder 52.000 Jahre. Richtig?«

»Ja.« Lowanna fühlte sich sehr klein.

»Weiß irgendjemand, welches Klima 30.000 vor Christus in Nordafrika geherrscht hat?«, fragte Marty. »Oder 55.000 vor Christus?«

»Noch vor zwölf Stunden hätte ich gesagt, das ist alles blanker Wahnsinn«, meldete sich Gunther leise zu Wort. »Und offen gestanden klingt es immer noch total verrückt.«

»Wir steuern direkt auf einen Test der Hypothese zu.« Lowanna zeigte nach Osten. »Meiner Einschätzung nach sollten wir die Lichter von Rissani sehen, sobald wir uns dem Ort auf 15 Kilometer nähern. Und ich vermute, wenn wir diesem Pfad folgen, erreichen wir zwar den Fluss, werden aber nie Rissani sehen. Oder sonst irgendeine Ortschaft.«

»Wenn du recht hast«, sagte Marty, »werden wir auch Sidschilmasa nie finden. Die Stadt stammt aus dem Mittelalter. Das wäre viel zu spät.«

»Keine Busse, keine Mietwagen«, sagte Gunther.

»Keine Flugzeuge, keine Schiffe«, fügte Surjan hinzu. »Mist.«

»Und was dann?«, fragte Lowanna.

»Bei Gott, wir tun, was immer François entscheidet«, kam Abdullah. »Das ist seine Expedition.«

François räusperte sich, schwieg jedoch.

»Ich glaube, ich muss euch was sagen«, meldete sich Marty zu Wort. »Ich hatte auf dem Weg eine Vision.«

»Du meinst, eine andere als die Vision, die wir wohl alle hatten?«, hakte Gunther nach.

Niemand warf ein, dass kein Traum sein konnte, was sie gerade erlebten.

»Ich hab eine Reise gesehen«, fuhr Marty fort. »Von dem Moment, in dem ich das Anch ergriffen habe, bis ich auf dem Gipfel des Jebel Mudawwar zu mir gekommen bin, hatte ich die Vision einer langen Reise durchs Land, bei der wir uns beeilen mussten. Hat noch jemand diesen Traum gehabt?«

Ringsum wurde verneinend gemurmelt.

»Ich habe also diese Reise gesehen«, sprach Marty weiter. »Und ich hatte das Gefühl, dass die Zeit heruntergezählt wird. Wie bei einem Countdown.«

»Du meinst, wenn wir zur Oase kommen und dort keine Ortschaft ist«, sagte Gunther langsam, »dann gehen wir einfach weiter, bis wir Ägypten erreichen.«

»In ungefähr 3.000 Kilometern«, fügte Surjan hinzu. »Das wäre tatsächlich ein sehr langer Fußmarsch.«

»Ich wollte nur, dass ihr alle darüber Bescheid wisst, bevor wir eine Entscheidung treffen«, erklärte Marty.

»Bevor *ich* eine Entscheidung treffe«, brummte François.

»Tja.« Gunther holte tief Luft. »Ich denke, wir brauchen handfeste Daten. Was meiner Ansicht nach bedeutet, wir gehen vorerst nach Osten zum Fluss und suchen die Oase. Hoffentlich finden wir dort eine Ortschaft und Menschen, die mit Autos herumfahren. Wenn nicht ... könnte uns der Marsch nach Ägypten zumindest die Erkenntnis liefern, ob wir im 4. oder im 30. Jahrtausend vor Christus sind. Ich für meinen

Teil hätte nichts dagegen, mir den Bau der Pyramiden anzusehen. Vielleicht ritze ich meinen Namen in einen der Steine.«

Marty zuckte sichtlich zusammen.

Da niemand widersprach, wandte sich Surjan ab und marschierte in Richtung ihres Ziels los.

Sie wanderten durch die Nacht. Von Zeit zu Zeit hörte Lowanna ein Flüstern in der Dunkelheit. Zählte das zu den Daten, die alle kennen sollten, bevor eine Entscheidung getroffen würde? So oder so, sie behielt es für sich.

Aber sie spähte zum Horizont vor ihnen und hielt Ausschau nach den Lichtern einer Ortschaft. Es tauchten keine auf. Vielleicht herrschte in Rissani solche Armut, dass es dort kein elektrisches Licht gab. Oder zumindest so wenig, dass man es aus der Ferne nicht sehen konnte. Doch je weiter sie marschierten, desto überzeugter wurde sie, dass sie Rissani nie finden würden.

Ebenso wenig erschien eine Schotterpiste. Nur der Kamelpfad führte weiter nach Osten.

Irgendwann kurz vor der Morgendämmerung veränderte sich allmählich die Vegetation um sie herum. In der Dunkelheit konnte Lowanna die Art nicht bestimmen, aber sie gingen mittlerweile eindeutig zwischen Bäumen hindurch.

Wieder hörte sie Stimmen.

Da kommen Zweibeiner.

Versteck dich! Ab in den Bau!

Lowanna ignorierte sie.

Schließlich fiel das Grasland abrupt zu einem Flussbett hin ab. Lowanna roch Wasser und spürte Feuchtigkeit auf der Haut. Außerdem roch sie das süße, würzige Aroma von Früchten an Bäumen. Und noch etwas.

»Melonen«, sagte sie. »Ich rieche Melonen.«

Sie erreichten den Fluss, der sich um einen zerklüfteten Felsgrat herumschlängelte.

»Kein Rissani«, sagte Marty. »Auch kein Sidschilmasa, soweit ich das beurteilen kann. Aber das ist der Fluss.«

Surjan murmelte etwas vor sich hin.

»Wir müssen uns der Realität stellen«, ergriff François das Wort. »Wir sind nicht mehr im 21. Jahrhundert.«

KAPITEL SIEBEN

Der Horizont ließ die ersten Anzeichen der Morgendämmerung erkennen, als Marty einen unsichtbaren Gegner angriff, imaginäre Schläge abblockte und dann einen Roundhouse-Tritt ausführte, der einen Angreifer seitlich gegen den Kopf gekracht wäre ... wenn es einen gegeben hätte.

Marty stand über der felsigen Böschung auf der Ostseite des Flusses. Dahinter erstreckten sich die schier unendlichen Grasebenen. Unten im Fluss und am gegenüberliegenden Ufer wuchsen Melonen, Beerensträucher und andere auf Wasser angewiesene Pflanzen der Oase.

Fast eine halbe Stunde lang arbeitete er sich durch eine Bewegungsabfolge, die er praktisch schon ewig praktizierte. Das rituelle Training vermittelte ihm das Gefühl von etwas Vertrautem – was er dringend brauchte, seit die Welt um ihn herum auf den Kopf gestellt worden war.

Für so viele der rätselhaften Ereignisse gab es keine Erklärung. Aber zumindest etwas hatte sich gebessert: seine Dauermüdigkeit. Marty fühlte sich wieder wie damals, bevor sie erstmals aufgetreten war. Wenigstens für diesen Segen konnte er dankbar sein.

Aber der Gedanke, dass er *irgendwie* unverhofft *irgendwohin* und *in irgendeine Zeit* versetzt worden war, konnte eigentlich nur ein Albtraum oder vielleicht eine Form von Wahnvorstellung sein. Es erschien unmöglich. Soweit er wusste, war das riesige dreiseitige Felsmassiv in

Marokko einzigartig. Er war selbst schon dort gewesen und hatte es auch in Filmen gesehen – Hollywood drehte dort gern.

Während er weiter seine morgendliche Routine abspulte, stolperte sein Verstand immer wieder über die Unwahrscheinlichkeit jeder erdenklichen Erklärung. Obwohl die etwa 50 Meter hohen Felswände genauso ausgesehen hatten wie in seiner Erinnerung, passte so viel anderes nicht zusammen. Auch beim Marsch nach Nordosten zu der Oase und den Ruinen von Sidschilmasa waren die Ungereimtheiten nicht abgerissen. Auf den Fluss waren sie dort gestoßen, wo er ihn erwartet hatte, aber von Ruinen fehlte jede Spur. Das ergab keinen Sinn. Dann war da noch das Wetter.

Er kannte das Klima in der Westsahara sehr gut, und es war völlig anders als hier. Zum einen spürte er die hohe Luftfeuchtigkeit, zum anderen wucherte überall das Gras einer Savanne. Keine Spur von einer trockenen Wüste. Das derzeitige Wetter entsprach nicht mal dem auf der Ostseite der Sahara. Es war warm, aber dafür nicht warm genug. Keine kahle Landschaft, keine mächtigen Sanddünen. Nur der vereinzelt in die Landschaft eindringende Sand passte dazu, wie er die Umgebung kannte, das Gras hingegen überhaupt nicht.

Es sei denn, Lowanna hatte recht, und sie befanden sich wirklich in der fernen Vergangenheit. Irgendwo zwischen 3.000 und 4.000 vor Christus. Eine Zeit, in der sich das globale Klima veränderte und die letzten Gletscher zurückgingen.

In der fernen Vergangenheit gelandet zu sein, würde erklären, warum es dort keine Ruinen gab, wo welche sein sollten. Sidschilmasa war zu dem Zeitpunkt noch gar nicht errichtet gewesen. Ja, die ferne Vergangenheit würde viel erklären.

Nur kam Marty mit der These nicht klar. Sie konnten nicht in der Vergangenheit sein, weil das Science-Fiction wäre und nichts mit harten Fakten zu tun hätte. Und Marty lebte für Fakten.

Er hatte vor langer Zeit den Grundsatz gelernt, auch zu unpopulären Meinungen zu stehen. Obwohl er sich nicht erklären konnte, wie sich die Zeit gegen ihn gewandt haben könnte, war er bereit, es vorerst dabei zu belassen und nach vorn zu schauen. Nur weil Lowanna aufgrund der Position der Sterne überzeugt davon war, dass sie sich in der Vergangenheit befanden, war er noch nicht dort.

Nicht ganz.

Seine akademische Ausbildung gestattete es ihm nicht, einiges davon für bare Münze zu nehmen, was er gerade erlebte. Es musste eine bessere Erklärung geben.

Durch seine Arbeit mit Holz packte er Probleme zudem gern an, indem er die Hände zum Einsatz brachte. Vielleicht mit ein Grund, warum er den Drang verspürte, seine Bewegungsabläufe zu trainieren, während sein Verstand arbeitete.

Er bemühte sich, nicht an den englischen Satz zu denken, den er in dem uralten Tunnel gelesen hatte, geschrieben in den von ihm selbst erfundenen Hieroglyphen.

Marty wischte sich Schweiß von der Stirn. Seine Muskeln waren aufgewärmt, und er fühlte sich überraschend gut. Als er kraftvoll nach vorn austrat, hörte er, wie die Hose gegen sein Bein klatschte. Ansatzlos wirbelte er zu einem Rückhandschlag gegen den imaginären Gegner herum, bevor er die Bewegungsabfolge mit einem Beinfeger beendete.

Trotz des unruhigen, von Träumen erfüllten Schlafs und des langen Marschs auf der Suche nach den Ruinen fühlte er sich lebendiger als je zuvor. Die auf ihn herabscheinende Sonne schien seine Gelenke zu schmieren. Jede Bewegung fiel geschmeidiger, schneller und vielleicht sogar stärker aus als sonst.

Wenn er nur einen schweren Sandsack hätte, gegen den er schlagen könnte ...

»Bestimmt hast du den schwarzen Gürtel, oder?«

Marty drehte sich um und erblickte Lowanna, die sich vom Fluss her näherte. Unten streckten sich gerade die anderen und bereiteten sich auf den nächsten Marsch vor.

»Ich hab Kung Fu zu Hause gelernt, von meinem Großvater. Er war 20 Jahre lang Mönch im Shaolin-Tempel, bevor er China verlassen hat. So, wie er es mir beschrieben hat, gibt's dort wohl keine verschiedenen Gürtel.« Er grinste. »Um es mit Mr. Miyagis Worten zu sagen: ›Gurt ist nur um Hosen halten hoch.‹«

Lowanna lachte. »Du hast nie in einem Dojo oder so trainiert?«

»Nein.« Für Marty war Kampfsport immer reine Privatangelegenheit gewesen. Tatsächlich fühlte es sich seltsam für ihn an, mit jemandem darüber zu reden. »Obwohl ich bei manchen Fakultätsbesprechungen schwer in Versuchung war, hab ich noch nie einen Menschen geschlagen.«

Sie schüttelte den Kopf und lächelte verhalten. »Bekloppt.«

»Marty!« François winkte grüßend und eilte den Hang herauf in Martys Richtung. »Sagt deine *Vision* immer noch, wir sollten nach Osten, obwohl aus den Ruinen nichts geworden ist?«

Der Mann machte sich lustig über ihn. Da er als Einziger der Gruppe eine Vision von einer Reise nach Osten gehabt und es gestanden hatte, stach er als der Spinner unter ihnen hervor. Und offensichtlich hatte François vor, darauf herumzureiten. »Trotz aller Beweise ist es völlig unlogisch, dass wir irgendwie auf der anderen Seite des Kontinents gelandet sein sollen. Wenn wir dort sind, wo *ich* glaube, haben wir einen Marsch von 54 Tage nach Osten vor uns. Die Alternative wäre, dass wir völlig die Orientierung verloren haben und uns in der Nähe der Ausgrabungsstätte befinden. In dem Fall wäre im Osten der Nil oder das Rote Meer. Beides könnten wir wohl kaum übersehen. Also gehen wir so oder so nach Osten.«

François runzelte die Stirn. »Der Nil ist nur ein paar Kilometer östlich der Ausgrabungsstätte. Müssten wir ihn nicht längst sehen?«

Marty zuckte mit den Schultern und verspürte zunehmende Frustration. »Wenn wir davon ausgehen, dass wir in der Nähe der Ausgrabungsstätte sind, wären es im Norden zum Mittelmeer fast 1.000 Kilometer, im Westen zum Atlantik über 3.000 Kilometer. Der Süden wäre offensichtlich so oder so völlig sinnlos. Ich sehe keine Alternative zu Osten.«

»Aber was, wenn du recht hast«, warf Lowanna ein, »und wir wirklich irgendwo in Marokko sind?«

»Wenn wir in der Nähe der Ausgrabungsstätte, aber auf der falschen Seite des Nils sind, dann sollten wir nach fünf Tagesmärschen in östlicher Richtung auf das Rote Meer stoßen. Wenn wir weder den Nil noch das Rote Meer finden, habe vielleicht ich recht, und wir überlegen uns etwas Neues.«

François nickte. »Klingt einleuchtend. Ich denke, es wäre sinnvoll, weiter nach Osten zu gehen. Mal sehen, wohin uns das führt.« Damit wandte er sich ab, schnippte mit den Fingern und rief: »Macht euch zum Aufbruch fertig. Wir haben einen langen Marsch vor uns.«

Marty schleppte sich hinter Lowanna her zurück zum Lager. Alle tranken etwas Wasser, hievten sich die Bündel auf die Schultern und stiegen dann aus dem Flussbett zurück auf die Ebene.

Als Martys Blick dem Weg vor ihnen folgte, lief erneut die Vision in seinem Kopf ab.

Ihr zufolge lagen 54 Sonnenuntergänge und eine unüberschaubare Anzahl von Schritten vor ihnen. Bei all den verrückten, unbestreitbaren Erlebnissen seit Martys Ankunft in Ägypten konnte er die Realität seiner Vision nicht leugnen. Und bei all den bizarren Ereignissen bisher konnte er sich nicht ansatzweise vorstellen, was als Nächstes passieren würde.

Drei Tage waren vergangen, seit sie die Oase verlassen hatten. Während Marty auf einem geschmacklosen Stück Fleisch kaute, beschlich ihn zunehmende Beunruhigung. Proviant stellte vorläufig kein Problem dar, da François die Idee hatte, das Fleisch zu zerkleinern und außen über die Flechtkörbe zu hängen. So konnte die Sonne es zur Konsistenz von Dörrfleisch trocknen und die Genießbarkeit verlängern. Mit Stand von diesem Morgen reichte der Vorrat noch für einige Tage. Wasser jedoch würde bald ein Problem werden.

Seit dem Aufbruch aus der Oase hatten sie keinen Rettich mehr entdeckt. Ebenso wenig Melonen oder sonst etwas, das Flüssigkeit enthielt. Es gab keine Tiere, die sie fangen konnten. Und keinerlei Anzeichen von Wasser.

Nach dem Abbrechen des Lagers an diesem Morgen hatte es François übernommen, den Marsch der Gruppe nach Osten anzuführen. Vielleicht brauchte der Franzose das für sein Ego oder Selbstwert. Marty hatte sich einfach bemüht, nicht die Augen zu verdrehen. Im Grunde folgten sie nur dem schwach erkennbaren Pfad im Grasland, der nahezu perfekt von Osten nach Westen zu verlaufen schien.

Es war fast Mittag, als Abdullah einen Pfiff ausstieß. Gleich darauf ertönte François' Stimme. »Oh, ausgezeichnet!«

Marty ging schneller. Sein Blick folgte dem Franzosen, der mit Abdullah an der Seite im Laufschritt den Weg verlassen hatte.

Weiter vorn im hohen Gras befand sich jemand!

Der Fremde trug ein langes, weites Gewand mit aufgesetzter Kapuze. Eine Djellaba, ein in diesen Breiten traditionelles Kleidungsstück. Als sich François und Abdullah dem Fremden näherten, erkannte

Marty, dass er überaus groß und kräftig war, größer als Surjan und gebaut wie ein Basketballprofi. Marty eilte hinter den anderen her, als François winkte und der einsamen Gestalt auf Französisch und Arabisch einen Gruß zurief.

Der Fremde drehte sich den Geräuschen zu.

Er hatte einen Speer in der Hand.

François verlangsamte die Schritte und begann, eine Reihe von Fragen abzufeuern. Marty preschte vorwärts.

Alles schien sich in Zeitlupe abzuspielen. Der Hüne in der Djellaba griff den Franzosen mit seinem Speer an.

Abdullah hechtete zu François und stieß ihn zur Seite. Der Speer des Fremden bohrte sich in Abdullahs Brust.

Marty traf den an einen Berber erinnernden Mann mit einem fliegenden Seitentritt und ließ ihn zurücktaumeln. Die Kapuze rutschte zurück, und die Zeit schien stillzustehen.

Was Marty mit bösartigen gelben Augen anstarrte, stammte geradewegs aus einem Albtraum.

Der Kopf wies die Form eines Hundeschädels auf. Eine lange Schnauze knurrte ihn mit gefletschten Zähnen und einem silbernen Nasenring an. Die dicht anliegenden Ohren ragten gerade nach oben. Kein umherziehender Berber. Nicht mal ein Mensch.

Ein Monster.

Bevor Marty verarbeiten konnte, was er vor sich sah, riss die Kreatur den Speer aus Abdullahs zusammensackenden Körper und griff an.

Martys Muskelgedächtnis setzte ein. Er wehrte den Angriff mit einem Arm ab und rammte die andere Handfläche von hinten gegen den Ellbogen der Kreatur.

Das Geräusch von brechenden Knochen tönte wie ein Schuss durch die Luft.

Das Ungetüm heulte auf. Mit zu Klauen gekrümmten Fingern stürzte es sich auf Marty.

Er fing beide Handgelenke seines Gegners ab, ließ sich nach hinten fallen und schleuderte das Monster auf den Rücken. Seine Schultern schrien bei der Bewegung vor Anstrengung auf.

Die Kreatur erholte sich fast sofort davon und rappelte sich auf die Beine. Sie stimmte ohrenbetäubendes Gebrüll an, das durch Martys Brust vibrierte, dann stürmte sie mit der Schulter voraus auf ihn zu.

Marty wich dem Angriff knapp zur Seite aus. Mit derselben Bewegung schwang er die geballte Faust gegen das Ende der Schnauze. Das Ungetüm taumelte erneut zurück, der Nasenring fiel in zwei Teilen zu Boden.

Es kramte unter seinem Gewand nach etwas und holte ein Medaillon hervor. Marty zielte mit einem Tritt aus der Drehung darauf.

Ein roter Strahl blitzte auf, als die Metallscheibe aus dem Griff der Kreatur flog.

Einen Moment lang wirkte sie verdutzt, dann bückte sie sich und griff nach etwas in der Nähe ihrer Füße.

Mit einem Grunzen nahm Marty Anlauf für einen wuchtigen, eingedrehten Rückwärtstritt.

Seine Ferse traf die Kreatur seitlich am Schädel, und Marty spürte und hörte, wie das Genick brach.

Surjan kam angestürmt und schwang das Anch, als das Monstrum zu Boden sackte. »Was zum Geier ist das?«

Marty starrte auf sein Werk. Sein gesamter Körper kribbelte vor Adrenalin. Die Welt verschwamm, während sein Herzschlag durch seinen Schädel donnerte.

François weinte, während er gegen Abdullahs Brustkorb presste und ihn wiederzubeleben versuchte.

Gunther tauchte an Abdullahs Seite auf, hielt die Hand vor das Gesicht des Blutenden und begann mit Mund-zu-Mund-Beatmung.

Marty zuckte zusammen, als Lowanna ihn am Arm berührte. »Geht's dir gut?«

Er nickte. »Ich konnte nicht ... Ich wollte ...« Die Worte entzogen sich ihm.

»Marty, ich hab gesehen, was passiert ist.« Sie strich ihm mit der Hand über den Rücken. »Du warst toll.«

»Aber ich konnte nicht ...«

Lowanna zog an Martys Arm, drehte ihn zu sich. Mit ernster Miene und fester Stimme sagte sie: »Das war *nicht* deine Schuld.« Sie deutete mit dem Daumen auf die Männer, die Abdullahs Leben zu retten versuchten. »Es war seine.« Sie beugte sich näher und fügte in belegtem Flüsterton hinzu: »Wenn der Mistkerl nicht davon ausgegangen wäre, dass jeder nach seiner Pfeife tanzt, wäre das nicht passiert.«

Plötzlich blitzte Welt auf, und Marty sah vor seinem geistigen Auge die Kammer, durch sie an diesen Ort geraten waren.

Alle standen regungslos da, gefangen in sieben bläulich-weißen Lichtstrahlen.

Plötzlich flackerte das Licht, das Abdullahs statuenähnliches Abbild erhellte, und erlosch.

Abdullah kippte nach vorn. Noch bevor er den Boden berührte, löste sich sein Körper explosiv in eine Staubwolke auf.

Marty schnappte nach Luft, als die Kammer verschwand und er Lowannas große Augen bemerkte. »Hast du das gesehen?«, fragte er.

Sie nickte. Dann wich ihre bange Miene einem zornigen Ausdruck.

François schluchzte.

Gunther ergriff das Wort. »François, er ist tot. Oh, lieber Gott im Himmel ... Ich glaube, der Speer ist ihm direkt in Herz gefahren.«

Beide Männer waren blutverschmiert.

Marty atmete stockend ein und umarmte Lowanna kurz. »Spielt alles keine Rolle – Schuldzuweisungen können wir uns nicht leisten. Dadurch kommen wir am Ende nur alle um. Konzentrieren wir uns darauf, wie wir weitermachen.«

Lowanna wandte sich dem Franzosen zu und verengte die Augen zu Schlitzen. Wenn Blicke töten könnten, wäre François in dem Moment in Flammen aufgegangen.

Marty warf einen Blick auf ihren toten Kameraden und verspürte einen Anflug von Kummer. Das Wissen, dass die Schuld nicht bei ihm lag, half kein bisschen. Wäre er nur ein paar Meter näher gewesen ...

Diese verrückte Reise ins Ungewisse war schlagartig nur allzu real geworden.

KAPITEL ACHT

Marty starrte auf die blubbernden Überreste der Kreatur, die sie angegriffen hatte. Noch vor wenigen Augenblicken war der Körper des Angreifers eine Leiche wie jede andere gewesen, wenngleich mit dem unnatürlich verrenkten Schädel eines Schakals. Als sich Marty bückte, um einen genaueren Blick darauf zu werfen, erstrahlte die Haut mit einem unheimlichen Schimmer, der sich zu einer schwebenden Lichtkugel verdichtete.

Ein Irrlicht?

Davon hatte er schon gehört, aber noch nie eines gesehen. Marty hatte immer angenommen, dass es sich dabei entweder um Folklore handelte oder um fluoreszierende Gase, die aus Sümpfen oder Mülldeponien aufstiegen.

Die seltsame, schimmernde Kugel schwebte auf ihn zu. Bevor er ausweichen konnte, berührte sie ihn. Ein Kribbeln raste seinen Arm hinauf und breitete sich durch seinen gesamten Körper aus. Beinah so, als hätte er den Finger in eine Steckdose geschoben. Nur tat es nicht weh. Es fühlte sich vielmehr ... belebend an.

Eine Flut von Empfindungen durchzuckte ihn. Eine Gänsehaut breitete sich über jeden Quadratzentimeter seines Körpers aus.

Er schaute zu Lowanna, die François dabei beobachtete, wie er mit seinem Anch ein Grab aushob. Sie wirkte verändert. Irgendwie klarer, als wäre seine Sicht schärfer geworden. Auf einmal empfand er sie als viel attraktiver als bisher.

Das erschien ihm seltsam.

Er atmete tief ein und spürte, wie ihm ein Schauder der Erregung den Rücken hinauf und hinunter lief. In der Luft hingen der Kupfergeruch von Blut und das penetrante Aroma von Schweiß. Er nahm das Chlorophyll im Gras wahr, den Geruch des frisch aufgewühlten Bodens, den Moschus der Kreatur, die sie angegriffen hatte, sogar den eigenen Schweiß – und alles viel intensiver, als er es je erlebt hatte.

Alle seine Sinne schienen auf eine neue Empfindlichkeitsstufe eingestellt worden zu sein.

Der Körper des Wesens begann zu qualmen.

Marty wich mehrere Schritte zurück, als die Haut des Monsters zu einem dunkelgrauen Glibber schmolz. Die animalischen Gerüche wichen dem kombinierten Gestank von Bleichmittel und Verwesung.

Surjan schaute angewidert drein. »Was *war* das für ein Wesen?«

Marty schüttelte den Kopf. »Ich hab keine Ahnung. Vielleicht hat Dr. Frankenstein wahllos ein Monster zusammengeschustert, diesmal ohne Rücksicht auf die Spezies.«

Nur wirkte es keineswegs wahllos.

Anfangs war Marty zu geschockt gewesen, um klar zu denken, mittlerweile jedoch wusste er, woran ihn das Monster erinnerte.

Als sich die Leiche zersetzte und mit dem Boden verschmolz, sah er, dass die Kreatur Sandalen getragen hatte. Unter den Roben kam ein Kilt ägyptischen Stils zum Vorschein. Der Schakalschädel wies lange, eselartige Ohren auf.

Für einen Ägyptologen wies all das auf einen einzigen Namen hin.

Seth.

Diese Kreatur war vielleicht nicht der Seth aus der ägyptischen Mythologie gewesen, der Kriegsgott, der Bruder Osiris' oder Sonstiges, was man mit dem Namen Seth in Verbindung brachte. Aber sie sah genauso aus wie die Darstellungen, die er von Grabwänden überall entlang des Nils kannte.

Und von den Piktogrammen auf dem Jebel Mudawwar.

Martys Herz donnerte heftig in der Brust. Er fragte sich laut: »Und wenn er getötet wird, verschwinden alle Hinweise auf ihn?«

Surjan kniete sich neben die Überreste und zog mit einem Stock einen geflochtenen Korb aus dem Glibber. Er schaute hinein und runzelte die Stirn. »Sieht nach großen Brocken Dörrfleisch aus.«

Lowanna ging außen herum, warf ebenfalls einen Blick in den Korb und stieß ihn um. Der Inhalt kullerte in alle Richtungen davon. Mit zutiefst angewiderter Miene schaute sie zwischen Marty und Surjan hin und her und sagte: »Irgendetwas stimmt damit nicht.« Sie verstummte, schien nach den richtigen Worten zu suchen. »Es ist ... es ist ...«

»Haram?« Kareem wankte mit düsterer Miene auf Marty zu.

Haram war das arabische Wort für »verboten«.

Lowanna nickte. »Ja, es ist haram. Keine Ahnung, woher ich es weiß, aber es ist für uns ungenießbar.«

Kareem reichte Marty einen Gegenstand aus Metall. »Das hab ich im Gras gefunden. Es hat rot aufgeleuchtet, als du es dem Dämon aus der Hand geschlagen hast.«

»Geht's dir gut?« Marty legte dem jüngeren Mann die Hand auf die Schulter.

Kareems Unterlippe bebte. »Mein Onkel war ein anständiger Mann. Er ist wie ein Held gestorben, gelobt sei Gott.«

Marty blickte auf das Medaillon hinab. Es wies die ungefähre Größe seiner Handfläche auf. Ein Unendlichkeitssymbol war darauf eingraviert. Mit gerunzelter Stirn drehte er es in der Hand. Oder vielleicht handelte es sich auch nur um die Zahl 8. Eigentlich konnte es beides nicht sein, wenn sie sich tatsächlich in der fernen Vergangenheit befanden. Beide Symbole hatte es bis 2.200 vor Christus noch nicht gegeben.

Marty steckte das Medaillon ein und ging François, der gerade Abdullahs Leiche aufhob. »Warte, ich helfe dir.«

»Nein!« François kehrte Marty den Rücken zu und wankte zu dem flachen Grab, das er ausgehoben hatte. »Das ist meine Schuld, also kümmere ich mich darum.«

Marty beobachtete, wie der über sechzigjährige Franzose Abdullah behutsam in die frische Grube bettete. François murmelte etwas. Marty trat zur Seite und stellte fest, dass Tränen das Gesicht des Financiers benetzten.

Das hatte er von einem Mann, der in Luxus aufgewachsen und Bankier geworden war, um sein Vermögen zusätzlich zu vergrößern, nicht unbedingt erwartet. Er hatte eher den Eindruck gewonnen, dass

François jeden als beliebig einsetzbares Werkzeug betrachtete. Und mit genug Geld konnte er das wahrscheinlich sogar. Solche Trauer wegen eines Toten schien nicht zu dem Mann zu passen.

François bekreuzigte sich und neigte das Haupt. »Tut mir leid, mein Freund. Ich wünschte, ich hätte dir in diesem Leben mehr helfen können. Falls der Gott Abrahams, der Götter Ägyptens oder sonst irgendjemand zuhört, hilft dir das vielleicht im nächsten Leben.« Er zog seine Brieftasche heraus und legte sie Abdullah auf die Brust.

Lowanna stellte sich neben Marty. Er legte den Finger an die Lippen und zeigte auf die Grabstelle.

Mit einer Hand auf der Brieftasche schluchzte François leise, bevor er auf Arabisch einen Sprechgesang anstimmte.

Oh Allah, vergib Abdullah bin Rahman, erhebe seinen Rang unter den Rechtgeleiteten, ersetze ihn durch einen Nachfolger bei seinen Hinterbliebenen, vergib uns und ihm, oh Herr der Welten, erweitere ihm sein Grab und erleuchte es ihm mit Licht.

Surjan kniete sich neben François. »Es wird allmählich spät. Sollen wir das Lager aufschlagen?«

François setzte sich aufrecht hin. Der Ausdruck in seinen blutunterlaufenen Augen wirkte so leer, als wäre etwas in ihm zerbrochen. Er ergriff eine Handvoll der von ihm ausgehobenen Erde und ließ sie auf Abdullahs Leichnam fallen.

Gunther und Kareem kamen ebenfalls herbei, um ihm die letzte Ehre zu erweisen, während François langsam weitere Erde in die Grube rieseln ließ.

»François?«, fragte Surjan erneut.

Zorn blitzte in den Augen des Franzosen auf, und er sprach mit belegter Flüsterstimme. »Ist mir egal. Ich treffe keine Entscheidungen mehr. Nie mehr, hörst du?«

Während François weiter eine Handvoll Erde nach der anderen in die Grube schüttete, wandten sich die anderen Marty zu.

Sie suchten nach einer Antwort.

Marty schaute nach Westen. Sie Sonne stand tief am Himmel – in etwa einer Stunde würde sie untergehen, in zwei Stunden würde es stockdunkel sein. »Okay, schlagen wir ein Lager auf. Kareem, du machst ein Feuer. Surjan, du und Lowanna seht zu, ob ihr etwas zu essen und Wasser finden könnt.«

Alle nickten und gingen ihrer Wege.

Gunther kam herüber. Marty deutete mit dem Kopf in François' Richtung und flüsterte: »Kannst du Kareem helfen und gleichzeitig ein Auge auf François haben? Du kennst sie beide besser als ich, und du bist besser darin ...«

»Schon verstanden.« Gunther nickte. »Was hast du jetzt vor?«

Marty schaute zu den Überresten des Monsters hinüber, das Abdullah getötet hatte. »Du weißt, wie dieses Ding ausgesehen hat, oder?«

Gunther nickte, und obwohl er mehr Sonne abbekommen hatte als sonst, wirkte er ziemlich blass. »Ich war zwar weiter weg, aber sofern ich keine Halluzinationen hatte, hast du gegen etwas gekämpft, das aus der Vergangenheit Ägyptens zum Leben erwacht ist. Einer Vergangenheit, die ich immer für mythisch gehalten habe.«

»Es war Seth. Oder zumindest etwas, das wie all die Darstellungen ausgesehen hat.«

»Wie die Bilder am Jebel Mudawwar.«

Marty nickte. Er atmete tief ein. Seine Sinne kribbelten bei all den Gerüchen, die er mittlerweile wahrnahm. »Ich muss rausfinden, was dieses Wesen war.«

Gunther schaute zu François, der immer noch eine Handvoll Erde nach der anderen in Abdullahs Grab schüttete. Er legte Marty die Hand auf die Schulter und drückte sie. »Wenn du reden willst, gib Bescheid.«

Marty ging zu den Überresten der Kreatur, kniete sich neben den Matsch und hob eine der Sandalen auf.

Schuhwerk dieser Art hatte er schon oft gesehen.

In Grabstätten, die Tausende Jahre vor Christi Geburt versiegelt worden waren.

Surjan wog den Speer, den er dem Monster abgenommen hatte. Er erwies sich als perfekt ausbalanciert und erinnerte ihn an jenen, mit dem er als Kind trainiert hatte. Surjan blickte nach rechts. Lowanna grub gerade mit dem geschärften Ende ihres Anch eine Pflanze aus. »Hast du was gefunden?«

Lowanna packte die Pflanze, wölbte den Rücken durch und zog mit beiden Händen. Stöhnend kippte sie nach hinten, als vor ihr Erde ausspritzte.

Als sich der Staub setzte, hielt sie ein Geflecht von Wurzeln mit mindestens einem Dutzend faustgroßer Rettiche daran. Plötzlich drehte sie den Kopf nach Norden. »Ich höre etwas.«

Surjan nahm geduckte Haltung ein und ließ den Blick über die Prärie wandern. »Was hörst du?«

Bevor sie antworten konnte, spürte er Vibrationen im Boden. Gleich darauf nahm er die Geräusche von Hufen wahr. Er umklammerte den Speer fester. Lowanna flüsterte: »Ich glaube, das sind Impalas. Normalerweise trifft man sie so weit nördlich nicht an, aber hier ist ja nichts so, wie es sein sollte.«

Mit eingezogenem Kopf beobachtete Surjan die durch die Savanne rennenden Tiere. Die Herde schien fast 100 der rehähnlichen Antilopengattung zu umfassen.

Lowanna deutete in die Richtung und sagte: »Es sind ein paar Junge und zwei verletzte Tiere am Ende der Herde darunter. Bitte ziel nicht auf die Kleinen.«

Surjan bewegte sich langsam vorwärts und bemühte sich, keine Aufmerksamkeit zu erregen.

Idealerweise wehte der Wind ihm entgegen. Die Tiere würden ihn nicht wittern.

Er verlagerte den Griff am Speer. Als die Herde von Osten nach Westen vorbeifegte, heftete er den Blick auf eines der größeren Tiere am hinteren Ende. Blut von einem kürzlichen Raubtierangriff verkrustete einen Hinterlauf. Surjan verlangsamte seine Atmung, während die Herde donnernd vorbeizog.

Als sich das hintere Drittel näherte, änderte er die Haltung und nahm seine Beute ins Visier. Obwohl er seit 20 Jahren keinen Speer mehr geworfen hatte, stellte sich das Training aus seiner Kindheit mühelos wieder ein.

Das Geschoss würde dorthin fliegen, wohin seine Finger beim Loslassen zeigten. Damit im Kopf wartete er, während sich sein Ziel näherte.

Trotz seiner Verletzung rannte das Tier mit geschätzten 60 Stundenkilometern.

Surjan befand sich etwa 30 Meter entfernt und vermeinte, die Schmerzen des Nachzüglers zu spüren, der kaum noch mit der Herde mithalten konnte.

Er ließ sich von seinen Instinkten leiten, als er den Speer mit aller Kraft warf und darauf achtete, knapp vor seine Beute zu zielen.

Der Speer segelte durch die Luft. Im letzten Moment, kurz vor dem Einschlag, bemerkte die Impala den heranrasenden Schaft und drehte sich. Der Speer drang tief in das Tier ein, wodurch es stürzte und sich mehrfach überschlug.

Der Rest der Herde schwenkte weit von Surjan weg, als er sich aufrichtete und zu seiner Beute rannte.

Der Speer hatte sich durch die Schulter in die Brust gebohrt, war auf der anderen Seite wieder ausgetreten und hatte das Tier auf der Stelle getötet.

Sauber erlegt, wofür er dankbar war.

Und mit dem Speer viel einfacher als mit einem Messer.

Surjan legte die Hand auf den Hals des Tiers und flüsterte: »Danke, Allah, dass wir dir mit jedem Atemzug, jedem Moment der Freude oder des Schmerzes und jedem Tag ein Stück näherkommen. Danke für dieses großzügige Geschenk. Es wird nicht vergeudet.«

Als Surjan den Speer aus dem Tier zog, wurden seine Augen groß, denn eine Kugel aus schimmerndem Licht stieg wie eine Antwort Allahs aus dem Kadaver auf.

Er starrte auf die schillernde Kugel, die auf ihn zuschwebte. Dasselbe war passiert, als er die Mendesantilope erlegt hatte. Diesmal jedoch war er dafür gewappnet und fürchtete sich nicht. Er streckte die Hand aus. Als seine Fingerspitzen den Rand des Lichts berührten, schoss ein seltsames Kribbeln seinen Arm hinauf und breitete sich durch den Körper aus.

Im Gegensatz zum letzten Mal, das eher unspektakulär verlaufen war, flutete ihn diesmal eine Welle von Gerüchen. Plötzlich nahm er das Kupferaroma von altem und frischem Blut war, das von der erlegten Impala ausging. Das Tier verströmte noch etwas, das er nicht erkannte. Etwas Moschusartiges, das ihm noch nie untergekommen war.

Ohne den Kopf drehen zu müssen, hörte er Lowanna in der Erde nach weiteren Rettichen wühlen.

Sein Herz raste, und Surjan spürte etwas Seltsames in der Erde unter ihm.

Durch die Fußsohlen konnte er die Vibrationen der nach Westen preschenden Herde fühlen.

Er packte die Impala an den Hörnern und schleifte das über 50 Kilo schwere Tier zurück zum Lager.

Lowanna schloss sich ihm mit einer Ladung Rettiche über der Schulter an. Sie deutete auf die Impala. »Die Herde ist ohne das Tier besser dran, und das wusste es selbst. Hättest du nicht geholfen, hätte es durch die blutende Wunde andere Raubtiere angelockt.«

»Geholfen?« Surjan sah sie mit hochgezogener Augenbraue an. »Marty hat gesagt, dir widerstrebt die Vorstellung, Tiere zu töten.«

Lowanna wischte seine Äußerung mit einem Schnauben weg. »Das ist lächerlich. Manches muss zum Wohl aller eben sein. Wir brauchen Nahrung zum Überleben. Das Tier war ein Risiko für die Herde.« Lowanna schaute zu Surjan auf und runzelte die Stirn. »Ist alles in Ordnung? Du kommst mir ein bisschen durcheinander vor.«

Als sie sich dem Lager näherten, spürte Surjan Schritte, noch bevor er François und Gunther den Hang erklimmen sah. Das Lagerfeuer wurde angezündet. Zum ersten Mal überhaupt in seiner Erinnerung atmete er den Geruch des Rauchs ein und konnte feststellen, dass der Großteil von brennendem Gras stammte und das Holz noch nicht vollständig in Flammen stand. Ihm war nicht mal bewusst gewesen, dass brennendes Gras und Holz so unterschiedlich rochen.

Surjan hielt einen Moment lang inne und atmete erneut tief ein. Warum nahm er plötzlich so viele verschiedene Gerüche um sich herum wahr?

Lowanna schaute mit verwirrter Miene zu ihm zurück. »Hallo? Geht's dir gut?«

Er öffnete den Mund zum Antworten, klappte ihn wieder zu und zuckte stattdessen mit den Schultern. »Denke schon. Mir wird nur gerade klar, wie anders der Ort hier wirklich ist.«

»Besser spät als nie.« Lächelnd bedeutete sie Surjan, ihr zu folgen. »Komm, gehen wir zurück zum Feuer.«

Surjan schenkte ihr ein Lächeln und trabte hinter ihr her zum Lager. Innerlich jedoch überschlugen sich seine Gedanken.

Irgendetwas an ihm hatte sich verändert, und zwar, nachdem er dieses Tier getötet hatte.

KAPITEL NEUN

Wenn man Martys Vision trauen durfte, standen ihnen noch 49 Tage Fußmarsch nach Osten bevor. Es war Mittag, und sie hatten ein schattiges Plätzchen unter einer Reihe von Palmen gefunden. Von Wasser fehlte weit und breit jede Spur.

Marty biss in einen Rettich und genoss den würzig-süßen Geschmack des stärkehaltigen Wurzelgemüses. Gekocht hatte er Rettich nie gemocht, roh jedoch schmeckte er völlig anders und überraschend erfrischend. Mit seiner kartoffelähnlichen Konsistenz und dem milden Geschmack diente er zugleich als Nahrungs- und Flüssigkeitslieferant.

Sein Verstand sagte ihm, dass 70 Prozent der Masse eines Rettichs aus Wasser bestanden. Also würden sie nicht verdursten, solange sie genug davon hatten. Dennoch ließ es sich nicht mit einem schön kühlen Glas Wasser vergleichen.

»Marty, haben wir nicht inzwischen den Punkt erreicht, an dem's kein Zurück mehr gibt?«, fragte Gunther mit einem Bissen Impala-Dörrfleisch im Mund. »Es ist fünf Tage her, oder?«

Er nickte. »Wir haben alle ein unglaubliches Tempo gehalten, ohne langsamer zu werden.« Er blickte zu François, dem ältesten und unsportlichsten der Gruppe. Selbst er schien keinerlei Probleme zu haben. Tatsächlich wirkte er eher gesünder als zu Beginn der Reise. Die Brust war zwar immer noch breit wie ein Fass, der Bauch hingegen fast völlig geschmolzen. »François, du hast eine Uhr. Wie viele Stunden am Tag marschieren wir?«

»Etwa 16.«

Marty runzelte die Stirn. »Weiß jemand die Durchschnittsgeschwindigkeit für ...«

»Zwischen vier und sechs Stundenkilometer«, fiel François ihm ins Wort. »Mit einer kleinen Pause in der Mittagshitze sind wir im Schnitt 15 Stunden unterwegs. Meiner Schätzung nach legen wir pro Tag ungefähr 80 Kilometer zurück.«

Marty wandte sich nach Osten und starrte über die schier endlosen Weiten der Savanne. »Da das Rote Meer meiner Meinung nach nicht mehr als 300 Kilometer östlich der Ausgrabungsstätte liegt und ich keine Anzeichen von Möwen oder Wasser sehe ...«

»Hattest du wohl recht«, warf Gunther ein.

Lowanna knabberte an ihrem Rettich und zeigte nach Osten. »Wenn wir tatsächlich irgendwo in der Nähe von Marokko aufgebrochen und mit 80 Kilometern pro Tag nach Osten unterwegs sind, klingt das fast nach dem Zeitplan, von dem Marty spricht.«

»Diese Felsformation liegt nur etwa 3.000 Kilometer von der Ausgrabungsstätte entfernt.« François wandte sich an Marty. »Hast du nicht gesagt, dass in deiner Vision 54 Tage vergangen sind? Dann sollten inzwischen noch 49 übrig sein. Richtig?«

Marty nickte. »Wir haben auch andere Möglichkeiten. Nach Norden sind es vielleicht zwölf Tage bis zum Mittelmeer. Dort müssten wir auf Zivilisation stoßen.«

»Vielleicht auch nicht«, widersprach Gunther. »Wenn wir wirklich in der fernen Vergangenheit sind, wer weiß schon, ob es dort überhaupt etwas gibt?« Er hielt ein Stück Impala-Fleisch hoch. »Du weißt so gut wie ich, dass dieses Tier so weit im Norden eigentlich nichts verloren hat. Bedenkt man außerdem, dass wir irgendwie auf der anderen Seite des Kontinents gelandet sind, und dann noch diese verdammte Kreatur wie eine lebendig gewordene ägyptische Grabmalerei aufgetaucht ist ... lässt sich wohl nicht leugnen, dass wir in der Twilight Zone sind.« Er rupfte eine Handvoll Gras neben sich aus und warf es in die Luft. »Alles um uns herum ist unerklärlich. Warum zum Teufel sollen wir dann nicht einfach deiner Vision folgen? Ich sage, wir gehen nach Osten und finden raus, wohin Martys Vision uns führt. Schlimmstenfalls landen wir näher dort, wo wir dachten, losgegangen zu sein ... zumindest geografisch. Dann können wir immer noch überlegen, wie wir weitermachen.«

Lowanna nickte. »Ich bin einverstanden.«

Marty ließ den Blick über die anderen wandern. Sie schienen alle entschlossen zu sein, der Vision zu folgen. Dabei wusste er nicht mal, ob sie real war. Der Stand der Sonne am Himmel verriet ihm, dass sie noch mindestens acht Stunden bis zum Einbruch der Dunkelheit hatten.

»Das bedeutet, wir haben einen langen Marsch vor uns.« Marty holte seine Brieftasche, einen Schlüsselbund und das Medaillon der Kreatur aus der Tasche und warf alles vor sich auf den Boden. »Nur damit wir wissen, was wir außer den Kleidern am Leib und den Anchs zur Verfügung haben – was habt ihr dabei, das in dieser verrückten Umgebung nützlich sein könnte? Ich hab das Medaillon von dieser Kreatur, eine Brieftasche mit ein paar Kreditkarten und ein bisschen Bargeld, meine Haus- und Autoschlüssel, sonst nichts.«

»Wozu ist das Medaillon?«, fragte François und starrte hin.

Marty zuckte mit den Schultern. »Ich hab damit herumgespielt. Soweit ich's beurteilen kann, ist es nur zur Zierde.«

Kareem hob die Hand. Marty lächelte. »Ich weiß, was du sagen willst. Nein, ich konnte das Ding nicht dazu bringen, Lichtstrahlen abzugeben oder sonst was zu machen. Keine Ahnung, was es ist.«

Jeder kramte hervor, was er bei sich trug, und Marty begutachtete die gesammelten Habseligkeiten der Gruppe.

»Ich hab mich wohl nicht so gut vorbereitet wie einige von euch.« Marty grinste. »Ein paar Brieftaschen mit Plastikkarten und Bargeld, das uns wahrscheinlich wenig nützt, mehrere Hausschlüssel, drei Taschenmesser, Surjans Jagdmesser und Kareems Anzünder. Wo ist Abdullahs Anch?«

»Ich habe es mit ihm begraben«, kam in schroffem Ton von François.

Marty seufzte. »Okay. Also, allem Anschein nach werden wir ja noch länger unterwegs sein. Deshalb sollten wir nichts von dem außer Acht lassen, was wir haben. Wer weiß? Vielleicht stoßen wir ja auf ein Dorf, wo die Bewohner begeistert von Plastikkarten sind und sie gegen Proviant tauschen. Ab sofort dürfen wir es uns nicht leisten, irgendwas leichtfertig zu vergeuden. Sind wir uns einig?«

Alle bejahten. Sogar François nickte widerwillig.

Am vielleicht wertvollsten war Kareems Anzünder. Marty sah Surjan an, insbesondere dessen Turban. Er fragte sich, wie lang er wohl war. Im Notfall könnte er nützlich sein. Aber darüber wollte er mit dem großen Sikh lieber nicht diskutieren. Soweit er wusste, schnitten sich Sikhs nie die Haare und trugen traditionell einen Turban, um nicht ungepflegt zu erscheinen. Vielleicht hatte der Turban sogar eine religiöse Bedeutung. Wie dem auch sein mochte, darüber wollte er sich vorerst nicht den Kopf zerbrechen.

Surjan schnupperte mehrmals, drehte dabei den Kopf und zeigte dann nach Osten. »Ich mag mich irren, aber ich glaube, ich rieche Wasser in der Richtung.«

»Du kannst Wasser riechen?«, fragte Gunther.

»Das ist durchaus möglich«, bestätigte Lowanna. »Ich weiß, dass ich aus der Nähe die Algen in einem stehenden Gewässer riechen kann.«

Surjan schürzte die Lippen und zuckte mit den Schultern. »Seit ich die Impala erlegt habe, scheinen meine Sinne auf einer höheren Ebene zu funktionieren. Ich kann es nicht wirklich erklären.«

»Bei dir auch?« Martys Augen wurden groß. »Das Wasser kann ich zwar nicht riechen, aber ich hab eindeutig auch eine gewaltige Veränderung bemerkt, nachdem ich diese Kreatur umgebracht hatte. Hast du was gesehen, als du die Impala erlegt hast? Und falls ja, hast du dasselbe bei der Mendesantilope erlebt?«

»Ja.« Plötzlich schaute Surjan genauso ungläubig drein wie Marty. »Irgendein Licht ist aus beiden ausgetreten. Aber seltsam hab ich mich erst beim zweiten Mal gefühlt.«

»Sind da deine Sinne schärfer geworden?«

Surjan nickte.

Marty betrachtete die Gruppe. »Hat sonst noch jemand etwas in der Art erlebt, seit wir hier sind?«

Die meisten anderen schüttelten den Kopf. Lowanna hingegen senkte den Blick auf ihren Schoß.

Irgendetwas verheimlichte sie.

»Falls ja, müssen wir uns gegenseitig mitteilen, was wir erlebt haben. Es könnte wichtig sein.« Marty atmete tief ein, schnappte in der Luft aber nichts auf. Schließlich sammelte er seine Sachen ein und richtete sich auf. »Tja, ist ohnehin an der Zeit, weiterzugehen.« Er sah

Surjan an und lächelte. »Wir werden ja bald sehen, wie gut deine Nase ist.«

Alle standen auf, Marty hievte sich sein Bündel über die Schulter, und sie brachen in Richtung Osten auf.

Marty atmete den Geruch von etwas in der Luft ein ... sein Verstand wollte es als grün bezeichnen, grasähnlich. Und vielleicht schnappte er etwas davon auf, was Surjan entdeckt hatte.

»Es ist da lang.« Surjan deutete nach Südosten und verfiel in Laufschritt. Er hielt auf eine ungefähr anderthalb Kilometer entfernte felsige Erhebung zu.

Während die Gruppe in gemächlichem Tempo weitermarschierte, warf Marty einen Blick auf François. Wieder überraschte ihn, wie mühelos er die körperliche Anstrengung zu verkraften schien.

Tatsächlich konnte sich Marty kaum erklären, warum er selbst nach fünf anspruchsvollen Tagen mit fragwürdigem Proviant nicht längst ein Wrack war.

Sämtliche Symptome der Dauermüdigkeit, unter der er zu Hause gelitten hatte, waren verschwunden.

Als sie sich der Felsformation näherten, wurde ihm klar, was Surjan mit dem Geruch von Wasser gemeint hatte. Mittlerweile stieg auch ihm etwas in die Nase, das ihn an glitschige, algenbedeckte Steine erinnerte. Ein wenig wie am Meer, nur ohne das salzige Aroma.

Marty lächelte, als er ein gutes Dutzend Palmen und Olivenbäume erblickte – und vor allem das Funkeln der Sonne, die sich auf einem Gewässer spiegelte. »Surjan, von jetzt an vertrauen wir deiner Nase.«

Die Gruppe beschleunigte die Schritte. Alle lächelten, als sich vor ihnen ein schattiger, von Bäumen gesäumter See auftat.

Als sie sich dem Ufer näherten, meldete sich Lowanna zu Wort. »Noch nicht davon trinken. Das ist nicht wie beim Fluss, der in Bewegung ist. Dort wird das Wasser durch Sand, Lehm und Steine gefiltert. Glaubt mir, wir wollen alle keinen Durchfall von abgestandenem Wasser kriegen. Wir müssen es zuerst erhitzen.«

Marty zeigte auf Kareem. »Kannst du ... Moment mal?« Mit

fragender Miene drehte er sich Lowanna zu. »Wie willst du es erhitzen?«

Lowanna suchte das Ufer ab. Sie zeigte auf einen großen Holzbrocken. »Surjan, hilf mir, das Ding ins Gras zu ziehen.«

Marty beobachtete, wie Surjan ins Wasser watete und mit anpackte. Zusammen bewegten sie das eineinhalb Meter lange Stück Holz ans Ufer.

Offensichtlich hatte hier schon mal jemand einen Baum gefällt, was bei der Ressourcenknappheit in dieser Umgebung eine Todsünde zu sein schien.

Surjan, Kareem und Lowanna rollten etwas, das nach einem Teil eines Olivenbaumstamms aussah, hinauf ins Gras.

Kareem sammelte trockenes Gras und kleinere Stöcke, um ein Feuer anzuzünden, während Lowanna begann, die morsche Rinde vom Stamm zu schaben. Sie wandte sich an Gunther und deutete zum Ufer: »Kannst du ein paar faustgroße Steine holen? Wir erhitzen sie im Feuer, das Kareem anmacht, dann reinigen wir damit das Wasser.«

Gunther nickte und ging zum Ufer. Surjan sah Lowanna verdutzt zu. »Das versteh ich nicht. Was hast du mit ...«

»Surjan«, fiel Lowanna dem großen Mann ins Wort. »Komm einfach her und hilf mir, in den Baumstamm zu bohren.«

Marty überließ sie ihrer Arbeit und ging zur Felswand hinüber. Sie ragte etwa neun Meter hoch auf und erstreckte sich von Osten nach Westen. Sah nach einer Verwerfungslinie aus, bei der ein Teil der Erde vor langer Zeit nach oben gedrückt worden war.

Was er merkwürdig fand, weil es seines Wissens nirgendwo in der Sahara aktive Verwerfungslinien gab.

Als er im Schatten der Felswand entlanglief, entdeckte er kleine, ins Gestein gehauene Stufen.

Er machte einen Schritt zurück, um sich einen besseren Überblick zu verschaffen. Sein Blick folgte den Stufen nach oben zu etwas, das wie ein Riss in der Felswand anmutete. Marty schaute zurück. Die anderen waren noch beschäftigt. Er ging wieder zur Felswand und setzte vorsichtig den Fuß auf die erste Stufe.

Da nur sein halber Fuß darauf Platz fand, achtete er sorgsam darauf, nicht das Gleichgewicht zu verlieren, als er langsam die Felswand hinaufstieg.

Weiter oben entpuppte sich der vermeintliche Riss als Eingang einer Höhle. Von unten entstand der falsche Eindruck deshalb, weil man sich seitlich durch die fast parallel zur Felswand verlaufende Öffnung schieben musste.

Als Marty ihr folgte, stellte er fest, dass es sich doch nicht um eine Höhle handelte, sondern um einen kurzen natürlichen Spalt im Gestein. Nach etwa drei Metern endete er. Marty entdeckte dort ein Keramikgefäß mit Deckel.

Hier war jemand gewesen.

Aber nicht das erregte seine Aufmerksamkeit. Marty ertappte sich dabei, wie er auf die Innenseite der Felswand etwa 30 Zentimeter vor seinem Gesicht starrte. Ins Gestein war eine Reihe von Linien geritzt. Als er zurücktrat, um einen besseren Überblick zu bekommen, nahmen die Linien die Form einer rudimentären Karte an.

Sie zeigte verschiedene Wege, aber es gab keine Hieroglyphen oder etwas in einer Sprache, die Marty verstehen konnte. Er drehte den Kopf. Seine Augen weiteten sich, als er das Unendlichkeitssymbol auf etwas entdeckte, das wie eine Box aussah.

Marty kramte das silbrige Medaillon aus der Tasche und betrachtete es. Verwies die Karte vielleicht auf weitere davon? Oder bezogen sich Medaillon und Karte auf etwas anderes?

In der Natur trat etwas so gut wie nie einmalig auf. Es verhielt sich eher wie mit Kakerlaken – entdeckte man eine, hielten sich in der Nähe mindestens hundert weitere auf. Marty spürte, wie sich ihm die Nackenhaare sträubten, als ihm in den Sinn kam, ob es in dieser Welt noch mehr Kopien von Seth geben könnte.

Bisher waren sie außer dem Monster noch niemanden begegnet. Sein Magen brodelte beunruhigt, während er die nutzlose Karte betrachtete. Er hatte keine Orientierungspunkte und keine Ahnung, wo er sich befand. Somit half ihm die Karte nicht weiter.

Er schob sich tiefer in den Korridor. Plötzlich rutschte er mit einem Fuß ab. Instinktiv schloss er die Hand fester um das Medaillon. Ein roter Lichtstrahl schoss daraus hervor, und Marty fiel auf den sandigen Boden des Korridors.

Als das Licht erlosch, starrte Marty auf das Medaillon und fragte sich, was zum Teufel gerade passiert war.

Er drückte das Medaillon erneut, doch nichts geschah.

»Was um alles in der Welt ist dieses Ding?«, murmelte er.

»Marty! Wo steckst du?«

Gunthers Stimme.

»Komme gleich«, rief Marty zurück.

»Was sagst du? Deine Stimme ist gedämpft.«

Marty bewegte sich zum Ende der versteckten Nische und hob den Deckel des Keramiktopfs an. Er enthielt irgendein Getreide. Er nahm den Topf mit und schob sich langsam den Spalt entlang zurück.

Als Marty wieder ins Sonnenlicht trat, stellte er fest, dass ihn mehrere seiner Gefährten beobachteten.

Gunther stand am Fuß des Felshangs und rief zu ihm hoch: »Wie um alles in der Welt bist du da raufgekommen?«

Marty verlagerte das über zehn Kilo schwere Gefäß in seinem Griff, bevor er sich vorsichtig die ins Gestein gehauene Treppe hinabbewegte.

Gunthers Augen weiteten sich, als er beobachtete, wie Marty langsam die tückischen Stufen nach unten stieg. »Du spinnst doch. Ich kann diese jämmerlichen Abklatsche von Stufen kaum sehen, und du gehst darauf, während du was trägst?«

Gunthers leichte Erregbarkeit hatte Marty schon immer belustigt. »Ist nicht so schwer, wenn man ...«

Plötzlich zerbrach das Tongefäß unter dem Druck seiner Umklammerung. Getreide und Scherben spritzten durch die Gegend, und Marty fiel.

Wie durch ein Wunder gelang es ihm, auf den Füßen zu landen, dennoch blieb das Malheur nicht ohne Folgen.

Sein linker Unterarm brannte heftig. Gunther rannte zu ihm, presste die Hände auf die blutende Wunde und rief: »Holt mir jemand was zum Verbinden!«

Martys Herzschlag donnerte dröhnend durch seinen Kopf, während er mit weit aufgerissenen Augen auf seinen blutenden Unterarm starrte. »Gunther, was ist mit deinen Händen?«

Der Mann drückte mit beiden Händen die Wundränder des aufgeschlitzten Unterarms zu. Allerdings strahlten Gunthers Finger im Schatten der Felswand ein weißes Licht ab, das nicht natürlich sein konnte.

Marty spürte, wie Wärme in seinen Unterarm strömte. Nicht die seines eigenen Bluts, eher wie von einer Wärmflasche.

Gunther brüllte etwas Unverständliches und ließ Martys Arm los.

Das Leuchten verschwand. Surjan kam mit einem langen, abgeschnittenen Streifen eines Unterhemds angerannt.

Gunther schnappte es sich und packte Martys Handgelenk. Dann starrte er mit großen Augen auf Martys Arm. »Wie kann das sein?«

Als Gunther das Blut wegwischte, hatte sich die Wunde bereits irgendwie geschlossen. Man konnte sie zwar noch sehen, aber sie wirkte wie genäht – nur ohne Stiche.

»Ich wünschte, wir hätten Alkohol dabei.« Gunther begann, den Arm mit dem improvisierten Verband zu umwickeln.

Marty flüsterte: »Hast du dasselbe gesehen wie ich? Dieses Leuchten?«

Mit besorgter Miene nickte Gunther. »Twilight Zone. Ich sag dir, wir sind in der Twilight Zone.«

»Das ist Weizen!«, rief François. Er fing an, das verschüttete Getreide mit den Fingern aufzulesen und in den unversehrten, umgedrehten Deckel des Tongefäßes zu werfen. »Ich kann die Körner mahlen und Fladenbrot daraus machen.«

Gunther verknotete das Ende des Verbands. Mit besorgter Miene betrachtete er den Arm. »Scheint wie durch ein Wunder nicht mehr zu bluten.«

»Fühlt sich in Ordnung an.« Lächelnd klopfte Marty seinem Freund mit der heilen Hand auf die Schulter. Er kannte den Mann seit über zwei Jahrzehnten. Deshalb überraschte ihn nicht, dass die Glucke in ihm zum Vorschein kam. Er deutete auf den aus dem See geborgenen Baumstamm. »Lass uns mal sehen, wie's mit dem Wasser vorangeht.«

Marty beeindruckte, wie schnell es Lowanna und Surjan gelungen war, eine tiefe, kantige Rinne in das Holz zu schnitzen und sie mit Hilfe frisch geflochtener Körbe mit mehreren Litern Wasser zu füllen. So undicht die Körbe auch waren, sie genügten, um das Wasser die etwa zehn Meter vom Ufer zum teilweise ausgehöhlten Baumstamm zu transportieren.

Bei der Arbeit an Holz musste er unvermittelt an Carlos und Pedro denken. Hatte Pedros Frau schon entbunden? War der Kunde je aufgetaucht, um seine Esszimmermöbel abzuholen und zu bezahlen?

Ergaben diese Fragen überhaupt einen Sinn?

Er schüttelte vehement den Kopf.

Die gesamte Gruppe beobachtete, was Lowanna als Nächstes tat.

Die Frau näherte sich dem großen Lagerfeuer mit zwei soliden Stöcken. Sie hielt sie wie Essstäbchen. Ohne groß zu wackeln, gelang es ihr, damit einen erhitzten Stein aufzuheben, ihn zum Baumstamm zu befördern und dort ins Wasser zu werfen.

Dampf stieg zischend auf. Lowanna wiederholte den Vorgang, eilte zwischen dem Lagerfeuer und dem Baumstamm hin und her und ließ weitere heiße Steine ins Wasser fallen.

Schließlich blieb sie stehen und begutachtete ihr Werk. Marty beobachtete den aufsteigenden Dampf. »Werden damit die Keime im Wasser abgetötet?«

Lowanna nickte. »Am meisten Sorgen bereiten mir Giardien. Das Letzte, was man in Wüstenklima gebrauchen kann, ist Flüssigkeitsverlust durch üblen Durchfall.«

»Muss das Wasser abgekocht werden?«

»Nein.« Lowanna versenkte weitere Steine darin. Es spritzte kaum auf, dafür entstand umso mehr Dampf. »Wir müssen es nur für ungefähr zehn Minuten auf 45 Grad Celsius erwärmen. Das genügt zum Abtöten etwaiger Keime.«

»Genial.« Marty lächelte.

Es mutete wie reines Glück an, doch diese bunt zusammengewürfelte Truppe schien zusammen brauchbare Überlebensfähigkeiten zu besitzen. Er wollte gern glauben, dass er selbst daran gedacht hätte, das Wassers zum Desinfizieren zu erwärmen, um es gefahrlos trinken zu können, fand es jedoch toll, dass er es nicht musste.

»Wisst ihr, vorhin hab ich aus Versehen noch mal dieses, äh ... Laseramulett der Seth-Kreatur aktiviert«, sagte er und dachte laut nach. »Ich frage mich, ob man es für etwas Nützliches verwenden könnte. Zum Beispiel, um Wasser zu erwärmen.«

»Wir sollten experimentieren«, schlug François vor.

»Ich bin mir nicht sicher, wie wohl mir dabei ist«, sagte Marty.

»Ich bin mir nicht sicher, wie wohl mir dabei ist, wenn Marty es macht.« Gunther grinste.

François streckte die Hand aus. »Her damit. Als Technikaffinster der Gruppe, der mit Sicherheit die besten technischen Spielzeuge von uns allen besitzt, sollte wohl eindeutig ich das Experimentieren übernehmen.«

Schulterzuckend händigte Marty ihm das Amulett aus. Sofort begann François, das Medaillon mit den Fingern zu untersuchen.

Marty berührte seinen verbundenen Unterarm und fragte sich, warum er nicht mehr brannte. Als er leicht auf die Wunde drückte, konnte er sie nicht mehr spüren.

Waren etwa Nerven beschädigt?

Als er problemlos mit den Fingern der linken Hand wackeln konnte, fragte er sich, ob Gunther recht hatte.

Vielleicht befanden sie sich wirklich in der Twilight Zone.

KAPITEL ZEHN

Marty hatte die Führung der Gruppe übernommen und kundschaftete den Weg aus. In der Regel wechselten sich Surjan und er regelmäßig als Vorhut und Schlusslicht ab. Manchmal übernahm auch Lowanna diese Aufgabe, doch irgendetwas hielt sie davon ab, zu weit vor oder hinter den anderen zu gehen, und sie wollte nicht darüber reden. Da sich auch Kareem geschickt dabei anstellte, sich lautlos zu bewegen, wurde er ebenfalls in diesen fliegenden Wechsel mit einbezogen. Gunther und François hingegen verursachten entschieden zu viel Lärm, um sie vorausgehen zu lassen.

Marty verblüffte, wie leise er sich bewegen konnte. Außerdem stellte er fest, dass alle seine Sinne schärfer als je zuvor waren. Er nahm sämtliche Einzelheiten der Blumen am Wegrand ebenso kristallklar wahr, wie er Variationen und Grundmotive im Gezwitscher der Vögel erkannte.

Wenn er sich weit genug vor den anderen befand, hielt er manchmal an und spulte sein Training ab. Im Augenblick lagen die anderen etwa einen Kilometer zurück und zeichneten sich gerade noch als Ansammlung dunkler Schemen im Westen ab.

Als er einen Vogelruf hörte, wusste er sofort, dass er nicht von einem echten Vogel stammte.

Er zwang sich, weiterzugehen und nicht zu zögern. Falls ihnen jemand auflauerte, könnte er den Spieß nur umdrehen, indem er sich nicht anmerken ließ, dass er es bemerkt hatte. Wolken trieben über den Himmel, und es hatte den Vormittag über immer wieder sporadisch geregnet. Das Terrain bestand nach wie vor aus sanften Hügeln und dichtem, hohem Gras. Der Pfad erstreckte sich mehr oder weniger gerade vor ihm. Zu seiner Rechten ragte ein kleinerer Höhenzug aus dem umliegenden Grasland auf. Von Bäumen fehlte jede Spur. Auf der Südseite des Höhenzugs sichtete Marty einen dunklen Fleck. Ein Schatten? Aber wovon?

Von Vegetation?

Falls jemand auf der Lauer lag und Marty beobachtete, würde er ihn im Gras ausmachen können.

Er blieb stehen. Nachdem er Hals und Arme gestreckt hatte, verließ er den Weg nach rechts und pinkelte gemächlich. Dabei suchte sein Blick aufmerksam die Prärie um ihn herum ab, ohne dass er den Kopf drehte.

Und tatsächlich kauerten zu seiner Linken zwei Jungen im Gras. Sie wirkten klein. Marty hatte eindeutig die längeren Beine, was vielleicht ein Vorteil war. Andererseits war er den ganzen Tag marschiert, während sie vielleicht ausgeruht waren.

Er kehrte auf den Pfad zurück und ging in ihre Richtung. Sie wirkten nicht angriffslustig. Marty könnte sie einfach ignorieren – oder vielleicht nützliche Informationen aus ihnen herausbekommen, wenn er mit ihnen redete.

Natürlich wollte er nicht, dass sie wegrannten und womöglich mit einer kriegerischen Horde zurückkehrten.

Als er sich ihnen auf dem Pfad so weit wie möglich genähert hatte, befanden sie sich noch sechs Meter rechts von ihm. Unvermittelt preschte Marty zu ihnen los und überwand den Abstand, bevor sie reagieren konnten. Der Schnellere der beiden wollte sich gerade aus der Hocke aufrichten. Marty trat ihm auf den Fuß und versetzte ihm einen kräftigen Stoß, der ihn auf dem Boden landen ließ. Den Zweiten packte er am Nacken und hielt ihn einfach fest.

Der Junge zappelte, entkam ihm aber nicht. Bei genauerer Betrachtung stellte Marty fest, dass er ihr Alter unterschätzt hatte. Es handelte sich um Teenager, allerdings eher klein und dünn. Sie wirkten unterernährt. Beide hatten langes, dunkles, verfilztes Haar. Sie trugen schlichte, ungefärbte Kittel aus gewebtem Stoff und keine Hosen. Die Füße waren nackt. Ihre Haut wies eine olivfarbene Schattierung auf, ihre Augen waren dunkelbraun.

Beduinen? Oder Marokkaner? Marty versuchte es zuerst auf Arabisch. »*As-salāmu 'alaikum*«, sagte er. *Friede sei mit euch.*

Der Junge am Boden ergriff das Wort. »Wer bist du?«, fragte er auf Englisch.

Nein, nicht Englisch. Welche Sprache war das? Plötzlich war sich Marty, der mehrere Sprachen in Wort und Schrift beherrschte, nicht sicher.

»Mein Name ist Marty«, sagte er. Nur in welcher Sprache? Er hatte keine Ahnung. Die Nackenhaare sträubten sich ihm. »Ich bin ein Freund.«

»Wir kennen dich nicht«, sagte der stehende Junge. »Du bist kein Freund.«

»Ich möchte ein Freund sein«, erwiderte Marty.

»Bist du Händler?«, fragte der Junge, der auf dem Boden lag. »Auf diesem Weg reisen Händler.«

»Ich bin nicht wirklich ein Händler«, antwortete Marty. »Ich bin eher ein Reisender. Ein Wanderer. Ich habe zwar nichts zum Handeln, aber ich möchte neue Leute kennenlernen und Freundschaften schließen.« Er deutete auf sich. »Seht, ich bin unbewaffnet.«

»Wir halten Ausschau nach Händlern. Und nach Ametsu.« Der stehende Junge zeigte auf den Pfad hinter Marty. »Haben deine Freunde Waffen?«

»Messer.« Marty zuckte mit den Schultern. »Ein Freund hat einen Speer, um uns auf der Straße zu verteidigen. Das ist alles.«

Die Jungen sahen sich gegenseitig an.

»Unsere Leute sind zahlreich«, sagte der stehende Junge.

»Sie sind bewaffnet«, fügte der Junge am Boden hinzu. »Krieger.«

»Gut«, sagte Marty. »Kannst du mich und meine Freunde zu ihnen bringen?«

Nur welche Sprache benutzten sie gerade? Und wer oder was war Ametsu? Marty spürte ein nervöses Flattern im Magen.

Wartend standen sie da. Marty lächelte. Ihm fiel eine Studie über das Lächeln ein, die er mal gelesen hatte. Darin hieß es, Menschen in multikulturellen Gesellschaften lächelten mehr. Was den Forschern zufolge daran lag, dass Lächeln als praktisch universelles Zeichen guter Absichten verstanden wurde. Menschen anderer Stämme lächelte man an, um anzuzeigen, dass man nicht feindselig war. Darum wurde in Gesellschaften mit zahlreichen Stämmen viel gelächelt.

Marty lächelte die Jungen an.

Als seine Leute zu ihm aufschlossen, holte er von ihnen zwei dicke Streifen von dem getrockneten Antilopenfleisch und bot sie den Jungen an. Das Fleisch hatten sie auf Gestelle gespannt, die von Kareem, Gunther und François getragen wurden. Lowanna hatte darauf bestanden, auch eines zu übernehmen, aber auf ihrem befand sich das trocknende Mendesantilopenfell.

Die Jungen schnappten sich das Dörrfleisch, steckten es sich in den Mund und kauten herzhaft.

Surjan lag noch ein paar Hundert Meter zurück, aber in Sichtweite, also nickte Marty den Jungen zu. Die beiden führten die Gruppe vom Pfad weg zu dem Höhenzug im Süden. Erst allmählich kristallisierte sich ein Pfad heraus. Anscheinend wurde das Gebiet zwar durchaus von Menschen frequentiert, die aber nicht zu sehr auffallen wollten.

Am südlichen Rand des Höhenzugs nahm Marty den Geruch von Wasser wahr. Dann konnte er das dunkle Grün von Melonenranken und Obstbäumen erkennen, was eine üppige Oase versprach.

Zwei Männer mit Speeren standen auf einer kleinen Lichtung. Sie trugen ungefärbte Stoffgewänder und hielten jeweils einen langen Speer in der Hand. Als sie Marty Seite an Seite mit den beiden Jungen erblickten, trat einer der Männer vor und brachte warnend den Speer in Anschlag. Er hatte lange Arme, große Hände, rötliche Haut der Schattierung von nassem Lehm und eine leicht verbogene Hakennase.

»Badis«, sagte einer der Jungen. »Diese Männer sind Händler.«

»Wir sind Entdecker«, stellte Marty richtig. Obwohl er sich der Nuancen des Worts, das er für »Entdecker« benutzte, alles andere als sicher war. Die anderen in der Gruppe starrten ihn an. Offensichtlich verstanden sie ihn. »Wir sind auf der Durchreise und würden gern Informationen tauschen. Wir haben ein Geschenk dabei.« Er reichte Badis zwei größere Streifen Antilopenfleisch.

»Kommt ihr von Ametsu?«, fragte Badis.

»Wir wissen nicht, was Ametsu bedeutet.« Marty lächelte. »Wir sind allein hier. Und haben uns ein wenig verirrt, deshalb könnten wir ein paar Auskünfte brauchen.«

Badis musterte die Gruppe mit zu Schlitzen verengten Augen. Seine Aufmerksamkeit heftete sich auf Surjan, als der zu den anderen aufschloss. »Der Große da lässt seinen Speer bei mir«, brummte er schließlich. »Dann bringe ich euch ins Dorf.«

»Verdammt.« Surjan murrte zwar, gab die Waffe aber ab. Dann folgte Marty mit seinen Gefährten Badis den Pfad um den Höhenzug entlang.

Marty löcherte Badis mit einfachen Fragen nach dem Namen seines Volks und dem nächstgelegen großen Gewässer. Allerdings stieß er auf eisernes Schweigen. Auf der Leeseite des Höhenzugs speisten zwei sichtbare Quellen einen großen blauen See, gesäumt von einem satt-grünen Wald und Sträuchern. Ringförmig um die Sträucher herum folgte ein Landstrich mit groben Furchen, in denen Ranken über den Boden wuchsen.

Zwischen den Bäumen und um sie herum standen Hütten aus über Stangen gespannten und in Rahmen befestigten Tierfellen. Etwa 100 Menschen verteilten sich über die Umgebung. Alle drehten sich um und beobachteten, wie sich Marty mit seiner Gruppe näherte. Ihre Kleidung war ungefärbt, aber viele wiesen kunstvolle Tätowierungen auf und trugen Schmuck aus funkelnden Steinen und Elfenbein. Die Schattie-rungen ihrer Haut reichten von Khaki über helles Gelb bis hin zu Dunkelrot. Marty überraschte, dass er mehrere Leute mit blondem Haar unter ihnen entdeckte.

Im Wald grasten Ziegen, umgeben von Geflügel, das wie sehnige Hühner aussah.

Badis führte Marty zu einem breiten Sockel aus verdichteter Erde und Kieselsteinen, der direkt unter dem westlichen Ende der Erhebung über den See aufragte. Dort kamen ihnen zwei Männer entgegen, einer groß, dünn, gebückt und mit zahlreichen langen Knochen in den Wangen, der andere breit und muskulös, mit geblähter Knollennase. Zu viert füllten sie den Sockel fast vollständig aus. Martys Gefährten mussten im schilfigen Uferbereich hinter ihm bleiben. François grum-melte vor sich hin, drängte sich nach vorn und stellte sich an Martys Seite.

Der wusste zwar nicht recht, ob er sich über den Beistand des Franzosen freuen sollte oder nicht, aber er klopfte ihm sicherheitshalber lächelnd auf die Schulter.

Dann begann er, den beiden Fremden das in Streifen geschnittene Fleisch zu überreichen.

»Das sind die Sprecher«, erklärte Badis. »Der Sprecher der Götter« – er deutete auf den dünnen Größeren – »und der Sprecher des Stamms«. Seine Hand schwenkte auf den wie ein Ochse gebauten Mann.

»Ich bin der Sprecher unserer Leute.« François klopfte sich auf die Brust. Dabei hörte Marty ein leises Klirren von Metall. Ihm fiel ein, dass François das Medaillon von der Kreatur mit dem Seth-Kopf noch hatte. »Ich heiße François.«

»Und du?« Der Gottsprecher zeigte auf Marty.

Wie sollte er sich vorstellen? Allerdings musste Marty nicht lange darüber grübeln, denn François nahm es ihm prompt ab. »Er heißt Marty. Man nennt ihn auch Doktor Cohen. Er kennt viele vergessene Geschichten über die Erde und die Menschheit. Außerdem ist er ein Seher.«

Marty wurde verlegen. Er verkniff es sich, einzuwenden, dass er eigentlich nur Tischler war.

»Badis hat euch ins Dorf gebracht«, ergriff der Stammessprecher das Wort. »Er hat den Umgang mit euch als sicher erachtet. Ihr sollt wissen, dass er mit seinem Leben dafür bürgt. Wenn ihr versucht, irgendjemandem hier ein Leid anzutun, tötet er euch. Wenn er versagt, werden er und ihr zusammen sterben.«

Erst die versteckten Späher entlang des Wegs, dann Krieger mit Speeren, und nun das. Die Dorfbewohner schienen grundsätzlich zu Vertrauen bereit zu sein, aber in einer gefährlichen Welt zu leben.

Marty nickte.

»Wir kommen in Frieden«, sagte François. »Hat euer Dorf einen Namen?«

»Die Götter haben diesen Ort Ahuskai genannt«, antwortete der Gottsprecher. »Das hier sind die wunderschönen Wasser.«

»Wir sind auf der Suche nach Gewässern«, sagte Marty. »Wir reisen nach Osten und suchen große Gewässer.«

Der Stammessprecher zog eine Augenbraue hoch. »Einen Fluss?«

»Einen Fluss so groß, dass man ihn als Meer bezeichnen könnte«, erwiderte Marty. »Oder ein Meer mit Salzwasser.« Wenn sie heraus-finden könnten, dass der Nil oder das Rote Meer irgendwo nah im Osten lagen, hätten sie ihre Bestätigung. Dann wüssten sie, dass sie sich trotz der Ähnlichkeit des Felsmassivs mit dem Jebel Mudawwar, dem selt-samen Vorfall im Tunnel und der abrupten Rückkehr ins Tageslicht nach wie vor in Ägypten befanden.

»Du meinst den Rand der Welt«, sagte der Gottsprecher.

»Ja.« François nickte. »Wie weit ist es noch bis dahin?«

Der Stammessprecher schüttelte den Kopf. »Viele Tage Fußmarsch.«

»Zehn Tage?«, hakte François nach.

»100. Oder mehr. Niemand aus Ahuskai ist je dort gewesen.«

Marty verspürte zugleich Enttäuschung und Bestätigung. Somit lag der Rand der Welt, womit der Nil oder das Rote Meer gemeint sein konnte, zwischen 2.500 und etwa 3.000 Kilometer östlich. Und das bedeutete, er hatte mit seiner Vermutung recht gehabt, dass sie in Marokko gelandet waren.

Aber es lieferte auch ein weiteres Indiz dafür, dass sie sich Tausende Jahre in der eigenen Vergangenheit befanden.

Freilich erklärte es nicht, wie sie dorthin gelangt waren.

Oder wie Marty seine selbst erfundenen Hieroglyphen in einem altägyptischen Tunnel vorfinden konnte.

Marty seufzte.

»Welche Königreiche kennt ihr?«, fragte François. Der Franzose wirkte nachdenklich. Hatte er denselben Gedankengang wie Marty und suchte nach einer Bestätigung des Zeitraums? »Wenn wir weiter nach Osten reisen, welchen Menschen werden wir begegnen? Händlern?«

»Händlern.« Der Stammessprecher nickte. »Hirten. Und Ametsu.«

Der Gottsprecher spuckte aus.

Etwas an dem Wort »Ametsu« kam Marty vage bekannt vor, doch er konnte es nicht zuordnen.

»Woher kommt ihr?«, fragte der Stammessprecher.

»Aus verschiedenen Ländern«, erwiderte Marty. »Aber angetreten sind wir unsere unerwartete Reise vom Rand der Welt. Wir haben uns in einem schlimmen Sturm verirrt und waren viele Tage unterwegs. Jetzt versuchen wir, dorthin zurückzukehren.«

»Ihr werdet gefährliche Wege gehen«, warnte der Stammessprecher.

»Räuber?«, fragte Marty. Räuber galten in weiten Teilen der antiken

Welt als verbreitetes Problem. Banden bewaffneter Männer, die Reisende einfach umbrachten und sich ihre Habseligkeiten nahmen.

Der Stammessprecher nickte. »Und Schlimmeres.«

»Räuber bereiten uns keine allzu großen Sorgen«, sagte François. »Westlich von hier hat uns ein Monster angegriffen. Mit vereinten Kräften haben wir es mühelos besiegt.«

»Was für ein Monster?« Der Gottsprecher bedachte François mit einem argwöhnischen Blick.

»Ein Riese.« François übertrieb zwar ein wenig, doch bei einer mythologischen, vorschriftlichen Gesellschaft wäre das vielleicht gar nicht verkehrt. »Ein Riese mit einem Kopf wie ein Hund und Ohren wie ein Esel.«

Beide Sprecher erstarrten, den Blick auf François geheftet.

»Eine Gefahr weniger, über die sich eure Leute sorgen müssen«, meinte François.

»Du lügst«, warf der Gottsprecher ihm vor. »Die Götter haben mir nichts dergleichen erzählt. Die Götter hätten uns gewarnt, wenn sie uns so ungeschützt gelassen hätten.«

»Er sagt die Wahrheit«, ergriff Marty das Wort. »Warum beunruhigt euch das? Dieses Monster war doch bestimmt kein Verbündeter von euch, oder?«

»Das Monster, das du beschreibst«, sagte der Stammessprecher langsam, »kennen wir als Ametsu.«

Ametsu hatte ihnen Kopfzerbrechen bereitet. Die als Späher entlang des Wegs eingesetzten Jungen hatten Ausschau nach Ametsu gehalten.

»Ametsu war euer Feind«, mutmaßte Marty. »Warum ...« Beinah hätte er das Wort »fürchten« benutzt, fand jedoch, es könnte beleidigend sein. »Warum hasst ihr Ametsu?«

»Ametsu holen sich Männer«, antwortete der Gottsprecher mit knurrendem Unterton. »Eine Steuer, sagen sie.«

»Wir sind zugleich ihre Bauern und ihre Ernte, sagen sie«, fügte der Stammessprecher hinzu.

Also gab es mehr als einen Ametsu. Ein mulmiges Gefühl beschlich Marty.

»Sklaven?« François wurde blass.

»Nahrung?«, riet Marty. »Fressen Ametsu eure Leute?«

»Wenn Ametsu kommt ...« Der Stammessprecher klang schwermütig. »Er zwingt uns, Opfer auszuwählen. Eine junge Frau und einen jungen Mann. Gesund. Er tötet sie vor unseren Augen. Dann nimmt er sich ihre Lebern.«

Und einfach so handelte es sich bei »Ametsu« wieder nur um eine einzelne Kreatur.

Und ... Lebern? Was wollte Ametsu mit menschlichen Lebern?

François schnappte nach Luft und schwankte. Marty packte ihn am Arm und stützte ihn. »Marty«, murmelte er. »Lebern.«

Das seltsame Fleisch, das der Hüne mit dem Schakalkopf bei sich hatte.

Das Fleisch, das Lowanna so verstört hatte.

Menschliche Lebern?

»Wir haben Ametsu unterwegs getötet«, sagte Marty. »Also ist heute ein Freudentag für das Volk von Ahuskai. Wir haben Ametsu getötet. Er wird euch nicht mehr belästigen!«

»Ja!« François bekam sich wieder in den Griff und fasste unter sein Hemd. Er holte das Medaillon des Schakalmanns heraus und hängte es sich sichtbar auf die Brust. »Seht ihr? Wir haben eine Trophäe, einen Beweis für seinen Tod. Ihr seid jetzt sicher!«

Ein lautes Stöhnen hallte über den See. Als Marty den Blick über die Menschen von Ahuskai wandern ließ, entdeckte er blankes Schrecken in den Gesichtern. Viele sanken auf die Knie. Einige warfen sich untertänig ausgestreckt auf den Boden.

Der Gottsprecher spuckte aus.

»Ihr Narren!«, fauchte Badis. »Es gibt viele Ametsu, nicht nur einen. Jetzt kommen die anderen, um sich zu rächen. Und sie werden uns alle töten!«

KAPITEL ELF

»Badis, töte sie«, befahl der Gottsprecher.

Badis stürmte mit gezücktem Speer vor. Marty spürte die Bewegung mehr, als dass er sie sah. Er wich dem Angriff so aus, dass der Speer ins Leere fuhr und er die Waffe am Schaft packen konnte.

»Wir kommen in Frieden.«

»Halt.« Der Stammessprecher hob eine Hand mit klobigen Fingern, und Badis hielt abrupt inne. Der Krieger starrte Marty finster und konzentriert an.

Aber nicht hasserfüllt, wie Marty auffiel.

»Die Ametsu werden uns töten«, murmelte der Gottsprecher.

»Vielleicht auch nicht.« Der Stammessprecher wirkte nachdenklich. »Wo habt ihr Ametsu getötet?«

»Weit von hier entfernt«, antwortete François.

»Im Westen«, fügte Marty hinzu. »Auf dieser Seite eines Flusses. Ihr kennt ihn vielleicht als Ziz. Der nächstgelegene größere Fluss westlich von hier.«

»Von Ziz habe ich noch nie gehört«, erwiderte der Stammessprecher. »Aber ich kenne den Fluss.«

»Nah«, sagte der Gottsprecher. »Zu nah. Wir sind das nächstgelegene Dorf. Sein Tod wird uns angelastet werden.«

»Das kann ich mir nicht vorstellen.« François breitete beschwichtigend die Hände aus, aber er brachte Badis damit nur zum Knurren.

»Das Land hier ist weitläufig, oh Sprecher der Fremden.« Der Stammessprecher deutete mit ausladender Geste in Richtung des Horizonts. »Den Fluss, von dem du sprichst, umgeben Wälder, in denen mein Volk jagt, und Pfade, auf denen mein Volk wandert. Die Ametsu wissen das.«

»Und davon wissen sie auch.« Der Gottsprecher tippte mit einem Finger auf das Medaillon auf François' Brust. »Sie können diesem Totem folgen. Das ist allgemein bekannt.«

»Hat zumindest deine Großmutter gesagt«, murmelte der Stammessprecher.

»Deine auch.« Der Gottsprecher spuckte aus. »Waren unsere Großmütter vielleicht Närrinnen?«

Männer und Frauen um den See herum huschten in ihre Behausungen und kehrten mit Speeren, Schleudern und Wurfstöcken zurück. Konnte man ihre Stimmen so weit hören?

Ging es vielleicht gerade darum? Mussten sich Marty und seine Gruppe auf diesem Sockel mit den Sprechern treffen, damit es öffentlich vor aller Augen stattfand? Das würde bedeuten, dass diese Leute alles Wissen miteinander teilten und Entscheidungen offen gefällt wurden. Ganz Martys Stil.

Da die Leute verängstigt wirkten, wollte er instinktiv die Stimme senken. Stattdessen erhob er sie.

»Jetzt ist uns klar, dass unser Tun Unglück über euch bringen könnte. Sagt uns, wie wir es von euch abwenden können.«

»Mit einem Opfer«, zischte der Gottsprecher. »Wir übergeben euch und dieses Medaillon an die Ametsu, dann bestrafen sie euch statt uns.«

»Niemand wird bestraft.« François bewies Nervenstärke. Er stand nach wie vor lächelnd mit ausgebreiteten Armen da und zuckte mit keiner Wimper. »Wir haben Ametsu nicht angegriffen, sondern er uns. Und er hat einen der unseren umgebracht, bevor wir ihn besiegt haben. Wir verdienen den Tod nicht. Ihr habt nichts getan, habt niemanden umgebracht. Also verdient auch euer Volk den Tod nicht.«

»Wenn ihr denkt, ihr könntet die Ametsu dazu bringen, auf vernünftige Worte zu hören«, sagte der Stammessprecher, »habt ihr offensichtlich keine Erfahrung mit ihnen.« Sein Blick wanderte zu Marty. »Oder habt ihr etwas anderes im Sinn als Worte?«

»Stammt Ametsu aus einem Dorf?« Marty hatte keine Ahnung, wo solche Kreaturen leben mochten. Das Wesen mit dem Tierkopf hatte Seth geähnelt, dem ägyptischen Gott, doch Martys Begegnungen mit ägyptischen Göttern beschränkten sich auf Bücher und Grabstätten. »Oder aus einer Höhle?«

»Die Ametsu leben in einer Festung östlich von hier«, sagte der Stammessprecher.

»An der Straße?«, fragte François.

Der Stammessprecher schüttelte den Kopf. »Das ist eine Handelsstraße. Sie verläuft nach Osten zum Ende der Welt. Manchmal führt sie auch nach Norden und Süden zu den besten Wasserstellen und sattesten Weiden. Die Ametsu leben in einer Festung mit ihren Dienern, den Ikeju. Östlich von hier, aber auch südlich.«

»Und Ikeju sind Menschen?«, fragte Marty.

»Ikeju haben die Köpfe von Rindern«, antwortete der Gottsprecher. »Sie sind furchterregend und stark.«

François nickte langsam. »Der Seher und ich sprechen *für* mein Volk. Wir unternehmen etwas, um dieses Dorf zu beschützen. Erlaubt mir, mit meinem Volk zu reden, damit wir beschließen können, wie wir am besten vorgehen.«

»Nur zum Planen«, sagte Marty. »Ein Kriegsrat. Wir laden Badis dazu ein. Er wird für euch Augen und Ohren sein. Und wir akzeptieren, dass unser Leben verwirkt ist, wenn es uns nicht gelingt, diese bedrohliche Klinge von eurer Kehle hinfortzuheben.«

»Wenn ihr nicht tut, was ihr sagt, ist euer Leben verwirkt«, warnte der Stammessprecher. »Der Stamm hat gesprochen.«

Beide Sprecher nickten.

Marty und François kehrten zu ihrer Gruppe zurück und gingen in Richtung des Walds los. Badis folgte ihnen.

»Bedrohliche Klinge von der Kehle hinfortheben?«, sagte François. »Gunther hat nie erwähnt, dass du so ein Poet bist.«

»Bilde ich mir das nur ein«, gab Marty zurück, »oder wächst dein Haar nach?«

François fuhr sich mit der Hand über den stoppeligen Schädel und zuckte mit den Schultern.

Die sechs Mitglieder der Gruppe und Badis betraten eine Lichtung und bildeten einen losen Kreis.

»Welche Sprache benutzten wir eigentlich gerade?«, fragte Gunther. »Fühlt sich wie Tamascheq oder so an, nur beherrsche ich das gar nicht.«

»Im Augenblick haben wir echt größere Probleme«, warf Surjan knurrend ein. Er heftete den Blick auf Badis, der seinerseits zurückstarrte.

François öffnete seinen Graskorb und kramte darin nach etwas.

»Ihr habt es alle gehört«, ergriff Marty das Wort. »Anscheinend hat die von uns erledigte Seth-Kreatur zu einem Stamm gehört. Die Menschen hier fürchten, dass sie von den anderen überrannt und ausgelöscht werden, wenn wir ihnen nicht helfen.«

»Sie würden ihre Lebern fressen.« Lowanna schauderte.

»Einigen wir uns auf einen Namen für die Kreaturen«, schlug Gunther vor. »Das Wesen, das wir gesehen haben, war jedenfalls kein Mensch. Nennen wir die doch Sethianer.«

Marty nickte. »In der Landessprache heißen sie Ametsu.«

»Offensichtlich müssen wir zuerst mal diese Festung der Sethianer auskundschaften.« Surjan schaute finster drein. »Wir müssen wissen, wie viele es sind und wie sie aufgestellt sind. Dann können wir entscheiden, ob es sinnvoll ist, sie anzugreifen.«

»Oder ob sie vielleicht aufgeschlossen für Friedensverhandlungen sind«, kam es von Gunther.

François stellte seinen Korb ab. Er hielt eines der zuvor von ihm gebackenen Fladenbrote in der Hand. Der Franzose brach ein Stück davon ab, das er Lowanna reichte. Ein zweites Stück ging an Badis. »Ich habe noch viel mehr davon.«

Der Speerkämpfer schnupperte daran und nahm einen Bissen.

»Die Hälfte davon ist schimmlig«, sagte Gunther.

»Oh, gut«, erwiderte François. Sichtlich erfreut wickelte er den schimmligen Teil in Blätter und verstaute ihn wieder im Korb.

»Im Ernst?«, fragte Gunther.

»Ja«, antwortete François. »Wenn ihr weitere Stücke mit Schimmel findet, sagt es mir. Die will ich haben.«

»Nicht alle sollten gehen«, fuhr Surjan fort. »Nur, wer sich leise bewegen kann. Also ich.«

»Und ich«, meldete sich Marty zu Wort.

»Ich auch«, sagte Kareem. Als Marty ihn ansah, nickte er stur. »Ich kann mich sogar sehr leise bewegen.«

»Wir werden Führer brauchen.« Marty wandte sich an Badis. »Kommst du mit? Unsere anderen drei Gefährten bleiben hier. Als Gäste deines Dorfs und als Gewähr dafür, dass wir unser Versprechen halten.«

Das Wort »Geisel« blieb unausgesprochen.

»Ich kenne den Weg«, sagte Badis.

Der Krieger aus Ahuskai gab Surjan seinen Speer zurück. Die drei Reisenden nahmen ihre Anchs und Messer mit. Badis wies sie an, alles andere zurückzulassen, versorgte aber jeden mit einem gefüllten Wasserschlauch und einer leichten, zusammengerollten Decke. Unter dem kalten Blick des Gottsprechers und dem eher berechnenden, überlegten des Stammessprechers brachen sie vor Sonnenuntergang auf.

»Wie weit ist es?«, fragte Marty, als die Lichter der Feuerstellen des Dorfs hinter ihnen in der Dunkelheit verschwanden.

»Bist du ein Kind, Seher?« Badis schmunzelte. »Wir werden vor Sonnenaufgang dort sein. Sie sind im Gebiet der Schluchten.«

Die Gruppe marschierte und hielt sich an Badis' Anweisungen. Marty verfolgte die Zeit mit, indem er den Verlauf der Sterne über den Horizont beobachtete – 15 Grad ergaben eine Stunde, und 15 Grad konnte er mit einer Handspanne sauber messen. Drei Stunden lang stapften sie ohne Pause durch die Prärie.

Und Marty fühlte sich nicht wirklich müde. Lag es an Adrenalin? Wurde er von Angst befeuert?

Marty sah das Gebiet der Schluchten nicht kommen. Surjan schon. Als Marty um ein Haar ausgerutscht und in Spalte gestürzt wäre, die sich plötzlich vor ihm auftat, packte ihn der Sikh an der Schulter und zog ihn zurück. Vor ihm fiel das Gelände abrupt ab und verjüngte sich zu einem schmalen Spalt im Gestein.

»Das ist kein Geheimgang«, sagte Badis. »Geheimgänge gibt es nicht. Aber es ist ein Weg, den die Ametsu nicht benutzen.«

Badis ging voraus. Marty folgte ihm. Trotz der Dunkelheit fiel es ihm erstaunlich leicht, die steile Felswand zu bewältigen. Er schien förmlich von einem Punkt zum anderen zu gleiten, fand für seine Stiefel festen Halt in Ritzen, die er eigentlich für viel zu klein gehalten hätte. Tatsächlich musste er sich sogar bremsen, um nicht mit dem Krieger aus Ahuskai zusammenzustoßen.

Surjans musste mehr Muskelkraft einsetzen, doch auch der Soldat schaffte es grunzend nach unten, wo er die Hände in die Hüften stemmte, unerschütterlich wie immer. Kareem fand eine Spalte, in der er sich mit den Händen und Füßen zu beiden Seiten abstützte. So wieselte er in einem Zug gerade nach unten wie eine Spinne.

»Mein Onkel hat mir nie erzählt, dass man bei einer archäologischen Expedition so viel klettern muss.« Ein Hauch von Stolz schwang in Kareems Stimme mit.

»Wir sind ja wohl auch auf keiner typischen Expedition«, brummte Surjan.

»Wir sind nah.« Badis sprach mit leiser Stimme.

Sie folgten dem Speerkämpfer aus Ahuskai durch eine schmale Schlucht, übersät mit Felsbrocken und dicken, braunen, knorrigen Ranken. Ihre Rinde kratzte über Martys und Surjans Handflächen, Unterarme und Gesichter, wenn sie stolperten. Badis bewegte sich deutlich geübter mit einer Hand an der Felswand entlang und geriet kaum außer Tritt.

Kareem bewältigte den unwegsamen Pfad trotz der Düsternis mit völlig sicheren, präzisen Schritten. Hatte er diese Fähigkeit in seiner Jugend in den Gassen von Kairo erworben? Oder in planlos angeordneten ägyptischen Dörfern mit schlechter Beleuchtung?

»Wir sind da«, flüsterte Badis.

Er sank auf alle viere. Die anderen folgten seinem Beispiel. Sie rückten zum Rand einer Steilwand vor und blickten in ein breites, feuchtes, grünes Tal hinab.

»Ich rieche Tiere«, flüsterte Marty. Seine Augen passten sich allmählich an die geänderten Lichtverhältnisse an.

»Da ist eine Rinderherde«, wisperte Kareem. »Gegenüber von uns auf einem hohen Plateau sind zwei große Gebäude. Kastenförmig, aus Ziegeln. Steinziegeln, glaube ich.«

Schließlich gewöhnten sich auch Martys ältere Augen an die Dunkelheit. »Mastaba. Wären wir bei einer Ausgrabung, würde ich sagen, das ist eine Mastaba. Gebäude geformt wie schräge Bänke. Vor den Pyramiden ließen die Pharaonen ihre Grabstätten und Tempel so errichten.«

»Da ist eine schützende Mauer um die Gebäude herum«, meldete Surjan. »Ist das ein Sethianer, der mit einem Speer am Tor steht?«

So war es.

»Wir brauchen eine Schätzung ihrer Zahl«, sagte Surjan. »Könnten wir zur Schlucht darüber klettern und hinunterschauen?«

»Wir könnten uns ansehen, wie groß ihr Müllhaufen ist«, schlug Marty vor. »Das sollte uns eine Vorstellung von der Bevölkerungsgröße vermitteln.«

»Gesprochen wie ein wahrer Archäologe«, brummte Surjan.

»Sie haben auch Ackerland«, kam von Kareem. »Ich sehe bepflanzte Furchen.«

»Uns bleiben noch ein paar Stunden Dunkelheit«, sagte Marty. »Surjan, wir beide schleichen weiter und versuchen, die Mauer hochzuklettern. Mal sehen, ob wir was herausfinden können. Kareem, du bleibst mit Badis hier und gibst uns ein Zeichen, falls sich die Sethianer rühren.«

»Ich bin besser im Anschleichen!«, protestierte Kareem.

»Du hast auch die besten Augen«, merkte Marty an. »Du kannst nur an einem Ort gleichzeitig sein.«

»Bleib bei mir und halte Wache«, wandte sich Badis an den jungen Mann.

Marty und Surjan ließen sich die Felswand hinab, die sich als nur etwa zweieinhalb Meter hoch herausstellte. Surjan ließ seinen Speer zurück. Stattdessen hielt er das geschärfte Anch in der Hand, während sie zwischen den Rindern hindurchschlichen. Es handelte sich um afrikanische Kühe mit langen Hörnern, die überall in frühen ägyptischen Darstellungen auftauchten. Sie muhten nur leise protestierend, als sich Marty und Surjan zwischen ihnen hindurchbewegten.

Marty schaute unterwegs hin und her, von dem Sethianer am Tor zum Fuß der Mauer, über die er klettern wollte, um sich dahinter umzusehen. Der Sethianer stand regungslos im Schatten des Bogens über ihm. Schlief er etwa? Marty hielt es für möglich.

Sein Fuß ertastete die Pflugfurchen, die Kareem beschrieben hatte. Trotz des plötzlich unebenen Untergrunds geriet Marty nicht aus dem Gleichgewicht. Surjan grunzte, biss die großen Zähne zusammen und verkniff sich einen Fluch.

Am Rand der Schlucht unter der Mauer trieben sich weitere Rinder herum. Sie verdeckten teilweise die Sicht, doch Marty vermeinte, einen zerklüfteten Hang zu erkennen, der in glatteren Sandstein überging. Horizontale Risse darin vermittelten den Eindruck einer Mauer aus

Ziegeln, an der man vermutlich relativ einfach Halt finden würde. Der Abschnitt erstreckte sich über etwa fünf Meter, bevor sich über weitere fünf Meter die Felswand der Schlucht fortsetzte. Dann endete das natürliche Gestein, und die eigentliche Ziegelsteinmauer begann. Die Lücken dazwischen sahen tief aus, perfekt, um mit den Fingern und Stiefelspitzen darin Halt zu finden.

Marty kauerte sich hin.

»Sieht einfach aus«, flüsterte er, als sich Surjan neben ihn hockte. »Du beobachtest von hier aus, ich klettere hinauf. Oben lege ich mich hin, halte still, verschaffe mir einen Überblick und zähle.«

»Es wäre dumm, allein zu gehen«, murmelte Surjan.

»Wann hab ich schon mal was Dummes gemacht?«

Surjan zuckte mit den Schultern. »Zum Beispiel, als du uns verpflichtet hast, die Sache mit diesen Monstern zu regeln.«

»Ich werfe ja nur einen Blick hinein.«

»Du hast mich aber schon gehört, oder?« Surjan runzelte die Stirn.

Marty zeigte ihm abrupt den Daumen hoch und bewegte sich auf die Felswand zu. Die Brise trug ihm den Geruch der Rinder zu. Mehr als das. Es war, als hätte jemand die Essenz der Herden eines Pharaos über tausend Jahre extrahiert, destilliert, mit einem Hauch von Zimt ergänzt, in ein winziges Fläschchen gefüllt und es direkt vor Martys Nase zerbrochen.

Halb rechnete er damit, die Besinnung zu verlieren und eine weitere Vision zu erleben.

Stattdessen holte er tief Luft, scheuchte das Vieh weg und trat vor den Fuß der Mauer.

Ein Mann richtete sich auf. Marty hatte ihn nicht bemerkt, weil er inmitten der Herde auf einem kleinen Felsbrocken gesessen und gedöst hatte ... und den Kopf eines Stiers besaß. Dieselbe lange Schnauze, dieselben breiten, leicht gekrümmten Hörner und einen Ring in der Nase. Einen Ring wie jenen, den der Sethianer getragen hatte.

Vom Hals abwärts jedoch sah er menschlich aus. Fast zwei Meter groß und muskulös, aber menschlich. An einem breiten Riemen über der Schulter hing auf Hüfthöhe ein großer Beutel. In der Hand hielt er einen Speer, der um die dreieinhalb Meter lang sein musste. Der intensive Rindergeruch ging von ihm aus.

Surjan reagierte fast sofort. Er preschte vor, das geschärfte Anch wie ein Messer tief im Anschlag. Marty reagierte noch schneller. Er sprang gegen die Felswand der Schlucht und spürte das Gestein und den körnigen Sandstein unter den Füßen. Dann stieß er sich davon ab, packte den stierköpfigen Mann an einem Horn und trat ihm mit seinem vollen Gewicht in eine Kniekehle.

Der Stiermensch brach zusammen und kam auf dem Rücken zum Liegen. Surjan landete auf ihm, presste ihm ein Knie gegen das Brustbein und setzte ihm die scharfe Kante des Anch an die Kehle.

»Wer bist du?«, flüsterte Marty in das Rinderohr.

KAPITEL ZWÖLF

»Deine Sprache klingt ... hart«, brummte der stierköpfige Mann. »Willst du meinen Namen wissen?«

»Fürs Erste«, sagte Surjan.

»Doath.« Der Name klang wie das Muhen einer Kuh.

»Wie viele Minotauren leben hier?«, bohrte Surjan nach.

»Minotauren?«

»Mit Köpfen wie Rinder«, erklärte Marty.

Doath lachte leise, ein tiefes, grollendes Rumoren. »Ich hätte eher gesagt, die Rinder haben Köpfe wie wir. Ich kenne dieses Wort nicht ... Minotauren. Hier nennt man uns Ikeju. Im Osten am Meer sagt man manchmal Hathiru zu uns. Ich bin ein Hathir.«

Surjan schaute auf und sah Marty in der Dunkelheit in die Augen. »Bei den Ägyptern sind stierköpfige Gestalten bekannt.«

Marty nickte, wollte aber nicht mehr sagen. »Wie viele Hathiru leben hier?«

»23«, antwortete Doath. »Wenn ihr hungrig seid, nehmt euch eine Kuh. Ich werde es nicht verraten. Wir verlieren immer wieder Kühe an die wilden Hunde der Prärie. Und an ... Katzen. Aber lasst mich in Ruhe.« Wieder lachte er leise. »Ich würde euch nicht schmecken.«

»Was macht ihr Hathiru?«, fragte Surjan. »Seid ihr alle Hirten?«

»Nein«, erwiderte Doath. »Einige von uns bestellen das Land.«

»Ihr seid nur die Arbeiterklasse der Sethianer?« Surjan schüttelte den Kopf.

Doath antwortete langsam. »Ich verstehe diese Worte nicht. Wir arbeiten, damit wir weiterleben. Die Arbeit ist hart. Wir züchten, beschützen und schlachten Vieh. Wir säen, düngen und ernten Pflanzen. Ist es bei eurem Volk nicht so?«

»Zieht ihr je in den Krieg?«, wollte Surjan wissen.

»Gegen wilde Hunde und Katzen schon«, sagte Doath. »Gegen die Menschen nicht. Es gibt genug Land, Wasser und Himmel für alle.«

»Und die anderen?«, fragte Marty. »Die Ametsu? Wie viele gibt es?«

»Hier? Jetzt vier. Manchmal sind es fünf oder sechs.«

»Herrschen sie über euch?«, fragte Marty.

»Sie essen, was wir bereitstellen«, sagte Doath. »Sie beschützen uns, wenn es nötig ist.«

»Du bist ein Riese mit Hörnern so lang wie mein Bein.« Surjan schnaubte. »Wie oft muss jemand wie du schon beschützt werden?«

»Nicht oft«, räumte Doath ein. »Manchmal töten sie uns wegen unserer Organe.«

»Wegen der Leber«, sagte Marty.

»Ja.«

»Und gibt es hier noch andere Leute?«, fragte Marty. »Menschen oder andere?«

Doath zögerte. »Nicht hier. Die Ametsu haben Heerscharen von Sklaven, aber nicht hier.«

»Und ihr Hathiru?«, wollte Marty wissen.

»Für euresgleichen haben wir keine Verwendung.« Doath schmunzelte. »Ihr seid keine guten Arbeiter, ihr seid winzig, und ihr schmeckt nicht gut.«

»Was würde dein Volk tun, wenn es keine Ametsu mehr gäbe?«, fragte Marty.

»Arbeiten«, sagte Doath. »Essen. Leben.«

»Ist das alles?«, bedrängte Surjan ihn.

»Na ja ...« Doath wurde verlegen. »Uns paaren.«

Marty unterdrückte ein Lachen.

»Marty?«, sagte Surjan eindringlich. Eine Erinnerung daran, dass Marty in gewisser Weise das Kommando hatte.

Er musste sich vor Augen halten, dass er nicht mit einem Herrscher verhandelte. Doath war kein Botschafter. Es gab keinen Grund zu der Annahme, dass man sich auf seine Informationen verlassen konnte und er die Wünsche und Handlungen seines Volks wahrheitsgetreu beschrieb. Eine Überprüfung erschien angebracht.

»Bleib hier«, forderte er Surjan bedächtig auf Englisch auf. »Bewach den Gefangenen. Ich schleiche mich zur Mauer und zähle sie.«

»Mach keine Dummheiten«, sagte Surjan.

»Was dumm ist, ergibt sich fast immer aus dem Kontext«, gab Marty zurück.

»Ich kenne diese Wörter alle nicht«, kam von Doath. »Tötet mich nicht.«

»Rühr dich einfach nicht«, wechselte Marty zurück in die instinktive menschliche Sprache dieses Jahrtausends. »Dann müssen wir es nicht.«

Surjan verlagerte die Haltung, verstärkte den Griff und verdeutlichte Doath, dass er bereit war, jederzeit mit dem Anch zuzustechen. Marty kletterte die Felswand hoch.

Die erwies sich als einfach zu bezwingen – er rannte sie regelrecht hinauf. Der Sandstein gestaltete sich kaum schwieriger. Die Mauerziegel erst recht nicht. Sie bestanden aus Stein statt aus Lehm, daher bröckelten sie nicht, als Marty sie mit seinem Gewicht belastete.

In weniger als einer Minute befand er sich auf der Mauerkrone. Als er zurück zu Surjan in die Schatten schaute, schätzte er die Tiefe auf 15 Meter.

Zu seinem Lehrplan für Ägyptologie hatten solche akrobatischen Übungen nie gehört.

Anscheinend lohnten sich der jahrelange Kampfsport und das Ausdauertraining.

Die Mauerkrone erwies sich als rau. Es gab keine Brüstung, kein Geländer. Von dem Punkt aus konnte Marty deutlich erkennen, dass die beiden Mastabas gleich groß und fast identisch aussahen. »Mastaba« bedeutete auf Arabisch so viel wie »Bank«, dabei hatten solche Bauwerke für ihn nie danach ausgesehen. Eher wie ein Stück Butter – oben flach, an den beiden langen Seiten gerade, an den kurzen abgeschrägt, als würden sie schmelzen. Die frühen Vorläufer der Pyramiden. Im Wesentlichen kantige, eingeschossige Gebäude mit begehbaren Dächern. Beide Mastabas lagen im Dunklen. Das weiter entfernte wies einen etwa sechs Meter hohen Turm und eine außen umlaufende Treppe auf. Die flache Spitze des Turms schien offen zu sein. Marty verharrte regungslos und starrte aufmerksam hin, bis er sicher war, dass sich dort oben niemand befand.

Der Mauer selbst fehlten zwar jegliche Verteidigungsanlagen, aber wenn die Sethianer das Tor hielten und von der Spitze des Turms irgendwelche Geschosse abfeuerten, wäre die Mauer dennoch ein schwer überwindbares Hindernis. Vor allem in einem Zeitalter, in dem das Katapult, das Trebuchet und – soweit Marty wusste – noch nicht einmal der Rammbock erfunden war.

Könnte er bei Bedarf ein Trebuchet bauen? Oder könnte es François oder sonst jemand ihrer Gruppe?

Irgendetwas stank. Gewaltig. Nicht der Geruch von Rindern und Hathiru, der ihn selbst in dieser Höhe noch erreichte, sondern etwas anderes.

Marty zögerte. Er hatte Surjan versprochen, dass er keine Dummheiten anstellen würde. Allerdings hatte er nichts wirklich Relevantes herausgefunden. Irgendetwas roch übel, und es gab einen Turm. Aber stimmten Doaths Zahlenangaben? Besaßen die Sethianer irgendwelche Waffen? Waren die Hathiru wirklich nicht feindselig?

Und immerhin hatte er zu Surjan ja auch gesagt, dass Dummheit immer vom Kontext abhing.

Und in diesem hier brauchte Marty dringend mehr Informationen.

Also rutschte er an der Mauer weiter hinab und kletterte in der Ecke nach unten, wo sie auf die Felswand traf, die über die Mastabas aufragte und tiefe Schatten warf. Es fiel ihm so leicht, dass er nach ein paar Wechseln von einem Halt zum anderen praktisch hinunterrannte.

Als er unten ankam und zurück hinaufschaute, erwies sie sich als höher als gedacht.

Aber er fühlte sich leichtfüßig, beweglich und hellwach.

Er schlich zu einer Ecke der näheren Mastaba. Bei genauerer Betrachtung stellte sich heraus, dass ein riesiges Portal die beiden Längsseiten unterbrach. Marty bewegte sich im dichten Schatten der Felswand lautlos darauf zu. Dort presste er sich an den kalten Stein und lauschte. Er hörte das laute Atmen zahlreicher Lungen, das wie rhythmisch betätigte Blasebälge klang.

Und der Gestank wurde schier unerträglich. Hefig, mit einem öligen Beigeschmack. Lag darin auch das Aroma von Bohnen?

Wie schnell könnte er bei Bedarf rennen? Klettern hatte sich nicht als Problem erwiesen, und Marty fühlte sich seit der Ankunft in der Antike wie neugeboren. Aber könnte er einem Hathir entwischen?

Wahrscheinlich schon, wenn Marty im Fall einer überraschenden Begegnung sofort Reißaus nähme.

Dummheit ergab sich immer aus dem Kontext.

Marty schlich durch das Portal hinein in das Gebäude und rückte langsam in die erste Kammer vor, wo die Atemgeräusche drastisch leiser wurden. Überall um ihn herum befanden sich klobige Schemen, die sie jedoch nicht rührten. Marty stellte fest, dass er praktisch blind war. Behutsam tastete er sich mit den Fingern vor und entdeckte Körbe, gefüllt mit Hülsenfrüchten, Knollen und Getreide. Außerdem fand er versiegelte Krüge, die nach Öl, Essig und sogar Wein rochen.

Das Vergiften der Getränke eines Feinds war ein fester Bestandteil antiker Kriegsführung gewesen – oder zumindest ein fester Bestandteil von Geschichten über antike Kriegsführung, was nicht zwangsläufig dasselbe war. Marty verschob das Wissen um diesen Lagerraum vorerst in den Hinterkopf.

In der nächsten Kammer schlug ihm der abscheuliche Gestank mit voller Wucht entgegen, und Marty musste sich beinah übergeben.

In der Dunkelheit brauchte er eine Weile, um den Grundriss des Raums zu durchschauen. Er enthielt ein riesiges Steinbecken, so groß wie ein Whirlpool. Es füllte den Raum dermaßen aus, dass um die Ränder kaum Platz zum Gehen blieb. Was immer den Gestank verursachte, befand sich in dem Becken. Marty spürte eine leichte Wärme, und er hätte schwören können, dass er ein leises Blubbern hörte. Außerdem ging von dem Becken ein schwacher Schimmer aus, der es ihm ermöglichte, einige wenige Details zu erkennen.

Doch ihm fehlte der Mut, um die Hand auszustrecken und den Glibber zu berühren.

Das Bauwerk bestand aus vier rechteckigen, nacheinander miteinander verbundenen Kammern. In der dritten und vierten stieß er auf schlafende Hathiru. Zu viele, um sie in der Düsternis voneinander zu unterscheiden. Sie lagen dicht gedrängt auf Bänken, in den Ecken und sogar mitten auf dem Boden. Aber Doaths Angabe von etwas mehr als 20 schien ungefähr zu stimmen. Alle atmeten tief.

Ihr Geruch verstopfte Martys Nasengänge. Würden sie ihn riechen, wenn sie erwachten?

Beim Verlassen des Gebäudes wartete er lauschend am Portal. Er hörte nichts, was darauf hindeutete, dass man ihn entdeckt hatte und verfolgte. Marty schlich zur nächsten Mastaba. Er hielt inne und spähte zum Tor. Der einsame Sethianer stand dort immer noch Wache. Aus dieser Perspektive schien der an der Wand zu lehnen und zu dösen.

Marty huschte durch das Portal der zweiten Mastaba. Die Anordnung der Kammern schien identisch zu sein, dennoch fielen Marty auf Anhieb zwei Unterschiede auf. Zum einen stank es deutlich weniger nach dem unbekannten Inhalt jenes Beckens im ersten Gebäude und nach den Hathiru. Zum anderen herrschte mehr Licht.

Diesmal stammte es von der Decke. Marty musste die Augen zusammenkneifen, um zu erkennen, was er sah. Schließlich gelangte er zur Vermutung, dass es sich um phosphoreszierendes Gestein handelte, wohl hinter einer Linse. Jedenfalls reichte das Licht, um mehr Einzelheiten auszumachen als im vorherigen Gebäude.

Wieder hörte er Atemgeräusche, doch sie klangen nicht so angestrengt wie die der Hathiru. Als er leise die erste Kammer betrat, entdeckte er darin ein großes Bettgestell aus Holz. Es ruhte einen halben Meter über dem Boden auf vier Beinen so dick wie die Pfeiler von Fisherman's Wharf in San Francisco. Marty glaubte nicht, dass er mit den Armen eines davon vollständig umschließen könnte. Kissen stapelten sich in dem Bett. Ein Sethianer lag ausgestreckt darauf und schnarchte leise dem schimmernden Stein an der Decke entgegen. Neben einer schmalen Truhe lehnten Speere an der Wand. Marty betrachtete sie eingehend.

Sollte er sich einen davon greifen und den schlafenden Sethianer durchbohren?

Nur wenn sein Opfer dabei ein Geräusch von sich gäbe und die anderen weckte, wäre Marty drei zu eins in der Unterzahl – und das gegen gefährliche, skrupellose Kreaturen. Bei jenem ersten Ametsu, den er getötet hatte, war ihm ein Glückstreffer am Kopf gelungen. Nur würde sein Glück nun für drei davon reichen?

Er könnte einen erstechen und fliehen.

Nur würden dann Surjan, Kareem und Badis völlig überrumpelt. Und der einzige Fluchtweg schien zurück durch die schmale Schlucht zu führen, in der sie von entschlossenen Feinden mit längeren Beinen verfolgt würden.

Wie viel Zeit blieb noch bis zum Morgengrauen? Könnte er seine drei Gefährten herholen? Dann könnte sich jeder einen Speer nehmen, und sie könnten die Sethianer auf einen koordinierten Schlag auslöschen. Wenn Doath die Wahrheit über die Hathiru sagte, worauf alles hindeutete, würden die Stiermenschen im besten Fall ihre Befreiung begrüßen. Im schlechtesten ...

Plötzlich hörte Marty Schritte.

Rasch huschte er unter das Bett.

Schwere Füße stapften in den Raum. Im fahlen, bläulichen Licht von dem phosphoreszierenden Stein erblickte er um gewaltige Wadenmuskeln gewickelte Sandalenriemen und Füße, die in den Sandalen steckten. Ein Mantel wallte knapp über dem Boden hinter den Waden her. Neben dem rechten Fuß pochte der Schaft eines Stocks – oder Speers – einher.

Die Füße, der Mantel und der Stock hielten neben dem Bett inne.

Wie gut mochte der Geruchssinn der Sethianer sein?

Marty hörte eine tiefe, grollende Stimme. Die Worte verstand er nicht. Die Stimme ertönte erneut, dann wurde am Bett gerüttelt. Eine zweite Stimme. Sie klang barsch, vorwurfsvoll. Zwei weitere Füße berührten den Boden, als sich der aufgeweckte Sethianer aufsetzte. Der erste ging davon.

Marty bemühte sich, leise zu atmen. Von seinem Großvater hatte er alte Geschichten über Mönche gehört, die angeblich längere Zeit ohne Atmung auskamen, weil sie gelernt hatten, sich durch die Ohren, die Augen, sonstige Körperöffnungen und sogar die Haut mit Sauerstoff zu versorgen. Was natürlich blanker mystischer Unsinn war, doch in dem Moment presste Marty die Lippen zusammen und wünschte inständig, er könnte tatsächlich durch die Poren der Haut atmen.

Sah er dort durch die Tür das erste graue Licht des anbrechenden Morgens hereindringen?

Der Sethianer im Bett stand auf, gab wölfische Laute von sich, die wie Verwünschungen klangen, und holte etwas aus der Truhe. Ein Mantel fiel um seine Füße herum. Dann ergriff er einen Speer und stapfte los, folgte dem ersten Sethianer hinaus.

Marty rutschte unter dem Bett hervor, als hätte er Räder unter den Fußgelenken, Knöcheln und Schultern. Aus derselben Bewegung heraus sprang er geschmeidig auf und rannte auf den Fußballen zu der Tür, durch die er eingetreten war. Er hatte freie Bahn bis nach draußen und beschleunigte unterwegs.

Zwar hatte er Parkour noch nie ausprobiert, aber er hatte gesehen, wie solche Athleten die Ecke zwischen zwei Wänden erklommen, indem sie mehrmals dazwischen hin und her sprangen und sich so höher schraubten. Marty fühlte sich benommen vor Atemnot und Angst. Deshalb bekam er nicht mit, wie er es schaffte, jedenfalls befand er sich plötzlich auf der Mauerkrone, kauerte darauf und bereitete sich für den Abstieg auf der anderen Seite vor. War er geklettert? Gesprungen? Hatte er die Parkour-Technik benutzt?

Surjan schüttelte missbilligend den Kopf, als Marty die Felswand entlang nach unten rutschte.

»Dumm«, brummte er, als Marty ihn erreichte.

»Ich hab viel in Erfahrung gebracht«, sagte Marty. »Aber jetzt müssen wir schleunigst weg.«

Surjan blickte auf den Hathir hinab. »Vergiss nicht, was ich dir gesagt habe.«

Sie rannten über die Felder und die Weide voller Rinder. Mittlerweile reflektierten die weißen Hörner und Felle erstes Tageslicht. Konnte man auch Surjan und Marty sehen? Er wagte nicht, zurückzuschauen. Durch das bessere Licht gelang es Surjan und ihm recht einfach, die kurze Felswand auf der anderen Seite zu erklimmen und zu Badis und Kareem zurückzukehren.

»Mein Brot ist auch schimmlig«, klagte Kareem gerade. »Es schmeckt fürchterlich.«

»Heb es für François auf«, murmelte Surjan. »Er mag es so.«

»Aber jetzt müssen wir erst mal weg«, sagte Marty. »Und zwar schnell.«

KAPITEL DREIZEHN

»Bitte beschreibt mir genau, was eure Großmütter euch erzählt haben.«
Marty war nur allzu bewusst, dass er mit den beiden Sprechern über eine
Kluft von Sprache, Kultur und wahrscheinlich 5.000 Jahren Zeit hinweg
redete. Er bemühte sich um einen neutralen Ton und ließ die Hände auf
dem Schoß ruhen, die Finger leicht gekrümmt, die Handflächen nach
oben. »Über das Medaillon.«

Er saß mit François und Surjan in einer der größten Hütten des
Dorfs. Ihnen gegenüber auf der anderen Seite einer leeren Feuerstelle
hockten im Schneidersitz der Gottsprecher, der Stammessprecher und
Badis.

Marty und seine Gefährten waren von der Festung der Sethianer auf
direktem Weg zurückmarschiert. Sie hatten nur angehalten, um zu
trinken und den Horizont nach Anzeichen auf Verfolgung abzusuchen.
In den vielen Jahren mit Wanderungen zu entlegenen Ausgrabungs-
stätten hatte Marty sich einen Trick angeeignet, um die Beine in
Schwung zu halten. Dabei legte er sich in Pausen auf den Rücken und
lagerte die Füße hoch, indem er die Fersen an einem Felsbrocken oder
Baumstamm abstützte. So konnte das Blut aus den Beinen zurück in den
Rumpf fließen. Bei einer langen Wanderung sorgte das dafür, dass sich
die Beine leicht anfühlten und sein Blut mit Sauerstoff angereichert
wurde.

Bei dem gesamten Marsch hatte er kein einziges Mal das Bedürfnis verspürt, diesen Trick anzuwenden.

Tatsächlich seit der Ankunft auf dem Jebel Mudawwar nicht.

Belebte ihn dieses Abenteuer wirklich so sehr?

Gegen Mittag waren sie wieder in Ahuskai eingetroffen. Kareem hatte sich im dichten Gras am Seeufer ausgestreckt und war sofort eingeschlafen. Marty hatte den Banker abgeholt und die beiden älteren Krieger zu dieser Unterredung mitgebracht.

»Meine Großmutter hat mir erzählt, dass die Ametsu Hexer sind.« Der Gottsprecher schloss die Augen und nickte leicht, während er sprach. »Und dass ihre Herzen durch die Amulette auf ihren Brüsten miteinander verbunden sind. Außerdem wissen alle Ametsu jederzeit, wo sich alle Amulette befinden. Deshalb ist es eine Torheit, einen Ametsu zu töten. Alle anderen ihrer Art wissen sofort, wer der Mörder ist.«

»Es war kein Mord«, raunte Surjan.

»Und es ist eine noch größere Torheit, etwas an sich zu nehmen, das den Ametsu gehört«, fuhr der Gottsprecher fort. »Vor allem ein Amulett. Weil die Ametsu eben jederzeit wissen, wo die Amulette sind. Wahrscheinlich sind sie bereits in großer Zahl unterwegs, um den Tod ihres Bruders zu rächen.«

»Wir haben unterwegs wertvolle Erkenntnisse gesammelt«, sagte Badis. Der Krieger aus Ahuskai sprach mit gesenktem Kopf und langsam. »Die Ametsu sind nicht zahlreich. Wir haben vier gesehen. Und als wir einen Ikeju-Hirten befragt haben, hat auch er gesagt, es wären vier.«

Manchmal auch fünf oder sechs. Der fünfte musste der gewesen sein, den Marty getötet hatte.

Und der sechste? Ein gelegentlicher Besucher?

»Wie viele Ikeju?«, fragte der Stammessprecher.

»23«, antwortete Badis.

»Unsere Krieger haben noch nie gegen die Ikeju gekämpft«, sagte der Gottsprecher. »Sie sind groß und haben furchterregende Hörner. 27 kämpfende Ungetüme sind mehr als genug, um unser ganzes Volk auszulöschen.«

»Wir glauben, dass die Ikeju friedlich sind«, sagte Badis.

»Die Ikeju sind Hirten«, fügte Surjan hinzu. »Sie sind die Sklaven der Sethianer. Die Sklaven der Ametsu. Sie werden euch nicht angreifen.«

»Und wenn doch?«, konterte der Gottsprecher.

Marty lächelte. »Dann halten wir unser Versprechen und verteidigen euer Volk.«

»Haben wir uns nicht ehrenwert verhalten?«, fragte François.

Die Sprecher sahen sich schweigend gegenseitig an.

»Aber ich glaube gar nicht, dass die Ametsu ins Dorf kommen, um sich zu rächen«, kam von Surjan. »Ich glaube, sie wissen noch nichts von dem Toten.«

Marty nickte. »Sie haben nicht den Eindruck gemacht, sich für einen Marsch irgendwohin zu formieren.«

»Das werden sie noch!«, sagte der Gottsprecher barsch.

»Meine Großmutter hat mir eine etwas andere Geschichte erzählt.« Der Stammessprecher schien jedes Wort abzuwägen, bevor es über seine Lippen drang. »Sie hat auch gesagt, dass die Ametsu Hexer sind und ihre Hexerei in den Amuletten steckt. Außerdem hat sie mir erklärt, dass die Amulette zweite Herzen sind und man einen Hexer töten kann, indem man das zweite Herz zerstört. Einmal hatte sie einen verwundeten Ametsu gesehen. Er hatte sich bei einer Überschwemmung ein Bein gebrochen und war unter einem umgestürzten Baumstamm eingeklemmt. Meine Großmutter hat ihn bemerkt und aus einem Versteck heraus beobachtet. Sie hat gehofft, er würde sterben und sie könnte danach vielleicht etwas Wertvolles an ihm finden. Aber er hat mit seinem Amulett ein schreckliches Licht entfacht.«

»Hat ihn das geheilt?«, fragte Marty.

Der Stammessprecher schüttelte den Kopf. »Es hat den Ametsu auch nicht befreit. Aber sechs Stunden später sind andere eingetroffen, haben den Baumstamm angehoben und den Verwundeten weggetragen.«

Marty, Surjan und François wechselte einen Blick.

»Es ist ein Signalgeber«, sagte der Franzose. »Für Fernsignale. Ich weiß, wie das funktioniert.«

Marty zog eine Augenbraue hoch, und François nickte bestätigend.

»Sie können also um Hilfe rufen«, hielt Marty fest.

»Mehr als das«, warf Surjan ein. »Wenn man jemanden auf Patrouille schickt, besteht immer das Risiko, dass ihm etwas passiert und er Hilfe braucht. In dem Fall ermöglicht das Amulett, ein Fernsignal abzusetzen. Es kann aber auch sein, dass die Patrouille ausgeschaltet wird, ohne dass man es mitbekommt. Man kann damit also auch regelmäßige Kontrollmeldungen vereinbaren.«

»Soll heißen, die Ametsu erwarten vielleicht, dass sich ihre Reisenden jeden Tag durch ein Signal mit dem Amulett melden«, fasste Marty zusammen. »Und wenn das ausbleibt, wissen die anderen am Stützpunkt, dass irgendwas nicht stimmt.«

»Wahrscheinlich nicht jeden Tag, sonst wären sie schon alarmiert«, meinte Surjan. »Also vielleicht alle drei Tage oder einmal die Woche. Aber ja, so würde ich es machen. Ich denke also, über kurz oder lang *werden* sie sich auf die Suche nach dem toten Sethianer machen. Und eher früher als später.«

Widerwillig nickte Marty.

»Hat deine Großmutter noch etwas über das Licht gesagt?«, fragte Surjan. »Hat der Ametsu damit irgendein Muster aufblitzen lassen? Oder damit in eine bestimmte Richtung am Himmel gezielt?«

Der Stammessprecher schüttelte den Kopf.

»Wir haben einige Vorteile«, ergriff François das Wort.

»Unsere Überzahl. Und der Höhenzug ist verteidigbar.« Surjan sah die Sprecher an. »Wenn wir oben auf sie warten, gibt es dort Wasser?«

Der Stammessprecher nickte.

»Wir haben noch einen Vorteil«, fügte François hinzu. »Das Amulett.«

»Wenn wir nur wüssten, wie man es benutzt«, murmelte Marty.

»Wir haben ja nicht alle eine beschauliche nächtliche Wanderung gemacht.« François grinste. »Einige von uns haben stattdessen die außerirdische Technologie untersucht und herausgefunden, wie sie funktioniert.«

»Außerirdisch?«, hakte Surjan nach.

»Na ja, denkt doch mal darüber nach«, sagte François. »Diese Wesen haben offensichtlich eine völlig andere Blutchemie als alles, was wir kennen. Oder kennt ihr sonst etwas, das sich ohne Hitzeeinwirkung direkt von fest in gasförmig verwandelt?«

»Eine Mottenkugel.« Marty grinste.

»Genau meine Rede. Allem Anschein nach haben diese Kreaturen eine bizarre chemische Zusammensetzung, die entweder künstlich sein muss oder von irgendwo anders stammt.« François' Augen weiteten sich, und seine Stimme wurde aufgeregter. »Heilige Scheiße. Denkt mal darüber nach. Die sehen aus wie die Bilder im ägyptischen Pantheon verrückter Mythologie. Wir *wissen,* dass es ein Mythos ist, weil wir nie einen Beleg für solche Wesen entdeckt haben. Jetzt wissen wir auch, warum. Sie lösen sich einfach auf, wenn sie sterben. Ich sag euch, das sind Außerirdische, alles andere ergibt keinen Sinn. Oder wie würdet ihr sie nennen?«

»Du weißt also, wie der Signalgeber funktioniert?«, fragte Marty. Er wollte die sinnlose Debatte über etwas umschiffen, das sie schlichtweg nicht beweisen konnten.

François nickte. »Je nachdem, wie ich das Medaillon drehe, leuchtet es in verschiedenen Farben. Es hat auch einen Ein- und Ausschalter. Ich denke, wenn wir die Lichtfarbe benutzen, die der Sethianer eingestellt hatte, es dann einschalten und in den Himmel richten, sollte das als Signal reichen.«

Marty spielte die Möglichkeiten in Gedanken durch. »Wenn wir das falsche Signal senden ...«

»Dann wissen die Sethianer, dass wir ihren Signalgeber haben«, beendete François seinen Gedankengang. »Und das wäre nicht gut.«

»Also müssen wir für die Möglichkeit gewappnet sein, dass sie herkommen, um einen Kameraden mit einem gebrochenen Bein zu retten«, sagte Marty. »Und für die Möglichkeit, dass sie aufkreuzen, um die Menschen zu vernichten, die ihr Gerät gestohlen haben.«

»Im Grunde müssen wir generell dafür gewappnet sein, dass sie kommen«, warf Surjan ein.

»Und wir müssen bereit sein, sie zu erledigen.« Badis' Augen leuchteten.

»Können wir auf die Hilfe eurer anderen Krieger zählen?«, wandte sich Marty an den Stammessprecher.

Der Mann antwortete langsam. »Ich habe Geduld gezeigt. Ihr seid fremd hier. Alles ist neu für euch. Und mein Vater hat mir erklärt, dass es immer klug ist, Entscheidungen langsam zu treffen und sich auf die Weisheit der Vorfahren zu verlassen. Aber meine Vorfahren haben nie eine Bedrohung wie die erlebt, die nun auf uns zukommt. Ja, meine Krieger werden mit euch kämpfen. Auch die Frauen und Kinder, wenn es sein muss. Aber etwas sollst du wissen, Seher Cohen. Ich halte euch an euren Schwur gebunden. Ihr werdet mein Volk retten. Und für jeden, der stirbt, töte ich jemanden von deinen Leuten.«

Surjan knurrte wortlos.

François breitete die Hände aus. »Ihr habt noch nie so großartige Krieger wie unsere erlebt. Wir erledigen die Ametsu, ohne dass es Tote unter euch geben wird. Danke, Stammessprecher.«

»Der Stamm hat gesprochen«, brummte der Mann.

Die Sprecher blieben in der Hütte und diskutierten weiter, die anderen vier gingen nach draußen. »Badis«, sagte Surjan. »Versammle die Krieger. Wir müssen ihnen Anweisungen erteilen.«

»Wahrscheinlich brauchen wir auch die anderen«, meinte François. »Vielleicht nicht unbedingt für den Kampf mit Speeren. Aber ich denke, wir sollten Gräben ausheben, Fallen legen und so.«

Badis eilte davon.

»Also hast du einen Plan?«, fragte Surjan.

»Äh ... nein«, gestand François. »Aber ich habe *Kevin – Allein zu Haus* gesehen.«

Sie wanderten auf den Höhenzug, um sich einen Überblick über die Umgebung zu verschaffen. Oben wuchs weniger Gras als auf der umliegenden Ebene. Die Erdschicht der felsigen Erhebung reichte gerade, um sich ein dünnes grünes Toupet zu bewahren. Zahlreiche Felsbrocken und Steine lagen überall verstreut. Der Höhenzug wies eine uneinheitliche Form auf. Die Flanken waren zu mehreren steilen, kurzen, schmalen Schluchten erodiert, die in Abgründen oder zerklüfteten Schutthalden endeten. Quellen aus zwei der Schluchten speisten den See unten. Eine dritte Quelle sprudelte aus dem Gestein in Gipfelnähe.

Marty fuhr mit den Fingern durch das kühle Quellwasser. »Wenn wir's nur mit einem feindlichen Stamm aus der Gegend zu tun hätten, würde ich sagen, wir errichten einen Zaun und bauen darauf, dass wir eigene Verpflegung und Wasser haben.«

»Aber die Sethianer haben Laserstrahlen«, sagte François. »Und wer weiß, was sonst noch?«

»Es ist ein Signalgeber«, brummte Surjan. »Übertreib nicht gleich so.«

»Wenn sie Lasersignalgeber haben«, beharrte François, »könnten sie auch Panzerfäuste haben.«

Surjan schnaubte.

Marty sah, dass Gunther unten im Dorf bei einem Kreis von Kindern saß und ihnen irgendeine Geschichte erzählte. Kareem schlief noch. Lowanna hatte sich allein zu einer Felsnase am östlichen Ende des Höhenzugs gesetzt. Sie stand auf und trat den Weg zu den anderen an.

»Wir müssen das Dorf niederbrennen«, sagte Marty.

»Oha!« François hob die Hände zu einer beschwichtigenden Geste. »Du hast wohl zu viel Sonne abgekriegt.«

»Er hat recht«, meldete sich Surjan zu Wort. »Wir müssen diesen Höhenzug nutzen. Es gibt kilometerweit kein anderes brauchbares Gelände. Wenn das Dorf intakt und ohne Anzeichen auf Bewohner zurückbleibt, stinkt es nach einer Falle. Wären hier niedergebrannte Hütten, wenn der Signalgeber ausgelöst wird, dann würde es vielleicht nach einem Kampf und einem Hilferuf des Ametsu aussehen.« Kurz verstummte er. »Also, ich sehe viele, viele Möglichkeiten, diesen Signalgeber falsch einzusetzen. Und nur eine richtige.«

Marty holte tief Luft. »Ja. Aber ich denke, nachsehen würden sie in jedem Fall kommen. Würdest du das nicht?«

»Doch«, pflichtete Surjan ihm bei.

François kratzte sich am Kinn. »Stimmt. Wir brauchen nicht nur ein niedergebranntes Dorf, sondern eine Inszenierung. Mit vermeintlichen Leichen. Damit es echt aussieht.«

»Ich wünschte, wir hätten den Körper dieses Ametsu«, brummte Surjan. »Der wäre sogar waschecht.«

»Nur hat er sich in Grütze verwandelt«, merkte François an.

»Also, jemanden umzubringen, kommt ja offensichtlich nicht in Frage«, sagte Marty.

»Wer redet denn davon, jemanden umzubringen?« François grinste.

Lowanna traf bei ihnen ein. Ihre eingefallenen Augen wirkten müde, ihre Hände zitterten.

»Du schläfst anscheinend nicht gut«, stellte Marty fest.

»Ich höre Stimmen«, sagte sie.

Ein mulmiges Gefühl beschlich Marty. »Tut mir leid.«

»Du hattest recht.« Sie schluckte. »Wir müssen alle über sämtliche

Fakten Bescheid wissen, richtig? Tja, hier kommt eine Tatsache: Ich bin dabei, den Verstand zu verlieren.«

»Das ist keine Tatsache«, widersprach Marty sanft. »Das ist eine Schlussfolgerung. Du bist gestresst. Du bist müde. Ich wünschte, ich hätte was, das dir beim Schlafen hilft.«

»Hier wird ihr weit und breit niemand ein Schlafmittel verschreiben, Marty«, kam von François.

»Vielleicht kann das Dorf irgendeinen Alkohol erübrigen«, schlug Marty vor.

»Was für Stimmen?« Surjan sah Lowanna mit zu Schlitzen verengten Augen an. »Geister? Tote? Leute, die nicht da sind?«

Lowanna holte tief Luft. »Tiere.«

François runzelte die Stirn. »Sagt hin und wieder ein Vogel: ›He, schau mich an?‹«

»Ständig«, erwiderte Lowanna. »Jedes Tier, an dem wir vorbeikommen. Auch Vögel, ja.«

»Jedes Tier ... Das ist eine ganze Menge«, meinte Marty.

»Weit mehr, als dir bewusst ist.« Sie sah ihm in die Augen. »Wir kommen ständig an Mäusen, Schlangen und kleinen Kreaturen vorbei, die ich nicht immer zuordnen kann, zum Beispiel Erdhörnchen. Ihr anderen bemerkt sie nicht mal. Ich schon. Weil *sie mit mir reden.*«

»Was sagen sie?«, fragte Surjan.

»*Bonjour, bonsoir, ça va.*« François schmunzelte.

»Genug!«, brüllte Surjan.

François blinzelte und schloss den Mund.

»Was sagen sie?«, wiederholte Marty.

»Dinge, die eben für Tiere von Bedeutung sind«, antwortete sie. »Uns nennen sie ständig Zweibeiner. Sie fragen sich, ob wir Krumen fallen lassen, die sie fressen können. Sie warnen sich gegenseitig, damit sie uns aus dem Weg gehen können. Oder um sich vor Raubtieren verstecken.«

»Und was sagen die Raubtiere?«, fragte Marty.

»Die schweigen«, erwiderte Lowanna. »Zumindest auf der Jagd.«

»Diese Stimmen«, hakte Marty nach. »Sind sie der Grund, warum dir beim Gedanken an Fleisch schlecht wird?«

»Vielleicht«, räumte sie ein. »Wahrscheinlich.«

»Wir leiden alle unter Schlafmangel«, sagte Marty. »Und wir sind alle gestresst. Wäre fast ein Wunder, wenn niemand von uns irgendwelche Wahnvorstellungen hätte. Aber mit ein bisschen Schlaf und anständigem Essen sollte sich das wieder einrenken.«

»Wir sind alle gestresst und leiden unter Schlafmangel«, meldete sich François zu Wort. »Und wir sind verängstigt und verwirrt. Weil wir alle Dinge erlebt, gesehen und sogar getan haben, die niemand je für möglich gehalten hätte. War der Sethianer vielleicht nur eine Halluzination, Marty? Hast du dir nur eingebildet, dass du ihn mit einem Karatetritt alle gemacht hast?«

»Kung Fu«, korrigierte Marty leise. »Kung Fu Cohen, weißt du noch?«

»Egal. Haben wir uns alle eingebildet, dass er sich in Glibber aufgelöst hat?«, bohrte François nach. »Hast du dir die anderen Sethianer eingebildet? Und die Kreaturen mit den Stierköpfen? Die ... wie hast du sie noch mal genannt? Hathiru?«

»Das Wort haben sie mir beigebracht«, erwiderte Marty. »Doath hat es benutzt.«

»Ich hab mir nichts eingebildet«, sagte Surjan.

»Richtig«, bestätigte François. »Ich auch nicht. Keine Ahnung, ob wir wirklich im vierten Jahrtausend vor Christus sind, das erscheint mir immer noch ... ich weiß auch nicht. Aber ich bilde mir nicht ein, was ich sehe und erlebe. Also sollten wir vielleicht in Betracht ziehen, dass sich auch Lowanna nichts einbildet. Vielleicht reden die Tiere *wirklich* mit ihr.«

»Einverstanden.« Marty nickte und dachte sofort an Dr. Dolittle. »Aber warum? Und warum gerade mit ihr?«

»Das sind gute Fragen«, befand Surjan. »Aber vielleicht stellen wir sie uns lieber, nachdem wir uns um die Sethianer gekümmert haben, die ziemlich sicher herkommen werden, um uns alle umzubringen.«

»Einverstanden«, sagte François. »Und noch etwas. Das für euch alle gilt.«

Sie sahen ihn an.

»Wenn ihr Penner je wieder von mir eingestellt werden wollt«, sagte er, »müsst ihr lernen, auch mal 'nen Witz zu verstehen.«

KAPITEL VIERZEHN

Sie lag auf dem Rücken und stellte sich tot. François wollte sie mit Blut beschmieren und ihr sogar Ziegendärme kunstvoll über die Schulter drapieren wie bereits bei mehreren Dorfbewohnern. Gunther lehnte deutlich sichtbar am Fuß des Höhenzugs an einem moosbewachsenen Stein, mit Blut auf der Brust und im Gesicht und einer in die Hemdtasche gestopften Ziegenleber.

Lowanna rührte sich nicht und versuchte, den Hühnern zu lauschen.

Allerdings konnte sie die Geräusche der Ziegen nicht ganz ausblenden, die komplexer waren. Sie folgten den Menschen im Dorf in der Hoffnung, von den Frauen eine Handvoll Samen oder Melonenschalen zu bekommen oder von den Kindern ein bisschen unerwünschten Haferschleim. Die Männer behielten sie eher im Auge, um ihnen aus dem Weg zu gehen und nicht von ihnen getreten zu werden. Im Blöken der Ziegen hörte Lowanna Warnungen, Drohungen und den Austausch von Informationen.

Großkopf riecht nach Melone.

Ich hab aufgeschnittene Knollen in der Hütte von Schwabbelhintern gefunden.

Bleibt weg von den Weibchen!

Diese gehackte Ranke da ist lecker.

Es war ablenkend und zu viel. Lowanna wurde in das chaotische

Stimmengewirr hineingezogen, das sich unangenehm nach Wahnsinn anfühlte.

Also versuchte sie, stattdessen den Hühnern zuzuhören. Sie waren einfacher, dümmer, engstirniger.

Essen, Essen, Essen, Essen, Essen, mein! Mein!

Essen, mein! Essen, Essen, Essen.

Obwohl auch ihre Stimmen Worte vermittelten, verschwammen sie bald zu einem Klangteppich, der dem eigentlichen Gackern von Hühnern ähnelte. Wenn Lowanna ihnen lang genug lauschte, wurden daraus fast wieder gewöhnliche Hintergrundgeräusche.

Fast. Aber nicht ganz.

Die Dorfbewohner – überwiegend die Frauen, einige ältere Kinder und alle Männer – lagen blutverschmiert herum und mimten Leichen. Drei Hütten waren niedergebrannt worden und schwelten noch. Die anderen hatten sie eingerissen und die Trümmer so verstreut, dass es nach einem Überfall aussah.

Die Dorfbewohner hatten sich dagegen gesträubt, obwohl Marty ihnen die Absicht dahinter erklärt hatte. Aber sobald der Stammessprecher überzeugt war, hatte er verkündet: »Der Stamm hat gesprochen.« Und damit fielen die Hütten.

Ziegen hatten sich mit Fellen und Stöcken im Maul davongemacht. Die Dorfbewohner befolgten die Anweisungen ihres Sprechers, rührten sich nicht und ließen alles über sich ergehen.

Jeder Erwachsene des Stamms hatte in der Nähe einen Speer im Unterholz versteckt.

Die wenigen Frauen, die bei der Inszenierung fehlten, und die restlichen Kinder waren mit Proviant, Wasser und Waffen nach Süden in die Prärie geschlichen, bevor François den Signalgeber aktiviert hatte.

Mittlerweile strahlte der Laser in den Himmel wie eine Jupiterlampe. Er zielte nach Süden und Osten, wo die Sethianer lebten. Der Strahl ging von einer schmalen Schlucht an der Flanke des Höhenzugs aus. Dort lag das Amulett auf Surjans Brust, den sie so verkleidet und arrangiert hatten, dass er einem Ametsu so gut wie möglich ähnelte.

Es war zwar nicht besonders gelungen, aber vielleicht würde es in der Dunkelheit reichen.

Lowanna lag am südlichen Waldrand, am weitesten vom Köder entfernt. Marty und die Krieger von Ahuskai lauerten bewaffnet in der

Nähe der Stelle, an der sie die Sethianer zu überrumpeln hofften. François lag ein paar Meter von Lowanna entfernt auf dem Rücken.

So hatte er es gewollt. Und er war über und über voll von Ziegeninnereien.

Wahrscheinlich, um sie zu ärgern. Sie war fest entschlossen, nicht darauf zu reagieren.

»Weißt du«, sagte der Franzose unverhofft, »viele Denker glauben, dass alles Leben auf der Erde eigentlich nur eine Simulation ist.«

»Was?« Einerseits wollte Lowanna, dass er die Klappe hielt, andererseits half die Konzentration auf sein Flüstern dabei, die Stimmen der Ziegen auszublenden.

»Das Leben, wie wir es kennen. Wir haben das 21. Jahrhundert. Das Leben als Simulation würde eine Menge Merkwürdigkeiten erklären. Zum Beispiel Kryptiden wie das Ungeheuer von Loch Ness oder Bigfoot. UFO-Sichtungen. Auch den Placebo-Effekt würde es erklären. Warum besitzen die Gehirne der Menschen anscheinend Heilkraft? Tja, weil wir in Wirklichkeit nur Gehirne in einer simulierten Welt sind und die scheinbare Heilung nur eine Wahrnehmung ist.«

»Hast du so dahergeredet, als du früher in deinen sündteuren Privatschulen Gras geraucht hast?«, fragte Lowanna.

»Ja. Und dann das Fermi-Paradoxon. Nach allem, was wir über die Wahrscheinlichkeit von intelligentem Leben und die Größe des Universums wissen, müssten wir eigentlich ständig Außerirdische sehen. Tun wir aber nicht. Warum?«

»Weil wir in wirklich in einer Simulation leben«, sagte Lowanna. »Und der Widerspruch ist nur eine schlechte Stoffentwicklung der Programmierer.«

»Schlechter Weltenbau«, korrigierte François. »Aber ja. Und deshalb denke ich ...«

»Dass eine Simulation auch erklären würde, warum wir auf einmal im vierten Jahrtausend vor Christus zu sein scheinen«, fiel sie ihm ins Wort. »Martys Vision. Die Stimmen, die ich höre. Die falschen Sterne.«

»Ja«, bestätigte er.

»Ich gebe mir Mühe, mich bei den nächsten Worten nicht arschig anzuhören, ehrlich«, kündigte Lowanna an. »Halt die Klappe«.

Er tat es.

Leider drangen ihr dadurch nur wieder die Stimmen der Ziegen ins Bewusstsein.

Vielleicht haben die großen Zweibeiner etwas zu essen.

Autsch! Das tut weh!

Bleibt weg von den großen Zweibeinern.

Lowanna erstarrte. Waren die Sethianer eingetroffen?

Lowanna hörte das Knirschen schwerer Schritte. Zwar hatte sie die Augen geschlossen, doch sie hörte, wie die panischen Hühner an ihr vorbeirannten und vor etwas flüchteten, das enorm schwer zu sein schien, sich aber wie ein Mensch fortbewegte. Sie spähte zwischen den Wimpern hindurch und nahm die dunklen Umrisse eines Kopfs vor dem Hintergrund der Sterne über ihr wahr.

Es handelte sich um den Kopf eines Monsters, mit langer Schnauze und hohen, eckigen Ohren.

Mit angehaltenem Atem verharrte sie, und die Gestalt ging an ihr vorüber.

Sie hörte die Ziegen im Süden auf der Wiese hinter dem Wald.

Ist der große Zweibeiner ein Raubtier?

Frisst er Ziegen?

François flüsterte so leise, dass es klang, als würde er den Mund nicht bewegen, sondern die Worte direkt aus der Lunge hauchen. »Es geht in Surjans Richtung.«

Lowanna schwieg.

Erstens sah der Plan vor, dass sie, François und die Frauen, die im Dorf und am Ufer des Sees lagen, den Eindruck von Toten vermitteln sollten. Zweitens sollten die anderen und sie, sobald die Krieger die Falle zuschnappen ließen, mit ihren Waffen die Sethianer daran hindern, durch das Dorf zu fliehen.

Allerdings war nur ein Sethianer gekommen. Würden sie alles noch dreimal wiederholen müssen?

Große Zweibeiner sind böse.

Große Zweibeiner machen Jagd auf Kinder. Bleibt weg von ihnen!

Trotz aller Anspannung hätte Lowanna um ein Haar gelacht. Sie befand sich in einer bizarren Szene, wie sie George Orwell und Rudyard Kipling zusammen eingeraucht ersonnen haben könnten – sprechende Ziegen warnten sie vor bösen Zweibeinern. Und das, während sie sich auf dem Rücken in einer afrikanischen Savanne liegend tot stellte.

5.000 Jahre vor ihrer eigenen Geburt.

»Pst«, machte François eindringlich.

Große Zweibeiner haben Jagd auf Kinder gemacht.

Lowanna spitzte die Ohren, konzentrierte sich diesmal auf die Ziegen. Sie plapperten wieder über Melonenschalen und verirrte Saatkörner, doch Lowanna schnappte andere Stimmen auf.

Bleibt von großen Zweibeinern weg!

Lauft! Lauft!

Die Stimmen kamen von Präriemäusen, Schlangen und Bodenvögeln. Und alle aus südlicher Richtung.

»François«, flüsterte sie. »Da sind noch andere Sethianer.«

»Wissen wir«, flüsterte er zurück. »Pst.«

»Sie sind hinter den Frauen und Kindern her.«

Er stützte sich auf einen Ellbogen und sah sie an. »Das sagen dir die Tiere.«

Sie nickte.

Er rappelte sich vom Boden auf und griff sich seinen Speer. Sie befanden sich am Waldrand und weit vom Hinterhalt entfernt. Lowanna stand ebenfalls auf. Sie ließ den Blick über den Wald und den See wandern. Dabei entdeckte sie einen Sethianer – groß, mit dem Kopf eines Tiers, bewaffnet mit einem Speer –, der in die Falle lief.

Und sie sah all die Männer und Frauen, die kurz davorstanden, ihre Kinder zu verlieren, ohne es zu ahnen.

Lowanna hatte keinen Speer mitgenommen, weil sie nicht damit gerechnet hatte, einen zu brauchen. Sie durchwühlte die Trümmer einer nahen Hütte und hob den gekrümmten Wurfstock auf, den sie dazwischen fand. Er war schwer, die Waffe eines Jägers. Lowanna wusste aus Erfahrung, dass man damit sogar große Tiere mit einem einzigen Wurf töten konnte, wenn man sie richtig am Kopf traf.

Und sie wusste, wie man eine solche Waffe warf.

Als François und sie sich umdrehten, um weg vom Wald zu schleichen, griff eine am Boden liegende Frau nach Lowannas Hand. »Was ist?«, murmelte die Frau. Lowanna erkannte sie als eine junge Mutter namens Zegiga.

Sie hatte zwei kleine Kinder, die vielleicht gerade von den Sethianern gejagt wurden.

»Die Ametsu haben es auf die Kinder abgesehen«, flüsterte Lowanna. »Pst. Nimm dir einen Speer und komm mit.«

Auf Zehenspitzen schlich sie über die Graslandschaft voraus und schaute gleichzeitig zurück, um sich zu vergewissern, dass der Sethianer am See sie nicht bemerkt hatte. Von ihm entdeckt zu werden, wäre genauso katastrophal wie der Tod der Kinder von Ahuskai durch die anderen Sethianer.

François folgte Lowanna. Zegiga schloss sich ihnen mit drei weiteren Frauen an, deren Namen Lowanna nicht kannte. Alle waren jung. Mütter? Hatten sie sich deshalb an den Waldrand gelegt, weil sie in der Nähe ihrer Kinder sein wollten?

Gerieten sie gerade alle in Panik?

Ziegen trotteten aus der Dunkelheit auf Lowanna zu.

Melonenschalen sind köstlich.

Ich will Wasser.

Lowanna bückte sich und packte die vorderste Ziege an den Hörnern. Es handelte sich um einen älteren Bock, der vage den Anschein eines weisen Anführers vermittelte. »Große Zweibeiner«, flüsterte sie eindringlich und starrte ihm ins Gesicht. »Große Zweibeiner mit Tiergesicht. Jagen sie die Kinder?«

Der Bock blökte. *Ein großer Zweibeiner. Es hat die Kinder fast erreicht.*

Lowanna ließ den Ziegenbock los und preschte vorwärts.

François lief ihr nach. »Das war der Wahnsinn! Ich meine, gut, schlechte Wortwahl, aber ... hast du grade mit einer Ziege geredet?«

Die Kinder und viele der Frauen, vor allem die älteren, hatte man zu einem kleinen See geschickt, etwa drei Kilometer von Ahuskai entfernt. Das Gewässer lag weder versteckt noch besonders geschützt. Es befand sich in einer Senke unter drei aufrechten Steinen, in die sich ein Bach aus dem See von Ahuskai ergoss und dadurch einen weitläufigen Teich bildete. Die Senke war tief genug, dass Marty und die Sprecher den Kindern ein Feuer zugestanden hatten, solange sie es ganz unten in der Vertiefung anzündeten. Es würde wilde Tiere fernhalten und die Stimmung der Kinder heben.

Hatte es auch die Aufmerksamkeit der Sethianer erregt?

Oder waren sie der Gruppe der Kinder zu ihrem Versteck gefolgt?

Lowanna rannte schneller. Ihre Lunge brannte. Sie wusste mit

Sicherheit, dass sie noch nie zuvor im Leben so rasant gelaufen war. Dass François mit ihr mithalten konnte, überraschte sie, dass Zegiga und die anderen immer weiter zurückfielen, freute sie hingegen.

Was vermutlich dumm war, immerhin stürmte sie einem Kampf entgegen.

Eine niedrige Erhebung trennte sie noch von der Senke mit dem Teich darin. Lowanna platschte durch den Bach, der von rechts nach links um den Erdhügel herumfloss. Den Sethianer sah sie noch nicht. Was wohl bedeutete, dass er sich in der Senke befinden musste. Sie dachte an die Größe und Muskelmasse, den wilden, primitiven Gesichtsausdruck und den verheerenden Speer jenes Sethianers zurück, der Abdullah getötet hatte.

François scherte aus und lief die rechte Seite der Senke entlang. Lowanna stürmte pfeilgerade weiter auf einen schmalen Vorsprung zu.

Als sie an dessen Rand abbremste, pulsierte ihr Herzschlag laut durch ihre Ohren. Unten sah sie die alten Frauen des Dorfs, die sich zu einem trotzigen Grüppchen zusammengedrängt hatten. Sie hielten verteidigend ihre Speere vorgestreckt und wussten offenbar, wie man mit den Waffen umging, aber sie waren klein und gebrechlich. Vor ihnen ragte mit dem Rücken zu Lowanna ein muskelbepackter Sethianer mit seinem eigenen Speer auf. Mit den aufgerichteten Ohren schien er um die zweieinhalb Meter groß zu sein, und durch den Schädel sah er aus wie ein Monster.

Was er und seinesgleichen auch waren. Abdullah war durch einen Speer wie den gestorben, auf den Lowanna gerade starrte.

Hinter den Frauen kauerten weinend die Kinder neben einem großen Feuer. Es waren vielleicht 30, alle mit verdreckten, zerlumpten Kitteln bekleidet wie Bewohner eines von Dickens ersonnenen Waisenhauses. Der Älteste war vielleicht zehn bis zwölf Jahre alt. Alle waren dünn und zierlich.

»He, Hackfresse!«, rief Lowanna.

Sie warf ihren Stock.

Beim Klang ihrer Stimme drehte sich der Sethianer und hob die Schnauze in ihre Richtung. Ihr Wurfstock traf ihn seitlich am Kopf. Sie vermeinte, in den Schatten Blut in seinem Gesicht und an seiner Schulter zu erkennen. Sein rechtes Ohr erschlaffte, und er sackte kurz auf ein Knie.

Natürlich kam der Wurfstock nicht zu Lowanna zurück. Das taten echte Wurfstöcke einfach nicht. Stattdessen war das Geschoss seitlich vom Gesicht abgeprallt und in der Dunkelheit verschwunden.

Lowanna hatte die Initiative ergriffen und wollte sie behalten. Sie stürmte den Hang in riesigen Drei-Meter-Schritten hinunter. Bei jedem Schritt bestand die Gefahr, sich entweder das Genick oder ein Fußgelenk zu brechen.

Die Frauen hinter dem Sethianer verloren keine Zeit. Sie stachen dem Ungetüm mit ihren Speeren in den Rücken.

Der Sethianer brüllte vor Schmerzen und Wut auf. Mit einer durchgängigen Bewegung wirbelte er herum, richtete sich auf und schlug ihnen die Waffen aus den Händen. Die Speere flogen davon. Er legte mit jedem Schritt anderthalb Meter zurück, als er auf die Kinder zustapfte.

Eine der alten Frauen stellte sich ihm in den Weg. Obwohl sie keinen Speer mehr hatte, baute sie sich mit trotzig erhobenem Kinn vor ihm auf, streckte die Händen aus und schrie ihn an.

Er packte ihr Haaren und riss mit einem kräftigen Ruck daran. Lowanna hörte, wie das Genick brach.

Während die anderen Greisinnen zu ihren Speeren eilten, bückte sich der Sethianer. Er zog etwas von seinem Gürtel und schlitzte damit über den Körper der Toten.

Lowanna rannte weiter. Zu ihrer Rechten tauchte François wieder auf, immer noch mit seinem Speer bewaffnet.

Der Sethianer wirbelte mit erhobenen Händen herum. In der einen hielt er ein kurzes, gekrümmtes Messer. In der anderen einen blutigen Fleischbrocken.

Die Leber der Frau.

Er versenkte die Zähne darin und schlang sie mit einem schlürfenden Laut hinunter. Sein Mund schimmerte rot, als er ein tiefes, dröhnendes Lachen anstimmte. Die Kinder kreischten und preschten vom Feuer weg zu den Rändern der Senke. Die Frauen heulten vor Kummer und Grauen.

François stürmte an Lowanna vorbei und stieß den Speer in Richtung der Brust des Sethianers.

Der Franzose bewegte sich schnell – erstaunlich schnell für den teigig wirkenden Banker.

Aber der Sethianer schlug die Waffe mit einer Bewegung aus dem

Handgelenk beiseite und in den Teich. François griff mit leeren Händen weiter an, und der Sethianer schlug ihm ins Gesicht.

François ging zu Boden.

Der Sethianer stieg mit Blut an den Zähnen und am Messer und einem Raubtiergrinsen im Gesicht über ihn hinweg. »Kommt her, Menschlein«, brüllte er Lowanna und den Greisinnen zu. »Kommt alle zu mir. Mein Bauch ist groß genug für euch alle, und mein Hunger kennt keine Grenzen!«

KAPITEL FÜNFZEHN

Martys Sicht verschwamm. Mittlerweile fühlte er sich eindeutig erschöpft davon, dass er fast zwei Tage lang kein Auge zugetan hatte. Er hatte erhebliche Mühe, sich zu konzentrieren und auf dem Weg zu bleiben. Es handelte sich um einen gewöhnlichen Weg – sandiger Boden, flach, niedriger als die umliegende Prärie. Das grüne Gras zu beiden Seiten reichte Marty fast bis zur Hüfte. Der Himmel präsentierte sich lavendelfarben, gesprenkelt mit den letzten größeren Sternen der Nacht. Als Marty den Weg entlangschaute, ging an dessen Ende die Sonne auf. Einen perfekten Moment lang ergoss sich ihr goldenes Licht über das Firmament. Es löste die Schwere der Nacht auf, brannte die Sterne hinfort und erstrahlte am Ende des schnurgeraden Wegs lodernd wie die flammende Spitze eines gezündeten Pfeils.

Dann verschwanden sowohl die Sonne als auch der Weg, und Marty lag in einer schmutzigen Mulde auf einem kalten Hang.

Er war eingeschlafen.

Als er sich gerade schütteln wollte, um die letzte Schläfrigkeit zu vertreiben, hörte er schwere Schritte auf dem Hang unter ihm. Schlagartig war er hellwach.

Marty spähte um den Rand des Felsbrockens vor ihm herum und hob den Kopf leicht aus der Mulde. Ein grobes Tuch bedeckte seinen

Körper. Darauf wiederum befand sich eine dünne Sandschicht und tarnte ihn. Ein wenig wie ein Jagdversteck.

Er blickte die Schlucht hinab. Kurz blendete ihn der in den Nachthimmel gerichtete Laser. Als er wieder sehen konnte, entdeckte er Surjan auf dem Hang, größtenteils von seinem Mantel verdeckt. Tatsächlich war der Mann etwas zu klein, um als verwundeter Sethianer durchzugehen, dennoch größer als die meisten anderen. Und er hatte darauf bestanden, den Lockvogel zu spielen. Sein Gesicht und seine Füße waren verborgen, ein Arm umklammerte den Speer des Sethianers, den Surjan an sich genommen hatte. Auf seiner entblößten Brust ruhte das Amulett, das seinen Lichtstrahl in den wolkenlosen Nachthimmel schickte.

Dann sichtete Marty knapp hinter Surjan einen sich nähernden Sethianer. Auch dieses Monster erinnerte durch seine Größe, die breiten Schultern und die schmalen Hüften an die Statur eines Basketballprofis. Es hatte einen Speer dabei und trug einen von den Schultern bis zu den Fußgelenken reichenden Mantel.

Aber er kam allein.

Einerseits würde das den Kampf erleichtern. Marty war nicht begeistert von der Vorstellung gewesen, es mit vier dieser Ungetüme gleichzeitig aufnehmen zu müssen. Andererseits bedeutete es, dass es nach dieser Schlacht noch weitere zu schlagen geben würde. Und wo steckten die anderen Sethianer eigentlich?

Das Wesen rief Worte, die Marty nicht verstehen konnte.

Wie geplant stöhnte Surjan als Reaktion darauf.

Der Sethianer betrat die Mündung der Schlucht. Er verlangsamte die Schritte, blieb stehen, drehte sich um und schaute zurück. Dort sah er über den Boden verstreute Menschen, niedergebrannte, eingerissene Hütten und frei umherstreunende Herdentiere. Alles sorgsam so inszeniert, dass der Sethianer glauben würde, sein Kamerad wäre ins Dorf gekommen, hätte gekämpft und ein Blutbad angerichtet, bevor er das Notsignal aktiviert hatte.

Der Sethianer drehte sich wieder nach vorn und schaute zu Surjan. Er hob den Speer an, stützte ihn wie eine Lanze in der Beuge seines Ellbogens und trat vor, als wollte er damit auf Surjan einstechen.

An der Stelle erstanden Badis und seine Männer von den vermeintlichen Toten auf und zogen an einem Seil.

Die unter einer sorgfältig platzierten Schicht aus Sand und Kiesel-steinen verborgene Schlinge zog sich abrupt um die Fußgelenke des Sethianers zu. Das geflochtene Seil stammte von Lowanna, die es mit einigen Frauen der Ahuskai so dick wie ein menschliches Handgelenk angefertigt hatte.

Badis und seine Männer umklammerten es mit allen acht Händen und schleiften den Sethianer zum See.

Surjan stürmte zum Angriff los. Ohne das Amulett abzunehmen, stach er wiederholt mit dem Speer zu. Er hielt die Waffe im Obergriff und ließ die Spitze unablässig auf das Monster niedersausen.

Der Sethianer tobte und zappelte. Seine Haut blieb unversehrt.

Marty eilte mit anderen Kriegern an der Seite den Hang hinunter. Auch Gunther und andere Dorfbewohner erhoben sich und griffen den Sethianer an. Gunther drosch einen Stein gegen die Schläfe des Unge-tüms. Die Krieger von Ahuskai stachen mit Steinmessern und Holz-speeren zu.

Der Sethianer brüllte, blutete aber nicht. Er rollte sich auf den Rücken, ließ einen Arm vorschnellen und bekam Surjan am Fußgelenk zu fassen. Blitzschnell zog er den Sikh in eine Umklammerung und drückte zu.

Surjan brüllte. Seine Stimme schwoll zum selben Klang von Wut und Hass an wie die des Sethianers.

Die Dorfbewohner hatten sie davor gewarnt, wie schwer es war, die Haut einer solchen Kreatur zu durchdringen. Ihr Ausweichplan bestand in Wasser – sie wollten das Ungetüm ertränken. Badis und seine Männer wateten hüfttief im See, zertrampelten Schilf und wirbelten Schlamm auf, während sie an ihrer Last zerrten. Mit einem Aufschrei rollte sich der Sethianer erneut herum, als er das Wasser erreichte, und drückte Surjan dadurch unter die Oberfläche.

Gunther warf Steine, die das Ungetüm an der Brust und an den Schultern trafen, aber keinerlei Wirkung erzielten. Die Krieger von Ahuskai stachen und hieben genauso vergeblich auf die Kreatur ein.

Schließlich stand der Sethianer auf und zog am Seil. Badis und seine Männer fielen ins Wasser. Surjan streckte den Kopf aus dem Wasser und schnappte nach Luft. Prompt richtete der Sethianer die Aufmerksamkeit wieder auf ihn und drückte ihn zurück unter die Oberfläche.

Surjan hatte bei dem Getümmel seinen Speer verloren. Er strampelte unter Wasser, während der Sethianer ihn festhielt. Schließlich traf Marty am Ufer ein. Er wollte es mit einem Tritt versuchen, weil er wusste, dass die meiste Kraft in seinen Beinen steckte. Außerdem stimmte ihn zuversichtlich, dass es ihm gelungen war, den ersten Sethianer mit einem solchen Angriff zu töten. Nur konnte er im hüfthohen Wasser weder Anlauf für einen Sprung nehmen noch aus dem Stand schnell und kraftvoll zutreten.

Stattdessen drosch er auf die Rippen und Nieren des Sethianers ein. Seine Fäuste schlugen so hart und schnell zu, wie er konnte. Er landete eine Reihe von Treffern, die er beim Üben nie für möglich gehalten hätte. Jeden normalen Menschen hätte er damit wohl umgebracht.

Der Sethianer grunzte zwar, fiel aber nicht.

Surjan strampelte noch immer und wirbelte Wasser auf, aber es stiegen keine Luftblasen mehr von ihm auf. Ohne Sauerstoff in der Lunge blieb ihm nicht mehr viel Zeit. Marty packte den Sethianer am Ellbogen und trat ihm gegen die Knie. Er wollte sich davon abstoßen und das Gesicht der Kreatur angreifen.

Stattdessen brachte das Ungetüm seinerseits einen Schlag an, der Marty drei Meter durch die Luft beförderte.

Allerdings brauchte es dafür einen Arm, den es von Surjan lösen musste. Dadurch gelang es dem Sikh, sich zu befreien.

Röchelnd tauchte er aus dem Wasser auf und hielt sein geschärftes Anch in den Händen.

Der Sethianer schlug Surjan ins Gesicht. Im selben Moment rammte Surjan ihm die scharfe Spitze seiner Waffe unter die Rippen.

Das Anch durchstieß die Haut drang bis zum Querbalken in dem fremdartigen Körper.

Surjan wirbelte herum und brach mit einem Platschen ins Wasser zusammen.

Badis und seine Männer wateten im See vorwärts und versuchten, ihr Ende des Seils wieder zu fassen zu bekommen. Gunther holte mit einem großen Stein über dem Kopf aus und trat vor. Marty hatte im Schlamm erhebliche Mühe, das Gleichgewicht zurückzuerlangen und sich wieder in den Kampf zu stürzen.

Aber der Sethianer bewegte sich nicht mehr. Blut strömte an seiner

Seite herab, während er auf die Wunde starrte. Als er den Mund öffnete, schwappte weiteres Blut heraus und in den aufgewühlten Schlamm des Sees. Schließlich sackte er wortlos nach vorn ins Wasser.

Marty eilte zu Surjan, um ihm zu helfen. Zuerst hörte er, wie die Krieger von Ahuskai nach Luft schnappten, dann sah er, dass die Haut des Sethianers schimmerte. Er zog Surjan aus dem Wasser und stellte fest, dass der Sikh atmete. Aus dem Körper des Sethianers stieg ein Lichtklecks auf.

Er trieb in Martys Bein und verursachte ein Kribbeln darin.

Der Sethianer, der mit dem Gesicht nach unten im See trieb, begann zu schmelzen. Die Haut löste und zersetzte sich. Die feste Muskelmasse schien sich vor Martys Augen in einen Brei zu verwandeln. Der vom Wasser des Sees verdünnte Glibber trieb in trägen, öligen Schlieren davon. Innerhalb weniger Augenblicke war die furchterregende Erscheinung völlig verschwunden.

Surjan rührte sich. »Was ist passiert?«, murmelte er an Martys Schulter.

Badis kniete sich hin, tastete mit beiden Händen auf dem Grund des Sees und holte schließlich Surjans geschärftes Anch hervor. »Du hattest eine magische Waffe, mein Freund«, sagte er. »Davon hast du mir nichts erzählt.«

***

Lowanna hob den Wurfstock vom Boden auf und griff an.

Die Waffe war nicht dafür gemacht, aus so kurzer Entfernung geworfen zu werden. Aber sie konnte damit zuschlagen. Und das tat sie. Lowanna nahm den Brustkorb ins Visier.

Der Sethianer reagierte, indem er mit seinem Dolch nach ihr hieb. Sie hechtete zur Seite weg, und während sie ein paar Schritte wegstolperte, rappelte sich François mühsam auf die Beine.

»Wenn jemand von euch fliehen will«, ergriff der Sethianer mit grollender Stimme das Wort, »dann tut es sofort. Ich werde euch nicht verfolgen.«

Zegiga stürmte kreischend vorwärts. Lowanna rechnete mit einem linkischen, ungestümen Angriff, aber die Frau hatte eindeutig schon mal einen Speer benutzt. Auch den Sethianer überraschte sie und traf ihn mit der Spitze der Waffe unter dem Arm.

Er presste den Arm an den Körper, klemmte die Speerspitze darunter ein. Dann drehte er sich Zegiga zu und brüllte ihr entgegen. Dabei riss er das Maul erschreckend weit auf. Lowanna konnte die blutrote Zunge und den genauso roten Rachen sehen.

Zegiga ließ nicht locker. Sie hielt den Speer mit beiden Händen fest. Der Sethianer drehte sich, schleifte Zegiga seitwärts über den Boden. Sie stürzte, schürfte sich die Knie auf und hinterließ eine rosa Spur auf dem Gras und der Erde.

Dann griff eine zweite junge Mutter mit ihrem Speer an. Eine dritte sprang im selben Moment hinterher, und sie stachen von verschiedenen Seiten auf den Sethianer ein. Er zischte und spuckte aus. »Seht!«, brüllte er. »Ihr könnt mir nichts anhaben!«

Leider stimmte es. Seine Haut wies bestenfalls Kratzer auf, blutete aber nicht.

»Hilf mir!«, rief Lowanna. »Greif an!«

François starrte sie nur an, also tat sie es selbst. Sie stieß sich ab, sprang hoch, bekam den Sethianer an einem langen, kantigen Ohr zu fassen und zerrte mit ihrem vollen Gewicht daran. Er taumelte und sank auf ein Knie. Die Frauen mit den Speeren setzten nach und drängten ihn ein wenig zurück, bevor er das Gleichgewicht zurückerlangte.

Dann umzingelten ihn die Greisinnen. Sie stießen einen an- und abschwellenden Schlachtruf aus, der Lowanna direkt ins Herz fuhr, dann packten sie ihn mit bloßen Händen. Sie zerrten an seinem Gürtel, seinem Kilt und seinem Schulterband. Sie rissen an seinen Ohren. Von seinen Zähnen und schwingenden Fäusten steckten sie schwere Treffer ein, doch wenn eine fiel, schien immer eine andere nachzurücken.

»Das Feuer!«, brüllte Lowanna. »Zum Feuer!«

Endlich stürzte sich auch François ins Getümmel. »Was um alles in der Welt redest du denn da?«, fragte er.

Gleichzeitig stach er mit dem Speer auf den Sethianer ein, durchdrang die Haut wieder nicht und bekam für den Versuch prompt einen Schlag ab.

»Ich sage allen, dass sie angreifen sollen!«, schrie sie.

Die Frauen bedrängten den Sethianer nach wie vor, aber er hatte es wieder auf die Beine geschafft. Er stand nur ein, zwei Schritte vom Feuer hinter ihm entfernt, doch mittlerweile gelang es ihm, die Frauen abzuschütteln. Zegiga schleuderte er in den Teich, zwei Greisinnen schlug er mit einem Fausthieb besinnungslos.

»Mit wem redest du überhaupt?«, fragte François.

Wir sind hier.

Was?

Lowanna sah sich in der Senke um. Die Kinder waren verschwunden, in die Nacht geflüchtet. Aber eine Ziegenherde hatte sich in der Senke eingefunden, und die Tiere starrten Lowanna über ihre langen Schnauzen hinweg an. In der Mitte stand der weise alte Bock, mit dem sie vor wenigen Minuten gesprochen hatte.

Gesprochen?

Doch es war nicht der richtige Zeitpunkt, um ihre geistige Gesundheit anzuzweifeln.

»Stoßt ihn ins Feuer!«, rief sie dem alten Ziegenbock zu. Diesmal ließ sich nicht leugnen, dass sie mit dem Tier sprach und es sie verstand.

Die Ziegen griffen an.

Der Sethianer rührte sich nicht von der Stelle. Er hob einen Speer auf und pfählte die vorderste Ziege, spießte sie über ihre gesamte Länge auf. Lowanna ging unter einem heftigen Anflug von Übelkeit auf die Knie. Die Ziege wimmerte, als sie starb, ein menschlicher Laut, der mit einem Gurgeln endete.

Die zweite Ziege jedoch rammte den Sethianer und brachte ihn leicht ins Wanken. Die dritte stieß ihn einen Schritt zurück. Und die vierte warf ihn um.

Der Sethianer stürzte rückwärts ins Feuer. Funken stieben auf, Kohlenglut spritzte in alle Richtungen. Lowanna sprang ihm auf die Brust und landete mit beiden Knien darauf. Sie spürte, wie die Luft aus seiner Lunge entwich, als er aufheulen wollte. Dann saugten sie beide stattdessen Rauch ein.

François stieß dazu, stach dem Sethianer seinen Speer in den Bauch und fixierte ihn.

Dann stürzten sich die Frauen heulend und kreischend wieder auf die Kreatur. Diesmal warfen sie Steine. Sie griffen sich welche aus dem Teich oder von den Rändern der Senke, schleuderten sie auf die Arme und Beine des Monsters und droschen damit auf seinen Schädel ein. Einige ergriffen Lowanna und wollten sie wegziehen, aber sie wehrte sich dagegen. Vor ihrem geistigen Auge sah sie die fliehenden Kinder. Gleichzeitig hörte sie wieder und wieder die letzten, erstickten Laute der aufgespießten Ziege, während sie wie besessen auf den Sethianer einschlug. François half mit, indem er das Ungeheuer trat und mit dem Speer stach. Die fuchtelnden, greifenden Hände der Kreatur bewegten sich zunehmend träger, bis sie schließlich erschlafften.

Der bestialische Gestank von verbranntem Fleisch stieg aus dem Feuer und vom Körper des Sethianers auf.

François zog Lowanna letztlich von ihm weg. Sie fiel zu Boden und übergab sich.

Als sie aufschaute, sah sie, wie der Körper des Sethianers zu schimmern begann. Steine bedeckten das Feuer fast vollständig. Nur durch die Lücken dazwischen züngelten vereinzelt orangefarbene Flammen empor, doch die Haut des Monsters schien plötzlich so zu leuchten wie die des Ametsu, den Marty getötet hatte.

Dann löste sich vom Körper des toten Sethianers ein geballtes weißes Licht. Es schwebte auf Lowanna zu und erlosch in dem Moment, in dem es sie berührte. Nur ein leichtes Kribbeln in ihrem Bein zeugte davon, dass sie es sich nicht bloß eingebildet hatte.

Die meisten Frauen schenkten ihr keine Beachtung mehr. Sie waren bereits zum Rand der Senke geeilt, sammelten ihre Kinder ein, beruhigten sie und hielten nach weiteren Bedrohungen Ausschau.

Eine Frau drehte sich den drei stehenden Steinen zu, die sie von oben zu beobachten schienen. »Die Götter!«, rief sie schrill. »Die Götter haben unsere Kinder gerettet!«

François lachte. »Die Götter und Lowanna Lancaster.«

Der Ziegenbock mit dem weisen Gesicht leckte Lowanna das Gesicht und blökte.

Heutzutage verstehen nicht mehr viele Zweibeiner unsere Sprache.

»Das stimmt«, sagte sie. »Nicht viele. Sind noch andere fremde Zweibeiner hier? Oder im Dorf?«

Nicht heute Nacht.

François und Zegiga halfen Lowanna schließlich auf die Beine. Schlurfend und wie benommen bewältigte sie schweigend den Weg zurück nach Ahuskai. Als sie im Dorf ankam, flößte ihr jemand kaltes Wasser ein. Nach und nach nahm sie ihre Umgebung wieder wahr und fand sich in einem kleinen Kreis mit dem Gottsprecher, dem Stammessprecher und Marty wieder.

»Ich habe versagt«, sprudelte es aus ihr heraus.

Marty legte ihr sanft die Hand auf die Schulter. Gern hätte sie sich an ihn gelehnt und sich in eine tröstende Umarmung hüllen lassen, tat es aber nicht.

Der Gottsprecher spuckte auf den Boden. Die Knochen in seinen bebten vor Emotionen.

»Nein.« Der Stammessprecher schüttelte den Kopf. »Wir haben einen Ametsu hier im Dorf getötet. Den anderen haben du und euer Sprecher beim Versteck der Kinder unschädlich gemacht. Ihr habt das Leben unserer Kinder gerettet. Ihr habt nicht versagt.«

»Eine Frau ist gestorben, bevor ich sie retten konnte.« Bei der Erinnerung daran, wie der Sethianer ihre Leber verschlungen hatte, zog sich Lowanna alles zusammen. »Ich weiß nicht mal, wie sie geheißen hat.«

»Ihr Name war Kahina«, sagte der Stammessprecher sanft. »Sie war meine Mutter.«

»Damit ist ein Leben verwirkt.« Lowanna stellte fest, dass sie weinte. Sie schluckte schwer und versuchte, die Tränen zurückzudrängen. »Es soll meines sein.«

»Ich habe vom Tod meiner Mutter erfahren«, sagte der Stammessprecher. »Von Zegiga. Kennst du Zegiga?«

»Ja«, antwortete Lowanna. »Sie hat große Tapferkeit dabei bewiesen, ihre Kinder zu retten.«

»Zegiga hat mir von deinem unbändigen Mut erzählt«, erwiderte der Stammessprecher. »Sie hat mir auch geschildert, wie du die Tiere herbeigerufen hast, um mit uns zu kämpfen. Sie findet, dass du, nein, dass ihr alle meine Wertschätzung verdient. Und weißt du, warum ich großen Wert auf Zegigas Worte lege?«

»Weil sie eine wilde Kämpferin und loyal ist«, sagte Lowanna.

»Richtig«, pflichtete ihr der Stammessprecher bei. »Aber auch, weil sie meine Frau ist. Heute Abend wird es keine weiteren Toten geben. Der Stamm hat gesprochen.«

»Außer unter den Ametsu«, korrigierte Marty.

Der Stammessprecher wirkte überrascht. »Gelüstet dich nach mehr Blut, Seher?«

»Nein«, erwiderte Marty. »Aber wenn wir warten, werden die anderen Ametsu merken, dass wir die beiden besiegt haben. Wenn wir die Gunst der Stunde nutzen und sie noch heute Nacht angreifen, können wir sie vielleicht überrumpeln.«

KAPITEL SECHZEHN

Die Nacht war ruhig. Nachdem sich alle das Blut und die Eingeweide vom Leib und den Kleidern gewaschen hatten, waren sie zu ihrem nächsten Ziel losmarschiert. Marty spähte von den Feldern unmittelbar unter dem Außenposten der Sethianer nach oben. Da Wolken die Mondsichel verhüllten, herrschte in der Schlucht dichte Düsternis. Marty konnte kaum den Boden sehen, geschweige denn die beiden Mastabas, die auf dem erhöhten Gelände vor ihm das Herzstück des Außenpostens bildeten. Er drehte sich Kareem zu und flüsterte: »Auf der Mastaba rechts ist ein Wachturm. Kannst du irgendwelche Einzelheiten ausmachen? Patrouilliert jemand? Oder beobachtet uns jemand vom Turm aus?«

Kareem reckte den Hals und runzelte die Stirn. »Ich sehe jemanden auf dem Turm.«

»Einen Sethianer?« Marty starrte angestrengt in die Dunkelheit hinauf und erkannte oben auf dem 15 Meter hohen Steilhang rein gar nichts.

»Ich denke schon.« Kareem schnappte nach Luft. »Es trägt irgendein Kapuzengewand.«

Ein Sethianer. Marty bezweifelte, dass es sich um einen der Hathiru handelte. Es spielte ohnehin keine Rolle. Unbemerkt nach oben zu gelangen, wäre so gut wie unmöglich.

Irgendwo in der Dunkelheit hörte er ein leises Grunzen. Und bevor er sich fragen konnte, woher es stammen mochte, hörte er Lowannas Stimme. »Marty, ich nähere mich euch mit ein paar Freunden. Macht keine plötzlichen Bewegungen.«

Er schaute zu Kareem und folgte seinem verdatterten Blick, als Lowanna aus der Dunkelheit auftauchte.

Marty musste alle Selbstbeherrschung aufbieten, um nicht zurückzuweichen, als er ein ausgewachsenes Schwein unmittelbar hinter ihr hertrotten sah. »Was zum ...« Als sie näher kam, entdeckte er weitere Schemen. Sie brachte eine vollwertige Rotte Wildschweine mit mächtigen Hauern mit. »Ich dachte, du würdest mit François auf der anderen Seite des Bachs bleiben.«

Als sich Lowannas Gesicht keinen halben Meter von seinem entfernt befand, flüsterte sie: »Planänderung. Wie sich herausgestellt hat, töten und schlachten die Sethianer gelegentlich gern Wildschweine. Der Keiler hier« – sie drehte sich um und tätschelte den Kopf des großen Tiers – »will wissen, ob wir vorhaben, die Sethianer umzubringen.«

Marty schaute zwischen Lowanna und dem über 50 Kilo schweren Tier mit den verheerenden Hauern hin und her. »Das alles hörst du aus einem Grunzen heraus?«

Lowanna zuckte mit den Schultern. »Ich kann die Tiere verstehen und sie mich. Und Schweine sind klug.«

Gunther flüsterte: »Twilight Zone, ich sag's euch. Wir sind in einer Episode von Twilight Zone.«

Marty warf Gunther einen genervten Blick zu. »Ist in deiner Jugend in Deutschland nichts anderes im Fernsehen gelaufen?«

Gunther zuckte mit den Schultern.

Er holte tief Luft und stieß langsam den Atem aus. Dann richtete er die Aufmerksamkeit wieder auf Lowanna. »Okay, Dr. Dolittle, natürlich haben wir vor, sie umzubringen. Warum sind diese Tiere hier?«

Lowanna legte ihm die Hand auf die Schulter und drückte sie leicht. »Ganz ruhig, ist schon gut. Sie wollen helfen.«

»Helfen?« Marty starrte auf das Tier, das mit einem Hauer eine tiefe Furche in den Boden grub. »Wie?«

»Sie sind einfach gestrickt, also muss auch der Plan einfach sein. Wenn sie sich hier unter der Festung verteilen, können sie die Sethianer angreifen, sobald wir sie herausgelockt haben. Oder sie zumindest durch Lärm ablenken.«

»Und uns auch«, brummelte Marty.

»Nein, das ist genial«, meldete sich Surjan irgendwo in der Dunkelheit hinter ihm zu Wort. »Wir müssen uns einfach voll auf die Sethianer konzentrieren und den Lärm der Tiere ignorieren.«

Marty ging in die Hocke und betrachtete den Keiler, der zwei Schritte zurückwich. Kopfschüttelnd richtete er sich wieder auf. »Na schön, Lowanna. Du weist die Tiere an ...«

»Offensichtlich.« Lowanna schnaubte und schüttelte den Kopf, als hätte er etwas Dummes gesagt.

Marty ließ den Blick über den Rest der Gruppe wandern. »Denkt alle daran, eure Anchs zu benutzen. Sie scheinen die wirksamste Waffe gegen die Sethianer zu sein. In der Mitte des Außenpostens führt eine Treppe hinauf. Ich gehe davon aus, dass sie darüber angestürmt kommen werden. Kareem, Surjan und ich nähern uns dem Gelände von beiden Seiten der Treppe. Lowanna, wir wissen nicht, wie gut diese Wesen im Dunkeln sehen können, müssen aber davon ausgehen, dass sie so scharfe Augen haben wie Kareem. Bleib also außer Sicht, während du mit deinen Freunden tust, was immer ihr vorhabt. Gunther, geh zurück zu François und sag ihm, dass er langsam bis 30 zählen soll, bevor er die Lichtshow startet. Bis dahin sollten wir alle in Position sein. Irgendwelche Fragen oder Bedenken?«

Surjan trat näher und flüsterte: »Was, wenn sie dort oben bleiben?«

Marty wandte sich an Kareem. »Wie gut bist du im Klettern?«

»Sehr gut.«

»Wenn sie nicht runterkommen, müssen wir rauf und sie uns holen. Kareem und ich klettern zu beiden Seiten die Mauern hoch, damit sollten sie nicht rechnen. Wartet, bis Kareem oder ich oben für Wirbel sorgen, bevor ihr irgendwas versucht. In Ordnung?«

Surjan nickte.

Kareem grinste. Seine schiefen Zähne schimmerten gespenstisch in der Dunkelheit. »Bei Gott, der Plan gefällt mir.«

»Gut.« Marty holte tief Luft. Wenigstens gefiel der Plan irgendjemandem.

Marty hörte aus östlicher Richtung das Geräusch einer Grille und wusste, dass Surjan in Position war. Er drehte sich in die Richtung, in der er François vermutete, und wartete.

Irgendwo in der Dunkelheit hörte er ein leises Grunzen. Dann ein weiteres aus einer völlig anderen Richtung. Was auch immer Lowanna vorhatte, sie bezog Keiler darin ein. Mehrere.

Ein greller roter Lichtstrahl schoss in den Himmel.

Martys Herz raste, als er die Ohren spitzte und auf Geräusche von oben lauschte.

Ein schabender Laut drang zu ihm.

Keine Schritte.

Der Lichtstrahl stammte aus der Dunkelheit auf der gegenüberliegenden Seite der Schlucht. Er schoss mitten in eine Wolke, die er mit einem surreal anmutenden rötlichen Schimmer erhellte und so eigenartige Schatten auf dem Boden entstehen ließ. Marty sah darin die Umrisse schweineartiger Gestalten, die in verschiedene Richtungen trabten.

Er presste sich gegen die Felsen am Fuß der Festung und wusste nicht, womit er rechnen sollte. Plötzlich hörte er einen lauten Knall.

Eine lodernde Kugel aus feurigem Licht flog in die Richtung von François' rotem Strahl.

Kurz vor dem Aufprall erlosch der Strahl. Ein zweiter Knall folgte, als ein weiterer Feuerball aus der Festung entfesselt wurde.

Das erste Geschoss schlug in den Boden ein und verspritzte Feuer in alle Richtungen. Marty schauderte.

Marty tastete mit den Händen über das raue Gestein am Fuß der Festung und begann zu klettern.

Ein weiterer Knall, und ein drittes Geschoss segelte durch die Luft. *Tot. Verbrannt.* Er konnte nur daran denken, dass er vielleicht gerade weitere Mitglieder der Gruppe zum Tod verurteilt hatte, während der Feuerschein tanzende Schatten auf die Wände der Schlucht warf.

Mittlerweile hatte er das Felsgestein hinter sich und klammerte sich am Sandstein des Mittelteils der Festung fest. Knapp zehn Meter über dem Boden trieb ihn ein Gefühl von Dringlichkeit weiter nach oben. Vor lauter Hast wäre er beinah in den eigenen Tod gestürzt, weil er mit einem Wanderschuh den Halt verlor und abrutschte.

Durch pures Glück bekam er eine Ritze im Gestein zu fassen und baumelte an einer Hand.

Mit voller Konzentration holte er Schwung zum Rand des Sandsteins, hakte sich mit der anderen Hand daran fest und suchte neuen Halt mit den Beinen.

Dann kletterte er langsamer weiter, bis er die Mauer aus gebrannten Lehmziegeln und Stroh erreichte.

Sie stellte durch die regelmäßigen Vertiefungen kein Problem dar. Im Nu kam er oben an und spähte darüber. Im selben Moment heulte ein Sethianer schmerzerfüllt auf.

———

Mit den Schuhspitzen fest in den Fugen der Festungsmauer verankert, spähte Kareem nach oben und entdeckte einen Sethianer, der vom Wachturm herabeilte.

Kareem klemmte sich das Anch zwischen die Zähne und erklomm den Rest der Mauer. Der von François gesteuerte rote Lichtstrahl erlosch. Der vom Wachturm gekommene Sethianer stand keine drei Meter entfernt und starrte zu der Wolke empor, die plötzlich dunkel geworden war.

Kareem ging in die Hocke. Seltsamerweise spürte er den eigenen Herzschlag in den Oberschenkeln, während er sich sammelte und das Anch fest umklammerte, um damit zuzuschlagen.

Als der Sethianer den Blick von der Wolke löste und sich seinem Gefährten in der Mitte der Festung zudrehte, stürzte sich Kareem auf die über zwei Meter große Gestalt.

Mit einer wuchtigen Abwärtsbewegung ließ Kareem das Anch auf den Übergang zwischen Hals und Schulter des Sethianers niedersausen.

Die Kreatur wirbelte mit einem markerschütternden Schmerzensschrei zu Kareem herum.

Irgendwie gelang es Kareem, sich am Anch festzuklammern. Die Fliehkraft schwang seine Beine nach außen, und die scharfe Kante des Anchs schlitzte seitlich durch den Hals seines Opfers. Blut spritzte wie eine Fontäne in alle Richtungen.

Der Sethianer fiel auf ein Knie, als Kareem seine Waffe tiefer in den

Hals bohrte. Dabei entging er nur knapp einem ungezielten Hieb der tödlich verwundeten Kreatur.

Als das Monster auf alle viere zusammenbrach, riss Kareem das Anch heraus und hieb mit der scharfkantigen Spitze auf die Schädelbasis. Das laute Knacken eines splitternden Knochens hallte durch die Luft, als das Symbol bis zum Querbalken im Gehirn der Kreatur versank. Kareem sprang von ihrem zuckenden Körper.

»Für meinen Onkel Abdullah.«

Kareem spuckte auf das sterbende Ungeheuer. Sein gesamter Körper kribbelte, seine Kehle fühlte sich wie zugeschnürt an.

Er hatte gerade zum ersten Mal getötet.

Und es fühlte sich gut an.

Er wollte es wiederholen.

Dann sah er, wie sich ein Licht im Kadaver des Sethianers sammelte.

Auf der anderen Seite der Festung sah Marty, wie Kareem auf einem zappelnden Sethianer kauerte und sein Anch tief in den Rücken der Kreatur schlug.

Ein zweiter Sethianer eilte mit einem Keramikgefäß, aus dem Flammen züngelten, in die Richtung seinen gefallenen Kameraden. Marty hörte das Scharren von Hufen auf Stein.

Eine kompakte Gestalt stürmte vom oberen Ende der Treppe los, krachte gegen den Sethianer und schleuderte ihn rückwärts.

Das feurige Gefäß landete hart auf dem felsigen Boden, zerbrach und spie brennende Flüssigkeit durch die Gegend.

Marty spürte die Hitze trotz der Entfernung. Das Wildschwein quiekte und rannte im Kreis, bevor es die Treppe zurück hinunter außer Sicht verschwand.

Der Sethianer wälzte sich schreiend hin und her. Eine klebrige, brennende Substanz überzog ihn vom Kopf bis zur Taille mit Feuer.

Surjan kam die Treppe heraufgestürmt und bremste abrupt beim Anblick der Flammen. Die Kreatur rappelte sich auf die Knie, kippte jedoch wieder um und landete mit dem Gesicht voraus in einer Lache der lodernden verschütteten Flüssigkeit.

Von irgendwo unten hörte Marty quiekende und grunzende Laute.

Marty eilte an der Feuersbrunst vorbei, als Kareem von seinem Opfer sprang. Kareem trat von dem Kadaver zurück, der sich sofort aufzulösen begann.

Obwohl ihn der Glibber bedeckte, der bei diesen Kreaturen als Blut durch die Adern floss, hatte er ein breites Lächeln im Gesicht.

Marty verspürte einen Anflug von Schuldgefühlen, weil er nicht nur das Leben des jüngeren Mannes in Gefahr brachte, sondern ihn auch noch zu extremer Gewalt verleitete.

Allerdings sah er keine andere Wahl.

Und war die Gewalt überhaupt so extrem? Oder handelten Marty und Kareem unter dem Strich zur Verteidigung der menschlichen Rasse?

»Alles in Ordnung?«, rief er.

Kareem wischte das Blut von seinem Anch am Umhang des toten Sethianers ab und zeigte Marty den Daumen hoch.

»Marty!«, rief Surjan.

Als er sich umdrehte, sah er den großgewachsenen Mann mit dem Turban mit mehr als einem Dutzend der Stierkopfmenschen konfrontiert. Marty raste an den Flammen vorbei, das Anch im Anschlag. »Halt! Doath! Ist einer von euch Doath?«

Einer der größeren Stiermenschen mit äußerst ausladenden Hörnern trat vor. »Ja. Wir wollen niemandem etwas tun. Wir beobachten nur.«

»Ihr beobachtet?« Surjan knurrte.

»Das ist auch ihr Zuhause«, erinnerte Marty ihn.

»Marty!«, rief Kareem von der anderen Seite der Flammen. »Schau zum Strahl.«

Martys Blick folgte Kareems Geste zum östlichen Himmel, konnte aber nichts entdecken.

Er wandte sich an die Stiermenschen. »Sind noch Ametsu übrig? Wir haben heute Nacht insgesamt vier getötet.«

Doath schwenkte die Hörner zu einer Geste, die Marty nichts sagte. »Zwei gibt es noch. Sie waren heute Nacht nicht hier.«

Bei einem handelte es sich vermutlich um den ersten, den sie getötet hatten.

Trotzdem blieb noch einer übrig.

»Verdammt!« Marty rannte zur Treppe und rief: »Surjan, sieh nach

François und den anderen! Kareem, ich hab den Strahl nicht gesehen! Kannst du ...«

»Ich führe dich!« Der kleine junge Mann sprang über das Feuer hinweg und rannte die Treppe hinunter.

Beklommenheit erfüllte Marty, als er Kareem folgte und die noch brennenden Rückstände der Angriffe der Sethianer sah.

Er konnte nicht wissen, ob jemand von ihrer Gruppe gerade in einem dieser Scheiterhaufen verbrannte.

Es war früher Morgen, als Marty mit den anderen des Teams den Dorfrand erreichte. Marty, Surjan und Kareem hatten eine Stunde lang nach dem letzten Sethianer gesucht. Kareem hatte am schlammigen Ufer des Bachs einige Spuren entdeckt, die nach Osten führten. Aber sie konnten den Sethianer weit und breit nicht sehen, und die Spuren hatten sich danach im fließenden Wasser verlaufen.

Ihre Gruppe hatte die Begegnung mit den anderen unbeschadet überstanden und sogar einige Körbe mit getrockneten Bohnen aus dem Vorrat der Festung erbeutet. Eines der Wildschweine hatte Verbrennungen erlitten, aber Gunther hatte es offensichtlich so verarztet, als wäre es ein vollwertiges Mitglied des Teams. Typisch Mediziner.

Als sich Marty neben einem Bach entspannte, setzte sich Lowanna neben ihn. »Gute Arbeit.«

Marty schnaubte. »Ich hab keinen der Sethianer auch nur berührt. Einer deiner Keiler und Kareem haben die ganze Arbeit erledigt.«

»Du warst der Anführer.« Ihre Stimme klang sanft.

Als Marty den Mund zum Widersprechen öffnete, legte sie zart die Hand auf seine Lippen. »Hört auf, zu diskutieren.«

Auf dem Rückweg ins Dorf Ahuskai ging die Sonne auf. Marty fühlte sich müde, aber erfolgreich, und seine Gefährten marschierten mit erhobenen Häuptern und forschen Schritten.

Zegiga und Badis kamen ihnen entgegen. »Die Ametsu?«, fragte Zegiga. »Sind sie tot?«

Lowanna nickte. »Von der Festung geht keine Gefahr mehr aus.«

Zegiga stimmte einen Freudenschrei an. Badis nickte und sah Martys voll grimmiger Genugtuung in die Augen.

Andere kamen aus ihren Behausungen. Marty erblickte den Stammessprecher. Er näherte sich ihnen mit zufriedener Miene. »Also ist es vollbracht?«

Marty nickte. »Die Ametsu in der Festung sind tot.«

Zegiga begrüßte Lowanna innig, während der Stammessprecher Marty auf beide Wangen küsste. »Das ist schön zu hören.« Er legte Marty den Arm um die Schultern und bedeutete den andern, ihm zu folgen. »Kommt mit. Ihr braucht alle Schlaf. Und heute Abend feiern wir mit einem Festschmaus.«

<hr>

François entfernte sich mit Kareem von den anderen und sagte: »Du kommst mir aufgebracht vor, Junge. Kann ich irgendwie helfen?«

Kareem schaute zerknirscht drein und sprach mit sehr leiser Stimme. »Ich mache mir Sorgen um meine Seele.«

»Deine Seele?« François zog die Augenbrauen hoch. »Inwiefern?«

»Töten ist verboten ...«

»Mord ist verboten«, stellte François richtig. »Du hast keinen Mord begangen.«

»Ich habe einem Mann in den Rücken gestochen.«

»Mann?«

Kareem zögerte.

»Keinem Mann«, sagte François. »Einem Monster. Du hast eine Bestie umgebracht – und nur, um menschliche Leben zu schützen. Hättest du dieses Ungetüm nicht erledigt, hätte es dir oder anderen unserer Gruppe etwas angetan. Meinst du nicht auch?«

»Doch, schon, aber ...« Kareem klang beinah panisch. »Ich hab mich gut dabei gefühlt. Und das macht mich gottlos.«

Lächelnd legte François den Arm um die Schultern des jüngeren Mannes. »Kareem, du bist *kein* schlechter Mensch, weil du dich gut dabei gefühlt hast, anderen zu helfen, die Hilfe gebraucht haben. Jeder hat eine Rolle im Leben. Manche sind Gelehrte. Ihre Güte äußert sich darin, anderen etwas beizubringen. Andere sind Schreiner und bauen robuste Häuser, in denen Menschen vor der Sonne und schlechtem Wetter geschützt sind. Wieder andere sind Krieger. Du, mein Freund, findest gerade erst deinen Weg. Nicht ich bestimme deine Rolle. Das liegt allein bei dir. Orientiere dich an deinen Stärken. Tu, worin du gut bist, und verbessere es durch harte Arbeit. Wenn du Zweifel hast, kannst du einen einfachen Selbsttest durchführen. Stell dir die Frage, ob mehr Menschen davon profitieren, wenn du tust, was du vorhast, oder wenn du es lässt.« Er lächelte, und Kareem lächelte zurück. »Du hast Ahuskai beschützt. Es gibt keinen Grund für Schuldgefühle. Und wenn du dir trotz allem unsicher bist, kannst du jederzeit zum Reden zu mir kommen.«

»Ich bin nur wegen meinem Onkel eingestellt worden. Und da er jetzt nicht mehr da ist ...«

François blieb stehen und sah Kareem in die Augen. »Du liegst nicht falsch mit der Annahme, dass du bei uns bist, weil dein Onkel ein gutes Wort für dich eingelegt hat.« Er tippte Kareem mit dem Zeigefinger auf die Brust. »Aber *du* hast dir das Recht verdient, in der Mannschaft zu bleiben. Und wie du laut Marty diese riesige Kreatur erledigt hast, würde ich sagen, du hast dir deinen Platz gleich doppelt verdient.«

Es gelang ihm, ein Lachen zu unterdrücken, während er sprach. Hatte der Junge tatsächlich geglaubt, François würde ihn *feuern?*

Kareem schaute zu François auf und grinste. »Der Sethianer war wirklich ziemlich groß.«

François drehte Kareem herum und führte ihn zurück in Richtung des Dorfs. »Gehen wir zurück, bevor man noch nach uns sucht.«

»Danke.«

François zerzauste dem jungen Burschen das Haar und grinste. Manchmal bedauerte er es, kein eigenes Kind zu haben.

Marty lief das Wasser im Mund zusammen.

Auf einer runden, geflochtenen Matte mit einem Durchmesser von etwa drei Metern lag ein dampfender Haufen, der nach Weizenkörnern aussah. Darin verteilte sich verschiedenes grob gehacktes Wurzelgemüse. Eine der Dorfbewohnerinnen goss außerdem gerade eine Masse aus Fleisch und zähflüssiger Soße darauf. Die fettigen Fleischbrocken waren in annähernd faustgroße Portionen geschnitten.

Auf der anderen Seite der Matte sah er, wie Lowanna gegen einen angewiderten Gesichtsausdruck ankämpfte. Es gelang ihm, nicht zu lachen, obwohl es nicht einfach war, denn sie sah dabei wirklich zu komisch aus. Marty suchte ihren Blick und deutete mit einer Kopfbewegung an, sie sollte einfach gehen.

Sie nickte, holte tief Luft und entschuldigte sich.

Der Stammessprecher saß neben Marty. Er riss ein großes Fladenbrot in zwei Hälften und reichte Marty eine davon. Der Dorfvorsteher beugte sich mit einem kleineren Stück des Brots vor und schöpfte mit einer geübten Bewegung etwas von dem Weizen samt einem wabernden Stück Fleisch darauf. Er wandte sich an Marty und deutete mit dem Essen in der Hand. »Bitte, Seher. Greif zu. Das ist für dich und deine Leute.«

Marty folgte seinem Beispiel und holte sich mit dem Brot eine Ladung des Weizens sowie etwas, das nach einem kleinen Rettich aussah.

Der Älteste bedeutete Marty zu essen, und er schob sich den Bissen in den Mund. Seine Augen weiteten sich überrascht, als er auf das Gemüse biss und es sich sofort in einen Brei verwandelte. Tatsächlich handelte es sich um eine Aubergine – Marty liebte Auberginen.

Der Stammessprecher beugte sich dicht zu ihm. »Gut?«

Marty nickte, während er auf den gummiartigen Weizenkörnern kaute und lächelte.

Der Stammessprecher steckte sich den fettigen Happen in den Mund und forderte alle auf, zuzugreifen.

Alle griffen zu. Auch Marty bediente sich erneut. Diesmal entschied er sich für ein sehniges Stück Fleisch und steckte es sich in den Mund.

Es erwies sich als erstaunlich zart, und der Wildgeschmack erinnerte ihn an eine Ziege oder vielleicht ein altes Schaf. Gewürze schmeckte er zwar keine, dennoch empfand er es als das Köstlichste, was er seit Beginn dieses verrückten Abenteuers vor 15 Tagen gegessen hatte.

Der Stammessprecher zeigte auf eine Gruppe von etwa zehn Dorfbewohnern, die einige Schritte entfernt standen, und wandte sich an Marty. »Wir sind alle dankbar, dass ihr uns von den Ametsu befreit habt, Seher.« Abermals deutete er zu den Dorfbewohnern. »Das sind Mitglieder meines Stamms, die euch auf eurer Reise helfen wollen.«

Marty betrachtete mit großen Augen die sieben lächelnden Männer und drei Frauen, die sich zu seiner Gruppe setzten und am Festmahl teilnahmen. Er kannte zwar alle Gesichter, namentlich jedoch nur Badis.

»Das verstehe ich nicht«, sagte Marty.

Der Stammessprecher brummte. »Für einen Seher siehst du manchmal nicht besonders klar. Mein Volk ist dankbar und möchte euch helfen, schneller voranzukommen.«

»Danke«, sagte Marty. »Aber ich denke, wir können uns allein durchschlagen.«

Der Gottsprecher ergriff das Wort. Er stand hinter Marty, der ihn nicht bemerkt hatte. »Außerdem finden wir, dass wir die Geschichte dieses Siegs nah und fern erzählen müssen.«

»Äh ... zum Ruhm des Dorfs Ahuskai?«, riet Marty.

»Um andere Männer zu inspirieren, den Kampf aufzunehmen«, stellte der Stammessprecher richtig.

»Und es gibt noch mehr Ametsu zu töten.« Badis' Augen schimmerten im Feuerschein. »Wir wollen nicht euch allein den ganzen Spaß überlassen.«

Martys erste Reaktion bestand darin, das Angebot abzulehnen. Was sollte er mit zehn Kriegern, zehn weiteren zu stopfenden Mäulern anfangen? Außerdem folgte Martys Gruppe einem völlig anderen Weg als irgendjemand aus dieser Zeit. Aber die Dorfbewohner lächelten alle, und ihre jungen Gesichter erinnerten ihn an die Studenten eines seiner Kurse.

Marty blickte über Essenshügel hinweg zu François, der nickte. Er wandte sich an den Stammessprecher und erwiderte dessen Lächeln. »Das ist ein sehr freundliches Angebot.«

»Der Stamm hat gesprochen. Die Schar des Sehers ist um zehn Köpfe angewachsen.«

Der Gottsprecher beugte sich über Martys Schulter nach vorn und flüsterte ihm zu. »Keine Sorge, sie werden gut gerüstet sein.«

»Und wir haben noch ein Geschenk für euch.« Der Stammessprecher hob die Hand und gab ein Zeichen.

Zegiga näherte sich mit einem gefalteten Tuch. Mit einer Verbeugung öffnete sie es. Zum Vorschein kam ein langer Streifen mit Schlaufen an einem Ende. Das Tuch bestand aus ungefärbtem Leinen, doch oben in der Mitte prangten nebeneinanderliegende Kreise.

»Ein Banner«, murmelte Marty.

François lachte und klatschte. »Das Symbol ist perfekt!«

Zwei Kreise? Inwiefern sollten zwei Kreise perfekt sein?

Nein, nicht zwei Kreise.

Das Banner zeigte das in zwei Teile zerbrochene Unendlichkeitssymbol der Ametsu. Marty schmunzelte. »Ein passendes Banner für alle, die in den Krieg gegen die Leberfresser ziehen wollen«, stimmte er zu.

Eine der Frauen der Gruppe hatte sich neben Surjan gesetzt. Sie schaute zu dem großen Mann auf. »Ich habe dich gesehen ... Du bist der Krieger. Ich bin Tafsut, und ich werde an deiner Seite kämpfen.«

Surjan zog die Augenbrauen zusammen und schüttelte den Kopf. »Das kann nicht dein Ernst sein.« Er schaute zu Marty hinüber, bevor er den Blick wieder auf die Frau richtete, die vielleicht Anfang 20 war.

Ihre Nasenflügel blähten sich, während sie ungerührt in Surjans finstere Miene starrte. »Soll ich in einem Wettstreit mit Speeren beweisen, dass ich würdig bin?«

Surjans schaute ungläubig drein. Nach ein paar angespannten Sekunden zuckte er mit den Schultern. »Ach, pfeif drauf.«

Die Frau lächelte und tätschelte seinen Arm. »Bei einem solchen Kampf hätte ich dir wehgetan, aber es hätte mir keine Freude bereitet.« Sie griff sich ein Fladenbrot von einem Tablett, brach es in zwei Hälften und reichte Surjan eine davon. »Wir haben eine lange Reise vor uns. Iss, du wirst deine Kraft brauchen.«

Marty lief wahrscheinlich lila an, als er krampfhaft ein Lachen unterdrückte. Aber während er beobachtete, wie die neuen Mitglieder der erweiterten Gruppe aßen und sich an Smalltalk mit den anderen versuchten, beschlichen ihn Sorgen beim Gedanken daran, was vor ihnen lag.

Seiner Vision zufolge verblieben noch 39 Tage. Am Ende würde hoffentlich die Rückkehr in die Zivilisation stehen. Zurück in ihre Zeit, sofern sie sich wirklich in der Vergangenheit befanden. Aber wenn er diese Menschen aus dem Dorf mitnahm, in dem sie vermutlich geboren worden waren, was würden dann aus ihnen werden? Plötzlich war die Lage noch komplizierter geworden. Und als De-facto-Anführer dieses bunt zusammengewürfelten Haufens hatte er keine Ahnung, was am Ende der Reise passieren würde.

Hinzu kam, dass sich irgendwo mindestens ein weiterer Sethianer herumtrieb, der ihren Tod wollte. Bei dem Gedanken sträubten sich ihm unwillkürlich die Nackenhaare.

Allerdings war es sinnlos, sich den Kopf über das Ende des Wegs zu zerbrechen. Marty wusste nur, dass bis dahin zahlreiche Gefahren auf sie lauerten ... und sie mit einer größeren Gruppe ein größeres Ziel darstellten.

KAPITEL SIEBZEHN

Fünf Tage waren vergangen, seit sie das Dorf verlassen hatten. Surjan sorgte sich wegen der Krieger aus Ahuskai, die sich ihnen angeschlossen hatten. So tödlich sie sein mochten – sie hatten alle Speere, einige auch Bögen oder Schleudern –, er fühlte sich durch ihre Anwesenheit nicht wohler. Und obwohl sie alle gesund und jung waren – Anfang bis Mitte 20 –, hatten sie Mühe, das von seiner Gruppe vorgelegte Tempo zu halten.

Sogar François, ein Mann über 60, stellte sie locker in den Schatten.

Als sich der Tag dem Ende zuneigte, zündete Kareem ein Feuer für den Abend an, während die anderen das Lager aufbauten und ihre neuen Reisegefährten stöhnend über ihre schmerzenden Beine klagten. Marty saß für sich allein und knetete das Banner. Er trug es zusammengefaltet bei sich und weigerte sich, es Badis für ihn an einer Stange befestigen zu lassen.

Surjan stand mit dem Speer in der Hand da, beobachtete die Gruppe und die Umgebung, hielt allzeit wachsam Ausschau nach nahenden Gefahren. Sein Blick schwenkte zu François. Er lauschte, wie der Mann ein Volkslied sang, während er das Abendessen für die Gruppe zubereitete.

»Das ist nicht Französisch«, stellte Surjan fest.

François schüttelte den Kopf. »Bretonisch. Meine Großmutter hat nur mit Polizisten und Steuereintreibern Französisch gesprochen und immer auf den Boden ausgespuckt, wenn sie es tun musste.«

Der Mann hatte ihn engagiert, um für die Sicherheit der Gruppe zu sorgen, und dazu fühlte sich Surjan nach wie vor verpflichtet. Aber der Franzose, den er als seinen Boss betrachtete, war nicht mehr derselbe Mann, den er vor einigen Monaten kennengelernt hatte.

Zuerst hatte Surjan gedacht, es sich nur einzubilden, mittlerweile jedoch war es unbestreitbar. Niemand würde glauben, dass François über 60 war. Sogar die Glatze war von kurzem blondem Haar verdrängt worden, das über den größten Teil der Kopfhaut nachwuchs.

Die tiefen Linien im Gesicht, die Hängebacken – alles verschwunden. Genau wie der Wanst. Der Mann sah mindestens 20 Jahre jünger aus. Und da war noch etwas ...

Seit Abdullahs Tod war François merklich ruhiger geworden. Anfangs hatte er danach trübsinnig gewirkt. Verständlich nach dem Verlust eines Mannes, an dem ihm offensichtlich etwas gelegen hatte. Mittlerweile jedoch wirkte sein gesamtes Verhalten völlig verändert. Er war immer noch ein Quell willkürlicher Informationen und scheute sich nicht, damit hervorzusprudeln, doch er nahm sich deutlich zurück. Der Franzose trat nicht mehr so herrisch auf wie früher und zog es sogar vor, Aufgaben zu übernehmen, die andere als undankbar ansahen.

Zum Beispiel das Kochen. Ungefragt hatte er es für die gesamte Gruppe übernommen.

Tafsut trat an Surjan heran. Sie legte sich den Speer über die Schulter.

»Surjan, lass uns kämpfen.«

Er starrte die junge Frau an und zeigte keine Reaktion. Die Vorstellung, dass sich die Dorfbewohner und die ursprünglichen Mitglieder von Surjans Gruppe miteinander anfreundeten, fühlte sich in vielerlei Hinsicht falsch an. Und die Aggression, die diese Tafsut ihm gegenüber zur Schau stellte, sogar noch falscher.

»Nicht bis zum Tod, du Narr. Zum Üben.« Tafsut näherte sich ihm auf Armeslänge und sah ihn unverwandt an. »Na? Jetzt steh nicht nur so rum. Lass uns kämpfen.«

Surjan starrte die dunkelhaarige Frau an. Sie wog wahrscheinlich höchstens halb so viel wie er und war einen guten Kopf kleiner als er mit seinen knapp zwei Metern Körpergröße. Während sie den langen

Speer von einer Hand zur anderen und wieder zurück wechselte, hielt sie den Blickkontakt aufrecht. »Kein Verwunden. Berührungen nur von Speer zu Speer.«

Tafsut trat zwei Schritte zurück und wirbelte den Speer wie einen Schlagstock. »Bereit, wenn du es bist.«

Surjan schwang den Schaft seines Speers in Richtung der Frau.

Mit einem lauten Pochen von Holz auf Holz prallten die Speere aufeinander, als sie seinen Angriff abwehrte.

Mit einer geübten Wirbelbewegung stieß sie seinen Speer weg und griff unerwartet wild an, was ihm ein Lächeln ins Gesicht zauberte.

Die Geräusche der zunehmend schneller aufeinanderprallenden Speere erregten die Aufmerksamkeit der anderen.

Mit einer Beinarbeit, die Surjan als Kind stundenlang geübt hatte, drängte er Tafsut zurück. Seine Angriffe wurden nach und nach heftiger und härter. Erste Schweißtropfen liefen seinen Nacken hinab und verdeutlichten, dass diese zierliche Frau mit ihrer Waffe tatsächlich recht gut umzugehen verstand.

Männer fanden sich in einem losen Kreis um sie herum ein und sahen zu.

Tafsut zog konzentriert die Augenbrauen zusammen, während sie den Speer bald hoch, bald tief führte und Surjans Angriffe mit Müh und Not abblocken konnte. Die Anstrengung forderte ihren Tribut.

Binnen kürzester Zeit befand sie sich nur noch in der Defensive.

Nachdem sie sich fünf Minuten lang eines endlosen Ansturms wilder Attacken erwehren musste, war ihr Gesicht knallrot angelaufen und schweißgebadet.

Surjan wich zurück. »Okay, das reicht.«

Einige der Krieger jubelten. Marty klatschte.

»Gut gemacht, alle beide«, rief Gunther vom anderen Ende des Lagers herüber.

Tafsut trat mürrisch mit dem Fuß in die Erde und wandte sich ab.

Surjan streckte ihr die Hand entgegen und lächelte. »Du kämpfst fast so gut wie ein Mann.«

Sie schlug mit schweißnassem Griff um seinen Unterarm ein und grinste. »Du auch.«

Marty lächelte, als François einen Sprint zu einigen Palmen hinlegte, die etwa einen halben Kilometer vor ihnen aufgetaucht waren. Seit ihrer Ankunft in dieser Wirklichkeit hatten sich alle Mitglieder der Gruppe verändert. Einige eher subtil, andere offensichtlicher. Bei François wiederum schien sich das Rad der Zeit zurückzudrehen. Er wirkte rundum wie ein halb so alter Mann.

Und obwohl Marty keinen Spiegel hatte, kam auch er sich wie eine jüngere ... nein, keine jüngere, sondern eine *bessere* Version seiner selbst vor. Er konnte sich an keine Zeit erinnern, in der er sich so stark, so klar im Kopf und so energiegeladen gefühlt hatte wie jetzt.

Dennoch war er nicht sicher, ob diese neue Stärke für die Last der Verantwortung reichen würde. Ob er es wollte oder nicht, seine wachsende Gruppe von Leuten hatte ihn zu ihrem Anführer auserkoren, und sie hatten eine Mission. Jeden Morgen erwachte er aus demselben, sich wiederholenden Traum. Und wenn er daran glauben wollte, hatten sie noch 33 Tage bis zum Ende der Vision vor sich.

Darüber, was danach folgen würde, grübelte er bereits seit ihrer Ankunft.

»Juhu!« François sprang hoch und pflückte etwas von einem der Bäume.

Marty lief auf die Palmen zu, während die anderen begannen, einen Platz für das abendliche Lager zu räumen. »Worüber bist du denn so aufgeregt?«

François sprang erneut und packte einen tiefhängenden Ast. »Datteln, Marty.« Er pflückte eine runzlige Frucht von einem der Äste, die er herabgezogen hatte, und steckte sie sich in den Mund. Mit einem seligen Stöhnen richtete er den Blick gen Himmel. »Mein Gott, ist das lange her, seit ich etwas Süßes hatte.« Er reichte Marty eine Dattel.

Die verschrumpelte braune Frucht war ungefähr so groß wie Martys Daumen. Vorsichtig biss er in ein Ende. Seine Zähne drangen durch die gummiartige Haut, bevor er etwas schmeckte, das ihn an eine Mischung aus braunem Zucker und Karamell erinnerte. Unverschämt dekadent.

François sammelte weitere Datteln ein, als Lowanna sich näherte.

Marty rollte den Kern im Mund herum und versuchte, auch noch das letzte Quäntchen Geschmack aus der Frucht herauszuholen. Lowanna rümpfte die Nase.

»Ich glaube, Surjan hat recht.« Lowanna wandte sich von den

Bäumen ab und steuerte ein besonders üppiges Fleckchen der Graslandschaft an. Sie schnupperte. »Er hat gesagt, hier ist irgendwo Wasser nah an der Oberfläche. Jetzt rieche ich es auch.«

Suchend bahnte sich Lowanna einen Weg durch das hohe Gras. Einer der Krieger löste sich von der Gruppe am Lagerplatz und steuerte in Martys Richtung.

»Marty«, rief François. »Den Stein musst du dir ansehen.«

Marty drehte sich um und sah, wie sich François eine Ladung Dattelzweige über die Schulter warf. Ein Stein?

Er ging auf François zu, als der antrabende Dorfbewohner rief: »Seher, kann ich dir irgendwie helfen?«

Ohne zurückzuschauen, zeigte er in Lowannas Richtung und erwiderte: »Geh und hilf ihr, was immer sie braucht.«

Marty beschleunigte die Schritte zu François, der einen weiteren vor Datteln strotzenden Ast zu sich herabzog. Der Franzose deutete mit dem Kopf zum Stamm der Palme. »Ich dachte mir, vielleicht wirst du daraus schlau. Ich gehe das Essen vorbereiten. Mal sehen, ob ich mit den Datteln was anfangen kann.«

François rückte seine sperrige Last zurecht und entfernte sich. Marty kniete sich vor dem Stamm des Baums hin und betrachtete einen flachen, aufrecht wie eine Kreidetafel stehenden Stein mit Glyphen darauf.

Während er sich auf die Zeichen konzentrierte, hörte er einen Aufschrei, gefolgt von einem lauten Platschen. Marty drehte sich in die Richtung der Geräusche und sah, wie Lowanna dem triefnassen Dorfbewohner aus einem Tümpel half. Eine Schicht aus dichtem Unterholz hatte das Wasser verdeckt, bis der Ahuskai hineingetreten war.

Lowanna bemerkte Martys Blick und rief ihm mit belustigter Miene zu: »Munatas hat das Wasser gefunden!«

Er zeigte ihr den Daumen hoch und widmete die Aufmerksamkeit wieder den Zeichen auf dem Stein. Einige erwiesen sich als eingeritzt, andere sahen aus wie mit Kreide geschrieben.

Kreide war lediglich eine Form von Kalkstein. Eigentlich hatte er Kalkstein immer mit Küsten in Verbindung gebracht, doch er war alles andere als ein Fachmann auf dem Gebiet.

Die Zeichen erinnerten ihn an eine Landkarte.

Von zwei tief eingeritzten, sich kreuzenden Linien strahlten spinnennetzartig dünnere Linien aus. Jede verlief zu einem Symbol. Einige davon sahen wie Bäume aus. Vielleicht wiesen sie auf Oasen hin. Die anderen Symbole hingegen sagten Marty nichts. Neben den unbekannten Zeichen befanden sich mehrere Schrägstriche, die aussahen wie ... Marty berührten einen davon. Er ließ sich mühelos vom grauen Schieferhintergrund abwischen.

Eindeutig Kreide.

Marty schaute auf, als sich mehrere Krieger aus Ahuskai näherten. Jeder trug zwei Tonkrüge. »Munatas! Kannst du mal herkommen?«

Der junge Krieger kam mit schmatzenden Sandalen angerannt. »Ja, Seher?«

Marty zeigte auf den Stein. »Sagt dir das etwas?«

Munatas ging in die Hocke und legte den Kopf schief, während er die Darstellung betrachtete. »Ja. Das ist eine Strichliste für Händler.« Er beugte sich vor und zeigte auf eines der Symbole am Rand der Karte. »Das ist unser Dorf. Und wir sind gerade in der Nähe der Kreuzung da.« Der junge Mann drehte sich um und zeigte nach Osten. »Ungefähr 200 Schritte in die Richtung verläuft eine Straße von Norden nach Süden. Ich bin mal in dem Dorf nördlich der Kreuzung gewesen, als ich klein war.«

Mit wachsendem Interesse daran, was der junge Mann wusste, zeigte Marty auf die Kreidestriche. »Wenn die Symbole für Dörfer stehen, was bedeuten dann diese Zeichen? Bei einigen Dörfern sind gar keine, bei anderen mehrere.«

»Oh, das ist die eigentliche Strichliste. Sie zeigt für andere Händler an, ob ein Dorf in letzter Zeit besucht worden ist oder nicht. Der Stein sagt Händlern, wohin sie als Nächstes sollen. Sonst würden sie viel Zeit für den Weg zu Dörfern verschwenden, die noch keine Waren von Händlern brauchen.«

Marty betrachtete die Karte eingehend und achtete darauf, welche Dörfer mehr Striche aufwiesen als andere. »Wenn also ein Händler beschließt, ein Dorf zu besuchen, setzt er auf dem Stein ein Zeichen daneben?«

»Ja. So verständigen sich die Händler, Seher. Wie sollten sie es sonst tun? Verständigen sie sich in deinem Land nicht miteinander?«

»Doch.« Marty nickte. »Und wenn es regnet? Oder wenn sich Tiere an dem Stein reiben und die Striche löschen?«

Der Dorfbewohner zuckte mit den Schultern. »Das weiß ich nicht. Dann müssen sie ein Dorf wohl einfach besuchen und riskieren, Zeit zu vergeuden. Aber ein bisschen Wissensaustausch ist besser als gar keiner.«

Marty schmunzelte über die kreative Lösung für ein so schlichtes Problem. Woher sollte man sonst wissen, welches Dorf am ehesten die Waren eines Händlers brauchen konnte, wenn man nicht anrufen und nachfragen konnte? Für die täglichen Reise der Händler musste dieses simple Hilfsmittel ein Segen sein.

Auch in modernen Zeiten gelangte in der Wirtschaft eine Vielzahl von Systemen zur Optimierung von Lieferungen zum Einsatz. Federal Express hatte daraus einen riesigen Konzern aufgebaut. Diese Tafel stellte ein antikes Beispiel für eine solche Optimierung dar.

Er zeigte auf die Tafel, fuhr mit dem Finger von Westen nach Osten und fragte: »Kennst du eines der Dörfer vor uns?«

Munatas schüttelte den Kopf. »Abgesehen von dem einen Dorf, in dem ich als Kind mal war, bin ich noch nie weiter von zu Hause weg gewesen als jetzt.«

Marty zeigte auf einige der anderen Krieger, die gerade Krüge mit Wasser füllten. »Und sie?«

Der junge Dorfbewohner schüttelte den Kopf. »Das bezweifle ich. Der Bruder der Frau meines Onkels väterlicherseits ist Händler, und wir waren bei ihm zu Besuch. Sonst gibt es unter meinem Volk nur Bauern. Längere Reisen treten sie nur an, um sich eine Braut zu holen oder heilige Stätten zu besuchen.«

»Tja, danke für die Hilfe.« Marty zeigte auf die Krüge, die der Junge bei sich hatte. »Das ist alles. Jetzt solltest du die da vielleicht füllen.«

»Sehr gern geschehen, Seher.« Lächelnd marschierte Munatas zu Lowanna, die den Dorfbewohnern die Stelle zum Füllen der Krüge zeigte.

Marty schaute zurück zu der Tafel, betrachtete die Striche neben einigen Dörfern und fragte sich, worauf sie wohl stoßen würden.

Marty knabberte an frisch gebackenem Dattelbrot von François und genoss die zähen, aber süßen Dattelstückchen darin. Sie erinnerten ihn an herzhafte, vollmundige Rosinen. Die Sonne war fast untergegangen. Die Schatten wurden länger und länger, während die Gruppe das Abendmahl beendete.

Auf der anderen Seite des Lagers erblickte er den großgewachsenen Sikh im Schneidersitz mit seiner Essensschüssel auf dem Schoß, aus der er gerade die Reste mit einem Stück Fladenbrot tunkte.

Neben ihm saß die Dörflerin, die sich aus irgendeinem Grund für den ehemaligen Soldaten zu interessieren schien. Marty schmunzelte, als er beobachtete, wie Surjan aufstand. Die Frau ahmte praktisch jede seiner Bewegungen nach. Da die Gruppe Tag und Nacht zusammen war, glaubte er zwar nicht, dass zwischen den beiden etwas lief, aber möglich war alles.

Mit vollem Magen öffnete Marty seinen Rucksack und holte einen Packen Fladenbrot heraus, das er sich für unterwegs aufgehoben hatte. Wahrscheinlich hätte er das statt des frischen Dattelbrots essen sollen, aber er hatte der Verlockung von etwas Süßes nicht widerstehen können.

Als er das Brot aus dem Rucksack auswickelte, entdeckte er an einem Stück etwas Schimmel. Seufzend zog er es heraus und begutachtete den Rest. Die anderen schienen in Ordnung zu sein. Er wickelte das frische Brot zusammen mit dem älteren wieder ein.

Marty hob das Schimmlige auf und sah sich um, bis er François entdeckte, der in einem seiner beiden Rucksäcke kramte.

Er ging zu dem Franzosen hinüber, setzte sich neben ihn und reichte ihm das Brot. »Hast du immer noch Verwendung für schimmeliges Brot?«

François nahm es entgegen und betrachtete eingehend den Schimmel. In der anderen Hand hielt einen kleinen Stock, mit dem er eine Schicht des Schimmels abrieb.

»Wonach suchst du?«, fragte Marty.

»Na ja, da wir weder ein Mikroskop noch eine der üblichen Möglichkeiten haben, um Penicillium-Schimmel zu isolieren, kratze ich weg, was nicht richtig aussieht, und lasse nur den hellgrünen oder blaugrünen Schimmel übrig.«

»Und diese Farben werden zu dem allseits bekannten und beliebten Antibiotikum?«

François machte eine ungewisse Handbewegung. »Ist das Beste, was ich unter den gegebenen Umständen tun kann. Wer weiß, worauf wir noch stoßen? Es schadet nie, gewappnet zu sein.« Er öffnete ein kleineres Päckchen. Es enthielt eine Sammlung von Brot, überzogen von grünlichem Schimmel.

»Und du meinst, das funktioniert?«

»Klar.« Behutsam platzierte der Franzose Martys Brot in dem Bündel und wickelte es wieder ein. »Das habe ich schon mal gemacht, vor einer Ewigkeit ... oder in einer Ewigkeit, wenn man so will. Hoffen wir, dass wir es nicht brauchen. Ich bin mir nämlich sicher, dass es abscheulich schmeckt.«

Marty sah den Financier kopfschüttelnd an. »Du hast schon mal Antibiotika hergestellt? Wie? Warum?«

François sah ihn an und lächelte schelmisch. »Weißt du, ich habe nicht immer Dreck umgegraben.«

»Nein, im Ernst. Ich bin neugierig. Ich weiß so gut wie nichts über dich. Gunther hat gesagt, du hättest relativ lang studiert, bevor du Banker geworden bist. Wo?«

»Ah, da haben wir mal 'ne einfache Frage mit einer komplizierten Antwort. Das Grundstudium habe ich am California Institute of Technology absolviert, Schwerpunkt Astrophysik.«

Marty starrte den Mann verdattert an. »Du hast am CalTech Physik studiert? Und wie bist du dabei auf die Idee gekommen, selbst Antibiotika herzustellen?«

»Astrophysik, um genau zu sein.« François zeigte mit einem Finger auf Marty. »Und um ehrlich zu sein, ich bin privilegiert aufgewachsen. Die Uni war für mich so was wie eine Flucht davor, erwachsen zu werden und Verantwortung zu übernehmen. Im Alter von 18 bis 40 war ich sozusagen von Beruf Student. Irgendwo dazwischen habe ich mich auch mal an Biowissenschaften versucht.«

»22 Jahre lang? Mein Gott, wie viele Abschlüsse hast du am Ende gemacht?« Marty starrte den Mann weiter an, während sich seine Gedanken mit den neuen Informationen überschlugen. Seine Meinung über den Franzosen entwickelte sich in Echtzeit weiter, während François fortfuhr.

»Ich habe nicht annähernd so viele Abschlüsse, wie du vielleicht denkst. Weil ich nicht wirklich darauf aus war, sondern auf das Wissen an sich. Du weißt schon, ich habe diesen Kurs ausprobiert, mich in jenen Kurs eingeschrieben. Für manche musste man erst bestimmte

Voraussetzungen erfüllen. In gewisser Weise haben sich meine Abschlüsse also eher aus der Not heraus ergeben. Aber im Gegensatz zu dir, werter *Dr. Cohen*, habe ich keinen einzigen Doktortitel. Eine Reihe von Betriebswirtschaftskursen hat lediglich dazu geführt, dass ich Investor geworden bin. Ich habe mehrere Bachelor-Abschlüsse, einen Master in organischer Chemie, und Astrophysik habe ich mit ABD beendet.«

ABD bedeutete, dass er das Studium im Wesentlichen vollständig abgeschlossen, nur nie die für den Doktortitel erforderliche Dissertation verfasst hatte.

»Verstehe, und bei der bunten Mischung war auch der eine oder andere Kurs in Biologie dabei.«

François grinste. »So ist es. Oh, und Metallurgie. Daran hatte ich echte Freude. Bei mir zu Hause außerhalb von Paris habe ich eine wunderbare Schmiede. Ich weiß, das hört sich exzentrisch an. Aber ich hatte Spaß daran und dachte mir, es gäbe nichts Besseres, als so viel wie möglich der Theorie auch praktisch anzuwenden.« Er beugte sich näher zu Marty und flüsterte: »Nur hätte ich natürlich nie gedacht, etwas davon mal in einer Lage wie unserer nutzen zu können. Mir geistern darüber so viele Gedanken durch den Kopf ... Irgendetwas daran, was wir alle gerade erleben, ist grundfalsch. Marty, bestimmt haben's dir die anderen schon gesagt, aber du siehst fantastisch aus. Trotz aller Strapazen locker zehn Jahre jünger. Und« – François fuhr sich mit den Fingern durch das borstig nachwachsende Haar – »ich habe zwar keinen Spiegel, aber ihr alle sagt auch mir, dass ich wieder wie ein junger Spund aussehe. Verdammt, ich habe jetzt wieder mehr Haare als damals mit 40.«

Beim Gedanken, dass er selbst jünger aussah, runzelte Marty die Stirn. Das hatte ihm zwar noch niemand gesagt, aber er fühlte sich tatsächlich in fast jeder Hinsicht so gut wie seit Jahren nicht mehr. »Hast du irgendwelche Theorien darüber, was mit uns passiert?«

Der Franzose zuckte mit den Schultern. »Irgendwie reparieren sich unser Körper von selbst.« François hob die Hand, als Marty den Mund öffnete. »Lass es mich erklären. Vor langer Zeit habe ich mir beim Skifahren den Meniskus eingerissen. Ist nie ganz verheilt, hat immer höllisch wehgetan. Inzwischen sind die Schmerzen wie weggeblasen. Das waren sie schon ungefähr einen Tag nach unserer Ankunft hier. In so kurzer Zeit kann nicht unser Essen den Unterschied bewirkt haben. Und ich wüsste nicht, wie es an der Luft liegen könnte.«

»Aber was könnte es dann sein?«, fragte Marty. Über dieselbe Frage hatte er selbst schon gegrübelt, ohne auf eine sinnvolle Antwort gekommen zu sein.

François öffnete und schloss seine Hand, dann zeigte er Marty die rechte Handfläche. »Erinnerst du dich an die Verbrennung, die wir alle hatten?«

»Die vom Anch?«

»Ja. Und es hat so ausgesehen, als würde das Gold aus dem Anch in unsere Hand fließen. Deshalb vermute ich, dass die Symptome, die wir erleben, mit dem goldenen Zeug zusammenhängen, was immer es gewesen sein mag.« François setzte eine ernste Miene auf. »Überleg doch mal. Wir alle haben das goldene Anch gesehen. Wir alle haben gespürt, dass es etwas mit uns gemacht hat. Und wir alle erleben Veränderungen. Ich habe zwar keine unumstößlichen Antworten, aber haufenweise Vermutungen. Vielleicht finden wir ja mit der Zeit heraus, was wirklich vor sich geht.« François lehnte sich zurück und betrachtete den zunehmend dunkleren Himmel. »Ich habe immer an Gott geglaubt, aber auf beinah akademische Weise. Dazu habe ich mich deshalb entschieden, weil es Dinge gibt, die meiner Meinung nach kein Zufall sind. Jedenfalls glaube ich an eine höhere Macht, und ich denke nicht, dass sie uns grundlos einer so außergewöhnlichen Situation ausgesetzt hat.«

»Du glaubst an Schicksal?«, fragte Marty.

»Vielleicht. Jedenfalls glaube ich an einen Sinn hinter den Dingen. Das ist nicht ganz dasselbe. Erinnerst du dich an die Tafel, die du gelesen hast? Darauf war von einer Schlacht die Rede. Davon, dass wir auf die Probe gestellt werden könnten.«

»Wozu?« Marty runzelte die Stirn. »Um das Schicksal der Menschheit kann es nicht gehen. Schon klar, das im Tunnel hat sich irgendwie apokalyptisch angehört, aber wie sollte das möglich sein?«

»Es könnte sehr wohl um das Schicksal der Menschheit gehen«, sagte François. »Genau das könnte auf dem Spiel stehen. Warum kämpfen wir gegen diese Sethianer?«

»Sie haben uns zuerst angegriffen«, erwiderte Marty.

»Und weiter?«

»Sie sind bösartig«, sagte Marty. »Sie versklaven Menschen und essen unsere Lebern.«

»Und wenn sie in dieser Welt nicht aufgehalten werden ... könnten sie dann die menschliche Rasse auslöschen?«

Marty ließ den Kopf hängen. »Vielleicht.«

»Na also, da haben wir's doch.« François zuckte mit den Schultern. »Wir sind gerade dabei, die Menschheit zu retten – eine Ausgrabungsmannschaft, ergänzt um ein winziges Heer, das sich uns zufällig angeschlossen hat. Und in 33 Tagen sollte sich irgendetwas Wichtiges tun.«

Marty schnaubte. »Als Heer kann man unsere Begleiter wohl kaum bezeichnen.«

François nickte. »Noch nicht.«

KAPITEL ACHTZEHN

Marty konzentrierte sich auf das Bild der Händlerkarte, das er im Gedächtnis abgespeichert hatte. In den vergangenen drei Tagen waren sie an zwei darauf eingezeichneten Dörfern vorbeigekommen und hatten sie verlassen vorgefunden. Abgesehen von leerstehenden Behausungen aus Lehmziegeln und fast völlig von Sanddünen zurückerobertem Ackerland hatte es dort nichts zu sehen gegeben. Keine Lebensmittel. Kein einziges unversehrtes Tongefäß oder irgendetwas von Wert, das sich für Tauschhandel eignete.

Je weiter sie nach Osten gelangten, desto trockener wurde das Terrain, was Anlass zur Sorge gab. Mit dem Proviant hatten sie Glück gehabt und konnten reichlich Fleisch für den langen Marsch konservieren. Die Verpflegung schien eher kein Problem zu werden, sehr wohl jedoch bereitete Marty Sorgen, dass ihnen das Wasser ausgehen könnte.

Als die Gruppe eine niedrige Anhöhe erklomm, entdeckte Marty in der Ferne einige Palmen. Der Ort war auf der Karte nicht eingezeichnet, also hatte sich ihre Nützlichkeit erschöpft. Sie befanden sich in Gefilden, die weder die Karte erfasste noch irgendjemand unter den Kriegern ihrer Gruppe persönlich kannte.

Surjan trat an Marty heran und wandte sich in heiserem Flüsterton an ihn. »Ich rieche Ärger vor uns.«

Marty bedachte den großen Sikh mit einem Seitenblick. »Im Ernst? Wie ist das möglich? Was genau riechst du?«

»Blut.«

Kälte erfasste Marty. Unwillkürlich sah er sich um.

»Ich rieche das Kupferaroma in der Luft«, fügte Surjan hinzu. »Irgendetwas ist gestorben und erst vor kurzem ausgeblutet.«

Marty ging in die Hocke. Alle blieben stehen. »Surjan, hol alle hinter die Anhöhe zurück. Wir sollten uns lieber noch nicht bemerken lassen.«

Während der Sikh alle zurücktrieb, ließ Marty den Blick über die Gruppe wandern, bis er sich auf seinen jungen ägyptischen Gefährten heftete. »Kareem.« Er winkte den Mann mit einem Finger zu sich. Sofort trabte er an. »Du hast bessere Augen als ich. Sag mir, ob du irgendwas sehen kannst.«

Kareems Augen funkelten in der Sonne, als er sich auf das Gelände vor ihnen konzentrierte. Nach etwa zehn Sekunden runzelte er die Stirn. »Ich sehe Bewegung in der Nähe der Palmen. Sieht aus wie Menschen und ...«

»Sethianer?«

Kareem schüttelte den Kopf. »Ich glaube, ich sehe sechs Menschen und ein Kamel.«

Marty schaute über die Schulter und bedeutete Surjan, zurückzukommen.

Der große Mann bewegte sich tief gebückt an Kareems Seite.

»Kannst du bestimmen, aus welcher Richtung der Blutgeruch stammt? Kommt er von der Oase?«

Surjan holte tief Luft und zuckte mit den Schultern. »Der Wind hat sich gedreht. Ich rieche kein Blut mehr.« Er zeigte nach Osten. »Aber vorhin hat er ungefähr aus der Richtung geweht. Könnte die Oase sein oder irgendwo in der Nähe.«

»Könntest du eine nicht lang zurückliegende Schlachtung gerochen haben?«, fragte Marty. »Oder ein von einem Raubtier gerissenes Tier?«

Der große Mann runzelte die Stirn. »Möglich. Aber der Geruch ...« Er ballte die Hände zu Fäusten. »Ich glaube nicht.«

François trat vor und ergriff das Wort. »Weichen wir ihnen aus oder gehen wir auf sie zu? Ich verstehe die plötzliche Besorgnis nicht. Wir sind 16 Leute. Eigentlich sollten eher die nervös sein.«

Marty seufzte. »Nähern wir uns ihnen, bleiben aber auf alles gefasst.«

Tafsut stand wie üblich neben Surjan, drehte sich um und führte mit der Speerspitze eine Schnittbewegung aus.

Zwei Dörfler spannten die Bögen und gingen voraus, als sich die Gruppe wieder in Bewegung setzte.

Surjan ließ sich ein wenig zurückfallen und erteilte Anweisungen. »Verteilt euch. Falls es Ärger gibt, sind wir so nah beisammen ein zu einfaches Ziel.«

Unterwegs trat Kareem an Marty heran und raunte: »Es sind eindeutig sechs Leute. Zum Glück wohl keine Sethianer, außer es gibt sie auch klein und dick.«

Marty richtete das Augenmerk nach vorn, während sie auf die Oase zusteuerten. In etwa 100 Metern Entfernung wurde klar, dass seiner Gruppe die ungeteilte Aufmerksamkeit der Gestalten im Schatten der Palmen galt.

Die zerlumpten Männer waren alle in irgendeiner Form bewaffnet, sei es mit einem Speer, einem Schwert oder einem Bogen. Zwei hatten sogar Pfeile angelegt und schienen ungefähr in Martys Richtung zu zielen.

François' Stimme dröhnte über die sandige Ebene. »Seid gegrüßt, Reisende. Wir kommen in Frieden. Nehmt die Waffen runter, damit wir reden können.«

Irgendetwas an der Stimme des Franzosen hatte eine zutiefst beruhigende Wirkung auf Marty. So sehr, dass es ihn Überwindung kostete, die Männer vor ihnen im Auge zu behalten, statt in François' Richtung zu schauen.

Drei der Männer an der Oase senkten jedoch tatsächlich die Waffen und drehten sich François zu.

Einer der anderen brüllte etwas Unverständliches und feuerte etwas in die Richtung des Franzosen ab.

Chaos brach aus.

Zwei Pfeile schnellten von Martys Gruppe direkt auf den Angreifer zu.

Einer der Männer zerrte an dem Kamel, das nur laut röhrte und sich nicht von der Stelle rührte.

Ein Speer durchschlug den Hals des Tiers. Blut spritzte überallhin.

Die Männer flüchteten nach Süden, weg von der Oase und Martys Gruppe.

Einige der Dörfler wollten hinterher, doch Surjan brüllte aus voller Kehle: »Folgt ihnen nicht!«

Die Krieger bremsten ab, als der große Sikh das Kommando übernahm.

»Genau das wollen sie vielleicht. Da draußen könnten Fallen sein. Oder noch mehr von ihnen. Gesteht ihnen *keinen* Vorteil zu, hört ihr?«

Über das Stimmengewirr rief Gunther: »François!«

Als Marty herumwirbelte, raste ein Schauder durch seinen Körper.

François hielt sich den Arm. Blut quoll zwischen seinen Fingern hervor.

Er war getroffen worden.

Gunther raste an François' Seite. Der Franzose saß auf dem Boden und starrte mit großen Augen auf sein hervorquellendes Blut. »Das wird wieder«, redete Gunther beschwichtigend auf ihn ein, kniete sich neben ihn und schnitt den Ärmel mit seinem Anch auf.

François' Stimme zitterte. »Ich habe kaum etwas gespürt. Es ist so schnell gegangen.«

Gunther riss ein größeres Loch in den Ärmel, tastete nach der Quelle der Blutung und stieß auf einen kurzen Stachel aus Metall, der sich in François' Oberarm gebohrt hatte.

Das glatte Metallstück fiel praktisch aus der Wunde, sobald er es berührte. Das Blut strömte beängstigend schnell aus der bleistiftdicken Öffnung.

»Mir wird schlecht«, kündigte François matt an und schloss die Augen.

Gunther drückte mit der rechten Hand knapp über der Wunde François' Arm zusammen und versuchte so, die Blutung zu stoppen, während sein Herz vor Besorgnis raste. Als Sanitäter bei der Bundeswehr hatte er solche Verletzungen miterlebt. Wenn aus einer so scheinbar harmlosen Wunde derart viel Blut pulsierte, musste der Stachel die Oberarmarterie erwischt haben. Und wenn Gunther das

Problem nicht schnellstens in den Griff bekäme, würde François innerhalb von Minuten verbluten.

Gunther konzentrierte sich und tastete nach dem Stoffstreifen in seiner Gesäßtasche. Gleichzeitig drückte er auf François' Oberarm, so fest er konnte. Der Herzschlag des Deutschen dröhnte durch seine Ohren, seine Haut kribbelte, als er an den Moment zurückdachte, in dem sich Marty geschnitten hatte. Ebenso erinnerte er sich daran, wie er das verletzte Wildschwein entdeckt hatte.

Mit demselben Gefühl konzentrierte sich Gunther auf François' Arm. Das Kribbeln wurde stärker. Wärme breitete sich in seiner Brust aus, wanderte seinen Arm hinab und in seine Hand.

Mit donnerndem Herzen sah er, wie seine Finger nicht zum ersten Mal unnatürlich zu leuchten begannen.

Gunther schob die Hand über die Wunde und fragte sich ... wie das möglich sein konnte.

Mit einer Willensanstrengung lenkte er die Wärme, die in ihm brodelte, in die Verletzung.

Er hatte nach wie vor keine Ahnung, was er eigentlich tat oder wie es funktionierte. Aber er wusste, dass er durch seine Berührung heilen konnte. Und tatsächlich, François' Blutung verlangsamte sich und endete schließlich.

Das Leuchten verblasste, und Erschöpfung schwappte über Gunther hinweg.

François warf einen Blick auf seinen Arm und erbleichte. »Was hast du gemacht?«

Gunther blinzelte und schüttelte den Kopf. Er hatte den Eindruck, einen Moment lang besinnungslos gewesen zu sein. Lächelnd wischte er die Wunde mit dem sauberen Tuch aus seiner Gesäßtasche ab.

Dann schmunzelte er und schüttelte ungläubig den Kopf.

»Was?« François starrte auf seinen Arm, dann zuckte er zusammen, als er den Metallpfeil ergriff, der aufs Ende seines Ärmels gefallen war. Er hielt das etwa 15 Zentimeter lange Geschoss hoch. »Das hat mich getroffen?«

Marty eilte herbei und kniete sich neben François. »Brauchen wir eine Aderpresse?« Er schnallte den Gürtel ab, doch Gunther legte ihm die Hand auf den Arm und lachte beinah hysterisch. »Was ist?«

»Die Wunde ist geheilt. Sie ... ich meine ... Es ist genau wie damals, als du dir den Arm aufgeschlitzt hast und meine Hand geleuchtet hat.«

Marty nickte. An den surrealen Moment erinnerte er sich nur allzu lebhaft. Er beugte sich vor und tastete François' Arm zehn Sekunden lang ab, bevor er zwischen dem Franzosen und Gunther hin und her schaute. »Ich finde keine Wunde. Nur klebriges Blut, aber keine Wunde.« Er wandte sich an François. »Okay, Naturwissenschaftler, kannst du erklären, was Gunther gerade gemacht hat?«

François schüttelte den Kopf.

Gunther und Marty standen auf und streckten François die Hände entgegen. Er ergriff sie und schaffte es mit etwas Hilfe auf die Beine.

Surjan kam mit großen Augen angerannt. »François ...«

»Es geht ihm gut«, fiel Marty ihm ins Wort und zeigte in Richtung der Oase. »Was hat es jetzt mit dem Blut auf sich, das du gerochen hast?«

Surjan richtete einen besorgten Blick auf François. »Bist du sicher, dass es dir gut geht? So viel Blut ...«

François lächelte und tätschelte den Arm des größeren Mannes. »Bin noch ein bisschen benommen, aber Gunther hat mich zusammengeflickt. Jetzt sollte ich mich wohl besser um das Essen kümmern ...«

»Du brauchst Ruhe, das macht jemand anders.« Surjan schüttelte den Kopf und lächelte den Franzosen wehmütig an. »Ein paar der Krieger zerlegen gerade das Kamel, es gibt also Spießchen für alle.« Er wandte sich an Marty. »Was ich gerochen habe, war eine Leiche. Ich glaube, die Gruppe, der wir begegnet sind, hat einen glücklosen Reisenden überfallen und wegen seiner Habseligkeiten umgebracht. Ich wette, dazu hat das Kamel gehört, das am Ende draufgegangen ist.« Er wandte sich wieder François zu und bot ihm seinen Arm an. »Komm, bringen wir dich zum Feuer.«

Gunther beobachtete, wie der Sicherheitchef den wackeligen Financier langsam in Richtung des Lagers eskortierte.

Marty blickte suchend über blutbespritzten Boden, bevor er Gunther ansah. »Das versteh ich nicht. Hier sieht's aus, als hätte er literweise Blut verloren. Trotzdem konntest du ihn heilen.« Er schnippte mit den Fingern. »Einfach so.«

Gunther zog sein Anch aus einem improvisierten Holster und

drückte den Zeigefinger so fest gegen die Spitze, dass einige Blutstropfen aus der Haut quollen. »Ich zeig's dir.«

Er steckte das Anch zurück, drückte mit der anderen Hand auf den verletzten Finger und versuchte, das warme Kribbeln heraufzubeschwören. Während er sich auf den Schnitt konzentrierte, liefen ein paar Tropfen Blut an seinem Finger hinab. Er spürte, wie sich ein dumpfer Schmerz in seinem Hinterkopf ausbreitete, während er weiter versuchte, das seltsame Leuchten von kurz zuvor auszulösen.

Besorgnis trat in Martys skeptische Züge, aber er schwieg und sah zu.

Nachdem Gunther es eine geschlagene Minute lang versucht hatte und damit nur die Kopfschmerzen verschlimmerte, steckte er sich den Finger brummelnd in den Mund und saugte an der Wunde. »Keine Ahnung. Nachdem ich ihn geheilt hatte, war ich ziemlich ausgelaugt. Vielleicht bin ich zu erschöpft. Vielleicht hab ich's aufgebraucht.«

Lächelnd legte Marty seinem Freund den Arm um die Schultern und führte ihn zum Lager. »Zum Glück hattest du es für François noch. Und zum Glück für uns alle ist Kareem mit Adleraugen gesegnet, während Surjan eine Nase wie ein Bluthund hat und sich Lowanna mit Tieren verständigen kann.«

»Und du kannst Kung Fu.«

»Na ja, das konnte ich schon immer.«

Gunther nickte. »Weißt du, nach dem Ausscheiden aus der Bundeswehr hätte ich nicht gedacht, je wieder Patienten zu behandeln.«

Marty lachte. »Diese wahnwitzige Reise nach Osten dauert noch 30 Tage. Würde mich nicht im Geringsten überraschen, wenn so was wie eben bei François noch mal nötig wäre.«

Gunther nickte. Genau davor hatte er Angst. War es nur ein Glücksfall gewesen? Oder könnte er es wiederholen? Und falls ja, was, wenn es im Bedarfsfall nicht reichte?

KAPITEL NEUNZEHN

»Wir haben nicht mehr viel Wasser.« Gunther schüttelte seinen Wassersack, in dem es kaum noch schwappte.

Marty nickte. Der Hinweis wäre nicht nötig gewesen. Er hatte sein letztes Wasser Munatas überlassen.

Mittlerweile lutschte er selbst an einem kleinen Kieselstein. Ein weiterer von Lowannas Tricks, um die Speicheldrüsen anzuregen, und er funktionierte. Sein Mund fühlte sich tatsächlich nicht so ausgedörrt an. Außerdem bemühte er sich, nur durch die Nase zu atmen, vor allem aus. Lowanna hatte ihm erklärt, dass die Nasenhaare beim Ausatmen wie ein natürlicher Filter wirkten, der Wasser zurückhielt. Angeblich verhalf es auch zu einer erhabeneren Haltung des Kopfs, doch das interessierte Marty weniger. Er sprach wenig, hielt überwiegend den Mund geschlossen. Mary stellte sich vor, er wäre ein alter Shaolin-Mönch, der nicht nur durch die Haut atmen, sondern der Luft auch Feuchtigkeit entziehen konnte. Auf psychologischer Ebene half es vielleicht. Zumindest lenkte es ihn ab.

Aber nichts davon konnte die Müdigkeit und Benommenheit eindämmen, die auftraten, als sich der Wassermangel bemerkbar machte. Seine Haut fühlte sich wie erhitztes Papier an, und allmählich glaubte er, die Fähigkeit zu schwitzen zu verlieren. Was kein gutes Zeichen sein konnte.

Noch 23 Tage.

Aber 23 Tage bis was?

Während sie durch den anbrechenden Sommer nach Osten wanderten, wurde der Boden langsam trockener. Die Umgebung bestand immer noch aus Grasland, nicht aus der Dünenlandschaft, zu der sie viel später werden würde, wenn die Sahara sie verschluckte, aber das Gras wurde welk, brüchig und gelb. Fließendes Wasser hatten sie zuletzt vor Tagen überquert, die unterwegs gesammelten Melonen und sonstigen Früchte waren aufgegessen.

Marty marschierte an der Spitze der Hauptgruppe. Lowanna und Badis bildeten die Nachhut, Surjan und Kareem gingen voraus und kundschafteten den Weg aus. Gunther öffnete den Verschluss des Wasserschlauchs, offenbar verlockt vom leisen Plätschern der Flüssigkeit darin. Dann jedoch überlegte er es sich anders und versiegelte ihn wieder. Surjan kam zurückmarschiert.

»Wasser«, sagte er. Dabei zeigte er zum nördlichen Horizont, wo Marty einen etwas dunkleren, gelbbraunen Fleck vor einem helleren gelbbraunen Hintergrund ausmachte.

»Wir können nicht wissen, ob das Wasser ist«, sagte Marty. »Könnte auch nur Gestein anderer Farbe sein.«

»Oder Gras«, meinte Gunther.

»Ich kann das Wasser riechen.« Surjan stöhnte. »So deutlich. Ihr nicht?«

Marty schüttelte den Kopf. »Aber ich weiß, dass deine Nase besser ist als meine. Wie weit ist es entfernt?«

Surjan schaute hin und überlegte. »Ungefähr drei Kilometer. Ein Umweg, aber wir müssen ihn einschlagen.«

Marty schaute zurück zur Gruppe. Es hätte seiner Natur entsprochen, in der Gruppe darüber zu diskutieren. Aber zwei der jüngeren Speerkämpfer waren krebsrot, und Gunthers rissige Lippen bluteten. Sie brauchten Wasser, und zwar sofort.

Er nickte Surjan zu.

Der große Sikh und Kareem scherten vom Weg aus und führten sie nach Norden. Die Prärie wirkte flach, was sich jedoch als Illusion entpuppte, weil das gelbe Gras in allen Richtungen gleich aussah. Bald ertappte sich Marty dabei, die Schritte zu beschleunigen, um zu den beiden Kundschaftern aufzuschließen. Sie drohten nämlich, in einem regelrechten Labyrinth zu verschwinden, das mit leichten Vertiefungen im Gelände begann, aus denen breite Gräben und schließlich regelrechte Schluchten wurden. Aber Surjan und Kareem hatten mittlerweile viele Tage Übung darin, die Gruppe anzuführen. Marty ließ sie gern wegen der erstaunlichen Sehkraft des jüngeren Mannes und Surjans Geruchssinns vorausgehen, ganz zu schweigen von der Kampfkraft des großen Sikhs. Die beiden hinterließen eine deutliche Spur aus kleinen Steinhaufen, der man leicht folgen konnte.

Einer der Männer aus Ahuskai zupfte an Martys Ellbogen. Er hieß Udad. Jung, strahlende Augen, lange, leicht gebogene Nase. »Ich bin hier schon gewesen, Seher.«

»Und gibt es hier Wasser?«, fragte Marty.

»Es gibt hier eine Höhle«, erwiderte Udad. »Darin werden Kranke geheilt. Man hat mich als Kind hergebracht, weil ich lahm war. Ich wurde in die Höhle gesteckt und musste dort übernachten. Die Kraft der Höhle hat meine Beine gerichtet, und ich konnte wieder laufen.«

»Und Wasser?«, bohrte Marty nach. Heilende Höhlen klangen schön und gut an, aber wenn die Gruppe drei Kilometer vom Weg abwich und kein Wasser fand, würden es vielleicht nicht alle zurück schaffen.

»Ich glaube schon.«

Als Marty die Kundschafter eine halbe Stunde später endlich einholte, standen sie an einem Teich.

Das Gewässer erstreckte sich blau und kristallklar vor ihnen. Marty konnte sogar den weichen Sand auf dem Grund erkennen. Ein paar Schritte davon entfernt sprudelte Wasser aus dem Boden und floss hinein. Der Tümpel lag am Fuß eines dunkelorangefarbenen Felshangs, dessen Farbe sie aus der Ferne gesehen hatten. Ein dichter, verworrener grüner Hain umgab das Wasser. Marty erblickte darin Datteln und Feigen. Das Rascheln im Geäst ließ zudem auf Tiere schließen.

Surjan und Kareem standen neben der Quelle und starrten zum Felshang.

»Wie ist das Wasser?«, fragte Marty.

»Süß«, antwortete Surjan. »Es kommt direkt aus der Erde, ist von ihr gefiltert und muss nicht abgekocht werden.«

Marty drängte Udad, zuerst zu trinken. Erst danach legte er sich selbst auf den Bauch, um den eigenen Durst zu stillen. »Was siehst du dir an?«, fragte er Kareem.

Der junge Mann wies auf die Stelle. Marty sah, dass eine bröcklige Felsformation von einer Ecke des Teichs die Felswand hinauf verlief. In einer Höhe von etwa 15 Metern direkt über dem kleinen Gewässer bildete das Gestein einen leichten Überhang. Darunter prangte ein Riss in der Felswand.

Marty stieß einen überraschten Pfiff aus.

Es handelte sich nicht um einen schlichten Einschnitt im Gestein, sondern eindeutig um die Form eines Anch.

»Also siehst du es«, sagte Kareem. »Was bedeutet das?«

»Na ja«, begann Marty zögerlich. »Könnte entweder eine Laune der Natur oder von Bedeutung sein.« Während er auf die Form starrte, die unbestreitbar einem Anch ähnelte, spürte er, wie ihm ein kalter Schauder über den lief. Schwer vorstellbar, dass so etwas zufällig entstanden sein könnte.

Kareem sah ihn erwartungsvoll an. Marty grinste.

»Hat es eine Bedeutung?« Marty zuckte mit den Schultern. »Gute Frage, nur würde ich sie noch nicht stellen. Wir müssen erst mehr Daten erheben. Davor sollte man nichts beurteilen. So bewahrt man sich als Wissenschaftler die Objektivität. Man muss immer offen bleiben, sowohl für die Möglichkeit, dass sich kein Sinn dahinter verbirgt, als auch für die, dass doch ein tieferer Sinn dahintersteckt.«

Surjan lachte. »Er meint damit, dass es vielleicht nur ein Loch in einer Felswand ist. Tief im Herzen rechnest du immer noch damit, Ägypten zu erreichen, wo die Ausgrabungsstätte immer noch auf uns wartet, Marty, oder?«

Marty zwinkerte Surjan zu. »Ich bin nicht bereit, ohne stichhaltige Beweise irgendwelche übernatürlichen Vermutungen anzustellen. In der Hinsicht bin ich eigen.«

»Bei allem Respekt, Seher«, ergriff Udad das Wort. »Man hat mich als Junge in diese Höhle gebracht.«

»So Gott will, beschaffe ich Beweise.« Kareem lächelte. Der junge Ägypter besaß die Eigenart, gleichzeitig schneidig *und* leichtsinnig zu wirken. Er setzte sich in Richtung der Felsspalte in Bewegung.

Marty folgte ihm.

Kareem hievte sich mühelos auf die Felshalde. Er bot Marty die Hand an, der jedoch abwinkte und ohne Hilfe hinaufsprang.

Im Wald hinter ihnen hörte er ein Rascheln. Es ging von François aus. »Was ist mit mir?«, fragte der Franzose und streckte die Hand aus. Marty hievte ihn hoch.

Von dem erhöhten Aussichtspunkt aus sah er, wie Lowanna und Badis schließlich die Oase erreichten. Sie wechselten ein paar Worte mit den Männern, dann legten sich beide auf den Bauch, um zu trinken und die Wasserschläuche zu füllen. Udad stand allein da und beobachtete Marty.

»Hast du keinen Durst?«, wandte sich Marty an François.

Der Franzose schnaubte.

Die Halde war etwa so breit wie ein Radweg, stieg jedoch steil an. Kareem und François bewältigten sie auf allen vieren. Marty hingegen stellte fest, dass er mühelos, wenngleich nicht sonderlich bequem auf den Fußballen balancieren und aufrecht gehen konnte.

Nachdem sie die Höhe mehrerer Stockwerke überwunden hatten, wurde die Halde breiter und flacher. Sie verlief unter dem Überhang, wo sich Fledermausdreck auf dem Boden angehäuft hatte. Aus der Nähe erkannte Marty, dass die Öffnung tatsächlich in eine Höhle führte, die so tief reichte, dass sie sich in Schatten verlor. Aus dieser Perspektive erinnerte die Form des Eingangs nicht mehr an ein Anch.

»Siehst du?«, wandte sich Marty an Kareem. »Vielleicht ist es doch bloß ein Zufall, dass die Öffnung von unten wie ein Anch aussieht. Von hier sieht sie nur wie ein unregelmäßiges Loch aus.«

»Oh ja«, sagte François. »Endlich!«

»Kein Grund, allzu sehr aus dem Häuschen zu geraten«, sagte Marty.

»Nein, schau her!« François rieb sich die Hände. »Fledermausguano!«

»Ah, okay.«

Kareem starrte in die Höhle. Marty trat an den Rand der Halde und spähte hinunter – seine Leute ernteten Datteln und ruhten sich im Schatten aus, wirkten bereits deutlich erfrischt. Udad stand immer noch abseits und schaute zu ihm hoch.

»Ich gehe rein«, kündigte Kareem an.

»Warte«, warnte Marty.

Kareem grinste ihn an. »Wir brauchen Daten, um Udads Überzeugung zu untermauern.« Damit trabte er leichtfüßig in die Höhle.

Marty folgte ihm. Der Boden bestand aus weichem Sand, und der

Gang verlief gerade und leicht abschüssig nach hinten. Dann schwenkte er erst nach links, dann nach rechts, und plötzlich nahm Marty einen penetranten, bitteren Geruch wahr. Er kam ihm bekannt vor – war ihm nicht derselbe Gestank in der Festung der Sethianer in der Unterkunft der Hathiru in die Nase gestiegen?

Er schnappte eindeutig einen Hauch von Petroleum auf.

Und die hefige, ölig riechende Substanz auf dem Gelände der Ametsu war mit Sicherheit dieselbe gewesen, die sie angezündet und geworfen hatten, flüssig und klebrig wie Napalm.

Kareem verschwand in der Dunkelheit.

»Kareem?«, rief Marty. »Kareem?«

Für Kareem erfüllten seltsame neue Farben die Welt. Er hatte keine Bezeichnungen für sie, doch sie schienen annähernd rötlich zu sein. Das war ihm bereits aufgefallen, als die Gruppe auf dem Jebel Mudawwar gelandet war, aber *richtig* zeigte es sich in der Dunkelheit. Nachts konnte Kareem durch die seltsamen Farben den Boden unter den Füßen und Objekte in der Finsternis ausmachen, die für ihn eigentlich unsichtbar sein sollten – Pflanzen hatten eine Schattierung, Tiere eine andere. Und manche Farben, beispielsweise die von Stein und Erde, veränderten sich im Verlauf einer Nacht.

In der Höhle konnte er dadurch noch immer die Wände und den Boden sehen, nachdem Marty gezwungen war, anzuhalten. An der Decke hängende Fledermäuse nahm er als rötlich schillernde Kleckse wahr. Kareem ging weiter. Er hörte Marty nach ihm rufen, war jedoch zu aufgeregt über die Neuartigkeit seines Unterfangens, um aufzuhören.

Möglicherweise empfanden ausländische Archäologen so, wenn sie auf die Gräber und Schätze ägyptischer Könige stießen. Welche geheimnisvollen Schätze würde Kareem vielleicht in dieser Höhle mit dem Eingang in Form eines alten Pharaonenkreuzes entdecken? Er stellte sich Särge aus Gold und haufenweise Juwelen vor.

Oder massenhaft Daten für Marty.

Beim Gedanken an ihn drehte sich Kareem um. Sein Herz legte einen Freudentanz hin, als er hinter sich die eigenen Fußabdrücke in seltsamen

Farben erblickte. Allerdings verblassten sie langsam, und er fürchtete, sie würden nicht lang genug halten, um mit ihrer Hilfe den Rückweg zu finden. In der Ecke des Raums sammelte er einen Haufen Kieselsteine auf. Er füllte sich damit die Taschen und trug weitere in den Händen.

»Keine Sorge!«, rief er zurück. »Ich sehe mich nur um!«

»Zünde nur auf keinen Fall irgendwelche Fackeln an und verursache keine Funken. Ich rieche hier drin Öl.« Martys Stimme klang entfernt und eindringlich. Zum Glück konnte Kareem nach wie vor bestens sehen. Bisher hatte er nicht mal daran gedacht, seinen Anzünder zu benutzen.

Er hinterließ eine stete Spur aus Kieselsteinen. Wenn er genau hinsah, konnte er alte Fußabdrücke auf dem Boden erkennen. Nicht durch ihre Farbe, sie konnten also nicht neu sein. Vielmehr in Form von Vertiefungen im Sand, die ihm zeigten, welche Gänge beschritten worden waren und welche nicht.

Die Luft wurde dichter, je weiter er ging. Es roch wie in der Werkstatt seines Cousins Ahmed, wo es nach Jahrzehnten von Ölflecken auf dem Boden und dem Schweiß der Männer stank, die an den Autos darin hantierten und hämmerten.

Er folgte den Spuren im Sand vorbei an großen Galerien, hohen Schloten, widerhallend tiefen Schächten und schmalen Spalten. Die Farben veränderten sich, je weiter er vordrang, aber er konnte immer gut sehen.

Und dann endete der Raum abrupt. Er sah sich einer glatten Wand gegenüber, die seltsam fleckig aussah. Am Boden darunter befand sich ein kastenförmiges Gebilde aus Stein. Es erinnerte an einen primitiven Sarkophag. An anderer Stelle in dem Raum lagen Decken und verschiedenes Bettzeug gestapelt.

Kareem untersuchte die Wand. Bei genauerer Betrachtung stellte er fest, dass es sich bei den fleckigen Formen wohl um Hieroglyphen handelte, nur konnte er kaum Einzelheiten erkennen. Nur einen knienden Mann, eine Feder, eine Gestalt mit erhobenen Armen und ein Anch.

Tatsächlich tauchte das Anch vielfach auf.

Aber etliche Hieroglyphen waren für ihn zu verworren, um sie deutlich zu sehen, und lesen konnte er sie ohnehin nicht. Vielleicht könnte er bei normalem Licht und gewöhnlicher Sehkraft ausmachen, was die Bilder zeigten. Und vielleicht könnte Marty sie lesen.

Aber bemalte Wände stellten keinen Schatz dar. Grabschätze fand man in Särgen. Kareem nahm die rechteckige Form in Augenschein.

Behutsam zog er an der Oberseite, aber sie rührte sich nicht. Mit seiner eigenartigen Farbsicht ließ sich schwer erkennen, ob sie auf die anderen Steinplatten zementiert war oder ob es sich um ein Gebilde aus einem einzigen Stein handelte. Sicherheitshalber zog er auch der Vorderseite und den Seiten, die sich jedoch ebenfalls nicht rührten.

Aber als er gegen die Rückseite drückte, trat sich etwas.

Der Stein glitt zur Seite und gab den Innenraum frei. Kareem presste sich an die Felswand und versuchte, hineinzuspähen, konnte jedoch nichts sehen. Er hatte viele Geschichten über Flüche und Fallen in antiken Grabstätten gehört, doch sein Onkel Abdullah hatte ihm versichert, das wäre alles bloß Unfug. Schließlich fasste er sich ein Herz, holte tief Luft und griff hinein.

Und fand darin eine kleinere Box.

Sie bestand Holz, dreimal so lang wie breit und eher flach.

Kareem holte sie heraus.

Kein Fluch kam über ihn.

Flüche waren blanker Unsinn.

Allerdings gab es auch keinen Grund, sich noch länger in der Höhle aufzuhalten. Kareem eilte zurück in Richtung des Ausgangs. Seine Spur aus Kieselsteinen schimmerte rot vor ihm. Der Rückweg gestaltete sich viel schneller als der Abstieg.

Als er ins Tageslicht gelangte, warteten François und Marty noch dort, wo er sie zurückgelassen hatte. François kratzte gerade Fledermausdreck zusammen und verstaute ihn in einem Lederbeutel. Hatte er etwa einen Wasserschlauch dafür geopfert? Das kam Kareem wie eine Dummheit vor.

Surjan, Lowanna und Gunther hatten sich ihnen mittlerweile angeschlossen. Als Kareem auf der Feldhalde wieder zu ihnen stieß, setzte er sein breitestes Lächeln wie das eines Filmstars auf und zeigte ihnen das Kästchen.

»Ich hab da drin eine Schrift gefunden«, schilderte er. »Hieroglyphen. Und das.«

»Eine Schrift?«, hakte François nach. »Da drin? Wie konntest du überhaupt was sehen?«

»Er hat ziemlich gute Augen«, sagte Marty. »Vielleicht gibt's im Inneren einen Luftschacht oder so.«

»Nein, es war finster. Aber ich kann im Dunkeln sehen.« Kareem zögerte und überlegte, wie er es erklären sollte. »Ich glaube, kalte Sachen haben eine andere Farbe als warme.«

François sah Lowanna an und schüttelte den Kopf. »Alle außer mir«, murmelte er.

»Was ist in dem Kästchen?«, fragte Marty.

Kareem zuckte mit den Schultern und öffnete es.

Darin befand sich ein goldenes Anch, das genauso aussah wie jenes jedes Mitglieds der ursprünglichen Gruppe. Es schimmerte im Schatten des Überhangs.

»Nicht anfassen«, sagte François.

Marty streckte die Hand aus. »Warum nicht?«

François ergriff das Kästchen an den beiden Seiten und klappte es zu. »Denk nach, Marty. Du und ich sind alt, nicht wahr? Na ja, ich bin alt, du bist auf dem Weg in die mittleren Jahre. Jedenfalls schlafen wir wenig, marschieren den ganzen Tag, kommen ohne Wasser aus, und wie geht's uns dabei?«

»Ziemlich gut«, räumte Marty ein. »Erstaunlich gut.«

»Du erträgst und leistest mehr als diese Jungspunde aus Ahuskai, dabei stammen sie aus diesem Klima. Besser als ziemlich gut, würde ich sagen. Irgendetwas hat dich in körperliche Höchstform gebracht.« François zog die Augenbrauen hoch. »Uns alle.«

»Die saubere Lebensweise«, schlug Lowanna vor.

»Die körperliche Ertüchtigung«, fügte Gunther hinzu.

»Unsinn.« François schüttelte den Kopf. »Ich halte es für eine gute Hypothese, dass es an den Anchs liegt. Denn wir spüren diese Auswirkungen alle, nicht wahr? Es sind die Anchs. Auch die jüngeren unter uns wirken noch jünger und stärker!«

»Ein Wunder, dass Kareem nicht wieder in den Windeln liegt«, scherzte Lowanna.

Kareem spürte, wie er rot anlief.

»Lacht ruhig«, sagte François. »Aber es könnte durchaus sein, dass die

Berührung des Anch verjüngend wirkt. Zumindest für uns Menschen. Und wenn man halt nicht gerade davon *gepfählt* wird.« Er warf Surjan einen belustigten Blick zu. »Außerdem waren unsere Anchs am Anfang golden, und als wir sie zum ersten Mal berührt haben, ist die Farbe in uns geflossen. Zumindest habe ich es so erlebt.« Er drehte sich den anderen zu.

Marty nickte. »Ich auch.«

Surjan und Lowanna nickten.

»Jedenfalls«, fuhr François fort, »sollten wir diese heilende Energie nicht vergeuden, indem wir das Anch anfassen, bis wir geklärt haben, welche Rolle es bei all dem spielt.«

Marty schien tief in Gedanken versunken zu sein. »Udad hat gesagt, dass man ihn für eine Heilung hergebracht hat.«

Lowanna zerzauste François das Haar. »Ich sehe schon, was in Wirklichkeit los ist. Dein Haar kommt zurück. Du hast ein magisches Haarwuchsmittel gefunden und willst es für dich allein behalten.«

Marty runzelte die Stirn.

François knirschte mit den Zähnen. »Wir lassen es in dem Kästchen. Müssen wir darüber wirklich diskutieren?«

»Er hat recht«, sagte Marty.

»Was ist mit den Hieroglyphen?«, fragte Gunther. »Bist du nicht neugierig und willst reingehen, um sie zu lesen?«

»Nach den ersten ein, zwei Biegungen wird es stockdunkel«, sagte Marty. »Und da drin stinkt es nach Öl, wahrscheinlich aus einer natürlichen Spalte, die tief in den Boden reicht. Ich fürchte, wenn ich mit einer Fackel reingehe, könnte es eine sehr kurze Lesestunde werden. Ich schlage vor, wir lagern heute Nacht hier, füllen unsere Wasservorräte auf und brechen morgen früh wieder auf.«

KAPITEL ZWANZIG

Vier Tage später erreichten Marty und die Gruppe eine Ortschaft mit einem Markt.

Das Dorf verteilte sich über einen flachen Platz aus verdichtetem Erdreich um einen zentralen Brunnen herum. Marty stand auf einer niedrigen Anhöhe und blickte darauf hinab. Er sah eine Karawanserei mit Kamelen, eine vermutliche Herberge mit Betten auf dem Dach, die in der Sonne trockneten, und eine Töpferei unten auf dem Platz. Neben diesen dauerhaften Einrichtungen erblickte er auch zahlreiche Zelte und Markisen. Waren lagen auf dem Boden auf Decken ausgebreitet. Große Körbe enthielten getrocknete Bohnen, Johannisbeeren und andere bewegliche Handelsgüter. Menschen schlenderten von Zelt zu Zelt. Angebote und Gegenangebote wurden gerufen.

»Das könnte heute ein Dorf am Nil sein«, meinte Kareem. »Oder eigentlich morgen. In der rechten Zeit. Der Zukunft.«

»Manche Dinge ändern sich sehr langsam«, sagte Marty. »Und manche vielleicht nie.«

»Nehmen wir an, ein Durchschnittshaushalt besteht aus fünf Personen«, ergriff Gunther das Wort. »Viele Kinder, aber eine hohe Sterblichkeitsrate. Ich schätze die Ortschaft auf etwa 3.000 Einwohner. Aber da unten sind weit mehr als 3.000 Menschen.«

»Es ist eine Marktstadt«, merkte François an. »Vielleicht ist sogar gerade Markttag. Hervorragend!«

»Hervorragend?«, fragte Lowanna. »Wieso das? Brauchst du irgendwas?«

»Ach, meine Liebe«, erwiderte François, »*jeder* braucht immer *irgendetwas.*«

»Ich hätte nichts gegen Kamele«, sagte Marty. »Oder was auch immer diese Leute sonst als Lasttiere benutzen. Wäre toll, wenn wir mehr Wasser befördern könnten.«

»Ich wette, wir könnten Archäologieunterricht dafür anbieten.« Gunther grinste. »Wir können ihnen etwas über das Leben im alten Ägypten beibringen.«

»Oder Kung Fu«, schlug François vor. »Nach unseren bisherigen Erfahrungen hier ... in dieser Zeit ... würde ich sagen, das könnte jeder gebrauchen.«

Als sie den Marktplatz betraten, zogen sie mit ihrer modernen, westlichen Kleidung die Blicke der Händler auf sich. Die meisten trugen einen Burnus, bunt gefärbt, um den Wohlstand der Besitzer anzuzeigen. Marty lächelte und nickte grüßend. Plötzlich wandten sich die neugierigen Blicke von ihnen ab, als sich am anderen Ende des Markts ein Ruf erhob.

»*Der König liegt im Sterben, der König liegt im Sterben!*«, wurde an- und abschwellend verkündet. Es handelte sich um ein Klagelied mit einer schnellen Abfolge kurzer Noten und ohne Begleitung durch Instrumente. Gesungen von einer einzelnen Frau.

Der König liegt im Sterben, der König liegt im Sterben!
Ein böser Geist bestürmt ihn!
Eine üble Krankheit raubt ihm den Atem!
Wer verteidigt den König, der schon so lange Jehed verteidigt?

»König?«, murmelte Marty.

»König zu sein, hat nichts mit der Größe eines Reichs zu tun«, sagte Lowanna. »Es geht um die Rolle in der Gesellschaft. Ich kenne Stämme mit 50 Personen, die Könige haben.«

»Damit wissen wir wohl, dass die Stadt Jehed heißt«, merkte François an.

Die Sängerin erschien. Sie schien Mitte 30 zu sein, eine dunkelhaarige Schönheit mit olivfarbener Haut und hellen Augen. Die Frau trug einen weißen Burnus und eine grellrote Schärpe. Ihr folgten zwei Männer mit nacktem Oberkörper. Beide trugen eine aufrecht gehaltene Stange. An jeder davon prangte eine sauber verschnürte, mit einem kleinen weißen Umhang bekleidete Strohfigur. Sie waren identisch, abgesehen davon, dass eine einen goldenen Kranz auf dem Kopf trug, die andere einen pechschwarzen Klecks. Dahinter folgte ein Mann in schwarzem Burnus und mit schwarzer Kippa. Mit beiden Händen hielt er ein kleines Behältnis aus Leder vor sich. Die Frau setzte ihr Lied fort.

Sehet den König, sehet die Krankheit des Königs!
Dies ist der Räuber der Luft,
Der Verschlinger der Lunge des Königs!
Wer verteidigt den König gegen den bösartigen Dämon?

»Ich könnte mir vorstellen, dass es der Kerl da hinten in Schwarz tun wird«, meinte Gunther. »Ein Leibarzt? Oder ein Hofzauberer?«

»Im vierten Jahrtausend vor Christus?« Marty schnaubte. »Da besteht dazwischen kein Unterschied.«

François verschränkte die Arme vor der Brust. »Ich hätte eine bessere Idee, wer dem König helfen kann.«

»Ich glaub kaum, dass er scharf auf Kampfsportunterricht ist«, murmelte Marty gedankenverloren.

Die Männer mit den Stangen marschierten im Kreis umeinander. Marty fiel auf, dass sie dabei das Muster des Unendlichkeitssymbols bildeten. Zufall? Dabei stießen sie die beiden Strohfiguren gegeneinander, als würden sie kämpfen.

Sehet den Arzt des Königs, sehet die Flamme des Königs!
Das ist der Tod des Räubers,
Der Heiler der Lunge des Königs!
Wagguten wird den König verteidigen, Wagguten wird Jehed retten!

Der Träger der Stange mit dem König – vermutlich die Figur mit dem goldenen Kranz – schlug kraftvoll gegen die Stange des anderen Mannes. Der mit dem Dämon oder der Krankheit sank auf ein Knie und stieß den Schrei eines Besiegten aus. Der Mann in Schwarz trat vor und öffnete sein Lederbehältnis. Darin erspähte Marty das Glühen heißer Kohlen. Der Mann in Schwarz, der Wagguten sein musste, hielt die Kohlen an das Stroh des Dämons.

Die Figur ging in Flammen auf. Bestimmt war sie in Öl getränkt.

Marty fiel auf, dass die Faszination der Aufführung sogar seine fakten-orientierten, akademischen Begleiter in ihren Bann gezogen hatte.

Sehet den sterbenden Dämon, sehet den beendeten Fluch!
Das ist das Ungetüm, das die Flucht ergriffen hat,
Auf dass alle Krankheit vom König abfallen möge!
Wagguten hat den König gerettet, lang lebe König Iken von Jehed!

Der Mann mit dem Dämon an seiner Stange stieß erneut einen schrillen Schrei aus. Dann richtete er sich auf und flüchtete. »Lang lebe der König«, stimmte die Menschenmenge an, als er verschwand. Das Feuer bewegte sich quer durch den Markt, dann rannte der Mann damit über die Grenzen der Stadt auf die Ebene dahinter hinaus. Die Menschen brüllten weiterhin gute Wünsche für den König, bis die Flammen schließlich erloschen.

»So ... viel ... zu sagen«, murmelte Lowanna. Sie starrte zu der Sängerin und dem Magier, die sich in ein großes Gebäude am Rand des Markts zurückzogen, das einzige Gebäude im Ort mit einem oberen Stockwerk. »Das ist das Sündenbockritual. Das griechische Pharmakon. Die Verkörperung des Bösen, um es auszutreiben.«

»Ich hab's als ein bisschen platt empfunden«, brummte Gunther. »Wie etwas aus *Der goldene Zweig*. Oder aus den 1960ern.«

Lowanna klatschte ihm gegen den Arm. »Du aufgeblasener Pavian! Du kritisierst, was du gerade gesehen hast, weil du mit der *akademischen Theorie* dahinter nicht einverstanden bist?«

»Ich mein ja nur ...« Gunther zögerte. »Findest du nicht, dass es ein bisschen sehr *offensichtlich* war?«

»Trottel.« Lowanna lachte. »Das war kein von fantasiereichen Studenten aufgeführtes Theaterstück. Das war echt, und du hast es gerade gesehen, fast 5.000 Jahre, bevor *Der goldenen Zweig* überhaupt geschrieben worden ist.«

»Äh ... stimmt.« Gunther schaute verlegen drein.

»Ich habe *Der goldene Zweig* nie gelesen«, sagte François. »Schräge anthropologische Theorien über Opferreligionen haben mich beim Studieren nie wirklich interessiert. Aber ich habe aus der Aufführung Folgendes erfahren: Der König dieser Stadt ist krank. Insbesondere stimmt etwas nicht mit seiner Lunge.«

»Könnte vieles sein«, meinte Gunther.

»Zum Glück haben wir mehr als ein Heilmittel zur Verfügung, nicht wahr? Für den Anfang denke ich, dass du es mit deinen eigenartigen Fähigkeiten versuchen solltest.« François zeigte auf Gunther, bevor er sich abwandte und in die Richtung der Sängerin losmarschierte. »Kommt mit, Leute.«

»Warte, warte, warte.« Lowanna eilte nach vorn und holte François ein. Die anderen hasteten hinterher. »Wir müssen das erst durchdenken.«

»Den König zu heilen, sollte einige Kamele wert sein, meinst du nicht?« François' Augen leuchteten.

»Ja«, pflichtete Lowanna ihm bei. »Und der Palast hat soeben eine magische Heilung vollzogen, durchgeführt von diesem Wagguten. Das war wohl der Mann in Schwarz, den wir gesehen haben. Oder zumindest ein Schauspieler, der ihn verkörpert hat. Wenn wir jetzt aufkreuzen und den König heilen ...«

»Machen wir uns den Zauberer des Königs zum Feind«, führte Marty ihren Gedanken zu Ende. »Sie hat recht.«

»Und wenn schon«, sagte François. »Deshalb bieten wir unsere Dienste auch Wagguten an, nicht dem König. Und er wird uns *auf jeden Fall* engagieren.«

»Wie kannst du so überzeugt davon sein?«, fragte Lowanna.

François strahlte. »Ganz einfach. Wenn wir den König heilen, erntet er die Lorbeeren. Und wenn wir versagen und der König stirbt, hat er uns als Sündenböcke. Keinerlei Risiko für ihn, nur Vorteile.«

»Wir haben gerade gesehen, was man hier in der Gegend mit Sündenböcken macht«, sagte Lowanna. »Sie werden angezündet.«

François tippte sich mit einem Finger an die Schläfe. »Dann sollten wir besser nicht versagen.«

Sie erreichten das große Gebäude eine Minute nach der Sängerin und dem Magier. Zwei stämmige Männer mit Speeren standen am Eingang. Beide trugen eine weiße Schärpe von der Schulter bis zur Hüfte. Einer hob die Hand, um sie aufzuhalten.

»Ihr seid uns nicht bekannt. Fremde haben keinen Zutritt«, erklärte der Mann mit dem Speer.

»Wir sind keine Fremden«, erwiderte François. »Wir sind Magier und kommen von weit her, um den König zu heilen.«

Der Speerkämpfer musterte François von oben bis unten. »Deine Kleidung ist seltsam genug für einen Zauberer, aber jeder Narr kann hässliche Sachen anziehen. Woher weiß ich, dass ihr Magier seid?«

Badis drängte sich nach vorn und ergriff mit leuchtenden Augen und dröhnender Stimme das Wort. »Ich bin Badis aus Ahuskai. Meine Heimat liegt drei Wochenmärsche im Westen. Diese Leute sind als Fremde zu uns gekommen, aber ich habe ihre magischen Kräfte mit eigenen Augen gesehen. Sie sind Krieger und Heiler. Sie herrschen über die Welt der Tiere. Und sie halten ihr Wort.«

Der Speerkämpfer sah Badis mit zusammengekniffenen Augen an. »Was haben sie in Ahuskai mit ihren magischen Kräften gemacht?«

Badis richtete sich zu voller Größe auf und warf sich in die Brust. »Wir wurden von Ametsu unterdrückt. Diese Leute haben fünf von ihnen getötet und uns befreit.«

Udad trat vor. »Ich bin Udad, auch aus Ahuskai. Badis sagt die Wahrheit.«

Der Speerkämpfer runzelte die Stirn. Schließlich nickte er. »Wartet hier.«

Er verschwand in das große Gebäude. François drehte sich um und ließ den Blick über den Markt wandern, auf dem wieder dasselbe geschäftige Treiben wie zuvor herrschte. Gunther knackte mit den Knöcheln und rieb sich die Finger. Verspürte er Druck?

Marty schon. Er wollte gern versuchen, dem König auf jede erdenkliche Weise zu helfen. Nur der Gedanke, dass die Strafe für ein Scheitern der Tod durch Steinigung oder Feuer sein könnte, gefiel ihm gar nicht.

Der Speerkämpfer tauchte wieder auf. »Doktor Wagguten empfängt euch.«

Um ein Haar hätte Marty aufgelacht. Bestimmt gab es eine bessere Übersetzung für das von dem Mann benutzte Wort – aber so hatte Marty es verstanden. »Badis«, sagte er. »Danke. Vielleicht ist es am besten, wenn die Krieger von Ahuskai draußen bleiben, um keinen Ärger zu kriegen.«

Badis nickte und zog sich mit seinen Gefährten zurück.

Der Speerkämpfer sah verbliebenen sechs Gestalten an. »Ihr seid *alle* Zauberer?«

»Ich warte auch draußen«, sagte Surjan. »Kareem kann bei mir bleiben.«

Marty, François, Lowanna und Gunther folgten einem der Krieger des Königs in den Palast. Marty stellte fest, dass es sich um eine komplexe Anlage mit mehreren Lehmziegelgebäuden handelte, darunter ein von einem Hof in der Mitte umgebener Stall. Drei kleine Kinder hielten mitten im Spielen auf dem Hof inne, drehten die Köpfe und starrten die Gruppe an. Zwei Frauen hasteten durch eine offene Tür heraus und brachten die Kinder weg.

»Die Ehefrauen des Königs?«, dachte Marty laut nach.

»Seine Dienstmädchen«, stellte der Krieger klar. »Lunja ist sein Eheweib.«

Marty und François stiegen die Stufen zu einem Zimmer im ersten Stock hinauf. Ihre Gefährten folgten ihnen.

Geknotete Lederschnüre bildeten einen primitiven Vorhang vor dem Eingang. Dahinter befand sich eine schlichte Kammer mit Holzstühlen und zwei auf die Stadt weisenden Fenstern. Die Lehmwände wiesen Nischen auf, die verschiedene Gegenstände enthielten. Schädel, Federn, buntes Wachs, Gläser, Glasperlen, ein Brocken Meteoreisen, ein Messer aus Obsidian und ähnlicher Schnickschnack. Der Anblick der Regale erinnerte Marty an einen frühgeschichtlichen Gemischtwarenladen.

Der Zauberer stand am anderen Ende der Kammer. Mit einer Handbewegung entließ er den Speerkämpfer.

Aus der Nähe erwies sich Wagguten als kleiner Mann mit ockerfarbener Haut und einem lichten, grauen Bart. Statt des Burnus trug er mittlerweile einen schlichten Kittel. Sein Gesicht wirkte abgehärmt, müde.

»Seid ihr wirklich Magier?«, fragte er.

»Wir besitzen Wissen über Heilung«, antwortete Marty. Er sah Gunther an, der mit den Knöcheln knackte und nickte. »Mein Gefährte hier besitzt außergewöhnliche Fähigkeiten.« Er dachte an das zusätzliche Anch, das er in seinem Korb trug. »Und falls er versagt, haben wir ein ... Werkzeug dabei, das vielleicht helfen kann.«

»Mehrere Werkzeuge, die vielleicht helfen.« François lächelte.

»Jetzt werdet ihr mir gleich sagen, dass ihr dafür nur das Gewicht des Königs in Gold wollt«, kam von Wagguten.

»Eigentlich«, sagte Marty, »könnten wir eher ein Kamel gebrauchen. Wenn wir den König heilen können, hätten wir gern ein Kamel. Oder einen Esel. Egal.«

»Und einen Wagen«, fügte François hinzu. »Und Krüge, um Wasser zu transportieren.«

Wagguten begegnete Martys Blick mit arglosen, offenen Augen. Sofern er das von François erwähnte, durchtriebene Kalkül anstellte, ließ er es sich nicht anmerken. »Ich glaube an meine eigene Kunst und muss euch warnen, dass der König einen erbitterten Kampf gegen den Dämon führt, der ihn befallen hat.« Er seufzte. »Ich liebe meinen König und wünsche ihm Gesundheit. Und ich glaube auch daran, alle erdenklichen Mittel auszuprobieren. Man weiß nie, was bei einem so höllischen Kampf etwas bewirken kann. Ich bringe euch zum König.«

Er führte sie durch einen engen Gang hinaus, so unscheinbar und winkelig, dass Marty ihn gar nicht bemerkt hatte. Ein Korridor verlief über das Eingangstor. Durch schmale Fenster konnte Marty die beiden Speerkämpfer mit den weißen Schärpen sehen, die davor Wache hielten. Seine eigenen Krieger standen etwa 100 Schritte entfernt und warteten entspannt. Die Geräusche von der Straße an der Vorderseite bis in den Korridor.

»Von hier kann man den Eingang beobachten«, merkte er zu dem Arzt an.

»Wenn du wissen willst, ob ich euer Gespräch mit dem Wachmann beobachtet habe, lautet die Antwort ja. Es ist immer klug, sich zu informieren. Über alles, was in Jehed passiert.«

Durch einen weiteren verwinkelten, unauffälligen Durchgang gelangten sie in den Thronsaal des Königs. Sie betraten ihn hinter dem Thron selbst, einem massiven Stuhl aus Holz mit geschwungenen Beinen, breiten Armlehnen und einer fast zwei Meter hohen Rückenlehne, die vor geschnitzten Augen und Mündern strotzte.

Der König saß nicht darauf, sondern lag in einem Bett davor. Im Wesentlichen handelte es sich um ein erhöhtes Gestell mit einer dünnen Pritsche. Der König lag sichtlich zitternd unter einem Laken. Er besaß die Gesichtszüge eines Falken und langes Haar. Aber wenn man ihn mit einem Falken vergleichen wollte, dann glich er einem, der vom Himmel geschossen worden war. Blut befleckte die Pritsche und das Laken, besonders in Gesichtsnähe. Unter dem Kopf befand sich ein Spucknapf aus Ton, dunkel verfärbt von altem Blut und glitzernd vor frischem. Die abgestandene Luft im Raum stank nach Tod.

Eine Frau stand neben ihm – die Sängerin mit dem weißen Burnus. Aus der Nähe erkannte Marty, dass sie kupferrotes Haar und feine geschnittene Züge besaß. Sie stand an einer Ecke des Betts, hielt eine

Schale mit Wasser und tupfte dem König die Stirn mit einem feuchten Tuch ab.

»Tuberkulose«, murmelte François. »Ganz sicher.«

»Herrin Lunja«, sagte der Zauberer. »Diese Männer möchten sich mit ihren Künsten am Gebrechen des Königs versuchen.«

Tränen benetzten das Antlitz der Königin. »Was ist mit *deinen* Künsten, Wagguten?«, fragte sie. »Was ist mit unseren Opfern, unseren Bitten an die Götter?«

»Ihr wart so tapfer, es mich mit meinen Fähigkeiten versuchen zu lassen«, erwiderte der Magier und verneigte sich tief. »Seid noch einmal tapfer, Herrin. Der Kampf, den unser König führt, ist schwer.«

Lunja ging einen Schritt zur Seite und entfernte sich mit der Schüssel und dem Tuch vom Bett. Gunther trat vor und legte die Hände auf die Stirn des Königs. Dazu neigte er das Haupt zu einer priesterlichen Pose und runzelte konzentriert die Stirn.

Nichts geschah.

Der Raum fühlte sich von Sekunde zu Sekunde kleiner an, und Marty lief Schweiß über den Rücken. Er bedachte Wagguten mit einem Lächeln, das hoffentlich zugleich ernst und vertrauenserweckend ankam. Wagguten reagierte mit einer skeptischen Miene.

Gunther spannte den Körper an und schnappte nach Luft. Mit einem wortlosen Aufschrei trat Lunja einen halben Schritt vor und bremste sich abrupt. Hin- und hergerissen stand sie da. Schließlich biss sie auf das Tuch, mit dem sie die Stirn des Königs benetzt hatte.

Und dann begannen Gunthers Hände zu leuchten.

Der Deutsche stöhnte, als sich das Licht aus seinen Fingern in den Körper des Königs ergoss. Es sah wie eine schillernde Transfusion aus. Marty beschlich das beunruhigende Gefühl zu beobachten, wie ein Mann dem anderen einen Teil seiner *Seele* schenkte.

Und möglicherweise stimmte das sogar. Die Ägypter unterschieden das *Ba*, die Persönlichkeit, vom *Ka,* der spirituellen Energie eines Menschen. Vielleicht übertrug Gunther sein *Ka* in den kranken König.

Dessen Zittern artete in spastische Zuckungen aus. Sein Körper wurde von einem Hustenanfall durchgeschüttelt. Dann beugte er sich plötzlich über die Bettkante und erbrach einen Schwall Blut in den Spucknapf.

Marty wusste nicht genau, wie ansteckend Tuberkulose war.

Unruhig trat er von einem Bein aufs andere und versuchte, sich seine Nervosität nicht anmerken zu lassen. Andererseits fühlte er sich gesünder als je zuvor – das Werk des Anch?

Schließlich setzte sich der König auf und drehte sich den Fremden zu. Ein dumpfes Feuer schimmerte in seinen Augen, ein mattes Lächeln umspielte seine Lippen durch die Schichten verkrusteten Bluts. »Es tut mir leid«, entschuldigte er sich. »Ich bin ein schlechter Gastgeber.«

»Du bist krank gewesen, mein König«, sagte Wagguten. »Leg dich hin und ruh dich aus.«

»Ich fühle mich viel besser«, erwiderte der König.

»Wir sind mit unserer Kunst noch nicht fertig.« François trat vor und griff in seinen geflochtenen Korb. Hatte er vor, das zusätzliche Anch hervorzuholen? Marty wollte ihn nicht aufhalten und eine Szene verursachen, also schwieg er. François holte ein Stück Brot aus dem Korb und wickelte es aus.

Es war verschimmelt. Brot, das ausschließlich grünen Schimmel aufwies.

Penicillin. François hatte sein eigenes Penicillin entwickelt und wollte es dem kranken König verabreichen.

War es Wahnsinn?

Nicht mehr, als darauf zu vertrauen, dass Gunther ihn durch Handauflegen heilen konnte.

Marty warf einen Blick zu dem Deutschen und sah, dass er zitterte. Marty ging zu ihm und legte sich Gunthers Arm um die Schultern, um ihn zu stützen. François schnitt indes das Brot fein säuberlich in zwei Hälften und hielt es Wagguten hin. »Gib das dem König zu essen. Unterteil es in zwanzig kleine Stücke und gib es ihm über einen Zeitraum von zehn Tagen. Das sollte die Heilung abschließen.«

»Gerstenfäule?« Die Stimme der Königin triefte vor Zweifeln.

»Ja, Herrin«, bestätigte François. »Aber eine besondere Art.«

Wagguten nahm das Brot entgegen und führte sie hinaus.

KAPITEL EINUNDZWANZIG

Stimmen beherrschten den Markt von Jehed: Feilscher, Händler, Protest gegen Armut, Versprechungen purer Freude. Das liebte François am Nahen Osten und vermisste es weitgehend in der westlichen Gesellschaft – die Lebhaftigkeit, das Feilschen.

Er blieb vor einem Wagen stehen. Darin türmte sich etwas, das wie getrocknete, bröckelige Erde aussah, aber einen schwachen Ammoniakgeruch verströmte.

Er schaute zu dem verdrießlich wirkenden Händler in einem zerlumpten grauen Burnus auf und fragte: »Ist das Fledermausguano?«

Der Händler musterte François von Kopf bis Fuß und runzelte die Stirn. »Es ist Dünger. Man braucht ihn nur, wenn man Bauer ist.«

»Ja, Dünger. Aber von Fledermäusen oder einem anderen Tier?«

Der Ausdruck im Gesicht des Händlers verfinsterte sich. »Ich verrate dir nicht, wo die Höhle ist.«

»Ich will gar nicht wissen, wo die Höhle ist.« François hielt ein goldenes Glied vom Armband seiner Uhr hoch. Es hatte ihn Stunden gekostet, es mit seinem Taschenmesser zu zerlegen. Er milderte seinen Ton und versuchte, Herzlichkeit und Freundlichkeit zu vermitteln. »Mein Freund, ich will nur den Dünger. Sag mir, wie viel.«

Beim Anblick des Golds hellte sich die Miene des Händlers auf. Er starrte auf das Glied des Armbands. »Das muss ich wiegen, um zu sehen, was es wert ist.«

Der Händler holte eine zweiarmige Hebelwaage hervor und stellte sie auf den Tisch vor ihm. François ließ das kleine Stück Gold in eine der kleinen Schale fallen, die sich sofort senkte. Der Händler legte ein Kügelchen aus Ton in die andere Schale, dann noch eines und ein weiteres, bis sich die Waage im Gleichgewicht befand. Er schaute zu François auf und verkündete: »Dafür gebe ich dir 150 Pfund Dünger.«

Diesmal schaute François skeptisch drein. Ihm widerstrebte die Vorstellung, etwas zu kaufen, ohne sicher sein zu können, dass es funktionieren würde. »Kann ich vor dem Kauf eine kleine Menge zum Testen bekommen? Ich will mich vergewissern, dass es funktioniert.«

»Wie meinst du das? Was soll daran funktionieren? Es ist Fledermausdreck! Was hast du damit vor?« Der Händler starrte ihn an.

»Das ist schwer zu erklären. Ich bräuchte nur etwa *so* viel.« François bildete mit den Händen eine Schale.

Der Mann verdrehte die Augen und gab ihm das Goldstück zurück. »Dann nimm dir eben, was du für diesen *Test* brauchst. Aber komm ja zu mir zurück, wenn du bereit bist zu kaufen, hörst du?«

François nickte und schaufelte mehrere Handvoll Guano in einen dicht geflochtenen Korb. »Danke für dein Entgegenkommen.«

Der Händler schnaubte und suchte den Marktplatz nach anderen möglichen Kunden ab.

François verließ den Düngerstand, packte den Korb in seinen Rucksack zu anderen, zuvor erlangten Proben und hievte ihn sich über die Schulter. Dieser Händler war eindeutig nicht seinem Charme erlegen, dennoch hatte er bekommen, was er brauchte.

Der Duft von Zimt und Kümmel trieb in der Luft, während er Stände mit Gewürzen und Lebensmitteln passierte.

Als François den mit Töpferwaren beladenen Wagen eines Händlers entdeckte, eilte er an anderen vorbei, die um seine Aufmerksamkeit buhlten, und an vereinzelten Kindern, die zwischen seinen Beinen umherwuselten. Als die Frau und der Mann neben dem Wagen bemerkten, dass er sich ihnen näherte, winkten sie ihn beflissen zu sich.

Die Frau hielt einen braunen Tonkrug hoch. »Guter Mann, wie wäre es mit einem Weinhalter für dein Heim? Wir können dir ein hervorragendes Angebot machen.«

Ihr Gefährte präsentierte ihm eine große Tonschüssel mit dazu passendem Deckel. »Wir haben das beste Kochgeschirr weit und breit. Der König selbst kauft unsere Waren. Bei unserem Angebot ist keine schlechte Wahl möglich, guter Mann.«

François lächelte, als er die ernsten Mienen des fleißigen Paars betrachtete. Er begutachtete das Angebot und war beeindruckt von der Vielfalt. »Stellt ihr das alles selbst her?«

»Natürlich«, antworteten sie wie aus einer Kehle. Die Frau errötete ein wenig und lächelte ihren Gefährten an.

François fiel ein Tisch mit einem Korb voller roter Lehmbrocken auf. Daraus formten sie höchstwahrscheinlich ihre Waren. François zeigte hin. »Ihr habt nicht, was ich brauche. Aber wenn es euch recht ist, kann ich euch mit dem Lehm zeigen, was ich will.«

Der Mann schaute zwischen François und dem Tisch hin und her. Schließlich bedeutete er ihm, hinter den Tisch zu kommen. »Bitte zeig mir, was du dir vorstellst.«

François griff sich einen faustgroßen Lehmklumpen. Ihn überraschte, wie gut er sich kneten ließ und die Form beibehielt. Töpferei gehörte zu den zahlreichen kreativen Unterfangen, an denen er sich im Verlauf der Jahre versucht hatte. Besonders gut war er nie darin geworden, aber er hatte einige Servierteller und Karaffen angefertigt.

Diesmal wollte er eine völlig andere Form. Er plättete den Lehm in seiner Hand, bevor er ihn zu einer hohlen Kugel mit einer dicken Öffnung oben formte. Wenn er sie weiterbearbeitet hätte, wäre daraus eine Art Vase geworden.

Er drehte das Werkstück geschickt in der Hand und drückte mit dem Finger eine gewindeartige Rille in den Hals der Öffnung.

Als er fertig war, legte er sein Werk auf den Tisch, griff sich einen kleineren Lehmklumpen und formte einen passenden Schraubverschluss.

Das Händlerpaar beobachtete seine Handgriffe mit wachsendem Staunen. »Mein Herr, du bist wirklich geschickt. Was hast du da angefertigt?«

François hob die Teile auf und wies insbesondere auf die gewindeartigen Rillen in beiden hin. »Seht ihr diese Linien am Hals und am Deckel? Wenn sie richtig gemacht werden und die Teile gebrannt sind, kann man den Deckel an der Öffnung festdrehen.« Er zeigte vor, was er meinte, ohne dass sich die beiden weichen Lehmstücke berührten. »Und wenn der Deckel vollständig festgedreht ist, hält er auch dann, wenn man die Kugel umstößt oder umdreht.«

Die Frau hielt sich die Hände vor den Mund, der Mann schnappte nach Luft. »So etwas habe ich ja noch nie gesehen! Aber es müsste genau so funktionieren, wie du es beschreibst.« Er wandte sich an die Frau. »Lalla, bekommst du das hin?«

Sie nickte. »Wie der gute Mann sagt, schwierig wird nur, die Rillen zueinander passend und in der richtigen Größe anzufertigen. Damit ließe sich Wein besser lagern und Ungeziefer von Getreidevorräten fernhalten. Bei Flüssigkeiten könnte man die Nahtstelle vielleicht mit Bienenwachs abdichten, damit nichts austreten kann.«

»Genau!«, rief François. »Es kann für beides verwendet werden. Also, ich brauche etwas, das ein wenig anders ist als dieses Muster. Der Aufbau ist derselbe, aber ich möchte den Deckel schwerer als das Unterteil haben, es braucht also sehr dünne Wände.«

»Zerbricht das Gefäß dann nicht leichter?«, fragte der Mann.

»Ja, aber dafür habe ich einen Grund. Der Deckel muss nicht nur schwerer sein, ich möchte auch ein kleines Loch in seiner Mitte. Ungefähr so dick wie ... wie das hier.« François griff sich ein hohles Schilfrohr vom Tisch, etwa halb so dick wie ein Bleistift.

Aufgeregt sah der Mann François an. »Mein Herr, ich denke, das können wir liefern. Wie groß sollen die Gefäße sein? Und wie viele willst du haben?«

»Fürs Erste möchte ich mindestens zehn. Faustgroß.«

Der Händler sah seine Gefährtin an, dann nickte er und wandte sich wieder an François. »Wir stellen sie für dich her und berechnen dir den gleichen Preis wie für unsere gewöhnlichen Waren.«

Rasch einigten sie sich auf die Hälfte eines goldenen Armbandglieds für die Gefäße. »Ich bin nicht lange im Ort«, sagte François. »Was meint ihr, wie lange ihr braucht?«

»Ich fange sofort an«, sagte die Frau voll Überzeugung. »Morgen bei Sonnenuntergang werden zumindest die ersten fertigen Teile ausgekühlt und bereit für dich sein.«

»Wunderbar.« François schlug mit den Kaufleuten ein und besiegelte den Handel.

Als er sich abwandte, verkündete die Frau: »Vielleicht habe ich bis dahin noch die eine oder andere Überraschung für dich. Vielen Dank für deinen Auftrag, wir freuen uns darüber.«

François steuerte auf den nächstbesten Ausgang des Markts zu und ging geradewegs zu ihrer vorübergehenden Unterkunft aus Lehmziegeln. Ihn erwarteten Experimente.

Wagguten hatte für die Gruppe und ihre Krieger ein großes Gebäude aus Lehmziegeln organisiert, nur wenige Schritte vom Marktplatz von Jehed entfernt. Es musste wohl mal ein Stall gewesen sein, aber nun schliefen und arbeiteten sie dort.

Ein Dutzend Speerkämpfer des Königs mit weißen Schärpen stand nicht weit entfernt und behielt die Unterkunft ständig im Auge.

Marty, Gunther und Kareem hatten sich ausgeruht, während François eine improvisierte Werkbank gebastelt hatte. Lowanna war bis vor kurzem ebenfalls da gewesen, aber nachdem sie ein, zwei Minuten finster in François' Richtung gestarrt hatte, war sie gegangen. François fühlte sich schuldig wegen ihres Verhaltens ihm gegenüber. Offensichtlich hatte er sich durch irgendetwas ihre Feindseligkeit zugezogen, wusste jedoch nicht, wodurch.

Kareem blies auf das soeben von ihm entfachte Feuer, und François stellte einen Tonbecher auf die Glut. Nach einigen Minuten stieg Dampf vom Wasser im Becher auf, und er schüttete etwas Fledermausguano hinein.

Surjan betrat die Unterkunft. Als François den Inhalt des Bechers mit einem grünen Zweig umrührte, rümpfte der Sicherheitsleiter die Nase und verzog angewidert die Lippen. »Was auch immer das ist, es mieft fürchterlich.«

François schmunzelte. »Gut gemacht, Supernase. Du hast Fledermauskot vermischt mit Urin erschnuppert.«

»Diesmal kochst du aber nicht das Abendessen ... oder?«, fragte Marty.

François spähte in den Becher, während er umrührte. »Kaliumnitrat ist wasserlöslich, also versuche ich, es aus dem Guano zu extrahieren.« Er stellte eine flache Schale aus Ton auf den Rest der Glut.

»Und das machst du warum?« Marty schaute verdattert drein.

François faltete ein Stück Stoff auseinander und legte es auf seinen Schoß. »Wirst du schon sehen.«

Surjan zeigte auf zwei Häufchen aus schwarzem und gelbem Pulver auf der Werkbank. »Holzkohle, Schwefel, Fledermausguano. Schmeißen wir eine Party?«

François schaute zu Surjan auf und grinste. Natürlich wusste der ehemalige Soldat, was er vorhatte. Er legte ein dünnes Tuch über den Becher und ergriff ihn mit einem dicken Stück Rohleder, um die Hand vor der Hitze zu schützen. Langsam neigte er den Becher über der heißen Schale.

Das Tuch filterte die Feststoffe heraus, und eine klare Flüssigkeit tropfte langsam aus dem Becher. Die Guanobrühe zischte, als sie sich über die flache Schale ausbreitete. Nach wenigen Minuten verdampfte das Wasser. Nur ein weißer kristalliner Rückstand blieb übrig.

François leerte den Rest aus dem Becher, füllte ihn halb mit Wasser, fügte mehr Guano hinzu und wiederholte den Vorgang.

Marty wandte sich an Gunther. »Wie geht's dem König mit der Behandlung mit schimmligem Brot?«

»Er findet es widerlich, sogar mit Honigtee. Aber er nimmt es ein. So konzentriert, wie der Schimmel ist, muss er echt ekelerregend sein. Ich bezweifle, dass er es durchzieht, wenn sich nicht bald eine Besserung einstellt.«

Marty wandte sich an François. »Wenn er wirklich Tuberkulose hat, was glaubst du, wie lange es dauert, bis das Penicillin anschlägt und Wirkung zeigt?«

François zuckte mit den Schultern. »Die meisten Antibiotika werden mindestens eine Woche lang verabreicht. Wenn es überhaupt funktioniert, hoffe ich, dass sich in ein paar Tagen eine erste Besserung zeigt.«

Marty legte sich auf den Rücken und seufzte. »Hoffe ich auch. Wir müssen weiter. Aber so karg, wie es weiter östlich anscheinend wird, brauchen wir dringend den Wagen, die Lasttiere und die Wasservorräte. Und die kriegen wir nur, wenn wir den König heilen.«

Surjan knurrte. »Vergesst nicht, dass uns die Männer des Königs auf Schritt und Tritt beobachten. Wenn er stirbt, geht's uns ans Leder.«

François nickte. »Ist mir klar, aber ich glaube nicht, dass wir noch was tun können. Wir können entweder auf volles Risiko weiterziehen oder hoffen, dass unser Antibiotikum wirkt. Dann können wir besser gerüstet weiter nach Osten. Und du hast ja gehört, was einige Reisenden berichten – im Osten wird's wirklich immer trockener.«

Marty und die anderen lagen auf Schilfmatten, die sie auf dem Boden der Unterkunft ausgebreitet hatten. Sie ruhten sich aus, während François die nächste Stunde damit verbrachte, mehrere weitere Becher voller Fledermausdreck zu filtern und mehr weiße Kristalle herzustellen.

Nachdem er den Guanovorrat aufgebraucht und die weißen Kristalle mit einem Mörser und einem Stößel zermahlen hatte, blieb etwas über, das beinah wie Mehl aussah. Er hoffte nur, dass es sich nicht als gewaltige Zeitverschwendung herausstellen würde.

Er schaute zu Marty, der noch wach war und an die Decke starrte. »Willst du sehen, ob mein verrückter Plan funktioniert?«

Marty setzte sich auf und betrachtete François' Werk. »Gibst du mir einen Hinweis, was das werden soll, Daniel Düsentrieb?«

»Mach ich gleich.« Mit einem abgeflachten Stock maß François zwei Teile Schwefelpulver, drei Teile pulverisierte Holzkohle und 15 Teile der Substanz, die hoffentlich Kaliumnitrat geworden war. Er mischte die weißen, gelben und schwarzen Pulver zusammen, bis er einen größeren Haufen aus dunklem Pulver hatte.

Nachdem er alles eine Minute lang so gut wie möglich in der flachen Schale durchgemischt hatte, schöpfte er mit dem Stäbchen eine geringe Menge des schwarzen Pulvers ab und platzierte es abseits vom Rest. Er ergriff einen anderen kleinen Stock und hielt die Spitze in die noch glimmende Glut des Feuers, bis es erst qualmte und dann brannte. Er schaute zu Marty und grinste. »Bereit?«

Marty starrte auf die Werkbank und nickte.

Behutsam führte François die brennende Spitze des Stocks zu dem fingernagelgroßen Pulverhaufen. Kaum hatte die Flamme das Pulver berührt, blitzte es grell auf, und eine Rauchsäule schoss hoch.

Marty beugte sich näher und flüsterte: »Ist das, wofür ich es halte? Hast du gerade das Schießpulver neu erfunden?«

François nickte.

Marty lachte. »Keine Ahnung, ob das zu einem Paradoxon führt. Soweit ich weiß, erfinden die Chinesen das Schießpulver ja erst in ein paar Tausend Jahren. Gehe ich recht in der Annahme, dass du konkrete Pläne dafür hast?«

»Das Paradoxon durch die vorzeitige Erfindung von Penicillin beunruhigt dich nicht?«, brummte Surjan.

»Nicht besonders«, erwiderte Marty. »Nein.«

François stellte sich eine Kiste voll mit den faustgroßen Tonwaren vor, die das Händlerpaar für ihn herstellte. »Angesichts der Sethianer und wer weiß was noch ... sage ich, wir riskieren das Paradoxon.«

KAPITEL ZWEIUNDZWANZIG

François beobachtete, wie Kareem den großen Topf mit Guanobrühe umrührte. Obwohl sie sich damit vor ihre Unterkunft unter freien Himmel verlagert hatten, sonderte das Gebräu einen entsetzlichen Gestank ab. Da sie noch ein paar Tage festsaßen, schien es die perfekte Gelegenheit zu sein, vorauszuplanen. Nach dem erfolgreichen Test des Schießpulvers am Vortag hatte François mit der richtigen Herstellung begonnen. Statt das Kaliumnitrat aus Bechern mit Fledermausdreck zu destillieren, hatte er auf Tonbehälter mit einem Fassungsvermögen von 20 Litern aufgerüstet. Beschafft hatte er sie von dem Paar, das seine Keramikgranaten für ihn angefertigt hatte.

Bisher hatte er einen knapp ein Kilo schweren Beutel voll Schwarzpulver. Da sich mittlerweile Kareem und Gunther freiwillig dafür gemeldet hatten, beim Extrahieren des Kaliumnitrats zu helfen, sollte hoffentlich alles abgeschlossen sein, bevor sie abreisen wollten.

Es war spätabends. Sie hatten bereits gegessen und das Lagerfeuer für die Nacht geschürt. Als er in der Ferne jemanden sichtete, sah er Kareem an. »Ich bin gleich wieder da, okay?«

Kareem nickte und rührte mit tränenden Augen weiter das dampfende Tongefäß um.

François ging zum Lagerfeuer nebenan, wo Frauen die Reste aus einem großen Kochtopf in kleineren Behälter leerten. Lowanna saß auf einer Bank und beobachtete sie dabei. François ließ sich neben ihr nieder.

Prompt versteifte sie den Rücken.

François' Herz pochte laut. »Die Lage, in der wir feststecken – du, ich, die anderen – hat mir viel Zeit zum Nachdenken gegeben. Über die Beziehungen zu den Menschen in meinem Leben. Und um ehrlich zu sein, bin ich nicht besonders zufrieden mit mir.

Ich bin den Großteil meines Daseins ein Arsch gewesen. Ein Tyrann. Natürlich nicht körperlich. Aber ich habe meine Machtposition missbraucht. In meinen 64 Lebensjahren habe ich die Leute ständig unter Druck gesetzt. Und ich dachte immer, es wäre mir gelungen, die Menschen um mich herum von meiner Denkweise zu überzeugen. Erst jetzt ist mir klar geworden, dass ich ihnen schlichtweg keine Wahl gelassen habe. Wer nicht gespurt hat, der musste gehen. Was natürlich nicht fair ist.

Ich habe die Leute, die für mich gearbeitet haben, schamlos ausgenutzt. Auch dich. Ich kann deine Abneigung gegen mich spüren. Und ich bedauere sie zutiefst. Du bringst eine Perspektive ein, die ich sehr schätze. Deshalb habe ich dich engagiert. Aber mir ist inzwischen klar, dass es völlig daneben war, wie ich früher mit dir geredet habe und umgesprungen bin. Du verdienst Besseres, und es tut mir aufrichtig leid. Mir tut leid, dass ich dich wie Dreck behandelt und dir allen Grund für deine schlechte Meinung von mir gegeben habe. Also, ich kann nicht versprechen, kein sturer Esel mehr zu sein und den Leuten nicht mehr auf die Nerven zu gehen. Immerhin bin ich Franzose.« Er hoffte auf ein Lachen, das jedoch ausblieb. »Aber ich habe meine Unzulänglichkeiten erkannt und arbeite daran. Ich erwarte nicht, dass du mir verzeihst. Trotzdem sollst du wissen, dass es mir von Herzen leidtut.«

Lowanna blieb starr wie eine Statue.

François nickte, stand auf und ging.

In der Ferne brüllte jemand: »Feuer!«

François drehte sich dem Geräusch zu und erblickte den gelben und orangefarbenen Schein von Flammen in der Nähe des Marktplatzes. Er lief in Richtung des Tumults, während die Einwohner von Jehed aus ihren Lehmziegelhäusern eilten, um nachzusehen, was vor sich ging.

Am Brunnen in der Mitte des Marktplatzes hielt er kurz inne, aber als die Leute achtlos daran vorbeiliefen, dämmerte François, dass Wasser wohl als zu kostbar galt, um es gegen ein Feuer einzusetzen.

Er folgte der Menge zum Eingang des Markts. Der Geruch von brennendem Gras und Holz hing in der Luft. Männer und Frauen schnappten sich Eimer mit Sand und eilten zum Brand.

François hatte die strategisch über den Marktplatz verteilten Sandhaufen zwar bemerkt, aber bisher nicht groß darüber nachgedacht. Als er einen leeren Eimer erblickte, schnappte er ihn sich und füllte ihn mit einer Ladung Sand.

Er raste damit an mehreren Ständen vorbei. Vor ihm nahm der flackernde Schein die Form von Flammen an, die an einem großen Holzgebäude leckten. Es handelte sich um ein eingeschossiges Lagerhaus.

François folgte dem Beispiel der anderen und warf den Sand ins Feuer. Womit er kaum Wirkung zielte.

20 Minuten lang kämpfte François mit den anderen gegen die Flammen an.

In der wogenden Masse sichtete er Marty und Surjan, die Gesichter verschwitzt und rußverschmiert.

Sogar einige der Wächter des Königs halfen mit, Sand aus großen Eimern in die Flammen zu schleudern und so vorübergehend ihre Ausbreitung zu verhindern.

Allerdings brannte mittlerweile der Inhalt des Lagers – Holz und Stoffe – lichterloh, und die Flammen standen kurz davor, auf ein angrenzendes Lagerhaus überzugreifen.

Eignete sich Sand wirklich als bestes Mittel zur Brandbekämpfung?

François holte eine der Keramikgranaten aus seinem Vorratsbeutel. Das Zündsystem auf der Grundlage eines Feuersteins fehlte. Daran arbeitete er noch. Aber in dem Fall spielte es keine Rolle. Immerhin brannte es ja überall.

Nur musste er die Menschenmenge wegbekommen.

Wärme flutete seinen Körper, als sich Druck in ihm aufbaute. Eine Sekunde lang vermeinte François, er würde jeden Moment explodieren. Sein Brustkorb vibrierte wie der Motor eines Muscle Cars, als er brüllte: »Alle weg vom Feuer!«

Ohne zu zögern, hasteten all in Sichtweite davon. Mit der Granate in der Hand holte François aus und warf den Sprengkörper durch die offene Tür des Gebäudes.

Fast sofort ertönte ein lauter Knall, gefolgt von einer Schockwelle, die François zu Boden schleuderte und Trümmer in alle Richtungen spritzen ließ.

Das Gebäude fiel in sich zusammen, und das Feuer erlosch, als hätte ein Riese es mit einem explosiven Atemstoß ausgepustet.

Die Menschen eilten mit mehr Sand wieder herbei und erstickten die letzten Glutherde. Zwei Stadtbewohner halfen François auf. Einer fragte ihn: »Was für Magie war das, Fremder? So etwas habe ich nie gesehen.«

François bekam es kaum mit. Er spürte ein Kribbeln, das durch seine Glieder auf und ab raste. Wie Strom, nur ... fühlte es sich gut an. So gut, dass er in dem Moment wahrscheinlich einen Marathon hätte laufen können. Inmitten des Chaos erfüllte ihn Euphorie.

In der Ferne stieß eine Frau einen Schrei aus. »Sie sind weg!«

Eine zweite Frau griff den Ruf auf. »Die Söhne des Königs, man hat sie geraubt!«

François entdeckte Marty, der zum zweigeschossigen Haus des Königs rannte, und hastete hinter ihm her.

An der offenen Eingangstür holte er Marty in dem Moment ein, als eines der Dienstmädchen des Königs herausgestürmt kam. Die Frau stürzte sich auf Marty, trommelte mit den Fäusten auf ihn ein und kreischte: »Das ist deinetwegen passiert! Das haben deine Leute über uns gebracht!«

François' Herz raste. Er bemühte sich, eine Ruhe auszustrahlen, die er nicht empfand, und versuchte, seiner Stimme einen herzlichen, sanften Klang zu verleihen. »Bitte ... kannst du mir sagen, was passiert ist?«

Die Frau hörte zwar auf, Marty zu schlagen, ließ die Hände jedoch zu Fäusten geballt. »Die drei Söhne des Königs. Sie sind neun, sieben und fünf Jahre alt. Die beiden jüngeren sind entführt worden. Den Ältesten haben sie mit einer Schnittwunde an der Wange und einer Botschaft zurückgelassen.« Die Frau blinzelte heftig und schwankte.

François packte sie an den Schultern und stützte sie. »Was für eine Botschaft?«

Ihr Gesichtsausdruck schlug in tiefen Kummer um. »Der Älteste sollte dem König eine Botschaft überbringen. ›Schick die Fremden zu den Ruinen, dann bekommst du deine Jungen unversehrt zurück. Tust du es nicht, werden sie gefressen.‹«

Marty schlug das Herz bis in den Hals, während er am Rand des Dorfs auf und ab lief und auf Surjans Rückkehr wartete. Die Verschleppung der Kinder des Königs kam als Überraschung. Noch verstörender jedoch war, dass die Entführer seine Leute in ihrer Botschaft erwähnten.

Schick die Fremden zu den Ruinen ...

Aus den Dienstmädchen des Königs hatte Marty nur herausbekommen, dass die Ruinen nordwestlich des Dorfs lagen und sie als verwunschen galten. Niemand, der hinging, kam je zurück.

In der Nacht hatte niemand geschlafen, und François musste seine gesamte Überredungskunst aufbieten, damit die Gruppe nicht sofort gefesselt und dem ausgeliefert wurde, was den Menschen in Jehed solche Angst vor jenen Ruinen einjagte. Als das erste Licht der Morgendämmerung am Horizont erschien, wurden die Krieger aus Ahuskai von ihnen abgesondert und in einem provisorischen Gefängnis festgehalten. Marty und der Rest der Gruppe wurden aus der Stadt eskortiert.

Surjan hatte entschieden, allein loszuziehen und den Ort auszukundschaften, um herauszufinden, was sie erwartete. Er hatte argumentiert, dass es für ihn allein einfacher wäre, sowohl zu spähen als auch unentdeckt zu bleiben.

»Da ist er, gelobt sei Allah!«, rief Kareem und deutete nach Nordwesten.

Marty spähte konzentriert in die Richtung, brauchte jedoch eine geschlagene Minute, bis auch er die ersten Anzeichen von Surjans auf sie zutrabende Gestalt ausmachte.

Als der große Mann langsamer wurde und schließlich zum Stehen kam, nahm er sich kurz Zeit zum Verschnaufen. »Etwa fünf Kilometer nordwestlich liegen Ruinen in einem grünen Tal. Sieht wie eine menschliche Siedlung aus, aber alt. Uralt. Die Kinder könnten in jedem der Gebäude versteckt sein.«

»Hast du jemanden gesehen?«, fragte Marty.

Surjans Miene wurde verdrossen. »Ich dachte, ich hätte Leute in den Ruinen gesichtet, aber sie ... haben sich völlig falsch bewegt.«

»Wie meinst du das?«

Er seufzte. »Das klingt jetzt vielleicht verrückt, und ich weiß, wir sind dafür im falschen Teil der Erde, aber was ich gesehen habe, hat mich an Inkarnationen des Hindugotts Narasimha erinnert. Er ist einer der Avatare von Vishnu.«

Marty runzelte die Stirn. »Narasimha ist doch der mit dem Löwenkopf. Du hast Menschen mit Katzenköpfen gesehen?«

»Sie hatten die Köpfe von Katzen. Sie haben sich bewegt wie Katzen. Sie haben nach Katzen gerochen. Aber ihre Körper waren die von Menschen.« Surjan zuckte mit den Schultern. »Die Entfernung war groß, und der Wind hat immer wieder gedreht. Ich konnte nicht näher ran, sonst hätten sie mich bemerkt.«

Gunther stupste Marty. »Denkst du, was ich denke? Das klingt nach Bastet.«

Marty nickte. »Warum auch nicht? Wir haben ja schon Sethianer und Hathiru mit Stierköpfen. Warum also nicht auch einen Haufen Bastet-Klone? Von irgendetwas muss die ägyptische Mythologie ja inspiriert worden sein. Nennen wir sie Bastiten.«

François grinste. »Oder vielleicht Bastarde?«

Marty wandte sich wieder Surjan zu. Zum Scherzen war ihm nicht zumute. »Du hast nicht zufällig die Kinder gesehen?«

Der Sikh schüttelte den Kopf. »Nein, aber riechen konnte ich sie.«

»Bist du sicher?«, hakte Marty nach.

»Die ... Bastiten riechen nach Katzen«, sagte Surjan. »Aber es waren Menschen unter ihnen. Ich weiß jetzt, was ein Bluthund empfinden muss. Für mich unterscheidet sich der Geruch so deutlich wie der unterschiedliche Anblick einer Orange und eines Apfels.«

Marty musterte die Gruppe. »Im Dorf sind wir unerwünscht, bis wir die Kinder zurückgeholt haben. Und anscheinend hat man sie wegen uns entführt.« Er wandte sich an François. »Deine Granaten scheinen zu funktionieren. Haben wir noch mehr davon?«

François holte eine faustgroße Keramikkugel aus einem an seinem Gürtel hängenden Beutel. »Nur die hier. Und meine Vorräte, um mehr herzustellen, sind alle im Dorf.«

»Surjan«, sagte Marty. »Du hast das Terrain und die Bastiten gesehen. Irgendwelche Vorschläge?«

Der große Mann drehte sich nach Nordwesten und schwieg einige

Herzschläge lang, bevor er antwortete. »Etwa drei Kilometer von hier fällt das Gelände in ein Tal ab. Der Untergrund ist ziemlich tückisch. Von dort an müssen wir vorsichtig sein. Keine Ahnung, mit wie vielen Monstern oder Kreaturen wir es zu tun bekommen, aber meine Nase sollte in der Lage sein, uns den Weg dorthin zu erschnüffeln, wo sie die Kinder festhalten. Von da an müssen wir wohl improvisieren.«

»Gibt's vor den Ruinen irgendwelche Deckung?«

Surjan nickte. »In dem Tal herrscht dichter Wald.«

Marty ließ den Blick über den Rest der Gruppe wandern. »Irgendwelche Anmerkungen oder Bedenken, bevor wir aufbrechen?«

François runzelte die Stirn. »Ich habe nur eine Granate mit einem bisher ungetesteten Zündsystem. Falls es also zum Nahkampf kommt ...« Er hielt sein geschärftes Anch hoch. »Ich bin weder Kampfsportler noch im Umgang mit Waffen ausgebildet.«

Grinsend klopfte Marty dem Franzosen auf die Schulter. »Surjan übernimmt mit seiner Spürnase die Spitze. Ich werd auch vorne gehen. Kareem, du reihst dich entweder direkt hinter oder neben mir ein. Gunther, fühlst du dich mit deiner Waffe wohl?«

Gunther deutete mit einer Handbewegung *so lala* an. Lowanna räusperte sich. »Ich kann sowohl mit dem Anch als auch mit meinem Wurfstock bestens umgehen.«

Surjan zeigte auf François. »Deck du uns den Rücken und ruf, wenn du irgendwas sichtest.«

François nickte.

»Okay, dann hätten wir das. François, du kannst dich im Hintergrund halten. Falls du vorhast, die Granate zu werfen, gib uns rechtzeitig Bescheid, damit wir nicht überrumpelt werden. Damit haben wir die Marschordnung. Dann brechen wir mal auf und sehen uns an, was für altägyptische Katzengöttinnen uns erwarten.«

Marty schlich auf den Fußballen vorwärts. Ihn erstaunte der Klimaunterschied zwischen dem trockenen Dorf und diesem feuchten, nebelverhangenen subtropischen Tal. In der Luft hing der Geruch von Gras, Schimmel und etwas Fauligem. Wie mochte es für Surjan mit seinen geschärften Sinnen riechen?

Etwa einen Kilometer voraus sichtete Marty mehrgeschossige Steingebäude im Nebel. Die Ränder wirkten verwittert, mehrere Mauern waren ins Gras gestürzt.

Die Stimme seines Großvaters mit seinen Worten anlässlich einer zerbrochenen Actionfigur ertönte leise in Martys Kopf.

»Du leidest nur deshalb, weil du daran hängst.«

Großvater Chang hatte wie immer recht. Marty hatte definitiv an der Überzeugung gehangen, dass es nicht möglich war, in der Zeit zurückzureisen. Und doch waren sie hier.

Mittlerweile hatte Marty genug Zeit mit Zweifeln und Kopfzerbrechen über das Erlebte verbracht. Er hatte sich mit dem Gedanken abgefunden, dass sie in der fernen Vergangenheit gestrandet waren. Immerhin war es ziemlich sinnlos, ohne stichhaltige Beweise für das Gegenteil zu argumentieren.

Wenn es stimmte, waren noch keine Pyramiden gebaut, und selbst das altehrwürdige Stonehenge stellte bloß ein leeres Feld auf einer Insel dar, die später England heißen sollte.

In dem Gebiet, in dem er sich gerade befand, hatten Archäologen nie irgendwelche uralten Ruinen entdeckt. Andererseits würde die gesamte Region in 5.000 Jahren von den riesigen Dünen der Sahara bedeckt sein.

Marty atmete tief durch, schob die archäologischen Gedankengänge beiseite und konzentrierte sich darauf, was vor ihm lag. Die antik anmutenden Gebäude lagen im Norden. Mehrere Spalten säumten den südlichen Rand der Siedlung. Westlich begrenzte das Tal ein dichter Wald, wie Marty ihn in diesem Teil der Welt noch nie gesehen hatte. Ein aus der Eiszeit verbliebenes Mikroklima?

Nur ein sichtbarer Weg führte in die Ruinenstadt – von Süden nach Norden durch zwei der Spalten.

Marty bewegte sich leise neben Surjan, der auf die Gebäude zeigte. »Ich rieche die Kinder irgendwo da drüben.«

»Ganz sicher?«

»Das müssen sie sein. Sie riechen wie die Dienstmädchen des Königs. Die essen viel Kreuzkümmel.«

»Und unsere katzenköpfigen Freunde?«

»Die sind auch dort.«

Marty zeigte nach Westen in Richtung der Bäume. »Wenn die Spalte vor dem Wald endet, dachte ich mir, wir könnten am Rand entlang zwischen den Bäumen gehen. So sollten wir unbemerkt näher hingelangen und könnten die Möglichkeiten genauer abwägen, bevor wir reingehen. Was hältst du davon?«

Surjan nickte. Langsam rückte die Gruppe durch das felsige Gelände vor und betrat schließlich den Wald.

Lowanna murmelte: »Ich hab noch nie im Leben so viele Feigenbäume gesehen.«

»Erstaunlich, nicht wahr?« François pflückte eine gelbe Frucht von einem nahen Ast und biss hinein. »Köstlich. Diese Bäume werden sowohl im Alten als auch im Neuen Testament erwähnt. Ich glaub nicht, dass es sie in Nordafrika noch gibt, jedenfalls nicht außerhalb von Privatgärten.« Er pflückte eine weitere reife Frucht und bot sie Lowanna an.

Kurz starrte sie nur darauf, nahm sie schließlich entgegen und biss hinein. Ihre Augen wurden groß, und ein Lächeln erstrahlte in ihrem Gesicht. »Süß wie Honig.«

»Leute, essen können wir später.« Marty winkte in die ungefähre Richtung der Steinbauten, und Surjan führte sie durch den Wald.

Die Temperatur zwischen den Bäumen fühlte sich um mindestens fünf bis acht Grad kühler als in der Umgebung an. Unter anderen Umständen hätte Marty liebend gern diesen versteckten Winkel aus ferner Vergangenheit erkundet.

Es dauerte fast 20 Minuten, den Waldrand zu erreichen. Der kiesige Untergrund erwies sich als tückisch.

Surjan schnupperte, deutete nach Osten und sagte: »Die Kinder sind irgendwo in der Nähe. Diese Kreaturen auch.«

Marty nickte. Der große Mann setzte sich wieder in Bewegung und führte sie in Richtung der Gebäude. Sie bestanden aus Sandstein. Marty entdeckte keine Fugen in der Konstruktion, was an jahrelanger Verwitterung liegen musste.

Fenster besaßen sie keine, nur Eingänge mit Türen, die aus Holz zu bestehen schienen. Wie sie noch vorhanden sein konnten, überstieg Martys Vorstellungskraft.

Kareem gab einen zischenden Laut von sich. »Katzenmenschen auf der anderen Seite der Spalte.«

Marty spähte zum Eingang des Tals und sah eine Gruppe von etwa zehn sich nähernden Gestalten. Er ging in die Hocke und flüsterte: »In den Wald. Versteckt euch!«

Die Gruppe huschte in die Schatten und rannte in Deckung.

Tief geduckt winkte Marty die anderen weiter. Er bildete das Schlusslicht.

Lowanna rutschte mit einem Fuß auf dem losen Kies aus, und François packte sie am Arm. Beide erlangten das Gleichgewicht wieder und rannten weiter, verschwanden in den Schatten des Walds.

Marty folgte Gunther, der mit dem felsigen Terrain zu kämpfen hatte. Plötzlich bewegte sich der Boden unter dem Archäologen. Marty hechtete zu ihm und riss ihn zurück. Aber auch unter seinen Füßen gab der Untergrund nach, und er rutschte auf die gähnende Spalte zu.

Instinktiv packte er eine freiliegende Wurzel, die sich straffte und ihn bremste.

Dann jedoch brach die Wurzel ab, und Marty stürzte in Dunkelheit.

KAPITEL DREIUNDZWANZIG

Marty lag in völliger Finsternis.

Er war in einen tiefen Spalt in der Erde gefallen. Wie durch ein Wunder war es ihm gelungen, seinen Sturz ausreichend zu bremsen und auf den Füßen zu landen, ohne sich etwas zu brechen. Seine Finger, Schuhe und Knie waren völlig zerkratzt. Er betete, dass der Rest der Gruppe unbemerkt entkommen konnte.

Nach der Landung fühlte sich sein Gedächtnis weitgehend leer an. Er erinnerte sich noch an den Geruch von faulen Eiern. Dabei musste er an einen Urlaub denken, den er bei einem Jugendfreund in Südflorida verbracht hatte. Sie hatten eine Mülldeponie mit dem Spitznamen *Mount Trashmore* besucht, buchstäblich die höchste Erhebung im südlichen Teil des Bundesstaats. Die Methangasemissionen wurden kontrolliert, indem das Gas durch mehrere tief in den grasbewachsenen Haufen reichende Rohre verbrannt wurde. Für zwei 17-jährige ein kostengüns-tiges Unterhaltungsangebot. Fast 40 Jahre später musste ihm derselbe penetrante Fäulnisgestank wie damals die Besinnung geraubt haben.

Marty tastete mit den Händen über den glatten Boden und wusste auf Anhieb, dass er sich nicht mehr in der Spalte befinden konnte, in die er gefallen war.

Jemand hatte ihn gefunden und hierher gebracht – wo auch immer er sein mochte.

Er atmete tief ein und langsam wieder aus, um seinen rasanten Herzschlag zu beruhigen. Wer hatte ihn aus der Spalte geholt?

Nicht seine Gruppe, so viel stand fest. Oder doch?

Jedenfalls lebte er noch, zumindest das war vielversprechend. Ihm kamen alle möglichen schrecklichen Bilder in den Sinn, als er überlegte, warum diese Kreaturen ihn am Leben gelassen haben könnten.

Um ihn zu fressen, ließ sich als Möglichkeit nicht von der Hand weisen. Alles schmeckte frisch am besten.

Oder um ihn zu foltern. Wenn sie alle Mitglieder der Gruppe wollten, und ihn als Einzigen erwischt hatten, könnten sie versuchen, Informationen aus ihm herauszuholen.

In der Finsternis erwiesen sich seine Augen als praktisch nutzlos. Also schloss Marty die Lider und konzentrierte sich auf seine anderen Sinne.

Als Kind hatte sein Großvater ihm Meditation beigebracht. So sollte er den Kopf frei bekommen, um klarer denken zu können und empfänglicher dafür zu werden, was sein Körper und seine Sinne ihm mitteilten.

Bei einem weiteren tiefen Atemzug bemerkte Marty die Feuchtigkeit in der Luft. Es roch nach Gras, Nässe und irgendetwas, das verfaulte. Und es wehte kein Lüftchen.

Vermutlich befand er sich in einem der Gebäude.

Das Wissen half ihm, sein rasendes Herz zu beruhigen.

Er spürte winzige Vibrationen im Boden.

Schritte.

Er hörte zwar nichts, nahm jedoch Bewegungen in der Nähe wahr.

Und die Vibrationen wurden stärker.

Er tastete nach seinem Anch – man hatte es ihm abgenommen. Wer auch immer ihn hergebracht hatte, konnte ihm nicht freundlich gesinnt sein.

Plötzlich schwang eine Tür auf, und blendendes Licht strömte in den Raum.

Marty kniff die Augen zusammen und versuchte, Einzelheiten der beiden Gestalten an der Tür zu erkennen. Gleich darauf jedoch wurde sie zugeschlagen, und das grelle Licht erlosch. Stattdessen strahlte ein faustgroßer Stein in der Hand einer der Erscheinungen einen schwachen bläulichen Schimmer ab.

Als der Steinbrocken auf den Boden gelegt wurde, schien er nach und nach heller zu werden.

Martys Augen weiteten sich, als die Dunkelheit langsam zurückgedrängt wurde. Er hatte bereits Verteidigungshaltung eingenommen und die Arme erhoben, um einen Angriff abzuwehren. Die Schatten schwanden, und die beiden Gestalten nahmen Kontur an.

Und sie entsprachen exakt Surjans Beschreibung. Zwei Erscheinungen mit menschlichen Körpern und Katzenköpfen saßen im Schneidersitz keine zwei Meter von ihm entfernt.

Der Stein spendete nicht genug Licht, um Farben richtig zu erkennen, aber die Monster hatten eindeutig katzenartige Augen, die in der düsteren Umgebung zu leuchten schienen. Eines hatte getigertes orangefarbenes Fell, das andere gelbbraunes. Beide waren so groß wie hochgewachsene Männer, kräftig gebaut und mit Kilt, Umhang und Sandalen bekleidet.

Marty seufzte. Er wäre ausnahmsweise gern einer neuen Lebensform begegnen, die kleiner als er war und nicht bedrohlich wirkte.

Das orange Katzenwesen beugte sich vor und schnupperte mehrmals, kniff dabei die Augen zusammen, öffnete leicht den Mund und offenbarte dadurch lange Eckzähne. Es sah das gelbbraune Katzenwesen an und zuckte mit den Schultern.

Das gelbbraune Katzenwesen ergriff mit sehr hoher Stimme das Wort. »Du riechst nach *dem Einen*, bist aber nicht von *dem Einen*.«

Blinzelnd versuchte Marty zu verarbeiten, was er gerade gehört hatte. Obwohl es nur fauchende und knurrende Laute waren, hatte er es verstanden. Aber wie *der Eine* betont wurde, gab ihm Rätsel auf. Es musste eindeutig *irgendetwas* bedeuten.

Das gelbbraune Katzenwesen legte den Kopf schief. »Hörst du mich, der du nicht von *dem Einen* bist? Verstehst du, was ich zu dir sage?«

Marty nickte. »Ja.«

Das orange Katzenwesen zog einen Handschuh an, holte einen metallischen Gegenstand aus dem Gewand hervor und hielt Martys Anch hoch.

»Dies war in deinem Besitz. So etwas ist nicht für diejenigen, die zu *dem Einen* gehören. Es ist für die anderen. Hast du es gehalten?«

Wieder nickte Marty.

»Und doch verbrennt es dich nicht«, kam vom gelbbraunen Katzenwesen, und die Augen beider wurden groß.

Der Eine? Marty nahm an, dass sich der Begriff auf diese Mischwesen bezog. Wenn das Anch nichts für sie war und das Katzenwesen einen Handschuh brauchte, um es zu berühren, wäre das eine Erklärung dafür, warum das Anch bei den Sethianern eine ähnliche Wirkung zu haben schien. Irgendetwas an dem Metall darin war entweder giftig für sie oder löste vielleicht eine heftige allergische Reaktion aus.

Die beiden Katzenwesen schnupperten ständig an Marty. Sollte er Surjan je wiedersehen, würde er ihn nach seiner Meinung dazu fragen müssen. Roch ihre Gruppe etwa anders als gewöhnliche Menschen, denen sie schon begegnet waren?

»Du bist nicht von *dem Einen*«, sagte das orange Katzenwesen, »aber du bist auch nicht wie die anderen.«

Marty wahrte eine ausdruckslose Miene. »Ich dachte, ich wäre *der Eine*.«

Beide Katzenwesen schüttelten den Kopf, und jenes, das überwiegend redete, rümpfte die Nase.

Dabei fiel Marty auf, dass auch diese Kreaturen einen kleinen Ring durch die Nasenscheidewand trugen. Genau wie die Sethianer.

»Was willst du hier?«, fragte das orange Katzenwesen schnurrend. »Du bist nur einer. Wir sind auf der Suche nach mehr als einem.«

Ein Gefühl der Erleichterung überkam Marty, als die Kreatur ihm ungewollt verriet, was er unbedingt wissen wollte.

Der Rest der Gruppe musste es demnach unbemerkt in den Schutz des Walds geschafft haben. Wozu waren diese Kreaturen fähig?

Marty kauerten auf den Fußballen. Seine Haut begann zu kribbeln, als Adrenalin durch seinen Körper strömte. Die Tür öffnete sich erneut und tauchte den Raum wieder in blendend helles Tageslicht.

Marty kniff die Augen gegen die Helligkeit zusammen und erkannte die Umrisse eines großen Wesens am Eingang.

Es duckte sich unter dem Türsturz hindurch und kam herein.

Ein Sethianer. Über zwei Meter groß.

Gelbe Augen hefteten den Blick auf Marty. Er spürte, wie Bösartigkeit von der Kreatur ausging wie Dampf von einer Nebelmaschine. Der Sethianer ergriff mit tiefer, rauer Stimme das Wort. »Bist du Merit Nuk Han?«

Marty starrte zu dem Wesen hoch und hatte keine Ahnung, wovon es redete.

»*Der Eine* fragt nach Merit Nuk Han«, sagte das orange Katzenwesen. »Du kennst diese Kreatur, sie ist von deiner Art.«

Also war *der Eine* der Sethianer? Meinte das Fellknäuel das damit?

Der Sethianer knurrte und stieß einen kehligen Laut aus, eine Mischung aus Knurren und Bellen. »Weißt du, wo Merit Nuk Han ist?«

Marty schüttelte den Kopf. »Ich verstehe nicht.«

Eines der Katzenwesen drehte sich dem Sethianer zu, und die beiden schienen sich irgendwie nonverbal zu verständigen, denn es wandte sich fast sofort wieder Marty zu. »*Der Große* hat sich klar ausgedrückt, und *der Eine* spricht für ihn. Du musst sterben, wenn du nicht dabei hilfst, Merit Nuk Han und jene zu töten, die mit ihm kommen.«

Der Große? Worauf um alles in der Welt bezog sich das nun wieder? Auf den Obermotz der Sethianer?

Marty blinzelte, während ihm die Worte des Katzenwesens im Kopf herumgingen und er verzweifelt versuchte, sie zu verstehen.

Merit Nuk Han ...

Marty griff auf seinen sprachwissenschaftlichen Hintergrund zurück. Diese Wesen schienen von ihm zu erwarten, dass er sie verstand.

Schriftliches Altägyptisch stellte ähnlich wie moderne semitische Sprachen die Vokale nicht besonders gut dar.

Merit Nuk Han würde man Mrt Nk Hn schreiben.

Während Marty rasant über die Möglichkeiten grübelte, ließ der Sethianer erneut ein Knurren tief in der Brust vernehmen. »Das ist deine letzte Chance. Du wirst Merit Nuk Han finden und ihn und seine Leute töten, oder du stirbst.«

Marty versuchte, Zeit zu schinden. »Also lasst ihr mich gehen, wenn ich verspreche, Merit Nuk Han und seine Leute zu töten?«

Der Sethianer knurrte so wild, dass Speichel von seinen gebleckten Eckzähnen spritzte. »Nein. Du wirst mich zu ihm führen. Abgemacht?«

Martys Gedanken überschlugen sich, während er sich die Worte des Sethianers bildlich vorstellte. Wenn er bei schriftlichem Ägyptisch auf unbekannte Wörter stieß, reihte sein Verstand sie zu einer durchgehenden Folge von Konsonanten aneinander. Dann versuchte er, darin die Gerippe bekannter Wörter zu erkennen.

Aus Gewohnheit tat er nun dasselbe. Plötzlich raste ihm ein eiskalter Schauder über den Rücken.

Mrtnkhn.

Martin Cohen.

Woher um alles in der Welt konnte dieses Monster seinen Namen kennen?

Der Sethianer zog einen funkelnden Dolch vom Gürtel.

Martys Haut kribbelte, seine Hände zitterten. Wieder nahm er Verteidigungshaltung ein.

Die Katzenwesen zogen die Lippen zurück. Warnend fauchten sie und wölbten die Rücken durch, als ein großer Krieger mit Turban hereinstürmte und von hinten gegen den Sethianer krachte.

Chaos brach aus.

Marty verpasste dem orangen Katzenwesen einen brutalen Tritt gegen die Brust, der es nach hinten schleuderte. Der Schädel knallte mit einem übelkeitserregenden Knirschen gegen die Steinwand.

Das Anch fiel der Kreatur aus der Hand, und Marty schnappte es sich.

Der Sethianer stieß lautes Gebrüll aus, als er herumwirbelte und Surjan zur Seite stieß.

Marty stürzte sich auf die riesige Kreatur, die ihm zwar auswich, dadurch jedoch das gelbbraune Katzenwesen rammte und rückwärts durch den Eingang nach draußen beförderte.

Mit einer verschwommenen Bewegung schoss der Dolch des Sethianers auf Marty zu. Die Klinge schwirrte durch die Luft und verfehlte nur knapp sein Gesicht.

Surjans Anch steckte tief im Rücken der Kreatur. Dunkler Glibber sickerte aus der Wunde und spritzte übelriechend durch die Kammer.

Mit dem Anch in der Hand täuschte Marty einen Angriff an, der den Sethianer einen Schritt zurückweichen ließ. Marty setzte seine Bewegung fließend fort, ließ sich fallen, fegte das Standbein unter dem Monster weg und ließ es krachend auf dem Rücken landen.

Bevor der Gefallene reagieren konnte, schlitzte Marty tief über dessen entblößten Bauch, bevor er das Anch kraftvoll in den inneren Oberschenkel stieß und es nach außen riss.

Die Kreatur heulte auf und versuchte, sich auf die Beine zu rappeln, während Blut aus ihren Wunden strömte. Die gelb leuchtenden Augen des Sethianers starrten Marty an. Dazu knurrte er so fremdartig, dass Marty ein Schauder über den Rücken raste, als er außer Reichweite des Monsters zurückwich.

Solche Wunden und der Blutverlust hätten einen Wasserbüffel zu Fall gebracht, doch die Kreatur schaffte es in geduckte Haltung.

Marty wappnete sich für den Angriff. Plötzlich schoss eine Speerspitze aus dem Rachen des Sethianers, und Surjan brüllte: »Surjan Marty *fateh!*« In Surjans Muttersprache ein Ausruf, der ihren Sieg verkündete.

Der Körper des Sethianers zuckte, dann brach er zusammen und zerrte dabei den Speer aus Surjans einhändigem Griff.

Aus dem Augenwinkel bemerkte Marty eine schimmernde Lichtkugel, die sein Bein berührte und schlagartig verschwand. Er schaute in die Richtung, aus der sie gekommen war, und erblickte das gelbbraune Katzenwesen. Dessen Haut zersetzte sich bereits wie bei den anderen sterbenden Mischkreaturen, denen er begegnet war.

Marty verspürte Erleichterung, als er in Surjans blutverschmiertes Gesicht sah. »Willkommen bei der Party.«

Er trat um die wachsende Lache des nach Bleiche riechenden Glibbers herum, der aus dem riesigen Sethianer strömte. Dabei fiel ihm auf, dass Surjans linker Arm schlaff an der Seite baumelte. »Dein Arm?«

Surjan zuckte zusammen. »Das Gelenk ist aus der Pfanne gesprungen, als mich das Monster weggeschleudert hat.«

Gunther und Lowanna steckten die Köpfe in die Kammer. »Muss jemand geheilt werden?«

Marty zeigte auf Surjans Arm. »Gunther, hast du bei der Armee gelernt, wie man einen ausgekugelten Arm einrenkt?«

Der Deutsche nickte und steuerte auf Surjan zu. Lowanna verkündete: »Wir haben die Kinder. François versteckt sie im Wald und mästet sie wahrscheinlich gerade mit Feigen. Kareem spürt den restlichen Katzenwesen nach.« Sie bedachte Marty mit einem bösartigen Grinsen. »Mit etwas Scharfem und Spitzen in der Hand hat er sich als ziemlich gefährlich erwiesen.«

Marty zeigte auf die zerfallenden Überreste des Sethianers. »Irgendwo in der Sauerei ist ein recht hübscher Dolch. Vielleicht würde er damit gern spielen.«

Ein Lichtklecks stieg vom Kadaver des Sethianers auf und schwebte auf Marty zu.

Er hatte keine Ahnung, was das Licht bedeutete, aber es schien ihm von allem zuzufliegen, was getötet wurde. Nein, das stimmte nicht. Die Kleckse flogen Marty von Feinden zu, die *er* getötet hatte. Waren es Seelen? Eine Lebensessenz, die nur die seine Gruppe sehen konnte?

Als die Lichtkugel in ihn eindrang, durchzuckte ein Knistern sein Bein. Wärme breitete sich in seiner Brust aus und ließ ihn nach Luft schnappen.

Surjan japste ebenfalls, doch um Marty drehte sich jählings alles, als Geräusche und Farben seine Sinne bestürmten.

Genauso unvermittelt endete es wieder.

Sein Herz raste, als ihn eine Flutwelle von Energie erfasste. Jegliches Gefühl von Erschöpfung verpuffte.

Dann spürte Marty Schritte draußen vor der Kammer. Sein gesamter Körper fühlte sich an, als wäre ihm eine Art neues Leben eingehaucht worden.

Er schaute zu Surjan, der den Arm wieder normal bewegte, und ihre Blicke begegneten sich. Auch ihm war etwas widerfahren. Marty merkte es ihm an. »Hast du auch das Gefühl, gerade auf eine neue Daseinsebene durchgebrochen zu sein?«

»Das würde ich bejahen. Schätze, das ist dann bei mir das dritte Mal. Wenn wir schon mitzählen.«

»Ja, bei mir auch.« Schmunzelnd dachte Marty daran zurück, wie er sich als Kind jedes Mal überschwänglich gefreut hatte, wenn er bei Spielautomaten ein neues Level erreicht hatte. In der Realität erwies sich der Aufstieg als viel besser.

Surjan lachte. »Das müssen wir noch mal machen. Ich fühle mich wie neugeboren.«

Marty hob den Speer vom Boden auf und trat den Dolch aus dem Glibber der Überreste des Sethianers. Den Speer warf er Surjan zu, bevor er ein weiteres Sethianer-Medaillon barg. »Sehen wir uns schnell um, was hier alles ist. Wir nehmen mit, was immer wir brauchen können, dann bringen wir die Kinder schleunigst zum König zurück.«

»Bis jetzt haben wir nur einen Vorrat getrockneter Bohnen gefunden, wie in der Festung. Und einen Beutel mit etwas, das nach Goldnuggets aussieht, jedes so groß wie eine Weintraube.«

»Gut. Dann haben wir jetzt etwas für Tauschhandel. Schon interessant, dass die Sethianer überhaupt Gold haben ... Anscheinend kaufen und verkaufen auch sie irgendwas.«

»Kareem kommt«, kündigte Surjan an.

»Woher weißt du das?«, fragte Marty.

Der Sicherheitsleiter zuckte mit den Schultern. »Ich kann riechen, dass er sich nähert. Ob du's glaubst oder nicht, ich denke, meine Nase ist gerade noch empfindlicher geworden.«

Kareem erschien an der Tür, ließ den Blick durch den Raum wandern, verharrte kurz bei den zerfallenden Überresten des Sethianers und nickte. »Offenbar sind wir alle fleißig gewesen. Im Tal sind keine dieser Katzenwesen mehr, Allah sei Dank. Aber ich glaube, ein paar sind entkommen, während wir den anderen aufgelauert haben.«

»Aufgelauert?« Marty spürte die wachsende Kameradschaft zwischen den Mitgliedern der Gruppe. »Sehen wir uns kurz um, bevor wir mit den Kindern aufbrechen. Und auf dem Rückweg würde ich zu gern hören, was sich alles abgespielt hat, während ich bewusstlos war.«

KAPITEL VIERUNDZWANZIG

Kaum hatten sie die Kinder abgeliefert, brach überschwänglicher Jubel in der Bevölkerung von Jehed aus. Marty wurde auf der Straße immer wieder von Leuten angehalten, die ihm Süßigkeiten überreichten und ihn und die Gruppe zu einer Mahlzeit unter ihrem Dach einluden.

Überschwängliche Dankbarkeitsbekundungen waren auch in modernen nahöstlichen Kulturen durchaus verbreitet. Und da diese Menschen theoretisch die Vorfahren jener verkörperten, mit denen Marty mehrere Jahre verbracht hatte, fand er es interessant, die Verhaltensähnlichkeiten sowohl zu sehen als auch zu spüren.

Marty, Gunther und François steuerten auf das Haus des Königs zu. Diesmal lächelten die mit Speeren bewaffneten Wächter, als sie sich näherten.

Beim Weg ins Gebäude meinte Gunther im Flüsterton: »So fühlt sich Ruhm an.«

»Gesegnete, ihr seid zurück!« Lunja, die Ehefrau des Königs, begrüßte sie mit einem herzlichen Lächeln. Sie bedeutete ihnen, ihr in den Hauptwohntrakt und die Treppe hinauf zu folgen. »Ihr müsst zu Iken.«

Die drei Mitglieder der Gruppe sahen sich gegenseitig an und bemühten sich, unbesorgt zu wirken.

»Iken?«, flüsterte Marty.

»Der König«, flüsterte Gunther zurück.

François holte mehrmals tief Luft.

Bei ihrer letzten Begegnung hatte König Iken mehr tot als lebendig im Bett gelegen und offenbar schwer an Tuberkulose gelitten.

Marty stieg die Stufen aus Lehmziegeln hinauf und folgte Lunjas wallendem, bunten Gewand in einen Raum, den sie bisher nicht zu Gesicht bekommen hatten.

Dann wurden Martys Augen groß.

König Iken saß nicht nur aufrecht, sondern zudem auf einem Stuhl neben einem Schreibtisch. Der Mann atmete ohne erkennbare Beschwerden. Vom blutigen Spucknapf fehlte jede Spur.

François erschauderte.

Der ergraute Mann drehte sich um und lächelte sie an. »Gesegnet mögt ihr und die euren sein. Ich stehe tief in eurer Schuld.« Der König zeigte auf Gunther. »Ich weiß nicht, ob es deine Berührung war, die mich geheilt hat ...« Er zeigte auf François. »Oder dein verdorbenes Brot ... aber ich danke euch. Es geht mir viel besser.«

François holte aus seinem Bündel zwei weitere Stücke des schimmligen Brots und legte sie auf den Schreibtisch des Königs. »Ich rate dir, noch mindestens drei Tage lang davon zu essen. Die Dämonen müssen restlos vernichtet werden, sonst könnten sie zurückkommen.«

Der Franzose zitterte.

Der König griff sich eines der Stücke und biss davon ab.

Sein zu einer Grimasse verzogenes Gesicht verriet, was er vom Geschmack hielt, doch er sagte mit halbvollem Mund: »Viel Freude damit, Dämonen. Es kommt noch mehr davon.«

Marty trat näher und bückte sich auf Augenhöhe zum König. »Wir haben alle Kreaturen getötet, die wir in den Ruinen angetroffen haben, aber wahrscheinlich treiben sich noch mehr davon herum.«

»Ametsu?«, fragte König Iken.

Marty nickte. »Ametsu und andere Kreaturen der Ametsu.«

Der König grinste und zeigte Marty ein Blatt, das wie Vellum aussah, abgeschabte und konservierte Tierhaut. Die Zeichen darauf ähnelten jenen, die er in einer der Oasen gesehen hatte. Unverständliche Symbole, eine rudimentäre Karte und ein eingekreistes Gebiet, versehen mit dem Unendlichkeitssymbol.

Das gleiche Symbol wie auf Sethianer-Medaillon.

Der König hatte die versteckten Ruinen damit gekennzeichnet. Offensichtlich hatte der Mann in der Vergangenheit schon mit den Wesen zu tun gehabt.

»Ich schreibe gerade an die anderen Könige der Wüste. Wenn die Ametsu oder ihre Kreaturen eine unserer alten Stätten entweihen und es wagen, uns anzugreifen, kommt das einer Beleidigung alle heutigen Könige und jener der fernen Vergangenheit gleich. Alle Könige des Lands sind einander durch einen alten Blutschwur verpflichtet. Wir sind wie eine Familie. Andere werden Krieger schicken. Wir werden uns zurückholen, was uns gehört, und diese verfluchten Kreaturen aus dieser Gegend vertreiben.«

Dieser Mann war nicht grundlos König. Er dachte bereits drei Schritte voraus. Marty wäre zu gern in seine Rolle des Archäologen geschlüpft und hätte sich nach den Ruinen erkundigt, aber für die Gruppe war völlig belanglos, was ihn interessierte. Tatsächlich könnten versehentliche Fragen über etwas, das vielleicht als allgemein bekannt galt, Verdacht erregen. Da er sich als verantwortlich für das Wohl der anderen betrachtete, verdrängte er die Fragen, die der Professor für Ägyptologie stellen wollte, und blieb in der Rolle des Gruppenleiters. Er verneigte sich respektvoll und holte aus seinem Bündel eine der gelben Feigen aus dem verborgenen Wald hervor. »Du solltest wissen, dass es da draußen ein ganzes Tal voller Bäume mit solchen Früchten gibt. Davon kann dein Volk profitieren.«

Die Augen des Königs wurden groß. Er legte das halb aufgegessene Brot beiseite. »Frische Feigen hatte ich seit meiner Kindheit nicht mehr.« Er biss hinein, schloss kurz die Augen und ließ einen Laut tiefer Zufriedenheit vernehmen. »Genau, wie ich es in Erinnerung habe.« Dann öffnete er die Lider und begegnete Martys Blick. »Mein Volk hat euch etwas versprochen, wenn ihr dabei helfen könnt, mich von den Dämonen in meiner Brust zu befreien. Ich habe vor, dieses Versprechen zu halten und noch etwas draufzulegen. Allerdings brauche ich ein paar Tage, bis ich alles beisammen habe. Ich hoffe, es wird euch bei der Reise nach Osten nützlich sein.« Der König nahm einen großen Bissen von dem schimmligen Brot, verzog angewidert das Gesicht und gab seiner Frau ein Zeichen. »Lunja, lass Ridha und Lalla große Krüge für das Wasser herstellen. Es wird mindestens ein, zwei Tage dauern, sie zu brennen und abkühlen zu lassen.«

»Danke, König Iken.« Marty richtete sich auf und verneigte sich erneut vor dem Herrscher und dessen Gemahlin. Wasser und eine Transportmöglichkeit dafür waren der Hauptgrund gewesen, warum er herkommen wollte. »Wir verabschieden uns jetzt.«

François zeigte auf das Brot. »Ich komme morgen mit mehr davon zurück.«

Seine Hand zitterte.

Der König biss ein weiteres Stück ab, bevor er sich wieder dem Vellum zuwandte und darauf schrieb.

Die drei Mitglieder der Gruppe bahnten sich den Weg aus dem Haus des Königs. Marty warf Gunther einen Blick zu. »Hättest du dir je vorstellen können, dass wir mal in einem prähistorischen Dorf Umgang mit präpharaonischen nordafrikanischen Oberhäuptern haben würden? Oder auf Kreaturen stoßen würden, die mit ziemlicher Sicherheit die ägyptische Mythologie inspiriert haben und von deren Existenz kein moderner Biologe etwas ahnt?«

Gunther zuckte mit den Schultern. »Ich sag's ja. Twilight Zone ... Wir sitzen in einer Geschichte fest, die sich irgendjemand ausgedacht hat, und spielen die Rolle des verrückten Professors, der fürchtet, den Verstand verloren zu haben.«

Schmunzelnd schüttelte Marty den Kopf. »François, was ist mit dir los? Du siehst aus, als würdest du unter dem Veitstanz leiden.«

François lachte leise. »Ich fühle mich ... gestärkt. Keine Ahnung, vielleicht liegt's ja daran, dass ich den König geheilt gesehen habe. Jedenfalls fühlt es sich an wie ein plötzlicher Ansturm von ...«

»Elektrizität«, sagte Gunther.

François' Augen leuchteten auf. »Genau! Bei dem Brand hab ich es schon mal gespürt.«

»Interessant«, sagte Gunther. »Ich vor einer Weile, als ich dich nach dem Treffer dieses Pfeils geheilt habe.«

»Dann bist du wohl gerade eine Stufe aufgestiegen.« Marty grinste und legte verschmitzt die Stirn in Falten. »Ha, wie bei einem Computerspiel. Aber schon faszinierend. Ich dachte, es passiert nur, wenn wir irgendwas töten ... Wohl doch nicht. Achtet beide darauf, ob euch irgendwelche Veränderungen an euch auffallen. Ich könnte schwören, dass ich mich leichtfüßiger gefühlt habe, nachdem ich die dritte Stufe erreicht hatte. War echt schräg.«

François nickte. »Wenn wir nur zwei Tage haben, muss ich mich schleunigst um das Schwarzpulver und die Granaten kümmern.«

Martys schaute verkniffen drein, während sie weiter durch den Ort gingen und er daran dachte, was sie im Osten erwarten mochte. Fast jeder in Jehed hatte ihn vor der Reise gewarnt und dringend davon abgeraten. Gefahr schien vorprogrammiert zu sein. Wenigstens hatte François den Denkapparat wieder angeworfen. Als Einziger der Gruppe traf er Vorbereitungen für einen Krieg.

***

Marty ging mit François und Surjan durch das struppige Gras am Ortsrand von Jehed. François redete aufgeregt darüber, woran er gearbeitet hatte.

»Ich hab inzwischen fast 25 Kilo Schwarzpulver gemischt. Und dank Kareems Hilfe haben wir weitere 130 Kilo Rohmaterial, das ziemlich schnell gemischt werden kann.«

Surjan sah den Franzosen mit hochgezogener Augenbraue an. »Und wie stellst du sicher, dass uns das Schwarzpulver nicht aus Versehen in die Luft jagt?«

François wischt die Frage weg. »Ich habe alles in separaten Holzkisten. Einige der Dorfbewohner haben grünes Holz aus dem verborgenen Tal mitgebracht. Ich habe einen der Holzarbeiter gebeten, mir daraus Kisten für die Aufbewahrung zu zimmern. Ist schier unmöglich, dass ein verirrter Funke das Pulver zünden könnte.« François blieb am Rande eines Abhangs stehen. Mit einem zufriedenen Nicken reichte er Marty und Surjan je eine Granate. »Wir sind weit genug weg, dass es keine unangenehmen Fragen wegen der Explosionen geben sollte.«

»Und falls doch«, warf Marty ein, »schieben wir es auf Donner.« Er wog das etwa ein halbes Kilo schwere Objekt in der Hand und staunte darüber, dass François etwas Derartiges buchstäblich aus Dreck und anderen simplen Rohmaterialien erschaffen hatte. »Wie du weißt, MacGyver, könnte Sprengstoff in dieser Zeit einen Zusammenbruch des Raum-Zeit-Kontinuums verursachen, falls irgendjemand rausfindet, wie du's gemacht hast. Also behalten wir die Einzelheiten lieber für uns, in Ordnung? Das Zeug soll ja von den Chinesen erfunden werden.«

»Und das Penicillin bereitet dir immer noch kein Kopfzerbrechen?«

»Auch darüber breiten wir den Deckmantel des Schweigens aus.«

»Soll mir recht sein, aber die korrekte wissenschaftliche Terminologie überlässt du lieber mir«, brummelte François. »Raum-Zeit-Kontinuum ... von wegen!«

Marty schmunzelte, während er die Granate begutachtete. Sie wies die Form eines Baseballs und an einem Ende eine knopfartige Kappe auf. Der Großteil des Gewichts schien sich auf eine Seite zu konzentrieren. »Ausgewogen ist die aber nicht.«

»Absichtlich. Der Schraubverschluss ist am schwersten, weil die Granate auf dem oben angebrachten Zünder landen soll.«

Als Marty den Verschluss untersuchte, entdeckte er eine Feder mit ... »Ist das ein Feuerstein, den du als Zünder benutzt?«

»Ist ganz einfach. Zwei kleine Feuersteine, fixiert mit einer Feder. Beim Aufprall reibt die Feder die beiden aneinander. Dadurch gelangen Funken in die Granate und zünden das Pulver.«

»Ist das ein zuverlässiger Auslöser?«, fragte Surjan.

François lächelte. »Um das herauszufinden, sind wir hier. Meiner Ansicht nach schon. Aber ich will mich vergewissern, dass ihr beide richtig damit umgehen könnt, denn ... Na ja, sagen wir einfach, man kann sie nicht wie einen Baseball werfen. Sonst rotiert das Geschoss im Flug, und es bleibt dem Zufall überlassen, ob der Auslöser am Ziel aufschlägt und zündet oder nicht. Stellt euch die Verschlussseite der Granate wie die Spitze eines Speers vor. Werft so, dass die Seite der Granate bis zum Ziel immer vorn bleibt.« Er schaute zwischen Marty und Surjan hin und her. »Seid ihr bereit?«

»Moment.« Mit besorgter Miene betrachtete Surjan den Sprengkörper in seiner Hand. »Wie groß ist der Wirkradius?«

François schwenkte den Kopf hin und her. »Vermutlich nur um die drei Meter. Da ist nur Schwarzpulver drin. In die anderen, die ich baue, kommen Splitter rein. Hauptsächlich Steinchen, Metallsplitter sind nämlich schwer aufzutreiben. Achtet nur darauf, mindestens sechs Meter weit zu werfen. Hier oben am Hang sollte uns nichts passieren.«

Marty richtete die Granate in der Hand aus. »Na schön. Ich zähle von drei runter.

Drei ...

Zwei ...

Eins ...

Los!«

Marty schleuderte seine Granate, so weit er konnte. Sie flog gute zwölf Meter, bevor die Schwerkraft sie nach unten zog und sie mit einem explosiven Knall aufschlug.

Unmittelbar darauf folgen zwei weitere Detonationen.

Marty klatschte mit dem französischen Financier ab und nickte. »François, ich würde sagen, dein Experiment ist nach Plan verlaufen. Der Auslöser und das Pulver scheinen zu funktionieren.«

Surjan nickte. »Wie viele davon kannst du herstellen?«

»Der Engpass ist der Keramikkörper. Ich habe genug Schwarzpulver für 50 Granaten und Rohmaterial für weitere 300. Hoffentlich habe ich bis zu unserem Aufbruch ein paar Kisten mit Granaten beisammen.«

»Wie bezahlst du eigentlich für das Material?«, fragte Marty. »Falls du dafür was brauchst, weiß ich, dass Lowanna einen Beutel mit Goldnuggets aus den Ruinen hat. Davon kannst du ein paar ... Halt, warte, redet ihr überhaupt miteinander?«

François lachte, als die Gruppe in Richtung des Dorfes zurückkehrte. »Sagen wir so: Ich glaub nicht mehr, dass sie Pläne schmiedet, mich im Schlaf abzustechen. Aber unabhängig davon, ich brauche nichts. Ich habe ein paar der Goldglieder meiner Uhr eingetauscht. Ist ja nicht so, als bräuchte ich sie noch.«

»Stimmt.« Marty sah Surjan an. »Hast du Pläne für die Granaten?«

»Ich überlege, mir einen Munitionsgurt anfertigen zu lassen, damit ich ein paar davon griffbereit am Körper tragen kann.« Der große Mann grinste. »Schadet ja nie, vorbereitet zu sein.«

»Genau meine Rede«, steuerte François bei.

Sie erreichten die Dorfgrenze. Eine der Wächter winkte zum Gruß, und Marty verspürte einen Anflug von Bedauern darüber, dass er keine Gelegenheit bekommen würde, die Ruinen genauer zu erforschen und ausführlicher mit diesen Menschen zu sprechen.

Für den nächsten Abend plante der König ein Abschiedsfest, am Tag darauf würden sie abreisen.

Marty schlug mit Badis ein. Er schaute an dem Krieger vorbei zu dem Gehege, in dem die Vorräte der Gruppe untergebracht waren. Seine

Augen wurden groß. In dem Gehege hatten die Dorfbewohner deponiert, was in der vergangenen Woche zusammengetragen worden war. Allerdings war es ursprünglich ein mit Vorräten gefüllter Wagen samt einem Ochsen als Zugtier gewesen. Nun standen dort *fünf* randvolle Wagen mit vier weiteren Ochsen sowie eine Handvoll Kamele. Die Wagen strotzten vor allerlei eingepackten Waren, doch am verblüffendsten fand Marty die schiere Menge der vermutlich mit Wasser gefüllten Keramikgefäße. »Woher kommt das alles?«

Badis wandte sich an Udad. »Hat man dir einen Namen genannt?«

Der jüngere Krieger schüttelte den Kopf. »Sie haben es einfach hergebracht und gesagt, es wäre für unsere Reise.«

»Wer sind *sie?*«, fragte Marty.

»Einige der Männer des Königs.«

Marty runzelte die Stirn und wusste nicht recht, wie er auf ein solches Geschenk reagieren sollte. Er hatte keine Ahnung, worum es sich bei all den eingepackten Vorräten handelte, aber vermutlich um Proviant für unterwegs. Es war eindeutig zu viel. Geschätzt das Zehnfache der Menge, die sie für die Reise brauchen würden. Vielleicht sogar mehr.

Munatas fütterte gerade ein Kamel mit einem Büschel langer grüner Grashalme, als das Tier plötzlich brüllte.

Ich habe einen Dorn in der Lippe!

»Was ist mit dir?«, rief Munatas erschrocken.

»Sieh dir das Maul an. Es hat einen Dorn in der Lippe.« Marty erstarrte. Woher um alles in der Welt wusste er das?

Hatte er etwa verstanden, was das Kamel gesagt hatte?

Gleich darauf drehte sich Munatas zu Marty um, lächelte und schwenkte etwas in der Hand. »Du hattest recht!« Der Dörfler aus Ahuskai bot dem Tier wieder Gras an, und das Kamel fraß eifrig weiter.

Marty wurde leicht übel.

»Alles in Ordnung?«, fragte Badis.

Die Männer wirkten besorgt. Marty klopfte beiden auf die Schultern. »Es geht mir gut.« Er deutete auf das prall gefüllte Gehege. »Sind wir bereit, morgen früh aufzubrechen?«

Badis nickte. »Alle sind ausgeruht und bereit.«

»Gut.« Er fasste den Mann erneut am Unterarm und sagte: »Heute

Abend gibt's ein Festessen. Sieh zu, dass du auch was davon bekommst.«

»Seher«, sagte Badis und klang dabei zögerlich.

»Ja?«

»Ein Heer, wie es das hier allmählich wird ...« Badis zeigte auf die Wagen. »Ein solches Heer sollte unter einem Banner marschieren.«

Marty wandte sich ab und kehrte zurück ins Dorfzentrum, wo das Festmahl vorbereitet wurde.

Er mochte diese Menschen. Es waren anständige, ehrliche Leute. Zu gern wäre er länger bei ihnen geblieben. Aber die Vision, mit der er jeden Morgen erwachte, erinnerte ihn ständig daran, dass er sich diesen Luxus nicht leisten konnte.

Noch elf Tage bis zum Ende ihrer Reise.

Marty stand neben der Kochstelle. Er lächelte, als König Iken mitten durch das Dorf schritt. Marty sah den Mann zum ersten Mal außerhalb seines Hauses. François' Experiment mit dem Antibiotikum hatte funktioniert.

Der König steuerte geradewegs auf Marty zu und begrüßte ihn mit einem Kuss auf beide Wangen. »Es stimmt mich traurig, dass du und die deinen weiterziehen. Ihr seid ein größerer Segen für mich gewesen, als ich es mir je hätte erhoffen können.«

Marty legte die Hand auf die Brust des Königs. »Schweigen die Dämonen?«

»Sie sind weg. Gunther hat mir zwei Tagesvorräte von dem verdorbenen Brot gegeben, und ich habe versprochen, es zu essen – nur sicherheitshalber, damit die Dämonen nicht zurückkommen.« Er deutete auf das große Kamel am Spieß, das ein Mann über den Kohlen drehte, während ein anderer es mit einem in rötliche, stark gewürzte Flüssigkeit getränkten Mopp benetzte. »Der Rest des Essens ist noch nicht ganz fertig, aber du bist herzlich eingeladen, mit mir das Königsstück zu teilen.«

Der von dem Kamel ausgehende Duft war eine berauschende Mischung aus gebratenem Fleisch und nordafrikanischen Gewürzen wie Zimt, Piment, Knoblauch und mehr.

»Königsstück?«

Der König bedeutete Marty, ihm zu folgen, ging zu dem knisternden, über dem Feuer bratenden Kamel, zog ein Messer und eine zweizinkige Gabel vom Gürtel und schnitt ein Stück von dem sich drehenden Tier ab.

Er reichte Marty das dampfende Fleisch, dessen Saft im Sonnenlicht glitzerte. »Nur zu, nimm die erste Kostprobe. Es heißt, der erste Bissen ist immer der feinste.«

Marty zupfte das Fleisch von den Zinken der Gabel, und der König schnitt ein weiteres Stück für sich ab.

Sie bissen gleichzeitig in ihre jeweiligen Brocken, und Marty schloss die Augen.

Er hatte schon einmal Kamel gegessen, aber noch nie hatte etwas so wie das geschmeckt. Durch das Bestreichen mit der Flüssigkeit hatte sich eine rauchige Kruste gebildet, die vor typisch nordafrikanischen Aromen strotzte. Und entweder hatte dieser König Zugang zu Salz, oder etwas anderes verstärkte den Geschmack des Fleischs, denn es war besser als alles, was er je zuvor gegessen hatte.

»Was hältst du davon?«

Marty lächelte. »Gut, dass ich abreise. Wenn ich zu lange hier bliebe, würde ich wahrscheinlich fett.«

Der König lachte und gab einem seiner Wachmänner ein Zeichen. Der Mann rannte davon, und der König legte Marty den Arm über die Schultern. »Ich habe ja schon gesagt, wie dankbar ich bin, dass ihr gekommen seid. Du sollst wissen, dass ihr jederzeit wieder bei uns willkommen seid, wann immer ihr wollt. Eure Vorräte habe ich wie versprochen besorgt ...«

»Ja, was das angeht ...« Marty war nicht sicher, wie er das Thema dezent ansprechen sollte. »Ich habe all die mit Lebensmitteln und Wasser gefüllten Wagen gesehen. Ich will nicht undankbar erscheinen, aber es ist zu viel für meine Gruppe, das alles zu verwalten. Es ist ...«

Der König lachte und drückte Martys Schulter. »Das kann ich erklären, mein Freund.« Er zeigte auf eine sich nähernde Gruppe. »Das hilft vielleicht.«

Es war eine gewaltige Menge, mindestens 50, nein eher 100 Männer. Ein großer, muskulöser Kerl mit der Schärpe eines Wächters und einem Speer trat an den König heran. Kurz sank er auf ein Knie, bevor er sich wieder aufrichtete. Er kniff die Augen zusammen, wodurch sie in dem langen Gesicht winzig wirkten, und seine Nasenflügel schienen dauerhaft gebläht zu sein.

Der König gab dem Mann ein Zeichen. »Usaden gehört zu meinen vertrautesten Kriegern. Wir haben viele in Jehed und im gesamten Umfeld, die gelobt haben, den Rettern ihres Königs zu dienen. Ich habe Usaden die besten auswählen lassen. Nur Unverheiratete. Wenn ihr dort ankommt, wohin das Schicksal euch führt, könnten sie ein neues Leben beginnen und unsere Lebensweise an andere weitergeben.«

Marty fehlten die Worte. Er hoffte, die Worte falsch verstanden zu haben. »Soll das heißen, diese Leute ...«

»Du kannst frei über sie verfügen. Sie wollen sich deinem Heer anschließen. Ihr Schicksal liegt jetzt in deinen Händen. Vermutlich wird der Name Marty noch viele Jahre weit und breit berühmt sein. Ich hoffe, das hilft bei eurer Reise.«

Badis stand auf einen Speer gestützt unter den Neuankömmlingen. Nein, kein Speer – es handelte sich um eine lange Stange mit einem Querbalken am oberen Ende.

Eine Stange für ein Banner.

Die versammelten Männer drehten sich alle Marty zu, sanken auf ein Knie und standen wieder auf. Ernste Gesichter sahen Marty an, und ihm wurde bewusst, wie überfordert er sich fühlte. Eine Sechsergruppe anzuführen, war eine Sache. Eine Gruppe von 16 schon etwas mehr. Aber das ... kam dem Beginn einer Armee gleich.

Sie wurden tatsächlich zu einem kleinen Heer.

Dafür fühlte er sich nicht bereit.

Dennoch setzte er ein herzliches Lächeln auf und erhob die Stimme, damit ihn alle hören konnten. »Willkommen und vielen Dank, dass ihr euch unserer Gruppe anschließen wollt. Ihr stoßt in einem bedeutenden Augenblick zu uns.« Er winkte Badis nach vorn.

Der Krieger aus Ahuskai trat grinsend vor und hielt dabei stolz die Bannerstange. Marty kramte in seinem Bündel, bis er fand, wonach er suchte.

»Wir haben einen langen Marsch vor uns«, sagte Marty. »Und wir brechen im Morgengrauen auf. Wir werden unter diesem Banner reisen, dem Zeichen der Gebrochenen Ametsu.« Er befestigte sein Banner an der Stange, und Badis hievte sie hoch.

»Die Gebrochenen Ametsu!«, brüllte Badis. »Das lebendige Banner des Heers von Marty, dem Seher!«

»Die Gebrochenen Ametsu!«, riefen die neuen Mitglieder der Heerschar. »Marty, der Seher!«

Lebendiges Banner? Was hatte er getan? Marty räusperte sich. »Sorg dafür, dass ihr alle ausgeruht seid, wenn wir uns kurz vor Sonnenaufgang beim Gehege treffen.«

Der König rief: »Und nehmt unbedingt bei Sonnenuntergang am Festessen teil. Es gibt viel zu feiern, und ich möchte euch allen das Beste für die Reise wünschen.« Mit einer Geste entließ er sie, und die Gruppe zerstreute sich. Alle eilten in ihre jeweiligen Ecken des Dorfs.

Der König drehte sich Marty zu und grinste. »Du wirst deine Sache gut machen.«

Der König und Marty fassten sich gegenseitig an den Unterarmen.

Und Martys Leben war soeben wesentlich komplizierter geworden.

Marty und seine ursprüngliche Gruppe hatten von Anfang an den manchmal ausgesprochenen, immer aber unterschwellig vorhandenen Plan gehabt, einen Weg zurück dorthin zu finden, von wo sie gekommen waren. Und dazu gehörte mit Sicherheit nicht, mit einer prähistorischen Armee im Rücken in der Moderne aufzutauchen.

Eine Ader an Martys Schläfe begann zu pochen, während er überlegte, was er mit dieser Armee anstellen sollte.

Als sich die Sorgen verdichteten, rief er sich einen der Lieblingssprüche seines Großvaters Chang in Erinnerung.

Der größte Fehler, den man machen kann, ist die ständige Angst vor einem Fehler. In der Regel weist sich alles von selbst.

Marty nickte.

Unabhängig von allem anderen wusste er etwas mit Sicherheit.

Er musste es Schritt für Schritt angehen.

Noch elf Tage.

KAPITEL FÜNFUNDZWANZIG

»Okay«, sagte Surjan. »Was ihr über Speerkampf wisst, ist toll für den Einzelkampf. Gegen nur einen Feind im Nahkampf könnt ihr den Großteil davon ignorieren, was ich gleich sagen werde.«

Er stand zwei Dutzend Kriegern gegenüber, aufgestellt in zwei Reihen. Jeder hielt einen eigens für Übungszwecke von Surjan unterwegs aufgelesenen, langen Stock und einen ovalen Schild aus Leder.

In der Ferne flatterte das Banner des Heers im Wind.

Zwei Dutzend Männer und eine Frau. Tafsut.

Sie war seit Ahuskai bei ihnen und drängte sich Surjan weiter unerbittlich auf. Mittlerweile hatte sie sich auch dem von ihm organisierten Speerkampftraining angeschlossen. In den drei Tagen, die Surjan die Übungskämpfe schon beaufsichtigte, hatte sie sich bereitwillig in jeden einzelnen davon gestürzt. Sie kämpfte genauso beherzt wie jeder der Männer. Außerdem konnte man sie mit ihrem lehmfarbenen Teint und ihrem glänzenden schwarzen Haar nur als wunderschön bezeichnen. Die Kämpfer sprangen, warfen die Speere, wenn sie eine Gelegenheit dazu sahen, stachen und hieben allerdings auch damit zu. Dieser Kampfstil ermöglichte zwar starke, wuchtige Treffer, setzte den eigenen Körper jedoch der Gefahr von Gegenangriffen aus.

Und er war völlig ungeeignet für ein Gefecht als Einheit. Es war ein

Kampfstil von Barbaren, und Surjan wollte allen einen alternativen Ansatz beibringen.

Wenngleich nicht feststand, in welche Zukunft diese Armee ging, schien ihr ein Kampf bevorzustehen. Höchstwahrscheinlich gegen die brutalen, dickhäutigen Sethianer. Dafür waren diese Leute nicht gewappnet.

»Ihr werdet lernen, wie man zusammen kämpft«, brüllte Surjan mit seiner Exerzierplatzstimme. »Das Erste und Wichtigste, was ihr wissen müsst, hat nichts mit dem Speer zu tun. Wir müssen lernen, als Einheit zusammenzubleiben. Schulter an Schulter.«

»Wenn wir Schulter an Schulter stehen«, meldete sich Badis zu Wort, »sind wir dann für feindliche Bogenschützen nicht leichter zu treffen?«

»Auf Bogenschützen bereiten wir uns später vor«, erwiderte Surjan. »Aber die Antwort ist nein. Schulter an Schulter schützt ihr euch gegenseitig vor Pfeilen und anderen Geschossen. Betrachten wir zuerst einen Feind mit einem Speer oder einem Schwert. Badis, heb den Speer in Bereitschaftshaltung. Hintere Hand in Hüftnähe, Klinge auf Augenhöhe. Ihr zwei, links und rechts von ihm, macht dasselbe. Jetzt passt auf.« Er tat so, als versuchte er, ihre Abwehr zu durchbrechen. »Du hast zu beiden Seiten einen Waffenbruder, Badis. Und hinter dir weitere. Du kannst dich ganz auf den Bereich unmittelbar vor dir konzentrieren.«

»Ja«, sagte Badis. »Aber wenn wir uns bewegen, müssen wir es zusammen tun.«

»Richtig!«, rief Surjan. »Die erste Regel beim gemeinsamen Kampf lautet daher: die Linie halten.«

»Auch im Rückzug?«, fragte Munatas.

Tafsut spuckte aus. »Wir ziehen uns nicht zurück.«

»Die Linie wird trotzdem gehalten«, sagte Surjan.

»Was, wenn wir uns drehen müssen?«, fragte jemand anders.

»Wir werden lernen, uns gemeinsam zu drehen«, erwiderte Surjan. »Und wenn wir uns drehen, halten wir dabei die Linie.«

»Was, wenn ein Kämpfer fällt?«, wollte ein eher kleiner Speerkämpfer wissen.

»Die Linie wird trotzdem gehalten«, sagte Surjan.

»Gehen wir zurück, um unsere Verwundeten zu holen?«, hakte derselbe Mann nach.

»Wir bewegen uns gemeinsam vorwärts«, erwiderte Surjan, »und gemeinsam rückwärts. Die zweite Regel beim gemeinsamen Kämpfen lautet: Folgt eurem Anführer.« Als ihm kein Wort für »Sergeant« einfiel, erfand er einfach eines. »Jeder Zug hat einen Sprecher der Speere. Einen Speersprecher. Er sagt euch, wann ihr euch nach links oder rechts zu drehen habt, und wann ihr euch einen Schritt vorwärts oder zurück bewegen müsst. Ihr werdet tun, was er sagt.«

»Wir halten die Linie!«, rief Usaden.

Die anderen Krieger sahen ihn an und nickten.

»Wir bewegen uns mit gebeugten Knien«, sagte Surjan. »Der Oberkörper bleibt gerade. Vorerst halten wir die Speere in der ersten Reihe in Bereitschaftsposition, in der zweiten Reihe in Schulterposition. Achtet aus den Augenwinkeln auf eure Waffenbrüder links und rechts. Ihr wollt weder vor noch hinter ihnen sein. Wir lernen durch praktische Übungen, die wir so oft wiederholen, dass ihr nicht mehr nachdenken müsst, um euch im Gleichschritt zu bewegen und die Linie zu halten.«

»Die Linie halten!«, brummte Usaden.

»Die Linie halten!«, antworteten andere.

»Bist du der Speersprecher?«, rief Tafsut zu Surjan.

Er wusste nicht, warum, aber die Frage ließ ihn erröten. »Vorläufig. Ich rufe die Schritte nacheinander für euch auf. Zuerst vorwärts. Schritt! Schritt! Schritt!«

Anfangs war die Linie unregelmäßig und wurde in Bewegung noch zerklüfteter. Aber Surjan machte beharrlich weiter, befahl die Formation abwechselnd vorwärts und rückwärts, bis dabei die Linie gehalten wurde. Dann brachte er seinen Rekruten bei, sich um 180 Grad zu drehen und die Speere mit dem kürzestmöglichen Bewegungsradius zu schwingen. Anschließend hieß es wieder vor und zurück, bis die Sonne unterging.

Eine Stunde später aß er am Feuer gebratenes Antilopenfleisch und saß neben Tafsut.

»Du bist sehr gut darin, mit anderen zu arbeiten«, meinte er zu ihr. »Du könntest Speersprecherin werden.«

»Das sollte Badis machen«, entgegnete sie. »Oder Usaden. Die Krieger respektieren sie. Ich habe mich nicht deshalb den Speerkämpfern angeschlossen.«

Lowanna hielt ihre Schleuder hoch, um sie den versammelten Kriegern zu zeigen. »Einige von euch sind Hirten oder Jäger und haben bereits Erfahrung mit dieser Waffe«, sagte sie. »Wir schießen mit Steinen auf das Ziel, das ich mit Blut auf den großen Felsbrocken da drüben gemalt habe. Wenn ihr es dreimal hintereinander mit eurer eigenen Technik trefft, und die sich davon unterscheidet, was ich euch gleich zeigen werde, könnt ihr ignorieren, was ich euch beibringen will. Andernfalls benutzt ihr die Schleuder so.«

Sie hatte mit Kareems Hilfe mehrere davon hergestellt. Kareem selbst stand in der Gruppe, die Stirn gerunzelt, während er sich darauf konzentrierte, den Umgang mit der Schleuder zu erlernen. Lowanna konnte sich zwar immer noch nicht überwinden, Fleisch zu essen, seit sie in dieser Welt eingetroffen war und festgestellt hatte, dass sie die Sprache der Tiere beherrschte. Aber sie hatte sich damit abgefunden, Gegenstände aus Leder zu benutzen und anzufertigen. Für die Schleuder hatte sie sich entschieden, weil sie leicht tragbar und doch tödlich war. Und weil es in der Umgebung reichlich Geschosse gab.

Als Kind im Northern Territory war sie damit aufgewachsen, eine Schleuder zu benutzen. Zuerst nur als Spielzeug. Später, um damit Kleinwild zu erlegen und Raubtiere zu vertreiben.

Sie hielt die Schleuder höher. »Die Gesamtlänge sollte ungefähr beiden ausgestreckten Armen entsprechen. In das kleine Stück Leder in der Mitte platziert ihr das Geschoss. Ein daumengroßer Stein eignet sich gut dafür, vielleicht auch etwas größer. Beachtet, dass eine Seite in einer Schlaufe endete, die andere mit einem Knoten. Legt die Schlaufe um den Zeigefinger und haltet den Knoten locker zwischen Daumen und Zeigefinger. Klemmt ihn nur leicht ein.«

Die Gruppe machte mit. Obwohl einige der Kämpfer den Umgang mit der Schleuder bereits todbringend beherrschten, ließ niemand Ungeduld erkennen. Lowanna selbst hatte damit umzugehen gelernt, um auf der Ranch ihres Onkels im Outback die Schafe zu beschützen, Dingos zu verjagen und Kaninchen zu erlegen. Später hatte sie Studenten auf drei Kontinenten die Handhabung beigebracht. Bisher musste sie die Schleuder noch nie gegen Menschen einsetzen, aber sie wusste, dass sie erheblichen Schaden anrichten konnte.

Und tatsächlich verkörperten die Sethianer ja eindeutig keine Menschen.

Sie brachte ihrer Gruppe bei, wie man die Schleuder in einer Achterbewegung schwang und abfeuerte. Ebenso demonstrierte sie, wie man sie geladen auf Armlänge hielt und mit einem gezielten Überhandwurf schoss. Sie übten, wie weit sie für den gemeinsamen Einsatz der Waffe voneinander entfernt sein mussten. Dann führte Lowanna sie zu dem Felsbrocken, den sie mit Blut als Ziel markiert hatte.

»Vor allem benutzt man das Messer zum Zustechen.« Marty führte es vor. »Wenn man so damit schlitzt, kann man den Feind nur oberflächlich verletzen. Im besten Fall kann man ihm das Augenlicht nehmen oder mit viel Glück eine Arterie treffen.«

Er wollte mit ihren Kriegern auch daran arbeiten, sich leise zu bewegen. Dafür wollte er Surjan einspannen, vielleicht auch Kareem. Allerdings hatten sie schnell festgestellt, dass sich ihre Krieger anders bewegten als die Menschen der Zukunft. Statt mit der Ferse aufzutreten und sich nach vorn zu den Zehen abzurollen, setzten sie zuerst mit den Ballen auf und senkten erst dann Fersen. Marty fragte sich, ob es daran lag, dass sie sich nicht von klein auf an schweres Schuhwerk gewöhnt hatten. Jedenfalls ergab sich daraus ein natürlich leiser Gang.

Also war Marty stattdessen dazu übergegangen, ihnen Nahkampf beizubringen. Er war bereits einige Schläge, Tritte und Würfe durchgegangen. Im Augenblick wies er sie an, wie man effektiv mit einem Messer kämpfte.

»Aber wenn man zustößt, kann man innere Organe treffen.« Udad grinste. Ein verstörender Ausdruck im Gesicht eines Jungen, dem noch mehrere Jahre auf die Volljährigkeit fehlten. Aber Marty hielt sich vor Augen, dass in der antiken Welt völlig andere Maßstäbe galten. Udad war kein Kind mehr.

Also sollte ihn wohl nicht verwundern, dass der junge *Mann* Martys Unterricht mit sichtlicher Begeisterung aufnahm.

. . .

Marty nickte. Als Nächstes sprach er etwas an, das sein Großvater in Filmen immer als falsch dargestellt kritisiert hatte. »Man hält das Messer so vor sich«, sagte er und demonstrierte es. »Mit der Spitze nach oben. Das Messer hält den Feind von euch fern und schützt euch. Gleichzeitig ist es so in einer Position, in der es den Bauch und die Brust des Gegners treffen kann. Und genau dorthin will man angreifen.« Er deutete auf seinen eigenen Massenschwerpunkt. »Der Bereich hier ist voll von Organen, die sich hervorragend als Ziele eignen.«

»Und wehrt man das Messer des Feinds mit dem eigenen Messer ab?«, fragte Udad zögerlich.

»Gute Frage.« Marty packte Tafsut am Ellbogen und führte sie für eine Veranschaulichung nach vorn. Surjan beobachtete sie aufmerksam: Begann er allmählich, sich für sie so zu interessieren wie sie sich von Anfang an für ihn? »Nein. Das wäre so, als würde man versuchen, mit einem winzigen Stück Metall ein anderes abzufangen, was mit Sicherheit schiefgehen würde. Wenn euch jemand mit einem Messer angreift, habt ihr zwei Möglichkeiten. Ihr könnt ausweichen. Oder ihr könnt den Angriff abblocken.«

»Den Angriff abblocken?« Tafsut starrte ihn an.

Marty schmunzelte, als ihm klar wurde, dass er gerade zum ersten Mal in seinem Leben jemandem etwas über Kampfsport beibrachte. »Ungefähr so. Greif mich an.«

Beide hatten kurze, auf die richtige Länge für Kampfmesser zugeschnittene Stöcke. Marty hielt beide Hände entlang seiner Mittellinie. Mit der rechten umklammerte er fest den Stock. Tafsut hielt ihr Übungsmesser tief und nach vorn geneigt, wie Marty es beschrieben hatte. Sie bewegte sich nach rechts, fasste Martys linke Seite ins Auge und zwang ihn, ihrer langsamen Kreisbewegung zu folgen. »Gut«, sagte er.

Nach einer schnellen Finte – ein Manöver, das er nicht demonstriert hatte – sprang sie vor und zielte auf seinen Bauch. Er verlagerte das Gewicht leicht nach rechts, schlug mit dem Stock gegen die Innenseite von Tafsuts Handgelenk und lenkte ihren Angriff so nach außen ab.

Dann stupste er die Kriegerin mit dem eigenen Stock leicht in den Bauch und grinste.

»Ich verstehe«, sagte sie.

»Indem man die Waffe immer auf der Mittellinie hält, ist man stets für einen Angriff aus jeder Richtung gewappnet«, sagte Marty. Rasch ging er Beispiele dafür durch, wie man innen, außen, hoch und niedrig blockierte. Die Krieger lauschten und beobachteten ihn dabei mit ähnlich großen Augen wie früher seine Studenten an der Universität.

Surjan trat vor. »Also gut, jetzt übt alle. Wechselt euch mit eurem Partner ab. Einer greift an, der andere wehrt ab und kontert. Dann umgekehrt.«

Der Sikh stellte sich zwischen Marty und Tafsut, die prompt ihr Übungsmesser in Anschlag brachte und kreiste. Marty wurde zur Seite gedrängt und hatte keinen Partner.

Grinsend dämmerte ihm, dass sich Surjan vielleicht deshalb als Tafsuts Partner dazwischengeschoben hatte, weil er sich zu ihr hingezogen fühlte.

Marty zog sich ein paar Schritte zurück und beobachtete die beiden. Die Frau hatte ein unübersehbares, kämpferisches Funkeln in den Augen, als Surjan ihr Lächeln erwiderte. Plötzlich verspürte Marty einen Anflug von Unbehagen. Nicht aus Eifersucht, im Gegenteil. Sondern weil er wusste, dass Surjan und der Rest der ursprünglichen Gruppe nach Hause in die Zukunft zurückkehren würden. Ihr Herz würde mit Sicherheit brechen, wenn Surjan letztlich aus dieser Welt verschwand. Aber würde er sie zurücklassen wollen? Marty hatte sich in seiner Laufbahn nie in Beziehungen zwischen Kollegen und Einheimischen bei archäologischen Ausgrabungen eingemischt. Und lief diese Situation nicht auf dasselbe hinaus? Sorgte er sich um Disziplin? Aber im Wesentlichen organisierten er und seine Gefährten eine vorzeitliche Gruppe von Kriegern, ein Heer, keine Kompanie der US Army.

Es stand ihm nicht zu, sich einzumischen.

Seufzend überließ Marty die Krieger ihren Übungen mit Surjan.

Marty und der Rest der Gruppe standen auf einer niedrigen Anhöhe und schauten hinab. Er stützte sich auf einen Übungsspeer, als wäre es ein Wanderstab. Unter ihnen erstrecken sich sanfte Hügel in alle Richtungen. Im Westen und Süden wuchs darauf und dazwischen hohes Gras. Im Osten und Norden hingegen gingen sie in kupferroten Sand über und bildeten am östlichen Horizont eine lange Abfolge von Dünen.

Auf einer spitzen, knapp fünf Meter hohen Felserhebung hatten sie zwei runde Ziele mit einem Durchmesser von je einem Meter markiert. Die Krieger des Heers hatten sich als Abteilung von Speerträgern näher am Felsen aufgestellt, während die Schleuderschützen ein Stück weiter entfernt standen. Usaden stand als Speersprecher an einer Seite. Als Schleudersprecher fungierte ein Schütze namens Idder, der sich ihnen in Jehed angeschlossen hatte. Anscheinend stammte er nicht aus der Stadt, sondern war ein Hirte, der in einer nahen Siedlung gelebt hatte. Zu den Schleuderern gehörte ein Trupp Bogenschützen – Krieger, die neben Schleudern auch eigene Bögen besaßen.

Badis erteilte Befehle in einem Ton, den er sich von Surjan abgeschaut hatte. Seine Krieger rückten zu der Felserhebung vor und entfernten sich wieder davon. Sie drehten sich um 180 Grad. Sie schwenkten um 90 Grad erst in die eine, dann in die andere Richtung. Sie stießen synchron mit den Speeren zu, bevor sie die Waffen in Abwehrhaltung brachten. Sie hoben die Schilde an und bildeten damit einen sich überlappenden Panzer wie den einer Schildkröte – nur lugten zwischen den Schilden einige Speere hervor und ergänzten die Schildkröte um etwas von einem Stachelschwein. Die Schilde hatten sie mit langen Riemen ausgestattet, damit die Krieger sie an ihren Körpern befestigten und leichter mit Schild und Speer gleichzeitig kämpfen konnten. Die Idee war von Gunther gekommen, doch Kareem hatte die Riemen angefertigt, und Surjan hatte den Kriegern gezeigt, wie man sie benutzte.

In Marty breitete sich Beklommenheit aus, während er den Männern beim Exerzieren zusah. In nur wenigen Wochen hatten sie sich von einer Horde Einzelkämpfer zu einer geschlossenen Einheit gemausert, was Marty beeindruckend fand. Nur war er kein Krieger. Seine Kampfkunst zielte auf Kontrolle über den eigenen Geist und Körper ab, nicht darauf, andere zu überwältigen.

Was hatte er an der Spitze einer Armee verloren?

Und wie würde er sich fühlen, wenn er dieses Heer in die Schlacht führte und Soldaten verwundet wurden, vielleicht sogar starben? Was würde er dann tun?

Er schaute zu Surjan und entdeckte Stolz und Zufriedenheit in dessen Gesicht. Stolz, Zufriedenheit und Zuneigung – ein besonderes Auge hatte Surjan auf Tafsut.

Nach einem zackigen Befehl von Idder traten die Schleuderer und

Bogenschützen in Aktion. Er ließ sie nach links und rechts marschieren, die Richtung ändern und in Deckung gehen. Sie bewegten sich nicht Schulter an Schulter wie die Speerkämpfer, sondern als loser Verband. Dann nannte Idder ihnen Ziele – erst links, dann rechts –, und seine Schleuderer trafen sie. Die Bogenschützen taten nur so, als würden sie schießen, weil Pfeile nicht immer einfach zu bergen oder zu ersetzen waren. Idder ließ seine Männer 15 Meter zurückweichen, und die Schleuderer trafen ihre Ziele erneut. Er zog sie noch weiter zurück, und immer noch schleuderten sie nicht daneben. Erst beim dritten Mal, als die Entfernung auf etwa 60 Meter anwuchs, verfehlten die ersten die Ziele.

Und dennoch würden sie gegen eine geballte Masse von Feinden noch verheerenden Schaden anrichten.

»Seht«, sagte Kareem und unterbrach Martys Gedankengang. »Schaut mal nach Osten.«

»Ich kann sie riechen.« Surjan knurrte.

Marty sah hin. Zuerst entdeckte er nichts, doch nach etwa einer Minute bemerkte er eine von der Straße aufsteigende Staubwolke. Jemand näherte sich.

KAPITEL SECHSUNDZWANZIG

»Da sind Ametsu«, sagte Kareem. »Sethianer. Drei. Oder vielleicht vier.«

Marty kniff die Augen zusammen. Die Sonne stand hoch hinter seinem Kopf und begann allmählich, im Westen zu sinken. »Ich könnte schwören, dass ich Kamele sehe. Und die Reiter sehen nicht wie Sethianer aus.«

»Nein, diese Leute sind auf der Flucht«, sagte Kareem. »Hinter ihnen. Da sind die Kreaturen, vor denen sie fliehen.«

Marty hatte gelernt, sich auf Kareems Sehkraft zu verlassen – immerhin konnte er nicht nur weit und scharf sehen, sondern merkwürdigerweise auch im Dunklen. »Zeit, unser Heer zu testen.«

Surjan und Lowanna eilten zu ihren Truppen von Speerkämpfern und Schleuderschützen los. Gunther schenkte Marty ein verhaltenes Lächeln und zuckte mit den Schultern. »Ich hab's nicht so mit Blutvergießen.«

»Du bist Heiler«, sagte Marty. »Kannst du unsere Leute versorgen?«

Gunther nickte und begab sich zu Surjans Kämpfern.

François rannte zurück. Nicht, um das Weite zu suchen, sondern zu den Vorratswagen. Um mehr von seinen Sprengkörpern zu holen?

Marty und Kareem erreichten Surjan, als er gerade seine Anweisungen beendete. Die Speerkämpfer teilten sich in zwei Züge auf und legten sich in das hohe Gras zu beiden Seiten des Wegs. Sie trugen ungefärbte Stoffe und Felle. Ihre Haut wies Schattierungen von sattem Braun und Orange auf. Hinter den Schilden verschwanden sie zwar nicht ganz, wurden aber ... unscheinbar.

Lowanna und ihre sowohl mit Schleudern als auch mit Bögen bewaffneten Scharfschützen huschten hinter die Felserhebung, die sie eben noch als Zielscheibe benutzt hatten.

Badis legte sich auf der einen Seite des Wegs zu seinen Männern, während sich Usaden bei den Kriegern auf der anderen Seite positionierte. Surjan erklärte Marty und Kareem: »Usadens Zug greift auf seinen Befehl hin zuerst an. Wenn sich der Feind dem Kampf gegen uns zuwendet, springt Badis mit seinen Leuten auf und greift seinerseits an.« Damit ging er vor seinen Männern auf dieser Seite des Wegs in Lauer.

»Irgendwie würde ich ja gern mein Messer einsetzen«, sagte Kareem. »Aber gegen Sethianer ist es klüger, mit Speeren zu kämpfen.«

Der junge Mann hatte einen, Marty nur seinen Stock.

»Ja, ist es«, pflichtete Marty ihm bei.

»Trotzdem würde ich gern das Messer benutzen.«

Seufzend legte sich Marty hin.

Die fliehenden Kamele erreichten sie. Die blutverschmierten Tiere rannten panisch. Schaum spritzte von ihren Lippen und verfilzte ihre Felle. Auf ihren Rücken klammerten sich Frauen und Kinder fest, entweder ziemlich jung oder alt. Die Kinder schätzte Marty alle unter zehn. Mehrere der Frauen schienen verwundet zu sein. Die Kinder kreischten. Ihr Geheul schwoll an, als sie sich näherten, und ab, als sie vorbeirasten und sich wieder entfernten.

Hinter ihnen folgten vier Sethianer mit zwei hundeähnlichen Kreaturen.

Nein, nicht Hunde. Zwei *Scha*, um die ägyptische Bezeichnung zu verwenden. Zwei Seth-Tiere, wie frühere Generationen von Ägyptologen sie genannt hätten. Wesen mit Körpern wie Löwen oder riesige Wölfe, aber mit gegabelten Schwänzen. Und die Köpfe sahen fast genauso aus wie die der Sethianer – dieselben großen, kantigen Ohren, dieselbe lange Schnauze.

Usaden stimmte Gebrüll an und sprang aus dem hohen Gras auf. Seine Männer folgten seinem Beispiel ebenso wie Surjan, Marty und Kareem. Wie Surjan es bei der Ausbildung vorgezeigt hatte, eilte er an die Seite von Usadens Zug und schloss sich dessen Männern im disziplinierten Speerkampf an. Usaden befahl den Vorstoß mit den Schilden im Anschlag.

Die vier Sethianer bremsten ab und wandten sich Usadens Zug zu. Die Scha nicht. Eines drehte sich um und griff Badis' Männer an. Das andere rannte hinter den fliehenden Frauen und Kindern her.

Fluchend nahm Marty die Verfolgung des Scha auf.

Unterwegs brüllte er, holte die Schleuder aus der Tasche und legte einen Stein ein. Ihn überraschte, dass es ihm gelang, aber er schwang die Schleuder perfekt über dem Kopf, obwohl er rannte, was das Zeug hielt. Dann feuerte er den Stein ab und traf das Scha in die Flanke.

Das Ungetüm wirbelte herum und brüllte ihm entgegen.

———

Usadens Speerkämpfer prallten in forschem Marsch auf die vier Sethianer und ließen die Speere wie Kolben nach vorn schnellen. Eines der Monster fiel, die anderen drei schlugen zurück, schwangen Äxte und Langschwerter. Die Speere prallten größtenteils von der Haut der Sethianer ab – an zwei Stellen jedoch sah Gunther Blut hervorquellen.

Kareem eilte an ihm vorbei, die Speerspitze auf Augenhöhe gezückt. Er griff den vordersten Sethianer an.

Auf der anderen Seite des Wegs kämpften Badis' Männer gegen das Scha. Es hatte sie überrumpelt, deshalb hatten sie Mühe, einen Schutzwall zu errichten, um sich gegen das Vieh zu verteidigen.

Gunther hielt Ausschau nach Kämpfern, die geheilt werden mussten. Noch war niemand ausgefallen, aber er behielt einige Männer im Auge, die geschwächt wirkten.

Kareem und zwei der Krieger brachten zusammen einen der Sethianer zu Fall und stachen auf ihn ein, während er am Boden lag.

Einer von Usadens Kriegern blutete aus einer Wunde an der Stirn und taumelte vom Gefecht weg. Gunther setzte sich in Bewegung, um den Mann abzufangen – Munatas, das war sein Name. Er packte Munatas am Ellbogen, murmelte beruhigend auf ihn ein, forderte den Krieger auf, sich hinzuknien, und legte ihm dann die heilende Hände auf den Kopf.

Die aufgebrochene Haut fügte sich zusammen, als sich das Licht von

Gunthers Fingern darüber ausbreitete. Gunther fühlte sich nicht mehr eigenartig dabei, wenn er sie wirkte, diese ... Wunder? Zauber? Aber sie laugten ihn aus. Munatas brummte einen Dank, richtete sich auf und stürzte sich prompt zurück ins Getümmel.

Gunther schaute zu Kareem und erstarrte. Der zu Boden gerungene Sethianer, den Gunther für so gut wie erledigt gehalten hatte, rollte sich gerade auf einen Ellbogen und versuchte, sich auf die Beine zu rappeln. Er befand sich hinter Kareem und hatte einen Speer in der Hand.

Kareem bekam davon nichts mit.

Ein weiterer Krieger schleppte sich auf Gunther zu. Durch Gunthers Ohren dröhnte der Kampflärm. Er konnte kein Wort des Mannes verstehen, aber dessen Arm stand in einem übelkeitserregenden Winkel ab. Idder, so hieß er.

Aber der Sethianer, der sich gerade auf die Beine mühte, würde Kareem töten.

Gunther drängte sich an dem Verwundeten vorbei. »Setz dich hin, ich bin gleich zurück.« Er bückte sich, um einen Stein aufzuheben, und preschte los.

In seiner Hast erwischte er einen ziemlich großen Stein. Wie konnte er ihn überhaupt tragen? Er wies beinah die Größe seiner Brust auf. Vielleicht Adrenalin. Im Augenblick konnte er keinen Gedanken an seine eigene überraschende Stärke verschwenden – Kareem schwebte in Gefahr. Gunther stürmte um das Ende des Speerkämpfertrupps herum, taumelte zu dem Sethianer, der sich zu erheben versuchte, und ließ den Stein wuchtig auf den Schädel des Monsters niedersausen.

Er sank auf die Knie. Die Haut des Sethianers schimmerte. Licht sammelte sich über dem Brustbein, knapp neben dem in den Boden gematschten Schädel. Das Licht verdichtete sich zu einer Kugel, die aufstieg und zu Gunther schwebte. Er nahm sie wie Elektrizität wahr, wie das Kribbeln auf der Haut vor einem Gewitter. Ähnlich fühlte es sich an, wenn beim Heilen dieselbe Energie aus seinem Körper abfloss, nur strömte sie diesmal in ihn.

Als Gunther aufstand, verspürte er eine neue Klarheit. Er hatte sich noch nie so konzentriert gefühlt. Nach einem tiefen Atemzug breitete sich neue Energie durch ihn aus. Stufe drei.

Badis' Männer hatten das angreifende Scha mittlerweile gegen die Felserhebung zurückgedrängt. Lowannas Scharfschützen waren hinaufgeklettert und feuerten von oben Schleudersteine direkt auf die Haut des Monsters. Lowanna selbst brüllte das Ungetüm an. Als es den Felsen hinaufklettern wollte, stachen Badis und seine Männer auf es ein und holten es zurück auf den Boden.

Usaden und seine Krieger hatten zwei der Sethianer erledigt. Sie schimmerten und lösten sich in Glibber auf wie jener Sethianer, den Gunther getötet hatte. Der letzte der vier war verwundet und schlug wild um sich. Er wirbelte mit einer Axt in der einen und einem Streitkolben in der anderen Hand herum wie ein außer Rand und Band geratener Gemüsezerkleinerer. Die schiere Wucht seiner Hiebe zertrümmerte Usadens Linie.

Der Sethianer brach durch und stürmte direkt auf den Mann mit dem gebrochenen Arm zu.

Idder hatte sich wie von Gunther angewiesen hingesetzt. Mit dem Rücken zu dem anstürmenden Sethianer, war nach vorn gesackt, benommen, vielleicht sogar bewusstlos. Jedenfalls bemerkte er das nahende Monster nicht.

Und Gunther hatte ihn dort platziert.

Der Deutsche sprintete los, erkannte jedoch, dass er es nie und nimmer rechtzeitig schaffen würde. Er suchte auf dem Boden nach Steinen, die er werfen könnte, und entdeckte keine.

Der Sethianer holte mit dem Streitkolben hoch über den Kopf aus.

»Halt!«, brüllte Gunther.

Und der Sethianer erstarrte.

Nur hielt er deshalb nicht an. Seine Muskeln versteiften sich so schlagartig, als hätte er einen Elektroschock abbekommen. Ohne Kontrolle über sie kippte der Sethianer durch den Vorwärtsschwung nach vorn, landete auf dem Gesicht und schlitterte fast drei Meter weiter. Er pflügte dabei eine tiefe Furche in den Sand, bevor er knapp hinter Idder zum Liegen kam.

Gunther bremste ab. Was war gerade passiert?

Der Sethianer knurrte ihn an, bevor Surjan und seine Männer mit ihren Speeren über das Monster herfielen.

***

Marty stürzte sich auf das Scha.

Er versuchte, sich an Ratschläge zu erinnern, die ihm sein Großvater über den Kampf gegen wilde Tieren erteilt hatte. Der einzige, der ihm einfiel, lautete: *Tu's nicht*. Tiere konnten Krankheiten in sich tragen. Und ein unbekanntes Tier eine unbekannte oder in diesem Fall uralte Seuche, gegen die Marty keine Immunität besaß.

Aber da die Bestie ihn angriff, hatte er keine Wahl.

Marty wich aus und vergaß vorübergehend, dass er eine Waffe in den Händen hielt. Dann sprang er hinter das Ungeheuer und drosch mit dem Stab auf dessen niedrigen Rücken ein.

Es handelte sich doch um ein Tier, oder? Um ein primitives Vieh? Wenn er es verletzen oder erschrecken könnte, würde es vielleicht die Flucht ergreifen.

Es sei denn, es wäre tollwütig. Oder zum Töten abgerichtet.

Das Scha wirbelte herum und sprang auf Marty zu, schneller als er erwartet. Der Körper erinnerte an einen Löwen, der Schädel an einen Hund. Einen *riesigen* Hund mit den Ohren eines Esels. Die Kiefer klafften so weit auf, dass Marty überzeugt war, sie mussten sich ausgerenkt haben. Die langen, gebogenen Zähne des Viehs glitzerten um eine blutrote Zunge herum.

Marty ließ sich zurückfallen, ging tief in die Hocke und keilte den Stab unter die Brust des Scha. Er pflanzte den Stab in den sandigen Boden. Der Schwung des Tiers beförderte es vorwärts, bis es wie ein auf den Kopf gestelltes Pendel auf dem Stab schwang. Marty rollte sich auf die Schultern und presste sich flach auf den Boden. Die Zeit verlangsamte sich. Das Sha hieb mit den vorderen Klauen nach Marty und zerfetzte sein Hemd, verfehlte jedoch knapp seine Haut. Dann befand sich das Tier über ihm, und die Hinterbeine traten nach Marty aus. Hätten sie ihn getroffen, sie hätte ihn zweifellos ausgeweidet.

Aber Marty rollte sich schwungvoll nach hinten und überraschte sich selbst damit, dass daraus ein Salto wurde. Während das Tier jaulend auf einen sandigen Hügel zuflog, hob er den Stab auf und nahm Verteidigungshaltung ein.

Er fühlte sich geschmeidig, akrobatisch, lebendig.

Hätte er sich nur so gefühlt, als er seine Dissertation über Ergativität in den Pyramidentexten verteidigt hatte.

Unmittelbar nach der Landung wendete das Sha schlitternd und nahm Marty sofort erneut ins Visier. Marty rannte bereits, um das Vieh seinerseits anzugreifen. Dabei schwang er den Stab mit kurzen, berechneten Bewegungen, durch die er gleichzeitig parieren und die Waffe zwischen sich und der Bestie halten konnte. Er traf sie zweimal ins Gesicht und entlockte ihr damit ein Fauchen wie das einer wütenden Katze.

Dann stürzte sie sich auf ihn. Wieder versuchte Marty, den Stab unter das Tier zu bekommen. Diesmal misslang es. Das Mischwesen aus Katze und Schakal traf ihn mit der Schulter und stieß ihn den Abhang hinunter. Durch Martys verbesserte Reflexe schaffte er es im Nu wieder auf die Beine. Den Stab hatte er verloren. Stattdessen riss er die Hände hoch und war bereit, sofort einen weiteren Angriff mit vollem Körpereinsatz zu starten.

In dem Moment bemerkte er Gunther neben sich. Der Deutsche stand mit kerzengeradem Rücken da und streckte dem Scha den Arm mit der Handfläche voraus und gespreizten Fingern entgegen.

»Halt!«, rief Gunther.

Das Sha brüllte und stieß sich in Gunthers Richtung ab.

Marty hechtete los, wusste jedoch, dass er es nicht rechtzeitig schaffen könnte. Vor seinem geistigen Auge sah er, wie Gunther von den langen Krallen des Scha in Stücke gerissen wurde.

Ein Hagel aus Steinen und Pfeilen prasselte auf die Bestie ein.

Der Ansturm der Geschosse holte das Tier zwar nicht aus der Luft, aber es kreischte und verlor die Konzentration. Es krümmte sich unter den Steinen, von denen es getroffen wurde. Als es Gunther erreichte, war es zwar immer noch riesig und schnell, schlug aber nicht mit den Krallen zu.

Stattdessen sprang das Scha über Gunther hinweg und sah sich den Speerkämpfern gegenüber. Badis' und Usadens Krieger waren eingetroffen. Sie umringten es von drei Seiten. Surjan brüllte beiden Zügen Befehle zu. Sie schwenkten so, dass die offene Seite der Phalanx aus Speeren zur Savanne wies.

»Tötet es!«, schrie eine Frau. Sie kam auf einem Kamel angeritten, war zerzaust und blutverschmiert. Marty kannte sie nicht. »Es ist ein Monster!«

»Nein!« Lowanna drängte sich durch die Speerkämpfer und stellte sich neben Badis. Unbewaffnet drehte sie sich dem Scha zu. »Nein, es ist kein Monster. Es ist ein Tier.«

Marty half Gunther auf zittrige Beine und begegnete Lowannas Blick. »Es ist weise, mitfühlend und edelmütig, Tieren Gnade zu zeigen. Aber manchmal muss ein Tier beseitigt werden, wenn es eine Bedrohung für die Gemeinschaft ist.«

»Lass mich mit ihm reden«, verlangte Lowanna.

Marty nickte langsam. »Na schön. Aber es darf nicht gehen, wenn es zurückkommen und Menschen angreifen könnte. Hier oder sonst wo. Einverstanden?«

Lowanna zögerte kurz, bevor sie nickte.

»Ich hab keine Ahnung, was passiert ist«, murmelte Gunther.

»Du hast dich wie ein Idiot vor das Monster gestellt und gesagt, es soll aufhören«, flüsterte Marty. »Ein edelmütiger, tapferer Idiot. Trotzdem ein Idiot.«

»Ja, aber das letzte Mal bei dem Sethianer hat es funktioniert«, rechtfertigte sich Gunther.

Lowanna machte beruhigende Geräusche in Richtung des Scha. Laute, mit denen man auf einen Welpen oder ein Baby einreden würde. Das Sha tappte hin und her, schnupperte an den Spitzen der Speere, die es umringten, bevor es sich in der Mitte hinhockte.

Lowanna setzte ihre Geräusche und Gesten fort.

Schließlich riss das Sha das Maul auf, warf den Kopf zurück und brüllte.

Lowanna schüttelte den Kopf. »Es frisst das Fleisch von Menschen und will keine andere Nahrung.«

»Tötet es«, sagte Marty.

Das Sha sprang vor. Die Speerkämpfer stießen einen Kriegsschrei aus und griffen an. Sie fielen wie ein Orkan über das Tier her, und nach wenigen barbarischen Sekunden war es tot.

Lowanna stand abseits und vergoss stille Tränen. Als Marty eine tröstende Hand nach ihr ausstreckte, wich sie ihm aus.

François trabte mit einem wachsversiegelten Gefäß in Martys Sichtfeld – einer der nächsten Sprengkörper, an denen er gerade arbeitete. Der Franzose grunzte enttäuscht darüber, dass er den Kampf verpasst hatte.

Das Scha löste sich schnell auf, sickerte in den Sand und hinterließ einen nassen Fleck, der an einen Atomschatten erinnerte.

KAPITEL SIEBENUNDZWANZIG

Marty sprach in sanften Tönen mit den Flüchtlingen. Er erkundigte sich, wo ihr Dorf mit ihren Verwandten lag und was passiert war. Die Flüchtlinge äußerten voll Überzeugung, dass sie bei Marty bleiben und sich seinem Heer anschließen wollten.

Es dauerte eine Stunde, bis sich alle beruhigt hatten und die Verletzten von Gunther verarztet waren. Seine Heilkräfte reichten nur für ein bis zwei Einsätze, bevor er sich ausruhen musste. Lowanna half ihm. Marty beobachtete sie nicht genau, dennoch hatte er den Eindruck, dass sie mehr tat, als nur Verbände anzulegen und Wunden mit Wickel zu versorgen. Etwas von Gunthers Heilgabe schien auf sie abgefärbt zu haben.

Was hatte Gunther vorgehabt? Wollte er dem Scha einfach befehlen, aufzuhören?

Marty und François untersuchten die von den vier Sethianern und zwei Scha hinterlassenen Pfützen. Sie fanden Kilts, Sandalen, Waffen und Mäntel. Außerdem ein weiteres Sethianer-Medaillon. Marty hob es auf und hängte es sich um den Hals.

Als alle Verwundeten gezählt und versorgt waren, kam Surjan zu Marty und François, um zu berichten, dass sie keine Toten zu beklagen hatten.

Marty spürte, wie eine Last von seinen Schultern abfiel.

François und er trafen sich mit den Anführerinnen der Flüchtlinge, zwei Frauen mit kunstvollen Tätowierungen in den Gesichtern und an den Hälsen. Marty fragte ein letztes Mal, ob sie nach Hause gebracht werden wollten, was sie aber rundweg ablehnten.

»Na schön«, lenkte er ein. »Ihr könnt mit uns kommen. Lasst uns nur bei euch zu Hause vorbeischauen, ob noch irgendetwas geborgen werden kann.«

Sie reisten eine halbe Stunde, zuerst vor allem nach Osten, dann einige Minuten lang nach Norden. Dabei folgten sie einem Tal, das sich zu einer Schlucht verengte und schließlich in eine felsige Senke voller rauchender Ruinen mündete.

Bis sie eintrafen, hatten die Frauen versteinerte Miene aufgesetzt. Dann brachen einige von ihnen in Tränen aus und eilten zu diesen oder jenen glimmenden Holztrümmern, suchten zwischen den Leichen, küssten und beweinten die Toten.

Auf Martys Wunsch hin blieben Kareem und Lowanna mit den Kindern weg vom Tal.

Zwei nasse Flecken auf dem Boden deuteten darauf hin, dass bei dem Kampf auch Sethianer getötet worden waren. Bei 50 hörte Marty auf, die menschlichen Leichen zu zählen. Sie waren enthauptet, gepfählt oder vereinzelt so mit Wunden übersät, dass sie verblutet waren. Spuren von Folter wiesen sie nicht auf.

Aber er rollte etwa zehn Leichen herum, und jede einzelne hatte im Bauchbereich über der Leber einen Schnitt.

»Lohnt es sich, eine Leiche aufzumachen?«, wandte sich Marty an François.

»Nein«, sagte François. »Sie sind tot. Lass sie ruhen. Wir wissen, wer sie getötet hat. Das waren die Drecksäcke mit den Seth-Köpfen. Wahrscheinlich wegen der Leber. Aber ist das wirklich wichtig? Wenn sie innen unversehrt wären und nur zufällig äußerlich dieselben Wunden aufweisen, würde das irgendwas an deinem weiteren Vorgehen ändern?«

»Nein«, gestand Marty ihm zu. Es würde sich höchstens auf das Bild auswirken, das er von den Ametsu hatte. Akademisches Interesse? Sinnlos? Vielleicht.

Er lachte leise, ein grimmiger, freudloser Laut. Wollte er nur Daten als Grundlage für gute Entscheidungen sammeln? Oder weil er in einem winzigen, kranken Winkel seines Geists dachte, er könnte vielleicht eines Tages einen Bericht über diese Erfahrungen veröffentlichen?

»Begraben wir sie«, schlug François vor. »Oder verbrennen wir sie, was immer den Frauen lieber ist. Das ist nur anständig.«

»Fürchtest du, die Sethianer könnten mehr Krieger schicken?«, fragte Marty.

»Ich *hoffe* es irgendwie.« Der Mund des Franzosen bildete eine schmale Linie. »Gib mir eine halbe Minute mit einem dieser Dreckschweine und einer meiner Bomben, dann fange ich an, mich ein bisschen besser zu fühlen.«

Marty suchte unter den Überlebenden erneut die beiden Anführerrinnen auf. Er erkundigte sich danach, wie ihr Volk mit Toten verfuhr. Sie zeigten zu Höhlenöffnungen am anderen Ende der Schlucht über einem Kreis stehender Steine. »Wir wickeln sie ein und bestatten sie dort«, erklärten sie.

Lowanna übernahm die Organisation der Beisetzungen. Sie suchte Tücher zum Einwickeln oder fertigte sie aus der Kleidung der Toten an. Zusammen mit den überlebenden Frauen und freiwilligen Helfern des Heers, darunter Gunther, wurden die Leichen mit Sand gereinigt, mit einem groben, gelben, an einem Ende des Tals aus dem Boden gekratzten Salz eingerieben und anschließend von Kopf bis Fuß eingewickelt.

Surjan, Kareem und die Krieger bewachten den Eingang des Tals und postierten weitere Wächter auf den Felsen darüber.

Was diese Leute taten, kam keiner Mumifizierung wie bei den Ägyptern gleich. Das Salz war kein Natron, ebenso wenig entfernte Lowanna die Organe der Toten. Dennoch empfand Marty beim Zusehen eine gewisse Ehrfurcht, weil er etwas bezeugte, das einer Mumifizierung trotz allem ähnelte – in der Nähe von Ägypten, durchgeführt von Verwandten der Ägypter, bevor Ägypten als politisches Gebilde überhaupt entstanden war.

Er setzte sich hin und atmete eine Weile tief durch.

Die Frauen sangen Klagelieder, während Marty, François und andere Freiwillige die eingewickelten Toten über lange Leitern nach oben schleppten. In einer Höhle mit niedriger Decke, erhellt von orangefarbenen Strahlen des Sonnenuntergangs, die durch den Eingang fielen, erblickte Marty mehrere Stapel eingewickelter, verdorrter Toter, auf denen weitere Tote abgelegt wurden. Mehrere Kammern füllten sich. Als sie fertig wurden, hatte eine kalte Nacht im Tal Einzug gehalten.

Marty setzte sich zu François und trank etwas. Sie saßen zwischen den aufrechten Steinen, einem Kreis aus zwölf Megalithen, jeweils so groß wie ein Mensch. An diesem Ende ragten die Wände des Tals weniger hoch auf – benutzten die Dorfbewohner die Steine, um die Zeit zu messen, indem sie an ihnen entlang zu Himmelsereignissen am Horizont blickten? Marty hätte fragen können, hatte er doch Zugang zu waschechten Eingeweihten. Stattdessen blieb er sitzen und trank.

Sie nippten an einem dünnen, wässrigen Wein, den die Überlebenden ihnen offeriert hatten. Es wurde kein Feuer angezündet. Den Hintergrund der Unterhaltungen bildeten weinende Kinder, beruhigende Laute von Frauen, die versuchten, sie zu trösten, und das Weinen der Frauen selbst.

»Was werden sie jetzt tun?«, fragte sich Marty laut.

»Was Menschen schon immer getan haben.« François klang müde. »Das ist der normale Zustand der Menschheit, Marty. Das weißt du besser als ich. Krieg, Tod, Zerstörung. Und wenn es zu dick kommt, zieht man weiter. Das war Gottes Befehl an Abraham. *Lekh lekha.* Aufstehen und weitermachen.«

»Du und ich, wir haben in einem goldenen Zeitalter gelebt«, meinte Marty.

»Besser als golden. Platin. Diamant. Das beste Zeitalter bisher, auch wenn unsere Lehrer uns ständig Angst vor einem Atomkrieg oder der Abholzung der Wälder oder sonst was machen wollten. Trotzdem hat es nie eine friedlichere Zeit gegeben. Es ist in der Geschichte nie einfacher gewesen, eine Ausbildung oder Zugang zu medizinischer Versorgung zu bekommen.«

»Für die Reichen ist es immer einfach gewesen«, erwiderte Marty schärfer als beabsichtigt.

»Das ist der springende Punkt, Marty. Für die Reichen ist das Leben immer gut. Dem Gottsprecher von Ahuskai geht's gut. König Iken wäre zwar fast an Tuberkulose gestorben, trotzdem hat er das Leben eines Königs geführt. Mehrere Frauen, ein zweigeschossiges Haus. Den Reichen geht es immer gut. Erstaunlich an der Zeit, in der du und ich gelebt haben, mein lieber Marty, war eher, wie gut man es als *Armer* hatte.«

»Nur fürs Protokoll«, sagte Marty, »ich habe nie versucht, meine Studenten Angst vor einem Atomkrieg einzujagen. Oder sonst irgendwas.«

»Weil du dich auf deinem Gebiet wirklich auskennst«, erwiderte François. »Ideologie ist die Zuflucht der Inkompetenten.«

»Manchmal mag ich dich irgendwie«, sagte Marty.

»Ich mich manchmal auch«, pflichtete François ihm bei. Er trank einen ausgiebigen Schluck.

»Ich denke, eigentlich hab ich wohl gemeint«, sagte Marty nach einiger Überlegung, »was *wir* jetzt machen sollen.«

François brummte. »Ich habe versucht, den Anführer zu geben. Bin mir ziemlich sicher, dass du im direkten Vergleich die Nase vorn hast.«

»Hilf mir. Ich diskutiere gern alles durch und suche nach Konsens, das ist meine Art.«

»Stimmt. Zumindest weitgehend.« François kratzte sich erst am Kinn, dann am Hals und schließlich überall am Körper, als wollte er sich von einer hartnäckigen Plage befreien. »Ah!«, rief er schließlich. »Was weiß ich. Wir haben mit ein paar Freiwilligen angefangen, die Sethianer töten wollten. Dann haben wir uns zu einem Heer weiterentwickelt, allerdings mit Karawanentreibern und Händlern als Anhang. Und jetzt haben wir auch noch Frauen und Kinder dabei. Wir sind die Kinder Israels, wir sind *Battlestar Galactica*.«

»Wahre epische Literatur hat ihre Wurzeln immer in großen Migrationen der Menschheit«, meinte Marty. »Von der Ilias über die Jakobsgeschichten bis hin zum Schāhnāme.«

»Das ist dein Trost?« François lachte. »Dass irgendjemand von diesen Leuten vielleicht irgendwann fantastische *Poesie* verfassen könnte?«

Marty zuckte mit den Schultern. »Vielleicht ist das am Ende alles, was bleibt.«

»Nein«, widersprach François. »Auf keinen Fall. Du ... na schön, *wir* werden diese Leute retten. Ganz schlau bin ich noch nicht aus dieser Version des vierten Jahrtausends vor Christus geworden, in das wir gestolpert sind. Ist das hier so was wie ein Alternativuniversum, in dem es Monster gibt? Oder ist das unsere Erde der Vergangenheit, und wir haben nie von diesen Ungeheuern erfahren?«

»Andererseits hat es schon immer zahlreiche Hinweise auf Monster gegeben«, entgegnete Marty. »Die Kryptozoologen hatten wohl doch recht. Vielleicht sind die Ägyptologen schuld. Vielleicht war alles, was wir als Mythologie gedeutet haben, von Anfang an in Wirklichkeit tatsächliche Geschichte. Schon verrückt, wenn man darüber nachdenkt ... Es gibt so viele Beweise für das, was wir gerade erleben – Zeichnungen, Geschichten, in einigen Fällen sogar mündliche Überlieferungen. Wir haben es nur nicht geglaubt, weil wir nie die Körper gefunden haben.«

»Weil diese Monster zu Glibber schmelzen«, sagte François. »Was übrigens auf eine Körperchemie schließen lässt, die nicht von der Erde stammt.«

»Außerirdische?« Marty trank einen ausgiebigen Schluck.

»Du kannst nicht behaupten, es wäre unmöglich.«

Marty zuckte mit den Schultern. »So oder so, es sind Ungeheuer. Und wir haben die Augen davor verschlossen, weil uns Autos, Fernsehen und Penicillin lieber war.«

»Sag nichts gegen Autos, Fernsehen und Medikamente«, gab François zurück. »Diese Leute hier würden für das alles glatt töten, und zu Recht. Aber im Grund spielt es keine Rolle. Wir sind jetzt hier und müssen entscheiden, wie wir damit umgehen. Es ist so, wie die Existentialisten sagen: Das Leben an sich ist sinnlos, also gibt man ihm durch eine noble Sache einen Sinn.«

»Eine ziemlich prägnante Zusammenfassung des Existenzialismus.«

»Die Vorlesungen habe ich mir geschenkt und nur die Mitschriften anderer Studenten gelesen. Wir entscheiden uns also für eine noble Sache. Ich denke, Marty, wenn du aufrichtig in dein Herz schaust, wirst du feststellen, dass wir das schon längst getan haben.«

»Was meinst du?«

»Den ersten Sethianer haben wir eher zufällig getötet«, sagte François. »Vielleicht ... nein, ganz sicher war das meine Schuld. Ich war zu überschwänglich, unvorsichtig, und deshalb musste Abdullah sterben.« Seine Stimme verkam zu einem belegten Flüstern. »Es vergeht kein Tag, an dem ich nicht daran denke und wünschte, ich könnte es rückgängig machen.«

»Ich weiß«, sagte Marty. »Geht mir auch so.«

»Dann sind wir nach Ahuskai gelangt. Und die Menschen dort waren verängstigt. Du hättest auch sagen können: ›Pfeif drauf, wir ziehen weiter.‹ Immerhin ist unser Ziel, es nach Ägypten zu schaffen. Oder nach Hause. Oder so. Aber das hast du nicht getan. Und du hast nicht mal gezögert. Du hast sofort versprochen, dass wir das Problem regeln würden.« François schmunzelte. »Verdammt, in den ersten 24 Stunden war ich mir ziemlich sicher, dass Badis mich umbringen würde. Und um alles in Ordnung zu bringen, musste diese Festung voller Sethianer besiegt werden. Das wiederum hat dazu geführt, dass wir auch die Bastiten besiegen mussten. Alles andere hat sich im Grunde geradlinig daraus entwickelt. Du hast dich in Ahuskai zu diesem Kampf verpflichtet, Marty. Jetzt kannst du nicht mehr aussteigen, nur weil du erkennst, was auf dem Spiel steht. Weißt du, was ich denke?«

»Ich erfahre gerade eine ganze Menge darüber, was du denkst.«

»Ich denke, die Zerstörung dieses Dorfs hier ist vielleicht eine Botschaft an uns.«

»Sie haben die Lebern der Menschen erbeutet«, sagte Marty. »Was soll das für eine Botschaft sein?«

»Ja, sie haben die Lebern gestohlen, aber denk zurück. In Ahuskai haben die Sethianer die Menschen wie Nutztiere behandelt. Sie haben sich nur gelegentlich den einen oder anderen geholt. Warum sollten sie in dieses Dorf kommen und alle auslöschen?«

»Du denkst, es ist eine Warnung an mich?«, fragte Marty. »An *uns*?«

»Halte ich auf jeden Fall für möglich. An dich, den Kriegsherrn Dr. Martin Cohen, der ihr Netzwerk im Westen aufgerieben hat. Und die Botschaft lautet: ›Hör sofort auf, dreister Mensch, oder wir stellen Schreckliches mit dir an.‹«

Marty hatte einen grauenhaften Geschmack im Mund. Am liebsten hätte er sich übergeben. Stattdessen beugte er sich vor und spuckte einen langen Strang sauren Speichels in den Sand. »Du hast recht, wir können nicht zurück. Ich kann nicht zurück. Keine Ahnung, ob wir in einem Alternativuniversum gelandet sind oder ob wir so was wie eine augenöffnende Geschichtsstunde erleben. Aber so oder so stehe ich in einem Kampf zwischen Menschen und irgendwas anderem auf der Seite der Menschen.«

»Ich auch«, sagte François. »Wir alle. Sogar Lowanna, obwohl ich glaube, dass sie manchmal im Zwiespalt ist.«

»Also antworten wir unsererseits mit einer Botschaft?«, fragte Marty.

»Zu spät«, erwiderte François. »Hast du schon getan. Du hast das Überfallkommando ausgelöscht. Einschließlich der Hunde. Also werden sie nicht zurückkehren, und die Heimatbasis wird sich fragen, was passiert ist. Das ist eine Botschaft, mit der du sie gleichzeitig aus dem Konzept bringst.«

»Was meinst du, wie ihre Heimatbasis aussieht?«, fragte Marty.

»Allmählich fange ich an zu glauben, es könnten die Pyramiden sein.« Der Franzose schnaubte. »Schon ironisch, dass du und Gunther so viele Jahre lang Außerirdische studiert habt, ohne etwas davon zu ahnen.«

»Der Typ im Fernsehen mit der wilden Frisur hatte recht.«

»Ich vermute, allzu groß kann ihre Heimatbasis nicht sein«, sagte François. »Ich meine, denk nur an die Größe ihrer Außenposten. Vierer- oder Fünfergruppen. Das ist nicht mal eine Kolonie, nur eine Handvoll Leute, die dort die Stellung halten. Wenn sie wirklich zahlreich wären, hätten wir schon mehr von ihnen gesehen.«

»Wir sind nur dieser einen Spur gefolgt«, gab Marty zu bedenken. »Es könnte eine weitere Reihe von Außenposten in Nubien und überall in Mesopotamien geben.«

François klopfte Marty auf die Schulter. »Dann haben wir eine Lebensaufgabe, falls wir hier festsitzen und nie zurück nach Hause können. Wir zerschlagen alle Netzwerke der Sethianer.«

»Aber eigentlich besteht das Ziel nicht darin, sie alle zu besiegen. Wir wollen nur zurück in unsere eigene Zeit ...«

»Marty ...« François schüttelte den Kopf und bedachte ihn mit einem traurigen Lächeln. »Der ewige Optimist. Ich glaube nicht, dass es ein Zurück gibt.« Er hob die Hand, als Marty den Mund zu einem Protest öffnete. »Falls doch – super. Aber wir können nicht davon ausgehen, dass es einen einfachen Ausweg aus der Sache gibt. Wir müssen uns mit dem Gedanken anfreunden, dass wir hier dauerhaft festsitzen.«

»Was, wenn ein Frieden geschlossen werden könnte?«, dachte Marty laut nach.

»Sie essen unsere Lebern«, sagte François. »Wie könnten Bedingungen für einen Frieden deiner Meinung nach aussehen?«

»Es ist nur ... Ich hasse es zu kämpfen.« Das stimmte nicht ganz. Tatsächlich stellte Marty zunehmend fest, dass es ihm Freude bereitete, in die Tat umzusetzen, was sein Großvater ihm beigebracht hatte. Aber er hasste das Leid der anderen.

»Ein typisches Merkmal guter Krieger«, meinte François. »Trotzdem denke ich nicht, dass wir dazu bestimmt sind, Frieden mit den Mistkerlen zu schließen.«

»Weil sie unsere Lebern essen?«

»Weil es sie in unserer Zeit nicht gibt.« François zuckte mit den Schultern. »Irgendetwas hat sie ausgelöscht. Und zwar vor Anbeginn der Geschichtsschreibung. Ich könnte mir gut vorstellen, dass es Kung Fu Cohen war.«

Eine Weile saßen sie schweigend da. Das Weinen und Wehklagen war verstummt, der von den Trümmern aufsteigende Rauchen hatte sich weitgehend gelegt.

»Außerirdischen sind noch nicht mal das Seltsamste«, sagte Marty schließlich. »Nicht für mich.«

»Also stimmst du mir zu, dass es Außerirdische sind?«

»Eine Arbeitshypothese.«

»Ich wüsste nicht, wie irgendetwas seltsamer sein könnte als schmelzenden Aliens mit Monsterköpfen.«

Marty seufzte. »Als Kind hab ich mir eine Hieroglyphenschrift ausgedacht. Ein Museumsbesuch hat ursprünglich meine Begeisterung für Ägypten entfacht. Ich habe mich informiert, wie Hieroglyphen funktionieren, bin nach Hause gegangen und habe mir eigene erschaffen.«

»Hat Gunther mir erzählt.«

»Ja«, sagte Marty. »Nur gibt's dabei einen Teil, den Gunther nicht kennt. An der Ausgrabungsstätte, im Tunnel. Erinnerst du dich, wie Gunther mich auf eine merkwürdige Schrift in der Ecke hingewiesen hat? Und mir der Text verraten hat, wie sich die Barriere öffnen lässt?«

François nickte. »Warte ... du meinst doch nicht etwa ...«

»Der Text war Englisch«, sagte Marty. »In einer Hieroglyphenschrift, die nur ich lesen kann, weil ich sie erfunden habe.«

»Unmöglich.«

»Wenn Gunther genauer hingesehen hätte, wäre ihm aufgefallen, dass die Schrift Bilder von Kugelschreibern und einer Gitarre enthalten hat.«

François lachte. »Und du bist nicht auf die Idee gekommen, es irgendjemandem zu sagen?«

»Von da an ist alles so schnell gegangen«, rechtfertigte sich Marty. »Und mir ist alles Mögliche durch den Kopf geschwirrt. Aber ich hatte das Gefühl ... Ich weiß auch nicht, ich dachte einfach, irgendjemandem sollte ich es erzählen.«

François schüttelte den Kopf. »Vielleicht hat Gunther recht und wir sind *wirklich* in der Twilight Zone.«

Sie tranken weiter.

»Ich glaub nicht, dass die Sethianer irgendwas anderes als Lebern mitgenommen haben«, meinte François schließlich. »Morgen früh sollten wir also einsammeln, was wir brauchen können.«

»Plündern?«

»Nein, das sehe ich nicht so. Die rechtmäßigen Besitzer gehören jetzt zu unserem Stamm. Wir sollten zum Wohl unserer Leute bewahren, was uns gehört.«

»Unser Stamm.« Marty schüttelte den Kopf. »Wow.«

»Das sollten wir bei Gelegenheit schriftlich festhalten«, schlug François vor. »In Hieroglyphen, meine ich. Wenn ich sterbe, will ich, dass du einen Bericht über diese große Wanderung an die Wand meines Grabs meißelst. Aber vielleicht stellst du meine Rolle ein bisschen edler dar, als sie in Wirklichkeit ist.«

»Du hast das Penicillin entdeckt«, sagte Marty. »Du hast einen König geheilt. Das ist doch ziemlich edel.«

»Vergiss mal nicht die Granaten«, fügte François hinzu. »Mittlerweile mahle ich die Pulver feiner als vorher. Die nächste Charge wird noch besser funktionieren, wirst schon sehen.«

»Morgen früh sammeln wir ein, was wir von hier brauchen können«, entschied Marty. »Und ich will Lowanna vorausschicken.«

»Zum Kundschaften?«, fragte François.

»Ja. Sie kann wirklich mit Tieren reden. Die könnten ihr Wissenswertes mitteilen.«

»Ich weiß, dass sie es kann«, sagte François. »Scheint ja fast ein Wettbewerb zu sein, was am verrücktesten an unseren Erlebnissen ist.«

KAPITEL ACHTUNDZWANZIG

Daheim in Australien hatte Lowanna gelernt, wie man auf einem Kamel ritt, bevor sie überhaupt ein Pferd zu Gesicht bekommen hatte. Sie war in der Nähe der Tanami-Wüste im Northern Territory geboren worden. In jenem Teil der Welt galt es als keineswegs ungewöhnlich, dass sich wilde Kamele ihr Gebiet mit Lowannas Volk teilten. Tatsächlich hatten ihre Eltern einige wilde Kamele gezähmt und eine Art Molkerei gegründet. Die meisten Kinder im Rest der Welt lernten Fahrradfahren, Lowanna hingegen war mit Kamelreiten aufgewachsen. Sie lehnte sich nach vorn gegen den pelzigen Höcker und fügte sich in den Rhythmus des Tiers, das mit weich gepolsterten Füßen über den sandigen Untergrund stapfte.

Für sie hatten sich die Bewegungen eines Kamels immer angefühlt, als säße sie in einem Schaukelstuhl. Sie rieb an der Seite des Höckers des großen Tiers, während es in Richtung Osten trabte. »Du sagst mir doch Bescheid, wenn du müde wirst, oder?«

Das Kamel gab einen gurgelnden Laut von sich, der für jeden anderen klingen würde, als wollte jemand Schleim aushusten. Aber für Lowanna hatte sich ihre Beziehung zu den Tieren um sie herum seit der Ankunft in dieser seltsamen Umgebung und Zeit völlig verändert. Das gurgelnde, verschleimte Geräusch teilte ihr deutlich mit, dass der große

Bulle nicht müde war. Außerdem erkundigte er sich, ob sie Durst hatte, denn er roch Wasser in der Nähe.

»Wenn das so ist, sollten wir anhalten, damit wir beide trinken können.«

Das Kamel änderte die Richtung leicht nach Südosten. Keine zehn Minuten später sichtete Lowanna die ersten Anzeichen von Palmen.

Generell waren Kamele nicht für ihre Spürnasen bekannt, beim Erschnüffeln von Wasser jedoch machte ihnen niemand etwas vor.

Als das Kamel einen felsigen Abhang hinunter zu der Oase stapfte, erblickte Lowanna einen kleinen, von etwa einem Dutzend Palmen gesäumten See. Solche Gewässer kannte sie aus Australien. Sie entstanden durch Risse im Grundgestein und von unten aufsteigendes Wasser. Vergleichbar einem Brunnen, für den man nicht graben musste.

Lowanna sprang vom Kamel und näherte sich dem Ufer. Eine etwa 30 Zentimeter lange gelbe Eidechse sonnte sich dort. Das Reptil zischte warnend, bevor es davonhuschte. Lowanna rieb dem Kamel den Hals und sagte: »Beachte ihn gar nicht. Er hatte nur Angst, du könntest auf ihn treten.«

Die Eidechse ließ sich einen paar Meter entfernt auf einem Stein nieder und zischte noch einmal.

Das Kamel blähte zur Antwort schnaubend die Nüstern, unbeeindruckt vom versuchten Machogehabe des Reptils. Es senkte die Lippen ins Wasser und begann zu trinken.

Lowanna sah sich in der Umgebung um und achtete insbesondere auf die Palmen. Sie ging näher hin und stellte fest, dass jemand sämtliche Datteln gepflückt hatte. Entlang des Ufers lagen Dattelkerne verstreut.

Sie kauerte sich hin und hob einen auf. Er fühlte sich zwar trocken an, hatte aber noch nicht alle Feuchtigkeit an die Luft abgegeben.

Abgesehen vom Tränken der Tiere gab es keinen wirklichen Grund für die Gruppe, die Oase aufzusuchen. Sie hatten noch reichlich Wasser. Und wenn Martys Vision stimmte, hatten sie nur noch zwei Tage zu ihrem ungewissen Ziel vor sich.

Als Lowanna ein Zwitschern hörte, ging sie zur nächsten Palme und entdeckte ein Nest mit einem Spatz darin. »Hallo, mein Kleiner. Hast du in letzter Zeit irgendwelche Leute wie mich gesehen?«

Der Vogel hopste auf den Rand des Nests und spähte zu ihr herab. Er legte den Kopf schief und starrte sie stumm an.

Viele Tiere reagierten so, wenn Lowanna ein Gespräch mit ihnen begann. Wahrscheinlich waren sie genauso verblüfft darüber, dass ein Mensch mit ihnen sprach, wie sie es ursprünglich gewesen war, als die ersten Tiere mit ihr gesprochen hatten. »Hast du irgendwelche Menschen in der Gegend gesehen?«

Ja.

Manche Tiere laberten wie Wasserfälle, andere waren eher einsilbig. »Hast du heute welche gesehen? Seit die Sonne aufgegangen ist?«

Ja.

»Wo?«

Der Vogel starrte sie nur an.

Lowanna zeigte nach Norden. »In der Richtung?«

Nein.

»Da?« Sie zeigte nach Süden.

Nein.

»Da?« Sie zeigte nach Osten.

Ja.

Interessant. Menschen östlich dieser Stelle. »Eine Person?«

Ja.

Lowannas Augen weiteten sich. Jemand, der allein durch die Wüste reiste, musste ungewöhnlich sein. Dass sie es tat, war ein wenig verrückt, andererseits hatte sie ein mächtig großes Kamel dabei, also war sie streng genommen nicht *wirklich* allein. Sie musterte den Vogel, der sie nach wie vor anstarrte. »Bist du sicher, dass es nur eine Person war?«

Ja.

Sie zeigte erneut nach Osten. »Und sie ist aus der Richtung gekommen?«

Nein.

»Moment, hast du nicht gesagt ... War es mehr als eine Person?«

Ja.

Mit einem abweisenden Wink in die Richtung des dummen Vogels gab Lowanna den Versuch auf, mit ihm zu sprechen. Manchmal erwiesen sich Unterhaltungen mit den Tieren, denen sie begegnete, schlichtweg als nicht nützlich.

Sie ging zu ihrem Kamel, das gerade den Kopf vom Wasser hob. Lowanna holte eine Feige aus ihrem Bündel. »Komm her, Großer, das wirst du mögen.«

Sie hielt ihm die gelbe Feige hin. Das Kamel nahm die Frucht mit wulstigen, ledrigen Lippen entgegen und mampfte sie.

Lowanna rieb seinen Hals. »Hat sie dir geschmeckt?«

Das Kamel drehte den Kopf und schlang den Hals um ihre Schultern, gleichsam eine Kamelumarmung.

»Oh, gern geschehen.«

Lowanna schaute zum Himmel. Noch nicht ganz Mittag. Sie konnten den Weg nach Osten noch ein paar Stunden lang auskundschaften, bevor sie umkehren mussten. »Gehen wir ein Stück weiter. Mal sehen, was wir noch finden.«

Das Kamel kniete sich hin, damit Lowanna wieder aufsteigen konnte.

Lowanna und ihr zweihöckriger Begleiter trabten Richtung Osten. Sie hatten bereits einen weiten Weg zurückgelegt. Bisher jedoch hatte Lowanna außer der Oase nichts Interessantes entdeckt.

Als die Sonne kurz nach Mittag stand, hörte Lowanna den Schrei eines Falken. Gleich darauf sauste der Vogel an ihr vorbei und stieß auf eine Maus herab, die sich zum falschen Zeitpunkt aus ihrem Loch gewagt hatte.

Das Kamel wich einen Schritt zur Seite, erschrocken vom unverhofften Sturzflug des Raubvogels.

Lowanna tätschelte den Höcker. »Schon gut. Kein Grund zur Sorge, mein Freund.«

Der graue Falke war groß, vom Schwanzgefieder bis zum Schnabel etwa einen halben Meter lang. Er ließ sich auf einem krummen Stück Holz nieder. Lowanna rief ihm zu. »Hast du in der Nähe irgendwelche Menschen gesehen?«

Der Raubvogel drehte den Kopf in ihre Richtung und krächzte. *Viele. Du wirst sie auch sehen.*

Lowannas Augen weiteten sich. Sie zeigte nach Osten. »In der Richtung?«

Ja. Der Schwanz der Maus baumelte aus dem Schnabel des Falken wie ein Lesebändchen aus einer Bibel.

»Wie viele?«

Viele, antwortete der Vogel mit einem Schrei, bevor er davonflog, nachdem er die Maus verspeist hatte.

Lowanna streichelte den Höcker des Kamels. »Gehen wir weiter geradeaus, aber gib Bescheid, falls du etwas Ungewöhnliches siehst oder witterst.«

In zügigem Trab setzten sie den Weg fort.

Wusste der Falke mehr als der Spatz? Irrten sie beide? Oder waren sie schlicht zu dumm, um ihre Fragen zu verstehen?

Könnte ein Vogel sie belügen?

Es schien an der Zeit zu sein, umzukehren.

Lowanna hielt an und ließ den Blick suchend über den Weg vor ihr wandern. Am östlichen Horizont zeichnete sich ein schwacher gelblicher Dunst ab.

Im Norden und Süden sah der Horizont anders aus. Normalerweise erzeugte die Hitze in der Ferne ein Flimmern, durch das alles etwas unscharf wirkte.

Das Kamel trabte weiter nach Osten, während Lowanna den Horizont beobachtete. Der gelbe Dunst wurde zunehmend deutlicher.

Höher.

Sie wünschte, sie besäße Kareems oder Surjans Sehkraft.

Da sie die erste Hälfte ihres Lebens in einem solchen Terrain verbracht hatte, wusste sie, dass der Horizont auf einer ebenen Fläche kaum weiter als fünf bis sechs Kilometer entfernt lag.

Ein Adler hockt auf einem der obersten Äste eines verdorrten, kahlen Baums. Lowanna zeigte nach Osten. »He, was siehst du in der Richtung?«

Der Adler flatterte mit den Flügeln und starrte auf sie herab.

Gefahr.

Ein Schauder lief Lowanna über den Rücken, und sie klopfte auf den Kamelbuckel. »Lass uns anhalten.«

Sofort blieb das Kamel stehen. Lowanna wandte sich erneut an den Adler. »Kannst du mir mehr darüber sagen, was da vorn ist?«

Männer.

Männer?

Lowanna blickte eindringlich nach Osten. Ein beklommenes Gefühl nistete sich in ihrer Magengrube ein.

Der Adler irrte sich nicht. Bei dem gelben Dunst handelte es sich so gut wie sicher um Staub, den die Füße *vieler* marschierender Gestalten aufwirbelten.

Nur wer konnte es sein?

Sie beugte sich vor und flüsterte: »Lass uns schnell umkehren!«

Das Kamel wendete, und Lowanna rief dem Adler zu: »Danke!«

Der Vogel schlug erneut mit den Flügeln und erhob sich mit einem lauten Krächzen in die Lüfte.

Nicht die Männer sind die Gefahr.

KAPITEL NEUNUNDZWANZIG

Es war nach Sonnenuntergang. In Martys Schläfe pochte eine Ader, während er vor dem Lager des Heers rastlos auf und ab lief. Lowanna war immer noch irgendwo unterwegs. Marty verfluchte sich dafür, dass er es für eine gute Idee gehalten hatte, sie allein zum Kundschaften losziehen zu lassen.

Er hätte sie begleiten sollen.

Schließlich drehte er sich Kareem zu, der im Schneidersitz auf dem sandigen Boden saß und nach Osten starrte. »Siehst du etwas?«

»Noch nicht«, antwortete der junge Mann.

Marty hatte ihn gerade zum bereits fünften Mal gefragt.

Irgendwo in der Dunkelheit krächzte ein Vogel. Instinktiv wusste Marty, dass es sich um den Schrei eines Falken handelte.

Ich bin hungrig!

Marty zuckte zusammen. Hatte er eine Schraube locker? Oder verstand er wirklich, was der Raubvogel gesagt hatte? Seit jenem Gefühl von Euphorie in den Ruinen beim Erreichen der dritten Stufe hörte er zunehmend Bedeutung aus den Lauten von Tieren heraus.

Absurderweise war es ihm peinlich, dass er in Form von Stufen dachte wie bei den Levels eines Computerspiels.

Würde er demnächst wie Gunther durch bloßes Handauflegen heilen können? Oder im Dunkeln sehen?

Befand er sich vielleicht tatsächlich in einem Spiel?

Ich bin hungrig!, schrie der Vogel erneut.

Irgendwo weiter vorn in der Dunkelheit.

»Dann besorg dir doch Futter, du dummes Vieh!«, brüllte Marty in die Nacht und kam sich sofort albern vor.

Hast du Futter?

Marty starrte in die Düsternis und murmelte vor sich hin: »Das Tier hat mich nicht gerade wirklich nach Futter gefragt, oder?«

Kareem schaute zu ihm auf und legte den Kopf schief. »Redest du mit dem Vogel?«

»Keine Ahnung ... mittlerweile kenne ich mich überhaupt nicht mehr aus. Ich höre Dinge, die keinen Sinn ergeben. Unsere Zeit ist fast um. Lowanna ist verschwunden.«

Kareem reichte Marty ein Stück getrocknetes Kamelfleisch. »Hier, probier mal, ob er das will.«

Marty kam sich wie ein Vollidiot vor, als er den langen Fleischstreifen entgegennahm, in zwei Hälften riss und über seinen Kopf hielt. »Hier, hol dir Fleisch.«

Er hörte einen Flügelschlag. Aufblitzende Krallen rissen ihm das Fleisch aus der ausgestreckten Hand und verschwanden.

Marty lief ein Schauder über den Rücken. Also war Lowanna nicht der einzige Dr. Dolittle ihrer Gruppe.

»Beeindruckend, Marty.« Kareem lächelte. »Du kannst so mit Vögeln reden wie Lowanna mit ihrem Kamel.«

»Schon irgendein Anzeichen von ihr?«

Kareem schüttelte den Kopf.

»He, Vogel! Noch hungrig?«, rief Marty in die Dunkelheit. Diesmal kam er sich nicht ganz so dumm dabei vor.

Der Falke rief aus einer anderen Richtung zurück. *Hast du noch mehr Futter?*

Marty zeigte nach Osten. »Ich gebe dir mehr Futter, wenn du meine Freundin findest. Sie ist in dieser Richtung.«

Irgendwo nicht weit entfernt hörte er Flügel schlagen, dann nichts mehr.

»Was erwartest du von dem Vogel?«, fragte Kareem.

Marty zuckte mit den Schultern und starrte volle zehn Sekunden lang in die Dunkelheit, bevor er antwortete. »Keine Ahnung. Ich bin nur frustriert, weil es schon so spät ist und ...«

Plötzlich hörte er ein zorniges Kreischen. *Wo ist das Futter?*

Marty hielt das Stück Fleisch hoch. Der Vogel schnappte es sich aus seiner Hand und flatterte davon. Er rief dem Falken hinterher. »Was hast du gesehen?«

Zweibeinerin sagt, sie kann das Lagerfeuer schon sehen. Ist bald zurück.

Marty schaute über die Schulter zum Lagerfeuer, das etwa einen halben Kilometer hinter ihm lag.

Kareem sprang auf und zeigte in die Ferne. »Ich sehe sie, Allah sei gepriesen! Sie kommt mit dem Kamel direkt auf uns zu.«

Marty starrte angestrengt in die Dunkelheit und sah nicht das Geringste.

Erst etwa drei Minuten später tauchte Lowanna auf dem sichtlich erschöpften Kamel aus der Düsternis auf.

Sie sprang von dem Tier und wäre um ein Haar mit Marty zusammengestoßen. Er zog sie in eine innige Umarmung und hob sie von den Beinen. »Wieso um alles in der Welt hat das so lang ...«

»Marty, eine Armee ist hierher unterwegs!«

Marty gefror das Blut in den Adern. »Eine Armee? Wie viele Mann? Wie weit weg?«

Das Kamel brüllte. *Ich bin müde. Ich bin hungrig.*

Lowanna drückte einen Kuss auf den Hals des Tiers und streichelte es. »Du kannst dich gleich ausruhen, versprochen.« Als sie den restlichen Weg zum Lager losgingen, wandte sie sich an Marty. »Ich konnte nicht erkennen, wie viele. Unterwegs bin ich einem Falken begegnet, der hat mich darauf aufmerksam gemacht. Dann habe ich eine mächtige Staubwolke gesehen, aufgewirbelt von einer marschierenden Armee. Sie war groß.«

»Mehr Leute als wir?«

»Viel mehr.« Lowanna gab Marty einen Klaps gegen den Oberarm. »Und wie konntest du einen Falken auf die Suche nach mir losschicken? Kannst du ...«

»Ja.« Marty schüttelte den Kopf. »Und ich bin noch dabei, es zu verarbeiten.« Sein Magen krampfte sich zusammen. Unter Umständen würde es zu einem Kampf kommen. Menschen könnten sterben. Viele.

Könnten sie der Armee irgendwie entgehen? »Wie weit sind die noch weg?«

»Die Armee war mindestens ein paar Stunden Fußmarsch östlich von dort entfernt, wo ich sie gesehen habe. Und mein Kamelfreund ist den ganzen Rückweg gerannt, knapp einen halben Tag. Ich würde sagen, wenn wir hier bleiben und die nicht die Richtung ändern, erreichen sie uns in einem Tag, vielleicht auch zwei«.

Ein bis zwei Tage?

Mitten im Schritt erstarrte Marty, als vor seinem geistigen Auge seine ursprüngliche Vision ablief.

Die Sonne ging Dutzende Male auf und unter, während sein Blick nach Osten fegte, vorbei an Dörfern, Ackerland, den Ausläufern der Wüste. In der Ferne wirbelte eine große Zahl von Menschen eine Staubwolke auf, alle zu Fuß unterwegs Richtung Westen.

Er näherte sich einer Armee, stieg darüber hinweg auf und bekam ein Meer von Hunderten Menschen zu sehen, alle mit antikem Kriegsgerät bewaffnet – Speeren, Bögen, gelegentlich auch Schwertern oder Stöcken. In der Mitte der marschierenden Armee rumpelte ein Planwagen. Martys geistiges Auge flog darauf zu.

Unter die Plane, vorbei an Dienern zu einem Thron mit einem Mann darauf.

Er schaute auf, als könnte er Marty sehen. Die bronzefarbene Haut des Mannes schimmerte, und er lächelte.

»Willkommen, Seher. Es ist so weit.«

Marty schauderte. Kareem und Lowanna sahen ihn mit besorgten Mienen an. Marty setzte den Weg fort, stolperte auf das Lagerfeuer zu. Tausend Gedanken rasten ihm gleichzeitig durch den Kopf. Die Vision ... könnte sie sich wirklich wie vorhergesagt abspielen?

Es war kurz vor der Morgendämmerung. Im Lager herrschte bereits reges Treiben. François leitete eine Gruppe von Köchen bei der Zubereitung von Mahlzeiten für alle. Die Tiere wurden gefüttert, die Menschen bereiteten sich auf einen weiteren Tagesmarsch vor.

Da Marty wusste, was ihnen bevorstand, war er nicht sicher, ob es die klügste Entscheidung war, weiterzumarschieren. Er stand auf einer niedrigen Anhöhe nordöstlich des Lagers und starrte mit Kareem an der Seite nach Osten.

Die Sonne lugte über den Horizont. »Sag mir, was du siehst?«, forderte Marty den jüngeren Mann auf.

Kareem schirmte mit der Hand die Augen ab. »Ich sehe keine Armee.« Er schaute nach links. »Wir haben Besuch.«

Ein großgewachsener Speerkämpfer erklomm die Anhöhe und kam direkt auf sie zu.

»Usaden«, rief Marty. »Guten Morgen.«

Sie fassten sich gegenseitig an den Unterarmen. »Lowanna hat gesagt, dass du mit mir reden willst.«

Marty schmunzelte. Er hatte nichts dergleichen zu ihr gesagt.

Aber ... vielleicht könnte Usaden nützlich sein.

Marty zeigte nach Osten. »Wir sehen sie noch nicht, aber aus der Richtung kommen Besucher auf uns zu.«

»Besucher?«

»Es könnte eine Armee sein«, sagte Marty vorsichtig. »Ich hab mich gefragt, ob du mir sagen kannst, warum eine Armee im Anmarsch sein könnte.«

Der kräftige Mann schüttelte den Kopf. »König Iken lebt in Frieden mit seinen Nachbarn. Ich kenne überhaupt keinen König, der Krieg führt. Würde mich überraschen, wenn einer unserer Nachbarn mit einer Armee unterwegs wäre. Es gibt zwar Räuberbanden, aber das sind nie mehr als ein, zwei Dutzend Mann.«

»Und die Ametsu?«

»Die Ametsu und ihre Kreaturen sind nicht besonders zahlreich«, erwiderte Usaden.

Marty runzelte die Stirn. »Was wäre deine Vermutung über eine Streitkraft, die auf uns zusteuert? Welchen Grund könnte es dafür geben? Meinst du, es könnte zu einer Schlacht kommen?«

Usaden zog die Brauen zusammen. »Vielleicht hat ein König gehört, dass ein landloser Herrscher durch sein Gebiet gezogen ist. Vielleicht fürchtet ein solcher König, du könntest ihm sein Land streitig machen wollen oder ein Räuber sein.«

Marty wich einen Schritt zurück. Ein Herrscher? Das erschien ihm hoffnungslos übertrieben. »Also würdest du nicht erwarten, dass die uns angreifen?«

Usaden versteifte den Rücken. »Nein. Aber natürlich wären wir dafür gewappnet.«

Marty nickte. Usaden hatte recht. »Danke. Ich höre mir gern an, was andere denken.«

»Ich sehe etwas!« Kareem zeigte nach Osten.

Marty konzentrierte sich, konnte jedoch nur den Horizont ausmachen. »Was siehst du?«

»Die ersten Anzeichen von Staub in der Luft. Entweder ist ein Sturm im Anmarsch oder eine Armee.«

»Wie lange, bis diese Leute hier sind?«

Kareem zuckte mit den Schultern. »Unmöglich abzuschätzen. Sind sie zu Fuß unterwegs? Haben sie Versorgungswagen? Frühestens heute Abend, vielleicht auch erst morgen.«

Ein Falke stieß hoch in der Luft einen Schrei aus und raste im Sturzflug herab. Erst in letzter Sekunde zog er hoch und landete auf einem hüfthohen Felsbrocken unmittelbar vor Marty.

Zweibeinerin sagt, du sollst zurückkommen. Vorbereiten.

Kareem reichte Marty einen Streifen Dörrfleisch.

Marty riss ein Stück davon ab, steckte den Rest ein und drehte sich dem Vogel zu. Er hielt dem Tier den Brocken hin. Der Falke schnappte ihn sich aus der ausgestreckten Hand und verschlang ihn. Marty streckte den Arm aus, und der Vogel ließ sich behutsam darauf nieder. Die Krallen bohrten sich durch den Ärmel schmerzhaft in seine Haut. »Sag ihr, dass ich unterwegs bin.«

Er hob den Arm. Der Vogel breitete die Flügel aus und erhob sich in die Luft.

»Du redest mit Vögeln?« Usaden starrte ihn an.

»Schlimmer«, erwiderte Marty. »Sie auch mit mir.«

Die Sonne erklomm den östlichen Himmel. Marty stand auf einem hohen Felsen nördlich des Lagers. Er beobachtete die von der nahenden Armee aufgewirbelte Staubwolke. Als man sie undeutlich erkennen konnte, schienen es zunächst Hundertschaften zu sein, doch schon bald wurde klar, dass vielmehr Tausende Soldaten in ihre Richtung marschierten. Wie in der Traumvision, die ihn seit der Ankunft an diesem Ort und in dieser Zeit heimsuchte.

Und wenn sich auch der Rest der Vision erfüllte?

Der nächste Teil wäre die eigentliche Herausforderung. Irgendwie zu dem Mann auf dem Thron im Hauptzelt gelangen, ohne dass sie alle dabei umkamen. Das ging deutlich aus Martys Vision hervor.

Er atmete tief ein und langsam wieder aus, während er den Rückweg hinunter zum Lager antrat. Es war an der Zeit zu begrüßen, was immer das Schicksal ihm bescherte.

Die vorderste Linie der eintreffenden Streitmacht verlangsamte die Schritte und hielt schließlich an. Der Rest rückte nach, bis sich ein durchgehender, gewaltiger Truppenkörper bildete.

Marty fühlte sich ruhig. Er traf François etwa 100 Meter vor ihrem Heer und 200 Meter vor den Neuankömmlingen.

Als François das Wort ergriff, bewegten sich seine Lippen kaum. »Und was jetzt?«

»Wenn sie uns in den Boden stampfen wollten, hätten sie es längst getan.«

Sie warteten zehn Minuten. In der fremden Armee wurde diskutiert. Schließlich lösten sich zwei Soldaten von der Frontlinie und kamen auf Marty und François zu.

Marty raunte dem Franzosen aus dem Mundwinkel zu: »Okay, Charmeur. Dein Auftritt.«

Beide Soldaten trugen unter schlichten weißen Umhängen dicke Lederwesten und Kilts sowie Sandalen an den Füßen.

François zeigte seine leeren Hände. »Wir überbringen Grüße und Frieden aus weiter Ferne.«

Die herzliche Stimme des Franzosen hatte etwas Hypnotisierendes. Marty sträubten sich die Nackenhaare.

Einer der Soldaten lächelte. Der andere hingegen verzog die Lippen und umklammerte seinen Speer fester. »Wer seid ihr, dass ihr erwartet, wir würden mit euch verhandeln?«

François deutete mit pompöser Geste auf Marty. »König Marty ist der Anführer dieser Heerschar. Ich bin nur ein Vermittler seiner Worte.«

Der lächelnde Soldat lächelte weiter und nickte freundlich. Der mürrische drehte sich Marty zu und setzte eine verächtliche Miene auf. »Ein König ohne auch nur einen bewaffneten Leibwächter? Wie töricht.« Der Soldat schwang die Spitze seines Speers bedrohlich auf Martys Kopf zu.

François schnappte erschrocken nach Luft. Marty wich dem plumpen Schwinger zur Seite aus und ließ den Fuß auf die Mitte der Waffe niedersausen, trat sie entzwei. Der Soldat taumelte zwei Schritte zurück.

Knurrend griff er abermals an und zielte mit einem Dolch auf Martys Brust.

Für Marty schien sich der Mann in Zeitlupe zu bewegen. Er packte das Handgelenk des ausgestreckten Arms, drückte zu, und der Angreifer ließ den Dolch fallen.

»Senbi!«, entfuhr es dem anderen Soldaten in überraschtem Ton. »Hast du den Verstand verloren?«

Marty trat auf den Soldaten zu, der zwei Schritte zurückwich. »Du greifst den König an?« Er packte den Soldaten vorn am Gewand und hob ihn beinah vom Boden. »Das zeugt von schlechter Gastfreundschaft.«

Die Augen des Mannes wurden groß, und er stammelte eine Entschuldigung. »Es t-tut mir leid. Ich war ein Narr und kann nicht ...«

»Halt die Klappe«, fiel Marty ihm knurrend ins Wort.

Senbi klappte den Mund zu. Er baumelte in Martys Griff. Nur seine Zehen berührten noch den Boden.

Marty bedeutete François, Senbis Waffen aufzuheben, während er den Soldaten losließ. Er strich dessen Gewand glatt und gab ihm den Dolch und den zerbrochenen Speer zurück. »Ich will dir und den deinen nichts tun. Verstanden?«

»Senbi hat es verstanden«, sagte der andere Soldat. Er bedachte seinen Gefährten mit einem finsteren Blick.

Marty reichte dem von ihm Gedemütigten die Hand.

Der Mann erschauderte. Er starrte auf Martys Hand, als wäre sie der Schwanz eines Skorpions.

»Wir können Freunde sein«, sagte Marty.

Senbi nahm das Angebot an, und sie fassten sich gegenseitig an den Unterarmen. Dann wiederholte Marty den Vorgang mit dem anderen Soldaten.

Er wandte sich an den weniger feindseligen Krieger. »Ich möchte euren König kennenlernen.«

Der Mann nickte. »Ich werde Bericht erstatten und sagen, dass dein Volk friedlich ist und uns keine Schwierigkeiten bereiten will. Das stimmt doch, oder? Wir können Freunde sein?«

Marty und François nickten.

»Wir *wollen* Freunde sein«, betonte François.

Der Soldat, der Marty angegriffen hatte, wirkte zerknirscht. »Ich rede mit dem Hauptmann der Garde.«

Der andere Soldat gab ihm ein Zeichen, und beide kehrten zu ihrer Armee zurück.

François verschränkte die Arme vor der Brust. »Das waren jetzt gleich mehrere unerwartete Wendungen.«

Marty nickte. »Der nächste Schritt ist wohl der Versuch, zum König vorgelassen zu werden.«

»Soll ich dir dabei helfen?«

Schmunzelnd schüttelte Marty den Kopf. »Jetzt habe ich mich als König etabliert. Ich denke, ich sollte besser in der Rolle bleiben.«

KAPITEL DREISSIG

Marty wartete, während sich die Gruppe an der Ostseite ihres Lagers versammelte. Tafsut diskutierte mit Surjan, weil er ohne sie ins »feindliche« Lager wollte. Obwohl er einen über zwei Meter langen Speer in der Hand hielt und als bester Kämpfer der gesamten Gruppe galt, wollte die zierliche Frau nichts davon wissen. Er hörte sich ruhig ihre Argumente an, bevor er ihr abermals erklärte, dass er tun würde, was er musste.

Als Tafsut zornig zurück ins Lager stapfte, schaute Surjan ihr mit verwirrter Miene nach. Schließlich zuckte er mit den Schultern und ging zu Marty, der ein Stück entfernt wartete. Er deutete mit dem Daumen in Tafsuts Richtung und meinte: »Sie ist eine Glucke.«

»Ich finde es bezaubernd, wie gut ihr beide miteinander auskommt.« Lowanna lachte. »Wäre sie noch besitzergreifender, würde sie dich vielleicht im Schlaf umbringen, damit es niemand anders kann.«

»Du und Marty seid auch bezaubernd«, gab Surjan mürrisch zurück.

»Was?« Lowanna knirschte mit den Zähnen.

Marty klopfte Surjan auf die Schulter und begutachtete ihre Gruppe. Kareem und Gunther unterhielten sich leise miteinander. Von François fehlte bisher jede Spur. »Weiß jemand, wo ...«

»Ich bin da, ich bin da ...« François kam mit einem Bündel über der Schulter angelaufen. »Entschuldigt die Verspätung, aber ich musste sicherstellen, dass die anderen Köche das Mittagessen nicht vermasseln.«

Marty bedeutete allen, sich ein Stück weiter ins Niemandsland zwischen den Lagern zu begeben, damit sie sich ungestört unterhalten konnten. »Zu diesem Punkt führt uns die Vision. Wir müssen uns mit dem Anführer diese Gruppe treffen. Hoffentlich bringt uns das dorthin zurück, von wo wir gekommen sind. Oder es passiert etwas anderes Dramatisches, ich weiß es nicht. Unabhängig davon können wir diese Menschen, die sich an uns gebunden haben, nicht einfach sich selbst überlassen.« Er verlagerte den Blick auf Surjan. »Hast du deinen Leuten Anweisungen gegeben?«

Er nickte. »Usaden hat das Oberkommando. Er und Badis führen je einen Zug der Speerkämpfer an. Idder befehligt die Scharfschützen. Sie wissen, dass irgendwas passiert sein muss, wenn wir bis zum Einbruch der Dunkelheit nicht zurück sind. Dann hat für sie die Sicherheit der Menschen höchste Priorität.«

Marty ließ den Blick in die Runde wandern. »Unter Umständen müssen wir da drin unsere besonderen Begabungen auspacken.«

»Ich werde schnuppern wie ein Irrer.« Surjan schnaubte und schüttelte den Kopf.

Kareem rieb sich die Finger und grinste.

»Ich denke, ich könnte drei von denen heilen«, sagte Gunther. »Und einen auf Zuruf erstarren lassen. Bin mir nicht sicher, ob's auch eine Grenze dafür gibt, wie viele Steine ich auf Schädel fallen lassen kann.«

Lowanna grinste verschmitzt. »Oh, ich denke, ich habe etwas, das sie zweimal überlegen lässt, ob sie sich mit uns anlegen wollen.«

Ihr Gesichtsausdruck ließ Marty stutzig werden. »Gibst du uns einen Hinweis darauf, was du geplant hast?«

»Ein Schwarm Tauben«, riet Gunther, »die jedem auf den Kopf kacken, der sich uns in den Weg stellt?«

»Gunther!« Lowanna heuchelte Empörung. »So was würde ich nie tun. Außerdem, wer kackt schon auf Befehl?« Sie drehte sich Marty zu und zwinkerte. »Ich denke, es ist am besten, wenn ich es mal für mich behalte. Überraschungen haben doch ihren Reiz, oder?«

Kopfschüttelnd fuhr sich Marty mit den Fingern durchs Haar. »Sei einfach bereit, es kann alles Mögliche passieren.« Er wandte sich an François und wedelte warnend mit einem Finger. »Aber deine charmante Stimme packen wir lieber nicht aus. Ich will diese Armee nicht ... künstlich überzeugen und dann nachher umso wütender auf uns haben.«

»Also mache ich gar nichts?«

»Du trägst das Banner.«

Als Marty die Gruppe über den halben Kilometer führte, der die beiden Heere voneinander trennte, überkam ihn ein Gefühl von Unvermeidlichkeit. Die Vision, die ihn von Anfang an begleitet hatte, sah eine fast zweimonatige Reise vor. Und trotz der unerwarteten Verzögerungen unterwegs hatte es sich so gefügt, dass die Begegnung mit der Armee genau am vorgesehenen Tag stattfand.

Was ihn einerseits mit Zuversicht erfüllte, ihn jedoch zugleich beunruhigte. Marty hatte keine Ahnung, worauf er sich gerade einließ. Diese Leute hatten nicht angegriffen, was gut war. Andererseits warteten sie vielleicht darauf, dass er sich in die Höhle des Löwen begab, um dann die Falle zuschnappen zu lassen. Konnte es sich um eine Armee von Vasallen der Sethianer handeln?

Oder um mögliche Rekruten für Martys Kampf gegen diese Kreaturen?

Die Armee des Königs hatte einen Graben um ihr Lager gezogen und ihn mit angespitzten Holzpflöcken gespickt. Die ausgehobene Erde hatten sie zu einem Wall auf der Innenseite des Grabens aufgeschüttet. Marty wünschte, er hätte dasselbe bei seinem Lager angeordnet. Obwohl es keine Rolle spielen würde, wenn die Begegnung gut verliefe und es friedlich bliebe. Außerdem hätte er dafür nicht annähernd genug Leute gehabt.

Marty näherte sich einer Lücke im Graben, an der zu beiden Seiten fünf mit Speeren bewaffnete Soldaten standen. Er winkte ihnen zu, und sie verbeugten sich. »Sei gegrüßt, König Marty.«

König Marty. Es klang lächerlich, aber François hatte ihm den Stempel aufgedrückt, und offensichtlich hatte man es den Wachleuten so mitgeteilt. »Seid gegrüßt, gute Leute. Ich bitte um eine Audienz bei eurem König.«

Die Soldaten sahen sich gegenseitig an. Alle wirkten völlig ahnungslos.

Der Soldat, von dem Marty angegriffen worden war, hatte jemanden erwähnt. »Gibt es bei euch einen Hauptmann der Garde?«

Die Soldaten nickten. Einer zeigte nach Südwesten. »Der Hauptmann hat ein Zelt in der südwestlichen Ecke, nicht weit von der Unterkunft des Königs. Aber er läuft oft im Lager umher und inspiziert seine Männer. Er könnte überall sein.«

Marty nickte. »Wir finden ihn.«

Der Soldat, der gesprochen hatte, schnippte mit den Fingern, zeigte auf zwei Krieger zu beiden Seiten des Eingangs und verkündete: »Ihr bekommt eine Eskorte ... zu deinem Schutz, König Marty.«

Vier mit Speeren bewaffnete Männer verließen den Eingang und beschatteten die Gruppe auf Schritt und Tritt.

Marty spähte zu den Wächtern und lächelte. Sie sollten ihn mit Sicherheit nicht beschützen, sondern seine Gruppe im Auge behalten.

Ein gewiefter Schachzug.

Mit François an der Seite, der das Banner der Gebrochenen Ametsu trug, betrat er das Lager des Königs. Der Rest der Gruppe folgte ihm. Dahinter trabten die vier nervös wirkenden Soldaten drein.

Sobald sie sich auf dem Gelände befanden, wurde klar, dass es sich um das Lager einer erfahrenen, professionellen Armee handelte. Die Zelte hatte man in Blöcken mit gleichmäßigen Abständen dazwischen aufgeschlagen.

»Wie kann sich hier irgendjemand zurechtfinden?«, flüsterte Surjan.

François winkte einem der vorbeigehenden Soldaten. »Guter Mann, wie finden wir den Hauptmann der Garde?«

Der Soldat drehte sich um und zeigte nach Süden. »Ich habe ihn erst vor kurzem dort auf Patrouille gesehen. Folgt dem Weg, dann solltet ihr ihm begegnen.« Damit eilte der Soldat in die entgegengesetzte Richtung davon.

Sie gingen weiter in Richtung Süden. Abgesehen von der äußeren Absperrung und einigen Zelten fanden sie nichts und niemanden.

Ein Soldat näherte sich entlang der äußeren Begrenzung. Surjan wandte sich im Befehlston an ihn. »Wo ist der Hauptmann?«

Der Soldat starrte die Gruppe mit großen Augen an und zeigte in die Richtung, aus der er gekommen war.

Marty und die Gruppe eilten den Weg zwischen den Zelten entlang und erreichten einen offenen quadratischen Platz aus festgetretener Erde ohne Zelte. Kämpfer übten dort mit langen Stöcken und stumpfen Schwertern.

Ein großer Mann näherte sich ihnen. Er trug eine dicke Lederweste, einen Kilt aus Leder und Sandalen. An seiner Hüfte hing ein langstieliger Streitkolben aus Bronze. Sein Blick wanderte nach oben zum Banner.

»Fremde, wer von euch ist König Marty?«

François zeigte auf Marty.

Der Mann schlug sich mit der Faust auf die Brust. »Ich bin der Hauptmann der königlichen Garde. Ein Krieger namens Senbi hat mir gesagt, dass ihr eine Audienz beim König wünscht. Es wird keine Audienz gewährt. Wir sind uns in Frieden begegnet, wir trennen uns in Frieden voneinander. Das genügt.«

»Ich bin König Marty. Ich bin auch als Marty, der Seher bekannt.« Marty holte sein Anch hervor und zeigte es dem Hauptmann. Der wich einen Schritt zurück. Seine Augen wurden groß. »Das hier hat mir eine Vision offenbart, die mich an diesen Ort und zu diesem Zeitpunkt geführt hat. Die Götter selbst haben mir aufgetragen, mich mit eurem König zu treffen.«

»Unsinn!« Ein zweiter Mann näherte sich kopfschüttelnd. Er trug als einzige Waffe einen Dolch am Gürtel, aber einen schmalen Goldreif auf der Stirn. Der Kittel unter seinem langen Umhang wies einen blauen Saum auf. »Geschichten sind billig, heiße Luft. Ich bin Prinz Mesu-Ptah, Hüter des Siegels, alleiniger Berater des Königs. Wer bist du, König Marty, dass wir dein Blut achten sollten? Was sind deine Heldentaten? Und wer sind diese Götter, die dir den Verstand vernebelt haben? Du wirst den König nicht sehen.«

»Hauptmann, irgendwie muss doch eine Audienz beim König erwirkt werden können.« François' Stimme floss wie warmer Honig über den Platz, und Marty ertappte sich dabei, aufmerksam jedem einzelnen Wort des Franzosen zu lauschen. »Wir glauben aufrichtig, dass euer König eine Audienz mit König Marty wollen würde.«

»Prinz ...«, murmelte Lowanna. »Ist der Kerl der Erbe?«

»Nein«, flüsterte Marty zurück. »Es gibt viele Prinzen. Er ist nur ein Höfling.«

Der Hauptmann wandte sich an den Prinzen. »Hast du das silberne Zeichen gesehen, das er bei sich trägt? Das muss etwas bedeuten. Und es beweist, dass er wohlhabend ist.«

Marty war leicht verärgert, dass François ungefragt seinen Trick mit der Stimmhypnose ausgepackt hatte.

Der Gesichtsausdruck des Prinzen wurde etwas milder. »Der König ist krank und braucht Ruhe.«

»Wir können bei der Heilung helfen«, kam von Gunther. »Auf dem Gebiet besitzen wir bestimmte Fähigkeiten.«

Der Hauptmann schüttelte den Kopf. »Danke, aber wir haben die besten Heiler. Ihr könnt nicht helfen.«

Lowanna trat näher an den Prinzen heran. Sie stemmte die Hände in die Hüften und bedachte den Mann mit einem vernichtend finsteren Blick. »Unsere Magier sind die besten im ganzen Land, alleiniger Berater des Königs. Genau, wie unsere Götter die bedeutendsten sind. Du weist König Marty, den Seher auf eigene Gefahr ab, Prinz.«

Der Prinz schmunzelte nur. »Ich fürchte eure Götter nicht, Kuschitenbarbarin. Ebenso wenig eure Zauberkunststücke.«

Lowanna schwenkte die offene Hand über den Platz und erfasste mit der Geste sämtliche Soldaten im Umkreis. Sie hatten ihre Übungskämpfe unterbrochen und beobachteten den Wortwechsel ihres Prinzen und Hauptmanns mit den Fremden. »Wählt einen Vertreter aus.« Sie zeigte auf die Mitte des freien Platzes. »Wir kämpfen mit bloßen Händen.«

Verächtlich schnaubend schüttelte der Hauptmann den Kopf. »Jeder meiner Männer würde dich töten.«

»Ich besiege euren Vertreter nicht nur«, behauptete Lowanna, »ich befördere ihn zudem aus dem Ring, ohne ihn auch nur zu berühren.«

Marty stellte sich vor, wie eine Rotte Wildschweine in den Ring stürmte.

»Das ist Wahnsinn«, befand der Hauptmann.

Lowanna ging zwei Schritte auf ihn zu und sah ihm unverwandt in die Augen. »Dann nehme ich an, du bist der Vertreter?«

Martys Herz hämmerte wild in der Brust.

Der Hauptmann begab sich in den Übungsring. Die anderen Soldaten zogen sich zurück. Lowanna trat ebenfalls in den Kreis.

Surjan und die anderen der Gruppe warfen sich gegenseitig Seitenblicke zu. Dann sahen sie Marty an, der jedoch nur mit den Schultern zucken konnte.

Lowanna hatte während der Reise schon einiges an Merkwürdigkeiten gesagt und getan, aber noch jedes Mal Wort gehalten. Marty beobachtete die Begegnung genauso beklommen und neugierig wie alle anderen.

Es ist warm und dunkel. Müssen wir dieses Nest verlassen?

Wir müssen tun, was man uns sagt.

Aber ich habe gerade so gemütlich geschlafen.

Marty sah sich um. Hörte er Kamele sprechen? Murmeltiere?

Lowanna zeigte auf den Streitkolben des Hauptmanns und machte eine wegwerfende Geste. »Keine Waffen, Hauptmann.«

Der Leiter der königlichen Garde lächelte und reichte einem anderen Soldaten seinen Streitkolben und einen Dolch von seinem Gürtel. Dann zeigte er die leeren Hände vor, spuckte aus und grinste.

Lowanna zeigte ebenfalls ihre leeren Hände und trat einen Schritt näher an den Hauptmann heran.

»Du hast gesagt, ich werde den Ring verlassen, ohne dass du mich auch nur berühren musst.« Er baute sich einen Schritt näher vor Lowanna auf und schüttelte den Kopf. »Ich werde diesen Kreis nicht vor dir verlassen.«

Die dunkelhäutige Frau schenkte dem Hauptmann ein herzliches Lächeln und säuselte: »Ach, was liebe ich großspurige Männer.« Damit streckte sie die Arme aus, als wollte sie ihn drücken, die Handflächen nach oben. »Komm, lass dich umarmen.«

Aus Lowannas beiden Ärmeln krochen Schlangen in ihre ausgestreckten Hände. Sie bäumten sich auf und präsentierten die Köpfe mit den spreizbaren Nackenschilden.

Der Mann hat Angst.

Beißt ihn nicht.

Der Hauptmann stieß einen schrillen Schrei aus und taumelte zurück. Die Kobras drehten sich ihm zu und zischten.

Was, wenn er angreift?

Wird er nicht. Er flieht.

Marty lachte über den Anblick des Hauptmanns, der aus dem Übungsring gestolpert war, während Lowannas Reptilienfreunde davonschlitterten.

Lowanna trat vor den Hauptmann hin und sagte in zuckersüßem Ton: »Wir gebieten über die Vögel der Lüfte und alle Tiere der Erde. Wir sehen alles und beeinflussen die Herzen der Menschen. Wir können euren König heilen.«

Die auf dem Platz versammelten Soldaten drehten sich alle dem Prinzen und dem Hauptmann zu. Marty erkannte in ihren Gesichtern sowohl Überraschung als auch Verunsicherung und Hoffnung.

Der Hauptmann wandte sich dem Prinzen zu und zog die Augenbrauen hoch.

Prinz Mesu-Ptah sah Lowanna kopfschüttelnd an und lächelte. »Hexerei! Aber beeindruckende Hexerei. Vielleicht könnt ihr den König ja wirklich heilen.«

———

Marty stand mit der Gruppe vor einem Zelt, fünfmal größer als die anderen. Vier Soldaten bewacht es. Alle überragten sogar Surjan. Neben ihnen befand sich ein breiter Tisch. Bei ihnen stand ein kleiner, schlanker, glattrasierter Mann, bekleidet mit einer leichten Tunika mit Goldfäden. Der Mann hielt eine Bannerstange. Er musste ein Herold sein.

Auf dem Banner prangten zwei Hieroglyphen, dasselbe Zeichen doppelt. Die Hieroglyphe bestand aus einem Rechteck und drei Punkten für *ta*, was so viel bedeutete wie »das Land«. »Die beiden Länder« war eine alte Bezeichnung für Ägypten. Demnach musste es sich um eine ägyptische Streitkraft handeln.

Allerdings kannte Marty keinen ägyptischen König, der »Die zwei Länder« als Thronnamen benutzt hatte.

Der Herold zeigte auf den Tisch und deutete mit dem Kopf auf den Krieger mit dem Turban. »Keine Waffen im Zelt.« Er besaß eine volltönende Stimme.

Der Prinz und der Hauptmann verneigten sich.

Surjan legte den Speer auf den Tisch. Erst dann öffnete der Herold die Zeltklappe. Obwohl das Zelt beleuchtet zu sein schien, war es darin dunkler als draußen. Marty konnte nur Schatten erkennen.

Der Herold verkündete: »König Marty von ...« Er sah Marty an und flüsterte: »Wie heißt dein Königreich?«

Marty beugte sich vor und flüsterte zurück: »Connecticut.«

»König Marty von Connecticut nähert sich dem Thron. König Marty ist ...« Wieder sah er Marty an und ersuchte mit einem Blick um weitere Informationen.

Marty zuckte mit den Schultern.

»Der Seher«, kam von François. »Meister so manch geheimer Kunde.«

Der Herold wiederholte die Worte und sah Marty wieder an.

Marty zuckte mit den Schultern.

»Sieger der Schlacht gegen die zwei Scha«, sagte François, »Geißel der Bastet, Schlächter der Ametsu. Verfasser einer viel beachteten Monografie über den Gebrauch des Konjunktivs in afroasiatischen Sprachen.«

Der Herold geriet bei den Worten der zweiten Hälfte leicht ins Stocken, bevor er Marty abermals ansah.

Marty sah François an.

»Berühmter Heiler«, sagte François, »Befreier der Unterdrückten, Spender von Nahrung für die Hungernden und Wasser für die Durstigen. Er befiehlt den Tieren, und sie gehorchen. Er beherrscht die Sprache der Toten. Groß ist sein Reich, kühn sein Handeln, sanftmütig sein Herz.«

»Das sollte doch reichen, oder?«, fragte Marty den Herold.

Der Mann nickte und wiederholte François' Worte.

Marty trat vor, um das Zelt zu betreten, doch der Herold hielt ihn auf.

»König Marty, ich gebe dir den goldenen Horus, dessen Krone Feinde zermalmt, dessen Zunge das Land eint, dessen Wort die Schwachen stärkt.«

Marty lächelte höflich.

»Der Feinde mit einem bloßen Blick erschlägt, dessen Atem Königreiche niederreißt, der Pfeil der Sekhmet, der einzig wahre König.«

Marty nickte.

François drückte dem Herold das Banner in die Hand. Der Herold runzelte zwar die Stirn, nahm es jedoch entgegen.

»Was freuen sich die Götter über seine Gegenwart in ihren Tempeln! Was fürchten die Neunbogen seine Anwesenheit an ihren Grenzen! Was sind die Kinder des Landes ermutigt, wenn sein Name erklingt!«

Marty zwang sich, weiterhin zu lächeln. Er hatte das Gefühl, der Einführung eines Festredners zu lauschen.

»Der König der zwei Länder, der Herr der Segge und der Biene, Narmer.«

Martys Herz setzte einen Schlag aus.

Narmer?

Die Zeit passte zwar, aber ... Narmer?

Stolpernd betrat er mit der Gruppe das Zelt.

Und erblickte einen Thron – den Thron aus seiner Vision. Nur saß niemand darauf. Daneben befand sich eine Sänfte, und darauf lag, betreut von zwei Priestern, lag Narmer von Ägypten.

Krank.

Im Sterben.

KAPITEL EINUNDDREISSIG

Narmer.

Tatsächlich Narmer.

Der, wie sich herausstellte, Marty seit Wochen in seinen Träumen verfolgte.

Nur erwies sich die Vision an dieser Stelle als falsch. Der Mann, den Marty als den einigenden ersten König Ägyptens kannte, lag auf einer kargen Sänfte. Gestützt von zwei Lederkissen, verhüllt von einem dünnen Laken. Er zitterte, als schwächte ihn selbst die Last von Martys Blick. Marty hatte Narmer stets automatisch mit der hohen, sogenannten weißen Krone des Südens vor Augen, der *Hedjet.* Aber er trug sie nicht. Der König hatte große Ohren, wulstige Lippen, breite Nasenlöcher und Glupschaugen. Die dunkle Haut wirkte ledrig von einem Leben auf der Straße.

Narmer sah nicht alt aus. Aber gebrochen.

Ein fauliger Gestank herrschte im Zelt. Marty würgte.

Das Zelt selbst erwies sich wie die Sänfte als schlicht und robust. Die Einrichtung bestand nur aus zwei Tischen. Darauf lagen Messer, Knochen, Steine mit Inschriften und Federn. Magische Gegenstände? Medizinisches Zubehör?

Zwischen den Tischen und dem König standen zwei alte Männer. Der eine trug eine lange Robe, der andere ein Pantherfell und eine

Scheitelkappe aus Leder. Sie starrten Marty an, als wäre er eine Bedrohung.

Zwei Soldaten mit Streitkolben standen innen am Eingang.

»Irgendwie wünschte ich, er würde aufstehen und die Keule schwingen«, murmelte François. »Du weißt schon, um Unterägypten zu zerschlagen. Das Königreich zu einen.«

»Und ein Selfie zu machen?« Lowanna schnaubte.

François nickte eifrig. »Ja. Ich habe mal ein Selfie mit William Shatner in einer Bar in Vancouver gemacht. *Natürlich* würde ich ein Selfie mit König Narmer machen. Wenn ich nur ein Handy hätte.«

Langsam öffnete der König die Augen und lächelte mit einem Mundwinkel. »Ihr seht ein Wunder.« Seine Stimme ertönte als raues Krächzen. »Den letzten König des Schwarzen Lands, den geschlagenen einstigen Verteidiger der zivilisierten Menschheit. Die große flammende Hoffnung von gestern und die kalte Asche dieses Morgens. Seht her und erinnert euch, auf dass ihr euren Kindern davon erzählen könnt.«

»Seht ihr?«, murmelte François. »Er ist total bereit für Selfies.«

»Majestät.« Marty machte die Geste der Ehrerbietung, die er von zig Tausend Hieroglyphentafeln kannte. Er hob beide Arme und verbeugte sich tief. Gunther tat es ihm gleich, dann folgten die anderen ihrem Beispiel.

Wie dadurch ausgelöst, überkam Narmer ein Hustenanfall.

»Du bist nicht von hier«, sagte Narmer.

Marty blickte auf sein kariertes Oxford-Hemd hinab, an mehreren Stellen geflickt und offensichtlich völlig fehl am Platz. Noch deutlicher sprang seine Hose ins Auge – die Soldaten des Königs trugen alle Kilts, genau wie die Sethianer. Marty lächelte. »Ich komme von weit her. Das gilt für uns alle.«

»Vielleicht seid ihr nicht ... aus dem *Jetzt*.« Narmer sah Marty mit hochgezogener Augenbraue an.

Marty erstarrte. Nur allzu deutlich war er sich der Wächter mit den Streitkolben am Zelteingang bewusst, all der Männer mit Speeren draußen sowie der beiden Priester, die neben dem König standen und sich stirnrunzelnd die Hände rieben. Was wusste der Herrscher? Versuchte er gerade, Marty ein Geständnis zu entlocken?

Aber immerhin hatte er den Mann aus seiner Vision vor sich. Sie hatte ihn zu Narmer geführt – und zum angegebenen Zeitpunkt. Das konnte kein Zufall sein.

Dennoch hielt er es für besser, sich nicht voreilig in die Karten schauen zu lassen. Nur weil Marty zu Narmer geführt worden war, musste Narmer noch lange nicht mit Marty rechnen. Oder ihnen freundlich gesinnt sein.

»Die Welt ist ewig«, sagte Marty. »Sie überdauert und wiederholt sich.« Er hoffte, sich damit vage und zugleich tiefgründig genug anzuhören, um den König zufriedenzustellen.

»Nein«, widersprach Narmer. »Manche Dinge überdauern, manche wiederholen sich. Aber manche Dinge bewegen sich in der Zeit zurück, gegen die Fahrt des Sonnenschiffs, und sie erscheinen in der Welt Tausende Jahre vor ihrer Erschaffung. Manche *Dinge* und manche *Menschen*.«

»Er weiß es«, sagte François.

»Ich weiß vieles«, sagte Narmer. »Aber *euch* kenne ich nicht. Obwohl ich eure Gesichter gesehen und auf euch gewartet habe.«

Wieder hustete er heftig. Einer der Männer in Roben hielt dem König ein Stück Mull an die Lippen, und er spuckte Blut hinein. Unauffällig ließ der Priester den blutigen Stoff in einen Topf verschwinden.

»Wir sind Gelehrte«, sagte Marty.

Surjan schnaubte.

»Gelehrte und Freunde von Gelehrten«, fügte Marty hinzu.

»Und ein Heer«, sagte Narmer, »auf das eine kleine Nation stolz sein könnte.«

»Ja«, bestätigte Marty. »Wir wurden ungefähr 5.000 Jahre in eurer Zukunft geboren. Nicht unser gesamtes Heer. Aber diejenigen von uns, die vor dir stehen.«

Narmer musterte die Gruppe. Er zitterte heftig, und seine Lunge rasselte, während sich sein Brustkorb hob und senkte. »Ist einer von euch ein Kind des Schwarzen Lands?«

Marty legte die Hand auf Kareems Schulter und schob den jungen Mann nach vorn. »Das ist Kareem. Er wurde im Schwarzen Land geboren, in der Nähe der Sümpfe an der Mündung des Nils.«

Narmer ergriff Kareems Hand und drückte sie. »Endlich.«

»Majestät«, sagte Kareem.

»Und der Rest von euch ist von den Neunbogen.« Narmer seufzte.

»Es ist demütigend, dass ich die Menschheit enttäusche. Noch erniedrigender ist, dass immer Neunbogen kommen, um mein Versagen auszugleichen.«

»Neunbogen?«, murmelte Surjan.

»Er meint Ausländer«, sagte Gunther. »Nicht-Ägypter.«

»Ich komme von so weit her«, sagte Lowanna, »dass ich nicht zu den Neunbogen gehöre.«

»Nubien?«, fragte Narmer. »Punt?«

»Ich komme von der anderen Seite des Meers«, antwortete Lowanna. »Viele Monate einer gefährlichen Reise von hier. Du hast noch nie von meiner Heimat gehört, Majestät. Aber selbst in meiner fernen Heimat kennt man den Namen des Schwarzen Lands. Und den Namen von König Narmer.«

»Du schmeichelst mir«, murmelte Narmer. »Ich bin ein Versager. Das untere Schwarze Land kämpft gegen mich, die Kinder des Seth fressen mein Volk. Mein Reich ist auf ein Weizenkorn geschrumpft, und selbst das wird verschlungen werden. Bald werden mein Königreich und ich in der Latrine landen.«

Befanden sie sich doch in einem alternativen Universum? In dem Ägypten nie von Narmer geeint wurde und in dem er als Versager starb?

Oder hatte dieser Narmer noch eine Zukunft vor sich?

»Ihr habt den Tunnel betreten«, sagte Narmer.

Martys Herz setzte einen Schlag aus.

»Ja«, antwortete François. »Was weißt du über diesen Tunnel?«

»Ihr habt den Tunnel betreten«, sagte Narmer, »und euch dann hier wiedergefunden. Also im *Jetzt*. Und ihr sucht wieder nach dem Tunnel.«

Alle starrten ihn an.

»Woher weißt du das?«, fragte Surjan.

Narmer schmunzelte. »Ich bin anderen wie euch begegnet. Sie sehen immer aus wie ihr. Sie sind immer Neunbogen. Aus Ländern mit seltsamen Namen. Rau und ungewohnt für das Ohr. Und sie suchen immer nach dem Tunnel. Ich glaube, der Tunnel lässt sie nach ihm suchen. Er ködert sie. Was bedeutet, dass meine Schuld ist, was aus ihnen wird.«

Marty schauderte. »Hast du den Tunnel gebaut?«

»Ich muss euch warnen, dass es aussichtslos ist«, sagte Narmer. »Ich habe im Verlauf der Jahre viele Verfechter wie euch erlebt. Ich habe gesehen, wie sie den Tunnel betreten haben. Sie sterben und zerfallen zu Staub. Alle.«

François stieß einen leisen Pfiff aus.

Marty fühlte sich verraten. Von seinem Traum. Auch von sich selbst – oder demjenigen, der die von ihm erfundenen Hieroglyphen in den Tunnel geschrieben hatte.

»Als junger Mann habe ich an die Visionen meines Vaters geglaubt«, verriet Narmer. »Aber ich habe zu viel Tod gesehen. Ich habe zu viel Tod *verursacht*. Es ist an der Zeit, sich von den Visionen zu lösen und meinen Tod als genauso unausweichlich wie die Tatsache zu akzeptieren, dass es kein Großreich geben wird.«

»Aber das wird es«, sagte Gunther. »Oder *kann* es zumindest. Wir alle haben die Ruinen gesehen. Die Ruinen eines Königreichs, das 3.000 Jahre Bestand hatte. Und du wirst derjenige sein, der dieses Reich eint.«

»Wenn du nicht aufgibst«, fügte Surjan hinzu.

Narmer atmete rasselnd ein und aus, bevor er matt den Kopf schüttelte.

»Wer hat den Tunnel gebaut?«, fragte François. »War es dein Vater?«

»Mein Vater hat den Tunnel nicht gebaut«, erwiderte Narmer. »Aber er hat den Tunnel und dessen Überlieferungen von anderen geerbt, und sie haben die Erbauer gekannt.« Er schien vor Martys Augen tief in die Kissen zu sinken. »Die Erbauer waren keine Menschen wie ihr und ich.«

»Was bedeutet das?« Gunther runzelte die Stirn. »Waren sie heldenhafter als wir?«

»Du meinst die Sethianer«, sagte Marty. »Die Kinder des Seth haben den Tunnel gebaut und uns hergeholt?« Wieder fühlte er sich betrogen.

»Nein«, widersprach Narmer. »Die Erbauer waren ein größeres Volk. Sie kamen in mächtigen Gefährten vom Himmel herab. Sie waren so groß wie Giraffen und hatten einen Atem wie Sturmwinde.«

»Atem ... wie ein Krokodil?«, fragte Marty und dachte an den Text auf der Tafel.

»Wenn man so will.« Narmer legte den Kopf leicht schief.

»Woher weißt du das?«, fragte Gunther.

»Ich habe ihre Werke gesehen«, antwortete Narmer. »Ihre Gebäude, ihre Kanäle, ihre Plätze ... ihre Tunnel. Mein Vater hat mir erzählt, dass er ihren stürmischen Atem gehört hat. Die Kinder des

Seth waren ihre Diener und ihre Schöpfung. Sie haben sich gegen sie aufgelehnt und wurden zur Strafe zurückgelassen. Auch die Kinder der Bastet und die Kinder der Hathor waren ihre Diener. Es gibt auch andere. Wenn man meinem Vater glauben darf, sogar viele andere, überall auf der Welt. Aber sie sind alle gefallene, verkommene Rassen, viel schwächer und dümmer als ihre Meister. Die Erbauer hatten mächtige Werkzeuge und Gefährte, wie die Menschheit sie nie zuvor gekannt hat, und sie sind aus dem Himmel gekommen, um die Menschheit zu retten.«

»Ich kann grad echt nicht sagen, ob ich einem Schöpfungsmärchen lausche«, murmelte Lowanna, »oder mir im Spätprogramm eine Folge von *Ancient Aliens – Unerklärliche Phänomene* ansehe.«

»Dein Vater hat den Tunnel also geerbt.« Marty versuchte, trotz der unzähligen in seinem Kopf herumschwirrenden Bilder und Gedanken konzentriert zu bleiben.

»Der Vater meines Vaters war Vorarbeiter bei den Erbauern. Und als die Arbeit am Tunnel abgeschlossen war, haben sie ihn in seine Hände übergeben. Er sollte den Tunnel bedienen, dafür sorgen, dass er funktioniert, und er sollte diese Bürde an seine Söhne weitergeben.«

»Und seine Funktion ist ... was genau?«, fragte François.

»Es ruft Helden«, antwortete Narmer. »Und tötet sie dann.«

Marty hatte das Gefühl, bis zur Hüfte in Asche zu stehen. »Haben die Erbauer das deinem Großvater erzählt?«

Narmers Atmung verlangsamte sich. Seine braune, spröde Haut wirkte beinah durchscheinend. Ein dichtes Geflecht dicker, blauer Blutgefäße zeichnete sich darunter ab. »Die Erbauer haben gesagt, sie wären auf diesen Planeten gekommen, um dessen Bewohner vorzubereiten. Sie haben gesagt, eine große Prüfung käme auf uns zu. Ihren Worten zufolge könnte die Menschheit an sich niemals bereit für diesen Kampf sein. Aber die Erbauer hatten vor, Verfechter der Menschheit dafür vorzubereiten. Sie haben meinem Großvater erzählt, das Schwarze Land befände sich auf etwas, das sie den ›Weg‹ genannt haben. Und dass Helden, die hier geprüft werden und bestehen, noch andere ›Stationen‹ entlang des Wegs bewältigen müssen, um größer und edler zu werden, bis sie am richtigen Ort und zur richtigen Zeit für die gesamte Menschheit kämpfen müssen.«

François stieß einen leisen Pfiff aus.

»Also gibt es noch andere Tunnel?« Surjan verzog das Gesicht zu einer Grimasse.

Narmer zuckte mit den Schultern.

»Wie bedient man den Tunnel?«, fragte Marty.

»Dafür gibt es Abläufe«, erklärte Narmer. »Er ist eine sehr komplexe Maschine. Aber das spielt jetzt keine Rolle mehr. Ich habe das Ende meiner Tage erreicht. Ich habe kein Kind, an das ich die Verfahren der Bedienung weitergeben kann, und wir haben das Schwarze Land verloren. Vielleicht werden die Kinder des Seth die Tunnel bedienen. Vielleicht erschaffen sie ihre eigenen Verfechter, mächtig in ihrer Bösartigkeit. Und vielleicht stemmen sich diese Verfechter gegen das größere Übel, wenn die Zeit reif ist.«

»Was fehlt dem König?«, fragte Gunther den näheren der beiden Priester, den mit der Robe.

Der Mann zuckte mit den Schultern. Er war groß und hatte einen klobigen Kopf. »Sein Körper versagt, und wir können mit unseren Künsten nichts dagegen unternehmen.«

Der Priester mit dem Pantherfell rang die Hände. Er war klein und rundlich. Seine Wangen waberten beim Sprechen. »Wir sind auf der Suche nach einer berühmten Heilquelle aus dem Schwarzen Land geflohen. Anscheinend zu spät. Und immer noch verschwenden wir Zeit, obwohl jeder Augenblick für den König über Leben und Tod entscheiden kann!«

»Warum haben die Erbauer eine solche Maschine erfunden?«, fragte Marty. »Du sagst, sie ruft Menschen und tötet sie dann?«

»Ich habe gesagt, sie ruft Helden«, murmelte Narmer. »Sie erreichen den Tunnel am Ende einer langen Reise, betreten ihn, um seine Geheimnisse zu lüften, und er tötet sie. Jedes Mal zerfallen sie zu Asche. Ich habe es viele Male mit eigenen Augen gesehen. Mein Vater hat die Geschichte geglaubt, die er an mich weitergegeben hat. Aber soweit ich es bisher beurteilen kann, ist sie eine Lüge. Vielleicht ist es immer eine Lüge gewesen.«

»Was, wenn die Erbauer in Wirklichkeit der Feind der Menschheit sind?«, fragte François. »Was, wenn der Tunnel die großen möglichen Verteidiger der Menschheit rufen und ermorden soll, damit sie nichts Gutes bewirken können?«

»Ich weiß auch nicht.« Marty biss sich auf die Unterlippe. »Was wir damit sagen wollen, ist wohl: Es erscheint wenig logisch, dass ein fort-schrittliches Volk eine Maschine baut, um Helden für irgendeinen Endkampf anzulocken und, äh, auszubilden. Noch unlogischer aller-dings wäre, dass Außerirdische eine Maschine bauen, um mögliche Helden anzulocken und auszuschalten. Das ist ein bisschen weit hergeholt.«

»Ich kann nicht glauben, dass ich dich ›weit hergeholt‹ überhaupt in den Mund nehmen höre«, merkte François an. »Nach allem, was wir bereits erlebt und getan haben. Muss ich dich echt an all die surrealen Begebenheiten erinnern, die du persönlich bezeugt hast? Oder soll ich dir einfach ein Bild von einem Kugelschreiber malen?«

»Kugelschreiber?«, murmelte Gunther.

Marty schloss die Augen und rieb sich die Schläfen.

»Mir kommt das umständlich vor«, meldete sich Surjan zu Wort. »Wenn diese Erbauer einen schon vor der Geburt als Bedrohung identifizieren können, warum schalten sie einen dann nicht gleich in der Wiege aus?«

Martys Herz fühlte sich schwer an. Spielten die Beweggründe der Erbauer wirklich eine Rolle, wenn das Endergebnis darin bestand, dass sich Marty und seine Gefährten in Asche verwandeln würden? In prakti-scher Hinsicht liefen eine Lüge und eine kaputte Maschine auf dasselbe hinaus.

»Wenn die von den Erbauern erzählte Geschichte wahr ist …«, ergriff Lowanna das Wort. »Bedeutet das dann, wir sind die letzte Hoff-nung der Menschheit?«

Marty rieb sich die Augen. Er fühlte sich müde und wollte diese Verantwortung nicht. »Weil es keine Verfechter mehr geben wird?«

»Weil es keine Verfechter mehr geben wird«, bestätigte Lowanna. »Irgendein Monster von einem Feind kommt auf unsere gesamte Spezies zu, und uns freundlich gesinnte Aliens richten eine Art Spießru-tenlauf ein, um Helden auszubilden, aber wir sind die letzten, die durch-kommen, bevor die Maschine ausfällt.«

»Die ganze Geschichte kommt mir sehr seltsam vor«, meinte Surjan.

»Ich habe versagt«, sagte Narmer. »Ich habe den Krieg gegen das untere Schwarze Land verloren. Ich habe keine Kinder, an die ich das Wissen über den Tunnel weitergeben konnte, und ich habe nie Helden herbeigerufen, denen es gelungen ist, die Reise zu überleben.«

»Außer uns«, sagte François. »Bis jetzt.«

»Geht nicht«, warnte Narmer. »Wählt nicht den Tunnel. Er verheißt den Tod.«

Marty biss sich auf die Unterlippe. Hatte er wirklich eine Wahl? Hatte der Tunnel ihn nicht auserwählt? Und wenn er den Tunnel nicht betreten sollte, was sollte er stattdessen tun?

Einfach bleiben und fortan im vierten Jahrtausend vor Christus leben?

Unter der Herrschaft der Sethianer?

»Mein einziger Trost durch meinen vorzeitigen Tod«, sagte Narmer langsam, »besteht darin, dass ich nicht mehr da sein werde, um mitzuerleben, wie ihr durch den Tunnel zu Asche zerfallt.«

Wieder hustete er, so heftig, dass die Priester ihn stützen mussten, damit er nicht von der Sänfte fiel.

KAPITEL ZWEIUNDDREISSIG

Diesmal brachte der Priester den Topf zur Sänfte und hielt ihn unter Narmers Gesicht. Der König spuckte Blut direkt hinein, und es stank nach Tod und Fäulnis.

Die Priester halfen Narmer zurück auf die Sänfte. Sein Atem war zu einem durchgehenden Röcheln verkommen.

»Deshalb muss ich verhindern, dass meine Leute mich sehen«, murmelte Narmer. Seine Worte wurden von Minute zu Minute langsamer. »Ein König kann nur herrschen, wenn er Vertrauen erweckt. Wer mich so sieht, würde niemals glauben, dass ich die Neunbogen, die Könige des unteren Schwarzen Lands oder die Kinder des Seth besiegen könnte. Niemand würde glauben, dass ich mich auch nur bis zum Sonnenuntergang am Leben festklammern könnte. Und man hätte recht damit.«

»Welche Krankheit plagt den König?«, fragte Gunther die beiden Priester. Lowanna lehnte sich an seine Schulter und lauschte. »Wie tötet sie?«

»Wir haben keinen Namen dafür.« Der große Priester schüttelte den Kopf. »Sie verwandelt seine Eingeweide in Blut. Er verfault bei lebendigem Leib.«

»Wir vergeuden Zeit!« Der rundliche Priester stampfte mit den

Füßen. Er schaute zu den Wächtern, als wollte er ihnen einen Befehl erteilen, starrte jedoch nur mit finsterer Miene hinüber.

»Zeigt ihnen meine Füße.« Narmer setzte die grinsende Grimasse eines kleinen Jungen auf, den morbide Faszination über etwas Widerwärtiges erfüllt. »Wenn ihr den Anblick ertragen könnt.«

»Ich bin Heiler«, erwiderte Gunther schlicht.

Einer der Priester zog das Laken von Narmers Füßen zurück. Sie und die Beine des Königs waren schwarz und nekrotisch. Obwohl man Kräuterbündel um das Fleisch gepackt hatte, raubte Marty der vom entblößten Leib des Königs ausgehende Gestank beinah die Sinne.

Die Fäulnis erstreckte sich in Form von schwarzen und gelben Schlieren über Narmers Beine nach oben. Seine unbehaarten Unterschenkel waren völlig verkümmert. Die Haut hing lose an den Knochen, als wäre jegliche Muskelmasse darunter verschwunden.

»Das ist die wahre Hoheit der Menschheit.« Narmer stöhnte. »Der Tod. Unser gemeinsames Los, unser königlicher Mantel, unser allgemeines Ende.«

»Was hältst du davon?«, murmelte Marty zu Gunther, bevor er ihn und Lowanna zur Seite zog.

»Ich bin kein Arzt«, sagte Gunther. »Nur ausgebildeter Militärsanitäter. Das ist nichts, was ich mit einer Infusion versorgen oder einfach nähen kann. Meine einzige Chance dagegen ist meine Gabe.« Er wackelte mit den Fingern. »Nur bin ich alles andere als überzeugt davon, ob ich *dagegen* etwas ausrichten kann. Und ich weiß nicht mal, was das an seinen Beinen sein könnte. Lepra? Geht Lepra nicht von einem Bakterium oder so aus? Keine Ahnung. Könnte François' Penicillin vielleicht etwas bewirken? Löst Lepra auch solche Hustenanfälle aus? Kann er Lepra *und* Tuberkulose haben? Ist es Wundbrand?«

»Wir hatten mal ein Kamel mit so übelriechender, geschwärzter Haut.« Lowanna rümpfte die Nase. »Es war Wundbrand. Wir mussten es erlösen.«

Gunther schüttelte den Kopf. »Wenn es Wundbrand ist, dann ist er so gut wie tot. Seht euch nur an, wie weit es seine Beine hinauf fortgeschritten ist. Wir können ja schlecht seinen Rumpf amputieren.«

»Das nicht, trotzdem können wir etwas versuchen«, sagte Marty. »Eure Gaben.«

»Versuchen können wir es«, kam von Lowanna. »Immerhin ist das *der* Narmer, nicht wahr? Wir *müssen* es versuchen. Das ist so, als könnten wir Churchill 1939 das Leben retten oder Martin Luther King davor bewahren, erschossen zu werden. Ohne diesen Mann wird es kein Ägypten geben, wie wir es kennen.«

»Was ist mit dem Penicillin?«, fragte Marty.

Gunther zuckte mit den Schultern. »Das versuchen wir auch. Warum nicht? Wie dieser Zauberer Wagguten gesagt hat: Man sollte alles ausprobieren, weil man nie wissen kann, was vielleicht funktioniert.« Er vergrub das Gesicht in den Händen. »Nicht zu fassen, dass ich auf professionelle Ratschläge von einem Zauberer höre.«

»Nicht professionelle Ratschläge.« Marty grinste. »Magische Ratschläge. Und für dich ist Magie ja eher ein Hobby.«

»Jetzt fühle ich mich gleich viel besser.«

»Ich helfe mit«, bot Lowanna an. »Ich kann auch heilen.«

»Das weiß ich«, sagte Gunther. »Und falls dir ein Siebenschläfer oder ein Eichhörnchen flüstert, was den König plagt und wie man es heilen kann, dann lass es mich bitte unbedingt wissen. Aber im Ernst, mir ist alles recht, was helfen könnte.«

Gunther legte die Hände auf die Beine des Königs, eine auf jedes Schienbein. Lowanna legte beide Hände auf sein Brustbein, als wollte sie ihm eine Herzmassage verpassen.

Marty und die anderen traten zurück.

»Sie benutzen keine Beschwörungen«, murmelte der Priester mit dem klobigen Kopf.

Sein Kollege zuckte mit den Schultern.

Licht sickerte an Gunthers und Lowannas Armen hinab wie Kondenswasser an einem Fenster. Es sammelte sich am Laken des Königs und drang in seinen Körper ein. Marty trat weiter zurück, stellte fest, dass er rastlos die Hände bewegte, und verschränkte sie vor dem Körper, um sie unter Kontrolle zu behalten.

Das Licht des Verfahrens – Marty konnte sich nicht dazu durchringen, es als *Zauber* zu betrachten – warf dunkle Schatten in die Gesichter der beiden Priester. Ihre Münder standen vor Staunen offen, ihre Augen wirkten wie pechschwarze Gruben.

Und sie konnten nicht stillhalten.

Marty hörte nur die röchelnden Atemgeräusche des Königs. Gunthers Körper zuckte, als hätte er einen Anfall oder hielte mit bloßen Händen ein abisoliertes Stromkabel. Sein Kopf schnellte hin und her. Marty trat vor, um seinen Freund zu stützen. Dann stieß Gunther einen wortlosen Schrei aus, ließ den König los und taumelte rückwärts in Martys Arme.

Lowanna brach zusammen.

Marty roch Ozon, das von seinem Freund ausging. Gunther war wach, aber benommen. Marty lockerte seinen Kragen und klopfte ihm auf die Schulter.

Surjan versuchte Ähnliches bei Lowanna, doch sie schüttelte ihn knurrend ab und rappelte sich auf die Beine.

Marty richtete sich ebenfalls auf und sah den König an. Sein Gesicht wirkte friedlich, doch als Marty das Laken anhob und darunter spähte, erkannte er keinerlei Veränderung an den verfaulten Füßen.

Auch der Gestank von Tod war unverändert geblieben.

»Ist der König von uns gegangen?«, fragte der dicke Priester mit entsetztem Gesichtsausdruck.

»Das kann nicht sein!« Der Priester mit dem klobigen Kopf beugte sich vor und lauschte auf Atemgeräusche des Königs. »Noch nicht, er lebt.«

»Wir müssen ihn sofort hinbringen«, ergriff der dicke Priester das Wort. »Wir haben schon zu viel Zeit mit diesem wahnhaften Gerede von Tunneln und Neunbogen und Segeln gegen den Weg des Sonnenschiffs verschwendet. Der König liegt im Sterben, aber vielleicht können wir ihn noch rechtzeitig zur Heilquelle bringen!«

Lowanna ergriff Narmers Hand. »Majestät?«

Narmer ließ beim Ausatmen einen zähen, rasselnden Laut vernehmen.

»Er stirbt!«, brüllte der fette Priester. »Schafft diese Fremden hier raus!«

Zwei Krieger betraten das Zelt. Marty packte den Streitkolben am Gürtel eines Kriegers und fixierte ihn. »Wartet«, sagte er.

»Wartet!« François holte aus seinem Schulterbündel ein mit Gras umwickeltes Päckchen hervor. Das Brot dar war vollständig von einem Flaum aus grünem Schimmel bedeckt. »Das ist Medizin.«

»Nichts da!«, rief der dicke Priester. »Wir müssen los!«

»Ihr müsst das hier in zehn Stücke schneiden«, sagte François. »Er soll ein Stück pro Tag essen.«

»Er kann nichts essen«, entgegnete der Priester. »Seht ihn euch doch an. Er hat seine letzte Lebensenergie darauf verwendet, mit euch zu reden. Jetzt kann er nur noch sterben. Wir müssen ihn so schnell wie möglich zur Heilquelle bringen.«

»Die Heilquelle«, sagte Marty.

Die Krieger an der Tür entspannten sich, und Marty trat von ihnen zurück.

»Vielleicht haben wir sie ja mitgebracht«, sagte François. Kurz sahen sie sich gegenseitig an, und Marty zog die Augenbrauen hoch. »Wo ist diese Quelle?«

»Im Westen«, antwortete der dicke Priester. »Nördlich des Wegs. Man bringt Kranke und Gebrechliche zur Heilung dorthin.«

»Werden sie in die Quelle getaucht?«, fragte Marty. »Oder verbringen sie eine Nacht schlafend in einer Höhle?«

»Sie schlafen in der Höhle«, antwortete der mit dem klobigen Kopf. »Ihr kennt diesen Ort?«

»Wir kennen ihn«, bestätigte François. »Wir haben seine Magie mitgebracht.«

»Sie haben den Geist der Quelle gefangen?« Der dicke Priester runzelte die Stirn.

François legte den Schimmel auf eine Ecke von Narmers Sänfte und holte das flache Kästchen aus seinem Schulterbeutel. »Ja«, bestätigte er. »Es steckt hier drin, im großen Symbol des Lebens.«

»Warte«, sagte Marty.

»Das Anch«, verkündete François. »Symbol des Lebens und der Schwüre. Wir sind dem Geist in der Höhle über der heiligen Quelle begegnet. Und wir haben den Lebensgeist der Quelle durch Schwüre an diesen Talisman gebunden. Ihr kennt dieses Symbol, das goldene Anch.« Er öffnete das Kästchen mit der übertriebenen Dramatik eines Marktschreiers, die Augen groß und strahlend. »Damit müssen wir die Haut des Königs berühren, dann wird er geheilt.«

»Ich kenne dieses Symbol nicht«, erklärte der dicke Priester.

»Damit sind wir vielleicht ein bisschen zu früh dran«, murmelte Marty. »In etwa 500 Jahren würden sie es mit Sicherheit erkennen.«

François ließ sich nicht beirren. »Merkt euch dieses Symbol, denn es steht für die große Schleife des Lebens.«

»Es wird den König heilen?«, fragte der Priester mit dem klobigen Kopf.

»Es hat uns geheilt«, erwiderte François. »Es hat uns verjüngt und unsere Krankheiten beseitigt. Sogar mein Haar ist nachgewachsen!«

Je länger er sprach, desto mehr klang er wie ein Schlangenölverkäufer. Falls er versuchte, seine hypnotische Stimme einzusetzen, gelang es ihm nicht. Vielleicht galt für sie dasselbe wie für Gunthers Heilkraft, und sie wirkte nur wenige Male pro Tag. Zähneknirschend versuchte Marty zu lächeln.

Der dicke Priester griff nach dem Anch. Marty zog es zurück. Der Blick des Priesters verfinsterte sich.

»Nur der König darf es berühren.« François zögerte. Marty merkte ihm an den zusammengekniffenen Augen an, dass er überlegte, wie er erklären sollte, dass die Priester das Anch nicht berühren durften, ohne der Behauptung zu widersprechen, dass es Marty geheilt hatte. »Es kann sowohl schaden als auch heilen. Am besten reizt man den Geist nicht unnötig.«

»Gibt es ein Ritual?«, wollte der Priester mit dem klobigen Kopf wissen.

»Der König muss das Anch ergreifen«, erwiderte François. »Es mit bloßer Haut berühren.«

Der dicke Priester ergriff Narmers Hand und öffnete dessen Finger. Neben der Körperfülle des Mannes wirkte der König zerbrechlich, dürr, wie ein Haufen Stöcke mit Haut darüber. Marty hielt den Atem an, als François behutsam den Stiel des Anch in Narmers Handfläche drückte und der Priester die Finger des Königs darum schloss.

»Was jetzt?«, fragte der dicke Priester.

»Wir sollten auf jeden Fall beten«, sagte François. »Eine Beschwörung. Weißt du etwas Geeignetes, Marty?«

Marty richtete sich zu voller Größe auf. Widersprüchliche Emotionen und Schuldgefühle breiteten sich in ihm aus.

»Vor 87 Jahren ...«, begann er und zwang seine Gedanken in ihre natürlichen Bahnen. Er sprach langsam, mit Bedacht und bemühte sich dabei, nicht Abraham Lincoln persönlich nachzuahmen, sondern dessen animatronische Figur, die er als Neunjähriger auf einem Jahrmarkt gesehen hatte. Jenes blasse Ebenbild des Präsidenten hatte ihn dazu motiviert, die gesamte Rede auswendig zu lernen und als Fleißaufgabe vor seiner Klasse zu halten. Seither hatte er sie nie vergessen. »... gründeten unsere Väter auf diesem Kontinent eine neue Nation, in Freiheit gezeugt und dem Grundsatz geweiht, dass alle Menschen gleich geschaffen sind.«

Das goldene Metall des Anch schien in Narmers Hand zu schmelzen und hinterließ einen vertrauten Silberglanz. Marty beobachtete, wie die einzelnen, mikroskopisch kleinen Goldpartikel auf die Haut des Königs flossen, als besäßen sie einen eigenen Willen. Die vom Anch auf den König übertragene, goldene Schattierung sickerte in die Haut des Mannes und verschwand.

Die Blicke der Priester ruhten auf der Hand des Königs. Auch sie bemerkten, was vor sich ging.

»Mach weiter«, murmelte François. Er schob das Kästchen weg. Das Anch fiel sanft auf Narmers Brust.

»Nun stehen wir in einem großen Bürgerkrieg«, sagte Marty, »der eine Probe dafür ist, ob diese oder jede andere so gezeugte und solchen Grundsätzen geweihte Nation dauerhaft Bestand haben kann.« Das Leuchten hatte aufgehört, und Marty hatte nicht mehr das Gefühl, dass Gold aus dem Anch in den König sickerte. Er leckte sich über die Lippen und fuhr fort. »Wir haben uns auf einem großen Schlachtfeld dieses Krieges versammelt.« Bang schauten die Priester zu Marty auf. »Wir sind gekommen, um einen Teil dieses Feldes jenen als letzte Ruhestätte zu weihen, die hier ihr Leben gaben, damit diese Nation leben möge.« Narmer grunzte, dann lag er still. »Es ist nur recht und billig, dass wir dies tun.«

Nur fühlte sich gar nichts recht und billig an, sondern alles geheuchelt.

»Der König ist tot!« Der dicke Priester ließ Narmers Hand sinken und raufte sich die Haare. Das Anch lag unbeachtet da, ganz ohne goldenen Schimmer, nur ein kalter, silbriger Gegenstand auf der Brust des Königs. »Der König ist tot. Ihr habt ihn umgebracht!«

Großvater Changs Stimme ertönte in Martys Geist.

»Ein Moment kann einen Tag verändern, ein Tag kann ein Leben verändern, und ein Leben kann die Welt verändern.«

. . .

Martys Hand fing zu zittern an. Hatten sie gerade den Verlauf der Geschichte verändert? War das antike Ägypten durch etwas, das er gerade getan oder vielleicht auch nicht getan hatte, dem Untergang geweiht?

»Was?« François ließ das Kästchen fallen. Mit einem dumpfen Klappern landete es auf der festgetretenen Erde. »Nein, Moment, das kann nicht stimmen.«

»Du hast doch gesagt, der Geist könnte ihm auch schaden oder ihn gar töten«, raunte der Priester mit dem klobigen Kopf.

»Das habe ich schlecht erklärt«, erwiderte François. »Was ich gemeint habe ...«

»Es hat ihm geschadet!«, schrie der dicke Priester. »Es hat ihn getötet!«

»Wir hätten den König zur Heilquelle bringen können.« Der größere Priester schüttelte voller Kummer den Kopf. »Ihr habt die letzten Augenblicke des Königs mit eurem Gesuch vergeudet.«

Marty spürte, wie ihm der Atem stockte, und plötzlich konnte er kaum noch etwas sehen. Solche Beklommenheit hatte er nicht mehr verspürt, seit ... seit ...

»Ergreift sie!«, schrie der dicke Priester.

Die Krieger hatten die Streitkolben gezogen, während Marty ihnen den Rücken zugekehrt hatte. Einer packte Lowanna am Haar und holte mit dem Streitkolben über ihr aus. Der andere tat dasselbe bei Kareem.

»Feiglinge«, stieß Surjan knurrend hervor. »Lasst den Jungen und die Frau los, oder ich erledige euch beide mit bloßen Fäusten.«

»Niemand muss hier irgendjemanden umbringen.« In Martys Kopf drehte sich alles. Er hatte versagt. Narmer war tot. Er hatte es so weit geschafft, war pünktlich eingetroffen, dennoch war Narmer gestorben.

Und gestorben war er erst, nachdem er Marty mitgeteilt hatte, dass ihr Unterfangen sinnlos war, weil der Tunnel sie töten würde.

Aber das konnte nicht richtig sein, oder? Marty hatte seine eigenen Hieroglyphen in jenem Tunnel gesehen. Musste das nicht bedeuten, dass er dort ankommen und sich selbst eine Nachricht hinterlassen würde? Und warum sollte er das, wenn er wusste, dass er sich damit selbst in den Tod locken würde? Außerdem sollte Narmer die beiden Hälften Ägyptens einen. Unabhängig davon, was sie hier getan haben, musste es trotzdem passieren ... oder nicht?

Er spürte, wie die Theorie des Paradoxons und des Paralleluniversums wie zwei tiefe Gruben zu seinen Füßen aufklafften. Ihm wurde schwindelig, und sein Atem ging in flachen Stößen.

Lowanna verpasste dem Krieger, der sie festhielt, einen wuchtigen Haken auf die Nase und ließ ihn einen Schritt zurücktaumeln.

Kareem hieb mit seinem Anch nach seinem Häscher und befreite sich aus dessen Griff.

Beide Krieger brachten die Streitkolben sofort wieder in Anschlag.

»Wir gehen jetzt«, verkündete Marty. »Es tut uns leid. Wir gehen jetzt.«

»Ja, geht!«, rief der dicke Priester. »Geht, bevor ich die Krieger des Königs ruf und euch von wilden Kamelen zu Tode schleifen lasse! Geht. Und mögen die Götter auf dich so spucken, wie du auf unser Volk gespuckt hast!«

Sie verließen das Zelt und traten hinaus in die Dunkelheit. Surjan griff sich draußen seinen Speer vom Tisch, François nahm Martys Banner wieder an sich. Dann durchquerten sie fassungslos schweigend das Lager der Ägypter.

KAPITEL DREIUNDDREISSIG

Marty und die anderen verließen Narmers Lager mit raschen Schritten. Surjan übernahm die Spitze und hielt den Speer geübt so, dass es ungezwungen wirkte, er ihn jedoch gleichzeitig blitzschnell zum Einsatz bringen könnte. Marty bildete das Schlusslicht. Er hätte gern behauptet, um ihren Abgang zu decken, tatsächlich jedoch eher, weil er unter Schock stand.

François trug das Banner, das in Martys Augen lustlos an seiner Stange zu hängen schien.

Narmer. *Der* Narmer.

Tot.

War es Martys Schuld?

Er hatte Mühe beim Atmen. Zweimal musste er anhalten, die Ellbogen auf die Knie stützen und gegen den Drang ankämpfen, sich zu übergeben.

Hinter ihnen erhob sich klägliches Geheul und hallte durch die Luft wie eine Explosion Zeitlupe am Ende eines Actionfilms. Marty beschleunigte die Schritte und schloss zum Rest der Gruppe auf, da er fürchtete, das Wehklagen könnte den stampfenden Schritten von Verfolgern vorausgehen.

Aber niemand jagte sie.

Trotz des Gezeters und der Vorwürfe des dicken Priesters hetzte er ihnen keine Soldaten auf den Hals. Marty holte die anderen ein und grüßte die Wächter an der Umfriedung des Lagers. Dann überquerten sie den mit Pflöcken gespitzten Graben.

30 Meter Niemandsland fühlten sich an wie 100 Kilometer, aber schließlich erreichten sie ihr eigenes Lager. Munatas und zwei von Idders Bogenschützen winkten sie durch.

»Wir sollten das Lager sofort abbrechen«, sagte Surjan. »Wir müssen weg, bevor ein Nachfolger Narmers feststeht und er beschließt, sich die Loyalität seiner Truppen zu sichern, indem er an uns ein Exempel statuiert.«

»Surjan hat recht«, sagte François.

»Wir haben den König nicht umgebracht.« Gunther schwankte, als trüge er eine schwere Last.

»Was willst du tun, um unsere Unschuld zu beweisen?«, fragte Surjan. »Videos von Überwachungskameras zeigen? Eine Obduktion anordnen? Oder unser Wort gegen das der Priester und Leibwächter des Königs stellen, die bei seiner grausigen Ermordung anwesend waren?«

Gunther streckte die Hand aus und klopfte Surjan auf die Schulter. »Ich werde meinen Verfechter bitten, für mich zu kämpfen.«

Surjan schlug mit Gunther ein und hielt seine Hand fest. »Dein Verfechter hilft dir aber nur, wenn du jetzt auf ihn hörst. Wir müssen weg von hier.«

»Wohin, bei Allah?«, fragte Kareem. »Wir haben in dieser Welt nichts.«

»Wir können unser Glück selbst schmieden«, sagte François. »Dafür stehen uns unzählige Möglichkeiten offen.«

»Indem wir Penicillin verkaufen«, murmelte Lowanna.

François zuckte mit den Schultern. »Wir können Menschen heilen. Wir könnten zu Legenden werden. Immerhin könnten wir Tuberkulose fünf Jahrtausende früher ausrotten.«

»Wir sollten das Heer auflösen«, meinte Gunther. »Alle nach Hause schicken. Sie vielleicht sogar nach Hause bringen. Dafür sind sie nicht mitgekommen. Nicht, um Mitarbeiter eines Pharmaunternehmens zu werden.«

»Der Heiler mag wohl keine Konkurrenz, was?«, brummte François. »Wir könnten in San Francisco nach Gold suchen. Oder nach Öl im Persischen Golf.«

Dafür waren sie nicht hergekommen.

»Ich muss nachdenken«, kündigte Marty an.

»Geht's dir gut?«, fragte Gunther.

»Ich ...« Marty atmete scharf ein. »Ich fühle mich, als hätte ich gerade den Weihnachtsmann umgebracht. Oder 1939 Winston Churchill. Keine Ahnung, was ich getan habe oder was schiefgelaufen ist, aber ich könnte wohl der Mann sein, der die Geschichte der Welt verkorkst hat.«

»Ganz schön heftige Leistung für einen einzelnen Mann«, meinte François leise. »Und es stimmt nicht. Ich glaube kaum, dass sie die Heilquelle überhaupt hätten erreichen können. Außerdem hätte sie den alten Knaben eher nicht gerettet. Du bist höchstens ein gewöhnlicher Mensch, der die außergewöhnliche Erfahrung gemacht hat, dem Weihnachtsmann zu begegnen. Oder Winston Churchill 1939. Und der dann das stinknormale Pech hatte, vielleicht eine stinknormale falsche Entscheidung getroffen zu haben – zusammen mit deinen Freunden.«

»Mag sein, aber was soll ich jetzt machen?«, fragte Marty.

»Was sich ohnehin nicht wirklich vermeiden lässt«, sagte François. »Du lebst weiter, trifft weiter Entscheidungen und hoffst, dass sich manche davon als gut erweisen.«

»Klingt nach einem guten Rat für einen Teenager, den gerade die erste Freundin abserviert hat«, erwiderte Marty langsam. »Bin mir nicht sicher, wie nützlich er für den Mann ist, der soeben den König von Ägypten umgebracht hat.«

»Wenn du unbedingt die Schuld zuteilen musst«, sagte François, »dann geht das Penicillin genauso auf meine Kappe wie das Anch. Du hast nur die Gettysburg-Ansprache zitiert. Und eigentlich hab ich dich sogar dazu angestiftet.«

Marty brummte, nicht sicher, ob er damit zustimmen, widersprechen oder einfach nur anzeigen wollte, dass er noch da war. Er stellte fest, dass er nichts mehr zu sagen hatte. Also wandte er sich ab und verließ das Lager.

Er ging langsam. Seine Beine fühlten sich bleischwer an. Der Scharfschütze, der am Rand des Lagers Wache hielt, nickte ihm zu. Genau wie der Speerkämpfer 30 Meter weiter unter einem dürren, kahlen Baum.

Marty schleppte sich weiter und beobachtete, wie die Feuer beider Lager hinter ihm zurückblieben und zu orangefarbenen funkelnden

Edelsteinen schrumpften. Als er anhielt, befand er sich auf der Kuppe einer niedrigen Düne. Er blickte nach Norden und Westen, spürte das Licht der Sterne wie ein Bad aus Tautropfen im Gesicht. In der Ferne hörte er Donnergrollen. Neben sich vernahm er ein leises Ausatmen. Erst da wurde ihm bewusst, dass Lowanna ihn begleitet hatte.

Er drehte sich um und sah sie an, wusste nicht, was er sagen oder fragen sollte.

Sie brummte.

Das genügte ihm als Erlaubnis, einfach zu schweigen. Marty nickte.

Welche Möglichkeiten hatte er? Nach Westen umkehren, bis nach Ahuskai. Er könnte alle nach Hause bringen – zumindest fast alle. Einige Mitglieder seines reisenden Heers stammten ja aus zerstörten Dörfern. Aber sie könnten den Weg zu anderen fortsetzen und Mitglieder neuer Stämme werden.

Die Ametsu würden vermutlich eine Bedrohung bleiben.

Und was genau würde aus Marty und seinen Gefährten werden?

Er könnte die Leute woanders hinbringen. Vielleicht zu einer der unbewohnten Oasen, auf die sie gestoßen waren. Dort könnten sie ein neues Dorf gründen. Marty stellte sich vor, wie er Ackerbau und Viehzucht betrieb. Es fiel ihm schwer. Aber er könnte auch unterrichten. Oder einfach nur denken.

Aber jeder dieser Pläne ging davon aus, dass die Sethianer mit Marty fertig waren und ihn in Ruhe lassen würden. Dass sie ihn nicht dafür verfolgen würden, was er ihnen bereits angetan hatte. Was er für unwahrscheinlich hielt, zumal sie ihn mittlerweile namentlich zu kennen schienen. Und wenn er seine Leute in ein Dorf brächte und dort schutzlos zurückließe, wären sie allein dadurch gefährdet, dass sie ihn kannten.

Sie konnten auch in Bewegung bleiben, einfach weiter das Gebiet erkunden. Martys Wissen – das Wissen der Moderne – über das vierte Jahrtausend vor Christus wies etliche Lücken auf. Wie faszinierend wäre es, einige davon Lücken zu füllen? Er könnte längst vergessene Sprachen lernen. Vielleicht schriftliche Aufzeichnungen hinterlassen. Sogar schriftliche Aufzeichnungen, die sein zukünftiges Ich finden könnte.

Allerdings hatte er das anscheinend bereits getan.

Oder würde es noch.

Aber würde Badis ein solches Leben wollen? Würde Tafsut es wollen?

Oder Kareem?

Und wenn er wegginge, könnten die Sethianer auf der westlichen Route zurückkehren und die von Marty befreiten Dörfer erneut unterjochen.

Er seufzte.

Er könnte Narmer werden.

In der modernen Welt wusste man über Narmer praktisch nur, dass er Ober- und Unterägypten vereinigt hatte. Narmer selbst hatte angesprochen, welche Mühe er dabei hatte und auf welchen Widerstand der Bewohner des Deltas er gestoßen war. Marty könnte den Namen übernehmen – im Grunde ja nur zwei Hieroglyphen, ein Wels und ein Meißel. Dann könnte er in Narmers Namen dessen Kriege führen. Er könnte die Ägypter vereinen.

Und die Sethianer vertreiben.

Könnte er das wirklich? Bisher hatte er zwar einige Erfolge erzielt, aber nie gegen große Heerscharen. Gegen mehr als vier Sethianer und deren Kampfbestien hatte er noch nie gekämpft. Und selbst das war so knapp ausgegangen, dass ihm die Vorstellung eines Kampfs gegen beispielsweise zehn von ihnen alles andere als behagte.

Und was, wenn er das mutmaßliche Hauptquartier der Sethianer erreichte und es dort Tausende von ihnen gäbe?

Er würde für den Versuch sterben, seinen Fehler wiedergutzumachen. Was besser als nichts wäre. Ein ehrbarer Tod.

Aber selbst wenn er die Sethianer in allen ihren Festungen besiegte, wie viele es auch sein mochten, bliebe immer noch die Aufgabe, Ägypten zu vereinen und zu regieren. Aufgaben, für die Marty in keiner Weise qualifiziert war.

Er könnte auch einfach weggehen. Wieder Holzhandwerker werden. Esszimmereinrichtung für anspruchsvolle Kunden im vierten Jahrtausend vor Christus anfertigen.

Marty drehte sich um und schaute zurück zu den Lagern. Mittlerweile hatte man die Feuer gelöscht.

Vermutlich aus Trauer.

Am Himmel hörte er Vögel. *Eine Armee kommt. Im Morgengrauen kommt eine Armee.*

Stirnrunzelnd sah er Lowanna an. Auch sie starrte in den Himmel.

»Zeit, Entscheidungen zu treffen«, sagte sie.

———

Behaltet den Schwarm der Zweibeiner im Auge, hörte Lowanna den Vogel über sich rufen.

Die Zweibeiner werden sich gegenseitig erschlagen.

»Wer soll die Zweibeiner im Auge behalten?«, fragte Marty.

»Ich glaube, sie reden untereinander«, sagte Lowanna.

»Warum beobachten sie die Zweibeiner?« Marty schaute verdattert drein.

»Es sind Aasvögel.«

Marty nickte. Er zitterte. »Reden die Vögel vielleicht über Narmers Armee und unser Heer?«

Lowanna warf den Kopf zurück und rief den Vögeln zu. »Welche Zweibeiner? Ist eine Armee unterwegs? Kommt ein Schwarm?«

Ein Schwarm von Zweibeinern aus Osten.

Mit dem Sonnenaufgang.

»Menschen?«, rief Lowanna. »Kinder des Seth?«

Zweibeiner! Viele, viele Zweibeiner!

Sie werden uns alle mit ihren Toten füttern!

Lowanna wandte sich an Marty. »Da ist eine neue Armee im Anmarsch. Keine Ahnung, ob es Menschen, Sethianer oder Kängurus sind.«

Marty nickte. »Hab's gehört.«

Sie rannten zurück zum Lager. Marty rief die Losungswörter, noch bevor die Wächter ihn dazu aufforderten, dann brüllte er nach seinen Gefährten, während sie zu den Lagerfeuern eilten. »Surjan! François! Gunther! Kareem!«

Lowanna geriet ins Stocken und ließ Marty allein weiterlaufen.

Das andere Lager – das von Narmers Leuten – löste sich bereits auf.

Sie sah Männer in kleinen Gruppen, die ihre Ausrüstung schulterten, durch den Graben krochen, die Böschung erklommen und einfach in die Wüste davongingen. Die Wächter am Eingang waren verschwunden. Die Feuer hatte man gelöscht, doch im Licht des Monds und der Sterne sah sie durch Lücken in den Wällen, wie Männer die Vorräte der eigenen Armee plünderten, sich mit Proviant und Wasser eindeckten. Sie stritten sich um Brot und Dörrfleisch, während die Soldaten der Armee einer nach dem anderen in die Nacht entschwanden.

Hastig schloss Lowanna zu ihren Freunden auf.

»Morgen müssen wir weitere Überlegungen anstellen«, sagte Marty. Er stand auf einen Stein und wandte sich an die ursprüngliche Gruppe, aber auch an Badis, Tafsut, Udad, Idder, Munatas und etwa 30 weitere Krieger. Jeder in Hörweite seiner Stimme lauschte, andere strömten herbei. »Morgen müssen wir entscheiden, was es bedeutet, dass wir uns als Heer zusammengeschlossen haben. Sind wir ein Volk? Für welche Zukunft sollen wir kämpfen?

Aber wenn die Sonne wieder aufgeht, bleibt uns keine Zeit, uns diese Fragen zu stellen. Mit dem Sonnenaufgang wird eine Armee von Feinden eintreffen. Die Ametsu, die Kinder des Seth, sind nicht bloß ein anderes Volk, mit dem ein Missverständnis vorliegt. Sie sind keine Vettern, die unsere Schafe stehlen und unsere Töchter heiraten wollen. Sie sind Monster, die uns wie Vieh halten und unser Fleisch fressen.

Wir müssen sie aufhalten. Hinter uns, zwischen uns und unserem Volk, ist niemand. Es gibt keine anderen Verteidiger. Wenn wir die Ametsu nicht aufhalten, wird es niemand tun. Sie werden über 3.000 Kilometer wüten und jede menschliche Siedlung zerstören, die sie antreffen. Also müssen wir uns ihnen entgegenstemmen. Wir haben dafür trainiert und sind bereit. Wir haben mächtige Kämpfer und mächtige Waffen. Und wir haben ein großes Heer Verbündeter – François und ich werden mit Narmers Männern reden und ein gemeinsames Vorgehen vereinbaren. Bis zum Morgengrauen bleiben uns zwei Stunden für Vorbereitungen.«

»Ich gehe los und rede mit Narmers Leuten«, bot François an.

»Ich begleite dich«, meldete sich Surjan zu Wort.

Lowanna zeigte in die Richtung des anderen Lagers. »Narmers Männer sind weg.«

Die durch die Verteidigungsanlage gekrochenen Soldaten waren verschwunden. Durch die Lücke in den Wällen sah man nur noch regungslose Dunkelheit.

»Nein«, murmelte Marty. »Es waren so viele.«

»Es waren Narmers Männer«, sagte Gunther. »Ohne Narmer als Anführer sind sie nach Hause aufgebrochen.«

»Ich trommle die Verbliebenen zusammen. Sie sind bei uns als Reserve oder Ergänzung besser dran als allein in der Wüste.« Mit raschen Schritten setzte sich Marty zu Narmers Lager in Bewegung. François folgte ihm.

Blitze zuckten über den nördlichen Horizont. Lowanna spürte, wie ihr ein Kribbeln über die Wirbelsäule lief, und ihr Atem füllte ihre Lunge mit nervöser Energie.

Der Himmel im Osten färbte sich von dunklem Indigo zu sattem Königsblau. Am Horizont flimmerte eine Staubwolke, aufgewirbelt von zahlreichen marschierenden Füßen. Nur wie zahlreich?

Surjan erteilte Usaden und Badis Anweisungen, bevor er hinter Marty her eilte. Die Krieger aus Ahuskai und Jehed trieben die Mitglieder des Heers mit gebrüllten Befehlen zu ihren Pritschen, damit sie Speer und Schild oder Schleuder holten und sich formierten. Gunther trat kopfschüttelnd an Lowanna heran.

»Das ist meine Schuld«, sagte er.

»Alle haben das Gefühl, dass es ihre Schuld ist«, gab sie zurück. »Marty auf jeden Fall. Ich auch. Ist es aber nicht. François ... Ich bin nicht immer einer Meinung mit ihm, aber in dem Fall hat er recht. Vergieß keine Tränen, nicht gerade jetzt. Niemand von uns hat Narmer umgebracht, wir haben alle nur versucht, ihn zu retten. Und jetzt können wir nur noch aufstehen und kämpfen.«

»Oder in meinem Fall«, erwiderte Gunther mit einem plötzlichen jungenhaften Grinsen, »aufstehen und heilen.«

»Wem willst du was vormachen? Ich hab gesehen, wie du dem Sethianer den Schädel mit einem Stein eingeschlagen hast.«

»Dann verdrängen wir unsere Gefühle bis morgen?«, fragte Gunther.

Lowanna nickte. »Mindestens bis dahin.«

François und die anderen kehrten mit einer Schar von Männern zurück. Sie waren mit Speeren und Schilden bewaffnet. Da sich sogar Offiziere unter ihnen befanden, bewegten sie sich in einer Art Formation. Aber es waren nicht viele, vielleicht nur 50 – die überwiegende Mehrheit der Armee war zusammen mit den restlichen Offizieren, dem Herold und dem Prinzen verschwunden.

Dasselbe galt für die Priester. Hatten sie Narmers Leiche mitgenommen?

Am östlichen Horizont zeichnete sich ein orangefarbenes Band zwischen einer blaugrauen Ebene und einem dem ebenfalls blaugrauen Himmel ab. Während Lowanna hinsah, schien sich die nahende Armee aus dem verschwommenen Band zu lösen wie Rauch von einem Feuer.

Marty kehrte zu ihr zurück und schüttelte den Kopf. »Keine Ahnung, ob ich mich je daran gewöhnen werde, Tiere sprechen zu hören.«

»Tja, das können halt nur die Coolen«, sagte sie.

»Ich fühle mich so ausgeschlossen«, klagte Gunther.

»Aber ich weiß nicht ... wie man *mit* ihnen redet«, fuhr Marty fort. »Ein paar habe ich mit Futter bestochen.«

»Soweit ich weiß, funktioniert es so auch bei Kindern«, sagte Gunther.

»Ich weiß auch nicht wirklich, *wie* es geht«, erwiderte Lowanna. »Ich mache es einfach. Ich sage Worte, und sie scheinen mich zu verstehen.«

»Gut.« Er nickte. »Kannst du einen Vogel bitten, den Feind für uns zu zählen? Ich will es genauer als ›viele von denen und nicht so viele von uns‹.«

»Ich weiß nicht, wie weit Vögel zählen können«, erwiderte sie. »Aber ich frage sie.«

KAPITEL VIERUNDDREISSIG

Mit einem sauren Geschmack im Mund starrte Lowanna besorgt zum Horizont. Kareem und sie waren vom Lager aus zwei Stunden nach Osten geritten, und nichts, was sie bisher gesehen hatten, wirkte vielversprechend.

Bei ihrem Aufbruch war das Heer ein paar Kilometer nach Norden marschiert, um nicht direkt auf die anrückende Armee zu prallen. Während die beiden auf das eintreffende Meer von Menschen starrten, schien es die Richtung leicht zu ändern. Statt hart nach Westen leicht nach Nordwesten.

Anscheinend, um das Heer abzufangen.

Lowannas Kamel wurde nervös. Kareems Kamel schnaubte und stupste ihres.

»Kareem, ich sehe nur Staub. Bist du sicher, dass die Armee dahinter die Richtung ändert?«

Kareem schirmte die Augen gegen die Vormittagssonne ab und starrte nach Osten.

»Ich sehe die Truppen, gelobt sei Allah. Und ich sehe zwischen dem Staub auch den Feind. Er marschiert nach Norden und Westen. Und ist eine wesentlich größere Armee als unser Heer. Ach du meine Güte!« Er zeigte über den gesamten östlichen Horizont. »Dort sehe ich eine lange blaue Linie«, sagte er. »Das muss der Nil sein.«

Lowanna presste die Lippen zu einer schmalen Linie zusammen und sah weiter hin. Sie durfte sich keine Aufregung darüber gestatten, dass sie vielleicht den Nil gesehen hatte, wenn sie vielleicht vor dem Ende des Tags sterben würden. »Sonst noch etwas zu berichten?«

»Sie bewegen sich schnell«, sagte Kareem. »Wir haben höchstens einen halben Tag, bevor sie uns erreichen.«

Marty verspürte einen Anflug von Neid, als er beobachtete, wie sich der Adler von der Palme erhob und in den Himmel flatterte.

Das Heer hatte sich auf einer niedrigen Anhöhe versammelt, der einzigen Erhebung weit und breit. Marty hatte seine Leute hierher marschieren lassen, weil er gehofft hatte, die nahende Armee würde den Weg geradeaus fortsetzen und an ihnen vorbeiziehen. Allerdings schien es so, als würde sie stattdessen leicht beidrehen und auf sein Heer zusteuern.

Und Lowannas mit dem Adler übermittelte Botschaft bestätigte den Eindruck.

»Sie kommen also direkt auf uns zu?«, fragte Surjan. Der Sikh trug einen selbstgebastelten Munitionsgurt, an dem mehrere kleinere Granaten von François hingen.

»Das hat Lowanna gesagt. Sieht so aus, als würde sich dieser Kampf nicht vermeiden lassen.«

»Gut.« Surjan schnupperte laut. Seine Nasenflügel blähten sich. »Dann zeigen wir es diesen prähistorischen Hinterwäldlern. Aber wir sollten nicht hier kämpfen.«

Marty ließ den Blick über den sanft nach Osten hin abfallenden Sand wandern. Nur vereinzelt ragten ein paar hartnäckige Büschel Savannengras daraus hervor. »Ich wünschte, wir hätten eine Schlucht oder eine Spitzkuppe zur Verteidigung, aber es gibt weit und breit nur diese kleine Anhöhe. Trotzdem, besser ein kleiner Hügel als gar keiner.«

»Und noch besser sind ein Graben und eine Böschung.« Surjan zeigte zurück zu der von Narmers Leute hinterlassenen Befestigungsanlage.

»Das ist ein großes Areal«, meinte Marty. »Ich glaube nicht, dass wir alles verteidigen können.«

»Das können wir nicht«, bestätigte Surjan. »Aber es gibt nur zwei Wege hierher, die nicht über einen mit angespitzten Pflöcken gespickten Graben und eine steile Böschung führen. Wenn diese Leute unbedingt eine Konfrontation mit uns wollen, müssen wir sofort in das Fort, den Graben und die Böschung fertigstellen und das Gelände dort halten.«

»Haben wir denn Zeit, es dorthin zu schaffen und die Befestigungsanlagen fertigzustellen?« Martys Wirbelsäule fühlte sich verspannt an.

»Wahrscheinlich«, erwiderte Surjan. »Unsere Chancen verbessern sich, wenn wir sofort handeln. Und noch mehr, wenn wir sie irgendwie verlangsamen können. Wenn wir es schaffen, uns einzurichten, bevor sie ankommen, wirken wir vielleicht sogar so stark, dass sie gar nicht kämpfen wollen.«

Marty nickte. »Wo ist François? Ich hätte da ein paar Ideen für sein Schwarzpulver.«

François hatte aus einem der Versorgungswagen alles bis auf die Rohstoffe für Sprengkörper entfernt. Sorgfältig maß er das richtige Verhältnis von Kaliumnitrat, Schwefel und Holzkohle ab. Die Herausforderung bestand darin, dass der Wagen rollte.

Das Heer befand sich auf dem Marsch zurück zu Narmers Befestigungsanlage. Marty und Surjan führten es an. Gunther und Lowanna eilten mit einer kleinen Gruppe von Freiwilligen auf Kamelen voraus, um die Anlage zu vervollständigen.

Kareem reichte François leere Wasserbehälter aus Ton. Der Franzose zeigte auf die der versiegelten Holzkisten und fragte: »Die sind doch völlig trocken, oder?«

Kareem nickte. »Staubtrocken. Der Deckel war durchgehend angebracht.«

»Gut, dann leere eine der Kisten mit Schwarzpulver in den Behälter um.« François zeigte auf einen klumpigen Sack. »Mach den Sack da auf, er ist voll mit Schotter. Verteil ein paar Handvoll Kies in den Behälter, dann füllst du wieder Schwarzpulver nach. Versuch, die Schichten möglichst gleichmäßig zu verteilen. Ich weiß, dass es bei der holpernden Fahrt nicht einfach ist. Ich will vier Schichten aus Kies und Schwarzpulver.«

Kareem entfernte den Deckel von der ersten Holzkiste und goss den Inhalt behutsam in das große Gefäß mit der breiten Öffnung. Er spähte hinein und meinte: »Mit vier Schichten wird es aber nicht voll.«

»Richtig.« François zeigte auf eine nahe Palme. »Nach den vier Schichten sammelst du getrocknete Fasern von der Palme ein und legt sie lose in das Gefäß. Sie werden unser Docht.«

Rasch verteilte Kareem die Kiesel auf dem eingefüllten Schwarzpulver. »Das wird ein heftiger Kampf, oder?«

»Ich fürchte ja, Kareem.«

»Sie sind uns zahlenmäßig überlegen«, erwiderte der junge Mann. »Vielfach.«

François grinste. »Deshalb müssen wir schummeln.«

Der kleine Nordafrikaner lächelte und nickte. »Gut. Wir kämpfen, um zu gewinnen.«

»Wir kämpfen, um zu gewinnen.« Während François weiter neue Chargen Schwarzpulver mischte, warf er Kareem einen Seitenblick zu und erwiderte dessen Lächeln.

Wenn er hier sterben würde, dann würde er viele seiner Angreifer mit in den Tod reißen.

Marty schritt mit Surjan an der Seite die nach Osten weisende Böschung ab. François und Kareem hatten ihre Arbeit nur 20 Minuten vor der Ankunft der ersten Truppen der anderen Armee beendet. Sie hatten die Ochsen losgemacht und weggetrieben. Den Wagen hatten sie stehen gelassen, bevor sie durch den Graben und über die Böschung zum Rest ihres Heers geklettert waren.

Ohne Verteidigung stellten der Graben und die Böschung für Einzelne kein großes Hindernis dar. Dennoch hoffte Marty, sie würden ergänzt um Krieger mit Speeren und Sprengwaffen eine Armee aufhalten können.

Oder sie vielleicht sogar zum Umkehren bewegen.

Lowanna, Gunther und die Ausgräber hatten mittlerweile auch den großen Platz fertiggestellt. Da jede Seite über 100 Meter maß, könnte das Heer ihn unmöglich durchgehend verteidigen, sollte es umzingelt und von allen Seiten gleichzeitig angegriffen werden.

Die Kämpfer warteten alle auf der Innenseite der östlichen Böschung, tief geduckt, um vom nahenden Feind nicht gesehen zu werden – außer Munatas, der das Banner der Gebrochenen Ametsu hielt.

Hinter der Böschung brannten mehrere große Feuer.

Der Feind näherte sich als loses, wachsendes Meer von Männern mit Speeren, Bögen, Wurfspießen und Schwertern. Marty sah sich um, entdeckte jedoch weder Streitwagen noch Ametsu.

Marty wandte sich an Surjan. »Was siehst du?«

»Unter ihnen sind Sethianer. Sie sind weiter hinten und treiben das Heer der Menschen an. Und die Menschen sind uns zahlenmäßig drei zu eins oder mehr überlegen.«

Marty grübelte, was er befehlen sollte.

»Die Armee ist inzwischen fast in Reichweite der Bogenschützen«, merkte Surjan an.

»Die Minen?«, fragte Marty.

Surjan lächelte. »Aber hallo. Bereit zum Zünden auf Befehl.«

Marty knirschte mit den Zähnen. Wenn seine Scharfschützen zu früh schössen und der Feind sich zurückzöge, würden sie ihren besten Überraschungsangriff vergeuden.

Marty gab Munatas ein Zeichen. Mit einem Grinsen im Gesicht erklomm der Krieger aus Ahuskai die Böschung. Oben angekommen, schwenkte er das Banner.

Marty legte die Hände für einen Ruf an den Mund, doch plötzlich tauchte François an seiner Schulter auf. »Der Teil gehört mir«, sagte der Franzose.

»Unfair«, brummelte Surjan. »Du hast auch die Landminen.«

François zuckte mit den Schultern. »Du kommst schon noch dran.« Er trat zum Rand der Böschung und rief der feindlichen Armee zu. »Geht nach Hause! Dieses Land gehört König Marty, dem Seher!« Seine Stimme dröhnte, als würde sie von einem Megafon verstärkt.

Der vordere Bereich der anrückenden Armee hielt an. Männer stießen zusammen, traten sich gegenseitig auf die Zehen, und kurzzeitig brach Chaos aus.

»Marty erschlägt Ametsu!«, fuhr François fort. »Er ist der große Erlöser der Menschheit von ihrem Feind! Flieht und lebt weiter! Greift uns an und sterbt!«

Einen Moment lang dachte Marty tatsächlich, es würde funktionieren. In der feindlichen Armee brach Gewimmel aus, und es schien, als würde sie sich auflösen.

Dann setzten Trommelschläge ein.

Dröhnend ertönten sie aus dem hinteren Teil der Armee. Und mit jedem widerhallenden Schlag strafften die feindlichen Krieger die Schultern ein wenig mehr und wirkten entschlossener. Nach und nach ging der wirre Haufen wieder in Formation.

»Verrückt«, kommentierte Marty.

Dann erschollen Trompeten, und der Feind rückte vor.

»Trompeten«, murmelte Surjan. »Wir könnten Trompeten gebrauchen.«

»Sie haben fast den Graben erreicht«, sagte Marty.

François hob und senkte einen Arm, sein Zeichen für Kareem.

Surjan rief Befehle zu seinen beiden Zügen von Speerkämpfern. Weitere Anweisungen gab er Lowanna und Idder, die das Kommando über die Scharfschützen hatten. Die Bogenschützen hielten sich noch zurück, die Schleuderer hingegen begannen, Steine über die Böschung und auf die vordersten Ränge des Feinds abzufeuern.

Marty konnte nicht sehen, wo die Zündschnur verlief, aber er sah die Explosionen.

Wumm ... wumm ... wumm.

Drei vergrabene Sprengsätze detonierten in rascher Abfolge und schleuderten feindliche Krieger hoch in die Luft. Aber waren es nicht vier gewesen? Vielleicht war einer ein Rohrkrepierer. Die abrupt entstandenen Krater trennten die vorderen Ränge vom Hauptteil der feindlichen Armee. Als sich die Krieger an der Front duckten, um sich vor den Explosionen zu schützen, und sich in Richtung der Gruben drehten, entblößten sie ihre Rücken.

Martys mit Schleudern bewaffnete Scharmützler stürmten die Böschung hinauf und feuerten auf sie. Die Bogenschützen entfesselten ihre Pfeile indes auf die größere, noch unsichtbare Masse der feindlichen Truppen. Wer gerade vorwärts stürmte, wurde gnadenlos von dem Hagel erfasst.

Gellende Schreie erhoben sich vom Feind.

Die Explosionen mussten dem Feind wie Magie erscheinen, und Marty gab sich alle Mühe, den Eindruck zu verstärken. Er stand oben auf der Böschung und gestikulierte mit den Armen wie ein Zauberer.

Wäre der Feind in Hörweite gewesen, er hätte erneut die Gettysburg-Ansprache gebrüllt.

Die feindliche Frontlinie löste sich auf.

Kareem erklomm die Böschung ebenfalls und zeigte mit dem Arm. »Sie schicken Kämpfer zur Südseite.«

Die Feinde wusste, dass er Martys Heer zahlenmäßig überlegen war, und wollte es einkesseln.

»Bogenschützen?«, fragte Marty.

»Noch nicht.« Surjan nickte Kareem zu und gab ihm mit einem Arm ein Zeichen.

François, Kareem und eine Handvoll Scharmützler mit Schleudern eilten zur südlichen Böschung.

»Pfeile«, warnte Surjan.

Marty zog den Kopf ein. Drei seiner Krieger mit großen Leder-schilden eilten herbei, um für ihn, Surjan und Munatas einen Schutzwall zu bilden. Schäfte schlugen in das dicke Leder ein oder prallten davon ab. Marty beobachtete durch die Lücken zwischen den Schilden abwechselnd das feindliche Heer und das zur Flanke vorrückende Vorauskommando. Letzteres bestand aus etwa 30 Kriegern mit verschie-denen Waffen und Schilden. Sie rannten in einer breit verteilten Linie aus vollem Lauf.

Der Feind wusste, dass Martys Armee klein sein musste.

Auf Idders Befehl feuerten die Scharmützler eine Salve von Steinen auf das Flankenkommando ab. Sie riefen sich gegenseitig etwas zu und zogen die Linie mit erhobenen Schilden zu einer kompakteren Forma-tion zusammen.

Die von den Schleudern entfesselten Steine prallten klappernd von den Schilden des Feinds ab.

Dann warfen François und Kareem mehrere Granaten.

Wumm.

Wumm.

Wumm.

Das Flankenkommando wurde zersprengt. Zurück blieben ein Dutzend Leichen und zwei Krater.

Im Osten bemerkte Marty dichte dunkle Wolken.

Er sah einen Blitz am Himmel und hörte Donnergrollen.

Kareem schaute mit gerunzelter Stirn in die Richtung. »Ich sehe weiteren Staub am Horizont.«

»Bist du sicher, dass es kein Regen ist?«

»Ganz sicher.« Kareem schaute zum Himmel auf. »Sie werden nicht vor heute Abend oder morgen früh hier sein.«

Marty seufzte.

Lowanna klopfte Surjan auf den Arm. »Sieht so aus, als könnte gleich ein Ansturm in der Mitte folgen.«

Surjan betrachtete einen Steinadler, der über ihm kreiste. Er zog eine Granate von seinem Munitionsgurt und zeigte sie Lowanna. »Sind die Vögel schlau genug, um zuverlässig Anweisungen zu befolgen? Ich meine, wenn wir eine Granate von oben mitten auf den Feind werfen wollten, könnten sie das?«

Sie schaute zu dem Steinadler auf und grinste.

»Und würde sie auch nicht aus Versehen auf uns fallen?«

Lowanna schaute zu dem Adler auf und streckte den mit Leder umwickelten Arm aus. »Komm her, mein Hübscher.«

Sie nahm die Granate von Surjan entgegen und erklärte dem Vogel, was sie brauchte.

Der Feind hatte sich neu formiert, rückte in Kolonnen wieder vor und schwärmte über die Krater aus. Marty brüllte Kauderwelsch und fuchtelte mit den Armen, schien damit jedoch niemanden abzuschrecken.

Der Adler hob ein Bein an. Sobald Lowanna ihm die Granate anbot, umklammerte er mit dem Klauenfuß vollständig den Sprengkörper aus Ton und erhob sich in die Luft.

Surjan und Lowanna beobachteten, wie der Adler höher und höher aufstieg.

Der Boden erbebte, als der Feinde anstürmte.

Plötzlich legte der Vogel die Flügel an und raste im Sturzflug so schnell auf die Erde zu, dass Lowannas Blick ihm kaum noch folgen konnte.

Bevor sie wusste, was vor sich ging, hatte der Adler wieder hochgezogen, und inmitten der feindlichen Ränge ertönte ein lautes *Wumm!*

Pfeile flogen durch die Luft und verursachten weitere Schmerzensschreie.

»Speere bereit!«

Die Stimme klang wie Surjan, doch es war Usaden, der den Sikh imitierte. Gleich darauf brüllte Badis dasselbe.

Der Feind schwärmte in den Graben hinunter aus. Die Pflöcke unten verlangsamten die anstürmenden Krieger. Einige erwiesen sich als ungeschickt, stürzten und pfählten sich. Andere fielen unter den von Lowannas Scharmützlern abgefeuerten Steinen und Pfeilen. Einige schafften es durch den Graben und begannen, die andere Seite mit harten, kehligen Kriegsrufen zu erklimmen.

»Linie halten!«, rief Surjan zu seinen beiden Befehlshabern, als die Speerkämpfer oben an der Böschung in Stellung gingen, um sie zu verteidigen.

»Linie halten!«, riefen sie zurück.

»Linie halten!«, brüllten die Männer.

Und dann prallten die vordersten Linien der beiden Armeen aufeinander.

Die zwei Speerkämpferzüge kämpften Seite an Seite. Surjan bewegte sich dahinter auf und ab, trat manchmal vor, um eine Lücke zu schließen, wenn ein Krieger taumelte, oder stieß mit seinem langen Speer zu, um einen Feind nach dem anderen zu durchbohren.

Nicht immer ein Todesstoß, sondern ein Angriff auf ungeschützte Stellen, um das Opfer außer Gefecht zu setzen.

Ein Schnitt durch eine Kniekehle, ein Stich zwischen Schulter und Hals, ein Hieb auf den Nasenrücken.

Überall war Blut.

Wumm.

Eine weitere Granate explodierte irgendwo inmitten der miteinander ringenden Körper. Lowanna wusste nicht, wer sie diesmal geworfen hatte.

Weitere gellende Schreie.

Und so schnell, wie der Vormarsch begonnen hatte, zog sich die gegnerische Frontlinie zurück. Leichen übersäten den Graben.

Allerdings gab es auch diesseits der Böschung mehrere Tote zu beklagen.

Surjan brüllte: »Feuerpfeile!«

»Feuerpfeile!«, wiederholte Idder.

Lowanna beobachtete, wie flammende Pfeile hinter dem sich zurückziehenden Feind her rasten. Sie kniete sich auf der Böschung hin und sah zu. Plötzlich erbebte die Erde durch eine gewaltige Explosion, die Körper des abrückenden Feinds in alle Richtungen schleuderte.

Ein gegnerischer Pfeil schwirrte an Lowannas Ohr vorbei und schlug neben ihr in die Erde ein.

Surjan taumelte aus dem Handgemenge. Blut strömte aus einer tiefen, hässlichen Wunde seitlich an seinem Gesicht. Lowanna eilte zu ihm und drückte eine leuchtende Hand auf die Wunde.

»Hatte François noch eine letzte Überraschung?«, fragte sie.

Surjan betastete die verheilte Haut, wo zuvor die Wunde geklafft hatte. »Schon möglich. Soll mir recht sein.«

Die Speerkämpfer jubelten und brüllten dem fliehenden Feind ihren Spott hinterher.

»Glaubst du, das könnte es gewesen sein?«, fragte Lowanna.

Surjan nickte. »Ich denke schon. Jedenfalls für heute.«

KAPITEL FÜNFUNDDREISSIG

Die Sonne war untergegangen. Wächter hielten auf der Böschung Ausschau nach dem Feind. Um die Feuer an der Ostseite des Geländes erzählten sich die Männer gegenseitig von ihren Heldentaten, verfluchten, was sie an Pech gehabt hatten, und gedachten ihrer gefallenen Kameraden.

Marty beobachtete, wie Gunther einen weiteren Patienten zu heilen versuchte. Doch obwohl sein Gesicht vor Anstrengung rot anlief, war er ausgelaugt. Vorerst zumindest. Gunther und der Verwundete begnügten sich mit Verbänden und einem Breiumschlag.

Marty ging zu seinem Freund und legte ihm den Arm um die Schultern. »Hast du herausgefunden, wie deine Heilkräfte funktionieren?«

Gunther nickte. »Am Anfang konnte ich es eigentlich nur einmal am Tag. Und das gerade so. Aber ich denke, im Verlauf der letzten Wochen habe ich ... ein neues Level erreicht. Dadurch scheine ich mehr bewirken zu können. Mittlerweile kann ich bis zu dreimal heilen, bevor nichts mehr geht und ich Erholung brauche. Der Einsatz dieses ... Talents leert meine Batterien.«

»Dann hoffen wir mal besser, dass sich der Feind bis morgen fernhält.« Marty reichte Gunther eine Kanne Wein.

»Oder einfach das Weite sucht«, sagte Gunther. »Ich bin mir ziemlich sicher, dass wir heute ganz schön ausgeteilt haben.«

Marty nickte langsam. »Die können nicht wissen, dass uns allmählich der Sprengstoff ausgeht. Andererseits wissen die mit ziemlicher Sicherheit, wie wenige wir sind. Und bei denen trifft in der Nacht Verstärkung ein.«

»Wenn sie uns umzingeln, stecken wir in der Tinte.«

»Surjan, Kareem und Lowanna sind gerade unterwegs. Sie versuchen, dafür zu sorgen, dass es dazu nicht kommt. Zumindest halten Sie uns auf dem Laufenden.«

Gunther trank einen ausgiebigen Schluck aus der Kanne und seufzte wohlig. »Schmeckt überraschend gut.«

»Ich persönlich war nie ein großer Weinliebhaber, aber bei dem Zeug könnte ich glatt ins Schwanken kommen.«

Der Deutsche trank einen weiteren Schluck, bevor er Marty die Kanne zurückgab. »Ich werde auf jeden Fall schwanken, wenn ich noch mehr davon trinke.« Er sah Marty an, streckte die Hand aus und tätschelte sein Knie. »Du siehst erschöpft aus. Wie lautet das Fazit über den Einsatz heute?«

»Wir hatten sechs Tote. Deutlich mehr Verwundete, aber wie durch ein Wunder sind dank dir und Lowanna fast alle wieder kampftauglich. Sie sollten in Schichten schlafen.«

»Wir hatten Glück«, meinte Gunther.

Marty nickte. Die Zahl der Toten berührte ihn nicht sonderlich, was ihn zutiefst beunruhigte. Immerhin waren unter seiner Führung sechs Menschen gestorben. Andererseits wusste er nicht, was er hätte anders machen können. In Anbetracht aller Umstände hatte der Kampf dieses Tags mit einem überwältigenden Sieg für das Königreich Connecticut geendet.

»Ich ruhe mich jetzt ein bisschen aus. Nachher versuche ich, noch ein paar Leute zu heilen.« Gunther stand auf und klopfte Marty auf die Schulter. »Du solltest auch ein wenig schlafen. Wir brauchen einen hellwachen Überwacher.«

Marty hatte den Begriff »überwachen« schon in Filmen gehört, bisher jedoch nie wirklich verstanden. Obwohl er nie auch nur daran gedacht hatte, sich zum Dienst zu verpflichten, gefielen ihm militärische Actionfilme. Dass Gunther seine Tätigkeit als Überwachung bezeichnete, erschien ihm plötzlich einleuchtend. In militärischen Filmen, die er gesehen hatte, gab es oft ein Scharfschützenteam oder sonst jemanden auf einer Anhöhe, von wo man einen besseren Überblick über das Kampfgeschehen hatte als die Leute unten. Es handelte sich um eine entscheidende Position. Und überwiegend hatte Marty genau das am ersten Tag gemacht.

Er beobachtete, wie sich Gunther zu einer Schlafmatte schleppte und darauf zusammensackte.

Marty selbst erklomm den Erdwall und überprüfte die Umgebung ihres Lagers. Es waren noch etliche Leute auf und hielten Wache. Die Schmerzen, sie sich langsam durch seine Wirbelsäule ausbreiteten, waren ein sicheres Zeichen dafür, dass er Ruhe brauchte.

Der nächste Tag würde ihnen eine weitere Schlacht bescheren.

Wortlos betete Marty zu wem auch immer.

Kareem schaute in die Dunkelheit auf und lächelte. Die Wolken verhüllten in jener Nacht die Sterne und den Mond. Finsternis beherrschte die Welt.

Er hatte keine Ahnung, warum seine Nachtsicht so viel besser als je zuvor geworden war. Kareem betrachtete es als Segen vom Allmächtigen höchstpersönlich. Trotz des fehlenden Lichts schimmerte die Welt für ihn mit einer beinah satinartigen Textur. Den Boden und alles um ihn herum nahm er in verschiedenen Schattierungen eines verwaschenen Rottons wahr.

Abgesehen von allem, was sich in der Nacht bewegte. Das zeichnete sich für ihn grell wie eine Fackel ab.

In der Ferne sah Kareem den rötlichen Ton einer aus dem Gestrüpp aufragenden Palme. In deren Wedeln jedoch sichtete etwas Oranges mit der Form einer Ratte. Mehrere Exemplare davon.

Er hatte eine Weile gebraucht, um zu begreifen, dass die Farben, die er sah, mit Temperaturunterschieden zusammenhingen. Vor allem nachts. Wenn er in der Dunkelheit einen See betrachtete, konnte er nicht darauf hoffen, einen Fisch darin zu erblicken. Die Warmblüter an Land hingegen konnte er mühelos erkennen.

Vor langer Zeit hatte er sich als kleiner Junge in Kairo in ein Kino geschlichen und sich eine Neuaufführung des Klassikers *Predator* mit Arnold Schwarzenegger angesehen. Das kam ihm nur deshalb in den

Sinn, weil Kareem die Welt nunmehr ähnlich wahrnahm wie der außerirdische Predator in jenem Film.

Kareem war durch den Graben geklettert, wo Krieger aus Ahuskai und Jehed zusammen die gegnerischen Leichen bargen. Danach hatte er den Weg in Richtung des feindlichen Lagers fortgesetzt.

Dort brannten keine Feuer.

Plötzlich sträubten sich ihm die Nackenhaare. Er ging tief in die Hocke und suchte das leere Gelände danach ab, was seinen sechsten Sinn ausgelöst hatte.

Irgendetwas trieb sich in der Nähe herum.

Wenn er nur Surjans Geruchssinn besäße, wäre er ein wahrhaft tödlicher Jäger.

In einer Hand hielt er sein geschärftes Anch, in der anderen den Dolch des Sethianers, beide Waffen einsatzbereit. Die Klinge fügte sich besser in seinen Griff, aber das Anch hatte sich gegen diese abscheulichen Monster bewährt, jene zum Leben erwachten Dämonen von uralten Grabmalereien.

Kareem hörte das Knirschen von Sand unter Füßen und hielt den Atem an. Würde sich das Geräusch wiederholen?

Knirsch.

Sein Blick schwenkte in die Richtung. Was er sah, brachte ihn zum Lächeln. Es handelte sich um einer jener Katzenmenschen.

Kareem beobachtete, wie die Kreatur in die Dunkelheit starrte und nach Osten in Richtung seines Lagers schlich. Zweifellos hielt sich das Vieh für verstohlen. Für unsichtbar.

Für Kareem jedoch schillerte es rötlich-weiß wie ein Leuchtfeuer.

Kareem hob mehrere Kieselsteine auf. Er beobachtete, wie die Kreatur langsam den Kopf von links nach rechts schwenkte und Ausschau nach Anzeichen von Bewegung hielt.

Als er einen Kiesel nach links warf, wirbelte das Katzenwesen sofort in die Richtung herum. Der Schwanz peitschte nervös hin und her.

Langsam rückte Kareem vor. Der Wind wehte ihm ins Gesicht, trug ihm den Geruch des Katzendämons zu und verbarg seinen eigenen vor dem Monster. Er warf einen weiteren Kieselstein in die Richtung, in die das Vieh bereits starrte.

Es nahm tief geduckte Haltung ein. Kareem brachte beiden Waffen in Anschlag, während er langsam weiter vorrückte.

Der Schwanz schnippte, und die Kreatur fauchte, als Kareem ihr beide Klingen in den Rücken rammte. Er schlitzte zwischen den Wirbeln hindurch, durchtrennte das Rückenmark. Das Wesen sackte mit dem Gesicht voraus nach vorn. Der Körper landete zuckend auf dem Boden.

Nach wenigen Sekunden strömte ein fauliger Gestank aus den Wunden, und eine blendend grelle Lichtkugel stieg aus dem Kadaver auf.

Kareem griff danach. Kaum hatten seine Finger das Licht berührt, durchzuckte ihn ein Gefühl wie von einem Stromschlag, das seinen Arm hinaufraste, bevor es in Brust und in den Rest seiner Extremitäten ausstrahlte.

Dann breitete sich Wärme in Kareems Brust aus, und er spürte, wie sich an seinem gesamten Leib eine Gänsehaut bildete. Die Dunkelheit schien eine Spur heller zu werden. Sie wies plötzlich mehr Schattierungen auf. Beinah so, als könnte Kareem unterschiedliche Temperaturen im Wind sehen.

Er hatte zufällig gehört, wie Marty und Gunther über einen Aufstieg in neue Level gesprochen hatten, wie bei einem Computerspiel.

Wenn das stimmte, befand er sich mittlerweile in Level drei.

Kareem lächelte, als er sich umdrehte und weiter in Richtung des feindlichen Lagers schlich. Mittlerweile befand er sich nur noch 100 Meter davon entfernt, was er früher mal als überaus riskant empfunden hätte. Doch dank seiner besonderen Gabe wusste er, dass er den Feind sehen konnte, selbst jedoch nicht bemerkt wurde. Dadurch fühlte er sich praktisch unverwundbar. Er beobachtete gewöhnliches Lagertreiben – Männer, die aßen, ihre Waffen schärften, herumalberten, sich die Zeit mit Spielen vertrieben.

Dann entdeckte er einen Sethianer.

Die Körpertemperatur der Kreatur unterschied sich nur geringfügig von der eines Menschen, aber sie war erheblich größer.

Ihn verblüffte, einen Sethianer friedlich unter Menschen zu sehen. Das hätte er bisher nicht für möglich gehalten. Nun jedoch sichtete er bei einem Blick über die feindliche Armee sogar mehrere Ametsu.

An jenem ersten Sethianer jedoch fiel ihm etwas auf.

Diese Kreatur stand vornübergebeugt. Es ging ihr sichtlich nicht gut.

Kareem näherte sich langsam und achtete dabei auf die Windrichtung. Schließlich hörte ein Röcheln, das von dem Monster ausging.

Die Menschen beschrieben einen weiten Bogen um den Sethianer. Kareem starrte eindringlich hin.

Er hatte noch nie einen verwundeten oder kranken Sethianer gesehen. Die Kreaturen schienen nur quicklebendig zu sein und einen töten zu wollen, oder sie starben und zersetzten sich.

Auf dieses Exemplar traf beides nicht zu.

Der gebückt nach Atem ringender Sethianer berührte immer wieder seine Nase.

Kareem fiel auf, dass ein Teil des Rings darin abgebrochen war, wahrscheinlich beim Gefecht vorhin.

Er hatte jenen Ring für reinen Schmuck gehalten. Vermutlich war er das.

Vielleicht aber auch nicht.

Er wandte sich ab und trat den Rückweg zu seinem Lager an.

Die anderen mussten davon erfahren.

KAPITEL SECHSUNDDREISSIG

Eine schwarze Wolkendecke verhüllte den Sonnenaufgang. Während Marty vom Erdwall aus nach Osten blickte und versuchte, sowohl die Uhrzeit als auch die Zahl der Feinde abzuschätzen, zuckte tief in den Wolken ein Blitz, und ein Donnergrollen dröhnte über das Schlachtfeld.

Der Feind rückte wieder an.

Surjan brüllte. Und unter seinem Kommando organisierten seine Speersprecher Usaden und Badis ihre Kampflinien links und rechts entlang der Böschung. Lowanna und Idder platzierten die Scharfschützen als mobile Trupps in gleichmäßigen Abständen auf dem flachen Gelände dahinter.

Am Vortag hatten sie mindestens 120 getötete Feinde gezählt. In der Nacht hatten Surjan, Lowanna und Kareem außerdem drei Bastiten ausgeschaltet. Kundschafter? Attentäter? Was auch immer die Katzenmenschen tun sollten, sie waren als Einzige in der Nacht vom Feind entsandt worden. Sonst waren keine weiteren Versuche unternommen worden, das Heer zu umzingeln.

Nur erleichterte das Wissen Martys Herz nicht im Geringsten. Ein Blick über die gegnerische Armee verriet, dass sie gegenüber dem Vortag angewachsen war. Marty sah mehrere Sethianer darunter, ebenso einzelne Bastiten.

»Kareem«, sagte er, »ich sehe nichts am Horizont auftauchen. Du?«

»Nichts.«

»Gut.« Marty reichte dem einzigen Vogel, den er hatte und der etwas tragen konnte, eine Granate und erteilte ihm Anweisungen.

Er beobachtete, wie der gelbbraune Adler über das Schlachtfeld flog, dann zuckte er zusammen, als das Tier die Granate fallen ließ und hastig abdrehte.

Ein Pfeil verfehlte den Vogel nur knapp.

Wumm.

Weitere tote Feinde.

»Marty, da ist etwas ... Hast du den riesigen Sethianer schon gesehen?«

Marty runzelte die Stirn. »Was meinst du mit *riesiger* Sethianer? Die sind alle mindestens so groß wie Surjan, die meisten größer. Was genau ist riesig?«

Kareem rümpfte die Nase, während er sich auf die Szene unter ihm konzentrierte. »Ungefähr doppelt so groß wie ein Mann.«

»Doppelt so breit?«, fragte Marty. »Die doppelte Masse? Oder doppelt so hoch?«

Kareem zuckte mit den Schultern.

Marty verzog das Gesicht. »Ist der riesige Sethianer über drei Meter groß?«

Sofort kehrten seine Gedanken zu den Ruinen zurück.

»*Der Große* hat sich klar ausgedrückt, und *der Eine* spricht für ihn. Du musst sterben, wenn du nicht dabei hilfst, Merit Nuk Han und jene zu töten, die mit ihm kommen.«

Der sogenannte Große hatte einen anderen Sethianer losgeschickt, um Marty zu finden. Könnte dieser Hüne von einem Sethianer der erwähnte *Große* sein? Wenn er irgendeine Möglichkeit hatte, Marty aufzuspüren, würde das erklären, warum die anrückende Armee nach Norden geschwenkt war, um sein Heer abzufangen.

»Ja, über drei Meter«, bestätigte Kareem. »Und bei Allah, er ist schnell. Wer ihm in die Quere kommt, wird umgepflügt oder ergreift die Flucht.«

»Wir müssen den anderen Bescheid geben ...« Ein Blitz schlug auf der anderen Seite der Böschung ein. Marty und Kareem taumelten und fielen.

Mit einem Klingeln in den Ohren gestikulierte Marty in Kareems Richtung. »Gehen wir lieber runter, bevor wir noch erschlagen werden.«

Beide rutschten den Erdwall hinunter.

Einer von Idders Scharmützlern näherte sich Surjan. Der große Sikh konnte sich gerade nicht an den Namen des Mannes erinnern, aber er wusste noch, dass es sich um einen der Krieger von König Iken aus Jehed handelte. »Du wolltest jemanden, der den Umgang mit der Schleuder meisterlich beherrscht?«

»Ja.« Surjan griff sich eine Granate aus einer großen Kiste. »Das hier muss über den Feind geschleudert werden. Fast gerade nach oben, damit es aus großer Höhe auf ihn fällt.« Er deutete die ihm vorschwebende Bewegung mit den Händen an, während er sie erklärte. Seiner Meinung nach wäre so die Chance am größten, dass die Granate mit der schweren Seite nach unten landen und zünden würde. »Bekommst du das hin?«

Der Mann nickte. »Ich denke schon.«

Surjan legte dem Krieger die Hand auf die Schulter und drückte sie leicht. »Bist du sicher? Wenn das Geschoss versehentlich in der falschen Richtung losgeht, bringt es unsere Leute um.«

Der Krieger nickte erneut. »Ich jage seit über 20 Jahren mit der Schleuder.«

Surjan reichte dem Mann die Granate und duckte sich unter einen Schild, als in der Nähe ein Pfeilhagel niederging. »Na schön, dann zeig mal, was du kannst.«

Der Mann legte den Sprengkörper in seine abgegriffene Schleuder ein, rotierte ihn mit einer geübten Handbewegung über dem Kopf, bis er zu einem verschwommenen Surren wurde und ließ abrupt ein Ende los. Das Geschoss raste davon.

Die Granate stieg auf wie eine Rakete.

Die Granate fiel herab.

Der dröhnende Knall der Explosion ließ ein Lächeln in Surjans

Gesicht erscheinen. Das Geschrei der nahenden feindlichen Krieger empfand er als zusätzliches Sahnehäubchen.

Plötzlich ertönte lautes Gebrüll und erregte Surjans Aufmerksamkeit.

Das Geräusch stammte von einem Sethianer.

Nur war es erheblich lauter, als er es je zuvor gehört hatte.

François inspizierte das mit Pulver, Kies und Zunder gefüllte Gefäß. Er war bereit. Er gab zwei Soldaten ein Zeichen. Mühsam transportierten sie die Bombe zur Front, wo Surjan eine Verwendung für sie finden würde.

Der Franzose hatte kaum ein Auge zugetan. Er holte tief Luft, stieß sie langsam aus und streckte die Hand zu Kareem aus, der gerade die letzte Granate zusammenbaute.

Der junge Ägypter schraubte den Deckel fest zu und reichte das Endprodukt François, der es in eine Kiste legte. Er versiegelte sie und übergab sie Kareem, der mit ihren letzten Sprengkörpern losrannte.

Das Kriegsgeschrei auf beiden Seiten war entsetzlich. François wünschte, er könnte mehr tun. Vorerst jedoch neigte er nur das Haupt und betete.

Lowanna starrte in den Himmel und spürte eine Schwere in der Luft. Es war mehr als nur ungewöhnlich hohe Feuchtigkeit. In ihrer Brust baute sich ein Druck auf. Die Luft um sie herum fühlte sich wie mit statischer Elektrizität aufgeladen an, was sie für gefährlich hielt.

Sie selbst war noch nie vom Blitz getroffen worden, kannte aber Leute, denen es passiert war und die überlebt hatten. Alle berichteten von einem statischen Kribbeln auf der Haut, kurz bevor es sie erwischt hatte.

Während sie oben auf der Böschung zwischen zwei Reihen von Speerträgern kauerte, sah sie, wie der Feind durch den Graben flutete. Dahinter brüllten Sethianer und dröhnten Trommeln. Die vorderen Ränge des Feinds fielen kreischend auf die Pflöcke und starben, doch nach und nach füllte sich der Graben mit Leichen. Nachfolgende Krieger marschierten über die Leichen ihrer gefallenen Kameraden hinweg und prallten dann auf Surjans Speerkämpfer.

Während um sie herum gekämpft wurde, berührte Lowanna mit den Knien und Händen den Boden und spürte, wie das Gefühl in ihr nachließ.

Von irgendwo vor ihr ertönte ein lautes Gebrüll, und sie wusste auf Anhieb, dass etwas ganz und gar nicht stimmte.

Dann erblicke sie das Wesen mit Tierkopf, das sich hoch aus der Masse des Feinds erhob. Es überragte selbst die größten Krieger um Kopf und Schultern, und mit einem Schlag des kräftigen Arms fegte es drei Menschen beiseite. Sie landeten als widernatürlich verrenkte Haufen mit gebrochenem Genick und Rückgrat.

Eine Leiche landete direkt vor Lowannas Füßen.

Sie schnappte entsetzt nach Luft, als sie Udad erkannte, den jungen Mann aus Ahuskai, der als Junge von einer Lähmung geheilt worden war.

Die riesige Kreatur drehte den Kopf und sah Lowanna direkt in die Augen.

Kareem stach einem Sethianer mit seinem Anch in den Rücken. Durch pures Glück gelang es ihm, die Waffe zwischen den Wirbeln der Kreatur zu versenken und ihr Rückenmark zu durchtrennen. Sie ging zu Boden wie eine Marionette mit gekappten Fäden. Kein Zittern, kein Zucken. Er setzte mit einem letzten Hieb in die Schädelbasis nach und spürte das Knirschen von Knochen, als die Klinge ins Gehirn drang. So trat der Tod schneller als gewohnt ein. Vielleicht sollte er versuchen, es öfters so hinzubekommen. Um seine Tödlichkeit zu verbessern. Das würde bestimmt Übung erfordern.

Die leuchtende Lebensessenz stieg aus dem Mischwesen auf, und Kareem absorbierte sie lächelnd.

Er befand sich jenseits der umkämpften Böschung und des mittlerweile mit Leichen gefüllten Grabens. Dort huschte er zwischen den feindlichen Rängen umher und versuchte, gezielt Herolde, Trommler und Offiziere auszuschalten – jeden, dessen Tod den Feind behindern würde.

Als besonders befriedigend empfand er es, die Dämonen mit den Seth-Köpfen zu töten, die seinen Onkel ermordet hatten.

Plötzlich hörte er ein gewaltiges Gebrüll und rannte prompt darauf zu. Er flitzte mit abgewandtem Gesicht quer an zwei feindlichen Trupps vorbei und setzte schließlich einen roten, von einem Toten erbeuteten Helm auf, um unerkannt zu bleiben. Weiter vorn erblickte er den Rücken eines Sethianers, der buchstäblich doppelt so hoch aufragte wie er. Kareem sah keine Möglichkeit, ein kritisches Organ zu erreichen.

Es handelte sich um den Großen. Das gewaltige Ungetüm knurrte ein Korps von Trommlern und Trompetern an.

Als die Kreatur die Aufmerksamkeit auf etwas anderes richtete, schlitzte Kareem ihr über die Kniekehle. Er spürte, wie die Klinge durch die Haut glitt und an einer Sehne kratzte, ohne sie jedoch vollständig zu durchtrennen.

Plötzlich wurde Kareem durch die Luft geschleudert. Die Wucht des Treffers verschlug ihm den Atem, noch bevor er gegen zwei feindliche Soldaten krachte.

Die Linien beider Armeen waren zerbrochen.

Wo sich zuvor eine Reihe disziplinierter Speerkämpfer der feindlichen Horde entgegengestemmt hatte, herrschte mittlerweile ein Chaos schwitzender, fluchender Krieger, von denen Blut spritzte.

Marty watete durch das Gewimmel und hielt Ausschau nach kritischen Zielen. Er sichtete den gigantischen Sethianer, auf den ihn Kareem aufmerksam gemacht hatte.

Tatsächlich hatte der junge Mann die Dimensionen der Kreatur eher noch untertrieben. Das widernatürliche Wesen sah aus, als hätte man zwei Stiere zu einem einzigen, muskulösen Körper verschmolzen, der über die Landschaft pflügte. Der Schakalkopf mit den kantigen Ohren war größer als Martys Brust.

Wenn es sich bei den anderen um Sethianer handelte, musste dieses Ungeheuer Seth höchstpersönlich sein.

Er stürmte die Böschung herauf, trampelte dabei die eigenen Leute nieder. Dahinter folgte ein stämmiger, gepanzerter Krieger, der in beiden Händen einen hohen geschnitzten Stab hielt. An dessen Spitze flatterte ein grünes Banner mit dem Unendlichkeitssymbol der Sethianer. Mittlerweile umzingelten Martys Krieger das Monster, bestürmten es im Nahkampf ...

Und schienen zu gewinnen.

Seth brüllte donnernd und wirbelte herum. An der Rückseite des linken Knies wies er eine Wunde auf.

Irgendjemandem war es gelungen, ihn zu verletzen.

Marty schleuderte einen Speer direkt auf das Monster, das ihn jedoch mit übermenschlicher Geschwindigkeit aus der Luft abfing.

Dann sprang es vor, schlug zwei von Martys Kriegern und zwei der eigenen Männer nieder, als es die Jagd auf Marty eröffnete.

Marty rannte.

Irgendwo rief Surjan etwas kaum Verständliches. »... Wasserkrug ...«

Marty drosch einem feindlichen Soldaten im Vorbeilaufen die Faust ins Gesicht.

Seths pochende Schritte näherten sich hinter ihm. Das Monster war durch die wesentlich größere Schrittlänge erheblich schneller als Marty.

Wumm.

Beim Knall der Explosion spähte er über die Schulter und hoffte, Seth am Boden zu sehen. Kein solches Glück.

Die Kreatur brüllte auf, wirbelte herum, hielt Ausschau nach dem Werfer der Granate.

Hatte die Explosion das Ungetüm verfehlt?

Oder hatte die Granate es zwar getroffen, aber schlichtweg keinen Schaden angerichtet?

Gegen Seth hatten sie keinen Plan. Sie hatten vorgehabt, das Gelände auf den Befestigungsanlagen zu halten, bis der Feind entweder entscheiden würde, der Aufwand wäre die Zeit nicht wert, oder bis er am Graben, an der Böschung und am Wall der Speere zerschellte.

Aber sie hatten nicht mit diesem Ungeheuer gerechnet. Ihm würde ihre Verteidigung nicht standhalten können.

Gab es überhaupt eine Möglichkeit für Marty, es zu töten?

KAPITEL SIEBENUNDDREISSIG

»Weg von der Böschung!«, rief Marty. »Isoliert Seth! Isoliert den Großen!« Alleine könnte Marty vielleicht einen Weg finden, den riesigen Sethianer zu Fall zu bringen.

Surjan spuckte Blut in den Dreck. »Das ist kein Judokampf, Marty. Die Truppenbewegungen spielen keine Rolle mehr. Wir reiben uns an ihnen auf, sie sich an uns, bis einer von uns im Sand zusammenbricht.«

Dennoch brüllte Usaden einen Befehl, und sein Zug marschierte zur Seite. Idders Scharfschützen bedrängten Seth mit einem Orkan geschleuderter Steine, doch er reagierte darauf nur mit ohrenbetäubendem Gebrüll und einem wilden Stampfen der Sandalen auf dem Boden.

Aber die wenigen gewonnenen Augenblicke ermöglichten es Usadens Zug, zu Seth herumzuschwenken, ohne den Rücken für die menschlichen Feinde zu entblößen.

Der Großteil von Surjans Speerkämpfer bildete mittlerweile ein Viereck auf der Böschung.

Einzelne Trupps und die Scharfschützen rannten im allgemeinen Chaos umher.

Seth stürmte erneut auf Surjans Männer zu. Er lief mit gesenktem Kopf, als wollte er damit durch den vordersten Rang der feindlichen Formation pflügen. Vielleicht war dadurch seine Sicht eingeschränkt, vielleicht scherte es ihn einfach nicht, jedenfalls trampelte er bei seinem Sturmlauf sechs der eigenen Männer nieder. Ihre Schreie klangen zugleich gequält und ekstatisch.

»Linie halten!«, brüllte Badis.

Die Viereckformation der Speerträger gab nach und neigte sich zur Seite, zerbrach jedoch nicht.

Die Männer verharrten in geduckter Haltung hinter den Schilden, die Speere nach vorn gestoßen. Seth krachte gegen sie. Speerspitzen bohrten sich in seine Brust und Schultern. Einige brachen ab, andere blieben stecken. Mehrere Kämpfer sanken auf die Knie und keilten die Schäfte der Speere in die Erde, als sich der gigantische tierköpfige Angreifer mit vollem Gewicht gegen ihre Schilde warf. Die Linie bog sich durch.

»Scharmützler!« Surjan stürmte mit seinem langen Speer vor. Marty folgte ihm. Der große Sikh stach auf Seths Gesicht ein. In letzter Sekunde duckte sich der Koloss und drehte den Kopf zur Seite. Surjans Speerspitze stach in Seths Ohr.

Es hätte weiches Gewebe sein müssen. Der Speer hätte durch den Schädel ins Gehirn des Monsters dringen und es tot auf dem Schlachtfeld zusammensacken lassen müssen. Stattdessen zersplitterte Surjans Speer, und er selbst wurde zu Boden geschleudert.

Der zweite Rang der Formation stach wiederholt auf Seths Schädel und Schultern ein, traf ihn auch, verursachte jedoch keinen erkennbaren Schaden. Tafsut war aus der Formation ausgeschert, tauchte an Surjans Seite auf und hieb ihrerseits auf das Monster ein. Marty drängte sich nach vorn und zielte mit kraftvollen Tritten auf das verwundete Bein, um Seth auf die Knie zu zwingen.

»Scharmützler!«, wiederholte er Surjans Ruf.

»Für Marty!«, hörte er Usaden brüllen.

»Für Narmer!«, brüllte Marty zurück. Und wieder: »Für Narmer! Für Narmer!«

»Für Narmer!«, riefen die Männer der Formation und drängten vorwärts.

Gleichzeitig trafen Scharfschützen ein. Steine prasselten auf die Stirn des Ungetüms ein, fielen zurück und prallten vom straff gespannten Leder der Schilde ab. Ein Stein traf Seth am Auge, ein anderer an der rosa Schnauze. Die meisten Pfeile durchdrangen seine dicke Haut nicht, nur wenige bohrten sich in seine Schulter und blieben darin stecken. Als Seth erneut brüllte, klang er eher irritiert als verwundet. Dann schüttelte er den Kopf und sprang zurück, weg von dem Wall aus Schilden.

Obwohl Marty den Umgang mit dem Speer nicht besonders gut beherrschte, hob er einen auf, um ihn als Schlagstock zu benutzen.

Dabei bemerkte er das Gesicht des Mannes, dessen Speer er sich genommen hatte – Munatas, der junge Krieger aus Ahuskai, der ihm unterwegs die Strichliste der Händler erklärt hatte.

Zahlreiche weitere Speere lagen über den Boden verstreut.

Zwischen zahlreichen Leichen.

Darunter befanden sich auch mehrere Sethianer, überwiegend jedoch handelte es sich um Menschen. Die Körper waren zertrampelt, verstümmelt, in Stücke gerissen und sogar angenagt. Die meisten allerdings waren von Speeren durchbohrt.

Marty wurde schlecht. Und er empfand eine schier unbändige Wut. Was für eine Arroganz musste die Sethianer beseelen, dass sie glaubten, sie könnten ungestraft die Lebern von Menschen fressen? Was für eine Missachtung der menschlichen Kultur, Kunst und Sprache verleitete sie zu der Annahme, sie würden sich nicht von empfindungsfähigen Wesen ernähren?

Und welche Angst hatte Seth aus seinem Versteck gelockt, um Marty anzugreifen?

»Du fliehst zu schnell, du Scheusal!«, brüllte er. Dann schlug er beidhändig mit seinem Stock auf Seths Kniekehle ein.

Seth stolperte vorwärts, stützte sich auf ein Knie und die Knöchel beider Hände. Marty schlug wieder und wieder zu, traf ihn am Hinterkopf und an der Wirbelsäule. Einen Moment lang schwieg Seth, und Marty dachte schon, der Koloss wäre endlich erschöpft und gäbe sich der Niederlage hin.

Dann jedoch lachte Seth.

Marty schwang den Stock erneut. Seth wirbelte schnell wie eine Viper herum und fing ihn mit einer Hand ab.

Ein Blitz schlug ein. Es fühlte sich nah an, am Rand des Schlachtfelds. Sofort setzte gellendes Geschrei ein. Regen prasselte wie ein breiter, flacher Hammer auf Marty ein, durchnässte ihn schlagartig, weichte den Sand auf und perlte vom Leder der Schilde seiner Männer ab wie ein Schauer im Frühling in New York City von den schwarzen Regenschirmen der Banker.

Obwohl er kein Gespür mehr für das gesamte Kampfgeschehen hatte, war er ziemlich sicher, dass sein Heer am Verlieren war.

Seth riss Marty den Speer mit einem einzigen kraftvollen Ruck aus den Händen.

Dann schlug er ihm ins Gesicht.

Marty segelte über das Schlachtfeld und krachte vor den Füßen seiner Männer auf den Boden. Wie konnte er überhaupt noch leben, geschweige denn bei Bewusstsein bleiben? Die Wucht des Schlags hätte ihm eigentlich das Genick brechen müssen. Aber als er sich aufrappeln wollte, gelang es ihm nicht. Die Welt drehte sich um ihn herum, und er übergab sich. Das Erbrochene spritzte auf seine Arme und Beine, als er krampfhaft versuchte, sich auf die Beine zu stemmen.

Seth stürmte an, und Marty sah den Tod nahen.

Plötzlich sprangen Sandalen über ihn hinweg. Er sah Sohlen, Schlamm und Kilts. Dann wurden zu beiden Seiten von ihm Speere in den Boden gerammt. Er hörte ein Krachen und ein schweres Ächzen, als Seth in die Reihe pflügte, die vorgerückt war, um Marty abzuschirmen.

Dann tauchte Surjan auf und zog ihn auf die Beine.

»Für Narmer!«, brüllte der große Sikh und schleifte Marty aus der unmittelbaren Gefahrenzone.

Mittlerweile hatten sich Seths Krieger neu formiert und stürmten an. Martys Männer hatten die Böschung verlassen und befanden sich auf ebenem Gelände. Der Feind brandete von allen Seiten auf sie zu. Idder rief einem Zug von Scharmützlern in der Rechteckformation Anweisungen zu. Sofort entfesselten sie eine Dauersalve auf die Ergänzungstruppen der Sethianer. Männer schrien auf und fielen. War das gut? Marty wusste nicht genau, wer fiel und starb.

Und spielte es tatsächlich eine Rolle? Die Menschen unter der Fuchtel der Sethianer betrachtete Marty nicht wirklich als den Feind. Er wollte sie retten, nicht töten.

Nur widersetzten sie sich der Rettung.

Surjan verließ ihn und stürzte sich aus voller Kehle brüllend wieder ins Gefecht. Lowanna stand da, starrte in den Sturm und murmelte irgendetwas. Redete sie mit Tieren, die Marty nicht sehen konnte?

François hielt einen großen Ring in der Hand, der Marty irgendwie bekannt vorkam, wenngleich er nicht zu sagen vermochte, warum.

Seine Sicht war verschwommen. Lag es am Regen?

Oder an dem Schlag auf den Kopf?

Dann wurde Marty bewusst, dass er auf dem Boden lag. Er rappelte sich auf und hielt Ausschau nach Kareem. Kurz darauf entdeckte er den jungen Mann mit Speer und Schild mitten in der Gefechtslinie. Der Krieger neben Kareem ging zu Boden, durchbohrt vom Speer eines Sethianers, und Marty wurde abermals schlecht.

»*Lebern*«, murmelte François an seiner Schulter.

Was?

François drehte weiter den Ring in seinen Fingern und wiederholte: »*Lebern.*«

Marty wurde bewusst, dass der Franzose gar nicht laut gesprochen hatte. »Was sagst du? Was meinst du mit Lebern?«

Ein Donnerschlag hallte durch seine Ohren. Unmittelbar danach setzte wieder der misstönende Lärm der Schlacht ein. Marty hörte die surrenden und peitschenden Geräusche von Schleudern, das Zerbrechen von Speeren und den Sprechgesang der Männer: »Narmer! Narmer! Narmer!«

Wie viele der Stimmen stammten von tatsächlichen Anhängern des toten Königs? Und wie viele hatten einfach in Martys Ruf eingestimmt? Wie könnten sie in dem verhinderten Einiger Ägyptens das gesehen haben, was Marty in ihm aus einer 5.000 Jahre in der Zukunft liegenden Perspektive gesehen hatte?

»Irgendwas stimmt mit den Sethianern nicht«, kam von François. »Was hat Narmer zu uns gesagt? Dass sie aus einer anderen Welt stammen?«

»Das waren nicht ganz seine Worte«, murmelte Marty. »Aber wir glauben, dass er das gemeint hat.«

»Also sind ihre Körper irgendwie nicht an die Umgebung hier angepasst«, sagte François. »Vielleicht hat es was mit Eisen zu tun. Die menschliche Leber ist der eisenhaltigste Teil des Körpers. Vielleicht essen die Sethianer sie, um ihr Blut damit anzureichern.«

»Warum dann nicht die Lebern von Rindern?«, fragte Marty.

»Vielleicht essen sie die auch.« François zuckte mit den Schultern. »Und die von Hathiru und wer weiß, was noch. Warum sollten sie

Menschen davon ausnehmen? Vielleicht sehen sie im Fressen menschlicher Lebern gleichzeitig eine bequeme Methode, Angst und Schrecken zu verbreiten, um Widerstand vorzubeugen. Und vielleicht wollen sie, dass die Menschheit generell erhalten bleibt, aus welchem Grund auch immer. Um für sie Landwirtschaft zu betreiben. Um die Löwenpopulation einzudämmen. Wer weiß?«

»Vielleicht schmecken ihnen menschliche Lebern einfach«, meinte Marty.

»Auch eine Möglichkeit. Aber was für eine Funktion erfüllt dieser Ring?«

Plötzlich wurde Marty klar, wo er ihn schon gesehen hatte. »Die tragen alle Nasenringe. Die Hathiru, die Bastiten, die Sethianer.«

»Sie tragen alle Nasenringe«, bestätigte François. »Als Trend wäre es erstaunlich einheitlich. Deshalb denke ich nicht, dass es eine Modeerscheinung ist.«

»Mein Gehirn pocht«, klagte Marty.

»Ein ziemlich großer Kerl hat dir einen mächtigen Schlag verpasst, nach dem du auf dem Kopf gelandet bist«, sagte François. »Mich beeindruckt, dass du überhaupt noch ein Hirn hast.«

»Rede langsamer« – Marty sprach mit lauter Stimme, um den Lärm des Gefechts zu übertönen – »damit ich dir folgen kann.«

»Vielleicht hilft der Nasenring dabei, das Eisen aus den Lebern zu verarbeiten«, sagte François. »Denk mal daran zurück, was für Feldfrüchte wir in der Nähe ihrer Außenposten gesehen haben. Bohnen in Ahuskai. Feigen in Jehed. Beides stark eisenhaltig, nicht wahr? Oder vielleicht hilft der Ring ihnen beim Atmen, indem er den Sauerstoff an das aufgenommene Eisen bindet. Möglicherweise vertragen ihre Körper etwas an unserer Atmosphäre nicht.« Er schmunzelte. »Vielleicht ist die Atmosphäre ihres Heimatplaneten eisenhaltig, und sie brauchen hier eine Atemhilfe und müssen Eisen zu sich nehmen. Kann Eisen eigentlich in einer Atmosphäre enthalten sein? Ist das möglich?« Marty zuckte mit den Schultern.

»Oder vielleicht kontrolliert der Ring sie. Vielleicht benutzt der Große die Ringe, um ihnen Befehle zu übermitteln oder Elektroschocks auszulösen. Vielleicht dienen sie auch zur Heilung.«

»Vielleicht«, räumte François ein. »Kareem hat einen von ihnen ohne Nasenring gesehen. Er hat gesagt, dass Monster hatte Atemnot. Als würde es Ersticken.«

Marty zögerte. »Zufall?«

»Wissenschaftliche Methodik lässt keine voreiligen Schlüsse aufgrund von Zufällen zu, mein lieber Dr. Cohen«, gab François zurück. »Nach wissenschaftlicher Methodik wird eine Theorie aufgestellt, die bekannte Fakten erklärt, danach wird sie einer Prüfung unterzogen.«

Marty hörte Schreie.

Er sah sich nach Kareem um und entdeckte ihn nirgends. War der junge Mann gefallen? Hatte der Feind ihn über den Haufen getrampelt?

Und hörte er wirklich Trompeten? Oder täuschte ihn das Klingeln in seinen Ohren?

»Linie halten!«, brüllte Surjan. »Kämpfender Rückzug! Schritt! Schritt!«

Seth krachte gegen Surjans Rechteckformation. Ironischerweise verhinderte gerade der Gegendruck der Truppen der Sethianer von der anderen Seite, dass die Speerkämpfer die Böschung hinauf und in den Graben geschoben wurden. Die Formation bog sich erneut nach innen und erzitterte, hielt aber.

Auf der anderen Seite der Böschung drohten menschliche Krieger mit ihren Speeren, brüllten abscheuliche Drohungen und warfen sich den Schilden und Speeren von Martys Heer entgegen. Andere stürmten auf den rechten Flügel zu und daran vorbei, um die Speerkämpfer von der Seite anzugreifen, frustriert von der Rechteckformation.

Idder brüllte Befehle, und die Scharmützler feuerten auf die feindlichen Soldaten an den Flanken, deren Zahl dahinschmolz wie Schnee im April.

Auch Pfeile prasselten auf die Formation ein, doch die innere Linie von Surjans Männern hielt die Schilde hoch, und die meisten Geschosse schlugen in das dicke Leder ein und blieben darin stecken.

Mit lautem Gebrüll stürmte Seth abermals an. Speere stachen nutzlos auf seinen Kopf und seine Brust ein. Gleichzeitig wichen die feindlichen Krieger auf der Böschung zurück. Surjans Trupp setzte sich in Bewegung ...

Diesmal jedoch nicht als Einheit. Eine Seite der Formation brach auf.

Sofort griff ein Trupp gegnerischer Soldaten die klaffende Öffnung an. Woher waren sie gekommen? Marty hob einen weiteren Speer vom Boden auf, der sich jedoch als fast durchgebrochen erwies. Er riss die Hälften vollständig auseinander und hielt sie wie Kampfstöcke.

Dann ließ er François zurück und stürmte los, nahm die Feinde in Visier, die gegen die aufgebrochene Flanke seines Heers vorrückten.

Tafsut kam ihm zuvor. Sie führte einen Trupp von Kriegern an. Marty kannte in seinem Heer zwar nicht alle mit Namen, aber die Gesichter. Diese Männer waren Fremde. Sie waren auch nicht alle mit Speeren bewaffnet – einige hatten Streitkolben und Keulen, und mindestens einer hatte ein langes Chepesch.

Es waren Leute von Narmer, die geblieben waren.

»Narmer!«, brüllte Tafsut. Sie wusste ihren Schild und ihren Speer gekonnt einzusetzen. Da es keine zu haltende Linie mehr gab, stürzte sie sich einfach auf den Feind, schlitzte und stach um sich, und als ihr Speer in einem toten, aufgespießten Krieger stecken blieb, bückte sie sich und griff sich dessen Kurzschwert.

Hinter dem angreifenden Feind folgten zwei Sethianer.

Marty rannte, um Tafsut zu helfen. Die tapfere Kriegerin aus Ahuskai duckte sich, um dem Hieb der Axt eines Sethianers auszuweichen, dann verpasste sie der Innenseite des Oberschenkels ihres Gegners einen tiefen Schnitt. Wie es Marty schon viel zu oft gesehen hatte, gelang es der Klinge kaum, die Haut des Außerirdischen aufzuschlitzen. Tafsut wehrte einen zweiten Angriff ab, indem sie ihn zur Seite schlug, bevor sie dem sie bedrängenden Sethianer wirkungslos in die Seite stach.

Der Ansturm von Narmers Männern zerbrach an den beiden Sethianern und wogte zurück. Der zweite packte einen Speerkämpfer, hob ich hoch und warf ihn in die Ränge seiner Kameraden. Dann stürzte er vorwärts und streckte sich nach Tafsut.

Marty kam gerade rechtzeitig. Er bog sich nach hinten, als tanzte er Limbo, und duckte sich unter einem schwingenden Speer hindurch, bevor er über eine überdimensionierte Axt sprang. Dann führte er wuchtig seine beiden Schlagstöcke scherenartig um das ausgestreckte Handgelenk eines Sethianers zusammen.

Der Getroffene brüllte auf und drehte sich, um Marty zu schlagen. Im Kampf Mann gegen Mann waren die gewöhnlichen Sethianer schlichtweg zu langsam, um Marty zu treffen. Er war in den drei Monaten, die er trainierend und kämpfend durch das antike Nordafrika gereist war, deutlich schneller und stärker geworden. Nachdem er sich geduckt hatte, parierte er einen zweiten Schlag mit den beiden aneinandergehaltenen Stöcken.

Dann drang ein Schrei von Tafsut zu ihm – ein kurzer, gellender Laut, der mit einem erstickten Röcheln endete.

Als sein Feind angriff, blieb Marty keine Zeit, auf den anderen Sethianer zu achten. Er sprang vorwärts und zielte mit dem Fuß auf die Schulter seines Gegners. Als sich der Sethianer nach Marty streckte, um ihn zu packen, katapultierte sich Marty mit dem Schwung des Monsters nach oben und rückwärts. Er wölbte den Rücken durch und stellte sich vor, er wäre ein springender Delphin, als er sich mit einem Rückwärtssalto in Tafsuts Richtung beförderte.

Die Kriegerin aus Ahuskai blutete aus einer schweren Verletzung am Bein, das schlaff am Körper baumelte. Der Sethianer bei ihr hatte die Hand um ihren Hals geschlungen und sie vom Boden gehoben. Er schüttelte die Frau und brüllte ihr ins Gesicht.

Tafsuts Wangen hatten sich bläulich verfärbt. Die Augen waren in den Höhlen nach oben gerollt.

Marty schwang mitten in der Luft erst den einen Schlagstock, dann den anderen. Beide trafen den Nasenring des Sethianers. Der Ring zerbrach, bevor der zweite Hieb die beiden Hälften außer Sicht in das Gewimmel auf dem Schlachtfeld beförderte.

Der angreifende Sethianer brüllte frustriert auf und verfehlte Marty.

Jener, der Tafsuts Gurgel umklammerte, stieß einen schrillen Schrei aus, einen animalischen Laut blanken Entsetzens, bevor er die Kriegerin wuchtig auf den Boden rammte.

Marty stellte sich schützend über Tafsut und drosch beide Schlagstöcke in den Bauch des ringlosen Sethianers. Das Monster schnappte nach Luft, hustete und begann zu röcheln.

François hatte recht gehabt. Irgendeinen Zweck erfüllten die Ringe.

Marty warf einen schnellen Blick über die Schulter – die Formation der Speerkämpfer hatte sich wieder geschlossen. Hatte Tafsut sie vor einer verheerenden Niederlage bewahrt?

Allerdings wurden die Krieger nach wie vor von allen Seiten bedrängt.

Marty griff den zweiten Sethianer an, indem er ein Trommelfeuer wilder Schläge auf dessen Schnauze entfesselte. Der Sethianer fuchtelte erst mit einer Hand, dann mit der anderen. Schließlich schlug er sich beide Hände vors Gesicht und taumelte rückwärts.

»Zurück, Monster!«, rief Marty. »Ich kenne dein Geheimnis!« Er brüllte einerseits für den Fall, dass die Sethianer ihn verstehen konnten, andererseits für die Leute seines Heers. Narmers Männer stürmten an und zerrten den ringlosen Sethianer zu Boden. Das andere Ungetüm ergriff die Flucht.

Doch im selben Moment brach Surjans Formation zusammen.

»Linie halten!«, brüllte Surjan aus voller Kehle, als die Ränge zerfransten.

Einige der Männer bildeten Gruppen, kämpften Rücken an Rücken oder in kleinen Kreisen. Andere fielen unter dem Ansturm der Sethianer, des riesigen Seth selbst und ihrer menschlichen Handlanger. Wieder andere flohen und verschwanden aus Martys Blickfeld.

Trompeten ertönten. Brüllend watete Seth wie ein Berserker vorwärts, packte Krieger, hob sie von den Beinen und zerfetzte sie zwischen seinen mächtigen Kiefern. Marty und die Gruppe der Krieger um ihn herum formierten sich zu einem losen Knäuel. Sie versuchten, über Tafsut zu bleiben und sie zu schützen, während sich das Heer buchstäblich auflöste.

Kareem schlängelte sich zwischen den Kämpfenden hindurch, bis er Martys erreichte. Er zupfte an dessen Ärmel. »Tafsut«, sagte er. »Ist sie …«

Marty nutzte die kurze Verschnaufpause im Gewimmel um ihn herum, kniete sich hin und sah nach der Kriegerin.

Tafsut war tot.

KAPITEL ACHTUNDDREISSIG

Das Heer zerfiel in einzelne, zerrissene Linien. Vielleicht sollte es der Versuch eines halbwegs geordneten Rückzugs werden, doch nach wenigen Augenblicken wurde daraus eine überstürzte Flucht.

Lowanna ließ sich davon nicht anstecken und feuerte weiter mit ihrer Schleuder auf den Feind. Seth blieb davon völlig unbeeindruckt, auch die gewöhnlichen Sethianer schienen ihre Treffer kaum zu stören. Dennoch konnte sie sich nicht dazu durchringen, den Beschuss auf Menschen zu konzentrieren.

Einige ihrer Scharfschützen, darunter Idder, scharten sich um sie. Idders linker Arm hing blutig und schlaff an der Seite, was ihn beim Schleudern sichtlich behinderte, weil er die Waffe mühsam mit nur einer Hand bedienen musste. So kam er höchstens auf ein Drittel seiner üblichen Feuerrate.

Aber er schoss.

Es fiel schwer, die Menschen der gegnerischen Seite wirklich als Feind zu betrachten. Sie waren entweder zwangsrekrutiert oder getäuschte Mitverschwörer, aber wollten sie wirklich andere Menschen vernichten und beherrschen?

Außerdem hatte Lowanna nicht das Gefühl, dass sich der Sieg durch ihren Tod erringen ließe, ganz gleich, wie viele menschliche Krieger sie ausschalteten. Sie kam sich wie auf einem lebendigen Schachbrett vor. Der feindliche König war der riesige, blitzschnelle Seth, und solange er nicht fiel, würde die Schlacht nicht vorbei sein.

Oder wäre es möglich, Seth gefangen zu nehmen? Würde er vielleicht sogar aufgeben?

Und wer war der König auf Lowannas Seite? Wessen Verlust würde ihre Niederlage besiegeln?

Als sie sich vorstellte, dass Marty Cohen im Kampf fallen könnte, wurde ihr speiübel.

Drei feindliche Schwertkämpfer stürmten in ihre Richtung, und einen Moment lang dachte Lowanna, sie müsste sich zurückziehen. Dann jedoch krachten zwei Speerkämpfer von der Seite gegen den Feind. Einen Gegner brachten sie sofort zu Fall und trampelten ihn nieder, dann bauten sie sich verteidigend vor Lowanna auf.

Nur würden sie sich nicht lange halten können. Eine weitere feindliche Welle brandete heran, darunter Sethianer und dahinter Seth selbst.

Marty und Kareem waren mit einer Gruppe ihrer Krieger mittlerweile vollständig vom Feind umzingelt. Leichen lagen um ihre Füße verstreut.

Würden sie so sterben? Fünf Jahrtausende vor der eigenen Geburt? In einer von der Geschichte vergessenen Schlacht in der Wüste? Würden Lowannas Gebeine am Tag ihrer Geburt vertrocknet unter den Dünen irgendwo westlich des Nils ruhen?

Die von Abdullah jedenfalls schon.

Adrenalin und die fernen Blitze eines nahenden Gewitters brachten ihre Haut zum Kribbeln. Ihre Brust fühlte sich an, als könnte sie jeden Moment platzen. Begonnen hatte es als feuchter Wind im Rücken. Mittlerweile jedoch herrschte überall um sie herum Feuchtigkeit. Den Himmel überzog eine dunkelgraue, wirbelnde Wolkenschicht. Immer wieder schlugen in kurzen Abständen Blitze in das weitläufige Tal ein, unterbrochen nur vom langgezogenen Donnergrollen, das auf jeden Einschlag folgte. Obwohl Lowanna mitten auf der hügeligen Ebene ein leichtes Ziel dafür darstellte, ging sie nicht in Deckung.

Hörte sie da etwa Stimmen in den Blitzen?

Aber nein, es waren Trompeten.

Eine Salve von Geschossen flog über sie hinweg. Keine Steine von

Lowannas Schleuderschützen, sondern eine Flut von Speeren. Die Geschosse schlugen in den angreifenden Feind ein. Jeder fünfte Mann ging zu Boden, teilweise tödlich verwundet. Der Ansturm verlangsamte sich.

Lowannas Schleuderschützen jubelten. Drei weitere schlossen sich ihnen an und entfesselten ebenfalls Steine auf den Feind. Aber wer hatte die Speere geworfen? Sie waren zu kurz gewesen, um von Surjans Kriegern zu stammen.

Die beiden Speerkämpfer, die Lowanna verteidigten, stürmten vor und streckten zwei feindliche Krieger nieder, indem sie die beiden erst mit ihren schweren Schilden rammten und dann durchbohrten.

Lowanna riskierte einen Blick über die Schulter. Ein Heer rückte in schnellem, diszipliniertem Marsch vor. Sie blinzelte, um klarer zu sehen. Blitze zuckten hinter der Armee. Sie konnte ein Banner erkennen – zwei horizontale Rechtecke mit Punkten an der Seite.

Die zwei Länder, hatte Marty gesagt.

Narmers Banner.

Und wo war das Banner ihres eigenen Heers?

Lowanna drehte sich wieder dem Feind zu und begann, vorzurücken. Sie hatte längst keine Steine für die Schleuder mehr in ihrem Beutel, aber es lagen genug auf dem Boden verstreut, und sie hatte die schnelle, fließende Bewegung perfektioniert, sich zu bücken, einen Stein aufzuheben, ihn in die Schleuder einzulegen und auf einen ausgewählten Feind abzufeuern.

Marty hatte sich in Bewegung gesetzt, und sie versuchte, ihm Deckung zu geben. Er ließ Kareem und seine Krieger hinter sich zurück, schlängelte sich geschickt durch die Feinde, indem er sich duckte, hechtete, drehte und sprang. Wie ein stromaufwärts durch Hindernisse schwimmender Fisch. Lowanna fällte einen bulligen Kerl mit einer Axt, der bedrohlich in Martys Nähe auftauchte, indem sie ihm einen Stein direkt in die Stirn jagte. Als sich ihm ein Schwertkämpfer näherte, traf sie den Mann unter dem Arm und schleuderte ihn zur Seite. Martys eigener Angriff wirkte wie eine sanfte Berührung, als er mit der Messerhand über die Kehle des Kriegers schlitzte und ihn endgültig erledigte.

Als Nächstes wurde Marty von einem Sethianer mit schwingenden Streitkolben angegriffen. Lowanna traf das Monster dreimal mit Steinen, doch es wurde nicht langsamer. Marty wich dem Streitkolben aus und ging mit seinem geschärften Anch zum Gegenangriff über. Den ersten parierte der Sethianer. Als Marty herumwirbelte, um ihm in die Seite zu stechen, fing das Ungetüm seine Hand ab und hielt sie fest.

Lowanna traf das Monster mit einem Stein ins Auge.

Mit einem Aufschrei ließ der Sethianer Marty los, der prompt zustach.

Das Anch durchdrang die Haut, wie es Surjans Speerkämpfern mit ihren Waffen nie gelang. Das Geheul des Monsters endete mit einem Gurgeln, bevor es tot zusammenbrach.

Die Flut des Kampfgeschehens wogte wieder zu Lowanna, und sie musste selbst sukzessive zurückweichen. Dennoch behielt sie Marty weiter im Auge. Sie sah, wie er auf Seth zustürmte. Offenbar hatte er denselben Eindruck wie Lowanna und wollte versuchen, die Schlacht zu beenden, indem er den König ausschaltete.

Und er wollte es mit seinem Anch tun.

»Helft Marty!«, rief Lowanna zu Idder und den anderen Männern um sie herum. Sie entfesselten einen Sturm von Steinen in das Getümmel um den Ägyptologen und streckten Krieger nieder, die von hinten oder von der Seite über ihn herfallen wollten. Dann gelangte er außer Reichweite.

Marty griff Seth an, und Seth traf ihn mit seinem Streitkolben.

Marty flog über das Schlachtfeld wie ein Baseball, der Körper schlaff wie der einer Stoffpuppe.

Kareem und seine Krieger begannen, sich durch das tödliche Gefecht in Martys Richtung zu kämpfen. Er lag abseits der feindlichen Soldaten, einen Arm gen Himmel gestreckt. Brüllte er etwas? Aber Lowanna konnte seine Worte nicht verstehen.

Ihr gesamter Körper zitterte. Sie fühlte sich wie eine vibrierende Gitarrensaite oder das straff gespannte Fell einer dröhnenden Trommel. Der Wind schien durch sie hindurchzuwehen.

Seth wendete und stapfte in Martys Richtung. Er bewegte sich wie ein Güterzug, pflügte an seinen Männern vorbei und trampelte vereinzelt sogar über seine eigenen verwundeten Krieger hinweg. Der Koloss stieß ein Gebrüll aus, das als ohrenbetäubender Bass begann und als schrilles Kreischen wie von wütenden Möwen von den entfernten Felsen widerhallte. Lowanna schleuderte weiter Steine in die Richtung des Monsters, doch es bewegte sich zu schnell.

Vögel kreisten über Martys Körper. Aasvögel? War er tot? Aber er hatte den Arm immer noch erhoben.

Lowanna spürte, wie ihr ein Schauder über den Rücken raste.

Aber nicht das Gebrüll hatte ihn ausgelöst.

Die Blitze schlugen näher bei ihr ein. Sie spürte eine seltsame Verbindung zu der knisternden Macht über ihr. Beinah vermeinte sie, einen statischen Gesang darin zu hören. In der Brust nahm sie Schwingungen wahr, deren Frequenz den Tönen zu entsprechen schienen. Als sich Lowanna auf die Wolken über ihr konzentrierte, konnte sie die sie umgebende Energie beinah schmecken. Irgendetwas vollzog sich gerade. Ihr Herzschlag beschleunigte sich, als sie spürte, wie sich die Macht um sie herum ballte.

Das übernatürliche Gefühl reiner Energie vermittelte ihr beinah den Eindruck, sie müsste ersticken.

Was Angst bei ihr auslöste ... nein, keine Angst – Verunsicherung. Als sie die Finger beugte und streckte, spürte sie, wie die Energie sie durchströmte, als stünde sie in direkter Verbindung mit den Wolken über ihr. Ihr fehlten die Worte, um es zu beschreiben, aber sie stellte sich eine Leitung vor, die sich zu ihr erstreckte.

Die Energie schien ein Ziel zu suchen. Lowanna zeigte auf das riesige Monster.

Seth holte gerade mit dem Streitkolben aus, um ihn auf Marty niedersausen zu lassen.

Und mit einem Zischen von Energie sah Lowanna, wie sich die nahezu unsichtbare Leitung aus dem Himmel zu der Kreatur bewegte.

Die gesamte Welt schien von einem gewaltigen weißen Lichtblitz erfasst zu werden, als die Energie aus der Wolke schoss und mit einer donnernden Explosion in Seth einschlug.

Ihre eigenen Männer taumelten vor Verwirrung, Überraschung und Ehrfurcht, und die Reihen der anstürmenden feindlichen Soldaten wurden benommen zu Boden geschleudert.

Lowanna fühlte sich ausgelaugt und hohl, als sie das Gespür für die Wolken über ihr verlor. Das Monster zuckte spastisch wie eine Marionette, deren Puppenspieler einen Anfall erlitt. Es ließ den Streitkolben fallen und sank auf die Knie. Seine Männer zogen sich verängstigt zurück. Sie ließen das Monster in einem Kreis aus verbranntem Gras auf einer Sanddüne zurück, die nun von einer Schicht aus funkelndem Glas überzogen war.

Einen Moment lang senkte sich Stille über das Schlachtfeld.

Abgesehen von den Vögeln, die über Lowannas Kopf sangen.

Der Nasenring, trällerten sie.

Schieß auf den Nasenring.

Ihr Kopf wirbelte in Martys Richtung herum. Sein Arm war immer noch erhoben. Hatte er ihr eine Nachricht übermittelt, indem er sie den Vögeln zugerufen hatte?

Sie schaute zurück zu Seth. Der Koloss schüttelte den Kopf und rappelte sich schwerfällig auf die Beine. So unglaublich es war, der Blitzschlag hatte sogar den Sand zu Glas geschmolzen, aber Seth nicht zu töten vermochte. Wie jeder Sethianer, den Lowanna bisher gesehen hatte, trug er einen Ring in der Nase.

Marty wusste irgendetwas, von dem Lowanna keine Ahnung hatte, und es hatte mit dem Nasenring zu tun.

»Nehmt den Nasenring des Monsters ins Visier!«, rief sie ihren Schleuderschützen zu. »Zerstört bei allen Sethianern zuerst den Nasenring!«

Sie vertraute Marty.

Und feuerte einen Stein auf Seths Nase ab.

Idder auch, genau wie die drei anderen Männer neben ihr. Eine Salve aus Steinen schlug in Seths Gesicht ein. Er schüttelte sich wie eine von einer Hirschlausfliege gestochene Kuh, dann hob er die Hände und verbarg das Gesicht dahinter.

Aber es war zu spät. Lowanna vermeinte, ein Knacken oder Klirren wie von zersplitterndem Glas zu hören, doch wahrscheinlich bildete sie es sich nur ein. Sie wusste auch nicht, von wem der Stein stammte, aber eines der Geschosse traf Seths Nasenring und zerbrach ihn.

Der Ring fiel in Trümmern zu Boden.

Seth brüllte auf. Das Geräusch klang weniger furchteinflößend als noch vor wenigen Augenblicken. Es klang ehe erstickt, mit einem unterschwelligen Blöken. Erstickte er gerade?

Atmete der Sethianer etwa durch den Nasenring?

Die Trompeten ertönten wieder. Soldaten strömten mit Gebrüll an Lowanna vorbei und rückten vor. Sie marschierten nicht mit der Präzision von Surjans ausgebildeten Kämpfern, aber sie waren zahlreich und frisch.

Die Männer schwärmten über die westliche Böschung auf das von den Kämpfen gezeichnete Areal.

Narmer marschierte zwischen ihnen. Sein Anblick verschlug Lowanna den Atem – er war nicht mehr krank, gebrochen, fast tot. Vielmehr wirkte er kerngesund, ein Krieger in seinen besten Jahren. Seine langen, muskulösen Gliedmaßen ließen keinerlei Anzeichen der Fäulnis erkennen, die ihn befallen hatte. Seine Lunge schien ebenfalls geheilt zu sein. Er sang im Takt mit seinen Männern ein Kriegslied und trug Schild und Streitkolben wie jeder seiner Krieger.

Lowanna erkannte, dass er den König ihrer Seite verkörperte.

Sie alle hatten ihn für tot gehalten, aber er lebte und kehrte ins Gefecht zurück. Hatte das Penicillin gewirkt? Aber nein, er war »gestorben«, bevor er etwas davon einnehmen konnte. Und Gunther und sie waren mit ihrem Versuch gescheitert, den König zu heilen.

Hatte ihn doch noch das Anch gerettet?

Seth taumelte durch die Reihen seiner eigenen Männer vorwärts. Er schnappte nach Luft, laut röchelnd wie eine kaputte Maschine. Lowanna konnte es mittlerweile deutlich hören, aber sein Angriff auf Narmers vorderste Reihen schleuderte Männer zurück, und Seths Ränge bündelten sich und hielten die Stellung.

Ihr König war nicht tot. Lowannas Mut sank.

Wenigstens hatte Marty eine Verschnaufpause. Während die Truppen der Sethianer auf Narmers Männer zusteuerten, eilte Kareem mit einer kleinen Gruppe von Kriegern los, um Marty zu bergen. Sie schleiften ihn weg. Gunther befand sich bei ihnen und kniete sich hin, um Marty zu verarzten. Ein weißer Schimmer breitete sich um die Fußgelenke und Speerschäfte der Krieger aus, und Lowanna atmete zur Beruhigung tief durch.

Wo steckten Surjan und François?

Sie stellte fest, dass sie über einer Leiche kniete.

Und nicht irgendeiner Leiche – der von Munatas. Tot lag er da, Martys Banner noch fest umklammert, die Augen wie erstaunt weit aufgerissen.

Lowanna schüttelte sich wie ein Hund mit klatschnassem Fell. Es galt immer noch, eine Schlacht zu schlagen. Sie und ihre auf zehn Mann angewachsene Gruppe von Schleuderschützen wurden im Augenblick nicht bedrängt und hatten jede Menge Ziele. Den Kriegern der Sethianer schienen die Pfeile ausgegangen zu sein, was sich Lowanna zunutze machen wollte.

»Hohes Gelände«, wandte sie sich an Idder. »Aus erhöhter Position können wir besser schießen.«

Sie ergriff das Banner und stand auf.

Idder zeigte zur nächstgelegenen Böschung, und Lowanna begann, sie zu erklimmen, gefolgt von ihren Scharfschützen. Von oben konnte sie die Kampflinien besser erkennen. Mittlerweile waren sie zum Stillstand gekommen, standen sich unmittelbar gegenüber und bekriegten sich. Allerdings hatten Narmers Truppen den Schwung verloren, zudem fehlten ihnen die zackigen, disziplinierten Linien der Speerträger von Narmers Heer. Der Feind begann, einen Schritt nach dem anderen zurückzuweichen. Die menschlichen Teile der beiden Armeen waren sich ebenbürtig. Allerdings verblieb unter den feindlichen Truppen noch über ein Dutzend Sethianer.

Und Seth selbst.

Der Koloss von einem Krieger bewegte sich mittlerweile langsamer, und sein Atem klang wie die rasselnden Ketten eines den Anker lichtenden Schiffs. Aber er bewegte sich nach wie vor, schwang immer noch den Streitkolben. Narmers Männer zerbrachen ihre Speere an seiner Haut, verloren ihre Schwerter unter dem unerbittlichen Vormarsch seiner Füße und ihr Leben unter seinem Streitkolben, der Schädel zertrümmerte und Knochen pulverisierte. Der Koloss richtete ein Blutbad an und hinterließ chaotische Haufen abgetrennter Körperteile im Sand.

Hatte sich Marty geirrt? Oder hatte er zwar recht gehabt, aber reichte seine Erkenntnis nicht aus, um das Blatt der Schlacht zu wenden?

So oder so, Lowanna hatte vorerst keinen anderen Plan.

Sie rammte die Stange mit dem Banner in den sandigen Untergrund der Böschung. Stolz flatterte es im zunehmenden Sturm.

»Schießt auf die Nasenringe«, forderte sie ihre Männer erneut auf. »Ich will, dass ihr bei jedem Ametsu in Reichweite vor allem anderen den Nasenring zerstört. Wenn sich Feinde nähern, dann bringt sie zu

Fall, aber abgesehen davon konzentrieren wir uns hier oben darauf, den Nasenschmuck zu zertrümmern.«

»Für Narmer!«, brüllte Idder.

»Für Narmer!«, rief Lowanna und begann, Steine auf den Feind abzufeuern. »Und für Marty!«, fügte sie leise hinzu.

KAPITEL NEUNUNDDREISSIG

Marty hörte den rasselnden Atem des Monsters. Es hörte sich an, als befände sich das Monster direkt über ihm und holte zum Todesstoß aus. Gleichzeitig klang es so, als stammte das Geräusch aus Martys eigener Brust.

Er fühlte sich gequetscht und zerschmettert. Zweifellos hatte er gebrochene Rippen. Er öffnete ein Auge. Grelles Tageslicht blendete ihn. Als er erkannte, dass sich über ihm kein Monster befand, sondern nur Gunther, versuchte er, sich aufzusetzen.

»Warte«, sagte der Deutsche. »Ich arbeite gerade an dir.«

»Das wirst du auf später verschieben müssen.« Marty rollte sich auf einen Ellbogen und hätte vor Schmerzen beinah aufgeschrien. Aber aus dieser Position konnte er Seth sehen. Der Koloss stand da, schwang seinen Streitkolben und mähte Narmers und Surjans Krieger mit geradezu beiläufigen Schwingern nieder.

Narmers Krieger – sie waren zurückgekehrt! Aber das konnte doch unmöglich Narmer sein, der sie anführte, oder? Irgendetwas hatte den sterbenden König geheilt.

Wahrscheinlich nicht die Gettysburg-Ansprache.

Die Schlacht hatte sich an Marty vorbeibewegt. Er stand mit seinen Freunden und einer kleinen Gruppe von Speerkämpfern abseits und hinter dem Feind. Eine gegnerische Nachhut starrte von Seths Flanke finster zu ihnen herüber, rückte aber nicht gegen sie vor.

Und Seth bewegte sich langsamer, oder? Zudem schien er leicht zu schwanken.

Hatte Lowanna die Botschaft erhalten? Aus diesem Blickwinkel konnte er es nicht erkennen, aber irgendein Sturmgott hatte sein Flehen erhört und einen Blitz herabfahren lassen. Glück. Darauf durfte man sich nicht verlassen, aber wenn es einen ereilte, musste man den Vorteil nutzen. Und vielleicht hatte Martys Seite ein Glücksfall ereilt. Sogar *zwei* Glücksfälle.

Und womöglich gerade noch rechtzeitig.

Als Gunther versuchte, Marty die Hände aufzulegen, schob er ihn weg.

»Alles zu seiner Zeit«, brummte er und rappelte sich auf die Beine. »Geheilt wird später. Wenn überhaupt. Setz deine Kräfte für jemanden ein, der es dringender braucht. Bei Tafsut zum Beispiel.«

»Tafsut ist tot, Marty«, sagte Gunther.

»Genau das meine ich.« Im Hinterkopf wusste Marty, dass seine Äußerung nicht den geringsten Sinn ergab, doch im Augenblick widerstrebte es ihm einfach zutiefst, Gunthers Heilung anzunehmen.

Dann tauchte François auf, drückte ihm ein orangefarbenes Gefäß in die Hände und überreichte Gunther und Kareem je ein weiteres.

»Hat irgendjemand Surjan gesehen?«, fragte Marty. »Oder Lowanna?«

François lachte leise. »Surjan arbeitet mit mir zusammen. Narmers Ankunft hat uns Zeit verschafft, um einen letzten Kracher für das Schlachtfeld vorzubereiten. Mit Allahs Segen, wie Kareem sagen würde.«

»Gelobt sei Allah«, kam von Kareem. »Du lernst allmählich, wie ein zivilisierter Mensch zu reden.«

»Wo Lowanna steckt, weiß ich nicht genau«, fuhr François fort. »Vorhin war sie auf einem Hügel. Als der Blitz eingeschlagen hat.«

»Erinnere mich daran, nächstes Mal nicht in einem Gewitter zu kämpfen«, sagte Marty.

Gunther blickte auf den Sprengkörper in seiner Hand hinab. »Ich weiß nicht recht«, murmelte er.

»Was ist das für ein Kracher?«, fragte er den Franzosen.

»Große Bombe«, antwortete François. »Das gesamte restliche Schießpulver. Aber dadurch ist sie groß und klobig. Hoffentlich brauchen wir sie nicht. Versucht, den großen Kerl mit den Granaten zu erwischen, die ich euch gegeben habe. Ich bin mir ziemlich sicher, dass die anderen die Flucht ergreifen, wenn er fällt. Und falls ihr nicht an ihn herankommt, könnt ihr vielleicht zumindest ein paar Sethianer ausschalten.«

»Wenn wir nur eine Kanone hätten«, meinte Marty.

François schmunzelte. »Schön wär's.«

Marty nickte, und François wieselte davon. Im strömenden Regen verlor Marty ihn aus den Augen. Schlich er sich irgendwie an den Kampflinien vorbei zurück an Narmers Seite? Oder arbeiteten Surjan und er in einem anderen Winkel des Schlachtfelds?

»Keine Ahnung, wie gut ich mit dem Ding zielen kann«, sagte Gunther.

»Skrupel, eine Granate zu werfen?«, fragte Marty.

»Irgendwie schon«, gestand Gunther.

»Ich nicht«, meldete sich Kareem zu Wort. »Jagen wir diese Dämonen in die Luft.«

»Ich werfe deine«, sagte Marty zu Gunther. »Halte sie nur vorerst.«

Handelte es sich wirklich um Dämonen? Marty zündete ein Streichholz an und trabte damit und mit der Granate in der Hand in Seths Richtung los. Im Grunde konnte man ihn und seinesgleichen nur als Dämonen betrachten. Sie unterdrückten und ermordeten Menschen. Sie stammten aus einer anderen Welt und verfügten über so merkwürdige Technologie, dass sie genauso gut Magie sein könnte.

Und es war verdammt schwer, sie zu töten.

Die Nachhut von Seths Armee bestand aus einer Gruppe von Männern mit Schwertern und Schilden. Mit funkelnden Blicken starrten sie Marty und dessen Begleitern entgegen. Dann brüllte einer darunter einen Befehl. Seth drehte sich um und schaute kurz über die Schulter. Dabei sah Marty, dass er seinen Nasenring verloren hatte.

Offenbar hatte sein verzweifelter Ruf zu den Vögeln irgendwie Lowanna erreicht. Oder war jemand anderem aufgefallen, was Kareem und er gesehen hatten – dass die Sethianer ohne die Nasenringe kaum atmen konnten? Hatten sie lediglich Glück gehabt?

Dann drehte sich Seth wieder den Kriegern vor ihm zu. Marty

erblickte Narmer mit einem Streitkolben in der Hand. Mit furchtloser Miene kämpfte sich der König durch die feindlichen Reihen. Er steuerte direkt auf Seth zu.

»Du wirfst zuerst«, sagte Marty zu Kareem. »Wir müssen die Schwertkämpfer aus dem Weg räumen.«

Kareem nickte. Er wartete einige Sekunden. Die Schwertkämpfer beschleunigten die Schritte, holten mit den Schwertern über die Köpfe aus und brüllten.

Dann warf Kareem die Granate.

Sie explodierte beim Aufprall. Die vier der Detonation am nächsten befindlichen Männer schrien gellend auf und umklammerten grässliche Wunden.

»Für Narmer!«, rief Marty.

»Für Narmer!«

Die Speerkrieger bei ihm stürmten vorwärts. Kareem griff mit ihnen an, und Marty bemerkte erst dann, dass sich Badis unter ihnen befand. Also befehligte Usaden die verbliebenen Speerkämpfer des Heeres? Oder Surjan selbst? Martys Männer fielen über den Feind her. Zwei der Krieger erledigten sie sofort, den Rest schlugen sie in eine blinde, panische Flucht.

»Wir kommen, Monster!«, brüllte Marty. »Linie halten!«

»Linie halten!«, rief Badis. Die Krieger formierten sich vor Marty zu einer Verteidigungslinie.

»Monster!«, brüllte er. »Komm und hol's dir!«

Seth wirbelte herum. Er schwankte unstet auf den Beinen. Als er Marty und die Granate in seiner Hand erblickte, zischte er.

Marty schleuderte den Sprengkörper.

Aber Seths Reflexe funktionierten noch einigermaßen. Das Gefäß flog in hohem Bogen durch die Luft, und das riesige Ungetüm schwang mit einer gewaltigen Pranke danach. Marty dachte, Seth würde die Bombe zur Seite fegen. Für den Bruchteil einer Sekunde fürchtete er sogar, Seth könnte die Granate in seine Richtung zurückschlagen, und er würde bei der Explosion am Ende des ersten und schlimmsten Tennismatchs der Geschichte sterben.

Aber Seth fing die Granate auf.

Bumm! Rauch verhüllte das Monster. Stechender, schwefeliger Qualm und sengende Mikrosplitter des Tongefäßes schlugen Marty ins

Gesicht und brachten seine Augen zum Tränen. Vereinzelter Jubel erhob sich von seinen Männern und Narmers Soldaten an der Front. Marty, seine Gefährten und ihre Krieger liefen auf den Feind zu.

Der Himmel öffnete seine Pforten, und Regen prasselte heftig herab. Innerhalb weniger Augenblicke vertrieben die herabstürzenden Wassermassen den Rauch, als hätten sie ihn in den Boden gestampft.

Und Seth kam wieder zum Vorschein – lebend. Er war auf ein Knie gesunken, stützte sich mit einer Hand am Boden ab und schüttelte träge den Kopf. Blut lief von einem Ohr herab.

Die Granate hatte ihn nicht getötet. Er hatte den Sprengkörper in der Hand gehalten, er war explodiert, und trotzdem war Seth nicht gestorben. Wahrscheinlich würde ihm auch eine weitere Granate nicht den Garaus machen. Höchstens, wenn Marty den Koloss dazu bringen könnte, den Sprengkörper zu fressen, oder wenn er direkt vor seinem Gesicht detonierte.

Martys Mut sank.

»Gib mir deine Granate«, sagte er, und Gunther kam der Aufforderung nach.

Marty holte tief Luft. Es blieb nur noch der Nahkampf. Marty würde versuchen, die Granate dabei an eine verwundbare Stelle des Kolosses zu pressen, wenn sie hochging. Zwar würde er dabei selbst draufgehen, aber vielleicht würde er Seth mit in den Tod reißen.

Oder könnte es ihm gelingen, Seth auf die Granate zu stoßen, wenn sie explodierte?

Unmöglich.

»Seht!«, rief Kareem.

Marty schaute in die Richtung, in die der junge Ägypter zeigte – mitten hinein in die brodelnde Menschenmasse der beiden Armeen, die sich blutend aus nächster Nähe erbittert bekriegten. Zunächst entdeckte er nichts Neues oder Interessantes. Aber er wusste, dass Kareem besser sah als er, was Marty schon mehrfach gute Dienste erwiesen hatte. Also suchte er weiter.

Und erblickte François und Surjan.

Die beiden trugen ein Tongefäß mit einer Lunte. Ähnlich der Granate in Martys Hand, nur wesentlich größer. So groß, dass ein erwachsener Mensch in Embryonalhaltung wahrscheinlich darin Platz hätte.

Die letzte Bombe. Die Große.

Aber die beiden steckten hinter der Linie von Narmers Männern fest. Als sie sich nach links bewegten, tat der Feind es ihnen gleich. In die andere Richtung wiederholte sich das Spiel. Jedes Mal, wenn François und Surjan vorpreschen wollten, drängte der Feind gegen die Soldaten vor ihnen, verdichtete die Linie, die dadurch undurchdringlich blieb.

»Schildwall!«, brüllte Marty.

Abrupt schaute Surjan auf. Mit seinen geschärften Sinnen konnte er nicht nur Wasser in einer Entfernung von drei Kilometern riechen, sondern auch Marty hören.

»Schildwall!«, wiederholte Surjan, obwohl seine Stimme beinah im Kampflärm der gegnerischen Ränge unterging.

Mittlerweile hatte sich Seth aufgerappelt und hielt auf Marty zu. Dahinter folgte sein Standartenträger, der den geschnitzten Stab mit dem Banner hochhielt. Marty brachte die letzte Granate in Anschlag.

Surjans Männer formierten sich zu einem Schildwall. Narmers Soldaten zur Linken und Rechten wirkten verwirrt. Surjan brüllte sie an, dann brüllte auch Narmer.

Auch die Männer des Königs bildeten einen Schildwall. Zerklüftet zwar und löchrig, aber er würde reichen müssen. Seths menschliche Soldaten droschen mit Schwertern und Speeren auf die schweren Lederschilde des Walls ein, brüllten dabei Spott und Häme.

Seth beschleunigte.

Marty warf die Granate. Sie flog knapp an Seth vorbei, schlug auf dem Boden auf und holperte weiter. Schließlich kam sie unmittelbar hinter einem Trupp Schwertkämpfer der Sethianer auf dem Auslöser zum Liegen und explodierte.

Die Schockwelle riss Seth erneut von den Beinen, und er rollte seitwärts. Marty taumelte selbst zurück und wischte sich Dreck, Schweiß und Ruß aus dem Gesicht. Durch die Explosion tat sich eine Lücke für Surjan und François auf. Rasch rappelten sie sich auf die Beine, hoben das große Tongefäß an und stürmten vorwärts.

»Zündet sie!«, rief Marty zu seinen Gefährten.

Er musste dafür sorgen, dass Seth in der Nähe der Bombe blieb. Nahe genug, dass sie ihn bei der Explosion in Stücke reißen würde. Was bedeutete, dass vielleicht auch Marty umkommen würde.

Aber das Opfer wäre es ihm wert.

Narmers Männer stemmten sich den Truppen der Sethianer entgegen, drängten sie einen Schritt nach dem anderen zurück. Sie strömten links und rechts an Seth vorbei.

Surjan und François stellten die Bombe neben dem Koloss ab. François hielt ein qualmendes Streichholz an die Lunte der Superwaffe, dann zog er sich mit Surjan hastig zurück.

Marty bewegte sich nach rechts. Er kam sich wie ein Boxer beim Sparring vor. Dabei umkreiste man den Gegner, um nach Schwachstellen in dessen Haltung und Deckung zu suchen. Oder um ihn in Bewegung zu halten, aus dem Gleichgewicht zu bringen und vielleicht irgendwie seine Verteidigung zu umgehen.

In diesem Fall kreiste Marty, damit Seth ihn beobachtete.

Und der Bombe den Rücken zukehrte.

Seth schüttelte sich und richtete sich auf. »Mensch«, brüllte er. »Endlich speit deine Art einen Verfechter aus, der gegen uns bestehen kann, wenn auch nur kurz. Deine Triumphe sind auf ihre Art bewundernswert.«

»Warum lasst ihr die Menschheit nicht in Ruhe?«, rief Marty zurück. Mittlerweile hatte er den gewünschten Punkt erreicht, blieb stehen und wappnete sich dafür, zu kämpfen. Die rauchende Lunte war deutlich kürzer geworden. »Was gibt euch das Recht, mein Volk auszubeuten?«

Surjan und François zogen sich weiter zurück.

»Warum lasst ihr euer Vieh nicht in Ruhe?« Seth schnaubte und rang nach Atem. »Was gibt euch das Recht, es zu züchten und zu essen?«

Marty schüttelte den Kopf. Er erwiderte nichts, sondern zählte die verstreichenden Sekunden.

»Weil ihr überlegen seid!«, brüllte Seth. Er sah den Standartenträger in seinem Schatten an und lachte. »So hält es nicht nur die Menschheit, kleiner Mann. So hält es alles Leben.«

Die Soldaten beider Seiten waren in einer angespannten Pattsituation verharrt. Nur zwei Schritte trennten die beiden Seiten, während alle auf Seth und Marty starrten.

»Ich finde unterhaltsam, dass du denkst, du wärst mir überlegen.« Seth trat zurück, bückte sich und hob das große Gefäß mit der rauchenden Lunte auf. Obwohl er nach wie vor schwer und rasselnd atmete, hievte er sich die Bombe mühelos über den Kopf. »Ich habe zwei Tage lang beobachtet, wie ihr etwas wie das hier geworfen habt.

Hast du gedacht, ich würde nicht verstehen, wie es funktioniert? Danke dafür. Wollen wir sehen, ob euer König Narmer es fangen kann?«

Marty wurde angst und bang.

Dann sah er aus dem Augenwinkel etwas vorbeirasen. Einen Speer. Den ersten von vielen. Ein wahrer Hagel aus kurzen Wurfspeeren schoss über Narmers Kampflinie hinweg.

Und sie standen in Flammen.

Die Geschosse schlugen gleichzeitig in Seth und das Gefäß ein. In einem Moment sah Marty noch die orangefarbene Bombe in den Pranken des Monsters, im nächsten schleuderten ein ohrenbetäubender Donnerschlag und ein greller Lichtblitz Marty zu Boden.

Er schrie vor Schmerz auf, als sich seine gebrochenen Rippen verschoben. Gleich darauf schmeckte er Blut im Mund und spürte eine Enge in der Brust.

Noch bevor er wieder sehen oder hören konnte, mühte er sich auf die Beine und stürmte in die Staubwolke. Der Regen prasselte wild auf ihn herab und seine Füße rutschten durch Schlamm, als er sein Anch aus dem Gürtel zog.

Dann fand er Seth. Das Monster hatte beide Hände und beide Ohren verloren. Ein blutüberströmtes Auge war erblindet. Seths Herold lag zerquetscht unter seinem Meister, nur ein Bein ragte hervor. Mit jedem röchelnden Atemzug des gefallenen Hünen sprudelte blutiger Schaum über seine Lippen. Aber als sich Marty näherte, brüllte er, bleckte verheerende Zähne und wippte nach vorn, um sich aufzurappeln.

Marty sprang los. Er warf sich auf den Körper des riesigen Sethianers, kauerte sich rittlings auf ihn wie ein Kind beim Gerangel mit einem am Wohnzimmerboden liegenden Vater. Dann rammte er den geschärften Stiel seines Anch in Seths heiles Auge.

Seth schrie gellend auf.

Marty beugte sich vor. Er packte die Arme des Anch wie ein Bauarbeiter die Griffe eines Presslufthammers, hievte sein gesamtes Gewicht darauf und trieb das silbrige Symbol des Lebens als Bote des Todes in Seths Schädel.

Seth fuchtelte mit den Armen. Brüllend fegte er Marty zur Seite.

Der Koloss rollte sich herum und stemmte sich auf alle viere hoch.

Dann brach er zusammen.

Narmers Männer jubelten. »Narmer!«, brüllten sie. »Narmer!«

Aus dem Augenwinkel nahm Marty wahr, dass Gunther seine leuchtenden Hände auf seine Brust drückte.

Marty schnappte nach Luft, als er spürte, wie sich seine Knochen abrupt richteten. Ein Schwall Blut drang über seine Lippen.

Die Sethianer wandten sich ab und ergriffen die Flucht. Einige der feindlichen Männer flohen mit ihnen, andere warfen die Waffen nieder und ergaben sich. Manche stimmten sogar in den allgemeinen Sprechgesang ein und riefen den Namen des siegreichen Königs. Marty wankte von Gunther weg und versuchte, das Anch zu erreichen, was ihm nicht gelang. Wenige Augenblicke später begann Seths Körper zu schimmern.

Marty war erschöpft. Er ließ sich neben den leuchtenden Leichnam plumpsen, der sich in Glibber auflöste und vom Regen in den Sand gespült wurde. Durch das Licht, das sich aus Seths Körper verdichtete und dann in Marty eindrang, fühlte er sich jünger, leichter und erfrischt, allerdings nicht erfrischt genug.

Damit hatte er Stufe vier erreicht. Aber keine noch so hohe Stufe würde ihn die überall auf dem Schlachtfeld verstreuten Leichen vergessen lassen.

Munatas.

Tafsut.

Andere.

Als er sicher sein konnte, dass Seth wirklich ausgelöscht war, legte er sich in den Sand zurück. Er ließ den Regen auf sich herabprasseln, bis seine Männer kamen, um ihn wegzutragen.

KAPITEL VIERZIG

Marty schüttelte die Hilfe seiner Männer ab, als er durchsuchte, was der riesige Sethianer fallen gelassen hatte. Er konnte nicht verdrängen, dass er die Verantwortung trug. Noch war nicht die Zeit, sich zu entspannen. Um ihn herum ertönten die Siegesrufe seiner Krieger. Einige weinten auch.

Marty fand den geschnitzten Stab des Standartenträgers. Endlich konnte er die Details erkennen. Oben wies der Stab die Form eines stilisierten Tierkopfs auf. Unten gabelte er sich.

Unwillkürlich stieß Marty einen leisen Pfiff aus. Er riss das Banner davon ab und warf es beiseite.

Es handelte sich um das *Was*-Zepter, ein Königssymbol, das über Jahrtausende von Pharaonen verwendet wurde. Wie bei so vielen altägyptischen Bräuchen und Symbolen lag auch dessen Ursprung im Nebel der Zeit verborgen.

Narmer näherte sich mit energischen, kraftvollen Schritten. Er wirkte ruhig, während sich Marty gebrochen fühlte.

In der Hand trug er Martys Banner, das er neben Marty in den Schlamm legte.

»Ein stolzes Banner für einen mächtigen König«, meinte Narmer.

Marty schaute zu ihm auf und schüttelte den Kopf. »Wie kannst du in so kurzer Zeit so vollständig geheilt sein?«

Narmer zuckte zusammen, als er sich auf Augenhöhe zu Marty bückte. »Ich bin noch nicht vollständig geheilt. Aber ein Anführer muss immer Stärke zeigen, auch wenn er sich schwach fühlt.« Er legte Marty die Hand auf die Schulter und grinste. »Obwohl ich sagen kann, dass es mir trotz meiner törichten Priester viel besser als bei unserer letzten Begegnung geht. Was auch immer deine Leute getan haben, es hat ein Wunder bewirkt. Denn ich konnte mich von oben auf meiner Sänfte sehen, sobald ich zu atmen aufgehört hatte. Und ich konnte immer noch die Macht des Anch durch mich strömen fühlen. Dann ist etwas passiert, das mein *Ka* in den Körper zurückgeholt hat, und ich habe wieder zu atmen begonnen. Und jetzt bin ich hier.«

Martys Augen wurden groß, als der Mann beschrieb, wovon Marty bisher nur gelesen hatte. So gut Nahtoderfahrungen dokumentiert sein mochten, es war faszinierend, jemandem zu begegnen, der tatsächlich eine erlebt hatte. Er reichte Narmer das *Was*-Zepter. »Majestät, das ist für dich. Ich kenne es als Zepter der Macht, wie es sich für einen König wie dich geziemt.«

Narmer ergriff den Stab. Lächelnd nickte er. »Ich danke dir dafür.« Er zeigte auf die übrigen Gegenstände, dann auf Marty. »Der Rest gehört dir. Ich bin zufrieden.«

Am Boden lagen fünf scheinbar schlichte Goldringe. Als Marty einen aufhob, fühlte er sich schwerer an, als er sein sollte. Und während er ihn in der Hand hielt, vibrierte er, als wollte etwas daraus hervorbrechen.

Als Marty bemerkte, was noch dort lag, konnte er den Blick nicht mehr davon lösen. Es handelte sich um ein Chepesch, ein sichelförmiges, unhandlich wirkendes Schwert. Als Marty es aufhob, fühlte es sich perfekt ausbalanciert an und ließ sich wunderbar leicht führen. Diese Waffe gehörte in Surjans Hand.

Narmer sah Marty an und fragte: »Bist du zufrieden?«

»Ich habe heute viel verloren, Majestät.«

Narmer nickte. »Tapfere Kameraden haben ihr Leben gelassen. Aber ob es gut ist oder schlecht, mich habt ihr gerettet.«

»Das ist gut«, erwiderte Marty. »Ich bin vielleicht nicht unbedingt zufrieden, aber ... ich kann mit dem Ergebnis leben. Über etwas allerdings müssen wir noch reden. Ich weiß, dir gefällt die Vorstellung nicht, aber meine Leute und ich wollen immer noch den Tunnel besuchen.«

Im strömenden Regen begruben sie ihre gefallenen Kameraden. Gunther sprach an den letzten Ruhestätten von Udad, Munatas und Tafsut einige Worte, bevor er »Poor Wayfaring Stranger« sang. Da Marty der Text nicht einfiel, summte er nur mit.

Dann stimmten die Menschen aus Ahuskai und Jehed eigene Lieder an.

Nachdem der Gesang geendet hatte, blieben nur Surjan und Marty zurück. Wie benommen starrte Marty auf all die Gräber.

Er hatte diese Menschen alle im Stich gelassen.

Auch Carlos, Pedro und deren Familien?

Surjan weinte stundenlang an Tafsuts Grab.

Am nächsten Morgen endete der Regen. Es dauerte drei Tage, bis nach der Schlacht alle wieder einigermaßen gesund waren. Marty hatte die gesamte Zeit gebraucht, um Narmer davon zu überzeugen, dass es für ihn und seine Gruppe keinen anderen Weg als den zum Tunnel gab, um zu beenden, was sie begonnen hatten.

Marty und Narmer gingen in Sichtweite des Nils. Die anderen Mitglieder der Gruppe folgten nicht weit dahinter. Marty spürte eine Verbindung zu dieser Welt, sogar zu dieser antiken Zeit. Die Menschen, die an seiner Seite gekämpft hatten, waren zu einer Familie für ihn geworden. Es fühlte sich falsch an, sie zurückzulassen. Er wandte sich an Narmer. »Die Leute, die mit mir gekommen sind. Ich habe mit ihnen gesprochen. Sie wollen sich lieber dir anschließen, als durch die Wüste nach Hause zurückzukehren. Nicht alle sind Krieger. Unter ihnen sind auch Kaufleute und andere anständige Menschen.«

Narmer nickte und deutete in Richtung des Nils. »Die Götter sorgen für alles, was wir brauchen. Es spricht nichts dagegen, mehr Leute bei mir aufzunehmen. Ich wünsche ihnen das Glück, das sie bei dir gesucht haben. Und weil wir gerade dabei sind, bist du sicher, dass du und die anderen das wollt? Ihr wisst, dass es einem Todesurteil gleichkommt.«

Marty holte tief Luft. »Davon bin ich nicht überzeugt. Es muss einen Grund geben, warum wir in unserer Zeit dafür auserwählt worden sind, diese Reise zusammen anzutreten. Die Tafel hat vorhergesagt, dass es zu einer Schlacht kommen würde, und das hat ja wohl eindeutig gestimmt. Auf der Tafel hat aber auch gestanden, dass uns alle ein Wettbewerb erwartet, eine Prüfung.«

Narmer runzelte die Stirn. »Welche Tafel?«

Marty lachte, als er weiter vorn einen Steinkreis erblickte. »Einen Moment.« Er lief zu dem komplexen Kreis aus Steinbauten und staunte über den hervorragenden Zustand. »In meiner Zeit heißt dieser Ort Nabta-Playa. Wo ich herkomme, sind es nur noch Ruinen.« Marty fuhr mit der Hand über die Steine. »Man merkt die Verwitterung noch kaum.«

Narmer grinste. »Das ist sehr alt. Wir wissen, dass es die Sommer-sonnenwende, den Aufgang des Sirius und andere wichtige Tage anzeigt.«

Marty drehte sich um und winkte Gunther näher. »He, habt ihr nicht hier die Tafel gefunden?«

Gunther starrte mit tellergroßen Augen auf die Steine. »Wow.« Sein Blick suchte die Gegend ab. Als er auf eine Stelle zeigen wollte, packte Marty ihn am Arm.

»Nein, nicht hinzeigen. Wenn wir in dieser Zeit irgendetwas tun, könnte es die gesamte Zukunft vermasseln.«

Gunther nickte.

Narmer deutete nach Westen. »Kommt, wir sind nicht mehr weit vom Tunnel.«

Marty spürte, wie sich Tränen anbahnten, als Narmer sie in die Vorkammer des Tunnels führte. Natürlich gab es keine hydraulische Rampe, aber eine breite Treppe nach unten. Danach folgte eine mächtige Säulenwand, im 21. Jahrhundert nicht mehr erkennbar. Lowanna liefen tatsächlich Tränen übers Gesicht. Die andere sahen sich mit großen Augen um.

Narmer bedeutete ihnen allen, ihm zu folgen. »Ich kann gar nicht sagen, wie sehr ich wünschte, ihr würdet das nicht tun«, ergriff er das Wort. »Ich weiß, was ihr gesagt habt, und ich weiß auch, was von meinem Vater und dem Vater meines Vaters an mich weitergegeben wurde.«

Sie betraten den von einem übernatürlichen Licht erhellten Tunnel.

»Der Wettbewerb, von dem du sprichst, klingt wie die Prüfung, von der mein Vater mir immer wieder erzählt hat. Die auserkorenen Helden müssen Prüfungen bestehen, um unser aller Wert unter Beweis zu stellen. Dafür haben die Erbauer diesen Wettbewerb erschaffen. Und soweit ich es in diesem Tunnel gesehen habe ... sind wir nur den Tod wert. Ich flehe euch an. Tut es nicht.«

Marty schaute über die Schulter und lächelte. »Will irgendjemand aussteigen?«

Die anderen schüttelten alle den Kopf. Sie wirkten angeschlagen, erschöpft, trauernd, entschlossen, triumphierend, alles auf einmal.

Und erwartungsvoll.

»Tut mir leid, Majestät. Wir müssen etwas zu Ende bringen.«

Narmer nickte. Dann führte er sie zu der leeren Wand am Ende des Tunnels. Sie setzte sich deutlich erkennbar aus sechs leicht verschieden- farbigen Platten zusammen.

Narmer streckte sich und berührte die linke obere Ecke der ersten farbigen Platte.

Marty blickte an der Tunnelwand nach unten und bemerkte eine freie Stelle ohne Schrift.

Er holte sein Anch hervor, hockte sich hin und ritzte die Anweisun- gen, auf die er 5.000 Jahre in der Zukunft stoßen würde. Die Gitarren, die Kugelschreiber und die anderen Bilder entstanden mühelos. Der Stein gab unter dem Metall nach wie Butter.

Narmer berührte die letzte der Platten.

Die Trennwand verschwand mit einem Geräusch wie ein Peitschen- knall. Unmittelbar darauf folgte ein heftiger, staubiger Windstoß.

Marty schlug mit Narmer ein. »Danke für alles. Ich wünsche dir Leben, Wohlstand und Gesundheit, Majestät.«

Narmer lächelte und klopfte Marty auf die Schulter. »Und ich dir. Außerdem wünsche ich dir in den bevorstehenden Kämpfen ... den Sieg.«

Marty drehte sich um. Die anderen grinsten. »Dann sehen wir uns wohl auf der anderen Seite.«

Lowanna legte die Hand in seine, und er drückte sie fest.

Narmer beobachtete, wie die sechs die schwach erhellte Kammer betraten. Kaum hatten sie sich nebeneinander aufgereiht, blitzte ein blendend grelles Licht auf, und die Kammer versiegelte sich mit einem lauten, schnappenden Geräusch.

Der König starrte mit weit aufgerissenen Augen hin.

Das war bisher noch nie geschehen.

Der Lichtblitz war zwar immer aufgetreten, doch nach dem Erlöschen war jedes Mal nur Asche zu Boden gerieselt.

Er strich mit der Hand über die glatte Wand. Was war gerade passiert?

Behutsam berührte Narmer die linke obere Ecke der ersten Platte und wiederholte den Vorgang bis zur sechsten und letzten.

Nichts geschah.

Er versuchte es erneut, doch zum ersten Mal überhaupt blieb die Kammer versiegelt, sogar für ihn.

»Majestät.«

Narmer drehte sich um und erblickte seinen schriftkundigen Priester mit geneigtem Haupt. »Was ist?«

»Der Weg nach Unterägypten. Die Armeen stehen bereit. Sie warten nur auf dein Wort.«

Narmer drehte sich zurück zur versiegelten Kammer und betrachtete die Wand. Wenn er sie nicht mehr öffnen konnte, war er auch nicht mehr dafür verantwortlich, was ihm aufgebürdet worden war.

Mit einem Anflug von Freude wandte er sich wieder dem Priester zu. »Ich bin bereit. Marschieren wir los. Wir befreien die beiden Länder von allen verbliebenen Kindern des Seth, danach einen wir Ägypten.«

Marty hielt Lowannas Hand, als er die Kammer betrat. Auf dem Boden fielen ihm sechs dunkle Flecke auf, die er zuvor übersehen hatte. Er nahm seinen Platz auf jenem ganz links ein, während die anderen eintraten. Lowanna stellte sich neben ihn.

Dann spürte er statische Aufladung in der Luft, und ihm sträubten sich die Nackenhaare.

Die anderen folgten seinem Beispiel und nahmen einer nach dem anderen ihren Platz neben ihm ein.

Er wollte gerade etwas sagen, als sich Kareem auf den letzten Brandfleck stellte und die Welt weiß erstrahlte.

***

Die Schwarmintelligenz erkannte die Unterbrechung in dem Moment, in dem der Test sie auslöste, und startete einen Prozess, um sich darum zu kümmern.

»Prioritätsprozess 4CR9J5 für Testauslöser aus dem Orion-Arm der Milchstraßengalaxie. Planet Erde, lokales relatives Jahr 3.104 vor aktueller Zeitrechnung.

Unterbrechungsdienstprogramm hat sechs Testpersonen für den nächsten Eintrag der Testreihe erhalten. Weiterleitung des Hashwerts der empfangenen Daten aus der Verarbeitungskammer. Befehlspaket wird erwartet.«

Die Schwarmintelligenz startete einen separaten Prozess zur Überprüfung des Hashwerts aus dem Datenpaket der Testpersonen und zum Abrufen des nächsten Testeintrags.

»Überprüfungsroutine erfolgreich abgeschlossen.

Nächster Eintrag aus der Testreihe abgerufen. Ausgewählte Brane ist Sigma+654PWJZBE. Relative Zeit ist 252 vor aktueller Zeitrechnung.«

Die Schwarmintelligenz erstellte ein Befehlspaket mit den erforderlichen Parametern und übermittelte es an den wartenden Prozess.

»Befehlspaket empfangen. Verarbeitung läuft ... Standort: indischer Subkontinent. Start der Testpersonen.«

Eine Welle in der Raumzeit bestätigte den Start, und die Schwarmintelligenz übermittelte eine Benachrichtigung an den Administrator. *»Testpersonen auf der Erde haben Phase eins abgeschlossen. Weiter zu Phase zwei.«*

***

Marty hörte das dumpfe Pochen von sechs Herzschlägen, als die Kammer verblasste.

Die Schläge setzten sich fort, während das Weiß um ihn herum gleißte. Alles lief genau wie bei ihrer ersten Reise aus der Kammer ab. Marty fühlte sich orientierungslos und in Bewegung. Gleichzeitig fühlte es sich so an, als hätte er keinen Körper mehr. Er glich einem in dem endlosen Weiß treibenden Geist. Nur diesmal wusste er, dass sich etwas Bedeutendes vollzog.

Nur was?

In der völlig kahlen Umgebung begann etwas, Gestalt anzunehmen.

Ein wirbelnder Strudel aus Farben erschien vor seinem geistigen Auge. Auch das glich dem letzten Mal. Er blickte durch ein Portal auf einen anderen Ort.

Vielleicht auch eine andere Zeit? Ihr Zuhause?

Diesmal sah er nicht klar und deutlich, wohin er und seine Gruppe gehen würden und was sie zu tun hatten. Stattdessen blieb das Bild völlig verschwommen.

Nur gelegentlich sah er, wie er auf Augenhöhe sank und einen flüchtigen Blick auf das vorbeirasende Land erhaschte.

Insgesamt nahm er alles nur als riesigen verschwommenen Klecks wahr.

Und als sein Blick durch das Portal auf einem unscharfen Bild zu verharren schien, hörte er im Kopf eine tiefe, widerhallende Stimme.

»Willkommen, Seher. Es ist so weit.«

Das Portal und die weiße Welt explodierten, und Martys Ohren fühlten sich auf einen Schlag wie taub an. Er fiel nach vorn und landete auf allen vieren, als ihn ein intensiver Schwindelanfall überkam. Instinktiv krallte er die Hände in nassen Sand, während sich die Welt um ihn herum drehte.

Er roch Rauch, öffnete die Augen, schaute auf und erblickte nur drei Meter entfernt einen mächtigen Strom.

Tausende Blütenblätter trieben darin vorbei.

Surjan schnappte nach Luft. Wackelig mühte er sich auf die Beine und ging zum Ufer. Er atmete tief ein und sah sich in der Umgebung um. »Das glaub ich jetzt nicht.«

»Was?«, fragte Marty.

Surjan zeigte flussaufwärts. In der Ferne versammelte sich eine Menschenmenge um ein Feuer in Ufernähe. Die Leute trugen weiße Gewänder. Als Marty den Blick flussabwärts richtete, erwartete ihn dasselbe Bild. Eine weitere Ansammlung von Menschen. Ein weiteres Feuer.

Marty rappelte sich auf die Beine. Ein Anflug von Übelkeit überkam ihn. Er wusste, wo sie waren. Zumindest hatte er einen starken Verdacht.

»Wir sind in Indien.« In Surjans Ton schwang keinerlei Zweifel mit. »Und das ist der Ganges.«

»Ja, aber *wann*?«, fragte Gunther.

Die Gruppe sah Marty an.

Immerhin war er der sogenannte Seher.

Er hätte eine Vision davon haben sollen, wohin sie mussten. Zumindest glaubten das die anderen offenbar.

Martys Herz hämmerte wild. Eine Vision hatte er schon gehabt, nur was nützte sie, wenn der Großteil davon völlig verschwommen gewesen war?

François näherte sich Marty und klopfte ihm auf die Schulter. »Tja, mein Freund. Anscheinend steht uns ein neues Abenteuer bevor. Wohin jetzt?«

Marty sah nacheinander in die erwartungsvollen Gesichter und schüttelte den Kopf. »Um ehrlich zu sein, hab ich keine Ahnung.«

ANMERKUNGEN DER AUTOREN

Tja, damit sind wir am Ende von *Time Trials – Im Bann der Zeit*, und wir hoffen aufrichtig, es hat dir gefallen.

Dieses Buch war die erste, aber sicher nicht die letzte Zusammenarbeit von Mike und Dave. An dieser Stelle möchten wir uns kurz vorstellen, dir einen kleinen Einblick in unsere Gedankengänge bei der Entstehung des Buchs bieten und vielleicht sogar einen Ausblick darauf, wie es mit der geplanten Reihe weitergeht.

Als Autoren können wir beide auf eine recht lange Liste veröffentlichter Bücher verweisen, aber wir ähneln uns weder darin, wie wir zum Schreiben gekommen sind, noch darin, worüber wir normalerweise schreiben. Legen wir also einfach mit der Vorstellung los und beginnen wir mit dem Rothman-Teil des Duos Rothman/Butler.

Ich bin zufällig zur Schriftstellerei gekommen, weil ich vor Jahren meine zwei kleinen Söhne regelmäßig mit Gute-Nacht-Geschichten ins Bett gebracht habe. Dabei habe ich mir aus dem Stegreif ziemlich aufwändige Erzählungen ausgedacht. Damit sie stimmig blieben, fing ich an, sie aufzuschreiben. Das war für mich der Beginn eines holprigen Wegs ins Dasein als Autor.

Davor habe ich den Großteil meines Lebens in verschiedenen technischen Bereichen gearbeitet, nachdem ich eine naturwissenschaftliche Ausbildung genossen hatte. Und die meiste Zeit meiner Laufbahn bei

Unternehmen im Silicon Valley habe ich als Designer und Erfinder von coolem Zeug verbracht. Während dieser langen Karriere habe ich die Welt bereist und viel gesehen, was Farbe in meine Werke bringt. Als Schriftsteller habe ich mich dazu hinentwickelt, viel Wissenschaft, Action und Abenteuer in meine Geschichten zu packen.

Damit übergebe ich das virtuelle Mikrofon an Dave, damit er sich vorstellen kann.

Ich wollte immer Romane schreiben, seit ich sieben Jahre alt war und zum ersten Mal Tolkien las. Kompromisse mit dem Alltag haben dazu geführt, dass ich viel Zeit als Jurist, Berater, Trainer und Redakteur verbringe. Durch diese Erfahrungen bin ich viel gereist (ich habe zwei Jahre in Italien und fast fünf in England gelebt) und in ein breites Spektrum von Sprachen, Kulturen, Geschichte und Musik (persönlich spiele ich Gitarre) eingetaucht. Ich schreibe über Themen, die ich für wichtig halte und die in der Regel näher am menschlichen Herzen und am Unterbewusstsein liegen als an exakter Wissenschaft.

Wir beide kennen uns schon seit Jahren aus Autorenkreisen und sind befreundet, haben aber generell nichts Ähnliches geschrieben. Während Mikes Schwerpunkt oft auf Thriller-Elementen und Wissenschaft in unserer Welt liegt, neigen Daves Werke zu einer ausgeprägt historischen Note in verschiedenen Welten und erst recht verschiedenen Zeiten der Geschichte.

Mike war unlängst erfolgreich mit einem ungewöhnlichen Ansatz für ein Genre namens LitRPG oder Rollenspielliteratur. Im Gespräch mit Dave kam die Idee auf, ihre Talente auf ähnliche Weise zu kombinieren. Das klang einerseits unwahrscheinlich, zugleich jedoch potenziell neu und aufregend.

Könnte es uns gelingen, Thriller-Leser für ein Buch zu begeistern, das »magische« Elemente enthält? Könnten wir einen Roman mit Fantasy-Elementen so »verwissenschaftlichen«, dass er eingefleischte Fantasy-Leser trotzdem gut unterhält? Und die Geschichte dabei auf unserer realen Antike basieren? Es schien entweder Wahnsinn oder ein Geniestreich zu sein. Die Zeit wird weisen, was davon zutrifft oder ob es sich irgendwo in der Mitte einpendelt.

Rückblickend auf all die in das Projekt geflossene Arbeit können wir sagen, dass der Entstehungsprozess ziemlich unterhaltsam war.

Bestimmt kannst du dir die »Diskussionen« vorstellen – da der

Wissenschaftler, der über die Fantasy-Elemente des Fantasten stöhnt, dort der Fantast, der sich die Haare darüber rauft, dass der Wissenschaftler für jede Kleinigkeit eine hieb- und stichfeste Grundlage haben will.

Unter dem Strich sind wir beide zufrieden damit, wie wir uns geeinigt haben. So haben wir den Weg dafür geebnet, weiterzumachen.

Haben wir gerade erwähnt, dass wir weitermachen? So ist es ...

Mit der letzten Szene im Buch haben wir angedeutet, wie der Beginn des nächsten Bands der Reihe aussehen wird.

Viel können wir nicht darüber verraten, wohin die Reise geht. Sagen wir einfach, wir haben ein sehr klares Ziel (für das letzte Buch) vor Augen. Aber der Weg dorthin kann uns noch durch verschiedenste Orte und Zeiten führen.

Gut möglich, dass du dabei auf historische Ereignisse stoßen wirst, die dir kaum bekannt sind, und vielleicht auf andere, über die du bestens Bescheid weißt.

Der Weg wird für unsere Gruppe unerschrockener Abenteurer noch steinig.

Aber wir hoffen, du wirst die Reise als lohnend empfinden, wenn du das endgültige Ende erreicht hast.

Vielen Dank, dass du *Time Trials – Im Bann der Zeit* gelesen hast. Wo das Buch herkommt, gibt es noch viele mehr.

– Mike und Dave

Für den Fall, dass du über unsere Arbeit auf dem Laufenden bleiben willst, findest du nachstehend Links, über die du dich in unsere Mailinglisten eintragen kannst.

M.A. Rothman: https://mailinglist.michaelarothman.com/new-reader

D.J. Butler: https://davidjohnbutler.com/mailinglist/

ANHANG

Im Anhang krempeln wir als Autoren die Ärmel hoch und gehen auf die technischen Aspekte der Geschichte ein, die du gerade gelesen hast. Wenn sich ein Autor mit ausgeprägt naturwissenschaftlichem Hintergrund und ein Autor mit ausgeprägt frühgeschichtlichem Hintergrund zusammentun, kann man sich denken, dass man in ihrer Geschichte ein bisschen von beidem bekommt.

Time Trials – Im Bann der Zeit beweist es.

Wenngleich die Geschichte unter Fantasy fällt oder zumindest daran grenzt, beginnt sie eher banal und überhaupt nicht fantastisch. Wir wollten, dass der vorliegende Roman jeden anspricht, der eine actionreiche Geschichte über Unbekanntes zu schätzen weiß. Deshalb haben wir das Buch so begonnen.

Diese Geschichte hat rein gar nichts mit einer alten Serie zu tun, die einige Leser vielleicht noch kennen – *Twilight Zone*. Aber sie ist ein gutes Beispiel für eine Reihe von wahllos zwischen Genres wechselnden Geschichten. Man wusste nie, was als Nächstes passieren würde. Garantiert war nur, dass man gut unterhalten wurde und Unerwartetes erwarten konnte.

Genau das streben wir mit dieser Reihe an.

Wir vermischen Elemente aus traditioneller Fantasy, alternativer

Geschichte und sogar Science-Fiction mit dem Ziel, dem Leser maximale Unterhaltung zu bieten.

In dieser Geschichte haben wir uns um ein gewisses Maß historischer und technischer Genauigkeit bei zahlreichen Aspekten bemüht.

Der vorliegende Anhang geht auf Punkte ein, die im Rahmen der Geschichte nicht näher erörtert werden konnten. Und obwohl sie auf den ersten Blick vielleicht wie Hokuspokus wirken, sind sie es nicht. Einiges, das du gelesen hast, fällt in den Bereich wissenschaftlicher Fakten oder historischer Wahrheit. Wir haben ein paar Themen herausgepickt, die dir zumindest einen kleinen Einblick geben, was real ist oder auf handfester Wissenschaft und Geschichte beruht.

Letztlich ist Unterhaltung das Ziel jeder guten Geschichte, aber unserer Ansicht nach lassen die besten Geschichten den Leser mit einer Frage zurück.

Könnte das *wirklich* passieren?

Die Antwort darauf überlassen wir der Fantasie der Leser.

Wir hoffen beide, dass dir die Geschichte gefallen hat. Und es kommt noch viel mehr.

Branenkosmologie:

Brane? Was um alles in der Welt ist eine Brane? Ein Schreibfehler?

Tja, an der Stelle wird der wissenschaftliche Teil schräg. Rückblickend fällt das Wort »Brane« mehrmals im Zusammenhang mit dem geheimnisvollen Administrator.

Der Administrator spürte die Schwingungen im Raumgefüge, lange bevor sich der Schwarm meldete und ihn benachrichtigte.

»Wir haben eine Fehlfunktion bei der Aktivierung eines Primärtests.«

Mit dem Wissen, dass er das dünne Gewebe dieser **Brane** *zum Zerreißen brächte, wenn er seine Gegenwart schlagartig durch die Galaxie schickte, übermittelte der Administrator seine Wünsche an den Schwarm. »Ortsbeschreibung durchgeben.«*

*Für den Administrator fühlte sich die Zeit, die der Schwarm zum Verarbeiten der Anfrage und Zurücksenden einer Antwort brauchte, wie eine Ewigkeit an. Aber für diejenigen innerhalb der **Brane**, einem dünnen membranartigen Universum, in dem der Test ausgelöst worden war, würde ein bloßer Lidschlag verstrichen sein.*

Auch gegen Ende des Buchs kommt es noch mal vor.

*»Nächster Eintrag aus der Testreihe abgerufen. Ausgewählte **Brane** ist Sigma+654PWJZBE. Relative Zeit ist 252 vor aktueller Zeitrechnung.«*

Diese Passagen mögen ziemlich undurchsichtig erschienen, denn machen wir uns nichts vor: Branenkosmologie kommt eigentlich nur im Wortschatz von Super-Nerds wie uns vor. Reden wir also darüber, was eine Brane eigentlich ist und inwiefern sie sich auf die vorliegende Geschichte bezieht.

Dafür liefern wir zwei Definitionen. Zuerst in »wissenschaftlichen« Begriffen, die je nach Lust und Laune recherchiert werden können. Dann in Laiensprache. Und es wird klarer werden, warum ich in der Geschichte Bezug darauf genommen habe.

Der zentrale Gedanke hinter der Branenkosmologie ist, dass sich das sichtbare, dreidimensionale Universum auf eine Brane innerhalb eines höherdimensionalen Raums beschränkt, den sogenannten »Bulk« (auch »Hyperraum«).

Wenn die zusätzlichen Dimensionen kompakt sind, dann enthält das beobachtete Universum die Extradimension, und es ist kein Bezug zum Bulk angebracht. Im Bulk-Modell sind zumindest einige der Extradimensionen ausgedehnt (möglicherweise unendlich), und andere Branen können sich durch den Bulk bewegen.

Wechselwirkungen mit dem Bulk und möglicherweise auch mit anderen Branen können unsere Brane beeinflussen und somit Effekte erzeugen, die sich in kosmologischen Standardmodellen nicht zeigen.

Das kann auch erklären, warum wir erleben, dass die »dunklen« Einflüsse für die Expansion auf galaktischer Ebene schneller wirken als für die bekannte Masse im Universum zu erwarten ist. Mit anderen Worten, es könnte der Einfluss eines anderen Universums in einer der n-Dimensionen sein, der die unerwartet schnellere Expansion unseres Universums verursacht.

Vermutlich werden sich jetzt einige sagen: »Das sind zwar größtenteils verständliche deutsche Wörter, aber ich weiß trotzdem nicht, wovon er redet.«

Lass es mich weiter erklären:

Stell dir vor, unser gesamtes Universum hat drei Dimensionen. Vor und zurück. Hin und her. Rauf und runter. Das sind alles einfach nachvollziehbare Konzepte. In der Nerd-Gemeinschaft der Wissenschaftler sprechen wir oft davon, dass die vierte Dimension die Zeit ist. Daher leitet sich der Begriff der Raumzeit ab, von dem du vielleicht schon gehört hast.

Gut, jetzt zoomen wir aus unserem Universum raus und stellen uns vor, es ist gewissermaßen ein flacher Pfannkuchen. Eine Art Membran (daher der Begriff Branenkosmologie). Die hier beschriebene Idee ist unheimlich komplex, aber stell dir auf einfachster Ebene vor, es gäbe noch viele andere Pfannkuchen. Potenziell unendlich viele. Jeder davon ist ein eigenes Universum, das in einer größeren Suppe treibt, die Wissenschaftler als »Bulk« bezeichnen. Aber für diese Erklärung belassen wir es dabei, dass die Branen große flache Objekte sind, die nebeneinander in einer Suppe schwimmen.

Das Schräge daran ist, dass diese Branen – eine davon unser Universum – nicht mehr als eine Haaresbreite voneinander entfernt sein könnten. Und doch können wir sie von unserem Universum aus weder sehen noch berühren.

Zugegeben, das ist freaky und derzeit rein spekulativ, trotzdem echte Wissenschaft. Theoretische Physiker und andere erforschen dieses

Thema und untersuchen die verschiedenen Möglichkeiten der damit verbundenen Konzepte. Aus solchen Studien entstehen Durchbrüche. Man weiß nie, was kommen könnte.

Wir wollen die Erklärung nicht zu sehr verkomplizieren. Sagen wir also einfach, dass jedes Universum – oder jede Brane – ihr eigenes relatives Zeitkonzept hat. Vielleicht hast du schon mal den Begriff »Multiversum« gehört. Darunter versteht man das Konzept, das praktisch alles, was je hätte passieren können, in einer anderen Kopie unseres Universums auch passiert ist. Gleichsam eine Ergänzung der Branenkosmologie. Gäbe es eine Maschine, die den Übergang von einer Brane zu einer anderen ermöglicht, könnte man eine in der Vergangenheit, in der Zukunft oder in der gleichen Zeit wählen und hätte darin eine beliebige Anzahl von Permutationen.

Schwer vorstellbar, dass all das unter Wissenschaft fällt. Ist aber so.

Es wäre nicht das erste Mal, dass die fiktive Wissenschaft von heute zur wissenschaftlichen Tatsache von morgen wird.

Du willst ein Beispiel?

Ich bin so froh, dass du danach fragst. Denn ich habe ein nerdiges Beispiel auf Lager, das ich nur zu gern anbringe: Hoffentlich erinnert sich noch jeder daran, dass Scotty in *Star Trek IV* davon spricht, transparentes Aluminium zum Bau von Wassertanks für zwei Buckelwale zu brauchen. Nein? Tja, das wurde damals erwähnt und hat sich cool angehört, aber zu der Zeit gab es das nicht.

Heute haben wir Aluminiumoxynitrid, einen keramischen Werkstoff, der aus Aluminium, Sauerstoff und Stickstoff besteht. Oh, und es ist durchsichtig.

Es gibt noch etliche weitere Beispiele dieser Art, aber dieses hier ist ein unterhaltsames, das sich vielleicht im Arsenal der Popkultur einiger Leser befindet und sie hoffentlich erfreut.

Außerirdische? Und was hat es mit den sich auflösenden Körpern auf sich?

In unserer Geschichte tauchten verschiedene Kreaturen aus dem ägyptischen Pantheon auf, seien es die schakalköpfigen Sethianer, die stierköpfigen Hathiru oder die katzenköpfigen Bastiten. Etwas scheinen sie alle gemeinsam zu haben: Wenn sie getötet wurden, lösen sich ihre Körper auf.

Bevor wir näher darauf eingehen, eine kleine Erinnerung, woher diese Wesen stammen.

Narmer sagt im Buch: *»Die Erbauer waren ein größeres Volk. Sie kamen in mächtigen Gefährten vom Himmel herab. Sie waren so groß wie Giraffen und hatten einen Atem wie Sturmwinde ... Die Kinder des Seth waren ihre Diener und ihre Schöpfung. Auch die Kinder der Bastet und die Kinder der Hathor waren ihre Diener. Es gibt auch andere.«*

Daraus geht natürlich hervor, dass jemand von einem anderen Ort diese Kreaturen erschaffen hat. Und man kann getrost davon ausgehen, dass die sogenannten Erbauer Außerirdische der einen oder anderen Art waren.

Lass uns über die Wissenschaft dahinter sprechen. Gibt es überhaupt Außerirdische?

Das weiß zwar niemand mit Sicherheit, aber die meisten Wissenschaftler würden darauf antworten, dass sie überzeugt davon sind.

Warum?

Eigentlich ist es ein Zahlenspiel. Wenn man etwas nicht weiß, versucht man, die Antwort auf eine Frage anhand der verfügbaren Daten zu eruieren. Manchmal gelangt man so zu einer definitiven Antwort, häufiger zu einer fundierten Vermutung. Offensichtlich wissen wir nicht, ob es Außerirdische gibt. Aber *könnte* es sie geben? Wie stehen die Chancen dafür?

Ein Astrophysiker namens Frank Drake hat diese Überlegung vertieft. Berühmt geworden ist er durch die Drake-Gleichung. Mit ihr sollte zumindest annähernd abgeschätzt werden, wie viele kommunikative Zivilisationen es in unserer Galaxie geben könnte.

Wie funktioniert das? Es ist eigentlich sehr einfach, und die Ergebnisse sind faszinierend. Der Kürze halber überspringen wir die Einzelheiten der Gleichung und liefern einfach die Antwort – wer mehr darüber wissen will, kann die Drake-Gleichung ja einfach recherchieren.

Bei einer solchen Gleichung variieren die anerkannten Schätzwerte von niedrig bis hoch sehr stark, das Ergebnis ist aber so gut wie sicher immer mehr als eins. Was bedeutet, dass es irgendwo da draußen höchstwahrscheinlich jemanden gibt. Und setzt man manche anerkannte Schätzwerte in die Gleichung ein, gelangen einige Leute zu der Überzeugung, dass es allein in unserer Galaxie Millionen von kommunikativen Zivilisationen geben könnte.

Vor dem Hintergrund der Tatsache, dass es im Universum schätzungsweise 200 Milliarden Galaxien gibt, überlasse ich es dem Leser selbst, ob er an die Existenz von außerirdischem Leben glaubt oder nicht.

Jedenfalls ist die Vorstellung, es *könnte* Außerirdische geben, heutzutage nicht mehr allzu abwegig.

Und wenn wir nicht nur von ihrer Existenz, sondern auch davon ausgehen, dass sie uns sogar besucht haben könnten, ist das gar nicht mal so neu. Das Phänomen könnte vor einer Ewigkeit oder sogar in unserer jüngsten Geschichte aufgetreten sein.

Stellen wir uns vor, die Erbauer wären eine solche Spezies von Außerirdischen. Dann könnten sie inspiriert vom Land und den Geschöpfen darin neue Kreaturen erschaffen haben.

Kreaturen, die in das Pantheon vieler Zivilisationen Einzug gehalten haben könnten, einschließlich dem der alten Ägypter.

Natürlich könnte man dem entgegenhalten: »Wenn es so wäre, gäbe es dafür handfeste Beweise.«

Tja, tatsächlich gibt es haufenweise Bildmaterial von ziemlich seltsamen Wesen. Als Untermauerung dazu liegen auch etliche schriftliche Aufzeichnungen vor. Immer noch schwer zu glauben, oder? Denn wo sind die Überreste abgeblieben?

Aber was, wenn solche Wesen eine andere Physiologie hätten? Vielleicht hätten sie eine völlig andere chemische Zusammensetzung, als wir sie von Lebewesen auf der Erde kennen. Was, wenn sich die Körper solcher Wesen in ein Gas oder eine Flüssigkeit auflösen, sobald das Innenleben der Luft ausgesetzt wird? Dann bliebe nichts übrig, was suchende Archäologen Tausende Jahre später finden könnten.

Es gibt auf der Erde viele Beispiele für seltsame Geschöpfe, die nichts ähneln, was die meisten Menschen kennen. Man braucht nur einen Blick auf Thermophile oder Extremophile zu werfen, um zu sehen, wie vielfältig das Leben sein kann, sogar auf unserem Planeten.

Einige Lebensformen bei uns sterben, wenn sie Sauerstoff ausgesetzt werden. Andere überleben nur bei Temperaturen über 82 Grad Celsius. Manche benötigen eine extrem saure Umgebung, wieder andere einen Umgebungsdruck von mindestens 500 Bar.

Stellen wir uns also vor, die chemische Zusammensetzung unserer ägyptischen Kreaturen wäre exotisch. Das ist keineswegs beispiellos. Bestimmt kennen sogar die meisten Menschen exotische Chemikalien. Mottenkugeln sind ein klassisches Beispiel.

Ja, die simple Mottenkugel ist ein perfektes Beispiel für eine Chemikalie, die normalerweise fest ist, aber bei Kontakt mit der Luft im Verlauf der Zeit gasförmig wird.

Ich lasse dich mit ein paar Gedanken zurück. Stell dir vor, dass Wesen, die wir als mythisch kennen, auf realen Geschöpfen beruhen, die bloß nicht mehr existieren. Und dass wir als einzigen Beweis dafür nur Bilder und Geschichten haben. Was, wenn es sie wirklich gegeben hat? Nur so zum Nachdenken.

***

Moment, woher wissen die Protagonisten, dass sie in der Antike sind? Was hat es mit dem Tierkreis auf sich?

Aus der Sicht erdgebundener Beobachter stellen wir uns die Sterne als im Wesentlichen fest verankert vor. Tatsächlich stammt das Wort »Planet« aus dem Griechischen und bedeutet so viel wie »Wanderer«. Das heißt, im Grunde bewegen sich die Sterne in einer festen Beziehung zueinander, während die Planeten wandern.

All das natürlich von der Erde aus betrachtet.

Detail am Rande: Die ursprünglichen sieben Planeten waren Merkur, Venus, Mars, Jupiter, Saturn, die Sonne und der Mond. Die Erde hat nicht als Planet gegolten, sondern als die Welt, in der wir leben. Und Neptun und Pluto konnten wir noch nicht sehen. Die Sonne und der Mond »wanderten« auf der gleichen Bahn über den Himmel wie Mars, Jupiter und die anderen, wodurch man sie ebenfalls als Planeten betrachtete.

Diese Bahn bezeichnen wir als Ekliptik. Und entlang der Ekliptik gibt es zwölf berühmte Sternbilder, die man den Tierkreis nennt. (Witziges Detail: Es gibt ein dreizehntes Sternbild auf der Ekliptik, das Ophiuchus oder Schlangenträger heißt. Dabei handelt es sich um einen Riesen, der eine Schlange hält – und wir haben den armen Teufel aus dem Tierkreis ausgeschlossen.) Die sieben sichtbaren Planeten zockeln also mit unterschiedlichen Geschwindigkeiten diese Ekliptik entlang. Manchmal reihen sie sich dabei auf, manchmal überholen sie sich gegenseitig.

Der im Augenblick für uns interessante Planet (ha-ha) ist die Sonne. Der Weg über die 30 jedem Tierkreiszeichen zugeordneten Grad dauert ungefähr einen Monat. In Wirklichkeit sind einige Sternzeichen winzig, beispielsweise der Krebs, andere riesig, wie die Jungfrau. Aber wir teilen die 360 Grad der Ekliptik in zwölf Tierkreiszeichen ein und sagen einfach, dass jedes davon 30 Grad abdeckt.

Man kennt das ja von Partys in Fernsehsendungen (meiner Erfahrung nach eher weniger von Partys im wahren Leben), wo sich die Leute gegenseitig beim Kennenlernen fragen: »Was ist dein Sternzeichen?« Und was sie damit meinen, ist: »Wo in der Ekliptik war die Sonne gerade, als du geboren worden bist?«

Wenn D. J. Butler sagt, dass er Stier ist, dann weiß man, dass er zwischen dem 21. April und dem 20. Mai geboren sein muss, weil sich die Sonne in dem Monat im Sternzeichen Stier befindet. Und zur Frühlingstagundnachtgleiche, also am 21. März, an dem der Tag und die Nacht gleich lang sind, steht die Sonne genau an der Grenze zwischen Fische und Wassermann.

Könnte man jedoch eine Himmelskarte über Jahrhunderte zurückspulen und nur die Frühlingstagundnachtgleiche betrachten, würde man sehen, wie sich die Sonne langsam über das Tierkreiszeichen Fische zurückbewegt. Vor etwa 2.200 Jahren war die Sonne zur Tagundnachtgleiche an der Grenze zwischen Widder und Fische.

Und etwa 2.200 Jahre davor an der Grenze zwischen Stier und Widder.

Diese langsame Rückwärtsbewegung der Sonne durch den Tierkreis nennt man »Zyklus der Präzession«. Davon wissen wir *mindestens* seit der Zeit des Astronomen Hipparchos im zweiten Jahrhundert vor Christus, doch es gibt Hinweise darauf, dass es der Menschheit sogar schon wesentlich länger bekannt ist.

Als Lowanna Lancaster glaubt, dass es kurz vor der Frühlingstagundnachtgleiche ist und die Sonne nicht im Sternzeichen Fische steht, sondern im Stier ... wird ihr klar, dass sie sich nicht mehr im (chronologischen) Kansas befindet.

Hat es Narmer wirklich gegeben?

Wahrscheinlich war Narmer ein realer Mensch, der um 3.100 vor Christus gelebt hat. Wahrscheinlich war er ein König von Oberägypten (dem Süden, der Wüste) und hat Ägypten, die »Zwei Länder«, durch die Eroberung von Unterägypten (dem Norden, dem Nildelta, den Sümpfen) vereinigt. Vermutlich nennen ihn einige Quellen Narmer, andere Menes.

Mit Sicherheit wissen wir, dass es ein Objekt aus Stein namens Narmer-Palette gibt. Bilder davon findet man mühelos online. Die Narmer-Palette zeigt einen Mann, der die weiße sogenannte *Hedjet*-Krone Oberägyptens trägt und Feinde persönlich mit einem Streitkolben bezwingt. Der Mann mit der Krone scheint als *n'r mr* identifiziert zu sein, was vermutlich so viel wie »wilder Wels« oder »stechender Wels« bedeutet. Wir sprechen diese Bezeichnung »Narmer« aus und behandeln sie wie einen Eigennamen. Auf der Palette ist er als Riese dargestellt, größer als seine Feinde, und er trägt den Sieg davon.

Selbst wenn man also letztlich zu dem Schluss gelangt, dass Narmer eine Legende ist, steht er vom Anbeginn der ägyptischen Aufzeichnungen mit einer Idee in Verbindung, die sich durch die gesamte ägyptische Geschichte und in einigen Formen sogar bis in die Neuzeit erstreckt. Diese Idee ist die Ideologie des Königtums: Der König ist bedeutend, der König verkörpert die Nation, der König erringt die Siege. In der ägyptischen Kunst schlägt sich das darin nieder, dass der König immer ein erobernder Riese ist und seine Feinde immer winzig sind. Als weiteres berühmtes Beispiel lohnt es sich, die Kadesch-Inschrift online zu recherchieren. Im wahren Leben scheint Ramses II. dem hethitischen

Feind mehr oder weniger ein Unentschieden abgerungen zu haben. In bildlichen Darstellungen jedoch ist er ein Riese, der die hethitische Armee *persönlich* erschießt oder niedertrampelt.

Diese Ideologie liegt übrigens auch dem Schachspiel zugrunde. Das Spiel ist dann vorbei, wenn der König »tot« ist und nicht eher, denn im Wesentlichen ist Schach ein persönlicher Kampf zwischen zwei Königen.

Wir haben Narmer in die Geschichte eingebaut, weil es eine unterhaltsame Vorstellung ist, dass unsere Helden den Beginn der uns bekannten ägyptischen Zivilisation ermöglicht haben. Ein Großteil der Handlung ist außerdem um die Ideologie des Königtums herum aufgebaut. Dazu gehört Martys Unbehagen bei der Vorstellung, dass man ihn als König betrachtet, als persönliche Garantie für den Sieg. Ebenso seine Erleichterung, als ihm klar wird, dass seine Seite tatsächlich einen König hat, der nicht Marty ist.

9 798218 027315